RITA MAE BROWN

BÖSE ZUNGEN

Roman

Deutsch von Margarete Längsfeld

ROWOHLT

Die Originalausgabe erschien 1999
unter dem Titel «Loose Lips» bei Bantam Books,
a Division of Random House, Inc., New York

1. Auflage März 2001

Umschlaggestaltung: any.way, Barbara Hanke
(Illustration: Gerd Huss)
Satz Sabon PostScript PageOne
Gesamtherstellung Clausen & Bosse, Leck
Printed in Germany
ISBN 3 498 00599 5

Die Schreibweise entspricht
den Regeln der neuen Rechtschreibung.

Zum Gedenken an
Johnny Holland
14. Juni 1983 – 2. Januar 1999

TEIL EINS

1

DAS LEBEN KREMPELT EINEN UM. Egal, wo man anfängt, man endet woanders, selbst wenn man zu Hause bleibt. Verlass ist nur auf eins: Es ist immer eine Überraschung.

Die Schwestern Hunsenmeir krempelte das Leben nicht nur um, es stellte sie auf den Kopf und danach wieder auf die Füße. Vielleicht war es auch gar nicht das Leben, das sie herumwirbelte wie eine Achterbahn auf dem Rummelplatz. Sie brachten sich gegenseitig aus dem Tritt.

Der 7. April 1941 war ein strahlender Tag. Louises Tulpen schwankten im leichten Wind. Der Frühling hatte triumphalen Einzug gehalten in Runnymede, das direkt auf der Mason-Dixon-Grenze lag. Die Bewohner dieser hübschen, kleinen Stadt, die vor dem Unabhängigkeitskrieg um einen Platz herum erbaut worden war, waren ganz euphorisch, weil sich die Frühlingswärme in diesem schicksalhaften Jahr früh eingestellt hatte. Vermutlich ist jedes Jahr für den einen oder anderen schicksalhaft, doch es gibt Jahre, die allen Menschen im Gedächtnis bleiben. Am 7. April schien das Schicksal allerdings weit weg zu sein; es erschütterte die Länder jenseits des Atlantischen Ozeans.

Julia Ellen, genannt «Juts», knallte bei ihrer Schwester Louise die Haustür zu. Sie spitzte die geschminkten Lippen und pfiff einmal tief, einmal hoch, wie ein Zeisig. Juts sagte immer Zweisig, weil der Pfiff aus zwei Tönen bestand.

Als sie keine Antwort bekam, pfiff Juts noch einmal. Schließlich rief sie: «Wheezer, zum Donnerwetter, wo steckst du denn?» Noch immer keine Antwort.

Juts hatte am 6. März ihren sechsunddreißigsten Geburtstag gefeiert. Sie hatte schon immer tonnenweise Energie besessen, doch beim Sturm durch ihre Dreißiger bekam sie noch mehr davon, so wie andere Leute Falten bekommen. Die Einzige, die mit ihr Schritt halten konnte, war die vier Jahre ältere Louise; da Louise in Bezug auf ihr Geburtsdatum schamlos log, «vergaßen» alle ihr genaues Alter, ausgenommen Juts, die sich diese Kenntnis für solche Gelegenheiten aufhob, da es einmal nötig werden sollte, ihre Schwester in die Schranken zu weisen. Ihre Mutter Cora kannte es auch, war aber viel zu gutmütig, um ihre ältere Tochter daran zu erinnern, die einen ausgewachsenen Koller gekriegt hatte, als sie vierzig geworden war. Dieses bedeutsame Ereignis war eben erst am 25. März begangen worden. Sogar Juts hatte sich erbarmt und auf der Geburtstagsfeier so getan, als sei Louise soeben neununddreißig geworden.

Beide Schwester tosten durchs Leben, allerdings in verschiedenen Tonarten. Juts war eindeutig C-Dur, wogegen Louise, e-Moll, einem Anflug von Melancholie nie widerstehen konnte.

Juts drückte ihre Chesterfield in dem gläsernen Aschenbecher mit dem schmalen Silberrand aus.

«Louise!», rief sie, als sie die Hintertür öffnete und hinaustrat.

«Ich bin hier oben», rief Louise vom Dach herunter.

Julia reckte den Hals; die Sonne schien ihr in die Augen. «Was machst du da? Ach, was frag ich? Du singst ‹Näher, mein Gott, zu dir›.»

«Wirst du wohl deinen gotteslästerlichen Mund halten!»

«Ja, ja, du wandelst auf dem Wasser. Eigentlich wollte ich dich zum Lunch bei Cadwalders einladen, aber wenn du so unausstehlich bist, bleib ich lieber allein.»

«Geh nicht.»

«Warum nicht?»

Louise zögerte. Es widerstrebte ihr sehr, ihre jüngere Schwester um Hilfe zu bitten; denn sie würde es ihr irgendwann vergelten müssen, und zwar mit Sicherheit dann, wenn sie sich am allerwenigsten für einen Gefallen revanchieren wollte.

«Oh.» Julia bemühte sich, ihr Entzücken zu verbergen, als sie hinter den Forsythiensträuchern, einer Flut von blendendem Gelb, die schwere weiße Leiter erspähte. «Ach du meine Güte, Schwesterherz, das ist ja furchtbar.» Und machte Anstalten, sich zu entfernen.

«Julia, Julia, du kannst mich hier oben nicht einfach sitzen lassen!»

«Warum nicht? Ich kann ja in deiner Gegenwart nicht mal einen Witz reißen, ohne dass er von der einzig lebenden Heiligen von Runnymede in einen frommen Spruch verwandelt wird. Oh, ich berichtige, von der einzig lebenden Heiligen im legendären Staate Maryland.»

«Und was ist mit Pennsylvania?»

«Wir leben nicht in Pennsylvania.»

«Halb Runnymede ist hinter der Grenze.»

«Du meinst wohl, hinterm Mond.» Julia verschränkte die Arme.

«Du weißt, was ich meine.» Verärgerung schlich sich in Louises wohl modulierten Sopran.

«Pennsylvania ist so viel größer als Maryland, etwa wie

eine Tarantel im Vergleich zu einem Marienkäfer. Ich bin sicher, es gibt eine Menge lebende Heilige in Pennsylvania, wahrscheinlich vor allem in Philadelphia und Pittsburgh, andererseits …»

Louise schnitt ihr das Wort ab. Sie wusste genau, wann Juts genug in Fahrt geriet, um eine ihrer Tiraden loszulassen. «Würdest du bitte die Leiter aufstellen?»

«Nein. Mary und Maizie kommen in zwei Stunden aus der Schule. Sollen sie es doch tun.»

Louises jüngere Tochter, nach Julia Ellen benannt, wurde Maizie gerufen, um sie von ihrer Tante zu unterscheiden.

«Hör mal, Juts, das ist gar nicht komisch. Ich sitze hier fest, und die lärmenden Kinder hören mich womöglich nicht, wenn sie nach Hause kommen. Stell die Leiter auf.»

«Was krieg ich dafür?»

«Vielleicht solltest du fragen, was du nicht dafür kriegst.» Als Louise sich der Dachkante näherte, stieben kleine Asphaltfunken unter ihren Absätzen auf.

«Wird wohl ziemlich heiß da oben.»

«Ein bisschen.»

«Was hast du mir anzubieten?»

«Keine Vorträge mehr übers Rauchen oder Trinken.»

«Ich trinke doch kaum», fauchte Julia. «Deine Behauptung, dass ich zu viel trinke, hängt mir zum Hals raus.»

«Den Samstagabend möchte ich sehen, an dem du dich nicht mit Whiskey Sour voll laufen lässt.»

«Ein Abend von sieben – Samstagabend, Louise, und ich geh nun mal gern mit meinem Mann aus.»

«Du würdest auch ohne ihn ausgehen.»

«Was soll das heißen?»

«Das heißt, du kannst ohne männliche Beachtung nicht

leben, und wenn ich dein Mann wäre, würde ich dich nicht aus den Augen lassen.»

«Aber du bist nicht mein Mann.» Julia zog die schwere Leiter hervor, lehnte sie aber nicht an die Dachrinne. «Wieso hast du eigentlich so miese Laune?»

«Hab ich nicht.»

«Hast du wohl.»

«Hab ich nicht.»

«Lügnerin.»

«Du erwartest wohl, dass ich vor guter Laune sprühe, wenn ich seit Stunden auf dem Dach festsitze.»

«Was machst du überhaupt da oben?»

«Im Schornstein war ein Vogelnest. Ich hab's rausgeholt.»

«Waren Vögel drin?»

«Nein, dann hätte ich sie bleiben lassen, bis sie flügge sind. Ehrlich, Julia.»

Das erboste «Ehrlich, Julia» signalisierte Juts, dass es Zeit war zuzuschlagen. «Ich stell die Leiter auf, wenn du mir den Hut gibst, den du dir vorige Woche gekauft hast.»

«Den von Bear's Kaufhaus in York?»

«Genau den.»

«Julia, das ist mein Lieblingshut.»

«Meiner auch, und du hast mehr Geld als ich. Komm schon, Louise, ich brauch was zum Anziehen, wenn ich Ostern in die Kirche gehe.»

«Ich schwimme auch nicht im Geld, Juts. Pearlie und ich können bloß besser damit umgehen als du und Chessy.»

«Junge, Junge, du willst wirklich nicht runter vom Dach, was?»

«Doch. Entschuldige. Du weißt, ich sage offen meine Meinung.»

«So nennst du das. Ich nenne es zu Gericht sitzen.» Julia fuhr sich mit den Fingern durch ihre honigbraunen Locken und wandte sich abermals zum Gehen.

«Na gut!»

Sie blieb stehen. «Den Hut, Louise – in der Sekunde, wo du von der Leiter runter bist.»

«Ja.»

Juts stellte die Leiter aufrecht, die einen Moment schwankte, und schob sie dann ans Dach, wo sie mit einem dumpfen *Plop* landete. «Ich halt sie fest.»

Louise drehte sich um und hielt dabei die Hände auf dem Dach gespreizt. Sie rutschte ein bisschen, hielt sich aber, indem sie die Füße seitwärts stellte, setzte einen Fuß über die Dachkante und fand die oberste Sprosse der Leiter. Vorsichtig stieg sie hinunter. Unten angekommen, trat sie ins Haus, ohne ihre Schwester eines Wortes zu würdigen. Sie knallte die Küchentür so fest zu, dass die zahlreichen Keramikfigürchen mit den mit rotem Nagellack angemalten Brustwarzen im Wohnzimmer wackelten. Es war Pearlie – ihr Mann Paul –, der das Anmalen besorgte. Louise meinte, er habe eine künstlerische Ader. Julia hatte mit unbewegter Miene erklärt, dass die meisten Männer das starke Verlangen hätten, die Brustwarzen von Statuen anzumalen. Sie beließ es dabei. Wenn sie mit Chessy vom Haus ihrer Schwester sprach, nannte sie es Palazzo Titti oder P. T.

Juts öffnete die Tür und schloss sie hinter sich, als ihre Schwester wieder ins Zimmer gestampft kam. Louise pfefferte Juts eine große marineblaue Hutschachtel entgegen, auf deren Deckel in eleganten Lettern *Bear's* zu lesen war. «Hier, du Gaunerin.»

Weise überging Juts die Tatsache, dass man sie soeben

als Gaunerin betitelt hatte, und nahm die Hutschachtel an dem kreuzweise über den Deckel gebundenen breiten Seidenband an sich. «Komm, ich spendier dir ein Schokoladenfrappé.»

Louise überlegte einen Moment, befand, dass sie sehr durstig war, und murmelte: «Einverstanden.»

Auf dem Weg zum Runnymede Square fragte Juts erneut: «Was ist los mit dir?»

«Nichts ist los. Ich habe zu lange auf dem Dach gehockt. Ich habe sogar erwogen, runterzuspringen.»

«Gut, dass du's nicht getan hast. Du hättest deine Forsythien ruiniert.» Doch Juts glaubte ihr nicht. Sie wusste, dass etwas an ihrer Schwester nagte.

«Und meine Schuhe auch.»

«Hättest dir den Knöchel brechen können.»

«Oder den Hals – ich hätte zu Tode kommen können.»

«Nein.» Juts lächelte. «Nur die Guten sterben jung.»

«Du bist schrecklich.»

«Nein, ich bin Julia.»

«Du bist meine schreckliche Julia.» Louise kicherte, als sie die Tür zu Cadwalders Drugstore aufstieß.

«Ihr habt eure Mutter knapp verpasst, Mädels», rief Vaughn, der achtzehnjährige Sohn des Besitzers, hinter der Theke. «Sie ist vor 'ner knappen Viertelstunde mit Miss Chalfonte weggegangen.»

«Zu Fuß oder im Packard?»

«Im Packard.» Er hatte ein zusammengelegtes Handtuch über einen Arm drapiert. Vaughn beugte sich über die Marmorplatte der Theke. «Was darf's sein?»

«Ein Zitronensorbet und ein neues Leben.»

Er lachte. «Mrs. Smith, Sie machen mir Freude.»

«Das kann ich nicht gerade behaupten.» Louise warf

der Hutschachtel, die sicher unter dem Barhocker verstaut war, einen wehmütigen Blick zu.

«Also gut, Zitronensorbet erst im Sommer, ich weiß. Ich möchte ein großes Schokoladenfrappé und einen heißen Tee dazu.»

«Und ich möchte ein Erdbeerfrappé mit Kaffee dazu.»

«Alles klar.» Vaughn hob die eckigen schwarzen Deckel ab und füllte Eiscreme in dicke geriffelte Gläser. «Ist das nicht ein toller Frühling?»

«Wunderbar», stimmten beide Frauen zu.

«Kaum vorstellbar, dass Krieg herrscht.»

«Wird nicht lange dauern», prophezeite Louise leichthin.

«Wie kommst du darauf?» Juts' Magen knurrte.

«Weil England nie einen Krieg verliert, außer gegen uns.»

«Hoffentlich haben Sie Recht ...» Vaughn unterbrach sich, während er Kaffee einschenkte. «Wir haben den Ersten Weltkrieg nie wirklich zum Abschluss gebracht, wissen Sie?»

Louise blinzelte. Sie wusste gar nichts, und in diesem Moment war ihr nach Erdbeerfrappé und nicht nach jugendlichen Betrachtungen über jüngste Geschichte.

«Vaughn, wie alt bist du nochmal?», fragte Louise.

«Achtzehn.»

«Du denkst doch nicht etwa daran, nach Kanada auszubüxen und dich freiwillig zu melden, oder?»

Er errötete so tief, dass seine Sommersprossen unsichtbar wurden. «Ah, na ja, Mrs. Trumbull.»

«Dacht ich's mir doch.» Louise griff sich ihren Kaffee, bevor Vaughn ihn auf die Theke stellte. «Abwarten. Vielleicht können wir uns ja aus diesem Krieg raushalten.»

«Ja, Ma'am.»

«Was mich an Kriegen so erstaunt: Eine Horde von alten Männern zettelt sie an. Stimmt's?» Juts' kleines Publikum nickte, sodass sie fortfuhr: «Dann fechten junge Männer sie aus, werden verwundet oder schlimmer, und die alten Ärsche lehnen sich zurück und kassieren die Belohnung. Das macht mich krank. Danke.» Vaughn hatte ihr den Tee über die Theke geschoben.

«Wenn du ein Mann wärst, würdest du dich freiwillig melden?», wollte Louise von Juts wissen.

«Klar, um von dir wegzukommen.»

Darauf errötete Vaughn wieder, weil er lachen musste, Louise aber nicht kränken wollte. Ganz Runnymede kannte ihr Temperament; das von Juts allerdings ebenso.

«Haha», sagte Louise trocken und machte sich gierig über ihr cremiges Frappé her.

«Was ich dir sagen wollte, Louise – du bist in letzter Zeit nicht du selbst.» Juts lächelte. «Das ist ein großer Fortschritt.»

Vaughn brach in Lachen aus. Louise rammte ihren Löffel ins Frappé, belud ihn mit einem üppigen Klacks Eis mit Erdbeersirup und klatschte ihn ihrer Schwester in das verdatterte Gesicht.

Julia vergalt Gleiches mit Gleichem. Vaughn trat unwillkürlich einen Schritt zurück und flehte: «Meine Damen.»

«Hier gibt es nur eine Dame», verkündete Louise würdevoll.

«Ja, und die ist vierzig Jahre alt.»

2

Licht schimmerte durch das Limoges-Porzellan. Es war so zart, dass es durchscheinend war. Jedes Stück – Tasse, Untertasse, Teller – hatte einen feinen roten Rand, der wiederum von einem dünnen Goldband eingefasst war. Beides verschlang sich zu einem C für *Chalfonte*.

Celeste Chalfonte, eine schöne, eigenwillige Frau Mitte sechzig, faltete die Leinenserviette auf ihrem Schoß auseinander. Ihr gegenüber tat Ramelle Chalfonte – ihre Geliebte seit neununddreißig Jahren und Ehefrau von Celestes Bruder Curtis – dasselbe.

Der Duft von Spiegeleiern, brutzelndem Speck und frischen Biscuits durchzog das Frühstückszimmer an der Ostseite des Hauses.

«Hast du den *Clarion*?» Celeste meinte die Zeitung für den Süden von Runnymede.

«Nein», antwortete Ramelle.

«Die *Trumpet*?» Diesmal war die Zeitung des nördlichen Yankee-Runnymede gemeint.

Ramelle schüttelte den Kopf. «Nein.»

Celeste läutete mit einem Silberglöckchen. Cora Hunsenmeir erschien. Sie war Ende fünfzig.

«Euer Hoheit.»

«Der Tag fängt ja gut an, hm?», bemerkte Celeste. «Wo ist die Zeitung?»

Cora ging wortlos hinaus, kehrte zurück und legte Celeste die zusammengefaltete Zeitung zu ihrer Linken hin.

Als Celeste die Titelseite aufschlug, fiel ihr ein Foto von zwei vertrauten Gesichtern ins Auge. Zwischen Coras beiden Töchtern stand Harper Wheeler, der Sheriff von Süd-Runnymede.

«Ach, du meine Güte.» Celeste holte Luft, dann zeigte sie Ramelle die Aufnahme. Sie richtete ihre hellen Augen auf Cora. «Warum hast du mir nichts davon erzählt?»

Cora zuckte die Achseln. «Na ja – du hättest es früh genug erfahren.»

«Sind sie im Gefängnis?», erkundigte sich Ramelle, als sie die Zeitung von Celeste entgegennahm.

«Harper Wheeler wollte sie nicht dabehalten. Er sagte, für die zwei ist kein Gefängnis groß genug.» Cora seufzte. «Harmon Nordness ließ auch nicht zu, dass eine ins Gefängnis von Nord-Runnymede kommt.»

Celeste, die inzwischen aufgestanden war, um über Ramelles Schulter zu lesen, kicherte. «Verzeihung.» Sie fing sich wieder.

«Tu dir nur keinen Zwang an», sagte Cora.

Bald lachten alle beide, Celeste und Ramelle.

Ramelle las Popeye Huffstetlers Kommentar laut vor: «... Die Auseinandersetzung wurde nach Aussage von Vaughn Cadwalder durch die Frage ausgelöst, warum Mrs. Chester Smith sich freiwillig zum Militär melden würde. Mrs. Paul Trumbull nahm ihrer Schwester, Mrs. Smith, die Erklärung übel, sie würde sich bloß melden, um von ihr wegzukommen. Die beiden Damen sind gegen Kaution frei, die von ihren jeweiligen Ehemännern gestellt wurde. Sheriff Harper Wheeler wies Mr. Smith und Mr. Trumbull an, ihre Ehefrauen in Schach zu halten. Mr. Smith soll daraufhin gesagt haben: ‹Nicht mal Adolf Hitler könnte Juts in Schach halten.› Mr. Flavius Cadwalder, der Besitzer von Cadwalders Drugstore, sieht von einer Anzeige ab, da Mr. Smith und Mr. Trumbull eingewilligt haben, in voller Höhe für den Schaden aufzukommen, der auf dreihundertachtundneunzig Dollar geschätzt wird.»

Ramelle holte Luft. «Dreihundertachtundneunzig Dollar! Mein Gott, Cora, was haben sie angestellt?»

«Kommt drauf an, wer die Geschichte erzählt.» Die korpulente Frau zuckte die Achseln.

«Was meinst du?», fragte Celeste ihre Freundin und Angestellte seit vielen Jahrzehnten, während sie sich wieder hinsetzte. Sie war zu hungrig, um weiter über Ramelles Schulter mitzulesen.

«Louise saß auf ihrem Dach fest ...»

«Was?», unterbrach Ramelle.

«Sie hat ein Vogelnest aus dem Schornstein geräumt. Die Leiter ist umgefallen, und Juts kam Stunden später vorbei. Aber sie wollte die Leiter nur aufstellen, wenn Louise ihr den schönen Osterhut schenkt, den sie sich bei Bear's gekauft hat.»

«Ich fand ja schon immer, dass Julia das Zeug zu einer großen Politikerin hat.» Celeste biss in ein federleichtes Biscuit.

«Wenn die eine hüh sagt, sagt die andere hott.» Cora schenkte Ramelle frischen Kaffee ein. «Zum Teil kommt es daher, dass Mary und Maizie ihre Mutter zum Wahnsinn treiben. Das bisschen Geduld, das Louise hat, ist ...» Cora wedelte mit der Hand, um anzudeuten, dass die Geduld sich verflüchtigt hatte.

«Es fällt schwer, sich Louise als Mutter vorzustellen», sagte Celeste. «Es fällt sogar schwer, sich Louise als Ehefrau vorzustellen. Ich sehe immer noch das kleine Mädchen mit den langen Locken vor mir, das in meinem Salon Klavier spielt.» Sie klopfte auf die Rückseite der Zeitung, die Ramelle eifrig las. «Natürlich fällt es auch schwer, sich dich als Mutter einer zwanzigjährigen Tochter vorzustellen.»

«Ja», sagte Ramelle lachend, «aber meine ist eine erwachsene Frau in Kalifornien. Juts und Louise sind große Kinder direkt hier vor unserer Nase.»

«Sag mal, Cora, wie wollen die Ehemänner denn dreihundertachtundneunzig Dollar aufbringen?»

«Ich hab sie nicht gefragt.»

«An deiner Stelle würde ich mich auch nicht genauer erkundigen.» Celeste ließ sich den köstlich knusprigen Speck auf der Zunge zergehen.

3

CHESSY SMITH FUHR MIT DEN FINGERN über die dunkle Kirschholzmaserung. Walter Falkenroth ließ seine geräumige Bibliothek mit Kirschholz auskleiden. Der *Clarion* musste tonnenweise Geld abwerfen, denn Walters neues Haus war so groß wie ein Flugzeughangar. Chessy nahm das überschüssige Holz mit nach Hause, um für Juts zwei Nachtkonsolen zu zimmern. Chester Smith war der Besitzer der Eisenwarenhandlung. Als Nebenverdienst fertigte er in einer Werkstatt hinter dem Laden Schränke, Stühle und Tische an. Auf diese Weise verschwendete er nie Zeit. Wenn das Geschäft schleppend lief, brachte er dennoch etwas zustande.

Juts kam in seine Werkstatt getänzelt. Obwohl sie im Juni vierzehn Jahre verheiratet waren, stieß sie immer zunächst den Zweisigpfiff aus und klopfte dann an die Tür. Sie tat dies teils aus Respekt, teils aber aus Vorsicht. Wenn ihr großer, blonder Mann über eine Bandsäge oder eine Bogensäge gebeugt war, wollte sie ihn nicht erschrecken. Im Augenblick maß er allerdings nur die Proportionen seiner Entwürfe für die Nachtkonsolen.

«Komm rein.»

Sie stieß die Tür auf. «Schatz, draußen sind es nur noch acht Grad. Mach lieber den Ofen an.»

«Ich bleib nicht lange hier. Bin gleich zu Hause.»

Sie setzte sich auf eine schwere Eichenbank. «Bist du mir noch böse?»

Julia Ellens gnadenlose Vitalität hätte einen Roboter klein gekriegt. Ihre schamlose Missachtung jeglicher Schicklichkeit hatte ihn angezogen, als sie sich kennen lernten. Sie zog ihn noch immer an, doch es gab Momente, da Chessy eine fügsame Frau vorgezogen hätte, die nicht die Gewohnheit hatte, Gläser in der Bar des Drugstore zu zerschmettern, weil sie auf ihre Schwester wütend war. Sie hatten auch den riesigen Spiegel hinter dem Marmortresen zerschmettert. Er und Paul würden für den Rest des Jahrzehnts verschuldet sein.

«Ich weiß nicht, woher ich zweihundert Dollar nehmen soll.»

«Einhundertneunundneunzig», verbesserte sie ihn rasch.

Er kniff den Mund zusammen. «Ja.»

«Sie hat angefangen. Ich schwör's, seit sie vierzig ist, ist sie zickig. Und dann kommt hinzu, dass Mary es mit Extra Billy ein bisschen zu bunt treibt.» Julia sprach von Marys Freund, einem gut aussehenden Jungen, der der Ansicht war, Gesetze seien dazu da, gebrochen zu werden.

«Ich nehme eine Teilzeitarbeit in Rifes Rüstungsfabrik an. Pearlie auch.»

«Das könnt ihr nicht machen!» Sie hieb mit der Faust auf die Bank, dass ihre Hand schmerzte. «Autsch, verdammt.»

«Wir müssen, Juts. Nirgendwo sonst können wir sofort

Arbeit kriegen. Entweder die Rüstungsfabrik oder die Konservenfabrik, und beide gehören Rife.»

«Ihr könntet nach Hanover gehen und bei den Shepards arbeiten. In der Schuhfabrik oder auf dem Gestüt gibt es immer Arbeit.»

«Ich kann mir das Benzin nicht leisten.»

«Ach was. So arm sind wir nun auch wieder nicht.»

Er blickte mit seinen strahlend grauen Augen in die grauen Augen seiner Frau; sie hatten beide dieselbe ungewöhnliche Augenfarbe. «Liest du keine Zeitung? Julia Ellen, wir treten in den Krieg ein. Es ist nur eine Frage der Zeit, und wenn es so weit ist, gehört Benzin zu den ersten Dingen, die rationiert werden.»

«Blödsinn. Hat Roosevelt nicht deswegen das Leih- und Pachtgesetz durchgeboxt – damit wir nicht in den Krieg eintreten müssen?»

«Nein, damit versucht er England über Wasser zu halten.»

«Europa kann seine Rechnungen selbst begleichen. Wir waren schon einmal drüben. Noch einmal wird es das amerikanische Volk nicht dulden.»

«Ich sage dir doch – wir werden eintreten.»

«Woher weißt du das alles?»

«Aus Gesprächen.»

«Frauen klatschen. Männer führen Gespräche.» Sie lächelte. «Ihr seid allesamt größere Klatschmäuler als wir.»

«Ist doch jetzt egal. Ich muss irgendwo die zweihundert Dollar auftreiben.»

«Hundertneunundneunzig!», rief sie.

«Dieser eine Dollar ist dir wohl furchtbar wichtig.»

«Ja. Du kannst nicht für einen Rife arbeiten. Du weißt, was die Rifes unserer Familie angetan haben.»

«Das ist lange her. Brutus hat Blut mit seinem eigenen Blut vergolten. Pole und Julius sind ein bisschen besser als ihr Vater.» Er sprach von Napoleon und Julius Caesar Rife.

Sie knirschte mit den Zähnen. «Das kannst du mir nicht antun. Du und Pearlie, ihr werdet meiner Mutter das Herz brechen.»

«Hab schon mit deiner Mutter gesprochen.»

«Hinter meinem Rücken?» Sie schlug wieder auf die Bank und bereute es sogleich.

«Seit wann heißt mit deiner Mutter zu sprechen etwas hinter deinem Rücken zu tun? Sie weiß, dass das Geld irgendwoher kommen muss.»

«Ich besorg mir Arbeit. Ich geh wieder in die Seidenfabrik.»

«Die stellen niemanden ein.»

«Woher weißt du das?»

«Weil ich dort zuerst war.»

Entrüstet sprang Juts hoch und trat so fest gegen die Bank, dass sie umkippte. Sie knallte die Tür zu und eilte die Straße hinunter.

Chessy seufzte. Sie würde ihm mit Sicherheit das Leben schwer machen, solange es ihr passte. Er hielt es für das Beste, bei Cadwalder hereinzuschauen, um ein Sandwich zu essen. Heute würde er kein Abendbrot bekommen.

4

DER WIND NAHM ZU. Juts schritt mit gesenktem Kopf aus. Neben ihr hupte es zweimal. Sie blickte auf. Louise saß am Steuer von Pauls schwarzem Ford Model A und winkte ihr zu. Juts lief zum Wagen und sprang hinein, froh, dem Wind zu entkommen.

«Wo ist Pearlie?»

«Zu Hause.»

«Weiß er, dass du den Wagen hast? Den gibt er dir doch nie.»

«Ich bin aus dem Haus gestürmt und hab ihn mir genommen.»

«Ach, Louise.»

«Ich hab's satt, mir von ihm sagen zu lassen, was ich tun darf und wann ich es tun darf. Ich habe in diese verdammte alte Klapperkiste genauso viel investiert wie er. Vielleicht nicht an Dollars und Cents, aber an harter Arbeit. Wenn ich das Auto fahren will, kann er meinetwegen auf Kohlen sitzen. Er ist einfach zu geizig, um einen neuen Wagen zu kaufen. Er sagt, wir müssen den hier fahren, bis er den Geist aufgibt. Na dann, Schwesterherz, fahren wir ihn, bis er den Geist aufgibt.»

Zur Bekräftigung drückte Wheezie aufs Gaspedal, ließ die Kupplung kommen, und sie ruckelten los.

«Habt ihr Knatsch?» Julia sprach aus, was auf der Hand lag.

«Scheißkerl.» Da Louise selten Schimpfwörter benutzte, musste der Ausbruch ein regelrechter Vulkan gewesen sein.

«Wir auch. Rife?»

Louise nickte. «Du und ich, wir haben uns gestern gestritten. Im Drugstore sind ein paar Sachen zu Bruch gegangen. Mein Mann führt sich auf, als wären wir nach Atlanta marschiert und hätten es niedergebrannt.» Louise klang ausgesprochen nüchtern, ihre Stimme verströmte Reife.

«Der *Clarion* hat die Lage nicht gerade verbessert.»

«Wenn ich Popeye Huffstetler in die Finger kriege, werden ihm die Glupschaugen rausflutschen. Außerdem kann er nicht schreiben.»

«Er tut sehr viel für St. Rose, also werden ihm alle den Rücken stärken. Die Leute glauben, was sie da lesen.» Julia sprach von der katholischen Kirche St. Rose of Lima, wo Louise treues Mitglied war und Popeye Küsterdienste verrichtete. Julia war strikte Protestantin, teils aus Überzeugung, teils, um ihre ältere Schwester zur Weißglut zu bringen.

Louise nahm eine Kurve auf zwei Rädern. «‹Verwurstet›, hat er behauptet – wir hätten bei Cadwalder die Einrichtung ‹verwurstet›. Und der alte Flavius Cadwalder berechnet den Einzelhandelspreis für den Schaden. Das Mindeste wäre gewesen, uns den Großhandelspreis zu berechnen, nach den hohen Umsätzen, die wir ihm einbringen. Und es heißt *verwüstet*, nicht *verwurstet*. Ich hab ja gesagt, er kann nicht schreiben.»

«Alle geben ihm Aufträge. Er hat ein Monopol.» Sie atmete hörbar ein. «Louise, fahr langsamer.»

«Angsthase.»

«Ich komm vielleicht in den Himmel oder in die Hölle, aber komm ich nach Hause?»

«Klugschwätzerin.» Louise zog ein Gesicht, ging aber vom Gas.

«Geschwister streiten sich nun mal. Ich versteh gar nicht, warum alle auf uns herumhacken. Wir vertragen uns doch jedes Mal wieder.»

«Korrekt.» Louise hatte diesen Ausdruck in ihrem Lieblingshörspiel aufgeschnappt, das das tapfere England verherrlichte. «Ja, haben wir, aber dieser neuralgische ...»

Juts unterbrach sie. «Neurotische.»

«Du weißt, was ich meine, verbessere mich nicht, dieser fette Harper Wheeler hat zugesehen, dass sein Bild zwischen uns beide in die Zeitung kommt. Der wird doch bloß wieder gewählt, weil sonst keiner den Posten haben will. Nächstes Jahr tritt er wieder an.»

«Wir könnten als Sheriff kandidieren.»

Die Idee flackerte auf und erstarb. «Wir müssten Betrunkene aufgreifen, die uns den Rücksitz voll kotzen würden.»

Julia ließ ihre Idee fallen. «Wie wär's mit einem Blumenladen?»

«Den haben sich die Biancas gesichert. Runnymede ist zu klein für zwei Blumenläden.»

Juts plumpste in ihren Sitz, als Louise die Kupplung erneut ruckeln ließ. «Bestimmt friert es wieder heute Nacht. Mir ist kalt», jammerte Juts.

«Zieh dir die Decke um die Beine.» Louise klopfte auf die karierte Decke, die ordentlich zusammengefaltet zwischen ihnen auf dem Sitz lag, und geriet dabei ins Schleudern.

Juts griff ins Steuer, worauf Louise es noch heftiger in die andere Richtung riss. «Pass auf, wo du hinfährst.»

«Hände weg!» Louise fing den großen Schlenker auf, ängstigte jedoch eine entgegenkommende Fahrerin fast zu Tode.

«Frances Finster sah nicht wohl aus», bemerkte Juts über die Fahrerin.

Sie fuhren schweigend über die holprigen Landstraßen westlich der Stadt. Louise schwenkte wieder nach Osten; die langen roten Strahlen der sinkenden Sonne verliehen den wogenden Hügeln von Maryland eine melancholische Färbung.

Julia brach das Schweigen. «Wir müssen etwas unternehmen, Louise. Sonst gehen unsere Männer in Rifes Rüstungsfabrik arbeiten.»

«Ich hab Pearlie gesagt, dass ich ihn verlasse, wenn er das tut.»

Julia stieß einen Pfiff aus. «So weit bin ja nicht mal ich gegangen.»

«Der 17. März 1917 scheint gar nicht so lange her. So ist es nun mal mit der Erinnerung.» Ehe es ihr bewusst wurde, war Louise zur Dead Man's Curve gefahren, einer gefährlichen Straßenbiegung, die jetzt im Sonnenuntergang blutrot aussah. Sie hielt den Ford an. Die Schwestern stiegen aus und spähten über den steilen Abhang, wo Aimes Rankin, der Geliebte ihrer Mutter, vor vielen Jahren zu Tode gekommen war; mit zertrümmertem Schädel war er in der Biegung den Hang hinunter geschleudert. Niemand glaubte an einen Motorradunfall. Aimes hatte versucht, in Rifes Rüstungsfabrik, die dank des Ersten Weltkriegs ein Bombengeschäft machte, eine Gewerkschaft zu gründen. Die Firma hatte sich im Bürgerkrieg etabliert, als der Gründer, Cassius Rife, der sich auf der Nordseite der Mason-Dixon-Grenze in Sicherheit wiegen konnte, lukrative Aufträge aus Washington an Land zog. Er wurde beschuldigt, Waffen in den Süden zu verschiffen. Da man ihm nichts nachweisen konnte, war es nie zu einer Anklage gekommen. Er war nicht der einzige Kriegsgewinnler, der sich an den Toten jenes grausigen Konflikts bereicherte, doch er war der Einzige, von dem allgemein vermutet wurde, dass er ein doppeltes Spiel gespielt hatte.

Julia schwankte über dem steilen Abhang, die kalte Luft schnitt ihr ins Gesicht. «Aimes fehlt mir.»

«Er war uns mehr ein Vater als unser eigener Vater.»

«Meinst du, wir sehen unseren Vater jemals wieder?», fragte Juts wehmütig.

«Ich weiß es nicht, und es schert mich nicht», antwortete Louise. Sie war damals alt genug gewesen, um sich an den Kummer ihrer Mutter zu erinnern, als Hansford John Hunsenmeir die Familie im Stich ließ.

«Mom sagt, Cassius hat hier oben auch ihren Vater umgebracht, weil er den Kongress aufgefordert hatte, Rifes Machenschaften nachzugehen. Muss seine Lieblingsstelle gewesen sein. PopPop konnte Cassius' Betrügereien nicht ertragen ...» Julia hielt einen Augenblick inne. «Manchmal denke ich, Hass ist wie eine Kugel. Sie kann nicht rollen, wenn ihr nicht jeder einen Stoß verpasst.»

«Ich spreche nicht von Hass», sagte Louise. «Ich spreche von Ehre. Unsere Männer können nicht für einen Rife arbeiten, für welchen auch immer. Es sind Brutus' Söhne und Cassius' Enkel, und sie haben unsere Leute umgebracht, zwei Generationen hintereinander.»

«Ich weiß.» Julias Stimme wurde matt. «Aber wo kriegen wir das viele Geld her?»

Louise fröstelte. «Lass uns wieder einsteigen.»

Sie stiegen ins Auto und legten die Decke über die Beine. Louise schlug die Arme um sich, um warm zu werden.

«Bis jetzt sind alle Ideen von mir gekommen», sagte Julia. «Wird Zeit, dass du mal eine hast.»

«Bekleidungsgeschäft.»

«Nicht schlecht. Wir haben einen ausgezeichneten Geschmack.»

Louise machte einen Rückzieher. «Bloß, wir haben kein Geld für Kleider, um den Betrieb aufzunehmen.»

«Wohl wahr.» Eine schreiende Eule schreckte Julia auf. «Lass uns hier verschwinden.»

Sie fuhren durch die samtig schwarze Nacht.

«Mit vollem Bauch kann ich besser denken», knurrte Julia.

«Wohin willst du?»

«Das Dolley Madison ist zu weit weg.» Julia liebte das kleine Restaurant an einem Bach auf der Pennsylvania-Seite. «Das Blue Hen ist gut, aber ein bisschen teuer.»

«Lass uns zu Cadwalder gehen.»

«Hmm, wir sollten lieber eine Weile verstreichen lassen, bevor wir uns da wieder reinwagen.»

«Ich fahr mal vorbei.» Entschlossen fuhr Louise langsam den Emmitsburg Pike entlang, der auf den Runnymede Square mündete. Auf dem Platz angekommen, sauste sie, bloß um Eindruck zu machen, um die Nordseite herum und kam direkt vor dem Drugstore zum Stehen.

«Chessy.» Juts bemerkte Chesters Wagen, der vor dem Eingang parkte.

«Und ich geh mit dir jede Wette ein, dass Paul bei ihm ist.»

«Verdammt. Ich habe wirklich Hunger, aber keine Lust, ihn zu sehen.»

Louise fuhr weiter, für den Fall, dass Pearlie aus dem großen Fenster sah. Sie steuerte die Bäckerei an. «Doughnuts sind besser als gar nichts.»

«Stimmt», pflichtete Julia ihr bei.

Millard Yost machte ein langes Gesicht, als die Schwestern Hunsenmeir sich durch die Tür schoben. Er rang sich ein «Hallo, Mädels» ab.

«Hallo, Millard», erwiderten sie.

«Na, will mal hoffen, dass ihr euch heute vertragt.» Er lachte nervös und trommelte mit den Fingern auf die teuren Glasschaukästen.

Louise lachte. «Wir halten zusammen wie Pech und Schwefel.»

«Und haben Hunger. Wir nehmen ein Dutzend glasierte Doughnuts, sechs Cake-Doughnuts und sechs mit Schokoglasur.»

«In Ordnung.» Unverzüglich machte er sich daran, den Auftrag auszuführen.

«Und zwei Kaffee.»

«Schatz …», rief er.

Lillian, seine Frau, kam von hinten herein. Die Yosts wohnten hinter dem Laden. «Was gibt's?»

«Kannst du den Mädels zwei Kaffee geben, während ich das hier erledige?»

«Hey, Millard, willst du uns etwa loswerden?», witzelte Julia.

«Aber nein», log er.

«Im Ernst, was bei Cadwalder passiert ist, war, hm …», Juts sah Louise an und beschloss, es nicht näher auszuführen, «… bedauerlich.»

«Hier.» Er reichte die Doughnuts in einer glänzenden weißen Papiertüte herüber, während Lillian ihnen Kaffee in Porzellanbechern gab.

«Wir können eure Becher aber nicht mitnehmen.»

«Ach was, behaltet sie einfach.» Millard gab ihnen das Wechselgeld heraus.

«Können wir nicht hier essen?», fragte Louise.

Lillian zeigte auf die Uhr. «Ladenschluss.»

«So, Mädels, ihr geht jetzt und behaltet die Becher.» Millard schob sie zur Tür heraus und schloss ab, als Julia gerade den hinteren Fuß aufs Pflaster setzte.

Sie stiegen wieder ins Auto. «Himmel, Schwesterherz, glaubst du, von jetzt an sind sie alle so?»

Louise schnappte sich einen Schokoladendoughnut. «Sie werden es irgendwann vergessen.»

«Vielleicht gehen wir lieber nicht mehr zusammen wohin.»

«Ich finde trotzdem, dass es so schlimm gar nicht war. Wenn bloß der grässliche Popeye Huffstetler nicht gewesen wäre.»

«Hm, auch wenn er das Bild nicht in die Zeitung gesetzt hätte, es hätte sich wohl herumgesprochen.» Juts seufzte. «In der *Trumpet* war nur eine schmale Spalte. Wir gehen von jetzt an in Pennsylvania einkaufen.»

«Sie wollen nicht zugeben, dass der *Clarion* sich den Knüller geschnappt hat.» Der glasierte Doughnut zerging ihr auf der Zunge. «Wheezer, wir können die Becher nicht behalten.»

Louise betrachtete die schweren weißen Becher mit dem schmalen dunkelgrünen Streifen am oberen Rand.

«Ist dein Doughnut schlecht?» Sie merkte, dass Juts sich nicht gut fühlte.

«Nein. Die besten Doughnuts in Maryland. Es ist bloß, ich wünschte, Chessy würde nicht so hart arbeiten, und jetzt muss er auch noch abends ran. Bloß weil ... du weißt schon.»

«Ja. Du hättest dich nicht über mein Alter lustig machen sollen, und du hast mir meinen Hut geklaut.»

Juts trällerte: «Wenn du ihn wiederhaben willst, steig aufs Dach, und ich stoß die Leiter weg. Mal sehen, wie lange du da oben hockst.»

Louise wollte schon wieder wütend werden, fing sich aber gleich. Sie fing außerdem einen Blick ihres Mannes im Rückspiegel auf. Mit finsterer Miene kam er direkt auf sie zu, Chessy im Schlepptau. «Oh-ha.» Sie reichte ihrer

Schwester ihren halb vollen Becher und ließ den Motor an, doch Pearlie, ein drahtiger, flinker Bursche, packte den Türgriff, bevor sie losfahren konnte.

«Ich sollte dir das Fell gerben», sagte er. Die Yosts taten in ihrem Laden unterdessen, als würden sie Geld zählen.

«Du bist so süß, wenn du wütend bist.»

Er öffnete die Tür, langte ins Auto und stellte die Zündung ab. «Wenn du mir auch noch die Kupplung ruiniert hast, Louise, schließ ich dich im Haus ein, bis du gelernt hast, dich zu benehmen.»

Juts sagte nichts. Chessy stand draußen neben ihrer Tür, die Arme vor seiner breiten Brust verschränkt. Sie lächelte verschämt, öffnete die Tür und reichte ihm einen Doughnut. Obwohl er eben einen Hamburger mit allen Schikanen verzehrt hatte, konnte er noch mehr essen.

«Mürbeteig. Deine Lieblingssorte.»

«Wo seid ihr gewesen?»

«Nirgends.» Juts aß mit Unschuldsmiene noch einen glasierten Doughnut.

«Louise, geh endlich vom Steuer weg», sagte Pearlie.

«Ich muss meine Schwester nach Hause fahren.»

«Nein, musst du nicht. Chessys Wagen steht gleich da drüben.»

Louise rutschte neben ihre Schwester. Ihre Nähe tat ihr wohl. Juts stieg nicht aus, obwohl Pearlie sich hinters Steuer plumpsen ließ.

«Komm jetzt, Juts», forderte Chessy sie behutsam auf.

«Moment noch. Wir fühlen uns hundeelend.» Juts ließ den Kopf hängen. Sie fühlte sich elend, aber so elend nun auch wieder nicht. Louise stieß sie mit dem Ellenbogen an. Juts hob ruckartig den Kopf. «Wir wollen nicht, dass ihr abends arbeitet. Es ist nicht bloß wegen Rifes Rüstungsfabrik. Ihr arbeitet beide so schwer, wir kriegen euch ja kaum noch zu sehen.»

Chessy lehnte sich an die offene Beifahrertür. «Tja, Schatz, wenn ihr Mädels zusammen seid, könnt ihr euch nun mal nicht benehmen. Jemand muss die Rechnungen bezahlen.»

«Es war dumm von uns. Bloß wegen einem dämlichen Hut.» Louises Zerknirschung klang echt.

«Wir werden ihn uns teilen», bot Juts an, wünschte jedoch umgehend, sie hätte ihren großen Mund gehalten; denn Louise strahlte.

«Damit ist Cadwalder noch nicht bezahlt.» Pearlie hatte sich seinem Schicksal ergeben: abends arbeiten und mit einer überspannten Frau leben – doch schließlich sagte man ja, dass alle Frauen überspannt seien.

«Ich verkauf den Hut an Bear's zurück», bot Louise halbherzig an.

«Wir haben uns entschieden», verkündete Juts in erstaunlich Achtung gebietendem Tonfall. «Wir sind die Missetäterinnen, und wir sind es, die die Schuld abzutragen haben. Wir gründen ein Geschäft.»

«Was?» Pearlie wirkte erschüttert.

«Ja, genau.» Louise hatte keine Ahnung, wovon Julia sprach, doch in diesem Moment war sie besser beraten, wenn sie sich mit ihrer Schwester verbündete statt mit ihrem Mann.

«Wir eröffnen einen Friseursalon.» Juts hob die Hand, als die Männer zu stammeln anfingen. «Die Gründungskosten sind niedrig – die Lockenwickler haben wir schon – und unsere einzige Konkurrentin, Junior McGrail, ist auf einem Auge blind ...»

«... und kann mit dem anderen nicht sehen», beendete

Louise schwungvoll den Satz. Gemeint war die Tochter von Idabelle McGrail der Ersten, die letztes Jahr das Zeitliche gesegnet hatte, unbetrauert von den Schwestern Hunsenmeir.

Pearlie ließ die Stirn aufs Lenkrad sinken. «Gott steh mir bei.»

5

«Ich habe es aus zuverlässiger Quelle.» Juts hielt sich am Armaturenbrett fest, als Louise die Kupplung losließ und Juts nach vorn geschleudert wurde. «Warum lässt du mich nicht fahren?»

«Du willst fahren – du? Du warst es doch, die in Mutters Veranda geknallt ist, worauf mein Klavier runterrollte und …»

«Das ist lange her.»

«Neunzehnhundertsechsundzwanzig.»

«Neunzehnhundertfünfundzwanzig.»

«Sommer sechsundzwanzig, Julia.»

«Ich habe erst im Juni siebenundzwanzig geheiratet, und ich weiß, wann mir das kleine Missgeschick passiert ist …»

«Klein, ha!» Louise hob die Stimme.

«Chessy hat sich nicht beklagt.»

«Er hat dir den Hof gemacht. Ich kann dir sagen, der neue Kühler hat viel Geld gekostet.»

«Ich hab Recht.»

«Wieso hast du Recht?» Louise wurde ungeduldig.

«Wir haben erst zwei Jahre später geheiratet, also muss es Sommer 1925 gewesen sein.»

«Dein Wille geschehe.»

«Es ist nicht mein Wille. Es ist schlicht und einfach eine Tatsache. Verdammt, deinetwegen hab ich jetzt vergessen, was ich sagen wollte.»

«Du warst bei Lillian Yost.»

«Ach ja, ich bin reingegangen, um meinen Becher zurückzubringen. Hast du deinen zurückgebracht?»

«Ja», sagte Louise selbstgefällig.

«Ach, und wann?»

«Gleich am nächsten Tag, Julia, wie du es ebenfalls hättest tun sollen.»

«Wollte ich ja.» Julia rutschte auf ihrem Sitz herum. «Aber ich musste …» Sie setzte sich kerzengerade auf. «Langsam, Wheezie!»

«Ich sehe den Hund. Ich bin ja nicht blind.»

«Wo war ich?»

«Lillian Yost.»

«Ach ja, Lillian hat gesagt, dass Barnharts Laden auf der Frederick Road zu vermieten ist.»

«Der ist schon seit ein paar Monaten zu vermieten.»

«War aber kein Schild im Fenster.»

«Man muss eben wissen, mit wem man sprechen muss», säuselte Louise.

«Weiß ich ja! Deswegen hab ich mit Lillian Yost gesprochen.» Julias Gesicht lief rot an. «Sie ist eine Barnhart.»

«Das ist mir bekannt.»

«Ich könnte dir eine verpassen. Würdest du mich bitte meine Geschichte zu Ende erzählen lassen.»

«Schon gut, schon gut.» Louise hob beschwichtigend die behandschuhte rechte Hand vom Lenkrad.

«Ich hab meinen Becher zurückgebracht. Ich hab Lillian gefragt, was aus der Schusterwerkstatt wird, nachdem ihr Dad sich zur Ruhe gesetzt hat. Sie sagte, sie wollen sie unbedingt an die richtigen Leute vermieten. Wir sind die richtigen Leute.»

«Hast du ihr das gesagt?»

«Natürlich.»

«Und …»

«Sie hat gelächelt.»

«Hat sie dir den Mietpreis genannt?»

«Ja. Fünfundvierzig Dollar im Monat, Strom und Heizung gehen extra. Sie meint, wir werden viel Strom verbrauchen. Sie sagte, das wäre ein großes Unterfangen, und wir müssten zusammenarbeiten. Dann wollte sie wissen, ob unsere Männer einverstanden sind.»

«Was hast du gesagt?»

«Ich hab gesagt, sie sind dafür, dass wir ein bisschen Geld verdienen.»

«Hm …» Louise runzelte die Stirn. «Das ist nicht direkt gelogen. Paul hat geschworen, keinen Finger zu rühren. Ich hab gesagt: ‹Ist mir ganz recht. Ich hab mein Nadelgeld gespart.› Er hat keine Ahnung, wie viel.»

«Wie viel?» Juts bekam einen Adlerblick.

«Sag ich dir nicht.»

«Warum nicht?»

«Weil du meinen könntest, wir hätten ein Sicherheitspolster, dabei haben wir keins. Es ist mein Geld, nicht deins.»

«Hab ich gesagt, es wäre meins?»

«Nein, aber ich weiß, wie du denkst, und Geld rinnt dir nur so durch die Finger. Von jeher, Julia.»

«Das musst du gerade sagen … wo du Unsummen bei Bear's lässt.»

«Dabei fällt mir ein – Ostern will ich den Hut», erklärte Louise.

«Ich krieg ihn Ostern. Ich hab gesagt, wir teilen ihn uns, aber ich bestimme, wann, oder du musst wieder aufs Dach.»

Die Wolken im Westen verdunkelten sich, und die Temperatur sank.

«Sieht nach Schnee aus.»

Juts kurbelte das Fenster herunter und schnupperte. «Riecht auch so. Wird aber nicht viel. Macht mich trotzdem melancholisch.»

«Ja. Was meinst du, wie viel Arbeit uns Barnharts Laden machen wird?»

«Eine Menge. Es gibt noch einen netten kleinen Laden in der Gasse hinter der Bank, falls es mit Barnhart nichts wird.»

«Wir müssen an der Straße liegen, und Barnhart ist gleich hinter dem Kino am Platz. Ich wünschte, wir könnten einen Laden am Platz bekommen – auch wenn er auf der Masonseite der Grenze liegt ...»

«Dann müssten wir uns mit den Gesetzen von Pennsylvania herumschlagen, und die von Maryland sind schon schlimm genug. Ich kann Politiker nicht riechen. Eine Horde Stinkstiefel.»

«Ich könnte sie besser riechen, wenn sie bessere Zigarren rauchen würden.»

Juts kicherte, weil Louise unfreiwillig komisch war. «Wie hast du's geschafft, den Wagen wieder zu kriegen?»

«Ich hab drum gebeten. Bin einfach zur Tür reinmarschiert und hab gesagt: ‹Paul, ich brauch den Wagen.›»

«Ich glaub dir kein Wort.»

«Ich habe hinzugefügt, dass ich ihn für Celeste brauche.»

«Warum nimmst du dann nicht Celestes Wagen?»

«Der ist zu groß. Den könnte ich nicht fahren.»

«Den hier kannst du auch nicht fahren. Ich wünschte, du würdest mich fahren lassen.»

«Du bist zu impulsiv.»

«Ich hab dir nicht Frappé ins Gesicht geklatscht. Du hast angefangen, und du kannst zu mir nach Hause kommen und den Erdbeerfleck aus meinem Kleid entfernen.»

«Schokolade ist schlimmer.»

«Selbstverteidigung.» Juts drehte an ihrem Trauring. «Wieso schickt Celeste dich überhaupt zu ihrer Nichte, um mit ihr zu sprechen? Ich fand schon immer, dass Diddy Van Dusen einen Dachschaden hat. Den hat sie aber ehrlich erworben. Ihre Mutter war vollkommen plemplem.»

Louise wurde ernst, sie kniff den Mund zu einem dünnen roten Strich zusammen. «Ich habe Carlotta Van Dusen verehrt. Sie hat mich zum wahren Glauben geführt.»

«Ja, ja.» Juts tat lässig ab, was sich zu einem verzückten Bekehrungsreport hätte auswachsen können. «Du kannst es mir ruhig sagen, weil ich sonst Mom frage. Wenn sie's mir nicht sagt, frag ich Celeste.»

«Ist das nicht toll, dass Francis Chalfonte diesen hohen Posten bei Roosevelt in Washington bekommen und Rillma Ryan eingestellt hat?» Louise sprach von Celestes gut aussehendem Neffen, der die vierzig überschritten hatte. Rillma hatte vergangenes Jahr den Abschluss an der High School von Süd-Runnymede gemacht. Celeste war mit massenhaft Nichten und Neffen gesegnet.

«Hohes Tier. Erzähl's mir.»

«Meine Lippen sind versiegelt.»

«Wenn ich dir eine auf den Mund schelle, nicht mehr.»

«Sei nicht kindisch. Über manche Dinge schweigt man besser. Außerdem posaunst du's in der ganzen Stadt herum, und was dann?»

«Du willst wirklich einen Tritt in den Arsch, wie?»

«Sei nicht so ordinär, Julia, das schickt sich nicht.» Sie schniefte, dann sagte sie: «Gib mir den Hut zurück.»

«Kommt nicht in die Tüte.»

«Dann hör auf, mich mit Fragen zu löchern.»

«Ich hab angeboten, den Hut mit dir zu teilen. Das ist mehr, als du je für mich getan hast.»

«Du hast es bloß angeboten, um vor deinem Mann gut dazustehen. Sonst hättest du es nie getan. Du kannst sehr selbstsüchtig sein.» Sie hob wieder die Hand. «Aber wenn's um die Wurst geht, bist du unschlagbar.»

«Eine echte Hunsenmeir.» Juts war entschlossen, Louise ihre Mission zu entlocken. «Ich kann mich gar nicht erinnern, dass McSherrystown so weit ist. Ich werde ein bisschen schlafen.»

«Wir sind gleich da.»

«Ein kurzes Nickerchen ist besser als gar nichts.»

«Gibst du mir meinen Hut zurück?»

«Willst du nicht, dass ich ein Nickerchen mache?»

«Ich will meinen Hut wiederhaben. Immerhin könnte mein Abkommen mit Celeste auch *dich* betreffen.»

«Du kannst es mir erzählen, wenn du bei Diddy was erreichst. Wenn nicht, hab ich nichts verpasst.» Julia schloss listig die Augen.

Ein leichter banger Stich machte sich in Louises Brust bemerkbar. Sie hatte gedacht, sie hätte Julia dort, wo sie sie haben wollte. «Es ist wirklich eine gute Vereinbarung.»

«Hm.»

«Celeste möchte, dass wir es schaffen.»

«Gut. Sie kann unsere erste Kundin sein.»

«Ramelle macht ihr die Haare.»

«Und alles andere.» Juts öffnete die Augen. «Meinst

du, Menschen schlafen miteinander, wenn sie alt werden? Die beiden sind ziemlich alt.»

«Frauen schlafen nicht richtig miteinander. Sie sind Gefährtinnen, die sich ab und zu küssen.»

«Und ein Bär scheißt nicht in den Wald.»

«Hörst du wohl auf, so *ordinär* zu sein. Ich muss mich auf den Besuch bei Diddy einstellen.»

Juts trällerte ‹Erbarme dich meiner› und schmetterte dann ‹Heilig, heilig, heilig›.

«Du bist mir eine große Hilfe.»

«Das freut mich sehr.» Juts lächelte wie die Grinsekatze. «Ich hoffe, Diddy ist gar nicht da – körperlich, meine ich. Geistig war sie es ja nie.»

«Elizabeth ist verwirrt, das stimmt, schlau, wenn's drauf ankommt. Sie hat die Akademie übernommen, nachdem Carlotta zu ihrer himmlischen Belohnung aufgefahren war. Weißt du, man kann nicht ganz blöd sein, wenn man das macht.»

«Ich hätte meine Belohnung lieber hier auf Erden.»

«Eher geht ein Kamel durch ein Nadelöhr, als dass ein Reicher in der Himmel kommt.»

«Das hat garantiert ein armer Schlucker geschrieben.»

«Das steht in der Bibel!»

«Du bist nicht die Einzige in der Familie, die die Bibel gelesen hat. Ich *glaube* bloß nicht alles, was da drin steht, das ist der Unterschied, und außerdem will ich nicht bei Diddy Van Dusen rumsitzen. Sie langweilt mich zu Tode.»

«Du wirst tun, was man dir sagt.»

«Ach, und wer sagt's mir?»

«Celeste.»

«Moment mal, Schwesterherz, das ist deine Mission, nicht meine.»

«Aber ich brauche dich dabei.»

«Ich werde keinen Finger rühren. Ich bin lediglich deine Begleitung. Du und Celeste könnt aushecken, was ihr wollt. Haltet mich da raus.»

«Aber du wirst davon profitieren.»

«Ich hör mir das Gefasel über Bauvorhaben und den Sport- und den Musikunterricht nicht an. Ohne mich.» Sie schüttelte den Kopf.

«Celeste hat versprochen, für ein volles Jahr für unsere Ladenmiete aufzukommen, wenn ich Diddy überreden kann, ihre Aktien in der Chalfonte-Firma zu belassen. Und darum musst du mir helfen.»

«Was haben Diddys Aktien mit uns zu tun?»

Louise prüfte ihren Lippenstift im Rückspiegel – keine gute Idee, denn sie kam von der Straße ab. «Hoppla.» Die Preisgabe vertraulicher Informationen zementierte Louises Bedeutung. Sie würde jedoch nicht zu viel verraten.

«Von wegen – du solltest mich fahren lassen.»

«Du kannst Pearlies Wagen nicht fahren.»

Juts feixte. «Du auch nicht.»

«Du meinst wohl, ich weiß nicht, was du da tust – ich weiß es aber. Du meinst, ich vergesse mich und erzähl dir alles, was Celeste mir erzählt hat, aber das tu ich nicht. Außerdem hab ich's satt, dass du dauernd auf meinem Fahrstil rumreitest. Du wiederholst dich. Das reicht mir.»

«Hör mal, Wheezer, ich bin nicht so blöd, wie du denkst, also, was soll's.» Juts ignorierte die Bemerkung ihrer Schwester über ihre Fahrkünste. «Die Chalfontes planen irgendeine Fusion oder wollen einen fetten Regierungsauftrag an Land ziehen, und Diddy wird quer schießen, weil es sich um Rüstungsgut handelt. Diddy ist überzeugte Pazifistin. Die Chalfontes fabrizieren Kugellager, also ...»

«Halt bloß den Mund.»

«Mach ich.» Juts seufzte schwer. «Fragst du dich nicht manchmal, wie Major Chalfonte das geschafft hat? Als unser Großvater aus dem Krieg kam, war er zu nichts zu gebrauchen.»

«Hmm.» Louise ging vom Gas, um eine tückische Kurve zu nehmen. «Major Chalfonte hat immer gesagt: ‹Der Krieg hat mich gelehrt, dass Maschinen die Zukunft gehört.› Deshalb hat er angefangen, Kugellager herzustellen.»

«Er starb, bevor du auf der Welt warst.»

«Das weiß ich.»

«Dann tu nicht so, als ob du ihn gekannt hättest.»

«Celeste hat es mir erzählt ... ich habe ihn gekannt, gewissermaßen.»

«Sag mir, warum will Celeste ein Jahr für unsere Miete aufkommen, aber nicht für den Schaden?»

«Weil wir was lernen müssen, wenn wir arbeiten.»

«Ich hab was gelernt.»

«So?»

«Mich nie neben dich zu setzen, wenn du Erdbeerfrappé isst.»

Louise atmete laut aus. «Du schaffst mich. Ich muss jetzt konzentriert sein.»

«‹Schönster Herr Jesu, König der Schöpfung ...›», sang Julia.

«Hör auf.»

«Ich habe eine schöne Stimme.»

«Hab ich das bezweifelt?» Louise sah auf ihre Armbanduhr. «Noch ein paar Minuten.»

«Sind wir auch bestimmt auf der richtigen Straße?»

«Julia, wie oft bin ich die Straße nach McSherrystown schon gefahren?»

Julia zog ihre Schuhe aus und bog ihre Zehen. «Irgendwie find ich's schade, dass Barnhart aufgehört hat.»

«Geh zu Cashton.»

«Wenn es genug Arbeit für zwei Schuster gibt, dann gibt es auch genug Arbeit für zwei Friseursalons. Wie Junior McGrail wohl reagieren wird?»

«Uns Honig um den Bart schmieren und hinter unserem Rücken runterputzen.»

Julia schwieg kurz, dann sagte sie: «Was meint Pearlie dazu?»

«Dass es niemals hinhaut – aber er hat keine Stelle in Rifes Rüstungsfabrik angenommen.»

«Ist er dir noch böse?»

«Vielleicht ein bisschen. Er sorgt sich zu sehr um Mary, um sich über mich aufzuregen. Mir schlägt sie auch aufs Gemüt. Wenn wir das Geld hätten, würden wir sie auf die Immaculata-Akademie schicken.»

«Das würde nichts nützen.»

«Eine katholische Erziehung ist die beste, die es gibt, und die Immaculata ist eine der besten Schulen weit und breit.»

«Das hab ich nicht gemeint. Ich meine, sie würde sich mit Extra Billy davonstehlen, egal, wo ihr sie hinschickt. Sie ist verliebt, und sie glaubt, sie ist der einzige Mensch, der jemals so empfunden hat. Du warst auch mal so. Du hast auch mehr Trieb als Verstand.»

«So war ich ganz bestimmt nicht. Ich war vernünftig. Im Gegensatz zu Mary.»

«Louise», hielt Juts ihr vor, «du warst von Pearlie *besessen*. Du hast seinen Namen in deine Schulbücher geschrieben, und Miss Dwyer hat puterrote Flecken gekriegt, als sie sah, dass du Staatseigentum verunstaltest. Du warst schrecklich.»

«War ich nicht. Ich habe Mutter nicht angelogen.»

«Nein.»

«Und ich war nicht frech zu ihr. Du dagegen warst eine Nervensäge.»

«Zu Recht. Pearlie hat mir immer zehn Cent gegeben, damit ich euch beide allein lasse. Ich hab einen ganz schönen Reibach gemacht.» Sie lächelte. «Ich glaube, du warst mehr in Pearlie verliebt als ich in Chester. Aber du warst jünger, als du ihn kennen gelernt hast. Ich liebe Chessy, aber ich glaube, ich war ihm nicht ganz so verfallen.»

«Nein, aber du warst ja schon immer unabhängig.»

«Er ist mir noch immer böse.»

«Oh.»

«Er kommt spät von der Arbeit nach Hause und liest Zeitung. Er spricht kaum mit mir.»

«Chessy?» Das überraschte Louise. Ihr Schwager war ein besonnener Mensch.

«Gestern ist er eine Dreiviertelstunde mit Buster spazieren gegangen.»

Buster war ihr Irish Terrier, ein munteres, ausgelassenes Kerlchen, das an Juts und Chessy ebenso hing wie an Yoyo, der Katze.

«Na und? Chester geht gern mit Buster spazieren.»

«Ich weiß, aber gewöhnlich geh ich mit.»

«Er ist krank vor Sorge wegen dem Geld.»

«Ich auch!» Juts zog ihre Schuhe wieder an. «Ich glaube, meine Füße wachsen. Jedenfalls, ich tu was nach dem Schlamassel, den wir angerichtet haben. Ich bin bereit zu arbeiten, aber Chessy sagt, man braucht Geld, um Geld zu verdienen. Ich hoffe sehr, dass du bei Diddy was erreichst, denn dann brauchen wir für den Anfang nicht so viel Geld.»

«Ja.» Louise war ebenfalls besorgt. Eigentlich war sie zu Celeste gegangen, um sie um ein Darlehen zu bitten. Ehe sie den Mund aufmachen konnte, bat Celeste sie, bei Diddy zu vermitteln. Da Diddy und Louise zusammen zur Schule gegangen und Freundinnen geblieben waren, hatte sich Louise gerne bereit erklärt. Es ersparte ihr die Demütigung, der Arbeitgeberin ihrer Mutter etwas zu schulden. Als sie endlich zu Wort kam, bat sie um die Miete für ein Jahr. Celeste hatte gelacht und sie verschlagen genannt. Verschreckt wäre zutreffender gewesen.

«Weißt du, was Chessy gestern Abend zu mir gesagt hat?», fuhr Juts fort. «Er hat gesagt, die gefährlichste Speise der Welt sei eine Hochzeitstorte.»

6

DIDDY VAN DUSEN PFLEGTE DIE ASKESE der unermesslich Reichen. Selbstverleugnung in solch verschwenderischen Ausmaßen verschlug Juts die Sprache. Mit Freuden hätte sie die abgelegten Kleidungsstücke genommen, die Diddy an die Armen verteilte. Nicht, dass Juts so entsetzlich arm war, doch ihr war bewusst, dass sie sich im amerikanischen Klassensystem mit Mühe und Not in der unteren Mittelschicht hielt. Ihre gute Herkunft hielt sie aufrecht, aber nicht so sehr wie Louise, die die Töchter der Revolution anrief, sobald sie sich bedroht fühlte. Erlauchte Vorfahren hatten Julia Ellen nie einen Penny eingebracht, also enthielt sie sich des großen Südstaaten-Lasters der Ahnenverehrung.

Als sie jetzt mit Diddy über das Immaculata-Grundstück schritt, bemühte sie sich um eine heitere Miene.

«Wir haben einen neuen Schlafsaal gebaut, seit du zuletzt hier warst.»

«Wunderbar», gurrte Louise.

«Wir bemühen uns um strenge Disziplin – immerhin steckt das Leben voller Prüfungen.» Diddys ausgeprägte Züge glichen ihren blassen Teint aus. Sie sah eher wie eine Van Dusen aus als wie eine Chalfonte.

«Wird dir das hier nie zu viel?», entfuhr es Juts.

Diddy blieb an der Sonnenuhr mitten im Innenhof stehen. «Nein, ich führe Mutters großartiges Werk fort.»

«Deine Mutter war eine Heilige.»

Juts unterdrückte ein Feixen, als Louise Diddy mit Lobpreisungen, die ihrer verstorbenen Mutter, ihr selbst und Immaculata galten, überschüttete. Als Juts wieder im Auto saß, schmerzten ihre Gesichtsmuskeln von all dem falschen Lächeln.

Louise frohlockte über ihren Sieg.

«... bei der bloßen Erwähnung gottloser Menschen fing Carlotta an zu zittern. Aber es ist wahr, weißt du.»

«Was ist wahr?»

«Julia Ellen, du hast mir überhaupt nicht zugehört.»

«Doch, hab ich wohl. Du hast über die Engländer und die Deutschen gesprochen, die in Nordafrika kämpfen. Es war doch Nordafrika?»

«Liest du keine Zeitung?»

«Ich lese den Sportteil von vorne bis hinten. Die Orioles werden dieses Jahr groß rauskommen.»

«Juts, außer dir schert sich kein Mensch um eine Zweitligamannschaft. Die Orioles sind kleine Fische; in der ersten Liga, da spielt die Musik.»

«Baseball ist Baseball!»

«Also, was ich sagen wollte, ich habe den Verkauf ihrer

Aktien zur Sprache gebracht und ihr offen gesagt, dass Celeste mich geschickt hat, weil sie weiß, wie sehr mir diese wichtigen moralischen Angelegenheiten am Herzen liegen.»

«Ha.»

«Sie liegen mir sehr am Herzen – jedenfalls, ich habe ihr gesagt, so schlimm es im Augenblick auf der Welt zugeht, es wird noch viel schlimmer kommen, wenn die Kommunisten sich zurücklehnen und zugucken, wie Deutschland alle in die Knie zwingt, um dann einzugreifen und das geschwächte Deutschland einzunehmen, während sie ganz Europa überrennen. Sie glauben nicht an Gott. Sie meinen, alles dreht sich ums Geld.»

«Tut es das nicht?»

«Julia!»

«Schon gut, schon gut. Gute Arbeit. Celeste wird dir dankbar sein.»

«Eine Jahresmiete!»

Juts' Miene hellte sich auf. «Wir wär's mit einer gestreiften Markise draußen? Rotweiß.»

«Grünweiß.»

«Das würde wie ein Lebensmittelladen aussehen. Wir müssen knalliger sein, und wir dürfen Junior keine Angriffsfläche bieten. Das müsste sie sich schon aus den Fingern saugen – verstehst du, was ich meine?»

«Hm ...»

«Rotweiß.»

«Rotweiß», stimmte Louise zu.

Juts betrachtete die dunkelgrauen Wolken, die von Westen heranzogen. «Louise, ich bin richtig stolz auf dich. Ich hätte nicht mit Diddy reden können. Ich kann nicht mal mit meinem Mann reden.»

«Ach, das geht vorbei. Was du brauchst, ist ein Kind.»

«Es ist ja nicht so, als hätte ich mich nicht bemüht. Er will nicht zum Arzt gehen. Ich hab ihm sogar erzählt, dass ich dort war und bei mir alles in Ordnung ist.»

Der erste Regentropfen, der auf die Windschutzscheibe platschte, zwang Louise, langsamer zu fahren. «Ich fahr nicht gern im Regen.»

«Dann geht's uns beiden so, wenn du am Steuer sitzt. Warum lässt du mich nicht fahren?»

«Ich hab dir doch gesagt, Pearlie würde sterben oder mich umbringen. Ich hab den Wagen heute nur gekriegt, weil Pearlie sich bei Ihrer Hoheit lieb Kind machen will.»

«Nicht dumm von ihm. He, Wheezer, halt doch mal an der Esso-Tankstelle da vorne, ich brauche eine Coca-Cola.»

Während Juts zwei kalte Flaschen aus dem großen roten Kühlautomaten zog, sah Louise den spritzenden, mit Graupeln vermischten Regentropfen zu.

«Jetzt muss ich den Wagen waschen und wachsen.»

«Die Männer lieben ihre Autos mehr als uns.»

«Pearlie sagt, der Wagen ist zuverlässiger und wirft nicht mit Tellern nach ihm.»

Juts schnippte den Metallverschluss von der Flasche. Er fiel mit einem Klick in den Schlitz. Sie reichte ihrer Schwester die Flasche.

«Ich bringe Celestes Geld morgen früh zu Barnhart. Wollen wir uns um neun am Laden treffen?»

«Abgemacht.»

Sie stiegen wieder ins Auto; Regen und Graupel platschten in grauen Strömen herunter.

Juts schlug vor: «Lass uns warten, bis es vorbei ist. Außerdem hätte ich gern ein paar Erdnüsse.»

«Du kannst sie nicht im Auto essen. Ein Fitzelchen

Schale, und mein Mann zieht mir bei lebendigem Leibe die Haut ab.»

«Schon gut. Schon gut.» Juts schlug die Tür zu und flitzte zu dem kleinen Verkaufsstand.

Sie kam mit gerösteten Erdnüssen und noch zwei Cola zu Louise zurück. Louise stieg aus. Frierend kauerten sie sich unter das Vordach, aßen und tranken.

«Verdammt, das wird ja ekelhaft», klagte Juts. «Findest du nicht auch, dass der Frühling Hoffnungen weckt und wumms, liegt man wieder am Boden? Ähnlich wie meine Orioles. Ich kauf mir dieses Jahr eine richtige Baseballkappe.»

«Quatschen macht dick und Schlägerschwingen schlank. Das hat Aimes immer gesagt.»

Juts wischte sich die Hände ab, und das Salz fiel herunter wie kleine Funken. «Ich kann den Spätsommer nicht erwarten, wenn ich geröstete Erdnüsse kriege. Was gibt es Besseres?»

«Mommas Brathuhn.»

«Hmm.» Juts hüpfte ins Auto. «Komisch, woran man sich erinnert. Das hat Aimes tatsächlich gesagt, nicht? Ich erinnere mich, dass er gesagt hat: ‹Was man nicht in der Hand hat, kann man nicht halten.›»

Sie fuhren nach Runnymede zurück. Juts war ungewöhnlich still.

«Bist du besorgt?»

«Weswegen?»

Louise antwortete: «Weil wir ein Geschäft gründen. Es gibt viel zu tun.»

«Nein.»

«Sieht dir nicht ähnlich, so still zu sein. Du bist dieser Tage wie eine Glühlampe, Julia, gehst ständig an und aus.»

«Ich lasse meine Gedanken schweifen.» Sie verlagerte das Gewicht. «Ich weiß nicht. Ich hab ein komisches Gefühl.»

«Dass jemand stirbt?» Louise malte sich gern Katastrophen in üppigen Ausmaßen aus.

«Nein.»

«Hast du Schwarzdrosseln an dein Fenster picken sehen?»

«Für eine Katholikin bist du ganz schön abergläubisch.»

«Bin ich nicht, aber alle Welt weiß, wenn eine Schwarzdrossel an dein Fenster pickt, stirbt jemand, und zwar bald.»

«Nein, ich glaube nicht, dass jemand sterben wird. Nein.»

«Ist deine Periode ausgeblieben?» Louise hob hoffnungsvoll die Stimme.

«Nein. Und hör auf, mich zu löchern.»

«Ich löchere dich nicht.» Louise atmete ein, und ihre Stimme senkte sich zur Tonlage für wichtige Mitteilungen. «Aber ich weiß, dass keine Frau richtig vollkommen und glücklich ist, solange sie keine Kinder hat.»

«Mary und Maizie reißen dich regelmäßig zu Freudensprüngen hin.»

Louise tat diese sarkastische Bemerkung naserümpfend ab. «Pubertät. Sie werden erwachsen. Sind wir auch geworden.»

«Das möchte ich bezweifeln. Manchmal denke ich, man wird gar nicht erwachsen, man wird bloß alt.»

«Frauen werden erwachsen, es bleibt uns nichts anderes übrig.» Sie verlangsamte das Tempo, als sie sich Julias kleinem Haus mit den ordentlich gestutzten Hecken näherte. «Vielleicht bist du müde. Ich werde gereizt, wenn ich müde bin.»

«Nein, ich bin nicht müde, nicht nach zwei Colas. Ich hab bloß so ein komisches Gefühl. Als würde mir das Leben einen tückischen Ball zuwerfen.» Sie hielt einen Moment inne, dann gab sie sich einen Ruck und sagte mit breitem Lächeln: «Darum brauche ich auch die Orioles-Kappe.»

7

RAMBUNCTIOUS – DER ÜBERMÜTIGE – machte seinem Namen alle Ehre. Als Celeste von einem Ausritt, der eigentlich ein erholsamer Spazierritt hätte sein sollen, in den Stall zurückkehrte, war sie erschöpft, ausgelaugt, und sie fragte sich, ob das Alter sie beschlich. Wenn sie den Spruch ‹noch immer schön› noch ein einziges Mal hörte, würde sie wahrscheinlich schreien. Ein schneidender Wind von Norden peitschte ihr ins Gesicht. Ihre Wangen glänzten rosig und feucht.

«Wie war er, Miz Chalfonte?», fragte O. B. Huffstetler, Popeyes Bruder.

«Ungezogen. Sie wissen, wie er sein kann, wenn er testen will, ob man im Sattel eingeschlafen ist.»

O. B. lachte. «Zeit, ihn Mores zu lehren?»

«Ich gebe ihm einen Tag, sich zu besinnen. Wenn er morgen noch unartig ist, werde ich ihn an seine Manieren erinnern müssen.» Sie ließ sich in der Sattelkammer auf einen Stuhl fallen, während O. B. Rambunctious absattelte, der jetzt engelsgleich dastand. Sie rief: «Wann ist es bei Ihrer Frau so weit?»

«In ungefähr sechs Wochen. Fängt an, sich bei ihr bemerkbar zu machen.»

«Das will ich meinen. Sie werden ein guter Vater sein.»

«Danke, Ma'am.»

«Ihr Bruder steckt ja in schönen Schwierigkeiten mit den Schwestern Hunsenmeir.»

«Ich habe ihm gestern Abend gesagt, er soll nur bald was Gutes über sie schreiben, sonst zerreißen sie ihn in der Luft.»

«Zerreißen? Sie machen Pastete aus ihm.»

«Ma'am?»

«Sie zerhacken ihn in kleine Stücke.»

«O weh.» O. B. schüttelte den Kopf.

«Ich habe eine Idee, wie man ihm helfen könnte.» O. B. hielt mit Striegeln inne und blickte über den Widerrist des Pferdes, während Celeste fortfuhr.

«Wie Sie wissen, eröffnen die Mädels in Barnharts alter Schusterwerkstatt einen Friseursalon. Vielleicht könnte Popeye an dem Tag, an dem sie ihre Pforten öffnen, einen Artikel schreiben. Ein neues Geschäft ist immerhin die Aufmerksamkeit des *Clarion* wert.»

«Ich wollte, ich wäre so schlau wie Sie, Miz Chalfonte.»

«Das ist sehr lieb von Ihnen, O. B., aber Sie verstehen mehr von Pferden als ich, und wenn ich drei Leben hätte, um zu lernen. Es gibt viele Formen von Schlauheit.»

«Danke, Ma'am.»

«Wundern Sie sich nicht manchmal, dass Sie und Popeye aus derselben Familie stammen? Sie sind so verschieden.»

Er fing wieder an zu striegeln. «Popeye hat sich immer für was Besseres gehalten. Dass er auf die Universität von Maryland gegangen ist, hat der Sache die Krone aufgesetzt.»

«Bei Carlotta war es ihr Sommer in Rom, neunzehnhundertdrei. Sie hat einen Kardinal im roten Ornat zu viel gesehen. Ich glaube, wenn man mit seiner Familie zurechtkommt, kommt man mit jedem zurecht.»

«Da ist was Wahres dran.» Er hielt inne. «Mein Bruder soll nur schnell was unternehmen. Er ist fünfundzwanzig und kann kein Mädchen finden, das ihm zusagt. So ein mäkeliger Kerl ist mir noch nicht untergekommen.»

«Miss Chalfonte.» Eine Stimme rief vom Ende des Stalles, wo das große Tor offen stand.

«Ich bin in der Sattelkammer.» Celeste erkannte Rillma Ryans Stimme.

Rillma grüßte O. B. im Vorbeigehen, dann stürmte sie in die eichengetäfelte Kammer. «Vielen, vielen Dank.»

«Wofür?»

«Dass Sie mir die Stelle in Washington besorgt haben.»

Celeste bemerkte, wie sanft Rillmas braune Augen waren, wie glänzend ihre schwarzen Haare, wie vollendet geformt ihre Lippen. Sie hatte gewusst, dass Rillma hübsch war, doch in den letzten Wochen war sie zu einer schönen Frau gereift, oder vielleicht fiel es Celeste erst jetzt auf.

«Ich bin froh, dass es geklappt hat. Es ist eine tolle Chance. Und du wirst Francis eine große Hilfe sein. Er ist wie alle Chalfontes ein Stratege, kein Taktiker. Ich weiß, dass du die Details in seinem Büro im Griff haben wirst.»

«Wenn ich jemals irgendetwas für Sie tun kann, Miss Chalfonte, sagen Sie es mir. Für Sie tu ich alles.» Rillmas Aufregung wirkte ansteckend.

«Ich werde es im Kopf behalten.»

«So, ich muss gleich zurück und packen.»

«Wann fährst du?»

«Montag.»

«Ah, dann hast du noch eine Menge zu tun.»

Spontan küsste Rillma Celeste auf die Wange, dann

stürmte sie so atemlos heraus, wie sie hereingekommen war.

Als sie das schöne Mädchen bei dem offenen Tor ankommen sah, die jugendliche Gestalt von einer Lichtflut umkränzt, blieb Celeste fast das Herz stehen, und sie fragte sich, ob sie nicht einen furchtbaren Fehler gemacht hatte.

8

Chester Smith war fusslahm vom Scharwenzeln. Walter Falkenroth, der Chessys größter Kunde war, solange sein neues Haus gebaut wurde, war kein unfreundlicher Mensch, doch wenn er sagte: «Spring!», erwartete er, dass Chessy fragte: «Wie hoch?» Sofern Chessy jedoch gehofft hatte, in der Küche seiner Mutter ein bisschen Frieden zu finden, wurde er schwer enttäuscht.

Chessys Mutter und seine Frau verachteten einander von ganzem Herzen, und das schon, seit er und Juts sich kennen gelernt hatten. Am Tag ihrer Hochzeit waren alle Freunde beim Gottesdienst versammelt, bis auf Mutter Smith, die Krankheit vorschützte. Beide Frauen glücklich zu machen oder sie wenigstens davon abzuhalten, sich gegenseitig an die Gurgel zu springen, erforderte elegante Ausweichmanöver.

Mutter Smith, die gebaut war wie ein Schrank, schrubbte ihr Spülbecken, während sie ihn zusammenstauchte.

«... unter dem Pantoffel.»

«Ich bitte dich, Mutter.»

«Doch, sie hat dich vollständig unter dem Pantoffel. Der Rest der Familie wird hier sein, und du solltest auch hier sein.»

«Das kauen wir jedes Jahr durch.» Er saß auf dem Fußboden, die Beine von sich gestreckt, und beugte sich zurück, um ein Scharnier an einem Schränkchen rechts vom Spülbecken zu reparieren.

«Du gehörst hierher, zu mir. Nicht zu diesen Hunsenmeirs. Die passen nicht zu uns. Sie kann zu ihren Leuten gehen, du kommst nach Hause.» Als ihr Sohn nicht antwortete, fuhr sie fort: «Du hast unter deinem Stand geheiratet, Chester.» Sie stieß einen gekonnten Seufzer aus. «So etwas kommt vor, aber du brauchst dich nicht mit ihnen gemein zu machen. Du gehörst am Ostersonntag hierher, mit deinen Brüdern. Oh, Onkel Will kommt aus Richmond, und Onkel Lou kommt mit dem Zug aus Harrisburg.»

Ächzend zog Chessy eine Schraube fest, und mit jeder Drehung spannten sich auch die kräftigen Muskeln seines Unterarms an. «Mutter, Weihnachtsessen hier, Osteressen dort. Lass uns nicht solche Umstände machen.»

«Ich mache keine Umstände. Ich versuche dich zur Einsicht zu bewegen.» Sie wrang ihren Spüllappen aus und drehte das Wasser ab. «Um in dieser Welt weiter zu kommen, muss man sich mit den richtigen Leuten verbinden.»

«Ich bin ganz zufrieden.»

«Es könnte besser sein.»

«Mir gefällt, was ich tue.»

«Du bist der Älteste, Chester. Du solltest mit gutem Beispiel vorangehen. Joseph ist schon wieder befördert worden.» Sie hielt inne, und bevor sie «bei Bulova Watch» sagen konnte, wo Joseph arbeitete, unterbrach ihr Sohn sie ruhig.

«Ich bin nicht so klug wie Joseph und nicht so ehrgeizig wie Sanford.» Chester nannte seine Brüder wohlweislich nicht bei ihren Spitznamen, die seine Mutter zu gewöhnlich fand. «Ich komme zurecht.»

Rupert Smith, wie Chester ein kräftiger Mann mit breitem Brustkasten, öffnete die Hintertür. «Hallo, mein Sohn.»

«Hi, Dad.»

«Chester, kein Slang in meiner Gegenwart.»

Rupert legte die zusammengefaltete Zeitung, die er unterm Arm trug, auf den Tisch, als sei sie aus zartem Porzellan. «Ich könnte ein kaltes Bier vertragen. Leistest du mir Gesellschaft?»

«Klar.»

«Wenn ihr Alkohol trinken wollt, dann geht nach hinten auf die Veranda. Ich will nicht, dass jemand ins Haus kommt und ...»

«Jo, wir trinken unser Bier hier in der Küche.»

Sie schmiss einen Holzlöffel hin. «Dann könnt ihr es euch selber holen.»

Rupert ging zu dem kleinen hölzernen Eisschrank mit dem Eiskasten oben drauf und holte zwei langhalsige braune Flaschen mit gutem Pennsylvania-Bier heraus. Er reichte Chester eine, dann öffnete er seine Flasche und schlug die Zeitung auf. Ruperts Vorstellung von Unterhaltung bestand darin, die Schlagzeilen laut vorzulesen.

«Hier steht, in Hagerstown wurde ein Mann verhaftet, weil er sich als Finanzier aus New York City ausgegeben hat.»

«Rupert», warf Jo ein, «sag deinem Sohn, er soll zum Osteressen kommen.»

«Ich nehme an, das weiß er, Liebes.»

Entrüstet stürmte sie aus der Küche. «Ihr Männer haltet immer zusammen.»

Rupert beachtete sie nicht und las die nächste Schlagzeile. «‹Nevada von Stürmen heimgesucht.›» Er las schweigend weiter. «Da draußen sind fünf Zentimeter Regen eine Flut. Ich würde den Westen gern einmal sehen.»

«Ich auch.» Chester trank seine Flasche leer. Er musste machen, dass er nach Hause kam. «Dad, ich muss zurück.»

«Oh.» Rup sah von seiner Zeitung auf. «Kannst du nicht versuchen, Ostern nach der Kirche mal vorbeizuschauen? Das würde das Leben hier leichter machen.»

Chester hatte ein Gefühl, als würde sein Magen mit Batteriesäure überschwemmt. «Dad, das ist nicht so einfach.»

Rupert sagte nichts und wandte sich wieder seiner Zeitung zu. Chester wusch seine Bierflasche aus und warf sie in den Abfalleimer unter dem Spülstein. Er ging durch den Flur, um sich von seiner Mutter zu verabschieden, die den großen Mahagoni-Esstisch polierte.

«Bis dann, Mutter.»

Ohne von ihrer Arbeit aufzusehen, brummte sie: «Du könntest wenigstens einmal eine Ausnahme machen. Vielleicht ist dies das letzte Mal, dass wir alle zusammen sind. Du weißt, Lou geht es nicht gut.»

Diese Masche war Chester allzu vertraut. Den Köder schluckte er nicht. «Tut mir Leid, das zu hören.»

«Wenn du erst Kinder hast, werden wir unseren Feiertagsplan umstellen.»

«Es war eine lange Dürrezeit.» Er lächelte verkniffen. Auch seine Brüder hatten keine Kinder.

«Ihr habt lauter unfruchtbare Frauen geheiratet.»

«Vielleicht liegt es an uns.»

Scharf entgegnete sie: «O nein. Unsere Familie hatte nie dieses Problem, die Familie deines Vaters auch nicht.» Sie schüttelte den Kopf. «Es liegt an den Frauen.»

«Falls ich Sonntag nicht vorbeikomme, frohe Ostern, Mutter.»

Er ging zur Hintertür hinaus. Wortlos fuhr sie mit dem Polieren fort. Sein Vater steckte die Nase in die Zeitung.

Eine halbe Stunde später als angekündigt öffnete Chessy die Hintertür zu seinem Haus.

Juts, die ihre Schürze mit Blumenmuster trug, begrüßte ihn: «Du kommst spät, verdammt nochmal, und mir ist die Leber verbrannt.»

«Ich war bei Mutter.»

«Der alte Drachen hat dich festgehalten, bloß um mir eins auszuwischen.»

Chester küsste Juts auf die Wange, zog seinen Mantel aus, dann wusch er sich die Hände. «Bin gleich so weit.»

Sie rief ihm nach: «War sie wegen dem Osteressen auf dem Kriegspfad?»

«Weiß ich nicht, Schatz, das geht bei mir zum einen Ohr rein und zum anderen raus. Du weißt, dass ich nicht auf sie höre.»

Tat er aber. Chester hörte auf jeden, und früher oder später würde sein Schweigen zu einer unerträglichen Last werden.

9

A*BER* E*R HAT UNSERE* K*RANKHEIT GETRAGEN* und unsere Schmerzen auf sich geladen. Doch Er wurde durchbohrt wegen unserer Verbrechen, wegen unserer Sünden zermalmt.›»

«‹Wir hatten uns alle verirrt wie Schafe: Doch der Herr lud auf ihn die Schuld von uns allen.›»

Als Pastor Neely den Karfreitagsintroitus las, sprach Juts, elegant in gedämpfte Farben gekleidet, einen Schleier vor dem Gesicht, automatisch die Antworten. Die Liturgie sagte ihr zu; sie kannte sie für den gesamten Kirchenkalender auswendig.

Sie teilte sich ein Gesangbuch mit ihrer Mutter, doch ihre Gedanken schweiften ab, obwohl sie die richtige, schmerzliche Antwort auf den Lippen trug: «‹Erhöre mein Gebet, o Herr, und lasse mein Rufen zu dir kommen.›»

Juts zählte die Namen in der Gemeinde, hauptsächlich Frauen. Die Männer hatten sich heute nicht von der Arbeit frei genommen oder frei nehmen können, aber sie wusste, dass jede Dame, die da in Trauerhaltung saß, ihren Ehemann pflichtschuldig zum Ostergottesdienst schleppen würde. Wer krank war, würde auf einer Trage gebracht. Niemand versäumte den Ostergottesdienst.

Sie zählte drei Elizabeths, zwei Katherines und eine Kitty. Eine Mildred, eine Florence in ihrem Alter. Dann kam ihr der Gedanke, dass Namen eine Generation charakterisieren. Nicht die klassischen Namen, aber die Mildreds, die Myrtles, die Roses.

Sie überlegte, wie sie eine Tochter nennen würde. Auf keinen Fall wollte sie irgendjemanden nachahmen. Sie verwarf Dorothy, weil die Maupins ihr Baby Dorothy genannt hatten und das Kind starke Ähnlichkeit mit einem Frettchen hatte. Dora klang nach einem fetten Wal, Eleanor nach Zimperliese, und Bernice war der Name für ein Mädchen, das später mal in einer Putzmacherei arbeiten würde. Nichts davon sagte ihr zu. Bonnie war zu flott, Lucille eine Spur zu altmodisch für diese neue Generation. Margaret war nicht übel, aber Juts wollte nichts Klassisches, sie wollte etwas Originelles.

Falls sie jemals einen Sohn gebären würde, läge es natürlich auf der Hand: Chester junior.

Ehe sie weiter über dieses Thema nachsinnen konnte, wurden dicke Samtvorhänge vor die Buntglasfenster gezogen – Altar und Kanzel waren schon in schwarzen Samt gehüllt –, alle Lichter wurden gelöscht, und bedrückende Stille senkte sich auf die andächtigen Frauen. Es war drei Uhr, die Stunde, als Jesus seinem Vater seinen Geist empfahl.

Julia Ellen, dem Alten Testament nicht übermäßig zugetan, wie auch einigen Teilen des Neuen Testaments, fragte sich, warum die Väter so grausam waren, angefangen mit Gott. Abraham war bereit gewesen, seinen eigenen Sohn zu opfern. Moses hatte sich keinen Deut um seinen gekümmert. Eigentlich war nichts Gutes geschehen bis zum Neuen Testament. Wenigstens hatten diese Geschichten sie nicht geängstigt, als sie ein Kind war, wenngleich der Karfreitag ihr unheimlich war. Opfer sprachen Juts nicht an, nicht einmal jenes, das vor neunzehnhundert Jahren gebracht worden war.

Als die Orgel einsetzte, öffneten sich die Vorhänge, und Juts atmete erleichtert auf. Die Freude steigerte sich, als der Gottesdienst zu Ende war. Sie und Cora gingen hintereinander durch den Mittelgang, um Pastor Neely, der an der Tür zum Vestibül stand, die Hand zu geben.

Sobald sie draußen auf dem Platz stand – die Temperatur betrug um die zwölf Grad –, hielt sie Ausschau nach Louise, die aus der Kirche St. Rose of Lima trat.

«Da ist sie.»

Und da war sie, ganz in Schwarz mit dunkellila Akzenten. Ihr Schleier schimmerte vor ihrem Gesicht, winzige Quadrate waren in das Netz gestickt.

«Mutter.» Louise ging über den Platz, sah sich um und sagte spöttisch: «Junior McGrail hat mich geschnitten. In der Kirche. Das ist mir eine gute Christin.»

«Fett, faul und gefräßig, das ist sie», sagte Juts.

«Wo sind die Mädchen?», fragte Cora.

Louise drehte sich um, gerade als Maizie, den Ernst des Anlasses vergessend, die Treppe herunterhüpfte.

«Geh wie eine Dame, Maizie.»

Eine Furche auf Maizies junger Stirn ließ flüchtig erkennen, wie sie als alte Dame aussehen könnte.

«Hallo, G-Mom. Hallo, Tante Juts.»

«Du sollst deine Großmutter nicht so nennen. Wirklich, Maizie, heute ist Karfreitag, und du stehst direkt vor Gott und jedermann.»

«Ach, Louise, sei nicht so streng mit ihr», sagte Cora.

Louise achtete nicht auf ihre Mutter. «Wo ist Mary?»

«Noch in der Kirche.»

«Was macht sie da drin?»

«Weiß ich nicht.» Maizie zuckte die Achseln, was bedeutete, dass sie es sehr wohl wusste.

Louise stemmte die Hände in die Hüften und bohrte nach. «Deine Schwester kommt sonst aus der Kirche geflogen wie ein Pfeil. Halt mich bloß nicht zum Narren. Was macht sie da drin? Ist Extra Billy drinnen?»

«Mom, Billy ist nicht katholisch.»

«Ein Grund mehr, ihn nicht zu mögen.» Louise schürzte die Lippen.

«Ach, Wheezie, bemüh dich nicht, katholischer zu sein als der Papst.»

«Julia, wenn du die Augen aufmachen würdest ...»

Juts blaffte zurück: «Und wenn du deine aufmachen würdest, könntest du sehen, dass du Mary dem Jungen in die Arme treibst. Wenn du ihn nicht alle fünf Minuten heruntermachen würdest, hätte sie ihn bald satt.»

«Erzähl du mir nicht, wie ich meine Tochter zu erziehen habe. Du bist keine Mutter. Du hast keine Ahnung.»

Cora schob ihre massige Gestalt zwischen die beiden. «Ich will keinen Streit. Louise, geh da rein und hol sie raus. Juts, du schweigst still.»

Louise stakste die Treppe wieder hinauf in die Kirche.

Julia wimmerte: «Sie hat angefangen.»

«Sei vernünftig und halt den Mund», befahl Cora. «Heute ist Karfreitag.» Sie legte ihren Arm um Maizie. «Wie können sie erwarten, dass du erwachsen wirst, wenn sie es nicht sind?»

Maizie kicherte. «Oje.»

Dieser Ausruf galt ihrer Mutter, die die finster dreinblickende Mary die Treppe hinunterbugsierte, wobei sie von hinten mit ihrer lila Handtasche auf sie einschlug, ein kleiner Klaps hier, ein kleiner Klaps dort.

Louise schritt an den dreien vorbei und rief ihnen über die Schulter zu: «Ich seh euch nachher im Laden. Wir werden uns jetzt ein bisschen unterhalten.» Sie schubste die widerspenstige Mary vorwärts. Juts lachte, da sie wusste, dass Mary ordentlich was zu hören kriegen würde.

«Unterhalten – Louise wird sie Mores lehren.»

Maizie flüsterte: «Billy hat sich gestern Abend in St. Rose reingeschlichen und Mary einen Liebesbrief ins Gesangbuch gelegt. Aber er muss die Reihen verwechselt haben, weil der Brief nicht in unserer Bank war. Mary hat da drin alle Gesangbücher durchgeblättert.»

«Ach du meine Güte.» Juts lachte. «Mom, findest du nicht, dass Louise wegen Extra Billy zu viel Theater macht?»

«Kommt, gehen wir rüber zur Frederick Road.» Cora bedeutete ihrer Tochter, voranzugehen, dann zwinkerte sie Maizie zu, die gleich vor ihr ging.

«Oh.» Juts verstummte; sie hatte verstanden, dass Cora in Maizies Gegenwart nicht darüber reden wollte.

Maizie flitzte zu Cadwalder. «G-Mom, krieg ich ein Soda?»

«Ja, sag Mr. C., ich komme sofort nach und bezahle.»

«Ich warte lieber draußen», erklärte Juts ausnahmsweise vernünftig.

«Du wirst wohl draußen in der Kälte stehen, bis du deine Rechnung bezahlt hast, Mädchen.»

Juts wechselte das Thema. «Wo sind Celeste und Ramelle? Sie sind sonst immer in der Kirche.»

«Spielen Mr. und Mrs.» Das war Coras Verbrämung für einen Mordskrach.

«Oje.»

«Die beiden hatten schon Ewigkeiten keinen Streit mehr.» Cora, die Celeste treu ergeben war, ging nicht näher darauf ein. «Ich bin gleich wieder draußen.»

Julia blieb auf dem Platz, während sie auf ihre Mutter und ihre Nichte wartete. Sie lächelte und winkte Freunden und Feinden zu. Sie ging auf und ab und war sehr verblüfft, als Junior McGrail direkt an ihr vorbeimarschierte und ohne nach links und rechts zu schauen in den Drugstore schritt.

Just in diesem Augenblick kamen Cora und Maizie herausgestapft.

«Mom, Junior McGrail hat mir gerade die kalte Schulter gezeigt.»

«Uns hat sie zugenickt», zirpte Maizie, begeistert, etwas zur Unterhaltung der Erwachsenen beisteuern zu können.

«Möglicherweise bringt ihr sie um ihren Broterwerb», sagte Cora, während sie zwei Häuser weiter nach Osten zur Frederick Road gingen.

«Das glaube ich nicht. Es gibt genug Haare in dieser Stadt für zwei Salons. Außerdem ist ihrer in Nord-Runnymede, und unserer kommt nach Süd-Runnymede.»

Als sie in die ehemalige Schusterwerkstatt traten, achteten die drei nicht auf Marys tränenverschmiertes Gesicht. Juts' Irish Terrier bellte ihr einen Gruß zu.

«Was machst du denn hier, Buster?», wandte sich Juts an den Hund.

«Er war hier, als ich die Tür aufschloss.» Louise schlug einen nüchternen Ton an, was hieß, dass sie Mühe hatte, ihre Gereiztheit im Zaum zu halten. «Mom, was sagst du dazu?»

«Ihr beiden habt hier ja gründlich aufgeräumt.»

«Also, ich finde, die Spiegel sollten an dieser Wand verlaufen, mit Schränkchen darunter und großen bequemen Sesseln, damit die Kundinnen lesen können, wenn sie unter der Trockenhaube sitzen.»

«Louise, wir brauchen auch Stühle, die wir hoch und runter treten können.»

«Weiß ich. Gleich hier kommt der Empfangsbereich hin mit viel Musik. Ich will mir nicht mehr wie in einem Bestattungsinstitut vorkommen, wenn ich zum Friseur gehe. Und hier drüben ...»

«Mädchen, wie wollt ihr das alles schaffen?»

«Wie meinst du das?»

«Tischlerarbeit ist teuer, und Spiegel werden euch ins Armenhaus bringen, gar nicht zu reden vom Wasseranschluss für jedes Waschbecken.»

«Chester kann die Tischlerarbeiten übernehmen, und

Pearlie kann anstreichen. Den Rest schnorren wir», erwiderte Louise energisch.

«Ihr solltet euch lieber mit euren Männern gut stellen.»

«Paul tut, was ich ihm sage», prahlte Louise.

«Mutter, wozu braucht man so einen langweiligen Mann?», platzte Mary heraus.

«Sei nicht so ein Schwachkopf. Wenn du einen Mann nicht im Griff hast, treibt er sich mit anderen Frauen herum, säuft oder spielt, und dann steckt ihr beide in der Scheiße.» Es erschütterte Louise, «Scheiße» gesagt zu haben, aber sie hatte sich derart heftig mit Mary gekracht, dass sie sich vergaß.

«So eine Ehe will ich nicht», erklärte Mary widerborstig. «Ich will einen Mann, der mich liebt, der ...»

«Liebe, ach, Mary, dass ich nicht lache. Was weißt du schon von Liebe?»

«Ich weiß, dass sie nichts mit Herumkommandieren zu tun hat.»

Louise ging auf Mary zu, die nicht zurückwich.

Cora machte dem Theater ein Ende. «Louise, sie hat noch viel Zeit, die Männer kennen zu lernen.»

«Ich versuche doch bloß in ihren Dickschädel zu kriegen, dass mit Flöhen aufwacht, wer sich mit Hunden schlafen legt.»

«Mutter!» Mary rannte hinaus und schlug die Tür hinter sich zu.

«Mary, Mary, komm sofort zurück.»

«Soll ich sie holen, Mom?»

«Nein, Maizie, du bleibst hier. Sie kann nicht zu Billy, er ist bei der Arbeit. Sie wird nach Hause gehen.» Louise schauderte. Die Heizung im Laden war nicht an. «Gehen wir.»

«Louise, alles hat seine Zeit.»

«Mutter, halt du dich da raus!» Louise packte Maizie am Arm und schob sie aus dem Laden, die Tür ließ sie angelehnt.

Juts sah ihrer Schwester nach, die mit Maizie die Straße entlang eilte. «Louise meint, sie wüsste alles», sagte sie.

«Sie ist nicht jung genug, um alles zu wissen.» Als Juts zu lachen anfing, lächelte Cora sie an. «Und du auch nicht.»

«Ich habe nie gesagt, dass ich alles weiß, aber sie treibt Mary diesem Jungen direkt in die Arme, sie macht ihn unwiderstehlich.»

«Das weiß ich.»

«Warum sagst *du* dann nicht mal was?»

«Weil jeder Mensch lernen muss.»

Juts bückte sich, um Buster zu streicheln. «Du meinst, jeder muss auf die harte Tour lernen.»

Cora schüttelte den Kopf. «Jeder muss so lernen, wie er kann.»

«Aber du weißt, dass Mary sich in Schwierigkeiten bringt – vielleicht sogar in große Schwierigkeiten. Extra Billy ist wild wie ein Tier.»

«Und schön wie ein Prinz. Julia Ellen, begleite mich zu Celeste», sagte Cora bestimmt.

«Okay.» Juts wartete, bis ihre Mutter in den Sonnenschein hinausgetreten war, dann schloss sie die Tür ab. «Mom», flüsterte sie, «ich habe Angst, dass Mary schwanger wird.»

«Werden könnte.»

«Das würde Louise umbringen. Die Schande – nicht, dass ich meine, das ist das Schlimmste auf der Welt, aber, nun ja, das Beste ist es auch nicht. Man würde Mary in dieser Gegend ausgrenzen.»

«Wenn man einem Menschen eine Lektion unterschlägt, muss er sie später lernen, und jedes Mal, wenn die Lektion aufgeschoben wird, wird sie schlimmer und schlimmer. Ich bin eine ungebildete Frau, aber so viel habe ich in diesem Leben gelernt.»

«Du bist nicht ungebildet.»

«Ich kann weder lesen noch schreiben.»

«Viele Menschen können nicht lesen und schreiben. Wie auch immer, ich muss über das nachdenken, was du gesagt hast. Ich habe das Gefühl, etwas tun zu müssen. Vielleicht sollte ich mit Mary reden.»

«Tu, was du nicht lassen kannst.»

10

DIE KONTROLLLAMPE GLIMMTE wie das bläuliche Scheinauge eines Nachtfalters. Erschöpft vom Duell zwischen Leidenschaft und Vernunft stand Celeste am Herd. Sie war der Meinung, sie solle sich nicht dazu hinreißen lassen, ihre Gefühle offen auszuleben, und warf sich vor, mit Ramelle gestritten zu haben.

Schließlich war sie die Tochter eines Kriegshelden. T. Pritchard Chalfonte war Major der Konföderierten gewesen und hatte sich durch vier Jahre voller Entbehrungen und Grauen geschleppt, ohne jemals zu klagen. Er war achtunddreißig, als sein drittes Kind geboren wurde, und Celeste erinnerte sich deutlich an ihren Vater in seinen Vierzigern und Fünfzigern. Die Chalfontes alterten langsam, und der Major hatte lange, lange Zeit jung gewirkt.

Auch ihre Mutter, Charlotte Spottiswood, hatte ihrem Unmut nie Luft gemacht, so viel sich auch in ihr aufgestaut haben mochte. Celeste ließ im Geiste ihre Brüder und ihre verstorbene Schwester Revue passieren; so unterschiedlich sie auch waren, sie hatten alle Zurückhaltung geübt. Als zwei Kameraden ihres jüngsten Bruders aus dem Ersten Weltkrieg zurückkamen, hatte sie erfahren, dass Spottiswood gestorben war, wie es sich für einen Chalfonte ziemte, in selbstloser Erfüllung seiner Pflicht. Obwohl ihr Vater seit 1897 tot war, beflügelte sein Vermächtnis stiller Courage seine Kinder und Kindeskinder.

Dass sie ihre Stimme gegen Ramelle erhoben hatte, schien ihr fast so verwerflich, als wenn sie sie geschlagen hätte. Sie konnte sich nicht erinnern, in all den Jahren, die sie nun zusammen waren, einen heftigeren Vorwurf erhoben zu haben, nicht einmal, als Ramelle von Curtis schwanger geworden war und ihn geheiratet hatte. Vielleicht hatte Spotts' noch immer schmerzlicher Verlust ihr geholfen, jegliche Eifersucht, die sie auf ihren jüngeren Bruder Curtis empfunden haben mochte, zu überwinden. Sie versuchte sich zu erinnern, was sie damals gefühlt hatte. Das Einzige, worauf sie sich besinnen konnte, war ihre Freude über die Geburt der kleinen Spotts. Im Rückblick hatte sich das Jahr 1920 als eines der glücklichsten Jahre ihres Lebens erwiesen.

Seither verbrachte Ramelle jeden Winter und Vorfrühling bei Curtis in Kalifornien, das Frühjahr, den Sommer und den Herbst in Maryland. Spotts wurde in wenigen Wochen einundzwanzig, und Celeste liebte das Mädchen wie eine eigene Tochter. Obwohl Ramelle mit Curtis verheiratet war, lautete eigenartigerweise der Name auf der Geburtsurkunde Spottiswood Chalfonte Bowman – Ramelles Mädchenname.

An eine leise Meinungsverschiedenheit erinnerte sich

Celeste. Spotts wollte nach Stanford, auf ein College an der Westküste, statt nach Bryn Mawr, das Celestes erste Wahl war. Aber sie war nicht laut geworden. Sie hatte Mutter und Tochter lediglich darauf hingewiesen, dass die Schulen im Osten einem lebenslang die besseren Verbindungen verschafften. Schließlich gab es im Westen, soviel sie wusste, keine großen Kapazitäten, weshalb die Elite der jüngeren Generation immer noch an den angesehenen Universitäten im Osten Examen machte. Spotts hatte dankend abgelehnt. Der Westen war ihr lieber.

Celeste hatte sogar Curtis angerufen, der sagte: «Sie ist alt genug, um ihre Entscheidungen selbst zu treffen.» Sie konnte sich nicht erinnern, dass ihre Eltern je etwas Derartiges zu ihr oder ihren Geschwistern gesagt hätten. Die Zeiten hatten sich geändert, und nicht zum Besseren. Sie war der Meinung, dass junge Menschen eine Orientierung brauchten. Man konnte sie nicht machen lassen, was sie wollten. Dafür waren sie zu unreif.

Sie hatte sich jedoch zusammengenommen, und Spotts war nach Stanford enteilt, wo sie glücklich war.

Diese Auseinandersetzung aber war etwas anderes.

In den beinahe einundzwanzig Jahren seit Spotts' Geburt war Ramelle nie von ihrer Jahresplanung abgewichen. Jetzt erklärte sie, sie wolle nach Kalifornien, weil Curtis sich zum Militär gemeldet hatte. Das war eine entschiedene Abweichung.

Zunächst versuchte Celeste es mit Vernunft. Das hatte nichts gefruchtet. Dann versuchte sie es mit Bestechung. Das hatte auch nichts gefruchtet. Schließlich hatte sie die Beherrschung verloren. Ramelle war in ihr Zimmer gegangen und hatte die Tür geschlossen.

Das überraschte Celeste nicht. Hätte Ramelle sie angeschrien, würde sie es wohl genauso gemacht haben, oder sie wäre einfach in den Packard Twelve gesprungen und davongebraust.

Der Teekessel pfiff. Sie schenkte sich eine Tasse ein und setzte sich in die gemütliche verglaste Nische in der geräumigen Küche. Tee und Tulpen. Sie liebte Tulpen, massenweise wiegten sie sich unter dem Eckfenster. Der Frühling machte zwei Schritte vor und einen zurück. Es war die ganze Woche kalt geblieben, und der Ostersonntag versprach nicht wärmer zu werden. Den Tulpen jedoch war es einerlei; sie öffneten ihre flammend orangeroten, schwarz umrandeten Kelche; ihre Rot-, Weiß-, Lila- und Gelbtöne trotzten der schneidenden Luft. Die Kirschbäume waren besonnener. Sie warteten auf einen mollig warmen Tag mit Temperaturen um die achtzehn Grad.

Das im Wind wechselnde Licht wurde golden. In einer Stunde würde die Sonne untergehen. Zwielicht machte Celeste wehmütig, seit sie ein Kind war. Die Wehmut vertiefte sich mit dem Alter. Sie konnte nicht fassen, wie schnell die Jahre verflogen, und es war ihr einfach unbegreiflich, dass sie über sechzig war, auch wenn alle sagten, sie sehe aus wie Anfang vierzig. Ungeachtet ihres Aussehens hatte sie dreiundsechzig Jahre Erinnerungen. Sie liebte ihr Leben. Sie wünschte sich weitere sechzig Jahre. Und sie liebte Ramelle.

Die Wahrheit war, sie war eifersüchtig. Ob dieser unvermittelten Selbsterkenntnis stellte sie ihre Tasse klirrend auf den Tisch. Sie war nie eifersüchtig gewesen. Warum jetzt?

Leise Schritte in der Küche veranlassten sie, sich umzudrehen. In dem roten Seidenmorgenrock, den Celeste ihr aus Paris mitgebracht hatte, ging Ramelle zum Herd. Sie hatte Celeste nicht bemerkt. So kam Celeste in den köstlichen Genuss, eine Person zu beobachten, die nicht merkt, dass sie beobachtet wird.

Sie hatte im Laufe ihres Lebens viele Dinge gelernt, und eines davon war, dass es das Ich gibt, das man kennt und anderen zeigt; dann das Ich, das man kennt und anderen nicht zeigt; das Ich, das andere kennen und man selbst nicht; und schließlich das Ich, das andere nicht kennen und man selbst auch nicht. Es bedarf eines Unglücks, einer wie auch immer gearteten Katastrophe, um das Ich hervorbrechen zu lassen, das niemand kennt.

Sie sah Ramelle, diese anmutige Frau, blinzeln, als das Gas um den Brenner aufflammte. Sie fragte sich, was ihre Geliebte von ihr wusste, das sie selbst nicht wusste. Vielleicht war es auch besser, es nicht zu wissen.

«Komm, setz dich zu mir.»

Ramelle fuhr zusammen. «Hast du mich erschreckt.»

«Ich habe mich selbst erschreckt. Ich habe die Beherrschung verloren, und ich entschuldige mich dafür.»

Ramelle tat das Thema mit einer Handbewegung ab. «Du magst keine Veränderung, mein Schatz. Solange die Dinge nach Plan gehen, ist alles gut. Ich habe den Plan umgeworfen.»

«Bin ich so eine Tyrannin?»

Ramelle trat zu ihr. «Eine aufgeklärte.»

Celeste stützte ihren Kopf für einen Moment in die gewölbte Hand. «Nun …»

«Da du so viel intelligenter bist als wir Übrigen, sind wir alle sehr dankbar, dass du unser Leben organisierst. Ich auf alle Fälle.»

«Oh, Ramelle, ich bin nicht intelligenter als du – nur belesener.» Celeste beobachtete, wie das Licht auf Ramelles feine Gesichtszüge fiel.

«Alle Chalfontes sind hochintelligent – die Spottiswoods auch.» Ramelle sprach von Celestes Familie mütterlicherseits. «Die Besten mit den Besten paaren und auf das Beste hoffen. Machen wir es nicht so mit den Pferden?»

«Ja.» Celeste lachte, dann sagte sie: «Mutter hat Carlotta vorgezogen.»

«Oh, das hat sie nicht. Wie könnte jemand Carlotta vorziehen?»

«Carlotta hat Herbert Van Dusen geheiratet, die fadeste Seele, die man sich vorstellen kann. Mutter fand ihn ungemein geeignet, weil er einen Sitz an der Börse hatte, obwohl das auch schon alles ist, was er hatte. Seine Partner trugen ihn mit, aber wenn man Carlotta erzählen hörte, hätte man meinen können, er besäße den Jagdinstinkt eines J. P. Morgan.»

«Sie hat ihn geliebt. Wir neigen alle dazu, die Tugenden derer, die wir lieben, zu überschätzen.»

«Oh.» Celeste trank einen Schluck. «Überschätzt du meine?»

«Nein.»

«Was bist du doch für eine elegante Schwindlerin, Ramelle. Ich verstehe nicht, warum du zu Curtis willst. Er ist zu alt für den Kampf, aber sobald diese vulgäre Zurschaustellung organisierter Gewalt vollends inszeniert ist, wird er seine Rolle einnehmen. Er ist immerhin siebenundfünfzig.»

«Wenn es nach seinem Willen geht, wird er irgendwie an den Kämpfen teilnehmen. Ich glaube, er leidet darunter, seit all den Jahren im Schatten seines Bruders zu stehen.»

«Curtis hat den Ersten Weltkrieg überlebt. Er hat sich ehrenvoll gehalten.»

«Männer denken nicht so. Spotty ist einen Heldentod gestorben.»

«Manchmal denke ich, Männer sind die sonderbarsten Tiere, die Gott jemals auf diese Erde gesetzt hat.»

«Dasselbe sagen sie über uns.»

«Ja, vermutlich.» Celeste sah zu, wie sich das goldene Licht draußen rosa färbte, als die Sonne sich dem wartenden Horizont näherte. «Bist du mir böse?»

«Nein. Na ja – vielleicht ein kleines bisschen. Ich lasse mich nicht gern anschreien. Schatz, was immer mit Curtis geschieht, ich möchte bei ihm sein, bis er geht.»

«Ihr könntet hier zusammen sein.»

«Curtis wird sich ums Geschäft kümmern, bis er den Marschbefehl erhält. Du weißt, wie deine Brüder sind.»

«Hör mal, ich habe dich nie gefragt – liebst du Curtis?»

«Natürlich.» Ramelle lachte. «Er ist dir so ähnlich – nur in mancher Hinsicht sanfter.»

Celeste war drauf und dran einzufordern, dass Ramelle sie mehr lieben solle als ihn, doch sie ließ es bleiben und erwiderte stattdessen: «Er ist ein Glückspilz.»

«Ach, Celeste, Curtis ist bloß Curtis. Er ist eine Frohnatur. Er gehört in den kalifornischen Sonnenschein und ins Filmgeschäft. Das passt zu ihm. Er ist ein Mensch, der weiß, wie man etwas anpackt – wie gesagt, genau wie du. Nichts kann Curtis aufhalten, aber ich nehme an, Stirling kann auch nichts aufhalten; bloß, dass Stirling mir immer alt vorgekommen ist, sogar, als er jung war.» Celestes Bruder in Baltimore leitete die Kugellagerfabrik.

«Der Preis, den der Erstgeborene zahlen muss, denke ich mir», sagte Celeste.

«Ich liebe dich, das weißt du. Auf immer und ewig.»

«Ich liebe dich auch.»

«Siehst du, wir haben uns versöhnt. Bist du nicht auch froh?»

«Ich weiß nicht recht. Ich bin etwas erleichtert. Ich ärgere mich nur über mich selbst, weil ich die Beherrschung verloren habe.»

«Du bist nur ein Mensch.»

Celeste lachte. «Das ist es ja, was mich beunruhigt.»

Die Haustür ging auf und mit einem Schlag wieder zu.

«Ich bin's. Wo seid ihr?», grölte Fannie Jump Creighton, Celestes Freundin seit frühester Kindheit.

«O Gott.» Celeste seufzte, denn Fannie Jump war eine Quasselstrippe. «Wir sind in der Küche.»

Fanny schleppte eine schwere Einkaufstasche herein, ließ sie mit einem dumpfen *Plumps* auf den Boden fallen und sagte: «Ich wäre fast überfahren worden. Kaputt. Ins Jenseits befördert ohne Hoffnung auf sofortige Auferstehung, ich kann euch sagen. Platt gedrückt, mir nichts, dir nichts platt gedrückt von dem gottverdammten Extra Billy Bitters, den man ins Gefängnis stecken sollte ...»

Celeste unterbrach sie: «Das wird man. Zur rechten Zeit.»

«Hm, die rechte Zeit dürfte gekommen sein; er hat Mary im Auto, Louise jagt hinterher, und sie sitzt am Steuer, mögen alle Heiligen uns beschützen. Louise findet bekanntlich nicht mal aus einem brennenden Stall heraus. Ihr folgt Chester Smith mit Juts, Maizie und Paul im Wagen, und Paul hängt aus dem Fenster, glaubt's oder nicht, und brüllt aus Leibeskräften, dass seine verrückte Frau langsamer fahren soll. Ich finde, wir sollten den Sheriff rufen. Schließlich liegt hier eine Gefährdung der öffentlichen Sicherheit vor, und das sollte man schon den Behörden melden. Aber von welcher Seite? Ich meine, ihr wisst, wie sich Harmon Nordness aufblähen kann, sollte Billy die Grenze nach Pennsylvania überqueren. Aber das Schlimmste ist, Mary hat einen

Revolver und schießt aus dem Fenster, ballert einfach drauflos wie Cowboys und Indianer!»

«Was?», riefen beide Zuhörerinnen wie aus einem Munde.

11

Auf zwei linken Rädern flüchtete Extra Billy durch die Frederick Road und hielt auf den Emmitsburg Pike zu, aber er bekam das alte Zweisitzer-Coupé nicht unter Kontrolle. Als er den Ford endlich auf den rechten Weg gebracht hatte, scherte er über die Mason-Dixon-Grenze. Er schwenkte um den Platz, kam vor dem Bon-Ton-Kaufhaus ins Schleudern, geriet auf den Bordstein, steuerte zu stark gegen und fuhr geradewegs in den schönen Platz hinein. Mary fuchtelte mit dem Revolver. Als sie auf den Bordstein knallten, schoss sie in das Verdeck des Coupés, worauf sie beide erschraken. Billy passte nicht auf, wo er hinfuhr, und krachte in den Sockel des Yankee-Generals George Gordon Meade. Die Statue neigte sich ein kleines bisschen, doch am schlimmsten lädiert war das Zweisitzer-Coupé.

Verdattert wankte Billy aus dem Auto, plumpste auf seinen Allerwertesten und kroch dann auf allen Vieren vorwärts, um die kreischende Mary herauszuziehen.

Just in diesem Moment rammte auch Louise, furiengleich, den Bordstein und kam neben Billys Auto abrupt zum Stehen. Chessy, weitaus besonnener, hielt an der Kreuzung bei St. Rose of Lima, stellte den Motor ab und lief zur Unfallstelle, dicht gefolgt von Juts und Pearlie. Ihnen auf den Fersen waren Celeste, Ramelle und Fannie

Jump, die schwer keuchten, weil sie von Celestes Haus, nahe dem Platz, hergerannt waren.

Extra Billy riss Mary den Revolver aus der Hand. «Ich hab nicht gewusst, dass sie ihn hat, ehrlich nicht.»

Louise zerrte Mary auf die Füße, die gegen das Coupé gesunken war. «Was ist bloß in dich gefahren?»

«Rühr mich nicht an! Ich hasse dich!», winselte Mary und schlang ihre Arme um Extra Billys schlanke Taille.

«Von wegen anrühren. Ich werde dich prügeln, dass dir Hören und Sehen vergeht!»

«Nein!», kreischte Mary.

Pearlie, der unterdessen am Schauplatz angelangt war, ballte eine Faust, um den jungen Mann zu schlagen, doch Chessy trat rasch hinter ihn und fiel ihm in den Arm.

«Pearlie, damit ist nichts gewonnen.»

Extra Billy warf Chester einen dankbaren Blick zu und gewahrte dann hinter ihm das Frauentrio, das über den Platz getrabt kam. Die beiden Autos hatten die Blumen zu Brei gefahren, über den Celeste behutsam hinwegstieg.

«Ich will nicht nach Hause, ich will nicht nach Hause!», zeterte Mary.

«Du wirst tun, was ich dir sage.» Louise wollte sie packen, aber Mary entwand sich ihr, die ganze Zeit über an Billy geklammert, der den Revolver noch in der Hand hielt.

Celeste nahm ihn Billy behutsam aus der Hand. «Den brauchst du nicht.»

«Ah – nein, Miss Chalfonte.»

«Ist das dein Revolver?»

«Nein, Ma'am.»

Mary weinte. «Es ist Daddys.»

Pearlies Stimme zitterte. «Du kommst besser sofort nach Hause. Wir werden das klären.»

Maizie beobachtete alles mit großen Augen; ihre Schwester beschwor sie mit Blicken, da Maizie stets ihre Verbündete war, außer wenn sie sich in der Wolle hatten.

Eine Sirene im Hintergrund kündete neue Unannehmlichkeiten an.

«Scheiße», brummte Extra Billy.

«Du sollst in meiner Gegenwart nicht fluchen!», fuhr Louise ihn an.

«Verzeihung, Mrs. Trumbull, mir tut das alles sehr Leid. Es war alles anders geplant. Wir wollten nach Baltimore fahren und gleich zurückkommen, aber ...»

«Lüg mich nicht an, Billy. Du wolltest meine Tochter entführen.» Louises Ton war unerbittlich.

«Entführen! Teufel, Wheezie, sie hat sich die Beine aus dem Leib gerannt, um das Auto zu erreichen – das im Übrigen ziemlich übel aussieht», sagte Juts.

«Halt du dich da raus, Julia! Du bist keine Mutter.»

«Louise, wirst du dich wohl beruhigen? Billy verhaften zu lassen ist keine Lösung.»

«Schlag dich nicht auf ihre Seite!»

«Tu ich gar nicht, ich ...»

Alle hielten inne, um zu beobachten, wie Harmon Nordness vorfuhr, sich aus dem Streifenwagen wälzte, die Katastrophe in Augenschein nahm und dann gesenkten Hauptes über die Trümmer schritt.

«Hallo, Sheriff.» Chester versuchte, die Wogen zu glätten. «Wir haben hier ein kleines Missgeschick, aber nichts, das wir nicht bereinigen könnten.»

«Danke, Chester, eben das beabsichtige ich zu tun ...» Sheriff Nordness leckte sich die fleischigen Lippen. «Wer hat den Ford gefahren?»

«Ich», erklärte Billy.

«Machst du das öfter, Statuen rammen, Billy? Ich habe dich bei Hahnenkämpfen erwischt. Ich habe deinen betrunkenen Vater mit dir auf dem Rücksitz überholt. Aber ich glaube, dies ist das erste Mal, dass du oder sonst irgendjemand vorsätzlich öffentliches Eigentum beschädigt hast.»

«Es war ein Unfall, Sheriff.»

«Ah-ha.» Harmon sah direkt in Marys tränenüberströmtes Gesicht. «Was hast du zu deiner Verteidigung zu sagen, Mädchen? Mir liegt eine Meldung vor, dass du mit einem Revolver aus diesem Auto geschossen hast.»

Mary heulte.

«Ach, Harmon, die Leute reden allerhand.» Fannie Jump frisierte die Geschichte ein wenig. «Der fragliche Revolver lag zufällig auf dem Rücksitz, und als Extra Billy beim Lenken seines Wagens ein bisschen ins Schleudern geriet, ist die Waffe vom Sitz gehüpft und losgegangen.»

«Donnerwetter.» Harmon spuckte eine Salve Tabaksaft auf die Erde.

«Es geschehen die verrücktesten Dinge.» Juts lächelte übers ganze Gesicht.

«Ja, weil Verrückte sie geschehen lassen.» Er wandte sich Juts zu, die einen Schritt näher zu Chessy trat. «So, Leute, ich muss euch alle festnehmen. Extra Billy und Mary und den, der den Model A gefahren hat.»

«Ich.» Pearlie trat vor.

«Pearlie, warum sollten Sie so eine Dummheit tun? Das passt nicht zu Ihnen.»

«Er war's nicht, ich war's.» Louise schubste ihren galanten Ehemann rigoros aus dem Weg.

«Das passt schon eher.»

«Sie können Wheezie nicht ohne mich mitnehmen.» Paul legte seiner Frau den Arm um die Schultern.

«Trumbull, hier kann ich tun und lassen, was ich will. In diesem Teil von Pennsylvania bin ich das Gesetz.»

«Das sind Sie allerdings, und ich weiß gar nicht, wie Sie das alles schaffen. Ihre Dienststelle ist kläglich unterbesetzt, Harmon.» Celestes Stimme war silberhell. «Aber morgen ist Ostern. Warum gehen wir nicht alle nach Hause und bitten morgen in der Kirche um Vergebung. Es liegt kein Verbrechen vor, nur an George hier müssen Reparaturarbeiten vorgenommen werden, und ich nehme an, für die Statue werden Extra Billy und Mary aufkommen müssen.»

«Ja, Ma'am.» Billy sah Harmon flehend an. «Ja, Sir.»

Wie die meisten kleinen Beamten hatte Harmon einen untrüglichen Blick dafür, wem lokale Macht innewohnte. Sie war ganz gewiss bei Celeste Chalfonte zu finden, obwohl sie in Maryland lebte. Die Chalfontes oder Rifes oder andere lokale Größen provozierte man einfach nicht. Zudem könnten die Redakteure des *Clarion* oder der *Trumpet* ihn als herzlos hinstellen, weil er Kinder wegen eines Verkehrsdelikts vor Ostern ins Gefängnis steckte, selbst wenn sie es verdient hatten.

«Ich sage Ihnen, was ich tun werde. Ich lasse Sie die Autos hier wegschaffen. Die Leute, die morgen in die Kirche gehen, wollen diese Bescherung nicht sehen. Dann rufe ich die Gärtnerei Dingledine an und bitte, dass man Sie so spät noch hereinlässt, um Tulpen und Azaleen zu kaufen, und dann werden Sie sie einpflanzen, und es ist mir ziemlich egal, ob es die ganze Nacht dauert. Dann werde ich den Schaden schätzen, und von da sehen wir weiter.» Er funkelte Juts und Louise an. «Mir scheint, ihr Mädels habt in dieser Stadt schon einiges an Kosten aufgehäuft.»

Weil der Zweisitzer nicht anspringen wollte, schoben Chessy, Paul und Extra Billy ihn aus der Parkanlage, mit

Fannie Jump Creighton am Steuer. Die aufgebrachte Louise, von ihrer Schwester an der kurzen Leine gehalten, stapfte nach Hause, um Gartengeräte und Laternen zu holen.

Celeste und Ramelle fuhren mit Maizie auf der alten Route 140 zu Dingledine, wo sie Randy Dingledine überreden mussten, ihnen mit einem Lieferwagen voll Tulpen zu folgen, weil der Packard nicht alle fassen konnte.

«So, Maizie, ich möchte nicht, dass du dich über all das aufregst. Mary befindet sich in den Fängen blinder Leidenschaft.» Celeste suchte nach dem passenden Vokabular für ein vierzehnjähriges Mädchen.

Maizie seufzte romantisch. «Ich fand es toll.»

«O Gott.» Ramelle verdrehte die Augen gen Himmel.

12

Buster wartete geduldig an der Südwestecke des Platzes hinter dem Rathaus und vor der lutherischen Christuskirche. Yoyo, seine beste Freundin, Juts' langhaarige gescheckte Katze, saß neben ihm. Juts und Chessy, erschöpft von der Pflanzaktion der vergangenen Nacht, hatten vergessen, die Fliegentür auf der hinteren Veranda zu schließen, und sobald die Tiere das Versehen entdeckt hatten, waren sie ausgerissen.

Der Gesang in sämtlichen Kirchen am Platz schwoll zum Crescendo an. Katze und Hund wechselten einen Blick, fanden die Sache hochinteressant und trabten die breiten Stufen zu dem schweren Holzportal der Christuskirche hinauf, das weit offen stand, um die Gläubigen willkommen zu heißen.

Yoyo flitzte schon durch den mit Teppich ausgelegten Mittelgang, während Buster noch seinen nächsten Schritt bedachte. Yoyos ursprüngliche Absicht war es, nach Juts und Chessy zu suchen, doch der berauschende Duft der Blumenmassen rund um den Altar und das Altargitter erwies sich als zu verlockend. Sie beschleunigte ihr Tempo, zögerte nur am Gitter, weil da so schöne Petitpoint-Kniekissen auf dem Boden lagen. Einfach himmlisch: etwas zum Zerreißen und etwas zum Riechen. Eine Kicherwelle wogte von hinten nach vorn durch die versammelte Gemeinde. Da Pastor Neely mit dem Gesicht zum Altar stand, entging ihm der Anlass der Belustigung. Eine herabhängende Lilie reizte Yoyo noch mehr, als ihre Krallen an der Petitpoint-Stickerei zu schärfen. Sie katapultierte sich in die Luft, packte die Blume mit beiden Pfoten und zupfte sie aus dem Strauß. Der paprikafarbene Blütenstaub verteilte sich über den Fußboden und ihre langen Schnurrhaare.

Juts, die den umkämpften Hut von Bear's trug und die Nase im Gesangbuch vergraben hatte, um den nächsten Choral aufzuschlagen, bekam von Yoyos religiöser Erweckung nichts mit. Als Chessy sie anstieß, blickte sie auf, sah jedoch nichts, weil Lillian Yost mit einem voluminösen Hut vor ihr saß. Die Bank der Hunsenmeirs befand sich in der fünften Reihe, und Cora saß in der Mitte; auch sie sah Yoyo nicht.

Neugierig folgte Buster der Katze durch den Mittelgang, wurde aber von einem starken Schokoladenduft aufgehalten. Er drückte sich in die Reihe zu den Falkenroths und den Cadwalders, wo er ein Marshmallowhäschen mit Schokoladenüberzug aufspürte, das Paula Falkenroth in ihrer weißen Handtasche versteckt hatte. Paula kicherte, als Buster mit wedelndem Stummelschwanz zu ihr in die

Reihe schlüpfte. Das Kichern verging ihr, als er direkt in ihre Tasche langte und sich ihre Leckerei schnappte.

«Daddy!»

«Schsch», flüsterte Walter. Er sah zwar, was Buster tat, doch schließlich war es Paula verboten, in ihrer Sonntagshandtasche Süßigkeiten mitzunehmen. Wenn ihre Mutter dahinter kam, hatte das auf dem Nachhauseweg ein unerfreuliches Nachspiel. Mit der Herausgabe einer Tageszeitung und dem Bau eines neuen Hauses waren Walters Geduldsreserven erschöpft. Er wünschte sich ein ruhiges Osterfest.

Buster tanzte aus der Bankreihe, und die Pfarrkinder drehten sich auf Knien seitwärts.

«Ich will mein Schokoladenhäschen wiederhaben!»

«Paula!» Ihre Mutter langte vor Walters Brust hinüber und stieß das Kind auf die Bank zurück.

Pastor Neely, der unermüdlich aus der Heiligen Schrift rezitierte, stand mit dem Gesicht zum Altar und konnte sich nicht umdrehen.

Der Altardiener erwies sich als nutzlos. Mit vierzehn empfand er diese Eskapade als Aufwertung des Gottesdienstes.

Angespornt von der mühelosen Eroberung der Lilie, rückte Yoyo dem gesamten monumentalen Strauß zu Leibe. Die Blumen flogen in alle Richtungen.

«Psst», zischte Juts über Lillians Schulter hinweg ihrer Katze zu.

Als sie die Stimme ihrer Mutter vernahm, hielt Yoyo einen Augenblick mit ihrer Tollerei inne, dann nahm sie ihr vergnügtes Treiben wieder auf.

Cora fing an zu lachen.

«Mutter, du bist mir eine schöne Hilfe», flüsterte Juts.

Je finsterer Julia dreinblickte, desto heftiger lachte Cora. Chester fing ebenfalls an zu lachen, und viele andere ringsum stimmten ein.

Unterdessen stürmte Buster durch den Mittelgang, kam an der Bank der Hunsenmeirs schlitternd zum Stehen, seine Beute in der triefenden Schnauze.

Kein Wunder, dass ihr in die Kirche geht, schienen Katze und Hund zu sagen. *Das macht Spaß!*

Als Pastor Neely mit seinen vielen Anrufungen fertig war, drehte er sich am Altar um, um mit strahlendem Gesicht die Botschaft «Er ist auferstanden» zu verkünden, und sah sich zwei kleinen pelzigen Gesichtern gegenüber, die zu ihm aufblickten; das eine war mit Blütenstaub beschmiert, das andere hielt grimmig ein Schokoladenhäschen fest.

Noch nicht zufrieden mit ihren Verwüstungen, sprang Yoyo mitten in das riesige Altarblumenarrangement. Beide purzelten zu Boden.

Mit puterrotem Gesicht erhob sich Juts, drückte sich an ihrer johlenden Mutter und ihrem ebenfalls johlenden Ehemann vorbei und stakste zu ihren Tieren.

Sosehr sie darum bemüht war, Würde zu bewahren – schließlich war es der hochheiligste Tag des Jahres –, der Anblick von Yoyo, außer Rand und Band, und Buster mit der Beute im Kiefer war zu viel für Juts. Sie kicherte.

Pastor Neely blickte streng zu ihr hinunter.

Das brachte sie erst recht zum Lachen. Juts griff nach Busters Halsband. Er leistete keinen Widerstand.

«Na los», flüsterte sie.

Er folgte gehorsam.

«Er hat mein Häschen!», rief Paula Falkenroth.

«Guter Gott.» Walter hielt sich die Hände vor die Augen.

Seine Frau Margot flüsterte: «Paula, ich habe dir gesagt, du sollst keine Süßigkeiten mit in die Kirche nehmen.»

«Hab ich vergessen», log Paula.

«Kleines Fräulein, vergiss nicht, dass du in einem Haus der Andacht bist», mahnte ihr Vater.

«Och …» Sie wand sich frei, als Buster an ihr vorbeiging, Juts' Hand noch fest am Halsband.

«Ich kauf dir ein neues Häschen, Paula», versprach Juts.

Die Cadwalders starrten Juts an, als wollten sie sagen: «Warum passieren dir immer solche Sachen?»

Sie lächelte matt und ging weiter, dann drehte sie sich um und rief so leise sie konnte: «Yoyo, komm her, Kätzchen.»

Nicht nur ignorierte Yoyo die freundliche Aufforderung ihrer Mutter, sie wurde zudem von einem jener Ekstaseanfälle ergriffen, wie man ihn hauptsächlich von Angehörigen der Katzenklasse und gewissen Katholiken her kennt. Sie tobte durch die Pflanzen auf dem Boden. Sie segelte über Blumensträuße, wo immer sie welche fand. Manchen machte sie den Garaus, manchen nicht. Von Pastor Neelys strengem Blick zum Handeln bewegt, jagte der Altardiener Yoyo nach, die sich an ihrer eigenen Macht weidete. Sie zog die Bremse, als der schlaksige Junge an ihr vorbeischlitterte, drehte sich im Kreis und landete anmutig in hohem Boden auf dem Altar, wo zu beiden Seiten des großen, schlichten goldenen Kreuzes zwei identische prachtvolle Blumensträuße standen. So verlockend diese Sträuße für Yoyo waren, ihr Verfolger holte auf. Sie duckte sich hinter das Kreuz. Als er sie packen wollte, langte sie übermütig zu und schlug nach ihm. Da sie ein fairer Gegner war, ließ sie die Krallen eingezogen.

Dann sprang sie hinter den Altar und schlich verstohlen an die Seite, während der Altardiener sich auf alle Viere niederließ und der Gemeinde den Anblick seines Hinterteils bot, vielleicht nicht unbedingt ein typischer Gegenstand der Verehrung.

Auf Pastor Neelys Stirn sammelten sich Schweißperlen. Chester wusste, er sollte seine Katze einfangen, doch mittlerweile war er so geschwächt von Lachkrämpfen, dass er sich kaum rühren konnte.

Celeste, Ramelle und Fannie Jump saßen in der dritten Reihe rechts vom Mittelgang; die Zuteilung der Bänke richtete sich nach dem Zeitpunkt, an dem eine Familie sich an der Gründung der Kirche beteiligt hatte oder ihr beigetreten war. Lachtränen kullerten ihnen über die Wangen.

Yoyo, die das Rampenlicht nicht scheute, merkte, dass sie die Gemeinde in der Pfote hatte. Sie sauste aus dem Altarbereich heraus, sprang auf die Rückenlehne einer Bank, lief darauf entlang, während Hände nach ihr griffen, hüpfte leichtfüßig herunter, um sich sodann auf die kostbaren kastanienbraunen Samtvorhänge zu katapultieren. Sie kletterte an den Vorhängen zur Empore hinauf, wo sie die Organistin Tante Dimps entdeckte, eine Freundin der Familie.

Aus Furcht, Yoyo könne sich bemüßigt fühlen, die Orgel zu spielen, stellte sich Tante Dimps mit dem Rücken zur Orgel, die Arme vor sich ausgestreckt.

Der Anblick von Dimps in dieser seltsamen Pose veranlasste Yoyo, ihr Handeln zu überdenken. Sie saß reglos da, den Kopf zur Seite geneigt, und ging dann zu ihr.

«Braves Mädchen, braves Kätzchen, Yoyo.» Tante Dimps bückte sich, um die Katze, die auf sie zugeschlendert kam, hochzuheben.

Yoyo wich den ausgestreckten Händen aus, sprang hoch und landete *rumms* auf dem Manual. Ein fürchterliches Quietschen gellte durch die Pfeifen, das Yoyo so erschreckte, dass sie von der Orgel flitzte, durch den Emporengang sauste und die Hintertreppe hinunterstürmte, die im Vestibül mündete. Sie erblickte Buster und Juts draußen auf der Treppe, sammelte sich und ging hinaus.

Als Juts die Orgeldissonanzen vernahm, zählte sie zwei und zwei zusammen. Sie kollabierte auf der Treppe, mehr aus Heiterkeit denn aus Scham, just als die Pforten von St. Rose of Lima sich auftaten und die Andächtigen herausströmten wie aus der Schule entlassene Kinder.

Der scharfsichtige O. B. Huffstetler, der seine hochschwangere Frau die Treppe hinunterführte, entdeckte Juts und rief nach Louise, die gerade aus der Tür trat. «Louise, mit Juts stimmt was nicht.»

Ihr Blick, wie der aller anderen, folgte seinem weisenden Finger. So schnell es ihre hohen Absätze erlaubten, rannte Louise die Stufen hinunter; ihr orchideenfarbenes Oberteil wogte bei jedem Schritt. Pearlie und die Mädchen stürmten über den Platz hinterher.

Atemlos kniete Louise neben ihrer Schwester nieder. «Juts, Juts, was ist mit dir?»

Juts lachte so sehr, dass sie schluchzte. Sie konnte nicht antworten.

«Tante Juts.» Mary kniete sich ebenfalls zu ihrer geliebten Tante.

«Was machen Yoyo und Buster hier?», fragte Maizie.

Das löste bei Juts erneute Lachschluchzer aus.

Pearlie bückte sich und legte seiner Schwägerin behutsam die Hände unter die Arme. «Und auf.» Er half ihr auf die Beine, worauf sie sich gegen ihn sacken ließ.

«Wir sollten besser den Arzt holen», sagte Pearlie.

«Nein.» Julia schüttelte den Kopf, versuchte etwas zu sagen und brach wieder zusammen.

Unterdessen versammelten sich die Gemeinden von St. Rose und der episkopalischen St.-Paul's-Kirche auf der Treppe der Christuskirche.

«Alles in Ordnung?», fragte Junior McGrail, die insgeheim auf das Gegenteil hoffte.

Juts nickte.

«Also, was ist passiert?», fragte Popeye Huffstetler, stets der Reporter, unverblümt.

Juts lachte weiter und deutete auf Hund und Katze.

Junior, die jetzt hinzugetreten war, bemerkte in weithin hörbarem Flüsterton zu ihrer besten Freundin Caesura Frothingham: «Stell dir vor, es ist Ostersonntag, und sie hat schmutzige Fingernägel. Ich würde ja nicht wollen, dass mir jemand mit schmutzigen Fingernägeln die Haare macht.»

Juts hatte beim besten Willen den Schmutz nicht wegbekommen, nachdem sie die ganze Nacht Tulpen und Azaleen gepflanzt hatte.

Sie blinzelte die Tränen zurück. «Junior, du hast doch nur zwei Haare auf dem Kopf.»

Juts war offensichtlich auf dem Wege der Besserung.

Der Gottesdienst in der Christuskirche war zu Ende, und der Rest der Gläubigen eilte ins Freie. Binnen Sekunden hatten sich die Einzelheiten von Yoyos und Busters Eskapaden herumgesprochen. Die meisten lachten. Ein paar bigotte Kreaturen waren entrüstet.

Chessy, Cora, Celeste, Ramelle und Fannie Jump grölten bei jedem geschilderten Detail von Yoyos Feldzug.

Chester nahm die schnurrende Yoyo auf den Arm. «Das hat dir wohl der Teufel eingegeben.»

Worauf alle wieder lauthals losprusteten.

Junior ließ einen prüfenden Blick über die Parkanlage schweifen. «Ich erinnere mich nicht, dass hier Azaleensträucher standen.» Sie wies mit ihrem Wurstfinger auf die Blumen.

«Oh.» Ramelle zuckte die Achseln.

«Sie sind mit Tulpen durchsetzt. Als Präsidentin der Schwestern von Gettysburg habe ich die Pflanzung mit meinen Mädchen angelegt, und zwar ausschließlich mit Tulpen», ereiferte sich Junior.

«Ha ...» Caesura, eine ehemalige Präsidentin der Schwestern von Gettysburg, rief aus: «George Gordon Meades Statue ist entweiht.»

«Er krängt nach Backbord», bemerkte Popeye.

Fannie Jump Creighton, amtierende Präsidentin der Töchter der Konföderation, verschränkte vorsichtshalber ihre Hände hinter dem Rücken. «Hab ja schon immer gesagt, dass Meade nicht standhaft ist.»

«Ihr habt den Krieg angefangen!», blaffte Caesura.

«Ich war damals noch gar nicht geboren. Himmel, du bist so alt, Caesura, du erinnerst dich nicht nur an *den* Krieg, du hast vermutlich auch im Krimkrieg die englische Brigade für das Heimatland angeführt.»

«Also ... also ... ich muss schon sagen! Und das am Ostersonntag.» Caesura pochte mit ihrem Sonnenschirm auf die Treppenstufen. «Du wirst noch von mir hören, Fannie Jump Creighton. Ich weiß, dass du irgendwie dahinter steckst.»

«Bei dir ist doch was locker», parierte Fanny.

«Wie kannst du es wagen.» Caesura schlug Fannie ihren Sonnenschirm auf den Kopf.

«Frechheit!» Fannie schnappte sich Ramelles Sonnenschirm, worauf sich die beiden Damen duellierten.

Buster bellte, und Yoyos Augen wurden so groß wie Kegelkugeln.

Chester und Pearlie packten Fannie Jump, ein kräftiges Exemplar der weiblichen Spezies, während sich Popeye und Pastor Neely mit flatternder Robe Caesura griffen.

«Das ist fürchterlich. Das ist einfach fürchterlich», wimmerte Junior.

Caesura, die angeschlagen wirkte wie ein gerupftes Huhn, zeigte mit ihrem Sonnenschirm auf Fannie Jump. «Ich verlange Satisfaktion.»

«Hören Sie, Popeye, Sie müssen das aus der Zeitung heraushalten.» Junior hatte sich an Popeyes Arm gehängt. Er kritzelte bereits drauflos. Ihr Gewicht verlangsamte lediglich die Prozedur.

Als sie bei Popeye nichts erreichte, schnappte Junior sich Walter. «Sie können sie nicht so bloßstellen. Sie wurde öffentlich beleidigt, und Sie wissen, wie sehr Caesura sich für die Gemeinde einsetzt.»

«Junior, ich sage meinen Jungs nie, was sie zu schreiben haben.»

«Dann inseriere ich nie mehr im *Clarion*!» Mit diesen Worten stampfte sie die Stufen hinunter, Caesura im Schlepptau, just als Extra Billy Bitters, eben aus dem Baptistengottesdienst gekommen, die Stufen zu Mary hinaufsprang.

Louise glühte vor Zorn.

«Süße», flüsterte Cora ihr ins Ohr, «für heute hatten wir Aufruhr genug.»

Celeste lächelte und seufzte. «Mary und Extra Billy sind verzauberter voneinander als wir beide.»

«Du vergisst, was für ein Gefühl es ist, jung und verliebt zu sein.» Ramelle beäugte ihren zerbrochenen Sonnenschirm, als Fannie sich keuchend zu ihnen gesellte.

«So eine verfluchte Idiotin. Caesura Frothingham ist

wirklich eines der dämlichsten Weiber, die ich je gekannt habe. Wenn sie ein Hirn hätte, wäre sie gefährlich. So ist sie nur mäßig amüsant.»

«Aber, aber, Fannie.»

«Ach, Celeste, verteidige sie nicht auch noch.»

«Tu ich nicht, aber ...»

Pastor Neely, der ihnen nicht die Hände gedrückt hatte, wie es nach jedem Gottesdienst Brauch war, kam mit ausgestreckten Händen zu ihnen. «Er ist auferstanden.»

«Amen.» Fannie drückte ihm feierlich die Hand.

Pastor Neely trat sodann zur Hunsenmeir-Gruppe. «Louise Trumbull, welch freudige Überraschung, Sie auf den Treppenstufen der lutherischen Christuskirche anzutreffen.»

13

Am *Ostermontag um halb sieben* klingelte im Hause Smith das Telefon. Buster hob den Kopf von den Pfoten, legte ihn dann wieder hin. Das Telefon klingelte jeden Morgen um halb sieben.

Juts, die sich ihre erste Tasse Kaffee machte, während Chessy sich rasierte, nahm den schweren schwarzen Hörer ab. «Klingeling.»

«Gott sei Dank sind wir nicht auf der Titelseite», sagte Louise erleichtert. «Hast du deine Zeitung?»

«Ja. Buster hat sie geholt. Ich schlag sie gerade auf. Du hast Recht.» Dann blätterte Juts die Zeitung um. «Wir sind nicht auf der Titelseite. Wir sind auf Seite zwei.»

«O nein.» Louise hatte in ihrer Aufregung die Titelgeschichte durchgelesen, einen Kriegsbericht, der auf der letzten Seite fortgesetzt wurde. Sie hatte die Zeitung noch nicht aufgeschlagen. Sie las rasch: «Buster Smith und Yoyo Smith, ein Irish Terrier und eine große langhaarige Straßenkatze, gesellten sich am Ostermorgen zur Gemeinde der lutherischen Christuskirche. Möglicherweise angeregt von Pastor Neelys Predigt über die Auferstehung als Wiedergeburt aus unserem animalischen Ich, leisteten Katze und Hund ihren Beitrag zum Gottesdienst. Yoyo Smith zeigte sich geschickt im Umgestalten von Blumenarrangements, und Buster Smith war für Erfrischungen zuständig.

Der Gottesdienst erreichte seinen Höhepunkt, als Yoyo die Orgel spielte. Mrs. Smith erklärte, ihre Katze sei schon immer musikalisch gewesen, was von Sevilia Darymple, der Kirchenorganistin, bestätigt wurde. Mrs. Smith, geborene Julia Ellen Hunsenmeir, wird mit ihrer Schwester, Mrs. Paul Trumbull, auf der Frederick Road hinter dem *Strand Theater* einen Friseursalon mit Namen *Curl 'n' Twirl* eröffnen. Die große Eröffnungsfeier findet am 15. Mai statt. Mrs. Smith zufolge werden Buster und Yoyo ebenfalls im Salon beschäftigt sein.»

Als Louise innehielt, um Atem zu holen, sagte Julia: «Ganz gute kostenlose Reklame, was?»

«Ich erinnere mich nicht, dass du Popeye ein Interview gegeben hast.»

«Ich hab ihn angerufen, als wir von Moms Osteressen nach Hause kamen. Jetzt sind wir wohl quitt», sagte Juts.

«Nein, sind wir nicht. Der grässliche Artikel über dich und mich mit dem schrecklichen Bild auf der Titelseite. Ich meine, ich sah aus wie ausgespuckt, und du sahst, na ja, nicht aus wie du selbst.»

«Okay – aber das hier ist ein guter Anfang, Louise. Popeye kann ruhig noch ein bisschen mehr Buße tun.»

«15. Mai.» Sie senkte die Stimme. «Glaubst du, wir schaffen es bis dahin?»

«Wir müssen. Außerdem, da Junior McGrail nicht mehr im *Clarion* inseriert, lass uns das Eisen schmieden, solange es heiß ist.»

«Sie wird in der *Trumpet* inserieren.»

«Aber zu uns kommen dann all die neuen Leute in Süd-Runnymede.»

«Julia, es gibt keine neuen Leute in Süd-Runnymede.»

«Louise, du bist so eine Pessimistin. Außerdem habe ich ein paar wirklich gute Ideen.»

«Genau das habe ich befürchtet.»

14

DIE EREIGNISSE DER LETZTEN ZWEI TAGE hatten Louise geschlaucht, aber das wurde ihr erst bewusst, als sie sich mit Juts in ihrem Laden traf, um Tapeten auszusuchen. Mit einem dumpfen Knall ließ sie sich auf dem Boden nieder. Doodlebug, ihr Boston Bullterrier, hockte sich neben sie und ignorierte Busters Aufforderung zum Spielen.

«Julia, nach dem, was gestern passiert ist, meine ich, du solltest Buster eine Ruhepause gönnen.»

«Du bist es, die eine Ruhepause braucht. Du siehst aus wie vom Hund gebissen.»

Louise knurrte: «Tausend Dank.»

«Herrje, Louise, wenn ich es dir nicht sagen kann, wer dann?» Juts beugte sich über das Tapetenmusterbuch. «Diese Farben sind schön, aber das Muster ist zu unruhig. Chinesinnen unter Weiden. Hm, mal sehen …»

«Blätter nicht so schnell um. Weißt du, Juts, ich halte

das immer noch nicht für so eine gute Idee. Die Tapete wird abblättern. Wir sollten die Wände streichen und fertig. Mit Hochglanzfarbe.»

Julia zeigte auf die vielen Risse in den Wänden. «Weißt du, wie lang das dauert, die auszubessern?»

«Pearlie hat gesagt, er kommt am Abend her und spachtelt sie zu, jeden Einzelnen.»

«Wirklich?»

«Er war sehr entgegenkommend. Fortschritte bei Chessy?»

Mit einer Stimme, die höher und dünner war als sonst, antwortete Juts: «Er ist dabei.»

Louise seufzte. «War eine hektische Woche, nicht?»

«Hektisch? Es ging zu wie im Irrenhaus. Muss irgendwas in der Luft liegen.» Sie hob das dicke Musterbuch von ihrem Schoß und gab erstaunlich schnell nach. «Wenn Pearlie die Risse ausbessert, nehmen wir Hochglanzfarbe.»

«Eine, auf der man den Schmutz nicht so leicht sieht.» Louise war froh, dass ihre Schwester ihr zur Abwechslung mal Recht gab. «Eine schöne kräftige Farbe.»

«Schwarzer Untergrund.»

«Wirst du dich wohl konzentrieren?»

«Tu ich ja. Ich hab schließlich das Buch hergeschleppt, oder? Weißt du was, wir brauchen unbedingt ein Radio hier drin. Wir werden stundenlang auf den Beinen sein, also lass uns ein bisschen Musik machen. He, vergiss den Ball dieses Wochenende bei Dingledines nicht.»

«Ich bin zu müde, um an Tanzen zu denken.»

Jedes Jahr veranstaltete die Gärtnerei vor der alten Scheune auf dem Grundstück einen großen Ball. Wenn es regnete, gingen sie hinein, wenn nicht, tanzten sie im Freien auf einem eigens errichteten Tanzboden. Die Dingledines wussten, die Festteilnehmer würden durch die Pflanzungen gehen, die Frühjahrssträucher und Blumen sehen und vielleicht im Laufe des Tages wiederkommen, um sich ein paar zu holen.

«Louise, willst du nicht nach Hause gehen und dich hinlegen? Ich mach das hier schon.» Juts zog ein Maßband aus ihrer Tasche.

«Ich bin hier besser aufgehoben. Zu Hause gibt es bloß noch mehr zu tun. Mary und Maizie rühren dieser Tage keinen Finger. Mary tut nichts als schmachten, heulen oder singen. Maizie lässt sich von Mary ablenken, dann fängt sie zu spät mit ihren Schularbeiten an, also bleibt der Haushalt ...» Sie brach ab.

Juts, von Berichten über Haushaltsquerelen nicht gerade gefesselt, durchquerte den Laden. Sie hielt das Maßband mit dem Daumen am Fußboden fest und zog es dann einen Meter in die Höhe. «Frisiertische in dieser Höhe.»

«Moment mal.» Louise rappelte sich auf und tippelte ein paar Schritte hinüber. Dann stellte sie sich neben das Maßband, machte imaginäre Frisierbewegungen, griff nach Scheren und Kämmen. «Eine Handbreit höher.»

Juts hielt das Band eine Handbreit höher. «Gut so?»

«Ich denke, ja. Warte, ich halt es für dich.» Louise nahm das Ende des Bands und hielt es fest.

Juts vollführte ihrerseits imaginäre Handgriffe. «Für mich ist es gut so. Sollte auch hinhauen, falls wir andere Friseusen einstellen, wenn nicht gerade ein Zwerg dabei ist.» Sie griff nach dem Band. «Also, ich denke, hier drüben sollten wir eine Wand einziehen, damit wir hinten einen kleinen Privatraum haben.»

«Wir haben da hinten eine Vorratskammer. Setz dich da rein, wenn du allein sein willst. Sie ist groß genug.»

«Louise, das halten wir höchstens zehn Minuten aus. Chessy braucht hier doch bloß ein paar Bretter anzubringen, verstehst du?»

«Und woher nehmen wir das Geld?»

«Wir brauchen keins. Er kann Walter Falkenroth um überschüssiges Holz bitten. Es fällt immer etwas ab. Es wird uns Lattenwerk und etwas mehr Farbe kosten, aber dann haben wir einen Platz, wo wir ungestört sind.»

«Wozu willst du ungestört sein?»

«Um eine Zigarette zu rauchen, ein Bier zu trinken und Solitär zu spielen.»

Louise sprach ein Machtwort. «Du wirst während der Arbeitszeit nicht trinken.»

«Sei nicht so pingelig.»

«Ich werde es nicht dulden. Was das Rauchen angeht, die Zigarette klebt dir ja an den Lippen. Zum Qualmen brauchst du kein Hinterzimmer.»

«Ich habe mir zufällig gerade eine angesteckt, aber ich rauche nicht so viel, wie du behauptest. Außerdem tut es gut, sich unbeobachtet hinzusetzen, einen Zug zu nehmen und eine Tasse heißen Kaffee zu trinken.»

«Hm …» Louise dachte darüber nach. «Aber nur, wenn Chessy das Holz umsonst kriegt.»

«Gut.» Julia klatschte in die Hände, worauf beide Hunde zu ihr gelaufen kamen. «Verzeihung, Jungs.» Sie setzten sich wieder hin. «Wir müssen Harmons Frau die Haare umsonst schneiden und mal sehen – wem noch?»

«Warum?»

«Weil er Extra Billy und Mary ins Gefängnis hätte stecken können, darum. Wheezer, bist du krank oder so was? Du hast heute eine lange Leitung.»

«Ich bin geschlaucht.»

«Ich wäre auch geschlaucht, wenn meine Tochter mit einer Niete durchbrennen würde. Den Revolver abzufeuern war auch nicht ihre Sternstunde.»

«Sie ist reizbar.»

«Reizbar? Sie ist reif für die Klapsmühle!»

«Julia, am Verstand meiner Tochter gibt es nichts auszusetzen.»

«Jetzt schon.»

«Gewöhnlich verteidigst du sie immer.» Ein Anflug von Unmut schlich sich in Louises Stimme.

«Nein, ich sage dir bloß, du sollst die Sache mit Extra Billy einfach schleifen lassen. Je mehr sie mit ihm zusammen ist, desto eher wird sie ihn als das sehen, was er ist, nämlich einen äußerst attraktiven Gassenjungen.»

«Sie ist nicht deine Tochter.»

«Fangen wir nicht wieder damit an. Wir sind beide müde. Wir haben noch einen Monat, um alles fertig zu stellen. Ich versuche einen Salon aufzutreiben, der sein Geschäft aufgibt. Vielleicht können wir billig an die Einrichtung kommen. Ich habe ein paar Läden in Baltimore angerufen, und sie haben versprochen, zurückzurufen, wenn sie etwas hören. Vielleicht kannst du mit York und Hagerstown telefonieren, damit die Ferngespräche nicht alle über meine Leitung laufen. Chester ist immer noch sauer wegen der ganzen Geschichte.»

«Er wird drüber wegkommen. Sag mal, hast du Rillma Ryan gestern am Bahnhof gesehen? Ich bin ihr begegnet, als ich von Mom kam. Sie sah so hübsch aus, so ganz herausgeputzt. Stell dir vor, eine Anstellung in Washington.»

«Ja, wenn ich nicht verheiratet wäre, würde ich auch hingehen. Überall Männer!»

Louise würde eher sterben als zugeben, dass sie das Leben an sich vorüberziehen fühlte. Bisher hatte sie das nie gekümmert, doch in letzter Zeit flog ihr der Gedanke durch den Kopf wie einer dieser Doppeldecker, die ihre Reklamebänder über dem Strand von Atlantic City hinter sich herzogen. Man wusste nie, wann sie kamen. Man hörte ein Dröhnen, und schon tauchten sie direkt hinter der Küste auf, und der Pilot winkte einem zu. Auf Louises Spruchband stand: «Du wirst alt. Wie lange hast du noch?»

«Julia …?»

«Was?»

«Nichts.»

«Wie wäre es, wenn wir es bis hierhin in einem tiefen Rotton streichen, hier eine Stuhlleiste anbringen und darüber mit Weiß weitermachen?»

«Das sieht ohne Täfelung albern aus, und jetzt sag bloß nicht, dass du die Täfelung umsonst kriegst, Julia; ich bin schließlich nicht von gestern.»

«Ich hab gar nichts gesagt.» Juts blickte aus dem Fenster, entdeckte Mary auf der anderen Straßenseite und sah auf die Uhr. «Wieso ist Mary um halb zwei nicht in der Schule?»

«Was?» Louises Blick folgte Juts' Zeigefinger. «Das finde ich gleich heraus.» Sie schritt forsch zur Tür, öffnete sie und rief hinaus: «Mary, wieso bist du nicht in der Schule?»

«Wir durften heute früher gehen, Mom.» Mary überquerte die Straße. «Ich bin nach Hause gegangen, aber du warst nicht da, und da bin ich hergekommen.»

«Warum durftet ihr früher gehen?» Louise war misstrauisch.

«Der Heizkessel ist kaputtgegangen, also haben sie uns nach Hause geschickt, bevor es zu kalt wurde. Es sind bloß sieben Grad. Du kannst ja Mrs. Grenville anrufen und dich vergewissern», antwortete sie trotzig.

«Wenn du schon mal da bist, kannst du dich auch nützlich machen.» Louise überging diese Provokation.

«Deswegen bin ich hier.»

«Wo ist deine Schwester?»

«Sie ist unterwegs. Ich hab ihr gesagt, sie soll Sachen mitbringen.»

Gleich darauf kam Maizie mit zwei schweren Eimern um die Ecke geschlurft.

«Du hättest ihr helfen können.»

Ohne zu antworten, lief Mary schnell nach draußen und nahm ihrer überforderten Schwester einen Eimer ab.

Juts spähte in die Eimer, als die Mädchen hereinkamen. «Band, Kreide, Hämmer, Nägel, oh, hier ist ein aufklappbarer Zollstock, das ist besser als unser Maßband.»

Louise drehte den Thermostat an der Wand höher. «Es wird ziemlich kalt.» In den alten Heizkörpern blubberte es. «Wir müssen die Heizkörper entlüften.»

Juts schnappte sich Band und Kreide und markierte den Platz auf dem Fußboden, wo die Schränkchen stehen sollten.

«Mary, war das deine Idee – zu helfen?»

«Ja, Mutter.» Mary schenkte ihr ein breites, liebliches Lächeln.

15

YOYO STAND SEIT IHRER OSTERANDACHT unter Hausarrest. Mit halb geschlossenen Augen saß die Katze im Fenster. Busters Bellen, als er um die Ecke bog, trieb sie von der Fensterbank zur Tür. Juts war jedoch mit dem einen oder anderen Katzentrick vertraut, bückte sich also, kaum dass sie die Tür geöffnet hatte, und packte die gewiefte Ausreißerin, bevor auch nur eine Pfote die Schwelle überschreiten konnte.

«Hab ich dich.»

Yoyo miaute entrüstet, ließ es sich aber gefallen, dass Juts sie auf ihre Schulter setzte und ihr den Rücken klopfte, als wäre sie ein Baby. Sie hielt ihr Schnurren zurück, bis sie das Huhn in der Tüte roch, die Juts in der rechten Hand trug.

Julia auf den Fersen folgte Mary, die rasch die Tür schloss. Auch sie trug eine Tüte mit Lebensmitteln.

«Tante Juts, wo soll ich die Sachen hinstellen?»

«Auf den Küchentisch.»

Sie packten die Lebensmittel aus, dann zerteilte Juts das Huhn und schrubbte sorgfältig jedes Fleischstück, bevor sie es auf ein Blatt Wachspapier legte. Das Wachspapier war mit Mehl und Gewürzen bestreut, die sie für ihr Brathuhn zusammengemischt hatte. Auf der Anrichte lagen zwei braune Eier, die sie aufschlug. Sie wälzte die Hühnerteile in Ei, zog sie dann durch das Mehl und die Gewürze. Brathuhn war ihre Spezialität.

Yoyo sah zu, und ihre Schnurrhaare zuckten von Zeit zu Zeit, so verführerisch war der Duft. Der Hund stand wie gebannt auf dem Küchenboden und verfolgte jeden Handgriff.

Da die Mädchen früher aus der Schule gekommen waren, hatte Juts Mary gebeten, ihr zu helfen; Maizie war bei Louise geblieben.

«Mach das Radio an, ich hab nasse Hände.»

«Mach ich, Tante Juts.» Mary drehte den linken Knopf des kleinen Radiogerätes, dessen Holzgehäuse einer Kathedrale nachempfunden war. Es stand unter der alten Uhr. Das große Radio zierte das Wohnzimmer.

Die Smiths besaßen nicht viel, doch ihre Musik liebte Julia. Der hölzerne Küchentisch hatte eine weiße Keramikplatte mit schmalen rosa Streifen. Die Fußböden bestanden aus unebenen Eichenbohlen. Die Schränke waren gelb mit runden roten Emaillegriffen. Weiße Gardinen mit einem roten Teekannenmuster hingen an den Fenstern. Eine große, luftige Vorratskammer half, in der Küche Ordnung zu halten; denn wie bei ihrer Schwester und ihrer Mutter musste bei Juts immer alles tipptopp sein. Wenn Chester nach Hause kam und seine Jacke über die Lehne eines Küchenstuhls hängte statt an einen Haken im Windfang, bekam er umgehend etwas zu hören. Alle Hunsenmeirs waren verbissen reinlich.

Julia summte bei der Arbeit.

«Mom sagt, früher warst du ein total verrücktes Huhn, Tante Juts.»

«Ist das wahr?»

«Sie sagt, ich schlage dir nach.»

«Verstehe.» Juts wartete, bis die Bratpfanne die gewünschte Brutzeltemperatur erreichte. «Was quatscht sie sonst noch über mich?»

Mary, die wie eine jüngere, etwas größere Ausgabe ihrer hübschen Mutter aussah, kicherte. «Sie sagt, wenn ich nicht aufpasse, ende ich wie du und muss mich gehörig nach der Decke strecken, weil ich den Falschen geheiratet habe.»

«Deine Mutter erzählt nur ...» Sie fing sich. «Komisches Zeug. Chessy ist ein guter Mensch.»

«Das ist es nicht, Tante Juts, es geht nur darum, dass er nicht viel verdient. Sie sagt, du hättest es viel besser treffen können – dass Walter Falkenroth in dich verliebt war, und er hat massenweise Geld, Unsummen, und dass du ihn hast abblitzen lassen.»

Juts sah Yoyo näher an das Huhn heranrücken, das jetzt rundum mit Mehl bestäubt war. «Komm mir ja nicht auf dumme Gedanken.» Yoyo erwiderte Julias Blick. «So ein ungehorsames Kind.»

Mary lachte. «Sie wird wohl in der Kirche den Kreuzweg beten müssen.»

«Protestanten glauben nicht an den Kreuzweg. Wir haben eine Scheckbuch-Religion. Das ewige Gemurmel, Bekreuzigen, Hinknien und Aufstehen überlasse ich meiner Schwester. Sie ist regelrecht besessen davon. Je elender, desto besser.»

«Mom geht nochmal zu Diddy. Orrie kommt mit.» Orrie Tadja Mojo, ihrer besten Freundin, vertraute Louise ihre geheimsten Wünsche an. Tatsächlich begann jedes Gespräch mit Orrie so: «Dass du es ja keiner Menschenseele erzählst.» Dann vergaß Louise, dass sie es Orrie erzählt hatte, vertraute es jemand anders an, die Geschichte sprach sich in der ganzen Stadt herum, und Louise beschuldigte Orrie, es ausgeplaudert zu haben.

«Das heißt, wir dürfen uns auf einen neuen Frömmigkeitsschwall gefasst machen.» Juts gab eine saftige Hühnerbrust ins Öl. Das Zischen erschreckte sie. «Heiß, heiß, heiß.» Sie holte ein dickes Küchenhandtuch und breitete es auf der Anrichte aus. Wenn das Huhn fertig war, würde sie es auf das Handtuch legen, damit ein Teil des Öls aufgesaugt wurde.

«Tante Julia …?»

«Hmm.»

«Magst du Billy?»

«Ich finde, er sieht blendend aus.»

«Stimmt.» Mary wurde rot.

«Ich weiß nicht, ob er mal solide wird, Herzchen. Seine Familie hat ihm keine Basis mitgegeben.»

Ihr Blick trübte sich. «Oh, das wird er bestimmt. Er braucht mich. Ich kann ihm helfen.»

«Mary, jede Frau seit Eva hat das geglaubt. Ich kann sie hören: ‹Ich gebe ihm den Apfel, und dann kommt er zur Vernunft und geht arbeiten.› Und was ist passiert? Adam gewinnt eine Erkenntnis und gibt Eva die Schuld. Sie hat ihm nicht die Pistole auf die Brust gesetzt. Er hätte den verdammten Apfel nicht essen müssen, der Schwächling.»

Julias Einstellung, die so ganz anders war als Louises orthodoxe Denkweise, brachte Mary zum Lachen. «Sie hatten damals noch keine Pistolen.»

«Sie hätte ihm mit einem Stock eins überbraten können. Nein, er hat ihr den glänzenden roten Apfel aus der süßen Hand gerissen. Er beißt ab und entdeckt, dass sie nackt sind. Jetzt frage ich dich, Mary, ist das nicht oberdämlich? Der Mann muss dumm wie Bohnenstroh gewesen sein. Garten Eden, von wegen. Nachts war es bestimmt kalt, sogar im Garten Eden, also brauchte er nachts was Warmes zum Anziehen, stimmt's?»

«So habe ich es noch nie betrachtet.»

«Da hast du's. Wenn du die Bibel liest und darüber nachdenkst, hast du am Ende mehr Fragen als Antworten. Deshalb will kein Prediger, dass du wirklich nachdenkst. Also gibt Adam Eva die Schuld daran, dass wir alle in der Bredouille stecken. Der Hornochse konnte nicht zu dem stehen, was er getan hatte. Und so ist es bis zum heutigen Tag: Wenn ein Mann in Schwierigkeiten steckt, was tut er – gibt einer Frau die Schuld.»

«Billy gibt mir nicht die Schuld an seinen Problemen.»

«Oh, Mary, lass ihm Zeit.» Julia lächelte, doch da sie wusste, wie zart und wunderbar erste Liebe sein kann, fügte sie rasch hinzu: «Es freut mich zu hören, dass er die Schuld auf sich nimmt.»

«Nicht nur das, er wird die Statue reparieren. Er hat Donny Gregorivitch gebeten, ihm zu helfen, du weißt, Donnys Dad hat den großen Abschleppwagen.»

«Was will er mit dem Abschleppwagen?»

«Die Statue aufrichten und den Sockel stützen. Er hat alles genau überlegt.»

«Weiß Harmon Bescheid?»

«Ja, Ma'am, der Sheriff war der Erste, dem er es erzählt hat.»

«Hm – gut. Jetzt quält mich noch eine kleine Frage, ein winziger Wurm im Apfel – ich scheine heute Äpfel im Hirn zu haben.» Sie hielt inne und spießte mit ihrer Bratengabel die heißen Hühnerteile auf, legte sie auf das Handtuch, dann gab sie weitere Hühnerteile in die Pfanne. Es zischte, als sie mit dem Öl in Berührung kamen. Yoyo schlich auf Samtpfoten auf der Fensterbank über dem Spülstein entlang und setzte sich mit Bedacht neben die Hühnerteile, wenn auch mit dem Rücken zu ihnen. «Yoyo, ich durchschaue dich.»

Die Katze legte die Ohren an und weigerte sich, sich umzudrehen.

«Sie ist ein Unikum.» Mary knipste die Stängel von Eibischfrüchten aus Carolina ab, die sie glücklicherweise frisch bekommen hatten.

«Jeder in dieser verdammten Familie ist ein Unikum. Also, was ich dich fragen wollte, warum wolltet ihr ausreißen, du und Extra Billy? Zum Vergnügen komme ich später.»

«Wir wollten nicht ausreißen, Tante Julia.» Mary hob abwehrend die Stimme. «Mom hatte gesagt, ich darf erst ausgehen, wenn ich alle Schularbeiten fertig habe. Billy hat kein Telefon, darum konnte ich ihm nicht Bescheid sagen, und als er vorbeikam, bin ich rausgegangen, um es ihm zu sagen. Und Mom steht da und schreit mich an und macht Theater, und ich hab bloß gesagt: ‹Scher dich zum Teufel›, was schlimm war, aber ich hab's getan, und dann bin ich ins Auto gestiegen und hab gesagt: ‹Lass uns nach Baltimore fahren.› Wie konnte ich wissen, dass sie ausrastet und mir in Daddys Wagen nachjagt?»

«Diesen Teil kenne ich; dein Vater hat hier angerufen, und Chessy und ich sind schnell los, um ihn abzuholen.» Sie atmete tief ein. «Hat dein Vater je mit dir über Extra Billy gesprochen?»

«Daddy sagt, er versteht Mädchen nicht. Aber Maizie scheint er ganz gut zu verstehen.»

«Maizie ist anders als du. Sie ist mehr wie Paul.»

«Tante Julia, ich liebe Billy. Ich will ihn heiraten und den Rest meines Lebens mit ihm verbringen.»

«Oh, der Rest deines Lebens ist eine lange, lange Zeit.»

«Ich werde nie einen anderen lieben.» Sie hielt den Eibisch unter das fließende Wasser.

Juts hätte gern ein paar Dinge gesagt – pragmatisch, reif oder etwas, das als reif durchging; etwas Vernünftiges. Sie hielt den Mund. Warum die Illusion zerstören? Das würde das Leben schon besorgen.

«Hat Billy um deine Hand angehalten?»

«Nicht direkt.»

«Verstehe.»

Mary fügte hastig hinzu: «Er hat noch nicht genug Geld. Wirklich.»

Yoyo blickte vorsichtig über die Schulter. Als Juts ihr den Rücken zukehrte, um einen Topf für den Eibisch zu holen, stibitzte sie behutsam einen kleinen Hühnerflügel und verschwand blitzschnell von der Anrichte, bevor Juts irgendetwas merkte.

Juts drehte sich wieder zum Herd. «Mary, ich glaube, was allen Sorgen macht, ist, dass du und Billy etwas Unbedachtes tun könntet.»

Mary lief kirschrot an und schüttelte den Kopf. «Nein, das tun wir nicht.»

«Das ist gut. Ich bin in diesen Dingen nicht so zimperlich wie deine Mutter. Letzten Endes sind wir doch Tiere, also ist es mir egal, ob ihr aufs Ganze geht, aber – verstehst du?» Mary nickte, wobei sie noch mehr errötete, und Julia fuhr fort: «Wenn man Kinder in diese Welt setzt, ist es wichtig, dass man verheiratet ist und so eine große Verantwortung auch übernehmen kann – also sieh dich vor, Schatz.»

«Bin ich, ich meine, mach ich, Tante Juts.» Sie holte ein frisches Geschirrtuch aus einer Schublade und betupfte damit die Oberseite der gebratenen Hühnerteile. «Ich werde im Januar sechzehn, und dann kann ich selber bestimmten, ob ich heirate.» Sie lächelte. «Ich streiche jeden Tag im Kalender rot an. Und weißt du, was mich wirklich ärgert, Tante Julia, ich finde es einfach so gemein, Mutter kann so gemein sein. Sie sagt» – Mary stemmte die Hand in die Hüfte und ahmte ihre Mutter nach – «‹Unwissenheit ist ein Segen.›»

«Warum sind dann nicht mehr Menschen glücklich?» Dann bemerkte Juts eine kleine fettige Schleifspur auf dem Küchenboden. Sie folgte ihr, fand einen größeren Fettfleck um die Ecke, an dem Buster leckte. Yoyo lag zusammengerollt auf dem Sofa, als hätte dies nicht das Geringste mit ihr zu tun. Juts zog eine Grimasse, dann lachte sie über sich selbst. «Gott, es ist furchtbar, von der eigenen Katze überlistet zu werden.»

16

WENN DU DICH NICHT BEEILST, kommen wir zu spät», drängte Juts ihren Mann, der gerade seine Fliege band. «Du bist immer zu spät dran. Du kommst noch zu spät zu deiner eigenen Beerdigung.»

«Ich bin fast fertig», sagte er gelassen.

Chester, der schon sein ganzes Leben von seiner Mutter und nun von seiner Frau geschubst und gedrängelt wurde, erschien regelmäßig mindestens eine halbe Stunde zu spät.

Das Telefon klingelte zweimal, ihr Signal, seit sie einen Gemeinschaftsanschluss hatten, wie alle in Runnymede außer Celeste und den Rifes. Juts lief zur Treppe, nahm ab, brummte dann: «Deine Mutter.»

Chester griff nach dem Hörer; seine Fliege war gebunden, sein Hemd weiß und frisch gestärkt, seine Hose hatte Bügelfalten, seine zweifarbigen Budapester Schuhe waren auf Hochglanz poliert. Nachdem er seine Mutter begrüßt hatte, hörte er ihr einen Augenblick zu.

«Ist gut. Bis gleich.» Er drehte sich zu seiner Frau um, die die Hände in die Hüften stemmte. «Ich bring dich zu Wheezie, dann kannst du mit ihr fahren. Mom braucht mich eine Minute, um ihre Hintertür zu reparieren.»

«Herrgott nochmal», rief Juts so laut, dass Buster bellte. «Sie braucht dich andauernd. Warum kann dein Vater sie nicht reparieren?»

«Weil er heute Abend auf einer Versammlung ist.»

«Schön, Chessy. Sie kann also ihre Hintertür nicht zumachen. Na und?»

«Sie hat Angst, dass der Wind die Tür aus den Angeln reißt und dann größere Reparaturen fällig wären.»

«So ein Quatsch.»

«Komm schon, ich fahr dich zu Wheezie.»

So wütend, dass sie nicht sprechen konnte, stakste Juts zu dem Chevrolet Roadster Cabriolet Baujahr 1933, das Chessy gebraucht gekauft hatte. Er hatte den flaschengrünen Wagen mit Pflegemitteln überschüttet, bis er funkelte, als sei er zur Ausstellung im Verkaufsraum bestimmt.

Juts knallte die Tür so fest zu, dass das schwere Gefährt wackelte. Sie war noch nie gebeten worden, ihren Fuß in Josephine Smith' Haus zu setzen – das war die Rache ihrer Schwiegermutter dafür, dass Chester unter seinem Stand geheiratet hatte. Juts hasste jede Minute, die Chester bei dieser Frau verbrachte.

Chessy rutschte schweigend hinters Steuer und legte seinen steifen Strohhut zwischen sie auf den Sitz. Die weiche gelbbraune genoppte Polsterung war noch völlig intakt.

Yoyo und Buster blickten wehmütig aus dem vorderen Fenster, als das Auto rückwärts aus der Einfahrt setzte.

«Du kommst nicht vor zehn zu Dingledines. Ich kenne deine Mutter. Erst reparierst du ihre Hintertür, und dann lässt sie dich den Heizkessel nachsehen, und danach will sie, dass du die Messer vom Rasenmäher schleifst, weil Rup sich wegen seiner Zipperlein nicht so lange bücken kann.»

«Da wären wir.» Er rang sich ein Lächeln ab, als sie bei Louises Haus ankamen. «Gerade zur rechten Zeit.»

Louise, Paul, Mary und Maizie stiegen soeben ins Auto. Ohne ein Wort des Abschieds knallte Juts die Tür zu. Chester winkte den Trumbulls und setzte zurück.

«Was gibt's Neues?», fragte Louise.

«Mutter Smith braucht ihren Sohn.»

«Oh.» Wheezie quetschte sich neben ihren Mann, damit Juts noch vorne hinpasste. Die Mädchen auf dem Rücksitz kicherten.

«Heiratet nie einen Mann, bevor ihr euch seine Mutter genau angesehen habt», rief Juts über die Schulter. «Hört ihr mich da hinten?»

«Ja, Tante Juts», ertönte es einstimmig.

«Daddy, was hast du gedacht, als du G-Mom zum ersten Mal begegnet bist?», fragte Mary.

«Ich wünschte, du würdest sie nicht G-Mom nennen. Das klingt, als sei sie ein Gangster», murrte Wheezie.

«Ich dachte», sagte Pearlie lächelnd, als er sich an jenen weit zurückliegenden Tag erinnerte, «dass sie die netteste, charmanteste Dame ist, der ich je begegnet bin – ganz ähnlich wie meine eigene Mutter.»

Pearlies Mutter war gestorben, bevor die Mädchen geboren wurden. Obwohl das siebzehn Jahre zurücklag, vermisste er sie immer noch.

«Das hast du aber lieb gesagt.» Louise tätschelte seinen Arm.

«Mom, was hast du gedacht, als du Mrs. Smith kennen gelernt hast?» Mary weitete das Thema aus.

«Oh –»

«Nicht ausweichen, Wheezer», sagte Juts.

«Ich habe gedacht», Louise wägte ihre Worte, «dass Josephine Smith eine sehr hohe Meinung von sich und eine niedrige Meinung von uns Übrigen hat – aber ich habe sie ja von klein auf gekannt. Sie hat nie mit einer Hunsenmeir gesprochen.»

Wie Julia vorausgesagt hatte, fand Jo zahlreiche Aufgaben für ihren Sohn. Chester reparierte die Tür, dann sah er nach einem tropfenden Wasserhahn in der hinteren Toilette und tauschte eine Dichtung aus. Als sie ihn zu dem alten Stall hinterm Haus lotsen wollte, der jetzt als Garage diente, sträubte er sich. Chester hielt nichts davon, die Stimme zu erheben, schon gar nicht gegenüber seiner Mutter. Sie schimpfte über lockere Moral, über zunehmenden Alkoholgenuss im Gesellschaftsleben, über die Dingledines, die viel zu viel für eine kümmerliche Azalee berechneten, und über Julia Ellen, die sich beim Tanzen schamlos produzierte. Sie erinnerte ihren Ältesten daran, dass er nicht tanzen konnte, also wozu die Eile?

«Mutter, ich bin ohnehin schon spät dran.»

«Du hörst mir nicht zu. Nicht ein bisschen.»

«Doch.»

«Du bist Ostern für genau eine Stunde hergekommen. Eine Stunde für deine eigene Familie.»

Da er wusste, dass man es ihr nicht recht machen konnte, küsste er sie auf die Wange und ging. Sie stand in der Tür und schimpfte noch, als er schon davonfuhr.

Das Fest war in vollem Gang. Er setzte sich zu Maizie an den Tisch, da alle außer ihr tanzten.

«Hallo, junge Dame.» Er strahlte sie an, und sie strahlte ihren großen blonden Onkel ebenfalls an. «Lässt du diesen Tanz aus?»

«Onkel Chessy, nur mein Daddy hat mich zum Tanzen aufgefordert.» Ihr Gesicht verzog sich, als sie das sagte.

«Tatsächlich?»

«Magst du nicht mit mir tanzen?»

«Ich kann nicht tanzen. Ich hab zwei linke Füße.»

Tränen schossen ihr in die haselnussbraunen Augen. «Niemand hat mich gern.»

Er legte seinen mächtigen Arm um ihre schmalen Schultern. «Das ist nicht wahr. Ich hab dich gern. Ich finde, du bist das hübscheste Mädchen hier. Du bist noch jung, und hier sind nicht viele Jungs in deinem Alter. Ehrlich gesagt sehe ich keinen Einzigen.»

«Ich bin vierzehn.»

Sie war am 1. April vierzehn geworden.

«Du wirst mit jedem Tag größer.» Er bemerkte das rundliche Gesicht, die einst pummeligen Gliedmaßen, die jetzt schlaksig wurden. Bei Maizie stand ein neuer Wachstumsschub bevor. Er fragte sich, wie seine Kinder aussehen würden, wenn er welche hätte.

«Onkel Chessy, ich wünschte, du würdest tanzen lernen.»

Er lachte. «Du und meine Frau.» Er nickte zu Juts auf dem hölzernen Tanzboden hinüber. Papierlaternen schwankten über den Köpfen. Ein Schwarm von Männern umschwirrte Juts. Sie hatte ein phantastisches Rhythmusgefühl und eine wunderschöne Figur. Die Männer konnten ihre Blicke nicht von der tanzenden Juts wenden.

Maizie weinte jetzt richtig. «Ich kriege nie einen Freund. Ich werde nie Verehrer haben wie Tante Juts.»

«Süße, das wirst du bestimmt. Und jetzt Kopf hoch! Das hübscheste Mädchen auf dem Ball darf doch nicht weinen. Sonst machen die Leute sich noch Gedanken.»

Sie schniefte: «Und weißt du was? Mary tanzt mit allen.» Sie schluchzte laut. «Sie sagt, Mom hat gesagt, sie soll mit mehr Jungs tanzen als nur mit Extra Billy, also tut sie's, und sie gibt mir keinen ab.»

Er küsste sie auf den Kopf und wiegte sie ein wenig, seinen Arm um ihre Schultern gelegt, denn er wusste nicht, was er noch tun oder sagen konnte.

Eine reizende junge Frau trat an den Tisch. Sie beugte sich herab und sprach Maizie an.

«Ich habe zufällig mitgehört. Komm mit mir auf den Tanzboden. Ich bringe dir ein paar neue Schritte bei.»

Chester stand auf. «Hallo, ich bin Chester Smith, und dies ist meine Nichte Maizie Trumbull.»

«Trudy Archer. Ich bin gerade von Baltimore hierher gezogen.» Sie schenkte ihm ein betörendes Lächeln. Er schätzte sie auf zwanzig oder vielleicht zweiundzwanzig.

«Willkommen in Runnymede. Wir sind nur ein kleiner Spucknapf» – er lächelte –, «aber wir packen eine Menge Leben in dieses Nest.»

«Das sehe ich. Haben Sie etwas dagegen, wenn ich Maizie mit auf den Tanzboden nehme?» Sie hielt kurz inne. «Ich mache in der Hanover Street eine Tanzschule auf. Ich bin in Baltimore im Fred-Astaire-Studio ausgebildet worden.»

Maizie war schon aufgestanden. Chester nickte zum Einverständnis, und Trudy führte das Mädchen auf die Seite, zeigte ihr ein paar Grundschritte, wirbelte sie dann herum. Maizie war hingerissen. Extra Billy kam vorbeigeschlendert. Er behielt Mary im Auge, die beherzt mit allen tanzte, um ihre Mutter zufrieden zu stellen. Chester winkte ihn zu sich.

«Sir?» Extra Billy straffte die breiten Schultern.

«Ich helfe dir, wenn du mir hilfst.»

«Ja, Sir.» Billy achtete Chester. Das taten die meisten Männer, und nicht nur wegen Chessys kräftigem Körperbau, sondern weil er, wie die Jungs sagten, kein Hosenscheißer war.

«Ich helfe dir bei der Meade-Statue, wenn ihr mit Maizie tanzt, du und deine Freunde. Sie ist in einem schwierigen Alter, und sie hat sich die Augen ausgeheult.» Er hielt kurz inne. «Und weißt du, Bill, es könnte nicht schaden, wenn du dir bei Louise Trumbull ein paar Sporen verdienst. Lass den Abend noch ein bisschen fortschreiten, und dann solltest du Louise zum Tanzen auffordern und ihr sagen, dass sie aussieht wie Marys Schwester.»

Extra Billy lächelte. «Ja, Sir. Danke, Sir.»

Als Trudy Maizie an den Tisch zurückführte, reichte Extra Billy ihr seinen Arm. «Maizie.»

«Oh», quiekte sie.

Trudy lächelte, als Chester wieder aufstand. «Bitte leisten Sie mir Gesellschaft. Meine Frau kommt erst an den Tisch zurück, wenn das Fest vorbei ist. Ich war immer der Meinung, sie könnte mit Fred Astaire tanzen.» Er deutete auf Julia Ellen.

«Ein echtes Naturtalent», würdigte Trudy Julias Gabe. «Sie tanzen nicht?»

«O nein.»

«Sie sehen aber wie ein Sportler aus.»

«Ich kann wohl einen Ball werfen oder treffen, aber, Miss Archer, ansonsten bin ich ziemlich ungelenk.»

«Wenn Sie in meine Tanzschule kommen, gebe ich Ihnen eine Gratisstunde.» Als er zögerte, setzte sie nach. «Wäre es nicht wunderbar, Ihre Frau in die Arme zu nehmen und sie zu überraschen? Das würde ihr sicher gefallen.»

Chester blickte ihr in die klaren, beunruhigend grünen Augen und hörte sich sagen: «Ah – ich kann Sie nicht derart ausnutzen, Miss, aber tanzen würde ich schon gern können. Ich fürchte, alle werden mich auslachen.»

«Eine Gratisstunde. Und ich verspreche, ich *verspreche* Ihnen, dass niemand lachen wird – sonst bekommen Sie Ihr Geld zurück.»

«Abgemacht.»

«Dienstag um halb sieben?»

«Bis dann, Miss Archer.»

«Ach bitte, nennen Sie mich Trudy. Miss Archer hört sich an, als würde ich Scheibenschießen unterrichten.» Sie erhob sich, und er stand erneut auf. Sie warf ihm über die Schulter ein strahlendes Lächeln zu. Er setzte sich hin und fragte sich, warum um alles in der Welt er so eine idiotische Zusage gemacht hatte.

Maizie kam zurück, als der Tanz vorbei war, doch ehe sie sich setzen konnte, griff Ray Parker, Billys bester Freund, nach ihrem Arm. «Komm, Maizie, ich brauch 'ne Freundin.»

«Mensch, Onkel Chessy, das ist irre», schwärmte sie, dann wirbelte sie davon.

Wie ihm aufgetragen worden war, forderte Extra Billy Louise zum Tanzen auf. Sie reagierte zunächst etwas steif, wies ihn aber nicht zurück. Das hätte gegen den Benimmkodex der Südstaaten verstoßen. Paul, erschöpft vom Tanzen, setzte sich zu Chester an den Tisch.

«Kaltes Bier.» Chester schob dem ausgetrockneten Paul ein frisches Bier hin.

Paul kippte es dankbar hinunter. «Celeste Chalfonte mag ja über sechzig sein, aber sie hat mich geschafft.»

«Sie ist unglaublich.»

Pearlie erblickte Louise in den Armen von Extra Billy. «Was sagt man dazu? Der Junge hat Mumm.»

«Der Junge wird vermutlich dein Schwiegersohn, also sollten wir besser überlegen, wie wir mit ihm zurechtkommen.»

Ein Schatten huschte über Pearlies Gesicht. «Ich glaube, du hast Recht. Was würdest du tun?»

«Nun, er ist jung, rebellisch, aber er ist nicht bösartig. Ich würde ihn ins Geschäft aufnehmen, wenn er meine Tochter heiraten würde. Natürlich ist es leicht für mich, Ratschläge zu erteilen, Pearlie, ich habe keine Tochter.»

«Das kommt noch», versicherte Pearlie seinem Schwager, den er lieben gelernt hatte. Er wusste, dies war ein heikles Thema. «Da ist was dran. Wenn ich ihn ins Geschäft reinnehme, angenommen, sie heiraten, kann ich ihn im Auge behalten. Ich glaube nicht, dass sich irgendjemand groß um den Jungen gekümmert hat.»

«Wohl nicht.»

Die Familie Bitters vermehrte sich wie die Karnickel und überließ die Kinder dann ihrem Schicksal.

Der Tanz war zu Ende, und Extra Billy geleitete Louise an den Tisch zurück. Er verbeugte sich vor ihr und ging.

«Alle Achtung», bemerkte Pearlie.

Darum bemüht, sittsam und pikiert zu klingen, sagte Wheezie: «Ich musste mit ihm tanzen.»

«Ich bin froh, dass du's getan hast, Schatz.» Pearlie hieß ihren Entschluss gut und stellte insgeheim fest, dass sie ausgesprochen jugendlich wirkte.

Walter Falkenroth trat zu ihnen. «Paul, ich will Ihre Frau», scherzte er.

«Sie ist sehr begehrt.» Pearlie lächelte, als Louise schnell einen Schluck Sodawasser trank und Walter auf den Tanzboden folgte.

Paul kehrte zu Chessy zurück. «Extra Billy war so vernünftig, meine Frau zum Tanzen aufzufordern. Er ist vielleicht doch klüger, als ich dachte.»

«Tja.» Chessy lächelte.

17

Ein kalter, dichter Nebel legte sich auf ihre Wangen. Der Scheinwerfer der Lokomotive glühte diffus in der silbrigen Feuchtigkeit und zog vorbei, gefolgt von den dunkelgrünen stromlinienförmigen Pullmanwagen, die am Bahnsteig hielten.

Doak Garten, der junge Gepäckträger, wartete abseits. Auf seinem Karren türmten sich Ramelles kostspielige Koffer. Dieser Zug brachte sie nach Washington, D.C., wo sie in einen anderen Zug umsteigen würde, der sich durch den Süden schlängelte. In New Orleans blieben ihr ein paar Stunden Zeit, um bei Kaffee und Jazz zu verweilen. Das üppige Grün des Südens würde dem Braun, Senfgelb und Ziegelrot des Südwestens weichen. Ziel der Reise war Los Angeles, das träge zwischen den San Gabriel Mountains und dem Pazifischen Ozean ruhte.

«Ich schreibe dir jeden Tag.» Ramelle küsste Celeste.

«Alles einsteigen!»

Trotz der hohen Stufen sprang Ramelle leichtfüßig hinauf und beugte sich dann für einen weiteren Kuss herunter. Doak reichte dem Schaffner ihr Gepäck hinauf, sein eckiges Käppi saß schräg auf dem Kopf.

Sie fand ihr Abteil und setzte sich ans Fenster, die behandschuhte Hand zum Abschied erhoben. Als das Treppchen in den Zug gehievt wurde und der Schaffner dem Lokomotivführer ein Zeichen gab, drückte sie ihre Lippen an die Fensterscheibe, ein letzter Kuss.

Celeste winkte zurück, dann fuhr der Zug an. Sie blieb stehen und sah den roten Schlusslichtern nach, bis sie in dem sich verdichtenden silbrigen Nebel verschwanden. Ein langes, wehmütiges Pfeifsignal entbot das letzte Lebewohl.

Um sieben Uhr morgens betrug die Temperatur um die fünf Grad. Schaudernd schob Celeste die behandschuhten Hände in die Taschen ihrer Norfolkjacke.

Sie ging in die blitzsaubere Bahnhofshalle. «Doak, fast hätte ich vergessen, was sich gehört.» Sie fand ihn hinter dem Schalterfenster. «Wo ist Nestor?» Sie erkundigte sich nach dem Fahrkartenverkäufer, Stationsvorsteher, Hausmeister und Mann für alles.

«Doughnuts holen. Ohne ihn könnte Yost den Laden dicht machen.»

Sie schob diskret einen zusammengefalteten Zwanzigdollarschein unter das Fenster. «Das wird wieder ein kalter Tag.»

«Dann dauert der Frühling länger.» Er schob den Geldschein wieder zurück. «Miz Chalfonte, das ist zu viel.»

«Ein Ausgleich für die Male, da ich vergessen habe, Sie zu bezahlen.»

«Sie vergessen nie, mich zu bezahlen, Miz Chalfonte. Sie vergessen niemanden, der Ihnen je einen Gefallen getan hat.»

«Dann bringen Sie es auf die Bank. Damit die Kassierer was zu tun haben.»

Er wusste, dass es sinnlos war, ihr zu widersprechen. «Ja, Ma'am, und verbindlichsten Dank.»

Walter Falkenroth eilte herein. Celeste trat beiseite, nachdem sie hastig Höflichkeiten ausgetauscht hatten. «Bis dahin, Doak.»

Sie ging nach draußen. Die alte Patience Horney, verwirrt und zwei Jahre älter als Gott, hockte mit ihren heißen Brezeln und einem kleinen Glas Senf am Eingang.

Celeste kaufte eine Brezel, aus demselben Grund, aus dem es alle taten: Um Patience Geld zu geben und weil sie gut waren, wenngleich Celeste zu dieser frühen Stunde keine Lust darauf verspürte.

«Celeste, meine Liebe, ich muss Ihnen sagen, dass Brutus Rife Sie noch immer liebt. Er wird nie über Sie hinweg kommen.» Patience wandte Celeste ihr gesundes Auge zu; das andere war milchig.

Sie sprach von einem Mann, der seit einundzwanzig Jahren tot war.

«Das wird er wohl müssen.» Celeste lächelte.

«Sie sind die schönste Frau, die Runnymede je gesehen hat. Viele sagen, Sie sind die schönste Frau, die Maryland je gesehen hat.»

«Sie sind sehr freundlich, Patience.» Celeste brachte es nicht über sich, Patience zu sagen, dass sie Anfang sechzig war; Patience selbst musste auf die achtzig zugehen.

«Wünschte, ich wär schön auf die Welt gekommen.» Ihr zahnloser Mund verzerrte sich zu einem hohlen Lächeln.

«Sie sind schön, Patience.» Celeste drückte ihr Geld in die behandschuhte Hand. «Ich wünsche Ihnen einen schönen Tag.»

«Ja, Ma'am, ja, Ma'am. Grüßen Sie den Major von mir.» Sie erinnerte sich an Celestes Vater.

«Mache ich, Patience.»

Celeste ging zu dem kleinen Parkplatz. In ihrer Jugend hatte sie unentwegt gelesen. Sie hatte Antworten gesucht. Auf eine ihrer Fragen hatte sie die Antwort nie gefunden: warum Patience am Bahnhof saß.

Einen schmerzlichen Augenblick lang dachte sie, sie würde in Tränen ausbrechen. Das Leid der Welt überspülte sie, oder war es Ramelles Abreise? Sie wusste es nicht. War es der Gedanke, dass Doak und die anderen jungen Männer demnächst von dem monströsen Übel jenseits des Atlantiks aufgesaugt würden, oder gab es zu Hause Übel genug? Waren Al Capone und Pretty Boy Floyd Miniaturausgaben von Hitler und Mussolini?

Sie schnupperte. Der erste zarte Fliederduft lag in der Luft. Die Blüten blieben geschlossen, dennoch verströmten sie die unverkennbare Süße.

Sie fühlte sich jung. Ihr Alter spürte sie nicht, wenn sie von den Erinnerungen der Jahrzehnte absah. Der Schmerz wäre mit zwanzig derselbe gewesen. Emotionen werden nicht alt.

Sie fragte sich, ob sie eine Affäre brauchte, eine letzte Eskapade, eine diskrete Eroberung. *Ein letztes Streben. Streben heißt Erobern,* dachte sie, während ihre Hand den verchromten Türgriff fasste. *Wonach streben, was könnte besitzenswert sein, und wenn du es findest, werden andere zu dir kommen. Streben ist unvereinbar mit Gewinn.* Sie öffnete den Wagenschlag des Packard und rutschte auf den Sitz, legte die Hände ans Lenkrad und starrte auf die Bahngleise. *Nun – was ist in mir?* Sie roch die frische heiße Brezel und schnappte sie vom Sitz, wobei das dünne Wachspapier knisterte.

Sie biss hinein, kaute, sagte laut «eine heiße Brezel» und brach in Lachen aus.

18

LANGE GOLDENE SCHATTEN WÄLZTEN SICH über den Runnymede Square. Auf der Südseite des Platzes ließ das flackernde Licht die Gesichter der Statue mit den drei konföderierten Soldaten lebendig werden. Einer schoss mit seinem Gewehr, der zweite trug die Standarte, und der dritte ging verwundet in die Knie. Der Standartenträger griff dem Verletzten mit einer Hand unter die Achsel und versuchte, ihn auf den Beinen zu halten. Hinter ihnen ragte die Kanone in die Höhe, ihr Lauf war auf das Bon-Ton-Kaufhaus an der Ecke Hanover Street auf der Yankee-Seite des Platzes gerichtet.

Das vermehrte Sonnenlicht auf der Sommerseite der Tagundnachtgleiche verlängerte die Tage und verlieh ihnen eine von Gelächter durchsetzte Melancholie, je mehr Menschen sich im Freien aufhielten. Der Hartriegel, dessen mintgrüne Knospen bald zu einer Fülle von Weiß oder Rosa aufbrechen würden, sprenkelte den schönen Platz, der vor dem amerikanischen Unabhängigkeitskrieg angelegt und bepflanzt worden war.

Die korinthischen Säulen des Bankgebäudes an der Südwestecke des Platzes erhoben sich in imposantem glänzendem Blauweiß. Geldinstitute, von Würde und dem alten lateinischen Wort *gravitas* gekrönt, machten den Kirchen in puncto Heiligkeit Konkurrenz.

Als Chessy von dem übermütigen Buster begleitet über den Platz ging, schlossen die Menschen, die er fast schon sein Leben lang kannte, ihre Geschäfte, kurbelten bunte Markisen hoch, sperrten Türen ab. Der Gemüsehändler ließ jeden Dienstagabend draußen auf den Ständen überreife Apfelsinen, Äpfel und Birnen für die Armen stehen. Mittwochmorgen würde eine frische Lieferung eintreffen.

Ein ununterbrochener Menschenstrom zog zu Cadwalder, auf einen Hamburger oder ein Sodawasser. Manche warteten auf die erste Kinovorstellung ein Stück weiter die Straße hinunter. Junge Männer mit pfirsichfarbenem Flaum auf den Wangen boten Mädchen an, ihnen die Bücher nach Hause zu tragen.

Chessy hatte sein ganzes Leben in dieser Gegend verbracht, nahezu sechsunddreißig Jahre. Das Netz miteinander verwobener Leben und Generationen glitzerte golden im Sonnenuntergang. Je älter er wurde, desto intensiver fühlte er die Bande zwischen den Menschen.

Chester Rupert Smith dachte viel und sprach wenig, eine Gewohnheit, die er sich früh angeeignet hatte in einem Haus, in dem Josephine Smith zu jeder Stunde hoheitlich waltete. Sein mittlerer Bruder Joseph sah aus und gebärdete sich wie die Mutter, despotisch und wortreich. Stanford, der jüngste Bruder, besaß Ehrgeiz, war dabei aber nicht verbissen.

Sein Leben lang hatte Chessy unter der Last des Vorwurfs zu tragen gehabt, er besitze keinen Ehrgeiz und hätte seine Intelligenz besser nutzen sollen. Sammeln und säckeln konnte er nichts abgewinnen. Er betrachtete sein Leben als unaufhörlichen Reichtum. Er war nicht abgeneigt, diesen Reichtum zu teilen, doch er glaubte nicht, dass irgendjemand davon hören wollte.

Kein Tag, an dem er nicht eine neue Idee oder Erkenntnis hatte. Dass nichts davon kommerziell verwertbar war, erschien ihm nicht verwerflich. Er hatte sich daran gewöhnt, seine Mutter und seine Frau zu enttäuschen; Juts hatte genug Elan für zwei. Aber sich selbst enttäuschte er nicht. Er war zufrieden, das Leben in seiner ganzen Schäbigkeit und Pracht sich entfalten zu sehen.

Junior McGrail, die aussah wie ein aufgedonnertes Faultier, stand mit ihrer Freundin Caesura Frothingham am Sockel der Statue von George Gordon Meade.

«Guten Abend, die Damen.» Chester tippte an seinen Hut.

«Guten Abend, Chester», antworteten sie.

«George sieht schon viel besser aus, finden Sie nicht?» Er lächelte.

«Wir haben gesehen, wie Sie, Harmon, Extra Billy und seine nichtsnutzigen Freunde gestern Abend General Meade aufgerichtet haben. Was ist unserem glorreichen Helden wirklich zugestoßen?» Caesura fand alles glorreich, was in einer Unionsuniform steckte. Das schuf Probleme.

«Vielleicht hat er zu viel getrunken.»

Caesura kniff die Lippen zusammen. «General Meade, niemals.»

«Na ja, jetzt ist es ohnehin zu spät für den alten Knaben.»

«Sie wissen, was passiert ist», sagte Junior. Ihre winzige Yorkshire-Terrier-Hündin zog an der Leine und wollte zu Buster, der mit seinem Stummelschwanz wedelte.

«Sobald diese Ecke des Sockels repariert ist, ist alles wieder in Ordnung, also spielt es keine Rolle, was passiert ist.»

«Sie sollten ein Wörtchen mit den Trumbulls reden, Chester. Es wird böse enden, wenn Extra Billy weiter um Mary herumscharwenzelt.»

«Junior, das geht mich nichts an.» Er schob die Hände in die Taschen, klimperte mit dem Kleingeld. «Meine Damen, genießen Sie diesen milden Abend. Ich habe eine Verabredung.» Er tippte wieder an seinen Hut.

Als er fortging, flüsterte Caesura: «Was kann man auch von Mary Trumbull erwarten? Sie wohnt in einem Haus mit bemalten Plastiken eindeutigen anatomischen Charakters!»

Junior pflichtete ihr bei. «Mmm. Etwas stimmt da nicht. Es gleicht dem Leben in einer Lasterhöhle. Pearlies Kunst lenkt auf höchst bedenkliche Weise die Aufmerksamkeit auf den weiblichen Busen.»

Das Duo kreischte vor Lachen.

Chessy schlängelte sich zwischen dem Verkaufspersonal hindurch, das aus dem Bon-Ton strömte. So klein die Stadt war, das Bon-Ton machte guten Umsatz, weil man bis Baltimore eine Stunde nach Südosten auf holprigen Straßen brauchte, bis Hagerstown eine Stunde nach Westen und bis York fünfundvierzig Minuten nach Nordosten. Gettysburg, das nur zwanzig Minuten entfernt lag, war ein einziges Schlachtfeld – keine Einkaufsmöglichkeit außer einem florierenden Markt für gebrauchte Munition.

Vier Häuser vom Bon-Ton entfernt, auf der Westseite der Hanover Street, stand das 1872 erbaute Rogers-Haus. Die erste Etage beherbergte die neue Tanzschule, und auf eines der Fenster zur Straße hinaus waren ein Zylinderhut und ein Spazierstock gemalt. Chessy öffnete die Tür und stieg die kastanienbraun gestrichenen Treppenstufen hinauf, Buster tollte ihm voraus. Trudy Archer stand oben an der Treppe. «Mr. Smith, ich freue mich, Sie zu sehen. Kommen Sie herein. Wer ist das denn?»

«Buster.»

«Schön, Buster bekommt auch eine Gratisstunde.»

Als Chessy durch die Tür trat, fiel ihm als Erstes der schöne Ahornfußboden auf. «Ich hatte keine Ahnung, dass es den hier oben gibt.»

«Ich auch nicht, bis ich alle Farbe herunter hatte. Ich hatte Eiche erwartet.» Sie setzte die Grammophonnadel auf die glänzende schwarze Schallplatte. Ein Cole-Porter-Song erklang im Raum. «Sind Sie bereit?»

Er schluckte. «Natürlich.»

Buster saß mit schief gelegtem Kopf da und beobachtete sein Herrchen, das versuchte, mit verschiedenen Tanzschritten ein Karree zu beschreiben.

«Eins, zwei drei, eins zwei drei.» Sie lächelte ihn an. «Haben Sie das schon mal gemacht?»

«Nein, noch nie.»

Als die Platte zu Ende war, legte sie eine andere auf, dann nahm sie Busters Vorderpfoten und hüpfte ein paar Schritte mit dem Terrier herum. «Sehr gut, Buster.»

Chessy lachte.

Trudy übte eine Stunde mit Chessy, und er vollführte sogar einen Gleitschritt. Obwohl steif und unsicher, war er nicht so ungelenk, wie er gedacht hatte.

Am Ende der Stunde tätschelte Trudy Busters Kopf und dankte Chester für sein Kommen.

Sie lächelte. «Wenn Sie auf die Musik hören, sagt sie Ihnen alles, was Sie wissen müssen.»

«Sie sind eine prima Lehrerin.» Er hielt seinen guten Borsalino in der Hand. «Wissen Sie, ich würde es wirklich gerne lernen. Ich möchte Juts überraschen. Ist der Unterricht teuer?»

«Fünf Dollar im Monat für eine Privatstunde in der Woche. Gruppenstunden gibt es natürlich billiger, aber ich fürchte, dann würde es Ihrer Frau zu Ohren kommen und Ihnen die Überraschung verderben.»

«Kann ich es einen Monat versuchen? Wir machen es Schritt für Schritt.»

Sie lächelte über sein Wortspiel. «Abgemacht.»

Er langte in seine Tasche und gab ihr fünf Dollar in Münzen. Es war viel Geld, doch es hatte ihn gepackt. Er konnte tanzen.

Als er auf die Straße hinausschlenderte, dachte er, wie wunderbar es war, sich nach Musik zu bewegen, und wie rein, neu und strahlend Trudy Archer wirkte.

19

JUTS KIPPTE DEN INHALT EINER BÜCHSE Nussmischung auf die Küchenanrichte. Sie vertilgte die Mandeln, Hasel- und Cashewnüsse und ließ die bescheidenen Erdnüsse übrig.

Sie trug ihre echte Orioles-Baseballkappe, die sie ergattert hatte, als sie nach Baltimore gefahren war, um eine gebrauchte, aber gut erhaltene Friseursaloneinrichtung zu erstehen. Da sie nie ein Baseballspiel versäumte, nicht einmal auf High-School-Niveau, hatte Juts sich in der knallenden Sonne beim Unterstand der Orioles herumgetrieben und einen Spieler gebeten, sich von seiner Baseballkappe zu trennen. Weil Juts nicht übel aussah und mehr Ladung hatte als 220 Volt, hatte der Fänger ihr seine Kappe geschenkt.

Die Morgenzeitung, die so zusammengelegt war, dass die Anzeige für die Gala-Eröffnung des Curl ’n’ Twirl zu sehen war, verlockte Yoyo, die raschelndem Papier nie widerstehen konnte.

Louise hatte darauf bestanden, auch eine Anzeige in die Abendzeitung zu setzen, die *Trumpet*. Da diese noch nicht gekommen war, vertrieb sich Louise die Zeit mit dem Studium der Kleinanzeigen, für den Fall, dass sie zuvor etwas übersehen hatte.

Der Salon war komplett. Chessy hatte die Schränke und das kleine Hinterzimmer gebaut. Pearlie und seine Mannschaft hatten den glänzenden frischen Anstrich beigesteuert. Es gab jetzt nichts mehr zu tun als zu bangen, und da Louise genug für eine Frau von hundert Jahren gebangt hatte, sah Juts keinen Grund, die Anstrengungen ihrer Schwester nachzuahmen.

Die Hunsenmeirs hatten Junior McGrail Toots Ryan,

Rillmas Mutter, ausgespannt. Sie hatten Toots sieben Dollar mehr die Woche geboten, und sie hatte eingeschlagen. Ein sauberes Geschäftsgebaren, doch Junior brüllte «Foulspiel».

Chessy war aschfahl geworden, als Julia kühn ihren Coup verkündet hatte. Um 398 Dollar zurückzuerstatten, rutschten die Schwestern immer tiefer in die roten Zahlen. Sie sagte ihm, er solle aufhören, zu ächzen und zu stöhnen. «Man braucht Geld, um Geld zu verdienen», zitierte sie ihn.

Als die Zeitung vor die Tür plumpste, raste Buster los. Julia ließ ihn hinaus. Er hob die Zeitung auf und brachte sie stolz zu ihr.

«Braves Kerlchen.»

Ehe sie die Zeitung aufschlug, ging sie zurück in die Küche, um die Erdnüsse sorgsam in die Büchse zu schaufeln. Sie schloss den Deckel und stellte die Büchse wieder auf das dicke, mit Wachspapier bedeckte Bord. Dann schlug sie die Zeitung auf. In Kursivschrift stand da wie eine öffentliche Verkündigung die Annonce für ihre Gala-Eröffnung. Sie trat zurück, um sie zu bewundern.

Dann blätterte sie um, und eine halbseitige Anzeige von Junior McGrails Friseursalon für anspruchsvolle Damen sprang ihr ins Auge. Ein kühner Balken enthielt die Aufforderung: «Meine Damen, lassen Sie sich nicht von billigen Imitationen täuschen.»

«Der reiß ich alle Haare einzeln aus.» Juts sauste zum Telefon und wählte Louises Nummer.

«Hallo.»

«Mary, hol deine Mutter an den Apparat.»

«Hallo, Tante Juts, was gibt's?»

«Guck dir Seite vier in der *Trumpet* an, das gibt's.»

Mary rief: «He, Maizie, geh die Zeitung holen.»

«Hol sie doch selber.»

«Ich telefoniere mit Tante Juts. Tu, was ich dir sage.»

Julia hörte Schlurfen, ein Türenschlagen, erneutes Türenschlagen. «Mary – Mary ...»

«Jetzt hab ich die Zeitung.»

«Du könntest dich bei mir bedanken.»

«Danke, Maizie», sagte Mary.

«Wo ist eure Mutter?», fragte Juts.

«Mit Doodlebug im Garten.»

«Geh, zeig ihr die Anzeige auf Seite vier. Sofort, Mary, und leg nicht auf.»

«Ist gut.»

Julia hörte, wie der Hörer auf den Tisch fiel, und dann in weiter Ferne ein «Was!», gefolgt von eiligen Schritten.

«Julia, ich kann nicht glauben, dass sie sich selbst so erniedrigt!»

«Ich schon.»

«Ich habe im Garten gearbeitet, um meine Nerven zu beruhigen vor dem morgigen Tag, und nun dies – also, ich verstehe nicht, wie Junior McGrail sich als Katholikin betrachten kann.»

«Ich verstehe nicht, wie irgendwer sich als Katholik betrachten kann», entgegnete Juts.

«Julia ...» warnte Louises Stimme. «Wir müssen reagieren auf diesen, diesen Angriff.»

«Und umsonst für sie Reklame machen? Kommt nicht in die Tüte.»

«Tja – auch wieder wahr.» Louise setzte sich auf den Telefonhocker. «Wahrscheinlich ist sie noch fuchsig wegen Toots.»

«Wenn sie sie besser behandelt hätte, wäre Toots nicht

weggegangen.» Juts sprach die reine Wahrheit. «Nur schade, dass ihre Tochter in Washington ist. Wo immer Rillma ist, sind Jungs drumrum. Ich hätte gern 'ne Menge Leute da.»

«Es werden massenhaft Leute kommen. Was gibt es an einem Donnerstag sonst zu tun?»

«Tja, das *Strand* wechselt den Film erst am Freitag. Und überhaupt, Wettbewerb ist die Seele des Geschäfts. Ich finde, wir tun Junior einen Gefallen. Immerhin machen wir die Leute darauf aufmerksam, wie wichtig die Haar- und Nagelpflege ist. Sie wird von unserer Reklame profitieren, wenn sie schlau ist. Oder sie wird besser, hab ich Recht?»

«Da wäre ich mir nicht so sicher.»

«Wie lange kann sie noch Marie Antoinettes Radiotruhe zur Schau stellen?» Julia kicherte.

Junior hatte ihren Salon mit imitierten französischen Antiquitäten voll gestopft. Sie hatte eine Schwäche für Vergoldungen. Ihre gigantische Radiotruhe, ein beängstigender Anblick, sei handgemacht, sagte sie, in Paris, Frankreich – nicht etwa Paris, Kentucky – und aus kostbaren Bruchstücken aus dem Besitz von Marie Antoinette gefertigt. Auch behauptete sie, dass ihr die ermordete Königin erscheine – zweifellos, um das Radio instand zu halten. Junior veranstaltete Tarotlesungen im Hinterzimmer, obwohl Father O'Reilly erklärte, das sei heidnischer Humbug. Diese Tarotlesungen waren Juniors Hauptattraktion, denn ihre Frisierkunst bestand aus einer Schmachtlocke auf der Stirn und zwei Koteletten an der Seite. Gelegentlich erweiterte sie ihr Repertoire und drückte mal eine Welle ins Haar, doch so oder so wurde man am Ende mit einer Frisur entlassen, die aussah wie ein verschmorter Sicherungskasten.

Louise senkte die Stimme. «Bist du nervös?»

«Nein.»

«Aber ich. Wenn es schief geht, kürzt mir mein Mann bestimmt das Haushaltsgeld und wer weiß was sonst noch.»

«Es wird nicht schief gehen», beruhigte Juts sie. «Ich habe meine Glückskappe, vergiss das nicht.»

«Das Ding hast du eben erst erstanden.»

«Das heißt noch lange nicht, dass sie kein Glück bringt. Jetzt reg dich ab. Was kann schlimmstenfalls passieren?»

«Wir gehen Pleite. Unsere Männer verlassen uns. Meine Kinder schämen sich ihrer bankrotten Mutter. Ich leide unter Angina und Herzklopfen ...»

«Wer nicht wagt, der nicht gewinnt. Trink einen heißen Grog und geh früh ins Bett.»

«Alkohol rühre ich nicht an, das weißt du genau.»

«Zu medizinischen Zwecken, Louise. Das wirkt beruhigend, so wie Tabak. Wenn du dir einen heißen Grog machst, schläfst du wie ein kleines Kind und bist morgen startklar. Wie du weißt, werden wir den ganzen Tag auf den Beinen sein.»

«Wie macht man heißen Grog?»

Juts gab ihr das Rezept durch.

«Na dann ...»

«Wir sehen uns morgen.»

Julia, die wusste, dass sie ihre Schwester zu etwas überredet hatte, das Wheezie ohnehin wollte, zog sich in die Speisekammer zurück, schnappte sich eine Flasche Whiskey und mixte sich einen belebenden Whiskey Sour.

Als Chessy am Abend von der Arbeit nach Hause kam, griff er sich die Büchse Nussmischung, während Juts einen Whiskey Sour für ihn mixte und einen für sich, wobei sie so tat, als sei es ihr erster.

Er wühlte mit dem Zeigefinger in der Nussbüchse. «Nur

Erdnüsse. Etikettenschwindel.» Er knallte die Büchse auf die Anrichte.

«Ich weiß. Eine Unverschämtheit», sagte Juts und reichte ihm seinen Drink.

20

JUNIOR MCGRAIL VERTRAT DEN STANDPUNKT, mehr sei mehr. Wankend unter dem Gewicht von Armreifen, großen baumelnden Ohrringen und mehrreihigen Perlenketten um den fleischigen Hals, marschierte sie über die Frederick Road, ohne nach rechts und links zu schauen. Das erforderte allerdings eine Menge Disziplin.

Die Eröffnung des Curl 'n' Twirl hatte sich zu einem Straßenfest ausgeweitet. Pearlie Trumbull, der führende Kopf hinter dem fröhlichen Treiben, war zum Budweiser-Großhändler gefahren und hatte sechs Fässchen Bier gekauft.

Als Chessy fragte, ob er sich das leisten könne, antwortete Pearlie, sie könnten es sich nicht leisten, es nicht zu tun. Chessy schleppte in seinem alten Lieferwagen schwere halbierte Whiskyfässer an, randvoll mit Eis, Sodawasser und Mixern. Er hatte sie bei einer großen Brennerei in den Hafenanlagen von Baltimore gekauft. Noe Mojo, der japanischstämmige Ehemann von Louises Busenfreundin Orrie, hatte ihm beim Aufladen geholfen.

Um der Feier einen Hauch von Sünde zu verleihen, hatte Chester den besten schwarz gebrannten Schnaps diesseits des Mississippi gekauft, der in Nelson County, Virginia, gebrannt und unter der Hand von Davy Bitters, Billys älterem Bruder, verkauft wurde. Mit dem Wasser der Bergbäche der Blue Ridge Mountains ließ sich ein ausgezeichneter Schnaps herstellen, doch man musste sich vorsehen. Wenn man zu viel davon trank, gehorchten einem die Knie nicht mehr.

Die Jungs hatten die Schnapsflaschen in diversen Handschuhfächern und Kofferräumen verstaut, und als besondere Mutprobe gab es Flachmänner.

Mit Ausnahme von Junior war die Stadt vollzählig angerückt. Sogar Caesura Frothingham erschien. Sie behauptete, sich für die gute, arme Junior ein Bild machen zu wollen.

Junior gab vor, auf dem Weg zum Kino zu sein, aber da die Vorstellung erst in einer Stunde begann, wussten alle, dass sie log. Außerdem brauchte sie nur von der anderen Seite über den Platz zu gehen, um dorthin zu gelangen.

«Junior, komm her», lockte Juts, die nie nachtragend war. Überdies hatte sie von dem Schwarzgebrannten gekostet.

«Niemals.» Junior funkelte Caesura böse an und setzte ihren Weg fort.

Orrie Tadia Mojo flüsterte Louise naserümpfend ins Ohr: «Die tragische Königin.»

Dank Mary und Maizie hatte sich die Jugend der High School von Süd-Runnymede eingefunden, und auch von der Nord-Runnymede-High-School kamen viele.

Juts hatte sogar eine kleine Kapelle engagiert.

Trudy Archer flüsterte Chessy ins Ohr: «Warum tanzen Sie nicht?»

«Ich bin noch nicht so weit.»

«Sie hatten drei Tanzstunden, vier mit der Gratisstunde.»

«Ich bin zu ...» Er zuckte die Achseln. «Das kommt schon noch. Sie müssen Geduld haben.»

«Mache ich meine Arbeit nicht gut?»

Er klopfte ihr auf die Schulter. «Sie sind großartig. Wenn ich so weit bin – also, das werde ich schon merken. Und jetzt gehen Sie und schnappen sich einen von den Männern. Edgar Frost ist ein guter Tänzer.»

Sie lächelte und ging zu dem Rechtsanwalt, den sie vor ein paar Tagen kennen gelernt hatte.

Die uralten ledigen Rife-Drillinge, die Schwestern von Brutus – Ruby, Rose und Rachel – erschienen in Begleitung wesentlich jüngerer Männer. Man konnte sie durch ihre Kleidung auseinander halten. Ruby trug Mainbocher, Rachel trug Hattie Carnegie, und Rose hatte erst vor kurzem Sophie of Saks entdeckt. Infolge des Krieges konnte man nicht nach Paris, und während er Europa verwüstete, erwies er sich für amerikanische Modemacher als Segen. Rubys Putzmacherin war Lilly Daché, Rachel schwärmte für den Hutmacher John Fredericks, und Rose stürzte sich auf einen aufsteigenden Stern am Huthimmel, Tatiana, Gräfin du Plessix.

Die La-Squandra-Schwestern, wie man sie hinter ihrem Rücken nannte, wurden geduldet, nicht, weil sie Geld ausgaben, sondern weil sie so offenkundig unbrauchbar waren. Man munkelte, dass sie nicht mal imstande seien, sich ihr Badewasser selbst einzulassen. Natürlich konnte man sie nicht für die Sünden ihres verstorbenen Bruders und Vaters verantwortlich machen.

Da sie nicht lange stehen konnten, machten sie es sich in den Frisierstühlen bequem, die Juts gekauft hatte.

Als sich Fannie Jump Creighton, von Verehrern umringt, an ihnen vorbeidrückte, fragte Rose: «Fannie Jump, meinst du, die Mädels haben Erfolg? So, wie die sich immer kabbeln.»

Fannie blieb stehen und bewunderte den flotten Hut mit den geschweiften gelben Federn. «Sie werden zu viel zu tun haben, um sich zu streiten.»

Celeste trat aus dem Privatraum, ein engelhaftes Lächeln im Gesicht. Sie schob sich zu Fannie hinüber.

«Celeste, Celeste, meine Liebe!» Rachel streckte die behandschuhte Hand aus und stieß in einem Anfall von Geistesklarheit hervor: «Du sollst wissen, ich habe es dir nie verübelt, dass du Brutus umgebracht hast. Auch wenn er mein Bruder war, er war ein brutales Miststück.»

Im Raum herrschte lautes Stimmengewirr, und nur Cora und Fannie bekamen diese Erklärung mit.

«Bist du wohl still, Kleines», zischte Rose Rachel zu.

Ruby blinzelte mit ihren großen kobaltblauen Augen, als kehre sie soeben in die Welt zurück. «Aber sie hat es getan, Rosie, das weiß doch jeder.»

Cora schritt ein. «Wer weiß schon, wie solche Dinge geschehen? Er hatte viele Feinde, und 1920 liegt so lange zurück.»

«Ich weiß es!», schmollte Rachel. «Er hat meinen Verehrer verprellt.»

«Dein Verehrer war nur hinter deinem Geld her», brummte Rose. «Wenn Brutus ihn nicht rausgeworfen hätte, dann hätte ich es getan.»

«Eifersüchtig», erwiderte Rachel triumphierend. «Aber Celeste, meine Liebe, es hat mir nicht das Geringste ausgemacht, dass du ihn erschossen hast.»

«Also Rachel, hänge mir nichts an, was du nicht nachweisen kannst.» Celeste hatte Brutus tatsächlich vor einundzwanzig Jahren aus mehreren Gründen erschossen, nicht zuletzt wegen der Schreckensherrschaft, die er in der Stadt ausübte. Sie hatte es nie zugegeben und würde es auch nie zugeben. «Was deinen Verehrer betrifft, das war vor meiner Zeit, aber wie ich hörte, sah er sehr gut aus.»

«Oh, er hatte so zarte Hände, Mädchenhände», seufzte Rachel kokett.

«Ha!», entfuhr es Ruby, bevor sie wieder in Schweigen versank. Celeste schob sich durch die Menge, dicht gefolgt von Cora und Fannie.

«Unbrauchbar wie Zitzen an 'nem Keiler», murmelte Cora.

Popeye Huffstetler, der an der Eingangstür von Caesura Frothingham mit Beschlag belegt wurde, nutzte die Chance zur Flucht, indem er sich an Celeste heftete, die gut dreißig Zentimeter größer war als das mickrige Männlein.

Caesura rief ihm nach: «Popeye, Sie sind kein guter Reporter. Sie haben nicht herausgefunden, wer George Gordon Meade umgenietet hat.»

«Robert E. Lee», antwortete ihr Celeste.

«Sie halten sich wohl für sehr geistreich, Celeste Chalfonte.» Caesura ließ sich noch ein Bier geben, das ihr in einem Sherryglas gereicht wurde, sodass sie häufig nachtanken musste.

«Caesura, lassen Sie uns diese großartige Eröffnung feiern. Ich finde es schön, dass Sie vorbeigekommen sind.»

«Ich bin gekommen, um für Junior zu spionieren.»

«Trinken Sie noch einen Schluck», empfahl Cora.

«Kann nicht schaden.»

«Junior marschiert da draußen auf und ab. Sie spioniert für sich selbst», sagte Fanny missbilligend.

«Mit dir spreche ich nicht.»

«Umso besser.» Fannie schob sich an Caesura vorbei auf die Straße.

Julia Ellen tanzte mit sämtlichen Jungen beider High

Schools. Louise war so glücklich, wie man sie noch nie gesehen hatte. Sie hob ein paar Mal warnend ihren Finger in Marys Richtung, damit sie sich ja nicht mit Extra Billy davonstahl.

Die Feier dehnte sich bis ins samtene Zwielicht. Angeregt durch seinen Sohn und den Schnaps, erklärte Flavius Cadwalder den Hunsenmeir-Schwestern, er wisse, wie schwer die Schuld auf ihnen laste. Wenn sie mit der Zahlung in Verzug gerieten, würde er mit ihnen eine Lösung finden. Alles jubelte und stieß mit noch mehr Schnaps auf dieses Entgegenkommen an.

Jacob Epstein Jr., ein High-School-Kumpel von Extra Billy, kippte auf dem Bordstein um. Die Männer hoben ihn auf den Pritschenwagen, wo die Kapelle spielte. Er verschlief sämtliche Stücke und gab lediglich bei «Red Sails in the Sunset» ein leises Stöhnen von sich.

Junior hatte ihre endlose Parade satt, weshalb Caesura sich zu ihr gesellte und sie zur Nordseite des Platzes zurückgingen. Junior musste die beschwipste Caesura stützen, die log, sie hätte sich den Knöchel verstaucht.

Das Wunder des Abends war, dass Julia Ellen und Louise keinen Streit hatten, nicht einen einzigen. Alle wussten, das würde nicht von Dauer sein.

Am Sonntag darauf waren die Schwestern bei ihrer Mutter in Bumblebee Hill zum Abendessen.

Ein leises Klopfen an der Tür veranlasste Julia, von Coras Esstisch aufzustehen.

«O Schatz, bleib sitzen», sagte Chester, aber sie war schon draußen. Sie öffnete die Haustür und sah sich einem alten Mann gegenüber, der vielleicht einmal stattlich gewesen, nun aber gebeugt war.

«Ist Mrs. Hansford Hunsenmeir zu Hause?», keuchte er.

«Ja. Warten Sie einen Moment.»

Sie kam zum Esstisch zurück und flüsterte: «Mom, da draußen steht ein alter Kauz an der Tür. Geh lieber schnell hin, er sieht aus, als würde er jeden Moment tot umfallen.»

Cora legte ihre Serviette zusammen und ging zur Tür.

Juts, Chessy, Louise, Pearlie, Mary und Maizie hörten gedämpfte Stimmen, dann ein Schluchzen. Chessy und Paul liefen zur Tür.

Verwirrt folgten sie Cora, die dem alten Mann weinend zum Tisch half.

«Mädchen, dies ist euer Vater.»

21

DER MANN IST NICHT MEIN VATER.» Louise verschränkte die Arme vor der Brust.

«Also, wenn er nicht dein Vater ist, dann ist anzunehmen, dass er auch nicht meiner ist», sagte Julia. Chester und Pearlie saßen in Louises großen Sesseln mit dem dicken wollenen Bezug, der wie ein Teppich aussah und bei warmer Witterung kratzte. Mary und Maizie wurden im Bett vermutet.

Die Mädchen schlichen sich zum Treppenabsatz, um zu lauschen. Bislang war es ihnen gelungen, sich still zu verhalten.

«Wollt ihr zwei euch nicht setzen? Ihr macht mich ganz schwindlig.» Mit einem ernsten Ausdruck in seinem kantigen Gesicht deutete Pearlie auf das Sofa.

«Ich kann nicht. Beim Rumlaufen kann ich besser denken.»

«Dann musst du aber noch viel rumlaufen», sagte Julia halb im Scherz.

«Jetzt ist nicht die Zeit für Späße. Ein Schwindler schleicht sich bei uns ein. Er wird Momma die Haare vom Kopf fressen ...»

Chessy unterbrach sie: «Er wird nicht viel essen, Wheezie. Er pfeift auf dem letzten Loch.»

«Und die Arztrechnungen?» Louise, den Sinn stets auf Geld gerichtet, hatte Visionen von dicken Stapeln weißen Papiers, die an einem langen Nagel aufgespießt waren. Auf jedem Blatt war ein rotes Rechteck mit dem Wort «Rechnung» in der Mitte. Es war keine Vision, es war ein Albtraum im Wachzustand.

«Und dann die Kosten für das Begräbnis und den Sarg – man muss reich sein, um zu sterben.» Louise schritt schneller auf und ab.

«Man könnte ihn an einen Galgen hängen.» Chester verzog keine Miene. «Ich könnte innerhalb eines Tages einen bauen.»

«Ja, du könntest den Galgen vor Junior McGrails Salon aufstellen. Das würde die Kundschaft abschrecken!»

«Andererseits, wenn man die Hunde bedenkt ...», wandte Chessy brottrocken ein.

«Wollt ihr zwei wohl den Mund halten.» Louise ließ sich aufs Sofa plumpsen. «Dies ist eine ernste Angelegenheit. Es ist schrecklich.»

«Momma hat so ein weiches Herz, sie wird ihn pflegen, egal, wer er ist. Er kann nicht unser Vater sein. Hansford Hunsenmeir war ein stattlicher Mann mit einem schwarzen Schnauzbart.»

«Nur dass der nicht richtig schwarz war. Er sah auf den Fotografien schwarz aus.»

«Woher weißt du das?»

«Ich erinnere mich an ihn – entfernt.» Louise seufzte. «Hauptsächlich erinnere ich mich daran, wie Momma geweint hat.»

«Vierunddreißig Jahre sind eine lange Zeit. Ich bezweifle, dass irgendjemand so aussieht wie auf Fotos von damals», bemerkte Pearlie.

«Wieso? Celeste Chalfonte sieht immer noch so aus», entgegnete Louise.

«Sie ist die Ausnahme, die die Regel bestätigt», sagte Paul.

«Ihr Haar ist silbergrau geworden – das ist aber auch alles.» Chester fuhr sich mit den Händen durch seine blonden Locken; sein Haaransatz war ein wenig zurückgegangen. Das gefiel ihm ganz und gar nicht.

«Also, wer immer er ist, er hat mich schon beleidigt, bevor er überhaupt am Tisch saß. Er hat gesagt, ‹du musst Louise sein›. Ich habe ‹ja› gesagt, und dann hat er mit diesem jämmerlichen Möchtegernschnurrbart gewackelt und gesagt, ‹du musst jetzt vierzig sein›.»

«Ach Wheezer, um Himmels willen, du bist vierzig.»

«Bin ich nicht. Das bin ich ganz entschieden nicht, und ich weiß nicht, warum du auf so einer Fehlinformation beharrst.»

«Wenn ich sechsunddreißig bin, bist du vierzig.» Juts blieb standhaft.

«Ich bin nicht vierzig! Und was dich angeht, der hat dich angeguckt und wollte wissen, wo deine Kinder sind. Ich mag ja näher an den vierzig dran sein als du, aber ich bin wenigstens eine Mutter!»

«Louise, beruhige dich.»

Blitzschnell drehte sie sich zu ihrem Mann um. «Beruhigen? Was würdest du denn tun, wenn so ein grässlicher Kerl durch die Haustür gefegt käme und behauptete, er wäre dein Vater?»

Pearlie verschränkte die Hände. «Ich würde darauf vertrauen, dass meine Mutter ihren Ehemann kennt.»

«Auf wessen Seite stehst du eigentlich?», kreischte Louise.

«Auf deiner, Schatz, aber wenn Cora Hunsenmeir sagt, der Mann ist Hansford, dann ist er es.»

«Wie will sie das denn wissen? Sie hat ihn schließlich vierunddreißig Jahre nicht gesehen.» Louise, deren Wut verebbte, weil sie wusste, dass Pearlie die Wahrheit sprach, sank auf ihrem Sitz zusammen.

«Er hat Recht.» Julia ließ sich neben ihre Schwester fallen, die sich abwandte, noch immer verstimmt, weil sie für vierzig gehalten wurde.

«Juts, ich finde, du lässt dich zu leicht beeinflussen.»

«Ha», lachte Chessy.

«Leicht beeinflussbar oder nicht, was tun wir jetzt?»

Chesters volle Baritonstimme überraschte sie. «Wir werden tun, was Cora will.»

Tränen schimmerten in Julias Augen. «Aber Chessy, ich will nicht, dass dieser widerliche Kerl mein Vater ist.»

«Ich auch nicht.» Louise legte ihren Arm um Julias Schultern; ihre Kabbelei war augenblicklich vergessen.

«Aber Mädels, wir müssen das Beste draus machen. Chess hat Recht. Es ist Sache eurer Mutter.»

«Momma kann keinem Streuner widerstehen. Sie hat vier Katzen ...»

«Fünf», berichtigte Julia.

«Fünf? Seit wann hat sie fünf?»

«Sie hat ein ausgesetztes Kätzchen mit einem gebrochenen Bein gefunden.»

«Also, ihr wisst, was ich sagen will. Wir müssen Mutter vor sich selbst schützen.» Louises Worte klangen sehr reif.

«Schön, dann praktiziere dein Christentum», riet Pearlie ihr.

Vom oberen Ende der dunklen Treppe meldete sich eine Stimme. «Geben ist seliger denn nehmen.»

Louise schoss vom Sofa auf, blieb am Fuß der Treppe stehen und knipste das Licht an. Oben war niemand. «Mary, ich kenne deine Stimme.»

«Sie schläft», rief Maizie.

«Sei still», flüsterte Mary.

«Mary, ich bin nicht von gestern.»

«Das wissen wir», rief Juts aus dem Wohnzimmer.

Das brachte Chessy und Pearlie zum Lachen. Dann fingen die Mädchen in Marys Zimmer, wo sie sich versteckt hatten, zu kichern an.

Louises Schmollen löste sich in Glucksen auf. Dann warf sie den Kopf zurück und lachte schallend.

«Mom», rief Maizie, «ich hab Hunger.»

«Es ist zehn Uhr abends.»

«He, lasst uns Eis mit heißer Karamellsoße essen. Ich habe jede Menge Erdnüsse zu Hause», schlug Juts vor.

«Ich habe auch Erdnüsse», sagte Louise.

«Mom – *bitte.*» Maizies Flehen klang so süß klagend.

«Na gut.»

Julia machte die Soße heiß, Paul teilte das Eis aus, und Mary deckte mit Maizies Hilfe den Tisch. Chester öffnete eine Büchse Nussmischung.

«Man hat mich betrogen.»

Paul drehte sich zu Chessy um. «Hm?»

«In meiner Nussmischung waren nur Erdnüsse.»

«Weil du mit einer verrückten Nuss zusammenlebst», verkündete Louise. «Sie pickt sich alles raus bis auf die Erdnüsse. Ich verstecke meine Nussmischungen, damit sie sie nicht findet.»

Chester wandte sich scheinbar arglos an Julia Ellen. «Schatz, tust du das wirklich?» Er rückte dicht hinter sie und koste ihren Hals. «Ich dachte immer, ich könnte auf dich zählen.»

«Das Einzige, worauf du dieser Tage zählen kannst, sind deine Finger.» Juts steckte ihm eine dicke Paranuss in den Mund.

22

«Ich dachte, er wäre tot.» Sie hob die Stimme. «Er sollte tot sein.»

Erschrocken über die Heftigkeit seiner Mutter, hängte Chester seinen Hut nicht an den Hutständer. Er wollte nur kurz bleiben. Er konnte es nicht ausstehen, wenn seine Mutter murrte. Er hatte vor Jahren erkannt, dass er sie liebte, aber nicht leiden konnte.

Josephine fuhr fort: «Als du diese Göre geheiratet hast, habe ich dir gesagt, dass sie niemals einen Fuß in dieses Haus setzen wird. Keine Brut von Hansford Hunsenmeir wird je durch meine Tür treten.» Sie holte Atem. «Und jetzt ist er wieder da. Man hätte meinen sollen, dass er schlau genug sei, zu bleiben, wo er ist.»

«Vielleicht ist er nach Hause gekommen, um zu sterben.»

«Und zwar bald, hoffe ich.»

Chester hatte seine Mutter mit der Neuigkeit überrascht. Er wusste, dass sie die Hunsenmeirs nicht ausstehen konnte, aber jetzt zeigte sie mehr Emotionen, als er seit der Verkündung seiner Verlobung bei ihr erlebt hatte.

«Mutter, da ich nicht weiß, warum du ihn hasst, kann ich dir nicht folgen.»

«Er hat mich beleidigt, mehr brauchst du nicht zu wissen. Dein Platz ist bei mir.»

«Was hat er getan?»

«Das geht dich nichts an!», brauste sie auf.

«Was immer er getan hat, warum bist du wütend auf Cora, Juts und Louise?», erwiderte er folgerichtig – ein Fehler.

«Weil mir danach ist! Cora Zepp hat sich Hansford an den Hals geworfen. Es war widerwärtig.»

«Das muss eine ganze Weile her sein.» Er drehte seine Hutkrempe zwischen Daumen und Zeigefinger.

«Für mich nicht.»

«Mutter» – er versuchte, sie zu besänftigen – «ich hoffe, dass mein Gedächtnis so scharf ist wie deins, wenn ich in dein Alter komme.»

«Die Erinnerung ist alles. Sie ist dein ganzes Leben.»

«Das mag wohl sein, aber ist dir nie aufgefallen, wie jemand – sagen wir Dad – sich an etwas erinnert, was du ganz anders im Gedächtnis hast?»

Sie starrte ihn mit ihren stahlgrauen Augen an. «Dein Vater würde seinen Kopf vergessen, wenn er nicht fest auf seinem Hals säße.»

Da sie ihn absichtlich falsch verstanden hatte, zuckte ein unfreiwilliges Lächeln um Chesters Mund. Er setzte seinen Hut wieder auf. «Es tut mir Leid, wenn ich dich aufgeregt habe. Ich fand, du solltest Bescheid wissen, bevor es dir jemand auf der Straße erzählt.»

«Wo gehst du hin?» Ein Anflug von Unruhe zuckte über ihr Gesicht.

«Zurück ins Geschäft.» Er öffnete die Hintertür. «Bis dann, Mutter.»

«Chester.»

«Was?»

«Wie sah er aus?»

«Ah – alt. Das Atmen fällt ihm schwer.»

«Cora war bestimmt erschüttert.»

«Das kann man wohl sagen. Er hat geweint, als er sie sah.»

«Ich hoffe, er erstickt.»

«Bis demnächst.» Chessy schloss die Tür hinter sich.

Josephine starrte auf die hübsche Tischdecke auf dem Küchentisch, deren abgerundete Ecken mit Seidengarn bestickt waren. Eine blaue Salz-und-Pfeffer-Garnitur und eine Zuckerschale zierten die Mitte.

Sie riss an der Ecke der Tischdecke, Streuer und Schale krachten auf den Boden.

23

In den darauf folgenden Monaten nannten weder Julia noch Louise Hansford Hunsenmeir «Vater», doch sie bemühten sich, höflich zu sein. Nach und nach entdeckten sie liebenswerte Züge an ihm. Zum Beispiel sagte er ihnen nicht, was sie zu tun hatten.

Bislang hatte er keine Erklärung für seine vierunddreißigjährige Abwesenheit geliefert. Er sprach wenig, weil ihm das Atmen schwer fiel, wenngleich er sich dank Coras Fürsorge etwas erholt hatte.

Das Curl 'n' Twirl war der Treffpunkt schlechthin. Zwar verstanden Juts und Louise nicht das Geringste vom Haareschneiden, aber dafür hatten sie ja Toots. Louise und Juts konnten Fingernägel lackieren, unaufhörlich klatschen und die Leute zum Lachen bringen. Sie zettelten sogar eine Wasserschlacht an, während sie Lillian Yost die Haare wuschen, und statt in Wut zu geraten, füllte Lillian, sobald ihre Frisur fertig war, einen Becher voll Wasser und kippte ihn Julia über den Kopf.

An einer Wand hing eine große Tafel mit vielen bunten Kreiden in der Holzablage. Paul hatte kunstvoll «Klatschzentrale» an den oberen Rand gemalt. Jeder konnte hereinschauen und hinschreiben, was sich ereignet hatte – etwa dass Wheezie einen Schluck aus dem Gartenschlauch genommen und einen Tausendfüßler in den Mund gekriegt hatte. Geburten, Jubiläen, Geburtstage und Veranstaltungstermine wurden ebenso an die Tafel gekritzelt wie komische Sprüche.

Eines Tages kam Celeste herein und schrieb: «Falls du eine hilfreiche Hand brauchst, sie befindet sich unten an deinem Arm.»

In einem Anfall von Frömmigkeit schrieb Louise zuweilen eine Passage aus der Bibel hin.

Die Jugend fand sich ein, weil Mary und Maizie ihnen gesagt hatten, bei ihrer Mutter bekämen sie Coca-Cola umsonst. Dem Curl 'n' Twirl brachten diese unentgeltlichen Colas, die Louise und Juts je fünf Cent kosteten, neue Kunden. Sogar die Tiere versammelten sich hier, dank der Kaspereien von Yoyo und Buster.

Die älteren Damen blieben Junior McGail treu, die sich

an Samstagen mit einem Tag der Kultur rächte. Was bedeutete, dass ihr stark behaarter Sohn, der einem Affen glich, sich ins Schaufenster hockte und Harfe spielte. Das lag in der Familie, denn Juniors Bruder spielte ebenfalls Harfe.

Celeste fuhr oft nach Washington, und wenn sie zurückkam, führte sie ihr erster Weg ins Curl 'n' Twirl. Sie brachte Toots stets Neuigkeiten von Rillma mit. Rillma und Celestes Neffe Francis saßen abgeschirmt in einem kleinen Zimmer im Außenministerium. Celeste glaubte, dass ihr Neffe etwas mit dem militärischen Geheimdienst zu tun hatte, doch in welcher Form, wusste sie nicht. Er sprach kaum darüber, und sie bohrte nicht nach. Sie wusste, dass Armee und Marine aufrüsteten – man musste nur an einem Militärstandort vorbeifahren, um das zu sehen –, aber die Zeitungen schrieben sehr wenig darüber, was ihrer Meinung nach ein verhängnisvolles Zeichen war.

Cora mutmaßte, dass Celeste in Washington eine Affäre hatte, doch mit wem, wusste sie nicht. Celeste sagte nie ein Wort darüber.

Ramelle kam im Herbst zurück, doch Celeste setzte ihre Ausflüge nach Washington fort. Manchmal nahm sie Ramelle mit. Cora dachte sich, dass sie früher oder später dahinter kommen würde, was da vorging.

Der Sommer war bemerkenswert wegen der Schwadronen von Schmetterlingen und weil die Orioles am Tabellenende landeten. Joe DiMaggio erzielte in sechsundfünfzig Spielen in Folge einen Treffer, was alle Welt ebenso begeisterte wie Whirlaways Dreifachsieg mit Eddie Arcaro im Sattel. Der Herbst war bemerkenswert wegen der großen Anzahl von Ringfasanen. Die Maisfelder waren voll von ihnen.

Als das Jahr 1941 auf den Winter zuging, zahlten die

Schwestern Hunsenmeir Mr. Cadwalder einen Schwung ihrer Schulden zurück. Extra Billy fuhr fort, ein wenig dezenter – zumindest in Gegenwart von Louise und Pearlie –, Mary den Hof zu machen. Louise wirkte etwas besänftigt. Nicht, dass sie nicht noch immer auf das Erscheinen eines geeigneten jungen Mannes hoffte, eine Verbindung, die mit ihren hochfliegenden Zukunftserwartungen in Einklang stand. Sie betete weiterhin zur heiligen Jungfrau und setzte ihre gelegentlichen Besuche bei Diddy Van Dusen fort, von der berichtet wurde, dass sie anfange, sich für die heilige Jungfrau zu halten.

Juts war morgens die Erste, die die Ladentür aufschloss. Sie brühte Zichorienkaffee, um die Kundinnen zu verwöhnen, häufte Plätzchen, Kuchen und Doughnuts auf Teller und schrieb mit roter Kreide das Datum – 26. November 1941 – auf die Klatschzentralentafel. Da es Mittwoch war, würde es sehr geschäftig zugehen. Morgen war Thanksgiving, und die Damen wollten so schön aussehen, wie sie nur konnten.

24

M*ARYS AUGEN GLICHEN RUNDEN*, roten Eidechsenaugen, die es der Eidechse ermöglichten, in zwei Richtungen zugleich zu sehen. Sie warf sich auf den mittleren Frisierstuhl im Curl 'n' Twirl und heulte noch mehr.

Ein wilder Truthahn, ein Beweis der Fertigkeit des Präparators, teilte sich das Schaufenster mit blank polierten Garten- und Riesenkürbissen. Die Leute winkten im Vorübergehen. Das Schild im Fenster zeigte «Geschlossen» an; denn es war halb sieben. An diesem Tag war es so lebhaft zugegangen, dass nicht mal Zeit für eine Kaffeepause geblieben war. Maizie war mit ihrem Vater einkaufen, und das war gut so, da Louise, die mit ihrer Geduld am Ende war, sie zusammenfalten würde, wenn sie während dieses letzten Wortwechsels den Mund aufmachte. Es versprach, ein freudloses Thanksgiving zu werden.

«Ich liebe ihn, Mutter!» Mary fing aufs Neue zu schluchzen an.

Juts schrubbte die Waschbecken, Louise kehrte den Fußboden. Mary, durch ihr Leid wie gelähmt, tat nichts als leiden, worin sie unübertrefflich war.

«Hör auf zu sabbern.» Wheezie rummste mit dem Besen an die Stuhllehne. «Wenn ich das Wort ‹lieben› noch einmal höre, schneid ich dir die Zunge raus.»

Mary heulte gequält auf.

«Ach Louise, nicht die Zunge rausschneiden, kleb ihr einfach den Mund zu.» Juts' Hände schwitzten in den dicken roten Gummihandschuhen. Sie war eitel mit ihren Händen.

«Tante Julia, ich dachte, du bist auf meiner Seite.» Marys Nase tropfte mit ihren Augen um die Wette.

«Ich bin auf deiner Seite, Mary. Deswegen muss ich deiner Mutter beipflichten – fünfzehn ist zu jung zum Heiraten. Du kannst Billy später heiraten.»

«Wann? Sie wird alles tun, um uns auseinander zu bringen.» Dem folgte ein Stöhnen, das Tote hätte auferwecken können.

«Er hat keine Zukunft, keine Herkunft, kein gar nichts.» Louise schlug wieder mit dem Besen.

«Du kennst ihn nicht, Momma.»

«Ich will ihn auch nicht kennen. Du hast dir von einem hübschen Gesicht den Kopf verdrehen lassen. Die Ehe ist mehr als das.» Auf ihren Besen gestützt, hielt sie inne. «Wie bedauerlich, dass Ramelle nicht einen Jungen hat statt eines Mädchens. Das wäre eine himmlische Verbindung.»

«Dir geht es einzig und allein ums Geld.»

«Genau», blaffte Wheezie zurück. «Und wenn du erwachsen bist und deine Rechnungen selbst bezahlen musst, wird es endlich in deinen Dickschädel dringen, dass ich nur dein Bestes will. Ein mittelloser Ehemann macht nicht glücklich, glaub mir. Die Liebe nutzt sich nach einer Weile ab, und du tust gut daran, mehr zu haben als das, sonst bist du bloß ein dämliches Weib, das einem dämlichen Kerl hinterher läuft.»

«Ich hasse dich!» Mary sprang vom Stuhl und rannte zur Tür.

«Mary», rief Julia ihr nach, «komm wieder her. Ihr seid wie zwei Kampfhähne. Es muss doch einen Kompromiss geben.»

«Mit ihr nicht.» Mary quietschte beinahe.

Louise brüllte zurück: «Hör zu, mein Fräulein, wenn du meinst, du könntest hinter meinem Rücken heiraten, werde ich die Ehe in Nullkommanix annullieren lassen, schreib dir das hinter deine feuchten Ohren.»

«Du verstehst es nicht. Du verstehst es einfach nicht.» Mary plärrte wieder los.

«Setzt euch hin, alle beide. Ich hab dieses Gezerre satt. Himmel nochmal, davon kriegt man ja Kopfschmerzen.» Juts deutete auf die beiden äußeren Stühle. Sie stand vor dem mittleren Stuhl, mit dem Rücken zu Ablage und Spiegeln. «Jetzt sage ich euch mal meine Meinung, und ich will, dass ihr beide eure große Klappe haltet.» Sie zeigte auf Mary. «Du bist fünfzehn Jahre alt. An deinem Alter kannst du nichts ändern.»

Mary wandte ein: «Wieso nicht, tut Mom doch auch.»

«Du kleines ...» Louise sprang auf, um ihr eine zu verpassen, doch Juts stieß sie auf ihren Sitz zurück.

«Das reicht jetzt mit euch beiden. Ich meine es ernst.» Sie setzten sich wieder wie zerzauste Hühner in ihren Brutkäfigen, und Juts fuhr fort: «Mary, Extra Billy wird noch da sein, wenn du im Januar sechzehn wirst. Wozu die Eile? Du kannst ihn heiraten, wenn du deinen High-School-Abschluss in der Tasche hast.»

«Julia Ellen!», brüllte Louise. «Hast du den Verstand verloren?»

«Nein, hab ich nicht. Louise, sie ist verliebt. Sie wird diesen Jungen heiraten, ob es dir passt oder nicht. Nun kann sie entweder durchbrennen und uns alle zu Tode ängstigen, oder sie machen das Beste draus, und es gibt hier zu Hause eine anständige Hochzeit mit genug Zeit für die Vorbereitungen. Da sie eine Klasse übersprungen hat, ist sie im Juni mit der High School fertig und für sich selbst verantwortlich.»

«Du willst, dass ich einen Kieselstein zum Diamanten schleife», schrie Louise mit hervortretenden Halsadern.

«Mutter!» Mary hatte etwas dagegen, als Kieselstein bezeichnet zu werden, obwohl ihre Mutter es so nicht gesagt hatte.

«Ich will, dass du dich in das Unvermeidliche fügst. Himmel, Louise, vielleicht wird es sogar eine gute Ehe.»

«Dass ich nicht lache.» Louise knallte die Faust auf die Armlehne des Frisierstuhls.

«Wirst du lachen, wenn ein uneheliches Kind kommt?» Juts zeigte mit dem Finger auf ihre Schwester.

«Was? Was!» Louise schoss vom Stuhl und schob ihr Gesicht ganz nahe an Marys. «Bist du ...?»

«Nein!»

«Lüg mich nicht an, du Flittchen.»

«Ich lüg dich nicht an.» Mary wollte ihre Mutter täuschen, doch da sie schwanger war, verriet ihre Stimme sie.

«Julia, lügt sie mich an?»

Juts zuckte viel sagend die Achseln. Sie wusste es wirklich nicht, vermutete es aber.

«Ich will nicht Großmutter werden», jammerte Louise. «Ich bin nicht alt genug, um Großmutter zu sein.»

«Na schön, dann geben wir dich eben als Marys Schwester aus – ihre deutlich ältere Schwester», höhnte Julia.

«Wirst du wohl still sein!» Mit bebenden Nasenflügeln drehte Louise sich zu Juts um. «Du hast Mary diesen Unfug von Liebe und Eintracht mit einem Mann eingetrichtert, ach, da kann einem ganz schlecht werden. Es gibt keine Eintracht mit Männern, Mary. Weit gefehlt, Töchterchen – du sagst den Männern, wo es lang geht. Du organisierst ihr Leben. Du reißt ihnen die Lohntüte aus der Hand, bevor sie das Geld verpulvern können. Du sagst, was sie hören wollen. Du lässt sie in dem Glauben, deine Ideen seien ihre Ideen. Es ist ein Haufen Arbeit, einen Mann zu gängeln, aber du musst es tun, weil sie so gottverdammt dämlich sind!» Sie erschrak über ihr eigenes «Gottverdammt».

«So will ich nicht lieben», sagte Mary entschlossen.

«Juts, du bist an allem Schuld. Du und dein Getue um Chessy. Der ist doch arm wie eine Kirchenmaus.» Louise fuchtelte mit dem Finger vor dem Gesicht ihrer Schwester herum. «Du hast doch nur Flausen im Kopf.»

«Wir wohnen in einem hübschen Haus.» Juts hielt ihre aufsteigende Wut im Zaum.

«Du hättest gar nichts ohne meine ausrangierten Sachen – oder Celestes. Eins steht fest, Mutter Smith würde dir nicht mal einen verschimmelten Laib Brot geben.»

«Louise, ich gestehe dir zu, dass du überreizt bist ...»

«Überreizt? Ich könnte jemanden *umbringen.*» Sie atmete langsam ein und stieß die Luft dann heftig aus. «Du bist keine Mutter. Du kannst nicht verstehen, wie mir zumute ist.»

Julia hatte das schon viel zu oft gehört, aber diesmal biss sie nicht an. Sie wusste nicht, ob ihre Nichte in Schwierigkeiten steckte oder nicht. Doch sie wollte nicht, dass Mary durchbrannte. Ebenso wenig wollte sie, dass das Mädchen den Rest seines Lebens gegen seine Mutter anzukämpfen hatte. Louise musste nachgeben, um sich die Liebe ihrer Tochter zu bewahren und ihre Familie zusammenzuhalten. Juts lebe seit vierzehn Jahren mit einem Ehemann, dessen Mutter Tag für Tag deutlich machte, dass sie für unzulänglich befunden wurde. Das war kein schönes Gefühl. Zuerst ignorierte man es. Dann wurde man wütend. Schließlich stumpfte man ab, aber das Schlimme war, dass man auch in anderen Dingen abstumpfte, anderen Menschen gegenüber. Es griff um sich, dieses taube Gefühl.

«Louise, du bist eine gute Mutter ...»

«Oh, vielen Dank», sagte Louise spöttisch.

«Vogelmütter stoßen ihre Kinder aus dem Nest. Mary ist bereit, aus dem Nest zu fliegen. Alles, was du ihr beigebracht hast, wird sie behalten. Quäl dich nicht so. Sie hat sich einen Jungen ausgesucht, der dir nicht gefällt. Aber Wheezie, er hat ein gutes Herz ...» sie holte Luft «... hoffe ich. Die meiste Zeit hat der Junge nicht mal genug zu essen gehabt, und das weißt du! Der Kleine hat angefangen, sich sein Essen zu verdienen, als er sieben Jahre alt war. Wenn du eins über ihn weißt, dann dass er nicht faul ist. Er hat Mary gefunden, und sie hat ihn gefunden. Lass den Herrn seine Wunder wirken. Immerhin hat er sie zusammengebracht.»

Die Anrufung des Herrn war Julias Trumpf.

Louise schürzte die roten Lippen. Nichts kam heraus, nicht einmal ein leises Zischen.

Auch Mary war sprachlos.

Schließlich fand Louise die Sprache wieder. Auch wenn ihre Schwester mit einem überzeugenden Argument zu ihr durchgedrungen war, sie musste die Wahrheit wissen. Mit ruhiger Stimme fragte sie: «Mary, bevor ich irgendetwas entscheiden kann, muss ich es wissen. Bist du schwanger?»

Mary brach in Tränen aus. Louise hatte ihre Antwort.

Juts tätschelte Marys Hand. «Ist schon gut, Kind, du bist nicht die Erste.»

Ernüchtert fing Louise an zu weinen. «O Mary, wie konntest du? Nach allem, was ich dir beigebracht habe.»

«Das hilft jetzt nicht weiter.» Julia sah die beiden Frauen an, die in Tränen aufgelöst waren. «Alle Erziehung der Welt kann Mutter Natur nicht ändern.» Ehe Wheezie ihre moralischen Einwände auffahren konnte, fuhr Juts fort: «Mary, das war sehr unklug. Du musst dir klar machen, dass du etwas getan hast, das sich nicht ungeschehen machen lässt. Selbst wenn alles gut wird, hast du dein ganzes Leben verändert, bevor wir die Möglichkeit hatten, es gemeinsam zu überdenken – deine Zukunft, meine ich.»

«Ich weiß», heulte Mary. «Aber ich liebe ihn.» Der Gefühlsausbruch erzeugte einen weiteren Tränenschwall.

«Louise?»

Leichenblass krächzte Louise: «Ich kann nicht glauben, dass sie mir das angetan hat.»

«Sie hat es nicht dir angetan, Schwesterherz. Sie hat es sich selbst angetan. Wie sehr hast du mit fünfzehn an andere Menschen gedacht? Das Kind steckt in der Klemme. Ob es dir passt oder nicht, wir sind ihre Familie. Wir müssen ihr helfen.»

Inzwischen gefasster, fragte Louise ihre Tochter: «Weiß er Bescheid?»

«Ja. Er hat letzte Woche gesagt, dass er mich heiraten will.»

«Letzte Woche!»

Juts hob die Hand. «Das war richtig von ihm. Hängen wir uns doch jetzt nicht an dem Zeitpunkt auf.»

«Ich wusste nicht, wie ich's dir sagen sollte.» Mary schluchzte aufs Neue.

Mit klarer Stimme sagte Julia: «Gib ihnen deinen Segen. Ermögliche ihr eine anständige katholische Trauung. Pearlie wird Billy über seine Verpflichtungen aufklären müssen. Chester kann dabei helfen. Das machen die Männer unter sich aus. Uns bleibt nur, ihn in unserer Familie willkommen zu heißen.»

Louise kämpfte mit den Tränen. «Ich will nicht, dass ihr wehgetan wird.»

«Das wird so oder so passieren. Da kann sie es ebenso gut selbst in die Hand nehmen.»

«Was meinst du damit, Tante Juts?»

«Sie meint, Billy wird sich mit anderen herumtreiben.»

«Wird er nicht!»

Julia hob Schweigen gebietend die Hände. «Nichts dergleichen habe ich gesagt. Ich weiß nicht, was geschehen wird. Ich weiß nur, dass das Leben einem ab und zu eins reinwürgt. Da kommt man drüber weg. Louise, dreh mir die Worte nicht im Mund herum. Mary, wenn deine Eltern das für dich tun, musst du die Schule zu Ende machen, bevor du arbeiten gehst.»

Diese Aussicht war nicht verlockend, aber Mary nickte zum Einverständnis. Ein langes Schweigen folgte. Draußen hörten sie knirschende Schritte, wenn Leute vorübergingen. Hin und wieder winkte Julia jemandem zu.

Schließlich sagte Louise im Flüsterton: «Also, Mary, es ist dein Leben. Ich bin Risiken eingegangen. Da wirst du wohl auch deine Risiken eingehen müssen.»

Mary taumelte zu ihrer Mutter und umarmte sie. Dann ergingen sie sich in vereintem Schluchzen.

Erschöpft vom Schlichten und Geradebiegen, schaltete Juts die Deckenbeleuchtung aus. Tante zu sein war harte Arbeit; eine Mutter zu sein musste die Hölle sein, und doch, man sehe sie sich jetzt an, die beiden.

25

«MOM, ICH KANN MEIN BOUQUET NICHT FINDEN.» Maizie rang verzweifelt die Hände.

«Du wirst es finden!», befahl Louise.

«Aber Mom, ich kann mich an nichts erinnern.» Das junge Mädchen, mit glänzendem Pagenschnitt, lehnte an der Wand des Kirchenvestibüls.

«Pass auf, dass du dein Kleid nicht zerknitterst. Es hat fast so viel gekostet wie das Brautkleid deiner Schwester. Ich kann mich nicht erinnern, dass die Preise so hoch waren, als ich geheiratet habe.»

«Sie trägt deinen Schleier. Damit hast du bestimmt eine Menge Geld gespart», erwiderte Maizie, bei der sich erste Anzeichen von Aufsässigkeit bemerkbar machten.

Louise, erschöpft und mit ihrer Geduld am Ende, ging darüber hinweg und nahm ihr jüngeres Kind in die Mangel. «Wo bist du in den letzten zwanzig Minuten gewesen?»

«Ich war auf der Toilette.»

«Hast du das Bouquet vielleicht da liegen gelassen?»

«Weiß ich nicht. Da ist dauernd jemand drin.»

«Ich würde dort anfangen.»

«Und wenn es da nicht ist, Mom?»

«Dann denk nach, wo du sonst noch gewesen bist.» Louise sah auf ihre Uhr. «Immer einen Schritt zurück.»

«Ja.» Maizie wackelte auf ihren hochhackigen Schuhen Richtung Toilette.

«In der Kirche sieht alles tadellos aus.» Juts hastete an Maizie vorbei. «Tante Dimps ist mit Terry Tinsdale an der Orgel – nur für alle Fälle.»

«Father O'Reilly sagte, wenn wir nicht unsere eigene Organistin nähmen, würde es ihr das Herz brechen.» Louise atmete aus. «Ich persönlich glaube nicht, dass Terry Tinsdale auch nur einen einzigen Ton richtig trifft. Und jetzt kann Maizie ihr Bouquet nicht finden. Sie wird sich noch die Knöchel brechen mit den hohen Absätzen.»

Juts trat zu ihr und legte den Arm um ihre Schwester, die so mit den Nerven fertig war, dass sie kaum atmen konnte. «Alles wird gut gehen, Schwesterherz.»

«Das will ich hoffen; denn ich kann es jetzt nicht mehr aufhalten.» Louise hob ruckartig den Kopf. «Celestes Auto! Ich hab vergessen, es heute Morgen abzuholen.»

«Schon geschehen. Es steht direkt vor der Kirche.»

«Wo ist Momma?»

«Sitzt in der ersten Reihe.»

«Und Pelzgesicht?», fragte Louise säuerlich. Sie meinte Hansford.

«Er ist auch da, mit einer rosa Rosenknospe im Knopfloch.»

«Juts, Juts, ich hab das Satinkissen für die Ringe vergessen!»

«Father O'Reilly hat es, und er hat den Satin reinigen lassen, genau wie du es wolltest. So, jetzt atme tief durch und zähl bis zehn. Das wird eine schöne Sonnenaufgangshochzeit. Dein Mann sieht so blendend aus wie an dem Tag, als du ihn geheiratet hast. Er ist oben bei Mary. Sie braucht ein Seil, um nicht in den Himmel zu entschweben, aber Pearlie hat alles im Griff. Du ruhst dich jetzt am besten ein paar Minuten aus.»

Juts ließ unerwähnt, dass der eilige Hochzeitstermin ihr und Louises Organisationstalent auf eine harte Probe gestellt hatte. Dass Mary auf einer Trauung bei Sonnenaufgang bestand, hatte für zusätzliche Strapazen gesorgt. Sie wünschte sich eine originelle Hochzeit.

Louises Augen füllten sich mit Tränen. «Juts, ich möchte, dass Mary glücklich ist.»

«Dann lächle, denn heute ist sie es. Alles Weitere wird die Zukunft besorgen.»

«Wohl wahr.» Ein scharfes Luftholen erstickte das zweite Wort. «Sind Billys Leute hier?»

«Seine Mutter. Sein Vater ist schon seit drei Tagen nicht mehr zu Hause gewesen, sagt sie. Chessy ist bei ihm und sagt ihm, was immer Männer in so einer Situation zu sagen haben.»

«Chessy ist ein Schatz.» Louise faltete die Hände, versuchte, sich zu fassen. «Wir sind wohl nicht die Einzigen in Runnymede, die einen Nichtsnutz zum Vater haben.» Juts erwiderte nichts, und Louise fuhr fort: «Wie spät ist es?»

«Wir haben noch ungefähr zehn Minuten.»

«Ich sollte wirklich noch einmal nach Mary sehen.»

«Guck mal!» Maizie stürmte herein und schwenkte ihr Bouquet.

«Wo hattest du es gelassen?»

«Bei Mary.»

«Was macht sie?»

«Sie kichert viel. Ha-ha», sagte Maizie spöttisch. «Und ich seh immer noch nicht ein, warum ich das Schlusslicht bilden muss. Ich bin ihre Schwester.»

«Die Brautjungfer ist immer die beste Freundin, Maizie. Das haben wir oft genug durchgekaut.» Louise funkelte sie an. «So wie du dich aufführst, kannst du von Glück sagen, dass du überhaupt bei der Hochzeit dabei bist. Und außerdem bist du die Kleinste hier. Du musst am Schluss gehen.»

«Wer war deine Brautjungfer?»

«Ich», sagte Juts.

«Siehste», sagte Maizie eine Spur zu laut.

«Maizie, meine Hochzeit war etwas anderes als Marys. Zum Beispiel wurde sie nicht erst in letzter Minute zusammengestöpselt. Du bist still und tust, was sich gehört, oder ich zerr dich aus der Brautjungfernreihe, ehe du weißt, wie dir geschieht.»

Maizie biss sich auf die Lippe, machte auf dem Absatz kehrt und stakste hinaus.

«Lieber Gott, lass mich lange genug leben, um meinen Kindern eine Last zu sein. Ich will ihre Möbel zertrümmern, ihre Teller zerdeppern, ihren Schlaf stören und ihnen morgens, mittags und abends widersprechen. Ich will ihnen auf der Tasche liegen.»

Juts lachte, und dann musste Louise über sich selbst lachen. Juts sah wieder auf die Uhr. «So, Brautmutter, wir gehen jetzt in die Kirche und setzen uns. Mir tun die Füße weh.»

Louise blieb einen Moment regungslos stehen, blinzelte und nickte dann. Die Schwestern gingen ins Vestibül, schritten sodann Schulter an Schulter durch den Mittelgang, und die Versammelten erhoben sich zu Ehren der Mutter.

Im Aufenthaltsraum des Bräutigams gingen Jacob Epstein in seinem geliehenen Stresemann und Extra Billys zwei Brüder in ihren geliehenen Anzügen nervös blinzelnd auf und ab und atmeten tief durch. Billys breite Schultern füllten seinen grauen Frack aus.

Der Bräutigam räusperte sich. «Mr. Smith, ich bin Ihnen wirklich dankbar, dass Sie hier bei mir sind.»

Chester lächelte. «Billy, das ist das vierte Mal, dass du mir gedankt hast. Ich bin gern hier.»

«Bin wohl ein bisschen hibbelig.»

«Billy» – Chester legte ihm seine Hand auf die Schulter – «in ungefähr zwanzig Minuten ist die Trauung vorüber, und dann bist du ein verheirateter Mann. Alles wird anders. Wenn wir heiraten, denken wir viel an das Körperliche, aber zu einer Partnerschaft gehört mehr.»

«Sir», stimmte Billy zu.

«Ich glaube, auch wenn ich drei Leben hätte, ich würde die Frauen nie verstehen. Sie sind eigenartig.» Chester lächelte den großen jungen Mann an, der vor ihm stand. «Aber ihr müsst am gleichen Strang ziehen, miteinander reden und über die kleinen Nervereien hinweg sehen, die euch auf die Palme bringen. Und noch etwas – sag ihr, dass du sie liebst. Manchmal meinen wir, sie wissen es, aber aus irgendeinem Grund müssen die Frauen es öfter hören als wir.» Er streckte die Hand aus. «Ich wünsche dir alles Glück der Welt.»

«Danke, Mr. Smith.» Billy schüttelte ihm die Hand. Die Organistin spielte die Erkennungsmelodie für den Bräutigam.

«Ich begleite euch hinein.»

Er führte die jungen Männer zum Gang rechts vom Altar. «Billy, zähl bis fünf, damit ich zu meinem Platz kommen kann, okay?» Als Billy nickte, zwinkerte er ihm zu. «Du hast dir ein wunderbares Mädchen ausgesucht.» Dann schlich er leise durch den Seitengang.

Als die Musik verstummte, gingen Billy und seine Trauzeugen hintereinander vor den Altar. Sie stellten sich kerzengerade auf.

Der Hochzeitsmarsch erschallte. Mary erschien im Vestibül, ihr Vater neben ihr kämpfte mit den Tränen. Er küsste sie rasch durch den Schleier, bevor sie durch den Mittelgang schritten. Maizie bildete die Nachhut und träumte von ihrer eigenen Hochzeit, die eines Tages stattfinden würde. Billy drehte sich um, als er den Hochzeitsmarsch hörte, und der überwältigende Anblick von Mary in ihrem blendend weißen Brautkleid zauberte ein Lächeln reinen Glücks in sein Gesicht. Wer an diesem Tag zugegen war, würde den Ausdruck in Extra Billy Bitters Gesicht nie vergessen. Es war wahrlich eine Liebesheirat.

Louise weinte in ihr Spitzentaschentuch. Juts legte den Arm um sie, auch ihr stiegen die Tränen in die Augen. Warum, wusste sie nicht. Vielleicht waren es Tränen der Hoffnung, der Hoffnung, dass diese zwei irgendwie zusammen überleben würden, dass sie die Knüppel überleben würden, die ihnen das Leben zwischen die Beine warf, und dass sie ihre eigenen Unzulänglichkeiten überleben würden.

Sogar Chester weinte.

Juts blickte über den Gang und bemerkte, dass Millard Yost sich die Augen abtupfte. Dann fiel ihr der Aushang ein, den er in jedem Schaufenster von Runnymede angebracht hatte, als sein Irish Setter weggelaufen war.

VERMISST
Seamus, dicker Irish Setter
Kastriert, wie ein Mitglied der Familie

Ihre Schultern bebten. Louise umarmte sie fester, weil sie dachte, das heilige Sakrament rührte Juts in tiefster Seele. Dann sah sie das Gesicht ihrer jüngeren Schwester.

«Hör auf», zischte Louise leise.

«Ich kann nicht.» Juts erstickte fast.

«Ich werde mein erstes Magengeschwür nach dir benennen.» Louise stieß Juts so fest mit dem Ellenbogen an, dass hinter den Schwestern ein hörbares *Umpf* zu vernehmen war. Die Hochzeitsgäste nahmen an, beide seien von Emotionen überwältigt. Insoweit hatten sie Recht. Glücklicherweise verbarg die Konvention, um was für Emotionen es sich handelte. Die Menschen sehen, was sie sehen wollen.

Juts fühlte Chessys starke Hand, die ihre nahm und sanft drückte. Sie riss sich zusammen, doch sie wusste, nie würde sie an diese Hochzeit denken können, ohne an Seamus zu denken, den dicken Irish Setter.

Braut und Bräutigam drehten auf der Fahrt zu ihren Flitterwochen nach Baltimore eine Ehrenrunde um den Platz. Etwa acht Kilometer außerhalb der Stadt schaltete Extra Billy das Radio ein. Auf der Stelle kehrte er um und fuhr an diesem eisigen Morgen des 7. Dezember nach Runnymede zurück.

TEIL ZWEI

26

Es ist schon merkwürdig, was nach einer seismischen Erschütterung im Gedächtnis haften bleibt wie Baumwollreste an einer abgezupften Samenkapsel.

Der Salon war sonntags und montags geschlossen, also spazierten Julia und Louise mit Buster und Doodlebug um den Platz. Selbst die Hunde waren trübsinnig. Das Postamt auf der Nordseite stand hinter dem prächtigen Rathaus am Platz. Das aus Granit errichtete Postamt mit den dorischen Säulen – das Rathaus hingegen hatte ionische Säulen –, ragte hoch auf. Zwei enorme Kohlenbecken, ein halbes Stockwerk hoch, flankierten die Treppenstufen. Obwohl blasses Winterlicht durch die glühenden Wolken sickerte, brannte das Feuer in den Becken. Eine Schlange von jungen, mittleren und sogar alten Männern zog sich den Emmitsburg Pike entlang; eine zweite Schlange wand sich um das Rathaus fast bis zur Hanover Street.

Arm in Arm standen die Schwestern da und gafften. Billy Bitters, einen abgetragenen Schal um den Hals, wartete geduldig. Sobald er die Nachrichten im Radio gehört hatte, war er umgedreht und nach Hause gefahren. Die Flitterwochen mussten warten. Er war umringt von Ray Parker, Jacob Epstein, Doak Garten und anderen Freunden. Er lächelte und winkte den Hunsenmeirs zu. Juts winkte zurück. Louise nickte. Schlimm genug, dass er ihre Tochter geheiratet hatte. Jetzt würde er sie auch noch verlassen.

Sie gingen zum Postamt von Süd-Runnymede, einer bescheideneren Angelegenheit aus weißem Balkenwerk mit einer lang gestreckten Veranda und grünen Fensterläden. Die amerikanische Flagge wehte auf Halbmast, ebenso die Flagge von Maryland, eine ausnehmend schöne rot-schwarz-gelbe Staatsflagge, viergeteilt und mit dem Wappen von Lord Baltimore verziert. Das Postgebäude stand mit der Front zur Baltimore Street. Eine Schlange von Männern wand sich am Platz entlang in westlicher Richtung; Nachzügler hatten sich in der Gasse zwischen der Bibliothek und dem Postamt angestellt. Eine weitere Schlange erstreckte sich nach Osten die ganze Baltimore Street hinunter. Paul Trumbull und Chester Smith standen nebeneinander in dieser Schlange.

Juts ließ Louise stehen und rannte los. Louise brauchte eine Sekunde, bis sie ihren Mann dort in der Kälte stehen sah. Dann rannte auch sie hin.

«Chester, tu's nicht. Du bist sechsunddreißig. Du bist zu alt.»

«Schatz, geh nach Hause.»

«Du kannst nicht in den Krieg ziehen. Ich werde verhungern!», wimmerte sie.

«Du wirst nicht verhungern.»

«Man wird dich nicht nehmen. Ich sage dir, du verschwendest deine Zeit.»

«Julia Ellen, du hast hier nichts zu suchen.»

«Wieso nicht? In der Schlange stehen sogar Frauen.»

«Hm – ah», druckste er herum, «zwei aus derselben Familie können sich nicht melden.»

Louise las mittlerweile Pearlie die Leviten. Er blieb standhaft.

Schließlich gingen die Schwestern weinend fort. Da sie

die Hälfte ihrer Schulden abbezahlt hatten, schauten sie bei Cadwalder herein und trafen Flavius Cadwalder ebenfalls in Tränen aufgelöst an.

«Mädels, entschuldigt.» Er wischte sich die Tränen fort.

«Wo ist Vaughn?»

«Er stand heute Morgen um sechs in der Eiseskälte vor dem Postamt.» Stolz und Sorge sprachen aus seinem Gesichtsausdruck. «Vaughn hat sich zum Militär gemeldet. Er war der Erste, der sich heute verpflichtet hat.»

«Hm ...» Juts überlegte einen Moment und sagte dann: «Sie haben einen wunderbaren Sohn großgezogen. Er wird bestimmt ein guter Soldat.»

Er drückte eins der dünnen weißen Baumwolltücher, die zum Abtrocknen der Gläser dienten, an sein Gesicht.

Louise klopfte ihm über die Theke hinweg auf die Schulter. «Flavius, alles wird gut.»

Er wischte sich die Augen. «Wheezie, nichts wird mehr sein wie früher. Die Welt ist verrückt geworden.» Er schniefte. «Und ich vergesse ganz, was sich gehört. Was darf ich euch bringen?»

«Wir wollen eigentlich gar nichts. Wir wissen nicht, was wir tun sollen.» Louises Lippen zitterten. «Unsere Männer stehen auch in der Schlange, sie melden sich hinter unserem Rücken zum Militär.» Louise fing an zu weinen.

Darauf mussten auch Julia und Flavius weinen. Die Yosts kamen herein. Bald weinten alle, die eintraten. Man war erschüttert, verwirrt und zutiefst besorgt.

Lillian sagte: «Ted Baeckle wird weder Chessie noch Pearlie nehmen. Keine Bange.»

Ted Baeckle war der Rekrutierer der Armee. Als Deutschland am 1. September 1939 in Polen einmarschiert war, hatte Juts vorsorglich Ted aufgesucht und ihn gebeten, Chester nicht einzuziehen, sollte er sich freiwillig melden.

Ted hatte erwidert, sie solle sich keine Sorgen machen. Die Vereinigten Staaten befänden sich nicht im Krieg. Wenn sie in den Krieg einträten, würde er ihren Mann freistellen. Das war allerdings zwei Jahre her, und jetzt machte sie sich große Sorgen.

«Im Bürgerkrieg haben sie Männer über sechzig und zwölfjährige Jungen genommen.» Juts tupfte sich die Augen ab. «Woher wissen wir, dass es nicht wieder so wird?»

«So schlimm steht es nicht mit uns», erklärte Lillian.

Die Tür schwang auf. Doak Garten kam herein. Er lächelte ihnen zu. «Marine!»

«Mein Gott», rief Louise aus, dann rang sie sich ein Lächeln ab. «Du hast es richtig gemacht, Doak, uns allen ist bloß – ich weiß nicht, wie uns ist.»

«Elend», antwortete Juts, die Hand unterm Kinn.

In diesem Moment kam Ray hereingefegt. Er und Doak klopften sich gegenseitig auf den Rücken. Für sie war dies ein großes Abenteuer.

Louise fragte Ray: «Ist Extra Billy noch in der Schlange?»

«Ja, Ma'am, Mrs. Trumbull, und er will sich fürs Marinekorps melden.»

«Typisch», brummte sie.

Julia flüsterte: «Louise, du kannst so ekelhaft sein. Der Junge könnte immerhin umkommen.»

«Sei nicht so theatralisch, Julia. Er ist zu dickköpfig, um zu exerzieren. Er wird den Krieg im Bau verbringen.» Sie hätte fast hinzugefügt: «Und was soll ich mit einer heulenden Mary und einem schreienden Baby anfangen?»

Louise hatte sich gründlich geirrt.

27

DU WEISST, WIE SEHR ICH DEN KRIEG VERABSCHEUE, ganz egal, was ihn ausgelöst hat», erklärte Mutter Smith. «Gottlob hat Ted Baeckle Vernunft an den Tag gelegt.»

Die Hände hinter dem Rücken verschränkt, sah Chester verstohlen auf die Uhr «Ja, Mutter.»

«Wozu habe ich dich großgezogen, wenn du auf unmoralischem Treiben beharrst? Krieg ist unmoralisch.»

«Ted hat mich zum stellvertretenden Kommandeur im Warndienst des Zivilen Luftschutzes ernannt. Das ist immerhin besser als nichts. Celeste Chalfonte steht natürlich an der Spitze. Sie wird alle auf Vordermann bringen.» Chessy seufzte.

«Das A und O des Krieges.» Jo Smith schob das Kinn vor.

«Ich werde nicht die Hände in den Schoß legen, nach dem, was in Pearl Harbor passiert ist.»

«Du sollst nicht töten. Du kannst die Zehn Gebote nicht ändern. Es sind die Zehn Gebote, nicht die Zehn Empfehlungen.» Da sie keinen Sinn für Humor hatte, merkte Josephine Smith nicht, dass sie komisch war. «Was schmunzelst du so?»

«Nichts, Mutter.»

«Deine Brüder waren so vernünftig, sich nicht freiwillig zu melden.»

«Bulova wird für den Krieg produzieren, somit trägt Joseph zu den Kriegsanstrengungen bei.» Kaum waren die Worte aus seinem Mund, wünschte er, sie zurückrufen zu können. Niemand ging aus einer Auseinandersetzung mit Mutter Smith als Sieger hervor.

«Versuch nicht, dich hinter Joseph zu verstecken», fauchte sie.

«Mutter, ich habe eine Verabredung.»

«Ich kann mich nicht erinnern, dass du dienstags abends Termine hast.»

«Nun, jetzt habe ich einen.»

«Ich nehme an, deine Frau hat dich angestiftet, dich freiwillig zu melden.»

«Nein. Sie wollte nicht, dass ich hingehe. Ausnahmsweise seid du und Juts euch einig.»

Ihr Räuspern war ein Zeichen der Missbilligung.

«Grüß Dad von mir.»

Sie folgte ihm zur Tür. «Was macht Julias Vater? Nutzlos herumsitzen wie ein Klotz im Wald?»

«Er macht dies und das am Haus. Er kann kaum atmen.»

«Wird's nicht mehr lange machen», sagte sie genüsslich. «Der Lohn der Sünde, möchte ich meinen.»

«Der Lohn von zu vielen Zigaretten und dem Staub, den er in den Minen von Nevada eingeatmet hat, Mutter.» Chessy zählte bis zehn. «Als er hier wegging, ist er in die Minen gegangen. Er versucht, etwas gutzumachen.»

«Er wäre besser unter der Erde geblieben.» Sie schürzte die Lippen. «Deiner Frau kleben die Zigaretten am Mund fest. Wenn Lungenleiden in der Familie liegen, wird es sie auch erwischen.»

Seine Mutter redete noch, als er den Motor seines Wagens anließ. Schließlich schloss sie die Tür, damit die Kälte draußen blieb.

Er parkte hinter der Tanzschule. Hinter allen Straßen von Runnymede lagen Gassen, was Anlieferungen erleichterte und es den Fahrern auch ermöglichte, starkem Verkehr auszuweichen.

Er lief die Treppe hinauf und öffnete die Tür.

«Hallo, tut mir Leid, dass ich etwas zu spät komme. Meine Mutter redet wie ein Wasserfall.»

Ihr Blick war getrübt, obwohl sie lächelte. «Ist nicht weiter schlimm. Ich hatte eine Stunde, die länger gedauert hat. Ich habe vorige Woche ein paar neue Platten gekauft.» Sie hielt inne. «Wie ich höre, haben Sie sich freiwillig gemeldet.» Sie setzte die Nadel auf die Schallplatte, und es erklang «I Don't Want to Set the World on Fire».

«Ach, nein.» Er nahm sie in die Arme, bereit, loszulegen. «So tapfer bin ich nicht.»

«Ich habe Sie in der Schlange gesehen.»

«Wo waren Sie?» Er wirbelte sie herum.

«Bei Yosts. Ich bin kurz vorbei, um mir einen Doughnut zu holen und einfach mit jemandem zu sprechen. Alles ist so schrecklich, und es macht mir solche Angst. Jedenfalls, ich habe Sie da mit Pearlie gesehen. Die Yosts waren so aufgeregt, dass sie den Laden für heute zugemacht haben, als ich draußen war.»

«Alle sind erschüttert.»

Sie senkte die Stimme. «Haben Sie sich rekrutieren lassen?»

«Ted nimmt mich nicht. Er sagte, ich sei ein alter Mann.»

«Sie sind überhaupt nicht alt.» Sie sah ihn an.

«Hm – wie auch immer, Ted hat mich zum stellvertretenden Chef des Zivilen Luftschutzes ernannt. Wenigstens tu ich was.»

«Ich bin froh, dass Sie nicht fortgehen.»

Seine Augen strahlten belustigt. «Es gefällt Ihnen wohl, jeden Dienstag auf die Zehen getreten zu bekommen.»

Sie erwiderte nichts. Im Laufe der Unterrichtsstunde fügte sie Drehungen und Wendungen in den Walzer ein, einen Tanz, den sie beide genossen. Chessy verlor allmählich seine Hemmungen und entwickelte sich zu einem guten Tänzer.

Nach jeder Stunde setzten sie sich gewöhnlich für ein paar Minuten hin und plauderten.

«Geht es Ihnen gut? Sie wirken etwas bedrückt.»

Sie faltete die Hände und beugte sich vor. «Was, wenn die Japaner mit ihren Flugzeugträgern an die Westküste fahren? Sie könnten San Francisco und Seattle bombardieren. Es wird lange dauern, unsere Flotte wiederaufzubauen.»

«Ich nehme an, uns sind noch ein paar Schiffe in San Diego und Newport News geblieben. Es würde zu einer Seeschlacht kommen, bevor so etwas wie in Pearl Harbor noch einmal passieren könnte. Die Marine führt täglich Aufklärungsflüge durch. Das hoffe ich zumindest.»

«Und wenn die Deutschen nach dem Erfolg der Japaner nun denken, sie könnten uns angreifen? Vor dem Hafen von Baltimore sollen U-Boote gesichtet worden sein.»

«Die Engländer konnten Baltimore nicht einnehmen, und die Deutschen werden es auch nicht können. Der Staat Maryland mag ja winzig sein, aber wir sind zäh.» Er lächelte. «Also meine Mutter, die kann sich ängstigen, und Julias Schwester Wheezie – das ist auch so eine. Sie ängstigen sich genug für uns alle. Seien Sie unbesorgt – denn Josephine Smith und Louise Trumbull ängstigen sich für Sie mit.»

Das brachte sie zum Lachen, was ihre hübschen Züge noch reizender machte. «Sie haben Recht. Ich wünschte, ich wäre so geistreich wie Sie.»

Jetzt lachte er. «Trudy, Sie sind die erste Frau, die mich jemals geistreich genannt hat.» Er stand auf. «Ich muss nach Hause. Bis nächsten Dienstag.» Er zögerte einen Moment. «Die Tanzerei macht mir richtig Spaß. Sie sind eine gute Lehrerin. Ich hätte nie gedacht, dass ich tanzen lernen könnte.»

«Danke.» Sie legte ihre Hand auf seinen Arm. «Ich weiß, Sie wollten in den Krieg ziehen, aber ich bin so froh, dass Sie uns hier beschützen werden.» Sie küsste ihn auf die Wange.

Auf dem ganzen Weg die Hanover Street hinunter spürte er ihre Lippen wie Feuer auf seiner Wange.

28

«WAS MEINEN SIE?», fragte Harper Wheeler, der Sheriff von Süd-Runnymede, den Bäcker Millard Yost, Chef der freiwilligen Feuerwehr.

«Brandstiftung. Hat nicht mal versucht, die Spuren zu beseitigen.» Millard zeigte auf herumliegende Lappen und Benzinkanister.

«Ein verteufelter Hinweis.» Harper spuckte auf die wassergetränkte Erde, wo sich in der bitterkalten Nachtluft schon Eis bildete.

«Ja.» Millard sah seinen Männern beim Aufrollen der Schläuche zu.

Chessy fuhr mit quietschenden Reifen auf den Parkplatz von Sans Souci, Fannie Jump Creightons Nachtclub, der neben dem Fleischlagerhaus stand, welches das Ziel des Brandstifters gewesen war. Die Autos der freiwilligen Feuerwehren von Nord- und Süd-Runnymede nahmen fast den ganzen Parkplatz ein. Der Brand war zwar auf der Südseite, aber die Feuerwehren standen einander bei und pfiffen auf die Staatsgrenze.

Chessy eilte hinzu, um Pearlie zu helfen, der mit rotem

Gesicht Schläuche schleppte. «Mist, das muss ausgerechnet in der Woche passieren, wo ich frei habe.»

Pearlie grunzte. «Ich konnte verdammt nochmal nichts tun.»

«Du hast verhindert, dass es auf Fannies Club übergreift. Das ist schon eine Menge.» Er bemerkte Fannie, die in ihren teuren Bibermantel gehüllt in ihrem Buick saß. «Hat sie Alarm geschlagen?»

«Ja, zuerst hat sie ihren Club geräumt und dann den Strom abgestellt. Das hat sie hier drüben auch versucht, aber es war schon zu spät.»

«Du brauchst mich hier ja nicht. Ich sehe nach Fannie.»

Er klopfte ans Autofenster. Sie kurbelte es herunter. «Fannie, alles in Ordnung?»

Sie nickte grimmig.

Als er sich auf den Beifahrersitz setzte, kurbelte sie das Fenster wieder hoch. Matilda, die Katze vom Lagerhaus, hatte sich voller Panik, aber unversehrt, in Fannies voluminösem Mantel vergraben.

«Wissen die Mojos es schon?»

«Ich hab's Orrie noch nicht gesagt, und Noe ist in Washington.»

«Oh.» Chester zögerte. «Was macht er da?»

«Er wollte sich nicht hier in die Schlange stellen; er schämt sich so, weil er Japaner ist. Deshalb ist er nach Washington gefahren, um unseren Kongressabgeordneten zu bitten, ihn zu rekrutieren. Noe hat viel für seine Wahlkampagne getan, wie Sie wissen.»

«Herrgott nochmal!» Chester fluchte selten in Gegenwart einer Dame. «Hups – Verzeihung, Fannie.»

«Ich sage noch viel schlimmere Sachen.»

«*Er* hat Pearl Harbor nicht bombardiert. Warum soll er

sich schämen? Hätte ich das nur gewusst. Ich wäre nie auf so einen Gedanken gekommen.»

«Jemand anders schon.» Sie blickte zu dem zerstörten Betrieb hinüber.

«Wer könnte so etwas tun?»

«Wer weiß schon, was die Leute denken? Noe ist gebürtiger Japaner, das genügt scheinbar.»

«Er ist einer von uns.» Chester verschränkte die Arme vor der muskulösen Brust.

«‹Einer von uns› heißt weiß, angelsächsisch und protestantisch, mit ein paar eingestreuten Katholiken zur Verzierung.»

«Ah, so denke ich nicht.»

«Ich auch nicht, Chessy, aber viele denken so. Er ist eine Zielscheibe. Die haben uns bombardiert, also verbrennen wir einen von denen. Zwei Fliegen mit einer Klappe schlagen – so ähnlich. Das Lagerhaus gehört den Rifes. Noe hat es nur gemietet.»

Stumm beobachtete er die Gestalten mit ihren großen Feuerwehrhelmen. «Wie geht es weiter?»

«Das weiß nur Gott – falls es ihn kümmert.» Sie streichelte den weichen Kopf der Katze. «Wenigstens ist Matilda in Sicherheit.»

«Und Sie auch.» Er seufzte. «Ich war auf dem Weg nach Hause und habe den Feuerschein gesehen.» Er sah auf die Uhr. «Juts fragt sich bestimmt schon, wo ich bleibe.»

«Sie wird Verständnis haben.» Fannie seufzte schwer. Ein kalter Atemhauch schlug sich in der schneidenden Luft auf der Windschutzscheibe nieder. «Ich sollte jetzt wohl lieber Orrie informieren. Sie ist sowieso schon völlig außer sich, weil Noe sich zum Militär meldet. Das hier wird ihr den Rest geben.»

«Er spricht Japanisch. Das macht ihn unentbehrlich.»

«Ich flitze mal zum P. T. – was meinen Sie?» Sie hatte Juts' Bezeichnung für Louises Haus aufgeschnappt. «Orrie wird Louise brauchen.»

«Gute Idee», stimmte Chester zu.

«Wissen Sie, ich hatte ein komisches Gefühl, dass so etwas passieren würde. Seit Fairy Thatcher siebenunddreißig in Deutschland verschollen ist, ist mir die Welt suspekt. Fairy ist natürlich tot. Ich weiß ganz genau, dass sie tot ist. So eine reiche Frau, und fliegt auf diesen sozialistischen Quatsch – armes Ding. Sie hatte noch nie einen Funken Verstand besessen. Wahrscheinlich hat die SS sie erschossen, oder jemand in einer blitzsauberen Uniform hat sie kaltgestellt. Ich weiß es nicht, Chester. Ich bin eine alte Frau. Mir scheint, die Welt ist aus den Fugen geraten.»

Ritterlich widersprach er: «Fannie Jump, kein Mensch würde Sie alt nennen – und die Welt ist aus den Fugen geraten. Ich glaube, Fairy hat das früher erkannt als wir.»

«Sie ist dafür gestorben. Wenn die Deutschen nicht auf ihresgleichen hören wollten, dann hörten sie auch nicht auf eine Amerikanerin, die ihnen sagte, dass die Nazis Unheil bringen.» Tränen traten ihr in die Augen. «Celeste und ich sitzen manchmal zusammen und unterhalten uns. Die Menschen haben sich verändert. *Dieses* Land hat sich verändert. Nicht nur, dass wir alt und verschroben werden … man kann die Gewalt riechen.» Sie hielt inne, dann brummte sie: «Da kommt Popeye, der verdammte Schnüffler. Können Sie sich eine Frau vorstellen, die den heiraten würde? Sie wird …»

Ein Klopfen am Fenster unterbrach sie. Sie kurbelte es herunter.

«Mrs. Creighton, ich habe vergessen, Sie zu fragen, wann genau Sie den Brandgeruch bemerkt haben.»

«Gegen halb neun.»

«Danke. Hallo, Chester. Wissen Sie irgendetwas?»

«Ich bin dümmer, als die Polizei erlaubt, Popeye, das wissen Sie doch.»

Er linste über seine Brille hinweg. «Wie haben Sie denn dann von dem Brand erfahren?»

«Ich habe auf dem Heimweg den roten Schein gesehen, und da bin ich hierher gefahren.» Er streichelte die verschreckte Katze. «Hab auch die Sirenen gehört.»

Popeye blätterte in seinem Stenoblock. «Lassen Sie mich das überprüfen.» Er lächelte Fannie an. «Sie haben zu der Zeit, als Sie das Feuer rochen, ein Auto wegfahren sehen?»

«Popeye, das habe ich Ihnen doch schon gesagt. Ich habe einen alten Ford gesehen, einen Model A, und das Nummernschild war übermalt.»

«Hmmm.»

«Warum sind Sie nicht eingezogen worden?» Ein Anflug von Boshaftigkeit färbte ihre Stimme.

Er erwiderte gleichmütig: «Plattfüße.»

«Wie praktisch», bemerkte sie bissig.

«Sie könnten zum Zivilen Luftschutz gehen», schlug Chessy freundlich vor.

«Ein Reporter ist vierundzwanzig Stunden im Einsatz. Die freie Presse ist das Rückgrat einer Demokratie, also leiste ich meinen Beitrag.»

«Darauf möchte ich wetten.» Fannie funkelte ihn böse an.

Popeye wandte sich an Chessy: «Irgendeine Ahnung, wer so etwas tun könnte?»

«Ein Arschloch.»

«Aber, aber», schalt er. «Das können wir nicht drucken.»

«Dann lassen Sie's bleiben.» Wut ballte sich in Chessys Kehle zusammen. «Wer das getan hat, sollte auf dem Runnymede Square ausgepeitscht werden. Noe Mojo kann ebenso wenig dafür, dass er gebürtiger Japaner ist, wie ich dafür kann, dass meine Familie aus England stammt. Er ist ein guter Mensch. Wie Sie wissen, Popeye, ist Noe kein reicher Mann. Er kann diesen Verlust nicht abdecken.»

«Das Gebäude gehört den Rifes.» Popeye kritzelte noch etwas.

«Es gehört ihnen zwar, aber wir kennen den Vertrag nicht. Wenn Noe nun haftbar gemacht wird? Dann ist er ruiniert.»

«Ich rufe Zeb Vance an. Danke für den Hinweis.»

Zeb Vance betrieb eine Versicherungsgesellschaft in der Stadt.

«Machen Sie, was Sie wollen», sagte Fannie. «Popeye, ich kürze hiermit das Interview ab. Orrie braucht mich.»

In seinen Augen ging ein Licht an. «Oh.»

«Ja, und wenn Sie mir folgen und versuchen, Aufnahmen zu machen, schlag ich Ihnen die Fresse ein. Könnte sogar eine Verbesserung sein.» Sie startete ihren Motor, brachte ihn auf Touren und ließ Popeye auf dem Parkplatz stehen.

29

IM CURL 'N' TWIRL herrschte am nächsten Morgen gedrückte Stimmung.

Juts und Louise hatten nicht die Kraft, aufeinander herumzuhacken, geschweige denn, auf anderen.

Freundinnen, die zu ihrem verabredeten Termin kamen, beklagten die jüngsten Ereignisse. Wer würde in einem Ort wie Runnymede absichtlich Feuer legen?

Mutmaßungen kursierten reichlich; einige Frauen waren überzeugt, dass der Missetäter ein Jugendlicher sei, der ein bisschen Aufregung suchte. Die beunruhigendste Ansicht vertrat Celeste Chalfonte. Sie war der Meinung, ein Vorfall wie der in Pearl Harbor biete faulen Menschen einen Vorwand, Rache zu üben. Die Tat habe nur scheinbar einen politischen Hintergrund.

«Was meinen Sie genau damit?» Juts hielt die Polierbürste über Celestes langen, aristokratischen Fingernägeln in der Luft.

«Noe ist erfolgreich. Der Brandstifter nicht. Der Brandstifter ist der getretene Wurm.»

«Sie glauben also, es ist jemand von uns.»

«Nicht jemand von uns in diesem Raum, aber – ja.»

Julia schauderte. «Ein entsetzlicher Gedanke.»

Louise rührte eine Bleichlösung für Ev Most an, die dies abstreiten würde, wenn man sie fragte. Ev, Juts' beste Freundin, hatte gerade sechs schwere Monate in Clarksburg, West Virginia, hinter sich, wo sie die todkranke Mutter ihres Mannes gepflegt hatte. Die leidende Seele war endlich erlöst worden. «Als der alte Brutus noch lebte, konnten wir ihn für jede Tragödie verantwortlich machen.»

«Die gegenwärtige Rife-Sippe würde eher Blut saugen als vergießen.» Celeste lehnte sich mit halb geschlossenen Augen zurück. «Brutus war wenigstens ein ernst zu nehmender Gegner. Nein – hier haben wir es mit einem unbedeutenden Wicht zu tun, der sich jetzt sehr mächtig vorkommt.» Dann fragte sie: «Wann kommt Noes Zug an?»

«Halb acht», erwiderte Louise. Sie hatte bereits allen

erzählt, dass Orrie die Nachricht sehr tapfer aufgenommen hatte und heilfroh war, dass Matilda lebte.

«Meine Damen, wir sollten den Zug in Empfang nehmen.»

Viele teilten Celestes Meinung. Als Noe am Bahnhof ausstieg, waren seine Freunde und die ihm Wohlgesinnten zur Stelle, ebenso der unvermeidliche Popeye Huffstetler.

Noe teilte dem lästigen Reporter mit, dass man ihn bei der Armee genommen hatte und ihn höchstwahrscheinlich einsetzen würde, um Nachrichten des Feindes zu entschlüsseln.

«Was ist das für ein Gefühl, gegen Ihr Land zu kämpfen?», fragte Popeye.

Noe, der im Angesicht der Dummheit die Fassung bewahrte, antwortete: «Dies ist mein Land.»

«Aber sind Sie nicht wütend? Jemand hat Ihren Betrieb in Brand gesteckt.»

Noe zuckte die Achseln. «Ich bin wütend, ich bin traurig.»

«Was glauben Sie, wer das getan hat?» Popeye ließ nicht locker.

«Halten Sie endlich den Mund.» Chessy zog Noe fort.

Walter Falkenroth stand in der Gruppe, doch es war sein eisernes Prinzip, sich bei seinen Reportern nicht einzumischen. Allerdings warf er Popeye einen missbilligenden Blick zu.

Orrie hielt sich tapfer, bis sie ihren Mann umarmte, dann weinte sie wie ein Baby.

«Unsere ganze harte Arbeit», schluchzte sie.

Er flüsterte ihr ins Ohr: «Es wird schon wieder, Liebes. Wir sind noch jung. Wir bauen alles wieder auf, wenn der Krieg vorüber ist.»

Extra Billy hatte den Arm um Mary gelegt und küsste sie auf die Wange.

«Billy, weißt du irgendwas darüber?», fragte Mary ihre Quelle der Weisheit.

«Nein, aber ich würde es gern rauskriegen.»

Ihre Augen trübten sich. «Ich kann nicht glauben, dass du mich verlässt.»

«Ich komm ja wieder.» Er küsste sie nochmals.

Zeb Vance schob sich nach vorn. «Noe, Sie sollen wissen, dass Julius und Pole Rife mit mir zusammenarbeiten. Wir finden eine Lösung, keine Bange.»

«Danke, Zeb.»

«Ich trete in sechs Wochen meinen Militärdienst an. Wenn wir bis dahin nicht alles unter Dach und Fach haben, übernimmt Priscilla Donaldson in meinem Büro den Fall. Sie wird ihre Arbeit gut machen.» Er drückte Noe die Hand und scherzte: «Ihr Mädels werdet wohl ohne uns auskommen müssen.»

Marys lautes Heulen durchdrang die Stille. Dann fingen auch die anderen Frauen an zu weinen.

Father O'Reilly hob die Hand zum Segen. «Freunde, lasset uns zusammen beten.»

Gesagt, getan, und jeder wusste, dass sie zum letzten Mal alle zusammen waren.

30

ANFANGS HATTEN IHRE PELZGEFÜTTERTEN HALBSTIEFEL die Kälte abgehalten, aber Juts war den ganzen Tag auf den Beinen gewesen – einkaufen. Inzwischen waren ihre Zehen blau gefroren.

Louise, Toots und Juts hatten sich jeweils einen Tag frei genommen, um ihre Weihnachtseinkäufe zu erledigen. Juts meinte, an alle gedacht zu haben – sie hatte eine große Katzenminzemaus für Yoyo gekauft und Kauknochen für Buster und Doodlebug –, dann fiel ihr ein, dass sie ein Geschenk für Hansford brauchte. Sie hatte den kranken Mann nicht in ihr Herz geschlossen, aber sie konnte ihn nicht übergehen – nicht Weihnachten.

Ihre Kundinnen bekamen alle eine kostenlose Maniküre. So konnte niemand behaupten, dass sie jemanden begünstige.

Sie wusste, wenn sie heute Abend einschlief, würde ihr jemand einfallen, den sie vergessen hatte.

Als sie an Senior Epsteins Juweliergeschäft vorbeikam, erblickte sie Chester. Sie duckte sich und spähte um den Türpfosten. Er kaufte goldene Ohrringe in Muschelform. Sie liebte Ohrringe!

Vereinzelte Schneeflocken kreiselten vom bleiernen Himmel. Die Pakete wurden schwer. Durchgefroren bis auf die Knochen, setzte Juts sich auf eine Bank am Platz und wünschte, sie wäre eine Taube, die hoch auf einem Ast hockte und die Menschen unten beobachtete.

Ein riesiger Kranz war am Denkmal der drei konföderierten Soldaten niedergelegt worden. Der Schnee in ihren Augenhöhlen ließ sie blind aussehen. Ein noch größerer Kranz, gespendet von Caesura Frothingham, zierte George Gordon Meade. Der Schnee nahm zu. Die Lichter der Läden glitzerten durch das dichter werdende Grau und Weiß.

Einen flüchtigen Augenblick lang fühlte Juts, wie kostbar dieser Ort für sie war, und sie wusste, dass jenseits des Atlantiks eine Engländerin, der sie nie begegnen würde, ihre eigene kleine Stadt ebenso sehr liebte. Aber Juts war in

Sicherheit. Die Engländerin nicht. Juts wollte schier das Herz brechen aus Kummer um alle Frauen in der Welt. Sie hatten noch nie einen Krieg geführt, doch leiden und sterben taten sie in ihnen zuhauf.

Kleine Ringe in Rot, Gelb, Grün und Blau umgaben die bunten Weihnachtslichter in den Schaufenstern. Juts stand auf, schüttelte den Schnee ab und machte sich auf zum Bon-Ton, ihrer letzten Station.

Die wirbelnden Flocken, die Farben, die beißende Kälte, das Geräusch der Reifenketten im Schnee, ein gelegentliches Hupen, das Bellen eines Hundes, der es leid war, vor einem Geschäft auf sein Herrchen zu warten ... aus solchen Lauten bestand ihr Weihnachten.

Juts brütete nicht viel. Sie nahm das Leben, wie es kam. Sie wusste nicht, wohin ihr Leben strebte, nur, dass es schneller dort anlangte, als sie erwartet hatte.

Sie betrachtete ihr Leben als übersteuerten Autoscooter, als Windrädchen mit nackten Frauen darauf, als Schokoriegel und Würfelspiele, Longhornochsen und hitzige Pokerrunden, Radschlagen bei Sonnenaufgang und eine Spur von Traurigkeit bei Sonnenuntergang. Sie dachte an den Geruch von Busters Fell, wenn er aus dem Regen ins Haus kam, und an Yoyos putzige Angewohnheit, zerknülltes Papier aus dem Papierkorb zu fischen. Sie dachte an Chesters Lachen, den Geruch von Benzin und frisch gemähtem Gras und jetzt den feuchten Geruch fallenden Schnees.

Zum ersten Mal fragte sie sich, was ihre Mutter für Erinnerungen hatte. Wenn dies alles ein Leben ausmachte – Eindrücke –, wie waren dann Coras?

Sie stieß die Drehtür vom Bon-Ton an und trat ein, betrachtete mit kindlichem Staunen die hohen Stützpfeiler, die mit rotem und goldenem Papier umwickelt waren. Die

Holztheken waren mit rot-goldenen Wimpeln geschmückt und hatten einen Weihnachtsmann in der Mitte, allerdings trugen die diversen Weihnachtsmänner die Uniformen der Landstreitkräfte, der Marine, der Marineinfanterie, der Luftstreitkräfte und der Küstenwache. Die Schaufensterpuppen trugen die Uniformen der Alliierten.

Jemand rempelte Juts von hinten an.

«Verzeihung», sagte Juts und trat aus dem Weg.

Tante Dimps, ebenfalls mit Paketen beladen, antwortete: «Julia Ellen, willst du nicht Yoyo mitbringen und mal sehen, was ihr zu den Dekorationen einfällt?»

Juts lachte und dachte dann, was für ein Glück es war, dass sie in Runnymede lebte ... auch wenn sie es mit Leuten wie Josephine Smith teilen musste.

31

M*ARY FALTETE EIN* B*LATT MITTELBLAUES* P*APIER* in der Mitte zusammen und schob es sorgfältig in den Luftpostumschlag. Ihre Mutter würde über den Luftpostluxus meckern. Dem würde sich eine Aufzählung von Marys übrigen überflüssigen Ausgaben anschließen. Vorsichtshalber steckte sie ihre Briefe in ihre Büchertasche und sauste von der Schule zum Postamt.

Als es leise an ihrer Tür klopfte, legte sie schnell ihr Chemiebuch auf den Umschlag.

«Herein.»

«Es schneit wieder. Wollen wir zum Teich? Wir könnten Schlittschuh laufen.»

Mary sah aus dem Fenster in die Dunkelheit. «Hmm, ich weiß nicht.»

«Ach komm, Mary, die Feuerwehr hat große Fackeln aufgestellt, damit wir was sehen können. Alle gehen hin. Das ist doch toll!»

«Geh du nur.»

«Du hast bestimmt wieder an Billy geschrieben. Wenn du mit mir Schlittschuh laufen kommst, kannst du ihm alles darüber erzählen. Er ist ein guter Schlittschuhläufer.»

Mary, die sich gerne bitten ließ, wurde ein wenig schwach. «Na ja …»

«Du kannst ihm erzählen, wer dort war, was sie anhatten, wer hingefallen ist und wie sehr du ihn vermisst.»

«Ich kann ohne ihn nicht leben. Ich denke jede Minute an ihn.»

Maizie nickte ausdruckslos.

«Du verstehst das nicht», sagte Mary mürrisch.

«Ah – Mensch, Mary, das ist nicht fair.» Maizie zog eine Schublade auf.

«He, das sind meine Socken.»

«Wenn du nicht mitkommst, brauche ich sie.»

«Nimm deine eigenen Socken, verdammt nochmal.»

«Ich sag Momma, dass du Schimpfwörter benutzt. Wenn du Schlittschuh laufen würdest, hättest du bessere Laune und bräuchtest nicht zu fluchen.» Sie zog ihre Söckchen aus und ließ sich auf die Bettkante fallen.

«Leg sie zurück!» Mary schnellte von ihrem Stuhl hoch, um sich die Socken zu schnappen.

Maizie versteckte sie hinter ihrem Rücken. «Nee.»

«Ich hab nicht gesagt, dass ich nicht mitkomme. Du hast nicht richtig zugehört.»

Maizie setzte sich auf die dicken Socken. «Lies mir deinen Brief vor, dann geb ich dir deine Socken – aber nur, wenn du wirklich Schlittschuh laufen gehst.»

«Ha», schnaubte Mary. «Ich les dir gar nichts vor.»

«Wie soll ich dann lernen, was es heißt, verliebt zu sein?»

Mary, die darauf brannte, ihre neu entdeckten Gefühle mitzuteilen, hob verstohlen ihr Chemiebuch hoch. «Nur zum Teil. Ich les dir nicht alles vor.»

«Okay.»

«‹Lieber Bill›» – sie räusperte sich – «‹alles ist grau ohne dich …›»

Maizie unterbrach sie. «Im Winter ist es immer grau.»

Hochmütig zuckte Mary die Achseln. «Du hast kein Gespür für – Poesie.» Mary faltete ihren Brief zusammen. «Ich les dir nichts mehr vor.»

«Ach komm. Ich schleif auch deine Kufen.»

Mary faltete das Blatt wieder auseinander, das Papier knisterte leicht. «‹Ich denke an dich, wenn ich den Himmel sehe. Ich denke an dich, wenn ich Misteln sehe. Ich denke an dich, wenn Doodlebug bellt – immerzu. Ich denke …›»

Fünfzehn Minuten später war Mary mit dem Vorlesen ihrer glühenden Epistel fertig.

«Wie romantisch.» Maizie ließ sich verträumt rücklings aufs Bett sinken.

Mary sprang rasch vom Stuhl und schnappte sich eine Socke, die unter Maizies Po hervorlugte. «Ätsch.»

«Da.» Maizie warf ihr die andere zu und setzte sich auf. «Was schreibt Billy?»

Mary zog einen Brief aus Parris Island, South Carolina, hervor. Die Handschrift war ein riesiges Gekrakel.

«‹Liebe Mary, der Ausbilder scheißt mich zusammen. Die Milben sind schrecklich. Es ist furchtbar hier. In Liebe, Bill.›»

Maizie wartete einen Moment, dann schwenkte sie die Füße auf den Boden. «Das ist alles?»

«Männer sind keine großen Briefeschreiber», verteidigte Mary ihren lakonischen Ehemann.

Erstaunliche Reife an den Tag legend, schloss Maizie: «Wenigstens weißt du, dass er an dich denkt. Komm, wir gehen zum Teich.»

32

TABAKFLECKEN SPRENKELTEN *HANSFORD HUNSENMEIRS* bläuliche Lippen. Trotz seiner Atembeschwerden konnte er von dem lindernden Nikotin nicht lassen. Wenn er schon sterben musste, dann jedenfalls nach seinem eigenen Gusto.

Er zog an seiner Zigarre, und graublauer Rauch kräuselte sich zur Decke von Celestes Küche. Hansford, einen kleinen Berg Sattelzeug vor sich auf dem großen Holztisch, besaß flinke Finger. O. B. Huffstetler, Celestes Stallbursche, war mit seinen Verrichtungen im Rückstand. Der junge Mann war geschafft von seinem sechs Monate alten Kind, einem Jungen, den sie Kirk getauft hatten, aber Peepbean nannten. Peepbean, der mit einer kräftigen Lunge auf die Welt gekommen war, machte die Nacht hindurch reichlich Gebrauch davon. Niemand hatte O. B. oder seine Frau gewarnt, dass Babys die Gesundheit ebenso gefährden wie den Charakter.

Zu Hansfords Linken war das Lederreparaturwerkzeug säuberlich angeordnet, zu seiner Rechten lagen Stücke aus wertvollem englischen Leder in Havannabraun. Niemand stellte besseres Sattelleder oder besseren Stahl für Gebisse her als die Engländer.

«Julia, weißt du noch, wie du früher Pennys und Fünfer

gespart hast?», fragte ihr Vater. «Du warst noch keine drei, aber du wusstest, dass Geld etwas Besonderes ist, und hast jeden Penny aufgehoben, den dir jemand für ein Eis gegeben hat. Dann bist du über den Platz ins Bon-Ton marschiert und hast dir einen kleinen eisernen Sparelefanten mit erhobenem Rüssel gekauft. Louise hat dich ausgelacht, weil dein ganzes Geld für die Spardose draufgegangen war und du nichts mehr übrig hattest, um es reinzutun. Du hast geweint und geweint. Ich hab dir einen Penny für deine Spardose gegeben, und da hast du aufgehört zu weinen. Dann weinte Louise, weil sie meinte, ich hätte dich lieber als sie. Da gab ich ihr einen Penny, und sie war still. Du hast ihr deine Spardose zur Aufbewahrung für ihren Penny angeboten.» Er legte seine Zigarre auf einem großen Aschenbecher ab und machte sich an einem zerrissenen Kehlriemen zu schaffen. «Sie hat abgelehnt, weil sie meinte, wie solle sie dann ihren Penny von deinem unterscheiden.»

«An Louises Penny erinnere ich mich nicht.» Juts nahm sich einen geflochtenen Zügel vor, aus dem sich ein Strang gelöst hatte. Auch sie hatte geschickte Hände. «Aber die Spardose habe ich noch, und der erste Penny ist noch drin – als Glücksbringer.»

«Ist schon verrückt, was für Sachen einem plötzlich einfallen.» Er griff sich das gewachste Garn. «Maizie wünscht sich ein Kleid für eine Weihnachtsfeier. Louise will es ihr nicht kaufen. Wie wär's, wenn ich dir das Geld gebe und du kaufst dem Kind das Kleid. Wird Louise allerdings nicht freuen.»

«Louise kommt drüber weg.» Juts bemerkte einen flammend roten Kardinal, der von einem Stechpalmenstrauch im Garten aufflog. Celestes Küche war ihr Lieblingsraum in dem prachtvollen Haus. «Mir tut das Kind Leid. Sie spielt immerzu die zweite Geige nach Mary. Zum ersten Mal ist sie auf einen großen Ball eingeladen. Sie hat eine ganz andere Figur als Mary, also kann sie Marys alte Kleider nicht tragen.» Sie atmete durch die Nase aus.

Er führte den Faden durch ein Loch, das er mit einer Ahle gestochen hatte.

Cora kam herein und setzte Teewasser auf. «Ihr habt wohl was Wichtiges zu besprechen, ihr zwei.»

«Maizies Ballkleid», sagte Hansford ohne nähere Erläuterung.

Cora nickte ihrer jüngeren Tochter zu. Sie hatte bereits drei Seiten der Geschichte gehört: Louises, Maizies und jetzt Juts'. Maizie war auf einen Ball eingeladen und hatte bei Bon-Ton das ideale Kleid gefunden, aus grünem Samt mit weißem Pelzbesatz. Juts war dabei gewesen, als sie es anprobierte, und hatte ihr gesagt, wie schön es aussehe. Aber das Kleid kostete einunddreißig Dollar, und Louise hatte sich geweigert, es auch nur in Erwägung zu ziehen.

Celeste, die einen Kimono in kräftigem Marineblau trug, stieß die Schwingtür auf.

«Ich brauche etwas Heißes.»

«Schon aufgesetzt.»

«Hmmm.» Sie betrachtete den Kessel.

«Wenn man zuguckt, kocht das Wasser nie», sagte Cora.

«Ich weiß.» Sie lächelte. «Natürlich verratet ihr keiner Menschenseele, dass ich ein japanisches Kleidungsstück trage.»

«Besser als Lederhosen», witzelte Juts.

«Da hätte ich kalte Beine.» Celeste setzte sich zu ihnen an den Tisch und durchstöberte ihr Sattelzeug. «Irgendetwas ist immer, nicht? Ich habe zwei Martingale zerrissen – das heißt, nicht ich, sondern Rambunctious – und, oh, danke.»

Cora stellte Celeste eine Tasse Tee hin, dann bediente sie Hansford, Juts und schließlich sich selbst, bevor sie sich neben Celeste setzte. «Maizie hat eine Stinkwut im Bauch.»

«Sie kann nicht nackt auf den Ball gehen.» Celeste lachte.

«Louise kriegt einen Tobsuchtsanfall.» Hansford schüttelte den Kopf.

«Wenn's nach Louise geht, ist sie die einzige Mutter auf der Welt. Ansonsten hat niemand von uns die leiseste Ahnung. Sie legt sich sogar mit dir an, Momma», sagte Juts.

Cora lächelte. «Louise bildet sich eine Menge ein.» Sie fügte hinzu: «Selbst wenn ihr alle zusammenlegt und Maizie das Kleid kauft, wird Louise es zurückbringen, das steht fest.»

«Tja. Ekelhaft, gemein und herrisch – das steht auch fest.»

«So spricht eine richtige kleine Schwester», bemerkte Celeste. «Ich war selbst eine.»

Hansford zog an seiner Zigarre. Er musterte Juts. «Sie ist wie deine Mutter», bemerkte er kichernd zu Cora.

«Nun ja – Momma hatte auf alle Fälle Sinn für Humor.»

«Bepe war total bekloppt.» Hansford nannte Harriet Buckingham bei ihrem Kosenamen.

«*Ich* bin nicht verrückt. Louise ist verrückt. Ich bin vollkommen normal.»

«Ist die Erinnerung nicht gnädig?», meinte Celeste.

«Moment mal, Hansford, Bepe war kein bisschen übergeschnappt.» Cora klapperte mit ihrer Teetasse; ihre Hände waren zierlich geblieben, obwohl sie mit den Jahren zugenommen hatte.

«Sie hat bei Pauline Basehart ein Netz über deinen Vater

geworfen und ihn raus auf die Straße gezogen. Hat die Mädels wahrlich überrumpelt. Ich sag euch, das war ein Anblick.»

«Na wenn schon. Ist lange her.»

«Wer war Pauline Basehart?», fragte Juts.

«Die Puffmutter», klärte Celeste Juts auf.

«Mom!», rief Juts.

«Mein Vater hatte eine Schwäche für Frauen.»

«Schwäche – er ist daran gestorben. Da stand er mitten auf der Hanover Street, splitterfasernackt, und Bepe hat ihm den Arsch versohlt, bis er aus der Nase blutete. Er konnte sich nicht aus dem Netz befreien, und Pauline dachte nicht daran, ihm rauszuhelfen. Sie hat ein Mädchen losgeschickt, um Ardant Trumbull zu holen – Pearlies Großonkel –, der damals Sheriff war.»

«Das hab ich nicht gewusst», rief Juts.

Hansford lachte. «Mädchen, in Runnymede ging es hoch her, bevor du auf die Welt kamst.»

«Mein Vater ...» Cora zuckte die Achseln. Sie wusste nicht, was sie sagen sollte.

«Er war nicht besser und nicht schlechter als viele andere, aber Bepe hat ihn Mores gelehrt.» Hansford schüttelte den Kopf.

«Du findest, ich bin wie Bepe?», fragte Juts.

«Haargenau.» Hansford klatschte in die Hände. «Wie aus dem Gesicht geschnitten.»

«Alte Männer leben in der Vergangenheit», hielt Cora ihm vor.

«Wenigstens kann ich mich dran erinnern. Harold Mundis' Großvater hat nicht mal seine Kinder erkannt, als er in meinem Alter war.»

«Ich erfahre ja allerhand.» Juts stand auf und schenkte

allen noch einmal Tee ein. «Celeste, ich sterbe vor Hunger. Kann ich eins von Ihren Hörnchen haben?»

«Stell sie auf den Tisch. Dann haben wir alle was davon.»

Juts bewunderte das handbemalte Porzellan, als sie die Hörnchen mitten auf den Tisch stellte.

«Wir haben das Problem Maizie noch nicht gelöst.»

Ramelle kam zur Haustür herein. Sie hörten, wie sie den Schnee von den Füßen stampfte.

«Jemand zu Hause?»

«Wir sind in der Küche», antwortete Celeste.

Ramelle kam herein und rieb sich die Hände. «Es wird eiskalt da draußen. Hörnchen! Cora, Sie haben sich selbst übertroffen.»

Ramelle quetschte sich neben Celeste und vernahm die ganze traurige Geschichte von Maizie und dem smaragdgrünen Kleid bei Bon-Ton, das es ihr angetan hatte. Cora machte frischen Tee.

«Kann sie nicht eins von Spotts' Kleidern anziehen? Maizie hat jetzt ungefähr ihre Größe, oder?»

«Prima Idee», fand Celeste.

Sie marschierten nach oben zu dem riesigen Kleiderschrank aus Zedernholz. Das Treppensteigen strengte Hansford an. Keuchend setzte er sich auf einen Regency-Stuhl. Viele Kleider waren aus der Mode, doch ein entzückendes aus flammend rotem Chiffon war genau das Richtige.

«Maizie wird aussehen wie das leibhaftige Weihnachten», sagte Ramelle.

«Und wenn Louise sagt, es ist ein Almosen?» Juts befühlte den hauchdünnen Stoff.

«Das lass mal meine Sorge sein», erklärte Celeste.

Als sie hinuntergingen, sagte Julia zu Ramelle: «Louise reitet dauernd darauf herum, wie anders es ist, eine Mutter zu sein. Sie sagt immer, ich könne das nicht verstehen. Sie sind eine Mutter. Ich finde, Sie sind kein bisschen anders als vor Spottiswoods Geburt.»

«Äußerlich nicht; innerlich ja. Jemand anders trat an erste Stelle.»

«Oh», antwortete Juts matt.

Cora hielt sich unten am Geländerknauf der dunklen Mahagonitreppe fest und wartete auf Juts. «Gräm dich nicht so deswegen. Du wirst nie ein Kind bekommen, wenn du die ganze Zeit dran denkst. Das bringt deine Innereien durcheinander.»

«Da hat sie Recht.» Celeste legte Juts den Arm um die Schultern.

«Bei mir steht Chessy an erster Stelle. Das kann ja nicht so ein Unterschied sein.»

«Chessy ist nicht hilflos», erklärte Ramelle.

«Wollen wir wetten?», entgegnete Juts.

«Alle Frauen meinen, die Männer seien hilflos ohne sie», sagte Celeste. «In Wahrheit kommen sie ganz gut ohne uns zurecht. Vielleicht genießen sie es nicht so sehr, aber sie werden's überleben.»

Cora widersprach ihr. «Eine Frau kann ohne Mann leben, aber ein Mann nicht ohne Frau.»

«Was meinen Sie, Hansford? Sprechen Sie für die Männerwelt.»

«Nun ja, ein Mann kann vielleicht ohne Frau leben, aber dann wäre das Leben nicht lebenswert. Ich habe Männer in den Minen an Einsamkeit sterben sehen, jawohl.» Er kam wieder auf Juts' Dilemma zurück. «Mädchen, wenn du ein Kind willst, dann solltest du eins kriegen.»

«Ich weiß nicht, ob ich kann.» Juts schluckte schwer an den Worten.

«Du kannst», sagte Celeste mit Bestimmtheit. «Der Doktor hat bei dir nichts festgestellt. Du musst Chester dazu bewegen, zum Arzt zu gehen.»

«Männer sind eigen in solchen Dingen.» Hansford hustete; er brauchte ein paar Sekunden, um wieder zu Atem zu kommen. «Wenn er nicht hingehen will, Julia – es gibt Kinder, die ein Zuhause brauchen. Denk mal drüber nach.»

«Ich weiß nicht, ob Chessy ein Kind großziehen möchte, das nicht von ihm ist.»

«Hast du ihn gefragt?» Celeste ging die Dinge gewöhnlich ganz rational an, sodass die empfindlichsten Punkte gar nicht berührt wurden.

«Nein.» Juts' Stimme wurde schwächer.

«Also – frag ihn.»

«Ich kann nicht. Ich hab Angst.» Julias Kinn zitterte.

«Du musst das Thema nur ganz geschickt zur Sprache bringen», meinte Ramelle beschwichtigend.

«Ein unerwünschtes Kind würde nicht anerkannt. Mutter Smith würde sich anstellen wie von der Kuh ge...»

Celeste unterbrach sie: «Mutter Smith ist eine Kuh.»

Julia lächelte matt. «Chessy würde sich nicht gegen seine Mutter stellen, und sie wird kein Kind wollen, das nicht von ihrem Fleisch und Blut ist.»

«Ich glaube, du hast Recht, was Mutter Smith angeht, aber vielleicht unterschätzt du deinen Mann – immerhin hat er dich geheiratet», sagte Ramelle.

33

CHESSY WAR ÜBERRASCHT, als er zur Tanzstunde kam und noch zwei Paare antraf, Freunde von Trudy aus Baltimore. Sie sagte, dies sei ihr Weihnachtsgeschenk für ihn. Er habe sich zu sehr daran gewöhnt, mit ihr zu tanzen – er müsse auch mit anderen Frauen tanzen.

Nach ein paar verpatzten Anfängen stellte er fest, dass die Dame ihm folgte, wenn er sie sicher führte.

Nach der Stunde plauderte die Gruppe noch ein wenig. Weil nächste Woche Weihnachten war, war Trudy jeden Abend für Tanzveranstaltungen ausgebucht, entweder als Begleitung oder um Schwung aufs Parkett zu bringen. Die Schwestern von Gettysburg, die Töchter der Konföderation, der Kiwanis Club, der Elks Club, die Söhne von Cincinnatus, der Pilot Club, der Country Club von Nord-Runnymede ... alle feierten.

Bevor er ging, gab Chessy ihr ein kleines Geschenk, in Goldpapier verpackt und mit einem roten Band umwickelt.

«Machen Sie es nicht vor Weihnachten auf.»

«Wie lieb von Ihnen!»

«Frohe Weihnachten allerseits.» Er winkte den anderen zu, als er die Tür aufmachte.

Trudy folgte ihm in den Flur. «Ich habe auch ein Geschenk für Sie.»

Er lächelte. Dies war die zweite Überraschung des Abends.

Sie sauste zurück in den Tanzsaal und kam mit einer schmalen, fast meterlangen Schachtel zurück. In der Mitte saß eine große Schleife, die aussah wie eine Papierchrysantheme mit geringelten Ranken. «Frohe Weihnachten, Mr. Smith.»

Er lachte über die förmliche Anrede. «Muss ich mit dem Öffnen bis Weihnachten warten?»

«Nein, aber wenn Sie nicht warten, sind Sie undiszipliniert.»

«Also gut.» Er trat auf die oberste Treppenstufe. «Ich beherrsche mich.»

Sie beugte sich vor und küsste ihn auf die Wange. «Frohe Weihnachten.»

Er wollte etwas sagen, errötete aber nur, worauf er sich umdrehte und die Treppe hinuntereilte.

34

MARY BEGUTACHTETE IHRE SCHWESTER. Das Chiffonkleid stand Maizie ausgezeichnet. Mary war kein bisschen neidisch.

Sie hatte eine Postkarte erhalten. «Vermisse dich. Dein Billy.» Seinen spärlichen Worten entnahm sie Wogen glühender Liebe.

Der Schnee schimmerte bläulich im Zwielicht. Die Lichter der Häuser warfen goldene Sprenkel in den Schnee. In heller Aufregung fragte Maizie immerzu: «Ist er schon da?»

Louise antwortete: «Du hast noch eine Stunde Zeit, Maizie.»

«Momma, bis dahin fällt meine Frisur zusammen.»

«Nein, aber wenn du nicht still sitzt, zerknitterst du dein Kleid.»

«Wann kommt Tante Juts?»

«Wenn sie kommt. Sie muss vorher noch zur Kirche. Heute Abend werden die Lebensmittelkörbe ausgeteilt.»

«Und wann machen wir das, Mom?», fragte Mary, obwohl sie mit den Gedanken in Billys Ausbildungslager in South Carolina war.

«Morgen. Es wäre praktischer, wenn alle Kirchen ihre Körbe für die Armen am selben Abend verteilen würden. Deine Tante bindet die Schleifen für die meisten, weil sie das so gut kann. Maizie, sitz still!»

«Mutter, die Zeit vergeht so langsam.»

«Warte, bis du so alt bist wie ich. Dann rast sie.»

Doodlebug kam hereinspaziert, auf der Suche nach etwas Essbarem oder nach Gesellschaft, wobei das Essbare Priorität hatte.

«Maizie, hast du deinen Dankesbrief an Mrs. Chalfonte schon geschrieben?»

«Wie kann ich mich bei ihr bedanken, bevor ich auf dem Ball war? Ich muss ihr doch erzählen, wie's war.»

Louise nahm ein Blatt Papier und einen Umschlag aus dem kleinen Sekretär in der Ecke. «Schreib wenigstens schon mal die Adresse auf den Umschlag. Ich kenne dich. Du schiebst das Schreiben vor dir her, und ich bin dann blamiert.»

«Nein, tu ich nicht.» Maizie setzte sich an den Sekretär.

Sie schrieb: «Mrs. Ramelle Chalfonte.»

Ehe sie die Anschrift hinzufügen konnte, hielt Mary das Ende ihres Federhalters fest. «Falsch.»

«Was ist falsch?» Maizie runzelte die Stirn.

«Mom, sie muss ‹Mrs. Curtis Chalfonte› schreiben, nicht?»

Louise beugte sich über Maizies Schulter. «O Maizie, du weißt doch, wie es sich gehört.»

«Wie denn?» Maizie, ohnehin schon kribbelig, wurde gereizt.

«Man spricht eine Dame mit ihrem Ehenamen an. ‹Mrs. Ramelle Chalfonte› würde man nur schreiben, wenn ihr Mann tot wäre.»

«Mutter, Ramelle ist das egal.»

«Ob ihr Mann tot ist oder nicht?», zog Mary sie auf.

«Du weißt genau, was ich meine.» Maizie knallte den Federhalter auf den Sekretär. Tinte spritzte auf die lederne Schreibunterlage.

«Du Schwachkopf!» Louise schnappte sich den Federhalter. «Wenn was auf das Kleid kommt, krieg ich das nie wieder raus.»

«Entschuldigung.» Maizie ließ den Kopf hängen. Sie zog einen neuen Umschlag aus dem Fach und schrieb die korrekte Anschrift. «Da.»

«So, und morgen früh schreibst du ihr als erstes einen Dankesbrief, verstanden?»

«Ja.»

«Wieso hat Ramelle Celestes Bruder geheiratet?», fragte Mary unbefangen.

«Weil sie Celeste nicht heiraten konnte», antwortete Maizie ungeniert.

«Maizie, wie kommst du nur auf solche Ideen?» Louise war entrüstet.

«Das ist doch kein Geheimnis.» Maizie zuckte die Achseln.

«Fräulein Allwissend. Du hast keine Ahnung von der Beziehung zwischen Celeste und Ramelle. Niemand weiß, was hinter geschlossenen Türen vorgeht.»

«G-Mom schon.» Maizie schob trotzig das Kinn vor.

Louise seufzte. «G-Mom sollte die Klappe halten.»

«Mom, das schert doch keinen», sagte Mary.

«Halt du dich da raus.» Louise schürzte die Lippen, die

heute weihnachtsrot geschminkt waren. «Maizie, zappel nicht so herum. Du ruinierst sonst das Kleid. Wenn du einen Tropfen Saft auf das Kleid spritzt, dreh ich dir den Hals um, bis dir die Augen rausquellen. Hast du mich verstanden?»

«Ja.»

Juts steckte den Kopf zur Hintertür herein und stieß den Zweisigpfiff aus.

Maizie eilte in die Küche. «Tante Juts, wie findest du's?»

«So was Hübsches habe ich noch nie gesehen.» Juts warf ihren Schal über einen Stuhl. «Psst.» Juts drückte Maizie einen hellen Lippenstift in die Hand. «Lass das deine Mutter nicht sehen.»

«Danke.» Maizie zog vor Entzücken die zierliche Nase kraus.

«Und versuch nicht, ihn ohne Spiegel aufzutragen. Für den Trick braucht man Jahre.»

Ein Gepolter draußen, gefolgt von einem Klopfen an der Tür, verkündete die Ankunft von Maizies Begleiter. Angus trug eine rote Fliege und einen Kummerbund zu seinem gemieteten Frack. Louise begrüßte ihn.

«Da.» Er reichte Maizie ein Ansteckstäußchen aus Orchideen.

«Soll ich es ihr anstecken?», erbot sich Mary.

Angus nickte, und Louise winkte seinem Vater zu, der den alten Oldsmobile fuhr.

Juts reichte Angus Maizies Mantel. Er half ihr hinein, alle verabschiedeten sich höflich, und Louise lehnte sich an die Tür, als Maizie die Zufahrt hinunterzockelte.

«Seit letztem Weihnachten bin ich um zehn Jahre gealtert. Zwei Töchter. Probleme im Doppelpack. Warum gerade ich, o Herr?»

«Weil Er die Schnauze voll von dir hatte», antwortete Juts.

«Das ist nicht komisch.» Louise trat ans Fenster und winkte, bis das Auto um die Ecke verschwand.

Mary, die keine Lust hatte, sich eine Litanei ihrer Verfehlungen anzuhören, verzog sich. «Ich geh nach oben, lernen.»

«Lüg mich nicht an. Du gehst nach oben, um Billy wieder einen Roman zu schreiben. Der Junge wird noch blind vom Lesen deiner Briefe. Ich kann deine Handschrift kaum entziffern.»

«Es hilft, wenn du eine Brille aufsetzt.» Juts hatte Hunger.

«Ich brauch keine Brille.»

«Tatsächlich? Mir ist aufgefallen, dass du die Zeitung so weit vom Gesicht hältst, wie deine Arme reichen.»

«Das tun doch alle.»

Mary schlich auf Zehenspitzen nach oben.

Louise schleppte Juts in die Küche, wo Juts den Kühlschrank aufmachte und sich vom Käse ihrer Schwester bediente. Sie setzten sich an den Tisch.

Louise runzelte die Stirn. «Weißt du, ich hab so ein schlechtes Gewissen. Ich habe Maizie heute Abend einen Schwachkopf genannt.»

«Das hat sie längst vergessen. Sie ist viel zu aufgeregt.»

«Julia, manchmal sage ich was und meine es gar nicht so. Es rutscht mir einfach so raus.»

«Ich weiß.»

«Was soll das heißen?», fragte Louise verärgert.

«Das heißt, ich weiß – mir geht es genauso.»

«Aber ich frage mich, woran werden sich Mary und Maizie mal erinnern? Werden sie mich als garstige Mutter in Erinnerung behalten? Manchmal bringen sie mich einfach auf die Palme, und ich habe das Gefühl, wenn ich ihre Stimmen oder das Wort ‹Mutter› noch einmal höre, fang ich an zu schreien. Und dann flutscht mir irgendeine Gemeinheit aus dem Mund.»

«So geht es doch allen.»

«Pearlie nicht.»

«Männer zählen nicht.»

Darauf musste Louise lachen. «Das ist mal was Neues. Zumal, wenn's von dir kommt.»

«Du weißt, was ich meine. Sie werden anders erzogen. Sie fressen mehr in sich hinein. Sie denken vermutlich genauso viel gehässiges Zeug wie wir, aber sie sprechen es nicht aus.»

«Also, ich weiß nicht. Paul kommt oft nicht mal auf die naheliegendsten Dinge. Ganz einfache Sachen, wie zum Beispiel den Mädchen zu sagen, dass sie hübsch aussehen. Das ist kein gutes Beispiel, aber du verstehst, was ich meine.»

«Chester ist genauso.»

«Ihnen fehlt ein Teil im Gehirn. Ich weiß nicht genau, welches, aber sie haben irgendwo da oben ein Vakuum. Ich fürchte manchmal, dass Paul alles in sich verschließt, und dann macht es *bumm.*» Louise hob beide Hände. «So war es mit Hansford.»

«Ja, er ging hoch wie eine Rakete und kam runter wie ein Stock.» Juts hielt einen Augenblick inne. «Glaubst du wirklich, Pearlie könnte Wut oder Eifersucht oder sonst was in sich verschließen und eines Tages explodieren?»

«Ich weiß nicht.»

«Mir kommt er ziemlich ausgeglichen vor. Mach dir keine Sorgen. Du hast schon genug im Kopf.»

«Ich bin vierzig. Vor dir geb ich's ja zu», flüsterte sie. «Du weißt es sowieso, aber ich wünschte, du würdest in der Öffentlichkeit nichts über mein Alter sagen. Warte nur, bis du so weit bist. Ich werde dich nicht damit aufziehen.»

«Versprochen?»

«Versprochen. Aber hier stehe ich mit vierzig, und ich habe das Gefühl, ich müsste etwas wissen, aber ich weiß nicht, was.» Louise drehte hilflos die Handflächen nach oben.

«Vielleicht gibt es nichts zu wissen, Wheezie. Vielleicht legen wir uns alles auf dem Weg zurecht.»

«Nein. Es muss mehr dahinter stecken.»

«Das glaube ich nicht. Das Leben ist ein Scheißspiel – der Schuss für 25 Cents. Wenn dir kalt ist, ist dir kalt, und wenn dir heiß ist, ist dir heiß.»

Sie saßen eine Weile still da, dann sagte Louise: «Ich habe Angst, dass das Leben an mir vorüberzieht.»

Juts stand auf und umarmte ihre Schwester. «Nein. Das Leben kann nicht an uns vorüberziehen. Wir sind das Leben.»

35

Jedes Jahr zogen die Weihnachtssänger in vier Gruppen auf den Hauptstraßen Hanover Street, Baltimore Street, Frederick Road und Emmitsburg Pike zum Platz. Wer über Schlitten, Heuwagen, Karren, Einspänner, Zweispänner oder andere Pferdefuhrwerke verfügte, war den Fußgängern voraus. Decken für Menschen und Tiere, Weidenkörbe bis obenhin voll mit Lebensmitteln, Krügen mit Flüssignahrung unterschiedlicher Ausprägung, Äpfeln und

Mohrrüben für die Pferde, wurden auf den Wagen geladen.

Engelchen, meist von einem berittenen Erwachsenen begleitet, saßen rittlings auf ihren Ponys. Viele Häuser in Runnymede hatten auf ihrer Rückseite einen Stall, der aus demselben Material gebaut war wie das Haupthaus.

Bei so vielen Menschen, die durch den knirschenden Schnee zogen, war es ein Wunder, dass überhaupt noch jemand zu Hause geblieben war, um die Sänger zu empfangen. Die kleinen Ziegelhäuser, die vereinzelten Holzhäuser und die prächtigeren Steinhäuser hatten große Kränze an den Türen und Mistelzweige in den Torwegen hängen; Kerzen in den Fenstern hießen die Sänger willkommen.

Jedes Jahr trieb Mary Miles Mundis ihren Mann Harry an, einen Baum weiß zu sprühen. Noch Tage danach lief er mit weißen Farbklecksen auf Gesicht und Händen in der Stadt herum. Dann hängte Mary Miles, von allen M. M. genannt, riesige glänzende rote Kugeln und rote Girlanden an die Zweige. Der Baum erregte Aufsehen und spornte Junior McGrail und Caesura Frothingham, die Nachbarinnen zur Rechten und zur Linken, zum Wettstreit an. Auch sie drangsalierten Ehemänner, Söhne, Arbeiter und Freunde, Bäume weiß zu sprühen. Junior schmückte ihren mit dem Smaragdgrün Irlands; schließlich war sie eine McGrail, wenn auch nur durch Heirat. Caesura verzierte ihren Baum mit königsblauen Kugeln und goldenen Girlanden, sehr unionsgemäß.

Julia Ellen behängte ihren Baum mit allem, was sie finden konnte, wogegen Louise, die sich für die Stardekorateurin der Weihnachtsbaumwelt hielt, einen Laubbaum mit weißer Watte umhüllte, dann bunte Kugeln, Preiselbeerstränge als Girlanden und ganze Ladungen Lametta daran hängte und das Ganze mit einem großen Engel krönte.

Bei Celeste, die die höchsten Räume in Runnymede hatte, prunkte der größte Baum – Stützdrähte waren nötig, um ihn aufrecht zu halten –, abgesehen von dem, der genau in der Mitte vom Runnymede Square stand.

O. B. Huffstetler hatte Celestes zwei identische Reitpferde gestriegelt. Sie spannte sie gern ein, weil es sie an die prächtigen Karossen erinnerte, die sie als kleines Kind in der Rotten Row im Londoner Hyde Park gesehen hatte. So herrlich die Pferde aus der Zucht der Hanover Shoe Farm waren, sie unternahm die strapaziöse Reise nach Kentucky, um Reitpferde zum Fahren zu kaufen. Diese beiden graubraunen Stuten hießen Minnie und Monza. Minnie hatte einen Stern auf der Stirn, Monza eine Blesse im Gesicht.

Bei Sonnenuntergang herrschte in den kleinen und großen Ställen rund um Runnymede fieberhafte Geschäftigkeit.

Zwei lange Übergurte mit Glocken verschiedener Größe wurden Minnie und Monza übergestreift. An ihren Brustblättern klingelten Glocken. Die Rosetten, wo die Stirnriemen mit den Genickstücken zusammenkamen, trugen kleine Glöckchen, ebenfalls die Schweifriemen bis zum Kammdeckel. Auch auf jeder Seite des Schlittens hingen zwei Silberglocken. Celeste kutschierte, Ramelle saß neben ihr. Julia, die liebend gern Schlitten fuhr, hatte sich neben Chester und Louise gekuschelt. Pearlie saß ihnen gegenüber.

Mary und Maizie, die es für unter ihrer Würde hielten, mit ihren Eltern gesehen zu werden, sangen in der Gruppe, die über den Emmitsburg Pike zog.

Celeste und ihre Gesellschaft fuhren auf der Frederick Road.

Cora und Hansford trafen sich mit Walters Vater, Martel Falkenroth, einem Jugendfreund von Hansford. Martel fuhr einen Schlitten, den er zur Zeit des Spanisch-Amerikanischen Krieges bei den Amish gekauft hatte.

Als die einzelnen Gruppen an ihren jeweiligen Treffpunkten eintrafen, war das Geschrei der Kinder über die gesamte Mason-Dixon-Grenze zu hören.

Die Weihnachtssänger, die an jedem Haus anhielten, wurden mit Essen, Getränken und Jubel überhäuft. Oft packten sich die Bewohner warm ein und schlossen sich ihnen an, sodass die Stimmen weiter anschwollen, je näher sie dem Platz kamen.

Maizie, die auf dem Ball den Vogel abgeschossen hatte, tauchte nicht nur aus dem Schatten ihrer Schwester auf, sie schoss darunter hervor. Von Freunden umringt, viele von ihnen Jungen und im Kreis der Mädchen besonders willkommen, glühte Maizie vor Verzückung. Mary, die im Beisein ihrer Freundinnen stets geschickt ein paar Tränen um Billy verdrückte, nahm diese Verwandlung zunächst gar nicht wahr. Als sich der Umzug jedoch auf dem Pike nach Osten bewegte, wurde ihr schließlich klar, dass ihre kleine Schwester die Ballkönigin war. Es wollte ihr nicht in den Kopf, dass dieses Würmchen zu einem Schmetterling erblüht war. Mary fing sich wieder. Maizie war kein Schmetterling, sie war eine Motte. Sie, Mary, war der Schmetterling. Maizie mochte wohl eine von den hübschen Motten sein. Andererseits, was nützte es, ein Schmetterling zu sein, wenn es niemand merkte?

Als sie noch einen Häuserblock vom Platz entfernt waren, konnten die Weihnachtssänger auf der Frederick Road die anderen hören, die auf den verschiedenen Straßen herangezogen kamen. Ein Kribbeln fuhr Juts über den

Rücken, als sie die Stimmen aus den drei anderen Richtungen nahen hörte. Sie erinnerte sich, wie sie es als Kind zum ersten Mal gehört hatte. Mit fünf hatte sie mit den Weihnachtssängern mitziehen dürfen, hatte aber erschöpft aufgegeben und musste von ihrer Mutter auf den Schultern getragen werden. Damals war ihr die Nacht magisch erschienen, und sie war heute magisch. Groß glitzerten die Sterne am kristallklaren schwarzen Himmel. Der Mond, von einem pulsierenden Schein umgeben, lächelte zu ihnen herunter. Die gebogenen Straßenlaternen warfen einen warmen Schimmer auf den festgestampften Schnee.

Als die Gruppen den Platz erreichten, stimmten alle «Adeste Fideles» an, wobei sie sich gegenseitig zu übertreffen suchten, und näherten sich so dem riesigen symmetrischen Baum. Darunter saß Patience Horney, stocktaub, und jaulte nach Herzenslust. Sie hatte ihren Brezelkarren neben sich.

Der dicke Digby Vance, Kapellmeister der High School von Süd-Runnymede – hinter seinem Rücken Tonne und von Celeste Tonneau genannt – trat vor und hob seinen Taktstock. Alle verstummten.

«‹Adeste Fideles›», sagte er.

Hunderte von Stimmen erschallten synchron: «‹Adeste fideles, Laeti triumphantes …›»

Die kleine Barbara Tangerman schrie, als ihr Pony durchging. Sie war nicht in Gefahr, aber das Pony hatte genug – nicht so sehr von dem Gesang als von Barbara. Bucky Nordness, der auf seinem braven Target ritt, setzte ihr nach. Nur gut, dass er im Sattel geblieben war. Alle anderen waren abgesessen und hielten ihre Pferde am Zügel. Bucky holte Toothpaste vor dem Bon-Ton ein, wo das Pony stehen geblieben war, um die großen Schaufenster zu bewundern, die mit dem Weihnachtsmann und seinen Rentieren geschmückt waren. Barbara Tangerman war in den Schnee geplumpst und heulte, aber ihr war bei ihrem Abenteuer nichts passiert. Toothpaste, angetan von den Rentieren, wollte Target nicht folgen. Mit Äpfeln gelockt, fügte er sich schließlich.

Als sie «The First Noël» und «God Rest Ye Merry, Gentlemen» sangen, fiel Julia auf, dass einige Männer schon in Uniform waren. Die im Ersten Weltkrieg gedient und sich dank besonderer Qualifikationen wieder hatten verpflichten können, trugen ihre Uniformen. Die jungen Männer, die bald aufbrechen sollten, beneideten sie.

Rillma Ryan, die über die Feiertage zu Hause war, sang mit der Gruppe auf der Baltimore Street – und brachte durch ihre bloße Anwesenheit die Männer in Wallung.

Während Juts das ganze Glück in sich aufsog, fiel es ihr schwer zu glauben, dass jemand in dieser Gruppe oder in einem der behaglichen Häuser Noe Mojos Betrieb niedergebrannt hatte. Sie verdrängte den Vorfall, doch er tauchte immer wieder auf, wie Kopfweh. Sie würde die Menschen nie verstehen. Diese Erkenntnis vertrieb das Kopfweh.

Andere Gedanken an den Krieg schlichen sich ein. Wie feierte man wohl das Fest in Paris? Oder London? Und wie stand es in Berlin – feierte man dort Weihnachten in dem Glauben, im Recht zu sein? Sie hatten schließlich den verfluchten Krieg angefangen. Warum mussten sie in Polen oder in die Tschechoslowakei einmarschieren? Dachte Hitler wirklich, die westlichen Mächte würden nicht kämpfen?

Sagte man der deutschen Bevölkerung die Wahrheit? Vielleicht wussten sie da drüben nicht Bescheid?

Ein Frösteln durchfuhr sie. *Vielleicht wissen wir auch nichts. Sagt man uns die Wahrheit?*

Wenn Popeye Huffstetler ein Musterbeispiel der freien Presse ist, dann gnade uns Gott, dachte sie.

Dann dachte sie an das große Plakat im Postamt. Es zeigte Menschen beim Schwatzen in einer Rüstungsfabrik, hinter ihnen ein von Torpedos getroffenes sinkendes Schiff. «Pst, Feind hört mit», stand als Warnung darunter.

Die Sänger hatten «It Came upon a Midnight Clear» angestimmt, Juts' liebstes Weihnachtslied.

Sogar Mutter Smith auf der anderen Seite des Baumes schien sich zu freuen.

Maizie fragte Cora, ob sie glaube, dass die Menschen in Deutschland Weihnachtslieder sängen.

«Das nehme ich an.» Cora gab ihr einen Doughnut mit rotem Zuckerguss. Diese Sorte hatten die Yosts eigens zu diesem Anlass gebacken.

«Ich versteh das nicht.» Maizie blinzelte.

«Was?» Cora behielt den Taktstock im Auge.

«Dann sind sie wie wir.»

«Mehr oder weniger.» Cora war startbereit für «Good King Wenceslas.»

Maizie sang mit ihrer Großmutter. Die Erwachsenen machten das Leben kompliziert. Wenn sie in der Welt zu sagen hätte, würde es keine Kriege geben, das stand für Maizie fest.

Nach dem Gesang tauschten die Menschen Nettigkeiten, Küsse, Umarmungen, Speisen und Getränke aus. Die bittere Kälte wurde mit innerem Feuer bekämpft. Für einen Abend wurden häusliche Querelen beiseite geschoben, finanzielle Nöte vergessen, zerbrochene Liebschaften übergangen und alte Feindschaften unterdrückt. Der Heilige Abend in Runnymede war dem Himmel so nahe, wie es menschenmöglich war.

Juts schwebte auf einer Wolke nach Hause, bis sie die Tür öffnete und entdeckte, dass ihre Dekorationen zerfetzt, die Geschenkpäckchen unter dem Baum zerrissen und die Kugeln, bis zu einer Höhe, die Yoyo erreichen konnte, in glitzernden bunten Splittern auf dem Boden zerschellt waren.

Dies war der schlüssige Beweis dafür, dass Katzen keinen Sinn für Weihnachten haben – ja vielleicht nicht einmal Christen sind.

36

BEIM WEIHNACHTSESSEN BEI CORA aßen alle wie die Scheunendrescher.

Juts hob ihr Glas. «Auf 1942, Louise. Bis Mai haben wir Flavius alles zurückgezahlt.»

«Bis auf den letzten Penny.» Chessy stieß mit seiner Frau an.

«Auf das Ende dieses Krieges, bevor – ihr wisst schon.» Mary hob ihr Glas.

Alle tranken und plauderten und beschenkten sich. Juts erging sich in Oohs und Aahs über das schöne goldene Armband, das sie von Chester bekam. Sie vermutete, dass die Ohrringe, die sie gern gehabt hätte, für seine Mutter bestimmt waren, die blöde Kuh. Ihr würden sie viel besser stehen. Trudy hatte Chester einen Spazierstock geschenkt. Er hatte ihn im Laden ausgepackt. Chester hatte Trudy die goldenen Muschelohrringe geschenkt. Er wusste nicht genau, ob es sich schickte, ihr Ohrringe zu schenken – vielleicht hätte er Parfüm nehmen sollen –, aber die Ohrringe passten zu ihr.

Pearlie stand auf. «Ich geh Patience Horney holen.»

«Ach ja?» Louise roch den herrlichen Duft von Kirschholz im Kamin.

«Ihre Angehörigen sind alle tot, und sie ist allein. Ist mir gerade eingefallen.»

«Wirklich? Ist Rollie Englehard dieses Jahr gestorben?» Juts verlor den Überblick über die Zeit. «War das dieses Jahr?»

Rollie war Patiences letzter noch lebender Cousin gewesen.

«Ich glaube schon», erwiderte Cora.

«Bin gleich wieder da.» Pearlie griff nach Hut und Mantel. Chessy begleitete ihn.

Zwanzig Minuten später kamen sie mit Patience zurück, die so glücklich war, dass sie unentwegt brabbelte. Das trieb den anderen die Tränen in die Augen, nicht nur, weil es sie freute, Patience glücklich zu sehen, sondern weil jeder von ihnen eines Tages in Patiences Lage geraten konnte. Niemand sieht voraus, was geschieht. Und es geschieht verdammt schnell.

37

MARY MILES MUNDIS BEHAUPTETE, sie hätte den sechsten Sinn – eine schicke Vorstellung, da die meisten Menschen noch nicht mal ihre ersten fünf Sinne beisammen haben: Der Mensch nimmt wahr, was er wahrnehmen will.

Bei Chester, dem es nicht gegeben war, Streit zu suchen, um seine Intelligenz unter Beweis zu stellen, gingen solche Denkweisen zum einen Ohr hinein und zum anderen hinaus. Er gehörte zu den Männern, die ihre Frauen dazu treiben, ständig zu fragen: «Hörst du mir überhaupt zu?» Chessy grübelte nicht über den sechsten Sinn nach, aber wenn er ein wenig mehr auf sich und andere geachtet hätte, dann hätte er gewusst, was da um die Ecke gerasselt kam wie ein entgleister Straßenbahnwagen. Vielleicht hätte er sich retten können.

Um fünf verließ er die Eisenwarenhandlung, um seine Mutter zu besuchen. Sie rollte gerade Pastetenteig aus und drohte ihm mit dem Nudelholz. «Du kommst spät.»

Augenbohnen brodelten in einem Topf auf dem Herd, denn an Neujahr, das am kommenden Abend um 0 Uhr 01 begann, musste sie Augenbohnen essen, weil sie ihr Glück brachten. Mutter Smith kochte sie erst, ließ sie dann bei ganz kleiner Hitze köcheln, gab hin und wieder Wasser und Sirup zu.

Chester erwiderte nichts, sondern ging in den Keller, um nach der Heizung zu sehen. Der Kohlenlieferant hatte die Tür zur Kohlenrutsche offen gelassen, und die eisige Luft wehte herein. Chessy schloss die Tür und schaufelte Kohlen in den Heizkessel. Er klopfte sich den Staub ab, als er die Holztreppe hinaufging, die bei jedem Schritt hallte. «Tommy hat die Tür aufgelassen.»

«Dieser Junge.» Sie schüttelte den Kopf. «Der wird nie imstande sein, das Geschäft seines Vaters zu übernehmen.»

«Er hat sich verpflichtet. Vielleicht ist er reifer, wenn er nach Hause kommt.»

«Tom West hat sich verpflichtet?»

«Zur Armee. Ted Baeckle hat mir erzählt, er hat bei dem Eignungstest so gut abgeschnitten, dass er nach der Grundausbildung auf die Offiziersschule gehen wird.»

«Das ist erstaunlich.»

«Ich weiß nicht, Mutter, vielleicht ist Tommy West einfach nur zur rechten Zeit am falschen Ort. West und Co. kann auch jemand anders leiten.»

«Lächerlich. Wo hast du bloß diese Ideen her? Von Juts?» Sie blinzelte.

«Weißt du, Mutter, ich habe in letzter Zeit viel nachgedacht. Und bin selbst ein wenig erstaunt.» Sein Tonfall war scharf. «Mir ist klar geworden, dass ich nicht dich und Juts zugleich glücklich machen kann. Wenn ich etwas für dich tue, regt sie sich auf. Wenn ich etwas für sie tue oder ihrer Meinung bin, regst du dich auf. Ich habe beschlossen, es mir selbst recht zu machen. Dann ist wenigstens einer glücklich.» Weg war er.

Es schneite wieder, also fuhr Chessy langsam zur Tanzschule und parkte wie immer in der Gasse. Er nahm zwei Stufen auf einmal und stieß die Tür auf. Trudy trug die hübschen goldenen Muschelohrringe.

«Lass uns tanzen.» Er lachte, riss sie in seine Arme und küsste sie. Leidenschaftlich erwiderte sie den Kuss. Eins stand fest, für Chester Smith würde das Jahr 1942 anders aussehen als das Jahr 1941.

38

Yoyo kuschelte sich in die Wolldecke, die Juts sich um die Beine gezogen hatte, als sie sich vor dem lodernden Feuer auf dem Sofa niedergelassen hatte. Buster lag, den Kopf auf den Pfoten, vor Juts auf dem Boden, weil Yoyo ihn nicht aufs Sofa ließ.

«Ich hab dir ja gesagt, du sollst beim Weihnachtssingen einen Hut aufsetzen.»

Louises Vorhaltungen waren in diesem Augenblick nicht willkommen. «Das sagst du jedes Mal, wenn auch nur ein Tropfen Feuchtigkeit in der Luft liegt, Louise. Du brauchst dir nichts drauf einzubilden, dass du ausnahmsweise mal Recht hattest.»

«Du bist keine brave Patientin.» Louise gab ihr einen heißen Tee. «Komm, Juts, trink einen Schluck davon.»

«Silvester, eine meiner Lieblingsnächte im ganzen Jahr, und ich liege krank zu Hause. Das ist genauso schlimm wie damals, als ich Weihnachten die Masern gekriegt habe.»

«Das war 1909!»

«Na und?» Juts kuschelte sich tiefer in die Decke und schob dabei die Zeitung auf den Boden.

Die Schlagzeile des *Clarion* lautete: «Düsseldorf bombardiert.»

Wheezie hob die Zeitung auf und legte sie ordentlich zusammen. «Jetzt kriegen es die Deutschen wohl heimgezahlt.»

«Man hätte meinen sollen, sie wären so schlau einzusehen, dass, wenn sie London bombardieren, die Engländer über den Kanal fliegen und sie bombardieren.» Sie setzte sich etwas gerade auf und griff nach der Teetasse. «Kannst du dir das vorstellen, Wheezie, du bist hoch in der Luft, und vom Boden her wird auf dich geschossen, und andere Flugzeuge kommen und knallen dich vom Himmel runter? Ich kann es mir eigentlich nicht vorstellen, und dann die kalte Luft, wenn die Bombenklappen aufgehen.» Sie schauderte.

«Ich könnte zu Lande kämpfen, aber ich könnte kein Pilot oder Seemann sein.» Louise verschränkte die Arme. «Ich möchte jederzeit festen Boden unter den Füßen haben. He, wo ist Chessy?»

«Ziviler Luftschutz, Dringlichkeitsversammlung. Er lernt das Morsealphabet und Flaggenwinken.»

«Wenn die Japaner Pearl Harbor von Flugzeugträgern aus bombardiert haben, warum können die Deutschen das nicht auch?», fragte Louise.

«Haben die Deutschen Flugzeugträger?»

«Weiß ich nicht, aber sie haben U-Boote.» Louise blickte ins Feuer.

«Ich glaube, ich sollte ihn mit dir und Pearlie auf die Feier gehen lassen, was meinst du?»

«Hm, er kann nicht tanzen. Dann sitzt er bloß rum und guckt uns zu.»

«Trinken und Konfetti werfen kann er so gut wie ihr alle.» Juts' Lachen ging in Husten über.

Buster bellte, bevor die Ohren der Menschen das Reifengeräusch wahrnehmen konnten. Wenig später hörten Juts und Louise das Auto und sahen die Lichter, die kurz darauf ausgeschaltet wurden.

Chessy stieß die Hintertür auf, den Arm voller Lebensmittel. «Hallo.»

«Hallo, Chess.» Louise ging in die Küche, um ihm die Tüten abzunehmen. «Die Patientin ist» – sie senkte die Stimme – «brummig.»

«Ihr sprecht über mich», rief Juts aus dem Wohnzimmer. «Ich weiß es.»

Chester ging auf Zehenspitzen ins Wohnzimmer, seine Miene war ernst. «Wir haben über dich gesprochen.» Er schüttelte den Kopf. «Tuberkulose. Das Ende naht.»

Aus der Küche, wo Louise die Lebensmittel wegräumte, erklang ein Choral.

«Du würdest das nicht komisch finden, wenn du am Silvesterabend krank wärst», schmollte Juts.

Louise kam mit Orangensaft und einer Flasche Gin, Silvesterhütchen und Fähnchen herein. «Juchhu!»

Juts lächelte. «Chester, war das deine Idee?»

«Ja.»

«Ich tu nur einen ganz kleinen Schuss Gin in den Orangensaft, weil du krank bist. Du wirst sturzbesoffen, wenn du nicht aufpasst.» Louise maß den Gin ab, goss ihn in einen großen Glasbecher, gab den Orangensaft dazu und mischte den Drink. Dann schenkte sie die helle Flüssigkeit in Martinigläser, die Chester zur Feier des Tages herausgeholt hatte.

«Heißt das, ich soll mich betrinken, und du lässt mich dann allein?», fragte Juts ihren Mann beschwörend.

«Nein, es heißt, wir feiern unser eigenes Fest.» Er setzte ein Hütchen auf.

Louise setzte sich auch eins auf, dann bückte sie sich, um Buster zurechtzumachen, der den Kopf hin- und herschlug und versuchte, das Ding abzuschütteln, was ihm schließlich auch gelang. Yoyo beäugte Louise misstrauisch. Louise versuchte gar nicht erst, ihr ein Hütchen aufzusetzen.

Juts suchte sich ein lila Hütchen mit einer kleinen knallgrünen Quaste aus. «Junior McGrails Farben», ulkte sie. Sie hob ihr Glas. «Prost.»

«Auf ein frohes, gesundes neues Jahr.» Louise hob ihr Glas, aus dem sie nicht trank, um ihrem Ruf, keinen Alkohol zu trinken, gerecht zu werden. Gelegentlich vergaß sie es, doch heute hatte sie ihren tugendhaften Abend.

«Louise …» Juts forderte sie mit einer Handbewegung zum Trinken auf.

«Nein, ich glaube, ich schenke mir ein Glas Orangensaft ein.»

«Dann brauchst du den hier ja nicht.» Chester kippte ihren Drink herunter.

Als es draußen hupte, sprang Louise auf. «Mach's gut, Schwesterherz, frohes neues Jahr, gute Besserung.»

«Bis Freitag geht es mir wieder so gut, dass ich arbeiten kann, keine Sorge.»

«Okay.»

«Frohes neues Jahr, Chester.» Louise küsste ihn auf die Wange, bückte sich und gab Juts einen Kuss, dann schwirrte sie aus der Tür.

«Gehst du nicht mit?»

Chester schüttelte den Kopf. «Ohne dich macht es keinen Spaß.»

«Im Ernst?»

«Im Ernst.» Er schaltete das alte Radio ein. Sie sangen mit, schwenkten ihre Lärminstrumente, worauf Buster zu bellen anfing. Yoyo ignorierte die ganze würdelose Prozedur. Chester fühlte sich nicht wie ein untreuer Ehemann. Es war eigenartig, aber irgendwie liebte er Juts mehr als vorher.

Um Mitternacht ging er mit einem großen Topf und einer Kelle nach draußen, um das neue Jahr einzuläuten. Juts brüllte «Frohes neues Jahr» und schlief danach prompt ein.

39

VON PEARL HARBOR ABGESEHEN schien der Krieg noch weit entfernt, aber wenn Juts über die rutschigen Wege auf dem Platz schlitterte oder, mit eingezogenen Schultern die Kälte abwehrend, bei Yosts Doughnuts kaufte, sah sie immer weniger junge Männer.

Albert Barnhart, Lillian Yosts jüngerer Bruder, war der Letzte, der eingezogen wurde. Er ging zur Küstenwache. Im Scherz sagte er zu den Hunsenmeir-Schwestern, er tue das nur, damit er einen kostenlosen Haarschnitt und Lillian ihre Fingernägel manikürt bekäme.

Weil sie nicht weniger patriotisch dastehen wollten als der Dickmops auf der anderen Seite des Platzes, hatten Juts und Louise eine große, kostspielige Anzeige in den *Clarion* und in die *Trumpet* gesetzt und einen kostenlosen Haarschnitt für Soldaten und eine Maniküre zum halben Preis für deren Ehefrauen, Mütter, Schwestern und Freundinnen angeboten. Der Laden brummte.

Von beiden Bürgermeistern schwer bedrängt, erklärte sich Celeste bereit, sich beim Roten Kreuz zu engagieren, was endloses Spendensammeln bedeutete. Chessy übernahm dafür weitere Pflichten beim Zivilen Luftschutz. Seine Tanzstunden am Dienstagabend behielt er bei. Gelegentlich ging er, wenn er Buster ausführte, in Trudys kleine Wohnung, aber das konnte er nicht zur Gewohnheit machen.

Der Zivile Luftschutz gewann Louise, Fannie Jump Creighton, Lillian Yost, Agnes Frost und die ganze Familie BonBon, soweit sie über achtzehn waren, für sich. An Männern schlossen sich Digby und Zeb Vance sowie O. B. Huffstetler an. Chessy musste auch Runnymedes zwei Sheriffs ausbilden. Celeste ließ ihre Verbindungen in Washington spielen, um an die neuesten Instruktionsfilme zu kommen.

Die Ausbildung war härter, als die Freiwilligen erwartet hatten. Juts und Louise erlernten das Morsealphabet mühelos, aber Lillian Yost hatte schwer damit zu kämpfen.

In ihren Armee-Uniformen, Restbestände aus dem Ersten Weltkrieg, exerzierten sie mit Holzgewehren, bis sie Blasen bekamen. Fannie Jump nörgelte, das Exerzieren sei absurd. Ihre Aufgabe sei es, Flugzeuge zu identifizieren und die Bewohner im Falle einer Bombardierung in Sicherheit zu bringen. Wütend warf sie ihr Holzgewehr hin. Chester befahl ihr mit seiner tiefsten Baritonstimme, es aufzuheben. Sie gehorchte und marschierte weiter. Alle waren beeindruckt von der Art und Weise, wie Chester Fannie anherrschte.

Die Mitglieder des Zivilen Luftschutzes sahen die Filmvorführungen mit entschlossener Konzentration. Sie prägten sich deutsche, japanische und italienische Flugzeuge ein. Die Filme zeigten die Maschinen von allen Seiten, auch von unten und oben.

An den Wänden ihres kleinen Büros in der evangelischen Kirche waren Plakate mit Flugzeugsilhouetten angebracht, wie man sie vom Boden aus sah. Chessy stellte anhand von kleinen Tests fest, was sie gelernt hatten, wozu auch die feindlichen Kennzeichen gehörten, das schwarze Kreuz mit weißen Rändern für die deutschen Flugzeuge und die rote Sonne auf japanischen Flugzeugen.

Jede Nacht schoben zwei Personen Wache. Tagsüber war es einfacher, weil man die Flugzeuge sehen konnte. Chessy, der von Frauen überrannt wurde, die ihren Teil beitragen wollten, stellte fest, dass die Leute ihn respektierten. Sie wollten mit ihm arbeiten. Er war überrascht und erfreut.

Trotz aller Übung war es schwierig, am Nachthimmel ein Flugzeug allein anhand seiner Form zu identifizieren.

Chester trieb bei einer Schrotthandlung in Philadelphia ein großes Flakgeschütz und einen Flugabwehrscheinwerfer auf. Sie stammten aus dem Ersten Weltkrieg und funktionierten noch. Das Eintreffen der Flugabwehrausrüstung war ein triumphaler Moment für Chessy und seine Leute vom Warndienst. Im Kellergeschoss der evangelischen Kirche, wo die Versammlung stattfand, entbrannte ein hitziger Streit darüber, ob man sie beim Turm der Feuerwache oder auf dem Runnymede Square aufstellen sollte. Louise wollte den Flugabwehrscheinwerfer und die Kanone auf dem Platz haben, weil der Weg dorthin für sie kürzer war; sie erklärte allerdings, so sei es für alle eine Mahnung an den Krieg.

Caesura und Agnes wollten sie am Wachturm haben, näher bei sich zu Hause.

Schließlich stand Digby auf, hob seinen Taktstock und bat um Ruhe. Er schlug vor, den Flugabwehrscheinwerfer mit einem Kran in den Feuerturm zu heben; auf diese Weise könnten die beiden, die Geschütz und Scheinwerfer bedienten, zusammen sein, was hilfreich wäre, sollte der Ernstfall eintreffen. Er sei sicher, dass ein feindliches Flugzeug zu dem Scheinwerfer hinunterschnellen und versuchen würde, ihn zu zerstören, deshalb müsse das Geschütz ebenfalls dort aufgestellt sein. Falls einer verwundet würde, könne der andere einspringen.

Louise beharrte darauf, dass ihr Vorschlag besser sei. Wenn ein Flugzeug den Turm angriffe, müssten beide Leute dran glauben. Wenn sie getrennt wären, würde einer von beiden vielleicht überleben. Sie wies auch darauf hin, dass der Feuerturm ein Dach hatte, wodurch ein Teil des Lichtstrahls ausgeblendet würde.

Chessy besänftigte die Gruppe schließlich, indem er sagte, wenn ein Flugzeug sie überflöge, wäre es höchstwahrscheinlich ein Aufklärungsflugzeug. Ihre Aufgabe sei es, dies unverzüglich Colonel Frank Froling in der Waffenmeisterei in Hagerstown zu melden.

Louise polterte, es könnte mehr sein als nur ein Aufklärer – man sehe ja, was soeben in Hawaii passiert sei. Und was tat die Luftabwehr in der Waffenmeisterei?

Chester erklärte geduldig, in der Waffenmeisterei gebe es Sondertelefonleitungen nach Baltimore und Washington. Eingedenk der Erschütterung, die das Land soeben erlitten hatte, war der Zivile Luftschutz gut organisiert, auch wenn sich sein Hauptquartier in einer Waffenmeisterei befand.

Louise wollte den großen Scheinwerfer trotzdem auf dem Platz haben. Die Auseinandersetzung zog sich bis in die Nacht hinein. Digby Vance, müde und aufgebracht, schlug vor, die Entscheidung Colonel Froling zu überlassen.

Chester widersprach, weil der Colonel sonst das Vertrauen in sie verlieren würde. Sie müssten die Angelegenheit selbst regeln. Um ein Uhr morgens erreichten sie einen Kompromiss: Sie würden auf dem freien Grundstück hinter der episkopalischen Kirche St. Paul einen neuen Turm ohne Dach bauen. Bis der errichtet war, würden der Scheinwerfer und das Geschütz mitten auf dem Platz aufgestellt, rittlings auf der Mason-Dixon-Grenze. Die große Luftangriff-Sirene blieb im Feuerturm, solange der neue Turm gebaut wurde. Chester betete, er möge schnell fertig werden, was zum Glück auch geschah. Sodann wurde alles in den Turm geschafft.

40

DER MONTAGSBETRIEB WURDE GEDÄMPFT durch die Nachricht, dass Singapur an die Japaner gefallen war. General Percival, dem es an Wasser, Nahrung, Treibstoff und Munition fehlte, hatte sich ergeben. Die Leute, die sich bei Cadwalder an der Theke drängten oder zum

Frühstück in eine Nische quetschten, fragten sich, wie sie schnell genug mobil machen konnten, um die japanische Dampfwalze und den deutschen Moloch aufzuhalten. Der *Clarion* schätzte, dass sechzigtausend Angehörige der englischen und der Streitkräfte des Empire gefangen genommen worden seien; die *Trumpet* dagegen nannte die etwas bescheidenere Zahl von fünfzigtausend. Alle fragten sich, was mit den Gefangenen geschehen würde.

Julia Ellen und Louise, erschöpft vom Dienst beim Zivilen Luftschutz in dieser eisigen Nacht, tranken Kaffee, aßen Hafergrütze, Eier, Speck und Biscuits, und langsam wurde ihnen warm.

«Ich freue mich auf den Frühling», stöhnte Juts. «Meine Orioles müssen dieses Jahr besser werden.» Juts verweilte nicht gern beim Thema Krieg.

«Es kann nicht schlimmer werden als letztes Jahr», erklärte Flavius hinter der Theke. «Die Birds haben ein neues Tief erreicht.»

«So viele Baseballprofis wurden eingezogen», warf Harper Wheeler ein.

Die Nachteulen auf dem Weg nach Hause ins Bett und die Frühaufsteher fanden sich jeden Morgen um halb sechs gemeinsam bei Cadwalder ein. O. B. Huffstetler kam herein und setzte sich zu Harper.

«Morgen, Sheriff.»

«Morgen, O. B. Nehme nicht an, dass Miss Chalfonte heute ausreitet.»

«Nee. Montag haben wir Ruhetag.»

«Wann lassen Sie mich mal in dem protzigen Kombi mitfahren?», rief Juts aus ihrer Nische.

«Jederzeit.»

«Prima. Dann können Sie uns ja nach Hause bringen.»

«Juts, du bist aufdringlich.»

«Ich weiß, aber ...»

«Macht überhaupt nichts.» O. B. lächelte.

«Sheriff», rief Louise.

«Ja.»

«Nichts Neues in Sachen Noe?»

«Hören Sie, Louise, über bestimmte Aspekte dieses Falls kann ich nicht sprechen.»

Juts meldete sich zu Wort. «Sie sollten sich mal mit Hansford unterhalten. Er hat nichts zu tun als Sattelzeug zu reparieren, zu reden und zu denken. Das Denken überrascht mich.»

Sie machten sich wieder über ihr Essen her. Louise las laut aus Walter Winchells Kolumne vor, die in mehreren Zeitungen erschien, und Juts bestellte nochmal Biscuits und Hafergrütze.

Junior McGrail kam hereinmarschiert.

Trudy Archer stürmte herein, in einen langen schokoladenbraunen Mantel mit einem Besatz aus gefärbtem Kaninchenfell gehüllt. Die Männer an der Theke strafften ein wenig die Schultern. Trudy nahm ihren Hut ab, fuhr sich mit den Fingern durchs Haar und knöpfte ihren Mantel auf. Sie zwängte sich zwischen Harper und Junior. Nur gut, dass sie so schlank war.

«Hallo.»

«Hallo. Wie darf's sein heute Morgen?», fragte Flavius mit breitem Lächeln. Wenn er lächelte, sah er aus wie sein Sohn.

«Knusprig, wie immer ...»

Harper säuselte: «Das hör ich gern.»

Juts rief aus ihrer Nische: «Hören Sie nicht auf ihn. Alles leeres Geschwätz.»

Harper lachte, und Trudy drehte sich zu den Schwestern Hunsenmeir um. «Guten Morgen.»

«Was macht die Tanzschule?», erkundigte sich Louise höflich.

«Blüht und gedeiht.»

«Ich wünschte, Sie könnten meinen Chessy zum Tanzen kriegen.» Julia blickte arglos vom Sportteil auf. «Ihm bricht allein bei dem Gedanken der kalte Schweiß aus.»

Trudy erwiderte ruhig: «Ich würde es Chester gern beibringen. Er hat sicher Talent.»

«Danach suche ich noch immer», ulkte Juts.

Sie bemerkte Trudys Ohrringe, die gleichen, die Chessy vor Weihnachten bei Epstein in der Hand gehalten hatte. Sie fragte sich, ob Trudy sie gekauft oder ob ein Verehrer sie ihr geschenkt hatte. Ihr gefiel zwar das Armband, das sie von Chessy zu Weihnachten bekommen hatte, aber diese Ohrringe hatten es ihr einfach angetan. Sie überlegte, ob Epstein wohl noch so ein Paar besorgen könnte, allerdings konnte sie es sich sowieso nicht leisten.

«Hier.» Trudy bekam eine Tasse Kaffee.

«Guten Morgen, beisammen.» Senior Epstein wickelte sich den Wollschal vom Hals. «Ist es zu fassen, dass die Japsen Singapur eingenommen haben?»

Jacob Epstein, ein mitteilsamer Mann mit durchdringender Stimme, nannte sich selbst Senior, seit er einen Sohn hatte. Er gehörte zu den Menschen, die man einfach gern haben musste. Er begrüßte alle, ließ sich auf einem Hocker an der Theke nieder und bestellte French Toast. Seine Frau war vor drei Jahren an Leukämie gestorben, und Jacob nahm seine Mahlzeiten meistens in Restaurants ein. Er fing gerade an, sich wieder nach Frauen umzusehen, und was er an Trudy Archer sah, gefiel ihm.

Als er sich mit Louise und Juts über den Dienst beim Zivilen Luftschutz unterhielt, bemerkte er Trudys Ohrringe. Rasch warf er einen Blick auf Juts' Ohren. Keine Ohrringe. Er sah Juts' Armband, als sie für einen Moment den Arm hob, um zu essen. Die goldenen Kettenglieder wurden unter ihrem Pulloverärmel sichtbar. Augenblicklich erfasste Epstein die Situation, denn dies waren die einzigen goldenen Muschelohrringe, die er vor Weihnachten in seinem Geschäft gehabt hatte. Er wurde knallrot.

«Senior, geht es Ihnen nicht gut?», fragte Harper, jederzeit bereit, seine Erste-Hilfe-Manöver anzuwenden.

«Doch, doch», murmelte der dunkelhaarige Mann.

Als sie hinausgingen, beugte sich Louise zu ihrer Schwester. «Hast du gesehen, wie Senior Trudy angestarrt hat? Mmm, Mmm.»

Juts nickte. «Das Feuer kann man verbergen, aber was macht man mit dem Rauch?»

41

BUSTER DREHTE SICH DREIMAL IM KREIS und ließ sich dann ans Fußende des Bettes fallen. Yoyo hatte sich schon unter der Bettdecke verkrochen, und als Juts, deren Füße vom kalten Fußboden eisig waren, ins Bett schlüpfte, knabberten kräftige Fangzähne an ihren Zehen.

«Yoyo, lass das, ich mag das nicht.»

Chessy rief aus dem Badezimmer: «Hast du denn den Knubbel unter der Zudecke nicht gesehen?»

«Ich suche in meinem Bett nicht nach Murmeltieren.» Juts schauderte. «Yoyo, komm hierher.»

Diese Aufforderung wurde mit einem trotzigen Miauen

beantwortet. Juts zog sich die Decke über den Kopf und robbte zu der Katze. Sie wollte die Decke nicht abwerfen, da es zu kalt war. Der heulende Wind hatte die Winterkälte in jede Ritze des alten Hauses getragen.

Chester kam aus dem Bad und erblickte einen Berg unter der Zudecke. «Juts, was hast du der Katze zu fressen gegeben?»

Yoyo fand das gar nicht komisch. Sie liebte das Fußende des Bettes nicht nur, weil es warm war, sondern auch, weil Buster nicht unter die Decke kriechen konnte. Das Winseln, das er von sich gab, wenn sie unter den Laken verschwand, war Musik in ihren Ohren.

«Sie will nicht rauskommen. Sie entwischt mir, wenn ich sie fassen will, das raffinierte Stück.»

Chessy zog die obere Kommodenschublade auf, ein Hort für Katzenminze, Schlüsselketten, Kleingeld und Krawattenhalter auf seiner Seite, für Haarklämmerchen, Taschentücher und verzierte Haarspangen auf Juts' Seite. Er klapperte mit dem Deckel einer kleinen Hornschachtel. Yoyo verharrte und wägte die Situation ab: Entweder sie ließ sich Juts' ungeschickte Versuche, sie herauszuziehen, gefallen, oder sie kam freiwillig heraus und wurde mit Katzenminze belohnt. Sie entschloss sich zu Letzterem und schoss unter der Bettdecke hervor.

«Na also, du Rattengewitter.»

Buster öffnete neiderfüllt ein Auge und seufzte.

Chessy zerkrümelte ein paar leckere Katzenminzeblätter auf dem Fußende des Bettes, während Yoyo mit vor Vorfreude zuckenden Schnurrhaaren zusah. Als das letzte Blatt auf die Zudecke fiel, stürzte sie sich auf den berauschenden Leckerbissen.

Chessy schlüpfte unter die Decke und sah Yoyo bei

ihren Kaspereien zu. Von ihrer Raserei erschöpft, ließ sie sich auf die Seite plumpsen, schnippte sacht mit dem Schwanz und atmete voll reiner, tiefer Wonne aus, ehe sie die Augen schloss.

«Es muss wunderbar sein, eine Katze zu sein», sagte Chester.

«Diese Katze auf jeden Fall.» Juts kuschelte sich an ihn, um sich zu wärmen. «Schatz, wer hat heute Nacht Dienst?»

«Lillian und Caesura, glaube ich.» Er sah zum Fenster, das mit einer Eisschicht überzogen war. «Da draußen ist es arschkalt.»

«Wheezer und ich sind letzte Nacht fast erfroren, und heute ist es noch schlimmer … Nicht, dass ich Caesura nicht ein Quäntchen Qualen wünsche, aber vielleicht nicht eine ganze Nacht … Schließlich ist sie nicht mehr die Jüngste.»

Chester stieg aus dem Bett und schob die Füße in seine abgetragenen Lederschlappen. «Pearlie hat Dienst bei der Feuerwache. Ich ruf ihn mal an.»

Als er wiederkam, fragte Juts: «Und?»

«Er geht jede Stunde raus, nach den Mädels sehen. Wir haben den Heizofen da oben …»

Juts unterbrach ihn: «Man muss sich direkt draufsetzen, um was zu fühlen. Ich kann die Kerosindämpfe nicht ausstehen.»

«Ich auch nicht, aber was Besseres haben wir nicht.»

«Es ging so lange gut, bis meine Hände und Füße blau anliefen. Wir konnten uns nicht mal streiten, so haben wir gefroren.»

Seine Augen blitzten. «Wer lange friert …»

«Hm?»

«Nichts. Schatz, gegen das Wetter kann ich nun mal nichts machen. Ich kann mich an keinen so ekelhaft kalten Winter erinnern. Vielleicht werde ich alt.»

«Wirst du nicht. Du bist sechs Monate jünger als ich.»

«Ich weiß nicht, was wir sind. Wir sind nicht mehr jung. Wir sind nicht direkt mittelalt, und alt sind wir erst recht nicht.»

«Komisch, nicht?» Sie wartete einen Moment, dann schluckte sie und räusperte sich. «Chess, ich möchte ein Kind.»

Er schwieg einen Augenblick. «Ich auch, aber es hat eben nicht so geklappt, wie wir's geplant hatten.»

«Hm ... ich war bei Doc Horning. Er sagt, bei mir sei alles in Ordnung. Ich möchte, dass du dich untersuchen lässt.»

«Ich kann Ärzte nicht ausstehen.»

«Die Zeit läuft uns davon. Ich bin sechsunddreißig.»

«Tja ...» Er brach ab.

«Tu's für mich. Du musst es ja niemandem erzählen ... deiner Mutter schon gar nicht. Alles, was sie hervorgebracht hat, ist vollkommen, und damit bist du gemeint. Aber irgendetwas scheint nicht ganz zu funktionieren, verstehst du, was ich meine? Schatz?»

«Hm.»

«Du schiebst es auf die lange Bank. Lass dich untersuchen, Chester. Und wenn das Ergebnis schlecht ist, wissen wir wenigstens, was wir tun können.»

«Was können wir tun?»

«Adoptieren.»

«Ich weiß nicht.»

«Ich will ein Kind, und es ist mir egal, wie ich drankomme.»

«Mir nicht.»

«Dann geh zum Arzt.»

«Ich wünschte, deine Schwester würde die Klappe halten», murmelte er.

«Louises Mundwerk wird auch ihren Tod noch überleben, aber hiermit hat sie nichts zu tun.»

«Hat sie wohl. Sie reibt es dir bei jeder Gelegenheit unter die Nase. Sogar ich habe ihr Gewäsch von wegen wahre Mutter satt.»

«Auf alle Fälle brauche ich ein Kind, damit sie die Farm nicht ganz allein für sich kriegt.» Juts meinte dies nur halb im Scherz.

Chessy rieb sich das Kinn. «Deine Mutter würde Bumblebee Hill nie Louise allein vermachen. Keine Bange.»

«Und wenn Hansford zustimmt? Sein Name steht auf der Urkunde.»

«Wird er nicht. Er mag Louise nicht besonders. Ihre Bettelei, die Farm doch den Enkelkindern zu vererben, macht keinen Eindruck auf ihn.»

Juts kicherte. «Sie ist ziemlich grässlich zu ihm. Gestern hat sie gesagt, sein Bart sähe aus wie ein altes Vogelnest. Und das vor allen Leuten.»

«Wo war das?»

«Im Laden. Er ist vorbeigekommen.»

«Gut, dass deine Schwester in einer Stadt lebt, wo jeder jeden und seine Mucken kennt.»

Juts schüttelte den Kopf. «Ich habe keine Mucken. Louise schon. Ich bin normal.» Er lachte. Dann bat sie ihn noch einmal leise: «Chester, gib mir dein Wort, dass du vor Ende des Monats zu Doc Horning gehst.»

Er seufzte. «Ich versprech's.»

42

MUTTER SMITH LIESS SICH ZUM RUNNYMEDE SQUARE chauffieren. Sie war in einer Zeit geboren, da livrierte Kutscher auf dem Bock saßen. Sie hatte einmal gehört, dass verwegene Damen im Londoner Hyde Park ihre Karossen eigenhändig kutschierten, aber das würde sie ganz bestimmt nicht tun.

Mutter Smith wähnte sich als Herzogin, die dazu verdammt war, in einer Demokratie zu leben, noch dazu in einer genesenden Demokratie. Franklin D. Roosevelt, der seine dritte Amtszeit ausübte, hatte Washingtons Warnung in den Wind geschlagen, dass zwei Amtszeiten für einen Präsidenten genug seien. Mutter Smiths Wahn festigte sich mit den Jahren, bis er die Konsistenz von Beton besaß, welche nur zu oft auch die Konsistenz ihrer intellektuellen Fähigkeiten zu sein schien. Die Holtzapples, ihre Familie, hatten weder großen Reichtum noch großes Talent noch große Ländereien besessen. Einige erwiesen sich als annehmbare Zeitgenossen, doch selbst bei großzügigster Auslegung konnte man sie nicht als vornehme Familie bezeichnen. Die Smiths auch nicht, die der Dunker-Sekte angehörten und in bescheidenen Verhältnissen lebten, eine Familie, in die Josephine 1889 eingeheiratet hatte. Immerhin konnten sie einen Staatssekretär vorweisen, der Millard Fillmore, dem 13. Präsidenten der Vereinigten Staaten, gedient hatte. Rupert war genau wie seine Söhne ein gut aussehender Mann, und er betrieb ein einträgliches Bauunternehmen, aber reich war er nicht. Als Josephine Rupert heiratete, hatte sie geglaubt, ihn mit der Zeit verändern, ihn an ihren Lebensstandard heranführen zu können. Die Jahre hatten sie von dieser Illusion ebenso geheilt wie von ihrer Liebe zu Rupert.

Leute in ihrem Alter erinnerten sich, dass Josephine schon immer eine hohe Meinung von sich hatte, die mit zunehmendem Alter an Höhe gewann. Sie hatte keine Freundinnen, tat aber, als sei es ihr egal. Sie lebte für ihre Familie, was bedeutete, dass ihre Söhne Gefangene ihrer Tyranneien waren; zwei waren entkommen, und Chester war zu Hause geblieben. Ein Masochist. Obwohl er ihre Sticheleien und Schikanen an sich abprallen ließ, gab es Tage, da er sich, gefangen zwischen dem eisernen Willen seiner Mutter und der Unberechenbarkeit seiner Frau, wie ein heißes Hufeisen auf einem Amboss vorkam.

Heute war ein solcher Tag.

Als seine Mutter zu dem Wachturm hinter der St.-Paul's-Kirche hochsah, den Bisammantel eng um sich gerafft, murrte sie: «Warum tust du dir diese Strapazen an? Selbst wenn die Deutschen uns angriffen, würden sie sich nicht mit Runnymede abgeben.»

«Die *Hindenburg* ist drübergeflogen.» Er erinnerte sie an den letzten verhängnisvollen Flug des Zeppelins, der über Runnymede kreuzte, während er darauf wartete, dass der Wind in New Jersey, wo das Luftschiff festmachen sollte, abflaute.

«Chester, widersprich mir nicht.» Die Kälte machte sich bemerkbar, und sie tippelte mit kleinen Schritten zum Auto zurück.

«Wenn wir im Pazifik bessere Beobachtungsposten hätten, wären wir vielleicht für den japanischen Angriff gewappnet gewesen. Wir hätten möglicherweise Zeit gehabt, unsere Schiffe aus Pearl Harbor zu entfernen.»

«Hätten, könnten, sollten, würden ... ich behaupte trotzdem, dass es keinen erdenklichen Grund für dich oder sonst jemanden gibt, auf den Turm zu klettern und in der

Kälte zu sitzen, worauf wartet ihr – auf Bomber?» Mit dem Fuß aufstampfend stand sie vor der Beifahrertür.

Chester öffnete den Wagenschlag, half ihr hinein, ging auf die andere Seite und rutschte hinters Steuer. «Soll ich dich bei Tante Dimps absetzen? Ich habe einen Termin. Ich könnte dich so gegen halb vier wieder abholen.»

«Wo gehst du hin?»

«Zu Dr. Horning.»

«Bist du krank?» Besorgnis schlich sich in ihre Stimme.

«Nein. Es ist Zeit für eine gründliche Untersuchung.»

«Mir siehst du gesund aus.»

«Bin ich auch, aber ich bin auch in einem Alter, in dem ich mich nicht unbedingt darauf verlassen sollte.»

«Papperlapapp, du bist noch keine Vierzig.»

«Wo soll ich dich absetzen, Mutter?»

«Nicht bei Tante Dimps. Dass wir zusammen zur Schule gegangen sind, heißt noch lange nicht, dass ich mir auf ihrem Klavier Bach anhören will. Ich könnte deinen Vater besuchen. Er ist erkältet, aber er wollte unbedingt zur Arbeit gehen.»

«Juts war furchtbar lange erkältet.»

Sie überhörte das und verschränkte die Arme. «Fahr schon, Chester.»

«Okay.» Er drehte den Zündschlüssel herum und fuhr auf die Straße; sirrend senkten sich die Schneeketten in die festgefahrene Schneedecke.

«Fehlt dir etwas? Ich habe Johnny sterben sehen. Wenn dir etwas fehlt, will ich es wissen.» Chesters älterer Bruder war gestorben, als Chester sechs war. John war Josephines Liebling gewesen. Sie sprach selten von ihm, aber seine Fotografie stand neben ihrem Bett.

«Ich sterbe nicht. Ich lasse mich untersuchen.»

«Juts steckt dahinter. Ich weiß es.» Als er nicht antwortete, ging sie zum Angriff über. «Verdorbenes Blut. Das ist das Zepp'sche Erbe, sage ich dir – und die Buckinghams hatten auch einen wüsten Zug, wie jeder weiß. Also, dieser Vorfall mit Otto Tangerman ...» Sie hielt inne, senkte die Stimme. «Ich meine Gunther, Ottos Vater, also das war unverzeihlich.» Sie starrte vor sich hin, als würde Chessy sie an etwas erinnern, das vor seiner Geburt geschehen war.

«Ah ... welcher, Mutter, es gab so viele Vorfälle.»

«Das meine ich, das verdorbene Blut.»

«Und was war mit Gunther Tangerman?»

«Hans, Coras Vater, hat den Leichnam aus der Leichenhalle gestohlen, ihm seine Uniform angezogen und ihn auf George Gordon Meades Statue gehievt. Das hab ich dir schon mal erzählt», brummte sie, dann fuhr sie fort: «Er hat ihn rittlings hinter Meade gesetzt, die Arme um die Taille des Generals. Am nächsten Morgen sind alle furchtbar erschrocken. Die alte Priscilla McGrail ist bei dem Anblick in Ohnmacht gefallen. Hans hat die Angelegenheit, wie er es nannte, nie verwunden, obwohl er und Gunther Freunde waren.»

Die Angelegenheit bestand darin, dass Gunther bei den Unionisten gekämpft hatte, während Hans auf Seiten der Konföderation gewesen war.

«Was meinte Major Chalfonte dazu?»

«Dass Gunther tot fester im Sattel saß als lebendig. Oh, es war ein furchtbarer Schock.» Sie faltete die behandschuhten Hände. «Wohin fährst du mich?»

«Zu Dad, oder hast du eine bessere Idee?»

«Hab ich dir gesagt, du sollst mich zu ihm fahren?» Ihre Augenbrauen schnellten fragend in die Höhe.

«Nein, du hast gesagt, er hat sich erkältet.»

«Oh …» Sie überlegte. «Das hab ich wohl, oder? Chester, ich möchte Rupert nicht sehen. Er ist nicht ganz auf der Höhe. Vielleicht bringst du mich besser nach Hause.»

«Wollen wir ins Bon-Ton? Bestimmt haben sie gerade eine weiße Woche; Julia spricht immer davon.»

«Ich brauche keine Bettwäsche.»

«Vielleicht sind auch Kleider heruntergesetzt.»

«Ich habe keine Zeit für diesen modernen Firlefanz, wo man alles durchsieht. Wenn ich Frauen mit so dünnen Fähnchen am Leib sehe, frage ich mich wirklich, was für ihre Ehemänner noch zum Anschauen übrig bleibt. Die Jugend von heute hat keinen Anstand.»

«Wir könnten zum Mittagessen zu Cadwalder gehen.»

«Davon kriege ich Blähungen.»

«Schön, dann bringe ich dich nach Hause.» Er fuhr langsam, weil er sich trotz der Schneeketten nicht auf die Griffigkeit der Reifen verließ. «Mutter, Julia möchte ein Kind.»

«Das habe ich schon mal gehört.»

«Sie ist besorgt wegen ihres Alters. Sie fürchtet, wenn wir noch warten, ist sie zu alt, um ein Kind zu bekommen.»

«Deine Frau ist selbst ein Kind. Sie könnte kein Kind erziehen.»

«Bei Buster hat sie es prima gemacht, als er noch klein war.»

«O Chester» – sie hob in gespielter Belustigung die Stimme –, «Kinder und Hunde sind durchaus nicht dasselbe. Deine Julia Ellen taugt nicht zur Mutter. Du dagegen wärst ein wunderbarer Vater.»

Nichts geht über Küsse und Schläge zur gleichen Zeit.

Chester erwiderte gelassen: «Kinder verändern die Menschen. Ich glaube, Julia hätte genug Verantwortungsbewusstsein.»

«Verdorbenes Blut. Hör auf mich. Was habe ich dir gesagt?»

«Wie steht es mit Hansfords Seite?» Er änderte seine Taktik.

«Von Hansford oder seinem Geschlecht kann nichts Gutes kommen.» Sie klappte den Mund zu wie eine Schildkröte.

Chester hatte begriffen, dass Angehörige einer Generation sich auf eine Weise kannten, die die jüngere Generation erst ergründen konnte, wenn auch sie älter geworden war. Es war ihm nicht in den Sinn gekommen, seine Mutter oder seinen Vater je nach Hansford zu fragen, weil ja niemand gewusst hatte, dass er noch am Leben war. Nachdem er aufgetaucht war, wurden allmählich Fragen laut, bei Chester und auch bei anderen.

«Mutter, was meinst du, was mit ihm passiert ist, in all den Jahren, die er fort war?»

Sie starrte aus dem Fenster. «Er hat bekommen, was er verdient hat, das ist passiert.»

«Was meinst du damit?»

«Nichts.»

«Vielleicht kanntest du ihn besser, als ich dachte.» Chester wagte es ausnahmsweise, sie zu reizen.

«Was soll das nun wieder heißen? Ich habe meinen Söhnen nicht beigebracht, unverschämt zu sein.»

«Ich bin nicht unverschämt», sagte er ruhig, «nur neugierig.»

«Neugierde brachte die Katze um.» Sie hielt inne. «Besucht eure noch den Gottesdienst in der Christuskirche?»

«Nein. Sie betet jetzt zu Hause.»

Mutter Smith drehte den Kopf und sah ihren Sohn an. Er hatte einen ausgeprägten Sinn für Humor, und da sie gar keinen hatte, war er ihr zuweilen ein Rätsel, was sie natürlich nie zugeben würde. Es gehörte zu ihrem Rüstzeug, ihren Söhnen und ihrem Mann sowie jedem, der das Pech hatte, in ihr Kreuzfeuer zu geraten, zu erzählen, dass sie ihre Söhne in- und auswendig kannte.

Sie kamen zum Haus. Die schneebestäubte Blaufichte davor hätte einer Postkarte zur Zierde gereichen können.

Er begleitete seine Mutter zur Tür. «Mutter, wenn Julia und ich keine Kinder bekommen können …»

«Unsinn. Es liegt an ihr, nicht an dir.»

«Das spielt keine Rolle. Zum Ringelpiez gehören zwei.»

«Du sollst in meiner Gegenwart nicht ordinär sein.»

«Wenn sich herausstellt» – er blieb unbeirrt bei seinem Anliegen –, «dass wir keine Kinder bekommen können, erwägen wir eine Adoption. Würdest du ein Adoptivkind als Enkelkind anerkennen?»

«Niemals.»

43

«MEINST DU, LOUISE SETZT ihren weißen Luftschutzhelm je wieder ab? Vielleicht ist er auf ihren Kopf gepfropft.» Celeste zog an ihrer Zigarre, einer Montecristo Nr. 3, ein Laster, das sie vor allen außer Cora und Ramelle verbarg.

Cora, die Celestes erlesen gemustertes Tafelsilber mit einer in Silberpflegemittel getauchten Zahnbürste putzte, lachte. «Das Gute am Krieg ist, dass er mein Kind ein bisschen von Mary ablenkt.»

«Es bleibt ihr wohl nicht viel anderes übrig, als die Zügel zu lockern ...» Celeste tat einen Zug, dann setzte sie hinzu: «Das nehme ich zurück. Sie könnte Gegenbeschuldigungen zu neuen Höhen verhelfen.»

«Sie kann die Klappe nicht halten, falls du das meinst.»

«Gewissermaßen.» Celeste nahm eine schwere Gabel und rieb sie mit einem grünen Tuch ab.

«Lass mich das machen.»

«Müßigkeit ist aller Laster Anfang.» Celeste lächelte und nahm sich die nächste Gabel vor. «Wie geht es Hansford heute?»

«Er ist bei O. B. im Stall. Er sagt, er will die Sattelkammer aufmöbeln, aber das Wort «aufmöbeln» beunruhigt mich.»

«Mich auch. Ich fürchte, es bedeutet Dollars.»

«Nein.» Cora schüttelte den Kopf. «Er würde hier anmarschiert kommen und dir Bescheid sagen, wenn es Geld kosten würde.»

«Bist du froh, ihn wieder zu Hause zu haben?»

Cora zuckte die Achseln. «Manches an ihm erinner ich noch von damals, aber ansonsten ist er ein alter Mann, den ich kaum kenne.»

«Ich glaube, nichts ist uns so fremd wie wir selbst, als wir jung waren. Er muss dich an dich erinnern, als du jung warst.»

«Da hab ich nicht drüber nachgedacht.»

«Hast du nie darüber nachgedacht, wer du warst, als du jung warst?»

«Nein.»

«Cora» – Celeste stieß einen perfekten blauen Rauchring aus, der sich träge aufwärts kringelte –, «du erstaunst mich.»

«Was sollte ich über mich nachdenken – damals oder heute? Ich bin, was ich bin.»

«Glaubst du nicht, dass die Zeit die Menschen verändert?»

«Doch – aber was nützt es, sich deswegen den Kopf zu zerbrechen?»

«Ich zerbreche mir nicht den Kopf – ich drehe und wende den Gedanken, wie wir früher die Pfeilspitzen gedreht und gewendet haben, die wir als Kinder fanden. Jeder kleine Splitter hat uns beglückt und fasziniert.»

«So laufen meine Gedanken nicht ab.» Cora lächelte, die Hände auf den Hüften. «Manchmal läuft da überhaupt nichts. Wie gesagt, manchmal sitz ich da und denk, und manchmal sitz ich nur.»

«Und ich denke manchmal zu viel.» Celeste pfiff einen Melodiefetzen, dann fragte sie: «Und – denkst du über irgendetwas nach?»

«Über Mary. Den Krieg. Unser Land gerät scheint's so alle zwanzig Jahre in so 'n Schlamassel. Wir ziehen eine neue Generation Männer groß, und die bleiben dann auf der Strecke.»

«Ja, darüber denke ich auch nach.»

Cora tauchte das Tafelsilber nach dem Abreiben in eine Schale mit warmem Wasser. «Juts macht mir Sorgen.»

«Julia?» Celeste hob überrascht die Stimme.

«Sie hat Chessy endlich dazu gebracht, zu Doc Horning zu gehen. Sie war in den letzten Jahren zweimal bei ihm. Bei ihr ist alles in Butter. Und wenn mit Chester was nicht stimmt?»

«Ah – das ist wirklich ein Problem.»

«Juts möchte unbedingt ein Baby.»

«Vielleicht könnte sie es ohne Hilfe ihres Mannes zustande bringen?» Celeste lächelte süffisant.

«Das wäre eine schöne Bescherung, was?»

«Viele Wege führen nach Rom.»

Cora schüttelte den Kopf. «Ich glaub nicht, dass mein Kind so was tun würde. Mit jedem Jahr wird ihr Kinderwunsch stärker.»

«Ich habe Juts sehr gern, aber sie ist denkbar ungeeignet für das Leben einer Mutter, diesen Altar, auf dem das Ich täglich geopfert wird.»

«Das mit dem Altar hab ich nicht verstanden, aber ich würde sagen, sie hat noch viel zu lernen.»

Celeste lachte. «Juts ist der Inbegriff der kleinen Schwester: aufsässig, egoistisch und hinreißend.»

Cora lächelte. «Die beiden Mädchen hätten mich fast zur Flasche greifen lassen, als sie klein waren. Ich dachte mir, ach, eines Tages sind sie erwachsen, und dann ist Schluss mit dem Gebalge und Gezanke. Sie werden die besten Freundinnen.» Sie hielt einen tropfenden Löffel hoch. «Sie balgen und zanken noch immer.»

«Es ist unglaublich, nicht? Einzeln benehmen sie sich wie einigermaßen normale Menschen. Kaum sind sie zusammen, sind sie wieder sechs und zehn Jahre alt. Der Vorfall letztes Jahr bei Cadwalder war doch die Höhe.»

«Und das bloß, weil Juts keine Mutter ist. Siehst du, das macht mir Sorgen.»

«Ich dachte, weil Julia Louise daran erinnert hat, dass sie vierzig ist.» Sie tippte sich kurz mit dem Finger an die Nase. «Herrje, ihr einundvierzigster Geburtstag steht doch vor der Tür, oder? *Und* sie wird bald Großmutter. Und Juts wird …»

«Siebenunddreißig, am 6. März. Wenn Louise doch bloß vor Juts Geburtstag hätte, dann könnte sie besser schwindeln.» Cora schüttelte verzagt den Kopf.

«Weißt du, wo es enden wird, Cora? Eines Tages wird Mary vierzig sein und Maizie neununddreißig, und Louise wird allen erzählen, sie sei fünfundvierzig.»

Darauf brachen sie in schallendes Gelächter aus, die alten Freundinnen, die unter sich die Jahre nicht mehr zählten. Obwohl sie aus ganz unterschiedlichen Schichten stammten, kannten sie sich schon ihr ganzes Leben. Nach und nach hatten die materiellen Unterschiede an Bedeutung verloren. Übrig blieb nur der Charakter.

«Was hältst du davon, ein Kind zu adoptieren?», fragte Cora.

«Ich?» Celeste war bestürzt.

«Julia.»

«Also ist es ernst.»

«Scheint so.»

«Ich hoffe, das Kind hat Sinn für Humor – den wird es brauchen.»

«Ich bin ja auch noch da, um zu helfen.»

«Julia will immer im Mittelpunkt stehen. Trotz ihrer religiösen Manie, die so regelmäßig wiederkehrt wie Malaria, ist Louise die Verantwortungsbewusstere. Juts ist nicht glücklich, wenn sie nicht jemandem in die Suppe spucken kann, aber gewöhnlich ist es ihre eigene Suppe.»

«Ich weiß.» Cora lächelte beim Gedanken an ihre jüngere Tochter. «Sie hat schon im Mutterleib kräftig um sich getreten.»

«Und wie sieht es mit Chester aus?»

«Jeder Mann, der Josephine als Mutter aushält, hat verborgene Kräfte. Er wird ein guter Vater sein.»

«Weißt du Cora, das ist mir nie in den Sinn gekommen. Er ist vermutlich stärker, als wir denken. Er ist ja meist so schweigsam.»

«Wie soll er denn auch zu Wort kommen? Aber er wird sich aufschwingen, wart's nur ab.»

«Und dann wird er zwei Kinder haben – Julia und das Baby.»

«Sie wird sich zusammenreißen.»

«Juts? Niemals.» Celeste schüttelte den Kopf.

«Wollen wir wetten?»

Celestes Augen leuchteten auf, ihre Schultern strafften sich; nichts brachte ihr Blut so in Wallung wie eine Wette. «Du willst mit mir wetten, dass Julia Ellen Hunsenmeir die nötige Reife bekommt, um eine gute Mutter zu sein? Wie viele Jahre gibst du ihr?»

«Eins. Ein Jahr von dem Zeitpunkt an, wo das Baby da ist.»

Celeste lächelte verschmitzt. «Worum wetten wir?»

«Um deinen John-Deere-Traktor, den alten. Mitsamt Zubehör.»

«Cora!» Celeste lachte. «Das geht dir wohl schon eine ganze Weile im Kopf herum.» Cora nickte, und Celeste fügte hinzu: «Es könnte natürlich sein, dass nichts dabei herauskommt. Vielleicht kommt ja gar kein Kind.»

«Sie kriegt ein Kind, und wenn sie es stehlen muss. Wart's nur ab.»

«Sag mal, über welchen Zeitraum reden wir hier eigentlich?»

«Wenn du glaubst, Louise ist hysterisch geworden, als sie vierzig wurde, dann warte, bis Julia Ellen so weit ist. Ach Gott.» Cora stieß mit dem Finger in die Luft, eine seltene Geste bei ihr. «Sie hat das Kind, bevor sie vierzig ist, und glaub mir, wenn sie keins kriegen oder adoptieren kann, dann klaut sie sich eins.»

Celeste verschränkte die Arme, biss sich auf die Lippe und überlegte. «Der John Deere. Und was bekomme ich, wenn ich gewinne?»

«Zwei Monate meine Arbeit umsonst.»

Celeste reichte ihr über den Ecktisch die Hand. «Abgemacht!» Sie konnte es nicht erwarten, Ramelle davon zu berichten!

44

PEARLIE WAR FÜR LILLIAN YOST EINGESPRUNGEN, die sich eine schwere Erkältung zugezogen hatte. Er kauerte vor dem kleinen Kerosinheizofen, während Chester mit seinem Fernglas den dunklen Himmel absuchte. Ein beschichtetes Schaubild von feindlichen Flugzeugen, wie man sie von unten sah, lehnte an einer Wand des Turms.

Große, tiefschwarze Kumuluswolken wälzten sich von Westen heran.

«Da kommt wieder eins.» Pearlie zündete sich eine Zigarette an und bot Chessy eine an.

«Schon mal was anderes probiert als Lucky Strike?», fragte Chessy. Er selbst rauchte Pall Mall.

«Wenn, würde ich's dir nicht sagen.» Er klopfte auf das Päckchen, sodass eine Zigarette weiter herausrutschte als die Erste.

Chester hockte sich neben Pearlie, um sich seine Zigarette an Pearlies anzuzünden. Er tat einen tiefen Zug. «Komisch, wie man sich an eine Marke gewöhnt. Julia und ihre Chesterfield ... Sie hat damit angefangen, als sie zwölf war. Man kann sie nicht dazu kriegen, mal was anderes zu probieren, und wenn ich vergesse, nach der Arbeit ein Päckchen mit nach Hause zu bringen, krieg ich Ärger. Sie hat angefangen, mit Fanny Jump Creighton um Zigaretten zu pokern. Sie sagt, so gewinnt sie sie haufenweise und spart Geld.»

«Wird nicht lange dauern, bis Fannie sie rumkriegt, um Cents zu spielen und dann um Dollars.»

«Sie sagt, es vertreibt die Zeit.»

«Das Geld auch», schnaubte Pearlie.

«Ich hätte dem Salon keine Chance gegeben. Ich dachte, du und ich würden früher oder später bei Rife arbeiten.»

«Ich auch.» Pearlie sah zum Winterhimmel hoch, der zur Hälfte klar war, mit Sternen wie große Eisbrocken, während die andere Hälfte aussah wie ein schwarzer Kessel. «Stell dir vor, du fliegst in so was rein.»

«Ich würd's gern mal probieren», sagte Chessy.

«Ich habe einen Krieg miterlebt. Noch einen brauche ich nicht.»

Pearlie hatte ein falsches Alter angegeben, als er sich mit fünfzehn freiwillig zum Militär gemeldet hatte, und war wenige Wochen später nach Frankreich verschifft worden. Seine Erinnerungen an das Land bestanden aus Schlamm, zerbombten Städten und aufgeblähten Leichen. «Ich habe die amerikanischen Zigaretten lieben gelernt. Das französische Zeug ist so, als würde man Maisfasern lutschen, und wenn du richtig kotzen willst, musst du bloß das türkische Kraut probieren.»

«Zu jung für den ersten Krieg und zu alt für diesen – so ein Mist.» Chessy spuckte einen Tabakkrümel aus. «Ich glaube nicht, dass ich zu alt bin. Ich bin heute kräftiger als mit zwanzig.»

«Und klüger. Sag einem Zwanzigjährigen, er soll zum Angriff aus dem Deckungsgraben springen, während aus allen Richtungen Maschinengewehrsalven fliegen, und er macht's. In deinem Alter überlegt man sich das zweimal.»

«Was nicht heißt, dass ich es nicht trotzdem tun würde», sagte Chessy.

«Weißt du, die Politiker rufen den Sieg aus, bevor wir überhaupt drüben angekommen sind. Ich habe gegen die Deutschen gekämpft. Sie sind zäh, und sie sind schlau. Deine Chance könnte noch kommen, Chessy.»

«Meinst du, es wird so schlimm für uns?»

«Ja, das meine ich.»

«Glaubst du nicht, die Deutschen werden langsam mürbe?»

«Wenn sie genug Gebiete erobern, können sie ihren Nachschub aufstocken. Sie können auf der ganzen Linie siegen. Das Geheimnis ist Sprit. Im Ernst. Wenn sie ihre Treibstoffvorräte schützen, können sie den Sieg nach Hause tragen.»

«Und die Japaner?»

«Keine Chance. Der Krieg im Pazifik hat bei uns nicht Priorität, und trotzdem können wir sie schlagen.»

«Du bist so viel klüger als ich. Ich kümmere mich nicht viel um die Welt da draußen. Ich weiß, ich sollte es tun, aber ...» Er hielt inne. «Ich habe hier schon genug am Hals.» Er drückte den Stummel aus. «Aber ich hab meine Landkarten studiert. Wenn die Deutschen Flugzeugträger haben, können sie uns angreifen, wo sie wollen. Oder sie können Neufundland einnehmen ...»

Sein Schwager unterbrach ihn. «Keine gute Idee. Sie könnten es nicht halten, nicht mal lange genug, um Luftstützpunkte einzurichten.»

«Dann Kuba.»

«Ja, das würde funktionieren, wenn sie dafür genug Streitkräfte einsetzen wollen. Doch ja, das würde gehen.»

«Es heißt, Argentinien ist für Deutschland, obwohl es sich neutral gibt. Das ist ein reiches Land.»

«Reich und weit weg.» Pearlie hielt seine Füße an den Heizofen. «Schon merkwürdig, was im Kopf vorgeht, wenn man Landkarten liest und anfängt, wie ein General zu denken. Irgendwann denkt man, die Länder mit ihren verschiedenen Farben seien wie Fannies Pokerchips. Man hebt sie auf und steckt sie in die Tasche. Und all die Tausende, ja Millionen von Menschen, die an diesem Pokerchip dranhängen – sind bloß noch Ameisen.»

Die erste Schneeflocke trudelte träge herab, eine Vorankündigung dessen, was noch kommen würde. Die Männer zogen die Plane über die Turmöffnung. Die Plane war gerollt wie eine Jalousie, aber horizontal statt vertikal. So viele Freiwillige vom Zivilen Luftschutz hatten sich einen Schnupfen geholt, weil sie vom Regen durchnässt oder von Schnee umhüllt gewesen waren, daher hatte Chessy die Plane angebracht. Jetzt konnte man, wenn Flugzeuge schlechtem Wetter trotzten, in der Sekunde, da man sie hörte, die Plane zurückrollen und den Suchscheinwerfer einschalten. Der zweite Mann konnte die Sirene ankurbeln. Sie setzten sich wieder vor den Heizofen. Der Schnee wurde dichter. Als der Wind zunahm, schwankte der Turm leicht.

«Mein Gott, Chessy.»

«Wird schon halten.»

«Erst versuchst du, mich tiefzukühlen, und jetzt werde ich unter einer Masse von Brettern begraben, mit einem dicken Suchscheinwerfer als Grabstein.»

«Nein, wir können den Scheinwerfer runterrollen, dann kracht er auf St. Rose.»

Pearlie lachte. Er schwieg eine Weile, bevor er sagte: «Du hast Glück, mein Lieber.»

«Hm?» Chesters blonde Bartstoppeln sprießten.

«Dienstagsabends bei deiner Mutter.» Er hielt inne. «Und hin und wieder Schicht bei der Feuerwache, damit es unverfänglich aussieht.»

Der Schein beleuchtete Chesters erstauntes Gesicht. «Ich besuche tatsächlich dienstags meine Mutter.»

«Sie ist nicht die Einzige, die du besuchst.»

Chester spannte seine Gesichtsmuskeln an. Als er schließlich sprach, war seine Stimme so leise, dass man fast die Schneeflocken auf die Plane fallen hören konnte. «Nein. Ich nehme Tanzstunden. Ich möchte Juts überraschen.»

«Das dürfte dir gelingen.»

«Komm, Pearlie.»

«Ich bin kein Blödmann. Ich bin auch kein Richter. So was passiert eben. Ich sag dir bloß, dass du Glück hast. Deine Frau und deine Mutter können sich nicht riechen, also werden sie sich nicht austauschen, aber das heißt nicht, dass nicht irgendwann eine Panne passiert.»

«Ich sagte doch, ich nehme Tanzstunden.»

«Herrgott, Chester.» Pearlie funkelte ihn wütend an.

Ein leiser Seufzer, ein Stöhnen entfuhr Chester, der die Kälte jetzt arg spürte. «Ich weiß nicht, wie ich da reingerutscht bin.»

«Ich schon. Wir sind beide mit Frauen verheiratet, die lieber Befehle erteilen als entgegennehmen.» Paul zog eine Grimasse, die sich dann in einem Lächeln auflöste. «Ich könnte Louise umbringen. Wenn ich jedes Mal, da ich ihr den Hals umdrehen will, fünf Cent bekäme, wäre ich reicher als alle Rifes zusammen, aber …» Er zuckte die Achseln. «Ich habe zwei tolle Kinder. Ich hätte nie gedacht, dass ich …» Er hielt inne, weil er seine Liebe zu seinen Kindern nicht beschreiben konnte. «Und ich liebe Louise sogar, wenn ich sie hasse. Verrückt.»

«Ich hätte nie gedacht, dass es so sein würde – das Leben.»

«Mein Problem ist, ich habe überhaupt nie gedacht.» Paul sah seinem besten Freund in die Augen. «Jetzt denke ich. Ich denke für meine Familie. Ich denke, dass ich meine Töchter nicht beschützen kann, wenn sie die falschen Männer heiraten. Ich kann nicht mal meine Frau beschützen, wenn wir bombardiert werden. Und ich denke für dich, Mann. Du denkst, wir sind schon mitten im Unwetter – da hast du dich aber schwer geschnitten.»

«Was soll ich denn tun?»

«Liebst du sie?»

Chester stützte den Kopf in die Hände. «Ja.»

«Mist.»

«Es ist einfach passiert. Sie hält mich für das Beste seit Erfindung des Schnittbrots. Ich kann ihr nicht wehtun, Paul, ich kann nicht.»

«Es wird allen wehtun, nicht nur ihr. Wenn du jetzt mit ihr Schluss machst, wird es nicht so schlimm, wie wenn du wartest – es sei denn, du willst dich von Juts scheiden lassen.»

Er zwang sich zu einem Lächeln. «Sie würde mich umbringen.»

«Liebst du sie noch?»

«Ja, aber anders.»

«Die wilde Anfangsphase, das ist wie ein Rausch. Am Anfang konnte ich meine Finger nicht von Wheezie lassen.

Das gibt sich. Aber ich liebe sie. Wir haben gemeinsam einen weiten Weg zurückgelegt. Ich kann mir ein Leben ohne sie nicht vorstellen.» Er legte Chester seine Hand auf die Schulter. «Du musst Verantwortung übernehmen. Wie gesagt, ich bin kein Richter. Wenn du eine Flamme in Baltimore oder York hättest, würdest du vielleicht damit durchkommen, aber in Runnymede?» Er schüttelte den Kopf.

45

Die leuchtenden Nagellackfarben hoben sich von dem dumpfen Grau draußen ab. Juts hatte eine Vorliebe für knallige Rottöne. Viele Kundinnen liebten Pastellfarben oder gar Mauve. Mauve empfahl sie immer den Damen, die ihre Haare blau tönten. Toots, die ein Gespür für Farben besaß, hatte noch keiner Kundin jenen Lavendelton verpasst, der bei Junior McGrail und ihrer Generation so beliebt war. Louise und Juts hatten da keine Skrupel. Manche Damen wünschten es eben.

Junior McGrail war gestorben, und ihr Sohn Rob war am Boden zerstört. In kurzer Zeit ließ er den Schönheitssalon für anspruchsvolle Damen verkommen. Zu Robs Verteidigung sei gesagt, dass er wenig Neigung bewies, Haare blau zu tönen, zu bleichen und zu wickeln. Digby Vance verschaffte ihm eine Stelle als stellvertretender Kapellmeister, was ihm wieder etwas Halt gab.

Tante Dimps hatte den Salon gemietet und in ein Blumengeschäft verwandelt. Sie ließ sich wohlweislich von Dingledines beliefern, obwohl sie etwas teurer waren als die Blumenversteigerungen in Baltimore. Dafür schickten sie ihr viele Kunden.

Die Klatschzentrale quoll über von Nachrichten von Söhnen, Ehemännern und Freunden im Ausbildungslager. Vaughn Cadwalder hatte bei der Abschlussprüfung als bester seiner Einheit abgeschnitten. Darunter standen so aufregende Dinge wie «Orrie versteht nicht, wie irgendjemand in Washington, D.C., Auto fahren kann. Noe wurde zum Hauptmann ernannt und arbeitet rund um die Uhr.» Schließlich wurden in die rechte untere Ecke mit pfirsichfarbener Kreide Mitteilungen gekritzelt: «Fluffy hat sechs süße Kätzchen. In gute Hände abzugeben. Patsy BonBon.»

«Ich hab den Winter so satt», klagte Mary Miles. «Harold nimmt jeden Winter sechs Kilo zu. Die Knöpfe springen von seinem Hemd, und wenn ich ihm taktvoll vorschlage, seinen Appetit zu zügeln, sagt er, das musst ausgerechnet du sagen. Ich finde mich nicht dick.»

Juts massierte M. M.s Hände mit einer lindernden Lotion; in der trockenen Luft der Häuser wurden Hände und Lippen rissig. «Du warst nie dick.»

Mary Miles strahlte. «Du auch nicht.»

«Weil ihr nie Kinder hattet.» Wheezie beteiligte sich an dem Gespräch, während sie Tante Dimps' Locken schnitt. «Ich war dick wie eine Tonne, und ich habe ein ganzes Jahr gebraucht, bis ich das wieder los war. Ich weiß nicht, wann ich mich je so mies gefühlt habe.»

«Oh, da fallen mir etliche Male ein», bemerkte Julia trocken.

«Deinetwegen», schoss Wheezie zurück.

«Ich erinnere mich, wie ihr zwei bei einer Parade am 4. Juli um ein Haar die ganze Stadt in Brand gesteckt hättet.» Mary Miles lachte.

«Das ist so lange her, das hatte ich ganz vergessen», tat Louise das Thema nonchalant ab.

«Komisch, wir nicht.» Tante Dimps kicherte. «Es war 1912, und Donald und ich waren frisch verliebt.» Donald war Dimps' verstorbener Mann. Er war bei einem entsetzlichen Zugunglück nördlich von Philadelphia ums Leben gekommen.

«Das kann doch nicht so lange her sein.» Louise vermied es, die Jahreszahl auszusprechen.

«Also, nach deinen Berechnungen warst du 1912 noch gar nicht auf der Welt.» Juts hielt den Blick fest auf Mary Miles' Daumen gerichtet.

«Wer im Glashaus sitzt, soll nicht mit Steinen werfen.» Wheezie hob trotzig das Kinn.

«Wirf jetzt bloß nicht mit Sprichwörtern um dich. Es war 1912, und Idabelle McGrail, Juniors Mutter, ging vor unserem Festwagen her und spielte auf ihrem Akkordeon ‹America the Beautiful›. Ihr Sohn und ihr Enkel haben ihr musikalisches Talent geerbt.»

«Die Ärmsten», murmelte Mrs. Mundis.

«Sie hat das Maultier erschreckt, das unseren Wagen zog», flunkerte Juts.

«Ha! Du hast den Wagen in Brand gesteckt, Julia Ellen.» Louise erinnerte sich lebhaft an das Ereignis, auch wenn sie es vorzog, über die Jahreszahl hinwegzugehen.

«He, ich war nicht die Freiheitsstatue. Du hast die blöde Fackel gehalten. Du hast sie fallen lassen. Ich war ein kleiner Schlepper im Hafen von New York.»

«Ein kleiner Schlepper, der die Freiheitsstatue vom Sockel gestoßen hat.» Tante Dimps lachte. «Das Maultier erschrak, als der Wagen Feuer fing, und schoss mitten durch die Parade davon. O Gott, das werde ich nie vergessen. Donald hat mich gepackt und aus der Gefahrenzone geschoben. Das Maultier konnte er nicht stoppen. Und der alte Lawrence Villcher – wisst ihr noch, der Chef der Feuerwehr von Nord-Runnymede – hat die weiße Feuerspritze gewendet, und Increase Martin – damals haben sie bei der Feuerwehr noch Pferdewagen benutzt – hat die Feuerspritze von Süd-Runnymede gewendet, und die Wasserladung hat das Maultier gestoppt und das Feuer gelöscht.» Sie leckte sich die Lippen. «Das sauberste Maultier beider Staaten.»

«Und du hast in aller Öffentlichkeit geflucht.» Julia wollte von ihrer Missetat ablenken, egal, wie lange es her war.

«Ich fluche nicht», entgegnete Louise eisig.

«An dem Tag schon.»

«Das Gedächtnis spielt den Menschen Streiche.» Louise zog ihre Erhabenheitsnummer ab, was Juts nur aufstachelte.

«Ich hab wenigstens eins.»

«Mein Gedächtnis ist scharf wie eine Reißzwecke.»

«Ja, und genauso spitz.» Juts unterdrückte ein Kichern.

Louise hielt eine nasse Haarsträhne zwischen Zeige- und Mittelfinger, die Schere verharrte in der Luft, was ihr einen leicht bedrohlichen Anstrich verlieh. «Du wirst mich nicht in Rage bringen. Ich hab genug Sorgen, ohne mich auch noch mit dir herumzuärgern.»

«Schon gut.» Juts war enttäuscht. Sie hatte Lust auf eine Kabbelei.

Mary Miles blickte angestrengt in die Ferne und versuchte sich zu erinnern. «Hat eure Mutter dabei nicht Aimes Rankin kennen gelernt?»

«Herrje, das weiß ich nicht.»

«Doch, stimmt», bestätigte Louise.

«Wie geht's Hansford denn so?» Tante Dimps sprang

von einem Mann in Coras Leben zum anderen, was für alle Anwesenden durchaus plausibel war.

«Besser. Er sollte arbeiten gehen», antwortete Louise.

«Er sieht gesünder aus. Allmählich sollte man mal seinen Bart stutzen.» Juts hatte Mary Miles' Fingernägel vorbereitet und wählte nun die Farbe. «Wie wär's mit Kirsche?»

«Nein. Zu dunkel. Ich brauch was Belebendes.»

«Versuch's mit Whiskey», empfahl Tante Dimps.

«Dimps, ich wusste gar nicht, dass du trinkst.» Louise gab sich empört.

«Nicht von mir aus. Andere treiben mich dazu.»

«Mich auch.» Juts griff zu Siegesrot, einer angemessenen Farbe für die Zeit.

«Mich auch», rief Fannie aus dem Hinterzimmer, wo mal wieder ein Kartenspiel im Gang war.

«Das ist gut.» Mrs. Mundi lehnte sich zurück; Dimps' schlagfertige Antwort gefiel ihr.

«Hansford war ein gebildeter Mann. Geologie.» Dimps war etwa zwanzig Jahre älter als Juts, Wheezie und Mary Miles Mundis. «Ich war noch jung, als er fortging, aber ich weiß noch, dass meine Mutter sagte, hier hielte ihn nicht genug. Und sie sagte, egal, was für eine gute Frau Cora sei, es sei schwer für einen Mann mit College-Bildung, eine Frau zu haben, die ...» – sie hielt einen Moment inne, lief tief rot an, und fuhr leise fort – «... nicht gebildet sei.»

«Nicht gebildet. Herrgott, Dimps, Mom kann weder lesen noch schreiben.» Juts traf den Nagel auf den Kopf.

«Nein, aber Cora ist klüger als wir alle.» Dimps wollte etwas gutmachen «Trotzdem frage ich mich, ob meine Mutter nicht Recht hatte.»

«Ich hab was anderes gehört.» Mary Miles räusperte sich. «Meine Mutter sagte, es sei wegen Josephine Holtzapple gewesen.»

«Was?», fragten beide Schwestern gleichzeitig.

«Ja. Nie davon gehört?» Mary Miles war erstaunt.

Tante Dimps deutete stirnrunzelnd mit dem Finger auf Mary Miles' Spiegelbild. «Ihr wart alle viel zu klein, um irgendwas zu wissen. Und überhaupt, seitdem ist viel Wasser über den Berg geflossen. Oder heißt es den Berg hinunter?»

«Hinunter.» Toots hatte die ganze Zeit geschwiegen, ja, sie hatte auf dem Stuhl gedöst, weil sie eine halbe Stunde Zeit hatte, bevor ihre nächste Kundin kam. Sie schlug die Augen auf.

«Wie meinst du das, es war wegen Josephine?» Juts hielt Mary Miles' rechte Hand.

«Meine Mutter sagte, Josephine sei in Hansford verliebt gewesen. Es heißt, sie sei zu ihrer Zeit eine schöne Frau gewesen.»

«Und bestimmt schon eine Zimtzicke», murrte Juts.

«Hochnäsig.» Dimps wünschte, Mary Miles hätte den Mund gehalten.

«Wieso wissen wir nichts von dieser Geschichte?» Louise untersuchte Tante Dimps' Haare nach Spliss.

«Die jüngere Generation interessiert sich nicht für die ältere Generation. Ihr könnt euch nicht vorstellen, dass wir mal jung waren.»

«Dimps, du bist nicht alt.» Julia lächelte.

«Achtundfünfzig, und mit den vielen Pölsterchen, die ich mir zugelegt habe, sehe ich keinen Tag jünger aus. Noch ein bisschen mehr, und ich bin das gemästete Kalb.» Sie klopfte sich auf den Bauch.

«Du siehst prima aus.» Louise tutete in dasselbe Horn

wie ihre Schwester. «Aber was meint Mary Miles eigentlich?»

«Ihr müsst bedenken, dies ist eine uralte Geschichte», sagte Dimps, «und ich war noch sehr jung. Es heißt, dass Josephine in Hansford verliebt gewesen sei, aber er nicht in sie.»

«War er da schon mit Momma verheiratet?» Juts war schrecklich neugierig, wollte sich aber gleichgültig geben. Es gelang ihr nicht.

«Ja. Er hat eure Mutter wirklich geliebt, glaube ich. Ich glaube, er liebt sie immer noch. Euer Vater war ein junger Draufgänger. Genau der Typ, um das Herz einer so tugendhaften Person wie Josephine zu entflammen, die noch nicht lange mit Rupert verheiratet war. Hansford war reich an gutem Aussehen und arm an Verantwortungsgefühl, würde ich meinen.»

«Aber du hast gesagt, er hat sie nicht geliebt.» Louise schnippelte die nächste Locke.

«Hat er auch nicht.» Toots ergriff wieder das Wort. «Ich kann mich noch erinnern. Ich ging damals in die Volksschule. Jedenfalls, was auch geschehen ist, Hansford ist weggegangen. Die Leute sagten, er wäre so oder so gegangen. Rastlos.»

«Hatte er eine Affäre mit ihr?» Es lag Juts nicht, um den heißen Brei herumzureden.

«Nein», antwortete Dimps rasch.

«Also ...» Mary Miles hielt inne. «Keiner weiß was Genaues, außer dass er mir nichts, dir nichts abgehauen ist. Einfach so ...» Sie machte eine flatternde Handbewegung.

«Gib deine Hände wieder her», befahl Juts.

«Und danach war's aus mit Josephine. Sie war immer ein Snob gewesen, aber danach wurde sie unausstehlich.»

«Ich frag ihn», sagte Juts.

«Schlafende Hunde soll man nicht wecken», warnte Dimps.

«Du hast gesagt, es ist eine uralte Geschichte», entgegnete Juts.

«Nicht für sie und ihn. Mach bloß nicht wieder so viel Wind, Juts», sagte Dimps.

«Warum hacken alle auf mir rum?»

«Weil wir dich nur zu gut kennen» Louise genoss es sichtlich, ihre Schwester zappeln zu sehen.

«Meine Schwiegermutter ist eine Kneifzange», sagte Juts. «Ich hätte nichts dagegen, es ihr ein bisschen heimzuzahlen.»

«Überlass sie dem Himmel», empfahl Tante Dimps.

«Gott ist zu lahm.»

«Julia!» Louise gab sich schockiert. Eigentlich war sie es nicht, doch sie glaubte, dass alle Anwesenden sie für tief religiös hielten. Was niemand tat; man nahm allgemein an, dass sie den Pomp und das Zeremoniell des Hochamts liebte.

«Ist doch wahr, Louise. Ich sehe, wie Menschen mit Mord durchkommen. Gott sitzt auf seinem dicken himmlischen Hintern, und nichts passiert. Ich meine, warum tötet er Adolf Hitler nicht? Wenn ich das Böse sehen kann, warum kann Gott es nicht sehen?»

«Die Menschen versuchen seit Anbeginn der Zeiten, eine Antwort auf diese Frage zu finden.» Toots hievte sich schwerfällig vom Stuhl. Sie war müde und musste sich bewegen, um wach zu werden.

«Diese Mysterien sind zu groß, als dass unser Verstand sie fassen könnte.» Louise wusste auch keine Antwort, aber dies klang jedenfalls tiefgründig.

«Glaub ich nicht.» Juts zog einen Flunsch.

Mary Miles sagte: «Vielleicht hat Gott die Welt erschaffen und dann links liegen lassen. Wir haben ihn gelangweilt.»

«Wozu bete ich dann überhaupt?»

«Juts, du betest nie, außer wenn du was willst», tadelte Louise. «Das ist bei dir wie einkaufen.»

«Du kennst doch meine Gebete gar nicht.»

«Ich kenne dich», erwiderte Louise.

«Keine Philosophie war jemals in der Lage, Antworten auf die großen Fragen zu finden – und wir werden es auch nicht können. Man lebt von Gottvertrauen und Gebet, Mädels.» Tante Dimps zuckte zusammen, als Louise einen Lockenwickler zu stramm drehte.

«Ich habe eine Philosophie. Geburt führt zum Tod.» Juts steckte Wattebäusche zwischen Mary Miles' Finger, damit sie sie nicht schließen und den frisch aufgetragenen Lack ruinieren konnte.

«Du bist heute aber grantig.» Louise warf ihr einen wütenden Blick zu. «Schalt mal ab und halt die Klappe.»

«Ich bin nicht grantig. Ich will wissen, was zwischen unserem Vater und meiner Schwiegermutter vorgefallen ist.»

«Wie ich dich kenne, platzt du mit der Frage einfach raus», grummelte Louise.

«Da kommt Hansford, Juts. Das ist deine Gelegenheit.» Er öffnete die Tür und lächelte. Aller Augen richteten sich auf ihn. «Hallo, Mädels.»

«Hallo», antwortete Toots schließlich.

«Komm ich ungelegen?»

«Nein», antwortete Louise, ohne aufzusehen.

«Hansford, setz dich einen Moment, ich bin gleich bei dir.» Juts schob den Manikürwagen zur Seite.

«Soll ich mich woanders hinsetzen, Julia?», fragte Mary Miles, hibbelig vor Ungeduld.

«Nein. Toots' Stuhl ist die nächste Viertelstunde frei, und das hier dauert nicht lange. Toots, okay?»

«Klar.» Toots ging ins Hinterzimmer, um frischen Kaffee zu kochen.

«Komm.» Juts wies auf den Stuhl, und Hansford ließ sich dankbar auf den bequemen Sitz sinken. Sie betrachtete seinen Bart aus jedem Winkel. «Manche Leute sehen einen langen Bart und denken an Weisheit. Ich denke an Flöhe.»

Die Damen brachen in Gelächter aus, was sowohl an der Anspannung lag als auch an der Tatsache, dass Julia Ellen wieder die Alte war.

46

DIE KÜHLEN, GLATTEN KARTEN fühlten sich vertraut an in Juts' Händen. Von Kind an hatte sie Kartenspiele geliebt. Sie hatte sich ausgemalt, wie sie als Karodame verkleidet war, einen Buben als Diener, einen König als Gemahl. Sie konnte sich gut merken, welche Karten ausgegeben und welche im Stapel geblieben waren. Obwohl vier Jahre jünger als Louise, schlug sie sie schon mit sechs Jahren in Memory, Mau Mau und schwarzer Peter, was jedes Mal Geschrei, Gerangel und Tränen zur Folge hatte. Louise war eine schlechte Verliererin.

Yoyo hatte es sich auf Juts' Schoß gemütlich gemacht und schlief, und Buster schnarchte unter dem Kartentisch. Die alte Wanduhr in der Küche tickte; es war so still im Haus, dass Juts es hören konnte, obwohl sie im Wohnzimmer saß, eine Wolldecke um die Beine, um sich vor der Kälte zu schützen.

Sie hatte selten einen ruhigen Abend für sich. Gewöhnlich wollten Louise, Mary, Maizie oder Chessy etwas von ihr, und wenn nicht, riefen Freunde an oder kamen vorbei. Juts war gern unter Menschen, ganz besonders, wenn sie im Mittelpunkt stand, doch gelegentlich war sie sich selbst genug. So wie jetzt.

Sicher, sie war egozentrisch, aber sie war auch schlau genug zu wissen, dass die Welt sich nicht um sie drehte, so lieb es ihr auch gewesen wäre. Zucker, Kaffee und Benzin waren rationiert worden, eine Mahnung an sie und alle Übrigen, dass kleine Opfer gebracht werden mussten, damit andere Menschen größere bringen konnten. Letzte Woche hatte die Schlacht in der Javasee diese Opfer deutlich gemacht. Am 27. Februar, vergangenen Freitag, hatte ein kleines Geschwader von Schiffen der Alliierten die japanische Flotte angegriffen, die einen Invasionskonvoi schützte. Die zahlenmäßig unterlegenen Alliierten hatten den Kampf mit den Japanern aufgenommen. Am 1. März waren die alliierten Streitkräfte ausgelöscht. Die Evakuierung von Rangun schien so gut wie sicher.

Als Juts ihre Karten in einer Siebenerreihe für eine Patience auslegte, einem ihrer Lieblingsspiele, stellte sie sich vor, an Deck eines Zerstörers zu sein. Torpedos krachten in die Schiffsseiten, überall war der Geruch von Rauch und Flammen, ein Schiff hatte schwere Schlagseite, Männer schrien, Kanonen feuerten, und über allem die entsetzliche Erkenntnis, dass sie untergingen, alle Mann an Deck. Sie fragte sich, ob die Angst die Oberhand gewann oder ob man so wütend wurde, dass man beschloss, so viele Feinde wie möglich mit in den Tod zu reißen.

Sie wollte den Tod nicht erkennen. Sie hoffte, er würde sich unverhofft an sie heranschleichen. Sie wollte sein Gesicht nicht sehen. Die armen Männer auf dem Grund der Javasee hatten dem Tod ins Auge geblickt.

Sie legte die Karovier auf eine Kreuzfünf. Dies würde eine lange Partie werden.

Über ihre Karten gebeugt, verscheuchte sie die Gedanken an den Tod. Sie dachte an Hansford. Sie hatte ihn rundheraus gefragt, was mit Josephine Holtzapple gewesen sei.

«Nichts.»

Mehr konnte sie nicht aus ihm herausquetschen, und Coras Antwort lautete: «Lass die Vergangenheit ruhen.»

Sie zog das Pikass und das Herzass. Sie hatte den Stapel in ihrer Hand noch gar nicht gebraucht. Das Spiel ließ sich gut an.

Yoyo drehte sich auf den Rücken, streckte eine Pfote in die Höhe, schlug die Augen auf und machte sie laut schnurrend wieder zu.

«Als ich das letzte Mal eine Patience gelegt habe, bist du auf den Tisch gesprungen und hast mir das Spiel verdorben.»

Yoyo schnurrte nur noch lauter.

Juts zog den Herzkönig, nachdem sie eine Karte platziert hatte. Sie legte ihn an die Stelle links außen, die gerade frei geworden war, weil sie eine schwarze Sieben auf eine rote Acht hatte legen können.

Chessy wirkte in letzter Zeit reserviert. Sie schrieb dies seinem Termin bei Dr. Horning zu. Auch sie war nervös. Sie fühlte sich unvollständig ohne Kind. Umso schlimmer, dass Louise es ihr dauernd unter die Nase rieb. Juts hatte gedacht, die Ehe würde sie vollständig erfüllen. Sosehr sie

Chessy liebte, die Ehe war nicht das allein Seligmachende, von dem sie geträumt hatte, als sie jung war.

Die Ehefrau musste sie erst noch finden, die nicht für ihren Mann dachte. Manche Frauen mussten ihre Männer hintergehen, andere mussten sie sabotieren. Wieder andere verbrachten Tage, Wochen und Monate damit, ihren Männern weiszumachen, dass ihnen ein bestimmter Gedanke ganz von selbst gekommen sei, wenn er ihnen in Wirklichkeit von der Ehefrau eingepflanzt worden war. Das kostete sehr viel Energie. Chester konnte sie wenigstens direkt herumkommandieren.

Sie fragte sich, ob Männer unfähig waren, vorauszudenken, oder ob ihre Gedanken sich einfach vollkommen von denen der Frauen unterschieden. Sie dachte daran, ihr Haus abzuzahlen, Geld für den Notfall beiseite zu legen – nur tat sie es nie –, und dann dachte sie an ihre Freunde, ihre Feinde und schließlich an Kleider. Kleider machten Frauen. Daran glaubte sie fest, und sie war überzeugt, dass Louise von den maßgeblichen Leuten nie Ernst genommen würde, weil sie zu viel Modeschmuck trug. Caesura Frothingham trug ganz sicher zu viel Schmuck – dicke Klunker vor Sonnenuntergang. Wirklich schauerlich. Aber Louise fuhr für ein klirrendes Armband nach Baltimore und zurück. Umso besser, wenn auch die Ohrringe Töne von sich gaben.

Heute im Salon hatten Halskette, Armband, Ohrringe und Brosche einen solchen Lärm gemacht, dass Georgine Dingledine sie gebeten hatte, den Schmuck abzunehmen, solange sie sich an ihrem Kopf zu schaffen machte. Mit gequältem Lächeln hatte Louise das Armband vom Handgelenk gestreift – und dabei das Gummiband zerrissen, worauf kleine bemalte Holz- und Metallstückchen auf die Erde flogen. Das hatte ihr die Laune gründlich verdorben.

Juts konnte sich nicht erinnern, dass Chester jemals auf Kleidung geachtet hätte. Sie musste ihn ins Bon-Ton schleppen, um ein Sakko oder eine Krawatte zu kaufen.

Tatsächlich konnte sie sich an keinen Mann erinnern, der Wert auf Kleidung legte. Sogar Millard Yost, der immer wie aus dem Ei gepellt aussah, wurde von Lillian eingekleidet.

Worüber sprach sie mit ihrem Mann? Hausarbeit, Geld, die Leute in der Stadt und ihren jeweiligen Tagesablauf. Sie fand das ausreichend, aber vielleicht sollte sie die Mühe auf sich nehmen, etwas über Stockcar-Rennen zu lernen. Chester und Paul waren beide begeisterte Anhänger der Rennen. Autos im Kreis herumfahren zu sehen, machte sie schwindlig, aber die beiden konnten sich stundenlang über das Thema auslassen.

Vielleicht fände er sie anziehender, wenn sie etwas über Stockcars lernte. Sie hatte gehört, dass die sexuelle Begierde von Männern mit solchen Taktiken neu entfacht werden konnte. Vielleicht hatten sie deswegen kein Kind.

Die Patience war aufgegangen, als er zur Hintertür hereinkam. Buster rappelte sich auf, um ihn zu begrüßen.

«Hallo, Schatz.»

«Hallo.» Sie hielt ihm ihre Wange zum Kuss hin. «Weißt du was, ich kann mit Zwischengas fahren.»

Er blinzelte. «Tatsächlich?»

«Ich kann auch eine Kurve auf zwei Rädern nehmen. Ich meine, ich sollte an Stockcar-Rennen für Damen teilnehmen.»

«Juts, du kannst Stockcar-Rennen nicht ausstehen.»

Sie sah auf ihre Karten, die jetzt in vier säuberlichen Häufchen lagen. «So – und was muss ich tun, um – hm – begehrenswert für dich zu sein?»

«Du bist begehrenswert für mich.»

«Schwarzer Unterrock?»

«Du brauchst keinen schwarzen Unterrock.» Er lächelte. «Was hat dich auf diesen Trichter gebracht?»

«Ich weiß nicht.» Sie hob die Karten auf und richtete die Kanten, indem sie mit dem Stapel auf die Tischplatte klopfte. «Du bist in letzter Zeit sehr abwesend.»

«Ach, Schatz, ich hab so viel im Kopf.»

«Ja, ich weiß, und ich bin scheint's nie drin.»

«Bist du wohl.» Er küsste sie auf den Mund.

47

Die Benzinrationierung tat Mary Miles Mundis' Drang zum Angeben keinen Abbruch. In einem neuen 1941er Pontiac V-8 Torpedo Coupé in sanftem Burgunderrot mit hellbraunem Zierstreifen und hellbrauner Innenausstattung kutschierte sie durch die Stadt. Harold hatte das Auto in Baltimore günstig erstanden, weil es seit Ende 1941 herumstand und der Händler, der für sein Inventar Steuern zahlte, es loswerden wollte. Die Benzinrationierung machte Autoverkäufern den Garaus, und die Autohersteller wandelten ihre Fabriken für Kriegsanstrengungen um. Neue Autos gab es keine.

Freilich fuhr Mary Miles Mundis mit dem Torpedo nur in der Stadt herum. Es gab nicht genug Benzin für weite Strecken, aber das war durchaus in ihrem Sinne. Der Hauptzweck des Automobils bestand nicht darin, als Transportmittel zu dienen, sondern den Neid ihrer Freundinnen zu schüren. Und das war ihr gelungen.

«Sieh mal einer an. Gondelt hier einfach durch die Gegend.» Louise schlug sich mit einem Kamm auf den Schenkel. «Mir würde das Auto besser stehen als ihr. Ihre Haare haben die falsche Farbe.»

«Sie wird sie passend färben», sagte Toots Ryan.

Juts, die neben Louise und Toots am Fenster stand, sah dem schönen Wagen wehmütig nach. «Muss toll sein, so viel Geld zu haben.»

«So reich ist sie gar nicht. Wir sollen bloß glauben, dass sie reich ist. Harold ist Bauunternehmer. Seine Finanzlage muss die reinste Achterbahn sein.»

«Chessy sagt, am Krieg mit allem Drum und Dran wird Harold ein Vermögen verdienen. Er ist im Rennen um Regierungsaufträge in ganz Maryland, und weil wir so nah an Washington sind, hilft er persönlich mit ein paar Aufmerksamkeiten nach.»

«Das muss man Harold Mundis lassen, er hat Ehrgeiz», bemerkte Toots.

«Ich wäre froh, wenn Pearlie ein bisschen mehr Biss hätte», klagte Louise.

«Eins steht fest, mein Mann hat keinen und wird nie welchen haben. Er sagt, sobald man andere Leute einstellt, geht der Ärger richtig los.» Sie sah Mary Miles bremsen und die Rücklichter rot aufleuchten. «Was sind schon ein paar Sorgen gegen so viel Geld?»

«Wir kommen gut zurecht. Wir haben soweit keine Sorgen», erklärte Louise. «Wir haben Flavius fast vollständig abbezahlt.»

«Frauen sind vernünftig.» Toots fuhr rasch mit der Zunge über die Zähne. «Männer verschwenden ihre Zeit damit, sich voreinander aufzublasen. Ich behaupte, sie sind mehr damit beschäftigt, sich gegenseitig zu imponieren als uns.»

Louise seufzte. «Ist eben eine Männerwelt.»

«Ja, und deswegen haben wir wieder Krieg», erwiderte Juts spitz. «Mir ist es völlig schnuppe, wer an welchem Hebel sitzt. Ich meine, wenn man etwas kann, soll man es tun. Warum es in Männersache und Frauensache aufgeteilt ist, geht über meinen Verstand. Ich habe mehr Unternehmungsgeist als Chester. Ich liebe ihn über alles, aber er ist nicht der Typ, der anpackt, stimmt's?» Sie nickten, und sie fuhr fort: «Ich könnte wie Harold Mundis um Regierungsaufträge kämpfen, aber ich bekäme nicht mal einen Fuß in die Tür.»

«Du verstehst nichts vom Baugeschäft.» Louise blähte sich mächtig auf.

«Nein, aber es würde mir auch nichts nützen.»

«Deshalb ist es ja so wichtig, dass man eine gute Partie macht, Julia. Das hast du nie kapiert. Es kommt nicht drauf an, wie klug eine Frau ist. Wenn sie nicht mit dem richtigen Mann verheiratet ist, kann sie ihn auch nicht groß rausbringen. Dein ganzer Ehrgeiz kann Chester Smith kein Feuer unter den Hintern machen. Das habe ich dir schon 1927 gesagt.»

«Richard hat auch kein Feuer im Leib», sagte Toots. Ihr Mann arbeitete beim *Clarion* an der Laderampe.

«Sein Herz kann man nicht ändern.» Julia gab Louise unbeirrt Kontra.

«Ändern. *Ignorieren.* Männer sind wie Straßenbahnen, der nächste kommt bestimmt um die Ecke.» Theatralisch hielt sie inne. Sie senkte die Stimme. «Die Liebe spielt dabei die geringste Rolle – wirklich.»

«Bei dir.»

«Ich liebe meinen Mann, aber ohne Aussichten hätte ich ihn nicht geheiratet.» Sie kniff die Lippen zusammen. «Ich hatte Mommas Beispiel vor Augen. Ich wollte keinen Nichtstuer heiraten.»

«Ich habe eher den Eindruck, dass Hansford zu viel getan hat», versetzte Juts bitter.

«Wir werden es nie erfahren. Sie halten alle dicht», sagte Louise höhnisch. «Ach, wen kümmert's? Mich nicht. Bloß ein Haufen alte Leute, die rumsitzen und in Erinnerungen schwelgen. Erinnerungen sind das Einzige, was sie haben.»

«Louise, niemand weiß, was die Zukunft bringt. Es ist leichter, zurückzublicken.» Juts verschränkte die Arme.

«Das ist wahr.» Toots nickte. «Rillma sagt, manchmal fragt sie sich, ob Washington bombardiert wird. Man kann nie wissen.»

«Die Männer in Washington stehen doch bei ihr bestimmt Schlange.» Für einen flüchtigen Augenblick hätte Louise gern mit ihr getauscht.

«Sie hat ein Mitglied der «Freien Franzosen» kennen gelernt. Er sieht gut aus, sagt sie. Bullette. Pierre? Louis? Ich hab's vergessen. Sie sagt, sie arbeitet rund um die Uhr, und Francis ist ein guter Chef. Er erinnert sie an Miss Chalfonte. ‹Mach es richtig oder mach es gar nicht.›»

«Da kommt sie wieder.» Juts lachte, als Mary Miles vorüberglitt.

«Wie oft ist sie heute Morgen wohl schon durch die Frederick Road gefahren?» Louise reckte den Hals. «Wenn sie in unsere Straße kommt, weiß man, sie fährt die Baltimore Street raus, kürzt durch die Gasse ab, kommt die Hanover Street runter und dann raus auf den Emmitsburg Pike. Sie sorgt dafür, dass sie von jedem einzelnen Menschen in dieser Stadt gesehen wird.»

Juts winkte für den Fall, dass Mary Miles zu ihnen hereinsah – was sie tatsächlich tat. Sie musste einen Schlenker machen, um wieder auf die Straße zu gelangen. «Komisch, über Nacht ist der Frühling gekommen», sagte Juts.

«Der Frühling und ihr neuer Pontiac.» Louise wischte die alten Nachrichten auf der Klatschzentrale ab. «Ich gebe wohl bekannt, dass Mary Miles ein neues Auto hat.»

«Lieber nicht», riet Toots ihr.

«Ja, soll sie's doch selber tun», meinte Juts. «Junge, heute ist aber auch gar nichts los. Fannie Jump hat sogar ihr Kartenspiel abgesagt. Frühlingsgefühle, nehme ich an.»

«Kommt überhaupt jemand?», fragte Louise.

Juts ging zu dem großen Terminkalender und fuhr mit dem Finger die Spalte hinunter. «Keine Menschenseele. Ich würde sagen, nehmen wir uns den Rest des Tages frei. Ich habe auch Frühlingsgefühle.» Juts strich die Kalenderseite glatt. «Lasst uns irgendwohin fahren.»

«Wohin?»

«Ich weiß nicht. Irgendwo.»

«Wir haben kein Auto.»

«Wir brauchen uns nur an die Ecke zu stellen. Mary Miles kommt bestimmt wieder vorbei. Wir fahren per Anhalter.»

«Sie wird Doodlebug und Buster nicht im Auto haben wollen.»

Juts sah zu den aufwärts gewandten Hundegesichtern hinunter. «Ach, was soll's, machen wir einen Spaziergang.»

Sie bewunderten die Narzissen, die am Sockel des Konföderiertendenkmals aus der Erde lugten. Sie marschierten die Hanover Street hinunter, entschlossen, sich einen großen Appetit fürs Mittagessen zu holen. Buster bellte, drehte sich ein paar Mal im Kreis und setzte sich vor den Eingang zu Trudy Archers Tanzschule.

«Ist das nicht süß. Er möchte tanzen.» Julia Ellen lachte. Als sie pfiff, folgte er ihr und drehte sich noch einmal nach Trudys Tür um.

48

EIN PAPPMOND, EINE FLASCHE SCOTCH und ein großes grünes Glas mit Badeschaum standen auf Trudy Archers Tisch. Den Mond und den Whisky hatte Chester ihr geschenkt. Das Schaumbad war ihre Idee gewesen.

Dienstagsabends nach der Tanzstunde verließ er ihre Wohnung, um dann zu Fuß zurückzuschleichen. Manchmal nahm er Buster mit – sein Vorwand für einen Spaziergang. An den Abenden, wenn Juts beim Warndienst eingeteilt war, kam er spät nachts, wenn in Runnymede die Lichter in den Häusern erloschen, und ging vor Sonnenaufgang. Er kannte alle Einsatzpläne für den Warndienst, was seinen Umtrieben zugute kam. Wenn er Glück hatte, konnte er mit einem Mann von der Feuerwache mitfahren, am Wachturm vorbei; Trudy wohnte auf der Pennsylvania-Seite der Grenze. Dann stieg er im Stockdunkeln ein paar Straßen entfernt aus und lief rasch zu ihrer schmucken Wohnung.

Auf Chessys Klopfzeichen an der Hintertür – pa-pom-pa-pa-pom-pa – sprang Trudy auf. Sie ließ Chester und Buster rasch ein.

«Ich bin so froh, dass du da bist.» Sie schlang die Arme um seinen Hals und küsste ihn, dann führte sie ihn an der Hand ins Badezimmer, wo die mit schillernden Schaumblasen gefüllte Wanne einen außergewöhnlichen Abend verhieß.

Chessy war heute Abend mit der Absicht gekommen, die Affäre zu beenden. Jeden Dienstag wappnete er sich, um ihr zu sagen, es müsse Schluss sein, aber jeden Dienstag schmolz er in ihrer Gegenwart dahin. Dieser Dienstag bildete keine Ausnahme.

Er hatte festgestellt, dass er nicht an Juts dachte, wenn er bei Trudy war. Doch wenn er bei seiner Frau war, tagträumte er oft von Trudy, von ihrem geschmeidigen Körper und ihren grünen Augen. Weil Trudy neu für ihn war, dachte er öfter an sie. Er liebte Juts, obwohl er sich manchmal dermaßen über sie ärgerte, dass er Kopfweh bekam. Was ihn mit ihr verband, war ebenso sehr Loyalität wie Liebe. Juts ertrug die unaufhörlichen direkten und indirekten Beleidigungen seiner Mutter. Zudem war ihm auf Erden kein Erfolg beschieden, und sie fand sich damit ab, jeden Penny zweimal umdrehen zu müssen, was ihr bei ihrer Verschwendungssucht schwer fallen musste. Sie kochte, putzte und gärtnerte, verrichtete die typischen Hausfrauenarbeiten auf ihre tatkräftige Art. Abgesehen davon, dass sie ihm sagte, was er zu tun und wie er es zu tun habe, fand er an seiner Frau nichts auszusetzen. Sosehr er Trudy begehrte, er konnte sich nicht vorstellen, einen Menschen zu verlassen, der sich nichts hatte zu Schulden kommen lassen. So etwas tat man nicht in Runnymede.

Als er sich in die Wanne gleiten ließ und Trudy ihm ein Glas Whisky reichte, schlug er sich die Sorgen aus dem Kopf.

Man lebt nur einmal, dachte er.

49

SHERIFF WHEELER UND SHERIFF NORDNESS arbeiteten im Brandstiftungsfall von Noe Mojos Fleischlager eng zusammen. Beide Dienststellen sichteten sorgsam die vorliegenden Beweise und verhörten die Verdächtigen.

Anfangs hatte Harper Wheeler der allgemeinen Ansicht zugestimmt, dass es sich um einen dummen Streich handelte, der von Alkohol ebenso angefacht worden war wie vom Benzin. Harmon Nordness hüllte sich in Schweigen. Nicht, dass er jungen Männern, vom Angriff auf Pearl Harbor angestachelt, eine solche Tat nicht zutraute, doch die Beweise ließen eher auf jemanden schließen, der vorsätzlicher handelte als ein Jugendlicher, der Lumpen mit Benzin tränkte.

Die gemeinsame Arbeit der beiden Sheriffs ergab viele Fragen und wenig Antworten.

Harper saß auf Bumblebee Hill auf einem hochlehnigen Schaukelstuhl vor dem großen Kamin. Sanftes Zwielicht ergoss sich über die wogenden Hügel, aber die Abendtemperatur war unter fünf Grad gesunken. Das Feuer vertrieb die Kälte.

«Cora, danke für den heißen Kaffee. Sie kochen den besten Kaffee in ganz Runnymede.»

«Oh, danke, Harper. Wenn ihr Jungs mich nicht braucht, ich bin in der Küche.» Sie hatte sich vorgenommen, den kleinen Tisch am Fenster abzuschmirgeln und zu streichen. Ein dunkles Jägergrün wäre genau das Richtige, und sie wollte die Kante mit einem gelben Zierstreifen und kleinen Kringeln an den Ecken versehen.

Harper verschränkte die Hände wie im Gebet. «Hansford, ich stecke in einer Sackgasse. Ich rechne nicht damit, dass Sie mir helfen können, aber Sie sind der Letzte in Runnymede, den ich noch befragen muss.» Er kam ohne Umschweife zur Sache. «Wo waren Sie, als die Fleischfabrik brannte?»

«Hier – im Haus, bei Cora.»

«Ich wollte nicht andeuten, dass Sie es getan haben.»

«Hab ich auch nicht so verstanden. Es ist schließlich Ihre Aufgabe, jeden zu verdächtigen.»

«Tja – allerdings.»

Gewitzt stellte Hansford seinerseits eine Frage: «Kennen Sie die Geschichte des Hauses, Sheriff?»

«Klar. Cassius Rife hat es vor dem Bürgerkrieg gebaut, und nach seinem Tod hat Brutus es weitergeführt.»

«Als Kaffeefabrik.» Hansford hustete und hielt sich ein frisch gebügeltes Taschentuch vor den Mund.

«Ja.»

«Kaffee ist wie die Börse, er hat Konjunkturen. Mit einer einzigen Ernte in Kolumbien kann man ein Vermögen verdienen oder verlieren. Ich nehme an, Cassius hat ein weiteres Vermögen verdient.»

«Ich dachte, es wäre bloß eine Kaffeefabrik gewesen, Sie wissen schon, wo die Bohnen gemahlen und verpackt werden.»

«Oh, war es auch. Aber er hat die grünen Bohnen in einem Eisenbahnwagon herbeigeschafft. Auf dem Gelände gibt es ein Nebengleis.»

«Das Gleis ist seit Ende der dreißiger Jahre stillgelegt.»

Hansford lehnte sich zurück und legte die Füße auf einen Schemel aus Strohgeflecht. Er ließ noch Platz für Harpers Füße. «Cassius hat die Fabrik lange vor meiner Geburt – 13. Februar 1869, der Vollständigkeit halber – gebaut. Als ich klein war, herrschte dort Hochbetrieb.

Ganz Runnymede war vom Duft nach frisch geröstetem Kaffee durchzogen. Entschieden besser als das Leben in Spring Grove, kann ich Ihnen sagen.» Er lachte. Spring Grove war eine Kleinstadt an der Route 116 nordöstlich von Runnymede, wo eine Papierfabrik den typischen Gestank kochender Pulpe verbreitete. «Das Geschäft florierte bis 1929, und dann war der alte Herr ja nicht mehr da. Er starb, hm» – er hob die Stimme – «Cora, wann ist Cassius Rife vor seinen Schöpfer getreten?»

«Muss um die Zeit von Julias Geburt gewesen sein. Vielleicht etwas nach 1905.»

«Hm» – Hansford zuckte die Achseln – «sagen wir mal irgendwann zwischen 1905 und 1908. Ich war jedenfalls noch hier, als er starb, also muss es spätestens 1908 gewesen sein. Brutus hat den Betrieb übernommen, die Konservenfabriken und natürlich die Rüstungsfabrik. Die Kaffeefabrik hat er verkauft, als die Marktpreise mal wieder im Keller waren.»

«Er hat sie 1915 an Van Dusen verkauft.»

«Carlottas Mann. Sah gut aus in einem Hemd von Arrow.» Damit wollte Hansford ausdrücken, dass in dem Hemd nicht viel drinsteckte.

«Dann hat Brutus sie fünf Jahre später zurückgekauft, für ein Zehntel des Preises, zu dem er sie losgeschlagen hatte; denn Van Dusen war nicht mehr ganz richtig im Oberstübchen.» Harper lächelte. «Alles ganz legal.»

Hansford machte die Augen zu und wieder auf. «Brutus hat das kommen sehen, Sheriff, glauben Sie mir. Das gibt's nicht, dass ein Rife einen Profit nicht wittert. Die haben ja sogar am Tod verdient – überlegen Sie mal. Die sehen Geld, wo wir es gar nicht suchen.»

«Ich glaube nicht, dass Pole und Julius so schlau sind.»

Harper sprach von Napoleon Bonaparte Rife und seinem Bruder Julius Caesar Rife, die das Konglomerat gemeinsam leiteten. Ein dritter Bruder, Ulysses S. Grant Rife, hatte sich das Leben genommen, und der älteste Bruder, Robert E. Lee Rife, geboren 1899, war als Leiter der Stagecoach Bank nach San Francisco gezogen. Auch Julius und Pole hielten sich so wenig wie möglich in Runnymede auf, da sie die Verlockungen von New York City vorzogen.

«Jetzt habe ich ein bisschen in der Vergangenheit herumgestochert und ein paar Brocken zutage gefördert.» Mit seiner langsamen Sprechweise lullte Hansford Harper ein, der den Mann unterschätzte.

Harper erwiderte: «Es ist fraglich, ob die Versicherung zahlt, weil wir nicht herausfinden können, wer das vermaledeite Feuer gelegt hat. Julius und Pole machen mir die Hölle heiß. Man sollte meinen, die hätten genug Geld.»

Hansford zuckte die Achseln. «Ich sehe alles mit den Augen eines Bergmanns. Sie müssen hier tief schürfen, Harper, und wenn ich schürfen sage, meine ich schürfen.»

«Ich werde Ihren Rat beherzigen. Danke, Hansford.» Harper stand auf.

Auf die Armlehne des Sessels gestützt, stemmte sich Hansford hoch. «Versuchen die Rifes, aus Noe Geld rauszuquetschen?»

«Nein.»

«Das ist ungewöhnlich. Wie gesagt, Sie müssen tief schürfen und darauf achten, ob ein Armer plötzlich Geld hat.»

«Ich werde es beherzigen, wie gesagt.» Harper gab ihm die Hand und ging, ohne recht zu verstehen, worauf Hansford hinauswollte.

50

Tage kommen und gehen. Manchmal bleibt einer im Kopf haften wie Kaugummi an der Schuhsohle. Der 29. April war für Julia Ellen so ein Tag. Hitler und Mussolini trafen sich in Salzburg. Gab Julia auch vor, sich für das Tagesgeschehen zu interessieren, so interessierte sie sich doch weit mehr für ihre eigenen Angelegenheiten.

Louise war stolz auf Maizie, die in der Schule inzwischen sehr beliebt war. Die Unbeholfenheit der Vierzehnjährigen war mitunter schwer zu ertragen, doch da ihre gleichaltrigen Freundinnen selbst damit zu kämpfen hatten, fiel es ihnen gegenseitig nicht auf. Maizie war nicht nur bei den Mädchen beliebt, sondern auch bei den Jungen. Außerdem kümmerte sie sich um ihre betrübte Schwester.

Mary, ein hübsches Mädchen, fragte Maizie, was sie so beliebt mache. Maizie erwiderte: «Ich höre allen zu und unterbreche sie nicht.»

Zweifellos hatte sie Zuhören gelernt, weil ihre Mutter, ihre Tante und Mary sich gegenseitig die Redezeit streitig machten, aber das sagte sie nicht.

Wenn Juts gerade keine Kundinnen bediente, strich sie die großen Blumenkästen draußen vor dem Salon, hängte Körbe auf und arrangierte Blumen. Buster buddelte einen Kasten mit blassgelben Tulpen aus und handelte sich dafür einen Klaps ein. Die beiden Schwestern arbeiteten fleißig an diesem Tag, angespornt durch die Tatsache, dass sie noch eine einzige Zahlung an Flavius Cadwalder zu leisten hatten, bevor sie schuldenfrei waren.

Als Juts sich nach Hause schleppte, war sie fix und fertig. Sie legte sich aufs Sofa und wollte die *Trumpet* lesen, als Chester vorzeitig nach Hause kam.

«Hallo, Schatz», rief sie.

«Hallo», antwortete er aus der Küche. «Konnte früher weg. Möchtest du was trinken?»

«Nein, ich bin so müde, da würde ich glatt einschlafen.»

Sie hörte ihn Eiswürfel zerkleinern, dann erschien er mit einem Whiskey.

«Ich bin vollkommen erledigt.» Er setzte sich zu ihr aufs Sofa.

«Zieh bloß nicht die Schuhe aus. Das ist schlimmer als Senfgas.»

Er legte die Füße übereinander, seine Schuhe berührten fast ihr Gesicht. «Wir bauen Kampfflugzeuge, aber Stinkefüße können wir nicht kurieren.» Er schluckte. «He, wollen wir heute Abend ins Kino gehen?»

So geschlaucht sie auch war, die Energie für einen Kinobesuch brachte sie immer auf. Sie toupierte sich die Haare, während Chester seinen Whiskey austrank.

Sie kamen gerade rechtzeitig.

Nach der Vorstellung wirbelte ein dünner Nebel um den Runnymede Square.

«Wer ist heute Abend auf dem Turm?»

«Caesura und Pearlie.»

«Wie ist der denn da reingeraten?»

«Mir hat ein Mann gefehlt, da ist er eingesprungen. Schön ist es draußen heute Abend, nicht?» Sie schlenderten an der Bank vorüber, deren korinthische Säulen aus dem Nebel ragten.

«Bisschen feucht.»

Er hakte seine Frau unter. «Meine Untersuchungsergebnisse sind endlich gekommen.» Sie ging schweigend weiter, und er sagte: «Ich bin der Übeltäter. Es liegt an mir, dass wir keine Kinder haben können. Nicht genug Sperma.

Doc Horning meint, es könnte daher kommen, dass ich als Kind Mumps hatte.»

Julia sagte nichts. Sie blieben stehen, um die Auslagen im Schaufenster des Bon-Ton zu bewundern, eine Golfausrüstung vor einem täuschend echten Grün, wo die Flagge mit der Nummer 16 hing.

Als sie endlich sprach, war ihre erste Reaktion: «Hast du es deiner Mutter gesagt?»

«Nein. Das würde ich nie tun.»

«Ich kann nicht behaupten, dass ich überrascht bin, Chessy.» Sie drückte seinen Arm. «Irgendwas konnte nicht stimmen. Schließlich sind wir lange genug verheiratet, da hätte es ja mal klappen müssen, findest du nicht? Ich meine, es ist nicht so, dass wir's nicht geahnt hätten, aber jetzt haben wir Gewissheit.»

«Ja.»

«Wir können ein Kind adoptieren.»

«Das ist – nehmen wir es, wie es kommt, Julia. Meine Familie wird ein Adoptivkind nicht anerkennen.»

«Na und?», entgegnete sie kampflustig.

«Meinst du nicht, dass ein Kind es dadurch sehr schwer hätte?»

«Das Leben *ist* schwer.»

«Du weichst mir aus.»

«Das Leben ist schwer. Das wird das Kind früh genug erkennen. So sehe ich das. Wenn wir das Kind lieben, wird es einen guten Start ins Leben haben. Wir müssen unser Bestes tun. Es ist mir schnurzegal, was deine Mutter denkt. Sie hat vom ersten Tag an kein gutes Haar an mir gelassen. Wir müssen ein Kind haben, Chester. Wenn es nicht bald geschieht, sind wir zu alt, um ein Kind aufzuziehen – dann sind wir zu festgefahren in unseren Gewohnheiten.»

«Schatz, gib mir etwas Zeit.»

«Wie viel Zeit?» Sie sah ihm ins Gesicht.

«Ich werde wissen, wann ich so weit bin.»

«Was ist das für eine Antwort?»

«Es ist die Einzige, die ich habe. Herrgott nochmal, Julia. Ich fühle mich abscheulich. Es ist alles meine Schuld. Ich muss das erst mal verkraften.»

«Es ist nicht deine Schuld. Es ist etwas in deinem Körper.»

«Ich habe aber das Gefühl, dass es meine Schuld ist.» Er hob ruckartig den Kopf. «Ich sage nicht nein, ich sage, ich brauche …» Er zuckte die Achseln. Gefühle auszudrücken lag ihm nicht. Er empfand viel, sagte aber wenig.

«Also gut.» Sie sprach nüchtern, als hätten sie eine Abmachung getroffen. «Hoffen wir, dass du es weißt, bevor ich die Geduld verliere.»

Er legte seinen Arm um sie, als sie die Straße überquerten und auf den Platz gingen. Der Nebel hatte George Gordon Meade eine Triefnase verpasst.

51

ALLE JUNGS, DIE NACH DEM ANGRIFF auf Pearl Harbor eingezogen worden waren, hatten ihre Grundausbildung absolviert. Es war nur eine Frage der Zeit, bis die meisten von ihnen nach Übersee abkommandiert würden.

Rob McGrail und Doak Garten hatten die Schlacht um die Midway-Inseln verpasst, zu ihrem großen Verdruss, denn die Zeitungen meldeten einen entscheidenden Sieg der Amerikaner; allerdings nahm man Kriegsnachrichten jetzt mit Vorbehalt auf. Sie waren zwar Kleinstädter, aber sie waren nicht dumm.

Der «Reichsprotektor von Böhmen und Mähren», Reinhard Heydrich, war ermordet worden. Die Besatzungsmacht kündigte an, man werde das tschechische Dorf Lidice zerstören, als Vergeltung für die Ermordung eines Mannes, den die Deutschen selbst nicht leiden konnten. Die Engländer wurden in der Wüste überrollt, als die Deutschen nach Tobruk stürmten.

Unruhe ergriff die Amerikaner. Sie wollten jetzt kämpfen. Die Prozedur, Männer auszubilden, ausreichend Material aufzutreiben und über den Atlantik und den Pazifik zu schaffen, zog sich endlos hin.

Die Menschen tanzten länger, lachten lauter und waren ausgelassener denn je. Sie drehten dem Tod eine Nase, indem sie das Leben feierten. Julia tanzte am meisten von allen. Chester hatte seine Frau noch nicht mit seinen Tanzkünsten überrascht. Louise entdeckte Tanzveranstaltungen für sich; nicht, dass sie sie früher gemieden hätte, doch nun nahm sie vollen Herzens daran teil, weil sie, wie sie behauptete, die Moral hoben. Eigentlich tue sie es für die Jungs.

In diesem Jahr fiel der 15. Juni, der Runnymede-Tag, an dem man die Magna Carta feierte, auf einen Montag, was den Leuten ein verlängertes Wochenende bescherte. Der Festzug fand wie immer auf dem Runnymede Square statt, und die meisten Bewohner kleideten sich in Kostüme des dreizehnten Jahrhunderts, was bedeutete, in jede Menge gefärbte Bettlaken, die sie mit seidenen Zierkordeln umgürteten. Digby Vance mimte den König Johann, Millard Yost war der Anführer der Barone.

Die Brauereien lieferten Bierfässer, der Coca-Cola-

Händler spendete alkoholfreie Getränke, und die Rifes kamen für die Hot Dogs auf. Nachdem König Johann seine wohlverdiente Strafe erhalten hatte, verging der Nachmittag mit Eierlaufen, Dreibeinwettläufen und Sackhüpfen.

Chester zwinkerte Trudy Archer zu, ging ihr aber aus dem Weg. Celeste und Ramelle siegten im Dreibeinwettlauf vor allen anderen, sogar vor den Kindern. Der Anblick der hoppelnden Celeste Chalfonte lähmte ihre Gegner.

Als die lange Dämmerung anbrach, spielte die Kapelle; Erwachsene und Kinder tanzten unter den sanft schwingenden Laternen. Julia Ellen und Louise hatten ab neun Uhr Dienst auf dem Turm, blieben aber bis zum letzten Lichtschimmer unten.

Als sie die Leiter hinaufkletterten, klang die Musik ganz entrückt. Juts schwenkte laut singend ihr Bein über die Seite des massiven Turmes. Als die Ältere meinte Louise, die Verantwortung zu tragen; sie prägte sich die Silhouetten der feindlichen Flugzeuge, die an einer Seite des Turmes lehnten, doppelt und dreifach ein. Juts überprüfte doppelt und dreifach den großen Suchscheinwerfer, das Flakgeschütz und die Sirene.

«Du hast sie doch in- und auswendig gelernt.»

«Kann nicht schaden, mein Gedächtnis aufzufrischen», erwiderte Louise von oben herab.

«Wie viel hast du getrunken?»

«Ich trinke nicht.»

«Ach, wie konnte ich das vergessen», lautete die sarkastische Antwort. Juts setzte sich.

«Wie viel hast du getrunken?»

«Ein Bier.» Was mindestens drei bedeutete. «Aber keine Bange. Ich hab's um sechs getrunken. Das hat sich längst verflüchtigt.»

«Wenn du die Leiter runter- und raufkletterst, weil du aufs Klo musst, weiß ich, dass das wieder ein Juts-Spruch war.» Louise bezeichnete jede Schwindelei als Juts-Spruch.

Julia beugte sich über den Turm, um die Tanzenden unten zu beobachten. Ihr Fuß schlug den Takt mit. Die Farben der Kostüme – Scharlachrot, Königsblau, flammendes Orange, Gelb und Lila – regten ihre Phantasie an. Der Runnymede Square hätte wirklich ein Platz im mittelalterlichen England sein können.

«Glaubst du, die Toten hatten so viel Spaß wie wir?»

«Nein, sie sind tot.» Louise machte sich an ihrem Fernglas zu schaffen.

«Das meine ich nicht. Ich meine, als die Leute, die die Magna Carta unterzeichnet haben, noch lebten, glaubst du, da hatten sie so viel Spaß wie wir?»

Louise stellte sich neben ihre Schwester, um die Musik und das ausgelassene Treiben zu beobachten. «Ich weiß nicht. Sie hatten die Einzig Wahre Kirche, also wurden sie nicht von falschen Propheten in Versuchung geführt.»

Empört erwiderte Julia, eine laue, aber dennoch eine Protestantin: «Ich wette, sie haben bei Tanzmusik nicht an die Kirche gedacht. Ich wette, sie haben sich nicht um halb so viel Mist gesorgt wie wir. Und ich habe irgendwo gelesen – vielleicht in der Gesundheits-Kolumne der Zeitung – dass sie weniger Löcher in den Zähnen hatten, weil es keinen raffinierten Zucker gab. Ihre Süßigkeiten wurden mit Honig gemacht. Zuckerrohr kam mit der Neuen Welt auf. Da hast du's.»

«Was haben sie gemacht, wenn sie krank wurden? Gestorben sind sie. So war das.»

«Ach? Sterben tun wir auch – es dauert bloß länger. Weißt du, was ich noch denke?»

«Ich kann’s kaum erwarten.» Louise erspähte Maizie, die mit einem Klassenkameraden tanzte, einem der zahlreichen BonBons.

«Ich glaube, wir wachsen unser Leben lang ...»

Louise unterbrach sie. «Bei Junior McGrail war es sicher so. Sie hat zwei Chenille-Tagesdecken gebraucht, um sich einen Bademantel zu machen.»

«Das weiß ich noch. Und wenn wir nicht wachsen, schrumpfen wir.»

«Juts, du hast mehr als ein Bier getrunken.»

«Zwei, aber lass mich ausreden.»

«Dich ausreden lassen? Dann quatschst du die ganze Nacht.»

«Tu ich nicht, Louise, aber eins will ich dir sagen. Ich glaube, die Toten wachsen auch weiter. Wenn unsere Seelen unsere Körper verlassen, kann die Seele weiterlernen; wenn ich also mit Mamaw reden will, kann ich es tun, und das gilt für sie genauso wie für mich.» Juts sprach von ihrer verstorbenen Großmutter.

Da dies an Blasphemie grenzte, schwieg die streng dogmatische Louise eine Weile. «Da bin ich mir nicht sicher. Ich müsste Father O’Reilly fragen.»

«Denk doch selber.»

«Tu ich ja», lautete die schnippische Antwort. Verärgert setzte Louise das Fernglas wieder an. «Ich traue meinen Augen nicht.»

«Was?»

«Chester tanzt.»

«Unmöglich.» Juts hielt einen Moment inne. «Es sei denn, jemand hat ihm zwölf Bier hinter die Binde gekippt. Er kann nicht tanzen.»

Sie griff nach dem Fernglas, aber Louise wehrte sie ab,

weil sie am Himmel ein Dröhnen hörten. Louise suchte den Nachthimmel ab.

Julia plapperte weiter. «Muss jemand anders gewesen sein, nicht Chester.» Sie reckte den Hals, um in die samtige Dunkelheit zu spähen. «Louise ...»

«Julia, sei still!» Louise suchte das Flugzeug. «Da ist es!»

«Es ist eins von uns.»

«Sei still!» Louise richtete das Fernglas auf das Flugzeug und hielt nach verräterischen Kennzeichen Ausschau. Eine große weiße Zahl war auf die Seite gepinselt, außerdem ein weißer Kreis mit einem weißen Stern darin. «Das ist eine Transportmaschine. Was hat die hier zu suchen?»

«Wollte wohl mal kurz zum Feiern runterkommen.» Juts wollte das Fernglas. «Vielleicht war das Wetter schlecht, dort, wo sie herkommt.»

«Kann sein.» Louise ließ das Fernglas sinken, das sie sich um den Hals gehängt hatte.

«Lass mich mal.» Juts griff nach dem Glas, und Louise streifte sich den Riemen über den Kopf.

Juts sah gar nicht erst nach dem Flugzeug. Sie richtete das Glas auf das Tanzvergnügen. «Er tanzt nicht. Er sitzt neben seiner Mutter, dieser Zicke.»

«Er hat mit seiner Mutter getanzt.»

«Mann, muss der voll sein.»

«Mir sah er nüchtern aus.»

«Vielleicht hat sie ihn geführt. Sie meint ja, das tut sie seit sechsunddreißig Jahren.»

«Ich sage dir, er hat mit seiner Mutter getanzt.»

Juts glaubte ihr nicht. Sie wechselte das Thema, wie immer, wenn sie Streit vermeiden oder Kritik aus dem Weg gehen wollte. «Ich hätte Lust, den alten Drachen zu fragen, was mit Hansford war. Möchtest du nicht auch ihr Gesicht sehen?»

«Nein. Das interessiert mich nicht.»

«Ach komm, Wheezer, er ist unser Vater.»

«Schöner Vater.»

Juts zuckte die Achseln. «Ich glaube, wir werden nie erfahren, was im Kopf eines anderen Menschen vorgeht. Vielleicht hatte er gute Gründe.»

«Seine Ausreden sind fadenscheinig. Ich verstehe nicht, warum du deine Zeit mit ihm verschwendest.»

«Weil er der einzige Vater ist, den wir haben, ob ein guter oder ein schlechter, und wenn er nicht mehr lebt, dann ist es vorbei. Dann werden wir nie erfahren, was er vom Leben gelernt hat.»

«Du hast es mit dem Lernen.»

«Manche lernen aus Büchern. Ich lerne von Menschen.»

«Und was hast du bis jetzt gelernt?», fragte Louise herausfordernd.

«Dass jeder seine Gründe hat, egal, wie hirnverbrannt sie sein mögen. Die Leute denken eben, dass sie das Richtige tun. Adolf Hitler denkt, dass er das Richtige tut.»

«Das ist doch lächerlich. Das würde bedeuten, dass Hitler nicht Recht von Unrecht unterscheiden kann.»

«Das kann er. Er denkt, er hat Recht.»

«Das glaube ich nicht. Manche Menschen dienen dem Teufel.»

«Ich glaube, manche Menschen dienen sich selbst – das kommt auf dasselbe raus.»

Louise rümpfte die Nase. Dieser Gedanke war neu für sie, und ihre erste Reaktion war stets, etwas Neues von sich zu weisen. Immerhin dachte sie darüber nach. «Ich weiß nicht.»

Sie saßen beisammen und lauschten. Von unten drang Gelächter herauf. Tränen liefen über Julia Ellens rosige Wangen.

Louise bemerkte es. «Juts, was hast du?»

«Ich weiß nicht.»

«Ist dir schlecht?» Louise wurde brummig. «Ich weiß, du hast zu viel getrunken. Dann quasselst du immer wie ein Wasserfall.»

«Hab ich nicht.» Juts hörte auf zu weinen. «Mir ist komisch, weiter nichts.»

«Wenn du hier oben auf dem Turm kotzt, wisch ich es nicht weg.»

«Mir ist nicht schlecht!» Ihre Augen blitzten. «Ich bin irgendwie bedrückt. Louise, du kannst manchmal ein richtiges Miststück sein, weißt du das? Ich hacke nicht auf dir rum, wenn du bedrückt bist oder aus der Haut fährst.»

«Ich fahre nicht aus der Haut.» Louise reckte das Kinn.

«Von wegen.»

Louise überhörte das und fragte: «Was ist los?»

«Chester hat kein Wort mehr von einem Kind gesagt, seit er die Ergebnisse von Dr. Horning hat. Er sagt, er braucht Zeit, aber wie viel Zeit?»

«Es ist erst, hm – ein paar Wochen her. Dräng ihn nicht.»

«Ich habe keinen Ton gesagt.» Sie wischte sich die Tränen fort. «Wheezie, vielleicht liebt er mich nicht mehr. Wenn er mich liebte, würde er wissen, dass ein Kind mir alles bedeutet.»

«Er liebt dich. Vatersein ist für Männer scheinbar nicht so wichtig wie Muttersein für uns. Lass ihn in Ruhe.»

«Meinst du?»

«Männer sind wie Kinder, Juts. Ich weiß nicht, warum

das nicht in deinen Kopf will. Du behandelst sie als Freunde, und das geht nicht. Chester ist ein großer Junge, also denkst du für ihn, gängelst ihn – verstehst du?»

«Gott, Louise, das ist so anstrengend. Ich möchte einen Mann, der selbständig entscheidet und handelt.»

«Den gibt es nicht.»

«Bei Pearlie scheint es zu klappen.»

«Ich treffe seine Verabredungen, ich führe seine Bücher, schmeiße den Haushalt, ich bestimme über große Anschaffungen – er ist zu unüberlegt –, und ich lege ihm jeden Morgen seine Kleidung zurecht. Worum muss er sich schon kümmern? Um gar nichts. Er braucht bloß morgens aufzustehen und zur Arbeit zu gehen. Das wird sich nie ändern, Julia. Die Frauen haben die Männer seit urdenklichen Zeiten im Griff.»

«Kein Wunder, dass wir fix und fertig sind.»

In der Tiefe der Nacht war nur noch die Musik von Patience Horney zu hören, die dem Freibier reichlich zugesprochen hatte. Sie lag mitten auf dem Platz ausgestreckt auf dem Rücken und sang aus Leibeskräften «Sweet Marie». Gelegentlich variierte sie dies mit einer innigen Wiedergabe von «Silver Threads Among the Gold».

Schließlich näherten sich beide Sheriffs dem Platz. Die Hälfte von Patience gehörte nach Pennsylvania und die andere nach Maryland. Patience war vermutlich der einzige betrunkene Mensch in der Geschichte der Vereinigten Staaten, der sich mitten auf der Mason-Dixon-Grenze schlafen gelegt hatte. Nach einem ausführlichen Disput, wo sie ihren Rausch ausschlafen sollte, im Nordgefängnis oder im Südgefängnis, schlossen die beiden Männer einen Kompromiss und fuhren sie nach Hause.

Sich wach zu halten verlangte allen, die beim Luftschutz

Dienst taten, das Äußerste ab. Manchmal döste Juts ein, dann weckte Louise sie auf, und umgekehrt. Keine von beiden bemerkte, wie sich Chessy nach dem Fest mit Buster fortschlich. Wenn weder Chessy noch Juts nachts zu Hause waren, hatte dies die verheerende Folge, dass Yoyo wild herumwütete. Gewöhnlich kam Chessy früh genug nach Hause, um den Schaden zu beheben.

Gegen 0400 – Louise hatte sich angewöhnt, die Militärzeit zu verwenden – schliefen beide Schwestern im Sitzen, an die Seite des Turmes gelehnt. Louise schlug als Erste die Augen auf. Sie hörte ein merkwürdiges Geräusch. Sie blickte zum Himmel und sah preußisch-blaue Kumuluswolken über sich. Sie wusste, dass da oben Flugzeuge waren – nicht eins oder zwei, sondern ein ganzes Geschwader.

Sie rüttelte Julia. «Juts, Juts, aufwachen!»

«Häh?»

Louise war aufgesprungen und versuchte die Flugzeuge zu sichten, die jetzt näher kamen. Sie bemühte sich, durch ihr Fernglas etwas zu erkennen, aber die Wolken spielten Verstecken mit ihr.

Juts rappelte sich hoch, lauschte angestrengt auf das Geräusch, doch für sie klang es nicht nach Motoren; fest stand nur, dass da oben etwas war.

«Licht an», befahl Louise.

Julia rollte hastig die Plane zurück und schaltete den großen Suchscheinwerfer ein, der jedoch einen Moment brauchte, um warm zu werden. «Scheiße, ist das Ding schwer.» Sie richtete ihn geradewegs in den Himmel.

«Kannst du ihn nicht rumdrehen – da drüben hin.»

«Lass die Kommandiererei.»

«Ich trage hier die Verantwortung», fauchte Louise.

«Ach Quatsch.»

«Wenn das da oben feindliche Flugzeuge sind, wirst du für vieles geradestehen müssen.»

Das stopfte Juts den Mund. In zögerndem Gehorsam schwenkte sie den großen Scheinwerfer ächzend und stöhnend in Richtung des Lärms.

«Stukas!», schrie Louise.

Die schwarzen Silhouetten in V-Formation hoch droben hätten die schlanken deutschen Sturzbomber sein können, deren Einsatz solch eine verheerende Wirkung hatte.

«Die Motoren hören sich aber komisch an.»

«Das liegt an der Höhe – Julia, halt weiter auf die Flugzeuge.»

«Ich hab sie in den Wolken verloren.»

«Bleib dran! Ich kurbel die Sirene.»

«Sollten wir nicht erst Gewissheit haben, bevor wir alle Leute aus den Betten jagen?»

«Besser, *wir* jagen sie raus als die Deutschen.»

«Okay.» Julia stabilisierte den Scheinwerfer; ihre Schultern spannten sich, als sie versuchte, den Strahl in einen steileren Winkel zu bringen.

Louise kurbelte den dicken Holzgriff an der Sirene, und der tiefe Heulton, ein Ton des Schreckens in aller Welt, schrillte durch die Sommernacht.

«Louise! Louise!», schrie Julia, doch Louise konnte sie bei dem ohrenbetäubenden Geheul nicht hören. «Es sind Kanadagänse!»

Die Menschen strömten in Nachthemden und Schlafanzügen, die Damen in pastellfarbenen Morgenröcken, aus ihren Häusern, als die Sirene die nächtliche Stille zerriss.

Juts klopfte Louise auf die Schulter. Sie hörte einen Moment auf zu kurbeln. «Kanadagänse!», schrie Juts.

«Unmöglich.» Ihre Skepsis war durchaus berechtigt,

denn diese schönen Vögel ziehen gewöhnlich im Frühjahr nach Norden und kehren im Herbst zurück.

Juts hielt den Scheinwerfer auf die Gänse gerichtet, die in die riesigen Wolken hinein und wieder hinaus segelten. «Guck doch selber!»

Louise sah die V-Formation direkt über ihren Köpfen fliegen. «Ogottogott.» Sie ließ das Fernglas sinken. «Julia, Julia, das darfst du *niemandem* erzählen.»

«Herrje, Louise, wir können die Leute nicht im Glauben lassen, dass es die Deutschen sind. Das bringt ganz Maryland in Aufruhr.»

«Das kannst du mir nicht antun!» Tränen kullerten ihr über die Wangen. «Kanadagänse», weinte sie laut.

«Komm, Wheezer.» Juts überlegte und sagte: «Erzähl ihnen, es sind deutsche Gänse.» Sie hielt inne. «Jeder macht mal einen Fehler.»

«Aber nicht so einen.» Louise hob das Fernglas an die Augen. «O nein.» Dann nahm sie die Leute ins Visier. «O Gott!»

Die Menschen taumelten aus Hintertüren, kamen aus Haustüren gestürmt. Einige, die nach dem Runnymede-Tag vielleicht noch immer in Watte gepackt waren, sprangen aus dem Fenster.

Caesura Frothingham, die im Nachthemd mehr von sich enthüllte, als irgendjemand sehen wollte, kreischte: «Die bringen uns um», just als Wheezie mit dem Flakgeschütz in die Luft schoss, um eine Attacke auf den Feind vorzutäuschen.

Mutter Smith wies zum Himmel, als Rupert sie zu Boden stieß.

Verna BonBon nahm erstaunlich ruhig jedes Haus in ihrer Straße ins Visier. Wenn sie keine bedrohlichen Geräusche hörte, würde sie sich nicht ins taunasse Gras legen.

Nachdem sie die Salve abgefeuert hatte, betrachtete Louise wieder mit dem Fernglas das Getümmel. Ein blecherner Ton schlich sich in ihre Stimme. «Juts – Juts, guck mal.»

In der Sekunde, da sie ihrer Schwester das Fernglas reichte und nach unten zeigte, wurde Louise klar, dass sie einen schrecklichen Schnitzer begangen hatte. Sie hätte diese Entdeckung für sich behalten sollen. Zu spät.

Juts richtete das Fernglas auf die Menschen unten, dann erfasste sie, was Louises Blick auf sich gezogen hatte. Chessy kam von der Pennsylvania-Seite her die Straße heruntergerannt, begleitet von Buster. Etwa einen halben Häuserblock entfernt stand Trudy Archer in einem Spitzennachthemd und sah ihm nach. Juts gab ihrer Schwester das Fernglas zurück und stürzte zu dem großen Scheinwerfer. Unter Aufbietung aller Kräfte schwenkte sie den Strahl vom Himmel hinunter auf die Straßen, er streifte Lillian Yost, die Haare auf rosa Lockenwickler gerollt, und ließ Runnymede im schönsten Durcheinander erstrahlen.

«Hab ich ihn erwischt?»

«Haarscharf!»

«Auf frischer Tat», sagte Juts mit zusammengebissenen Zähnen.

«Schwenk das Ding lieber wieder zum Himmel.»

«Ich will, dass er schmort.»

«Das wird er, aber wenn du es nicht wieder hoch schwenkst, schmoren auch wir.»

Juts stützte sich ab, indem sie einen Fuß gegen die Turmmauer stemmte, und wuchtete den heißen Scheinwerfer wieder gen Himmel. Das Gänsegeschrei erstarb, während das Geschrei unten an Lautstärke zunahm.

Die Erste, die sich am Fuß des Turmes einfand, war Fannie Jump Creighton, die gar nicht ins Bett gegangen war, oder richtiger, die nicht schlafen gegangen war. Der junge Mann an ihrer Seite war garantiert keinen Tag älter als achtzehn. Bei näherem Hinsehen entpuppte er sich als Roger Bitters, zwei Jahre jünger als sein Bruder Extra Billy.

«Was ist los?», schrie Fannie hinauf.

«Stukas», schrie Louise hinunter, «fliegen in etwa zehntausend Fuß, schätzungsweise.»

«Okay.» Fannie lief zur Feuerwache, um zu telefonieren. Harmon, dem heute Nacht kein Schlaf vergönnt war, hielt an, als sie ihm winkte. Sie steckte ihren Kopf durchs Fenster und teilte ihm mit, was Louise berichtet hatte. Er meldete es über Polizeifunk. Wohlweislich ließ er seine Scheinwerfer ausgeschaltet.

Verwirrt standen die Leute mitten auf der Straße. Caesura verharrte kauernd neben ihrem Wagen, um ja kein Risiko einzugehen. Die dicke weiße Cremeschicht, die sie sich aufs Gesicht geklatscht hatte, würde herumfliegende Trümmer absorbieren, ohne Caesura dadurch zu schaden.

Louise, nach ihrem Fauxpas nun wieder geistesgegenwärtig, kurbelte die Sirene und gab Entwarnung.

Sobald sie fertig war, kletterte Harper auf den Turm. «Was war los?»

Louise machte den Mund auf, der aber so trocken war, dass sie keinen Ton herausbrachte.

Juts gab rasch Auskunft: «Ein Geschwader deutscher Flugzeuge, in ungefähr zehntausend Fuß Höhe.»

«Konnten Sie sie erkennen?»

Louise nickte. «Stukas.»

Julia fügte hastig hinzu: «Ein Glück für uns, dass die Leute kein Licht gemacht haben, sobald wir Alarm schlugen. Die Verdunkelung hat uns gerettet.» Sie hörte ein Klappern unter sich, und als sie über die Kante lugte, sah sie, wie sich ihr Mann die Leiter hinaufhievte. Sie griff sich eine Thermoskanne und zielte direkt auf seinen Kopf. «Du elender Mistkerl!»

Harper blickte über die Kante. «Juts, er kann nichts dafür, dass er geschlafen hat. Beruhigen Sie sich. Der Anblick eines feindlichen Geschwaders bringt jeden aus der Fassung. Gut gemacht, meine Damen.»

Louise lächelte matt, aber Julia hatte eine Mission: Sie wollte ihren Mann umbringen.

Sie griff nach dem Fernglas. Louise entriss es ihr, Juts zog ihren Schuh aus und schlug ihn Chessy auf den Kopf.

«Julia», rief er und klammerte sich an die Leiter. «Ich kann alles erklären.»

«Erklär es dem lieben Gott.» Sie zog den anderen Schuh aus.

Mit beunruhigender Schnelligkeit hatte sie zwei und zwei zusammengezählt: die Muschelohrringe und Chesters Tanz mit seiner Mutter.

Unten hatte sich eine Menschenmenge versammelt. Louise packte ihre Schwester am Arm. «Das müssen Sie verstehen, Julia ist eine Kämpfernatur. Sie ist wütend, weil ich ihr mit dem Abfeuern des Flakgeschützes zuvorgekommen bin, stimmt's?» Eine bessere Geschichte fiel Louise nicht ein.

Juts blinzelte. «Ah ...» Sie wandte sich an Harper. «Wir hatten sie, Harper. Wir hatten sie im Visier, aber die Wolken haben es uns vermasselt!»

Harper beugte sich herunter, hielt die Hände als Trichter an den Mund und rief: «Deutsche Flugzeuge. Es ist vorbei. Gehen Sie nach Hause.»

«Woher wissen wir, dass nicht noch mehr kommen?», erwiderte Millard besonnen.

«Wissen wir nicht.» Louise beugte sich über die Kante, als Pearlie mit Mary und Maizie zum Turm gerannt kam. «Aber wir sind nicht ihr Ziel.»

Popeye Huffstetler, der seinen großen Durchbruch witterte, einen in mehreren Blättern erscheinenden Artikel mit seinem Namen unter der Überschrift, rief von unten so viele Fragen hinauf, dass Louise schließlich brüllte: «Popeye, ich werde Ihre Fragen alle beantworten, aber erst, wenn ich dem Chef vom Zivilen Luftschutz Bericht erstattet habe. Gehen Sie jetzt alle nach Hause.» Sie sah zu Chester hinunter. «Du kommst am besten mit mir, meinst du nicht?»

«Doch.»

Sie wandte sich an Juts. «Du musst auch Bericht erstatten.»

«Mach ich.» Juts' Mund zitterte. Sie wusste nicht, ob sie schluchzen oder morden sollte.

Als sie die Leiter hinuntergeklettert waren und sich einen Weg durch die Menge zu Harpers Streifenwagen bahnten, ließ sich Julia nicht von Chester anfassen. Popeye folgte in seinem 1937er Chevy.

Louise erstattete pflichtschuldigst Bericht nach Hagerstown, wo sie Oberst Froling aufweckte. Dann beantworteten sie und Juts Popeyes hartnäckige Fragen. Buster saß geduldig neben Frauchens Knie. Chester stand hinter den Frauen. Louise war es gelungen, Pearlie zuzuflüstern, was geschehen war, daher hatte sich Pearlie neben Chester gestellt – für alle Fälle. Mary und Maizie hatte er nach Hause geschickt.

Millard Yost übernahm mit Roger Bitters, der sich freiwillig dazu erboten hatte, die Wache auf dem Turm. In Zeiten wie diesen durfte man den Turm nicht unbesetzt lassen.

Um halb sechs Uhr morgens waren die Berichte abgeschlossen.

«Komm, ich fahr dich nach Hause, Schatz.» Chester griff nach Julias Hand.

Sie zuckte zurück. «Ich gehe zu Fuß. Ich brauche Zeit zum Nachdenken.»

«Ich bring dich nach Hause», sagte Louise und warf Chester einen bösen Blick zu. «Wir treffen uns dort.» Zu allen Übrigen sagte sie: «Wir sind erledigt, und ich müsste lügen, wenn ich sagen wollte, dass wir keine Angst hatten.»

Als die Gruppe ihnen Platz machte, atmete Juts tief durch und sagte: «Ich komme mir vor wie das Räderwerk schwerer Zeiten.»

Die Geschichte wurde zusammen mit Bildern der Hunsenmeir-Schwestern über die Nachrichtenagenturen UPI, AP und Reuters verbreitet. Am nächsten Tag wurden Juts und Louise so belagert, dass sie ihre Türen abschlossen.

Popeye, dessen Bericht von einer Nachrichtenagentur aufgegriffen wurde, war im siebten Blätterhimmel.

52

DAS *DRAMA DER UNTREUE ENTFALTET SICH* selten hinter geschlossenen Türen. Wie das langsame Zischen aus einem porösen Reifen sickert die Kunde durch. Während Mutter Smith öffentlich der Heiligkeit des Ehestandes das Wort redete, gelang es ihr, ein paar Erklärungen dafür auszustreuen, weshalb Männer fremdgehen. Es müsse an der Frau liegen. Insgeheim weidete sie sich an Julia Ellens Kummer.

Sie machte sogar eine höhnische Bemerkung, als sie und ihr Mann Chester eines Tages besuchten, während Julia einkaufen war. Sie liefen im Garten umher, bemerkten die Gemüsebeete, und Rupert fragte seinen Sohn: «Was hat sie da angepflanzt?» Josephine antwortete hochmütig: «Saure Trauben.» Chester schwieg, wie immer.

Louise war erschrocken über den Verfall ihrer Schwester und fühlte mit ihr. Aus Mitgefühl wurde Ermunterung, was schließlich im Befehl mündete. «Jetzt krieg dich wieder ein.»

Juts schaffte es nicht.

Cora kümmerte sich besonders intensiv um ihre jüngere Tochter, und sogar Celeste, die sich häuslichem Morast gewöhnlich fern hielt, war um Julia besorgt und sagte zu Cora: «Der Kummer ist ihr aufs Gemüt geschlagen. Sie zieht sich in sich zurück. Es muss doch etwas geben, das wir tun können.»

«Was lange währt, wird endlich gut», antwortete Cora.

«Was lange gärt, wird endlich Wut», entgegnete Celeste, wobei sie überlegte, ob Wut helfen würde. Da sie Monogamie für eine schöne Illusion hielt, zog sie es vor, sich nicht darüber auszulassen. Aber Julia glaubte mit Herz und Seele an die Treue, und dieser unbedingte Glaube wurde nun für alle schmerzlich sichtbar. Gewöhnlich wurde Juts aufgrund ihrer Aufsässigkeit und Lebenslust unterschätzt, dabei war sie sehr empfindsam, und diesmal konnte sie ihre Gefühle nicht verbergen.

Es war, als sei ihr Geist gelähmt. Sie stand morgens auf,

machte Frühstück, ging zur Arbeit, kam nach Hause, spielte mit Yoyo und Buster, aber das Leben bewegte sich weder vorwärts noch rückwärts.

Hansford hatte ein langes Gespräch mit Chester, der seine Untreue bereute. Er brach die Beziehung zu Trudy ab, und er weinte, weil er fürchtete, Juts für immer verloren zu haben. Sie blieb bei ihm, doch sie traute ihm nicht mehr.

Seine Mutter bedeutete ihm, er solle fortgehen. Das konnte er nicht. Er hatte den Menschen betrogen, der ihn am meisten liebte und von dem Tag an zu ihm gehalten hatte, da sie vor den Traualtar getreten waren.

Wenngleich seine Freunde sagten, so etwas passiere nun mal, konnte er weder das drückende Schuldgefühl abschütteln noch die Angst beim Anblick des Körpers seiner Frau. Sie verfiel zusehends.

Er ging mit ihr ins Kino. Bei einer sentimentalen Schnulze schluchzte sie so heftig, dass sie den Saal verlassen mussten. Die Zuschauer taten, als merkten sie es nicht. Bis zum nächsten Morgen hatte sich die Geschichte in ganz Runnymede herumgesprochen.

Auch Trudy Archer verlor ein paar Pfund. Sie liebte Chester, egal, wie hoffnungslos die Lage war. Nach geraumer Zeit fing sie an, mit Senior Epstein auszugehen. Der Juwelier war so begeistert von der weiblichen Gesellschaft, dass ihn ihr Status als «gefallene Frau» wenig kümmerte. Die Tanzschule profitierte gewaltig. Die Hälfte der Männer von Runnymede kam vorbei. So abwegig es war, aus schierer Furcht begleiteten die Frauen ihre Männer. Erloschene Ehevulkane brachen plötzlich aus. Unversehens hatte Trudy so mancher Verbindung eingeheizt.

Extra Billy fielen Julia Ellens Magerkeit und ihre traurigen Augen auf, als er auf Urlaub nach Hause kam, bevor er hinaus in den Pazifik verschifft wurde. Mary, die zu jung war, um zu verstehen, warum ihre Tante am Boden zerstört war, verzichtete auf Drängen ihrer Mutter auf eine kostbare Stunde mit ihrem Mann, um Juts zu besuchen. Mary war vor lauter Sorge selbst fast so dünn geworden wie Julia. Sie war klug genug, um zu wissen, dass Extra Billy bald ins Dickicht der Gefechte abkommandiert wurde.

Zwei Jahre vergingen, in denen Juts' Verfassung von tiefem Gram zu Dumpfheit und schließlich zu Wut überging. Allmählich genoss sie es wieder, ihre eingerostete Macht über ihren Mann auszuüben. Immerhin war sie das unschuldige Opfer und er die Verkörperung der männlichen Sünde. Chester nahm dies als Teil seiner Strafe hin. Juts legte ein bisschen zu und sah nicht mehr so abgezehrt aus. Viele führten ihre wiederhergestellte Gesundheit darauf zurück, dass Trudy und Senior Epstein im Juni 1944 heirateten. Jacob junior schickte ein Telegramm von der französischen Grenze und wünschte seinem Vater alles Gute.

Viele junge Männer aus der Grenzstadt meldeten sich zum Militär, kaum dass sie die High School hinter sich gebracht hatten. Andere rissen nach York oder Baltimore aus, gaben ein falsches Alter an und wurden schon mit sechzehn eingezogen.

Zeb Vance wurde bei einem Manöverunfall in der Heimat verwundet. Ray Parker, ein Panzerkanonier, fiel in der Nähe der deutschen Grenze im Kampf. Tom West verlor beim Sturm auf ein MG-Schützennest einen Teil seines Unterkiefers. Die Sorgen schweißten die Menschen enger zusammen. Nur wenige waren frei von Angst.

Rob McGrail landete in der Marinekapelle, was ihn

schrecklich erzürnte. Er wollte kämpfen, zum Erstaunen derjenigen, die ihn als dickes, faules Kind in Erinnerung hatten. Das Soldatenleben härtete ihn ab und verlieh ihm in männlicher Gesellschaft eine gewisse Forschheit. Rob entwickelte sich zu einem gut aussehenden jungen Mann. Aber es ärgerte ihn, vor Würdenträgern auf dem Glockenspiel klimpern zu müssen.

Doak Garten wurde auf einem U-Boot zum Küchendienst verpflichtet. Rassendiskriminierung gab es unter Wasser genauso wie an Land, doch Doak, ein ungemein selbstbeherrschter Mensch, unterdrückte seine Verbitterung. Er war stolz darauf, seinem Land zu dienen, und ertrug die Wasserbomben so tapfer wie jeder andere an Bord. Wenn er auch keine Gleichstellung erringen mochte, so errang er sich doch Respekt. Das war ein Anfang. Als er auf Urlaub nach Hause kam, versprach er seinen Angehörigen, wenn der Krieg zu Ende sei, werde er es zu etwas bringen. Sie erwiderten, das sei ihm bereits gelungen.

Vaughn Cadwalder, im Kampf zum Leutnant befördert, wurde zweimal verwundet. Eine Kugel durchdrang seine Wade. Er ließ sich von den Ärzten zusammennähen und kehrte mit einer Drainage in der Wunde zu seiner Einheit zurück. Beim nächsten Mal wurde seine Schulter getroffen, die Kugel blieb im Schlüsselbein stecken. Die Ärzte schnitten das Blei heraus, verbanden ihn, fixierten seinen Arm in einer Schlinge, und wieder machte er sich davon, ohne auf die Einwände der Ärzte zu hören. Vaughn hatte für sich entdeckt, dass er der geborene Krieger war. Selbst als die Deutschen ihm beide Beine wegschossen und ihn zum Krüppel machten, kroch er weiter zum MG-Nest. Sein Zug nahm das Nest ein. Vaughn wurde mit der Silbersternmedaille ausgezeichnet.

Joe BonBon kämpfte in Italien. Seine wenigen Briefe waren voll des Staunens über die Schönheit des Landes und die komplette Beschränktheit seiner Führer.

Edgar Frost flog als Kopilot B-17-Bomber über Deutschland. Er wurde zum Captain befördert. Er hasste den Krieg, er hasste es, den Tod auf Menschen abzuwerfen, die er nicht sehen konnte, aber noch mehr hasste er Hitler und das, was er einem Land antat, das Edgar als Student der University of Maryland besucht hatte. Wenn dies die einzige Möglichkeit war, das Übel zu beenden, musste es sein.

Es war, als hielte Runnymede kollektiv für seine Söhne und neuerdings auch seine Töchter den Atem an. Vicky BonBon ging mit ihren Brüdern zum Militär. Auch sie wurde nach Europa abkommandiert. Spottiswood Chalfonte, die das Dasein eines Glamourgirls in Hollywood gründlich satt hatte, warf den Krempel hin, wurde Lazarettschwester und diente auf den Philippinen. Was sie vom Krieg zu sehen bekam, waren die Wunden, innerlich und äußerlich.

Das Blatt hatte sich gewendet. Nachdem die Alliierten 1941, 1942 und sogar noch 1943 eine Niederlage nach der anderen eingesteckt hatten, drängten sie nun die Achsenmächte zurück.

Obwohl die Menschen in Runnymede, Spokane und Pueblo – ebenso wie in Medicine Hat, Rostow am Don oder Keswick, in Auckland oder Melbourne, überall, wo Alliierte waren – wussten, dass ihre Seite siegte, fürchtete jede einzelne Menschenseele die Tode, die noch kommen würden. Das Blatt hatte sich gewendet, aber es war immer noch blutrot.

Und so erschien der geringfügige Ehrverlust einer Frau in der Tat winzig klein, sogar für die Frau selbst. Rillma

Ryan hatte Mitte März erfahren, dass sie schwanger war, ohne die Segnungen der Ehe. Sie weigerte sich, den Namen des Vaters preiszugeben, allerdings wurde hinter vorgehaltener Hand der Name Bullette genannt. Rillma konnte sich zu keiner Entscheidung durchringen. Sie war glücklich, ängstlich und schrecklich durcheinander. Ihre Mutter und Celeste Chalfonte fuhren gemeinsam mit dem Zug nach Washington. Rillma wollte das Kind behalten, doch Toots und Celeste rieten ihr ab. Sie würde überstürzt heiraten und ein unglückliches Leben mit dem falschen Partner in Kauf nehmen oder sich als ledige Mutter durchschlagen müssen. Das sei der sichere Weg in die Armut. Oder sie könne in den Westen ziehen und einen im Kampf gefallenen Vater erfinden – doch früher oder später komme selbst im entferntesten Winkel der Welt die Wahrheit ans Licht.

Rillma, die ihr Kind trotzdem behalten wollte, lenkte schließlich ein, als Celeste sie an etwas erinnerte. «Du hast einmal gesagt, du würdest alles für mich tun. Weißt du noch?»

«Ja», erwiderte Rillma erstaunlich gefasst.

«Dann wünsche ich, dass du Juts das Baby gibst. Chester hat sich mit einer Adoption einverstanden erklärt.»

Erst da brach Rillma zusammen. Doch sie ging auf Celestes Bedingungen ein. Das Merkwürdige war, dass niemand sich fragte, warum Celeste Chalfonte die Sache in die Hand genommen hatte. Sie waren daran gewöhnt, dass Celeste das Kommando führte.

Und so wurde Juts endlich Mutter. Chester betete, das Baby möge die Wunden heilen. Er suchte Rat bei Pastor Neely, weil er fürchtete, aufgrund seines Treuebruchs für die schwere Verantwortung der Vaterschaft ungeeignet zu sein. Pastor Neely erwiderte nur, dass es in einem solchen Fall wenig Väter in Runnymede gäbe.

Louise, die mit sich haderte, ob sie ein uneheliches Kind – das schließlich ein Vetter oder eine Cousine ersten Grades von Marys kleinem Oderuss wäre – in der Familie anerkennen sollte, suchte ebenfalls geistlichen Beistand. Father O'Reilly sagte ihr, die Sünde laste auf den Eltern, nicht auf dem Kind, und mit diesem Segen unterstützte sie von ganzem Herzen den Gedanken, das namenlose Kind gewissermaßen zu einem Hunsenmeir zu machen.

Cora und Hansford strichen fröhlich ein Zimmer in Julias Haus, förderten alte Babysachen zutage und bereiteten alles für die Ankunft vor. Sie strichen das Zimmer in einem hübschen Blassgelb, was für einen Jungen ebenso angemessen war wie für ein Mädchen.

Mutter Smith kochte vor Missbilligung. Selbst Rupert empörte sich über sie, obgleich auch er nicht von der Vorstellung erbaut war, dass ein uneheliches Kind den Namen Smith tragen sollte.

Der Engel kam am 28. November 1944 in einem kleinen, abgelegenen Krankenhaus zur Welt. Ein winziges Mädchen. Es war ein regnerischer, kalter Tag, ein Tag der Freude und der Trauer; am Vorabend hatte Celeste Chalfonte, dickköpfig und des Wartens auf das Baby müde, beschlossen, trotz der einbrechenden Dämmerung auszureiten und über Zäune zu setzen. Sie brach sich den Hals und war auf der Stelle tot. Sie bekam das Baby, dessen Adoption sie vorangetrieben hatte, nie zu sehen. Trotz ihrer Erschütterung und ihres Kummers versprach Ramelle Louise, als Patin des Kindes einzuspringen.

Juts weinte doppelt, über den Verlust von Celeste und aus Freude über das Baby.

Dieser 28. November sollte sich als denkwürdiger Tag erweisen, befrachtet mit Ereignissen und Bedeutungen, die sich erst mit den Jahren herausschälen würden. Rillma Ryan stahl sich mitten in der Nacht aus dem Krankenhaus und flüchtete mit ihrem noch namenlosen Kind.

In Wut und Verzweiflung machten sich Juts, Chessy, Louise und Toots auf die Suche nach dem Kind. Als Rillma schließlich drei Wochen später zur Vernunft kam, kam sie nach Hause gekrochen und erklärte, sie habe das Kind in einem katholischen Waisenhaus in Pittsburgh zurückgelassen. Alle legten ihre Bezugscheine für das rationierte Benzin zusammen, und Chessy und Louise fuhren hin, um das Baby abzuholen. Sie gaben sich als Ehepaar aus; sie habe ihn bei einer Affäre erwischt – dies war die Geschichte, die sie auftischten –, sei aber willens, sein Kind anzunehmen.

Julia hatte sich infolge der Aufregungen eine Lungenentzündung zugezogen und musste in Busters, Yoyos, Marys, Maizies und Pearlies Obhut zu Hause bleiben.

Auf der Rückfahrt von Pittsburgh setzte ein tosender Schneesturm ein. Der Säugling wog nur viereinhalb Pfund. Dies war mit ein Grund, weshalb die braven Nonnen froh waren, die Kleine fortzugeben. Quer durch den Staat Pennsylvania hielten Chessy und Louise an, wo immer ein Licht brannte, an Tankstellen, an Bauernhöfen, um für den Säugling Milch zu ergattern und aufzuwärmen. Nicht einer wies sie ab, und viele schenkten ihnen Benzingutscheine, damit sie sicher nach Runnymede zurückkehrten.

Dort angekommen, brachten sie das Kind auf der Stelle zu Dr. Horning. Erschöpft brach Louise in heftiges Schluchzen aus, als der Arzt sie bat, Juts das Baby nicht zu bringen. Warum sollte sie Liebe für ein Kind entwickeln, das mit Sicherheit sterben würde?

Chester, mit dunklen Ringen unter den Augen, nahm Dr. Horning mit zitternden Händen das Baby ab und gelobte: «Dieses Kind wird nicht sterben. Sagen Sie mir, was ich zu tun habe.»

Und so stand Chester Smith in den folgenden sechs Monaten jede Nacht alle drei Stunden auf, um das magere Ding mit einer bestimmten Rezeptur zu füttern. Julia Ellen genas binnen eines Monats, und auch sie fütterte das Baby rund um die Uhr. Sie beklagten sich nie über den Mangel an Schlaf. Manchmal standen beide zur gleichen Zeit auf, obwohl einer die Gelegenheit zum Schlafen hätte nutzen sollen. Sie hielten das Mädchen gern zusammen im Arm. Bis zum 8. Mai war Nicole Rae Smith, von allen Nickel genannt, schließlich so dick, dass sie aussah wie ein Sumoringer. Sie war so gesund, dass sie in Daddys Armen mit ganz Runnymede den Tag des Sieges feiern konnte. Die Leute weinten, schrien und tranken. Bestimmt würde die Welt von jetzt an eine Bessere sein.

Und Julia Ellen kehrte ins Reich der Lebenden zurück. Julia, die Chesterfield im Mundwinkel, Julia, die immer eine dicke Lippe riskierte, Julia, die ungehorsam war und bis zum Morgengrauen tanzte – Julia Ellen war endlich Mutter.

TEIL DREI

53

Die Fliederzweige bogen sich unter dem Gewicht zahlloser bunter Schmetterlinge, die sich auf den nahrhaften Blüten niedergelassen hatten: rot gefleckte Schillerfalter, deren knalliges Blau sich fächerförmig über die schwarzen Flügelspitzen ausbreitete; gelbe und schwarze Schwalbenschwänze, die wie elegante Tänzer über den duftenden blasslila Blüten schwebten; ein riesengroßer Ritterfalter mit einem schmalen gelben Band, das sich waagerecht von Spitze zu Spitze über die schwarzen Flügel zog. Eckenfalter, bescheidener in der Farbgebung, nicht aber in der Musterung, flogen so dicht an Nickels kleinen Ohren, dass der Lufthauch der Flügel sie kitzelte. Es wimmelte von schwefelgelben Schmetterlingen, von blauen Faltern in allen Schattierungen, von Dickkopffaltern und Postillions, Bläulingen, Pfauenaugen, Weißlingen und Schachbrettfaltern, Weidenbohrern und winzigen seidengewächsfarbenen Schmetterlingen.

Jedes Mal, wenn das zweijährige Mädchen einen Schmetterling haschen wollte, entwischte er ihr flatternd. Yoyo, die dem zweibeinigen Neuzugang inzwischen sehr gewogen war, rekelte sich auf der Seite unter dem Fliederstrauch. Zu träge, um einen Schmetterling zu fangen, sah sie ihnen genüsslich beim Gaukeln zu, während ihre Schwanzspitze wippte, als spiele der Wind mit ihr. Ein übermütiger orangegelber Chrysipusfalter schwirrte an ihrer Nase vorbei. Yoyo schlug lässig nach ihm und verfehlte ihn.

Yoyo und Buster waren die beiden besten Freunde des Kindes, Louises Doodlebug war der Dritte im Bunde. Sie spielte mit anderen kleinen Kindern: ihrem zwei Jahre älteren Cousin Oderuss, dem kleinen Jackson Frost, der auch zwei Jahre älter war, Robert Marker, ein Jahr älter, und Ursula Vance, ebenfalls ein Jahr älter.

Nickel konnte schon früh laufen. Sie hatte eine außergewöhnliche Körperbeherrschung. Doch sie sprach kaum, was Juts dermaßen beunruhigte, dass sie mit dem Kind zum Arzt ging, der befand, dass ihr Kehlkopf und ihre Stimmbänder in Ordnung seien und ihre geistigen Fähigkeiten für ihr Alter überdurchschnittlich schienen. Er kam zu dem Schluss, dass Nicole Smith einfach kein Bedürfnis hatte zu reden. In Wahrheit spielte sie so viel mit Yoyo und Buster, dass Worte sich erübrigten.

«Nein» war ihr allerdings geläufig, und sie machte energisch Gebrauch von diesem Wort, wann immer Juts oder Louise sie zu etwas drängen wollten, das sie nicht interessierte, wie zum Beispiel Puppen. Sie wollte auch keine Babynahrung in Gläschen zu sich nehmen, die man ihr als kulinarischen Leckerbissen anbot. Schlimmer noch, das Kind mochte keine Milch. Julia Ellen fürchtete, sie würde austrocknen, denn sobald sie sie von ihrer Spezialrezeptur entwöhnt hatte, wollte sie nur noch Wasser trinken. Deshalb gab Juts ihr Coca-Cola ins Babyfläschchen, und Nickel gluckste vergnügt. Wenn andere Mütter ihre unkonventionellen Methoden kritisierten, erwidert sie: «Dann seht doch zu, wie ihr mit ihr fertig werdet.»

Nach wenigen Versuchen, der Kleinen ihren Willen aufzuzwingen, gaben es Mary Miles Mundis, Frances Finster,

Lillian Yost und andere passionierte Mütter bald auf, sich mit dem kleinen Lockenkopf zu beschäftigen. Lillian hatte ihr erstes Kind 1943 durch eine Fieberkrankheit verloren, jedoch ein Jahr später einen gesunden Jungen zur Welt gebracht, und sie und Julia sahen ihren ungefähr gleichaltrigen Knirpsen oft gemeinsam beim Herumkrabbeln zu. Millard junior, kurz Mill, war ein süßes Baby mit flammend roten Haaren und so unglaublich vielen Sommersprossen, dass er aussah wie ein Schecke.

Nickel hatte nichts gegen kleine Kinder in ihrem Alter, doch sie fühlte sich mehr zu Tieren und gelegentlich zu Erwachsenen hingezogen. Sie hatte die beunruhigende Angewohnheit, reglos und stumm dazusitzen und mit ihren braunen Augen jede Bewegung der Erwachsenen zu verfolgen.

Sie liebte Cora, aber Hansford war ihr unheimlich; sein Bart kratzte. Sie himmelte Ramelle an und klatschte jedes Mal in die Hände, wenn die gertenschlanke grauhaarige Schönheit erschien.

Mary und der inzwischen aufsässigen Maizie schenkte sie kaum Beachtung, doch Pearlie und Extra Billy zockelte sie hinterher. Sie lächelte, wenn Louise ihr einen Hundekeks gab. Dann ließ sie sich auf die Erde plumpsen und versuchte, den Keks zu mampfen wie Buster oder Doodlebug. Sie brachte auch Oderuss dazu, einen Keks zu essen, was Mary nicht gerade für Nicky einnahm. Geduldig warteten die Hunde, bis sie ihre Trophäe Leid war oder Oderuss den Keks hinwarf und liegen ließ, und dann schnappte ihn sich einer von ihnen. Wenn das Kind weinte, warf Buster zu aller, besonders Yoyos Erstaunen den Keks Nickel wieder vor die Füße.

Tante Dimps prophezeite, das Kind werde später einmal

Tierdompteuse. Ramelle trug Nickel in den Stall, setzte sie auf ein Pferd und hielt sie fest. Nickel zeigte keine Furcht, worauf Ramelle erklärte, das Kind würde einmal eine so gute Reiterin wie Celeste. Louise sagte, Nickel werde Schriftstellerin, worauf alle lachten, da Julia Ellen schon beim Schreiben eines Einkaufszettels Zustände bekam. Das einzige Buch im Hause Smith war die Bibel, von der Julia keinen Gebrauch machte. Cora erklärte allen, Nickel werde, was sie werden wolle. Sie habe ihren eigenen Willen.

Die Einzige, die sich jeglicher Vorraussagen enthielt, war Mutter Smith. Sie weigerte sich, die Kleine zu sehen, auch ließ sie Chessy mit dem unehelichen Kind nicht in ihr Haus. Rupert schien sich so oder so nicht für dieses Thema zu interessieren, doch er rauchte stärker und kippte ein paar Whiskey mehr als sonst. Chester besuchte seine Mutter weiterhin gehorsam jeden Dienstag, aber ansonsten zu keiner anderen Zeit, ungeachtet ihrer flehentlichen Bitten und gelegentlichen Wutausbrüche. Mutter Smith wurde immer verbitterter, doch da sie in diesem Leben keine Freundschaften gepflegt hatte, kümmerte es niemanden.

Zwei Soldaten, die 1945 auf Urlaub durch Runnymede kamen, verliebten sich in die Stadt. Sobald Pierre und Bob aus der Armee entlassen waren, erwarben sie den Salon Curl 'n' Twirl von den Hunsenmeirs. Juts steckte ihre Hälfte des Geldes in Sparobligationen für Nickel; es war das einzige Mal in ihrem Leben, dass sie Vernunft bewies. Zur allgemeinen Überraschung schlug Louise über die Stränge und kaufte sich ein eigenes Auto. Pearlie wäre fast gestorben. Erst recht, als er mit ihr mitfuhr. Louises Buick Coupé, in einem schönen Jagdgrün, erregte sie wie kaum etwas in ihrem Leben.

Eines Nachmittags, als Juts es satt hatte, hinter Nickel

herzulaufen, ließ sie sich in den weißen Liegestuhl fallen. Louise hielt in der Einfahrt und stieß den Zweisigpfiff aus.

«Ich bin im Garten», antwortete Juts auf das Signal, das sie seit ihrer Kindheit benutzten.

Buster eilte hinaus, um Doodlebug zu begrüßen. Yoyo blieb, wo sie war. Kein Hund lohnte die Anstrengung.

Louise, die Handtasche am Arm – Schuhe, Tasche, Handschuhe und Hut waren aufeinander abgestimmt –, trippelte in den Garten und rief beim Anblick der Schmetterlingswolke: «So etwas habe ich ja noch nie gesehen.»

«Ich auch nicht.»

«Das musst du fotografieren.»

«Ich bin zu müde, um den Apparat zu holen.»

«Ich hol ihn.» Louise huschte in die Vorratskammer, wo Juts die kleine schwarze Rollfilmkamera aufbewahrte. Als sie zurückkam, machte sie Schnappschüsse von Nickel, wie sie nach Schmetterlingen haschte und sich mit Buster und Doodlebug im Gras wälzte. Auf einer Aufnahme, von der sie hoffte, dass sie gelungen sei, sprang das Kind in die Luft, den großen Zebra-Schwalbenschwanz, der mit voll ausgebreiteten Flügeln auf den großen Papaubaum hinter dem Fliederstrauch zusteuerte, eben außer Reichweite.

Juts klatschte rhythmisch in die Hände. «Tanz, Nicky, tanz für Tante Wheezer.»

Nickel ließ von der Schmetterlingsjagd ab und drehte sich zu den Erwachsenen um. Sie stemmte die Hände in die Hüften.

Louise animierte sie ebenfalls und sang: «Backe backe Kuchen.» Juts sang mit.

Das Kind hob die Hände über den Kopf und machte ein paar Ausfallschritte; Doodlebug und Buster jaulten und kläfften, einer rechts von ihr, einer links.

Yoyo, entrüstet über dieses Getue, blieb reglos unter dem Flieder liegen. Nach dem Tanz warf sich Nickel auf die Erde und gurrte: «Miezekätzchen.»

Yoyo gähnte.

Nickel kroch vorsichtig zur Katze und legte sich hin, den Kopf auf den Händen, um es Yoyo gleichzutun, deren pelziger Kopf auf den Vorderpfoten ruhte.

Louise knipste drauflos. Dann setzte auch sie sich hin und legte den Fotoapparat auf den niedrigen weißen Holztisch. «Diese Energie. Wo haben sie die her?»

«Ich weiß nicht. Aber ich könnte was davon gebrauchen. Wenn wir nicht eingespannt wären – ich meine, wenn wir tun könnten, was unser Körper will –, dann wären wir bestimmt mehr wie sie.»

«Wer weiß.» Louise zog ihre Schuhe aus. «Maizies Konzert ist Ende Mai. Nicht vergessen.»

«Nein.»

«Sie ist sehr von sich eingenommen, das kann ich dir sagen. Maizie hat sich, hm, nach dem kleinen Zwischenfall in der Klosterschule auf Musik verlegt.» Der kleine Zwischenfall bestand darin, dass Maizie ihr Zimmer in Brand gesteckt hatte und von der Schule geflogen war. Louise zog es vor, sich nicht näher darüber auszulassen. «Du meine Güte. Jetzt will sie nach New York und im Symphonieorchester spielen. Mit lauter Yankees. Ich habe ihr gesagt, sie würde sich hundsmiserabel fühlen und reumütig nach Hause gekrochen kommen.»

«Sie sind zwar Yankees, aber musikalische Yankees, und wenn sie es schafft, nun, dann hat sie erst recht meinen Respekt.»

«Ich will nicht, dass meine Tochter so weit weg ist, in so einer großen lauten Stadt.»

«Hm, in Baltimore ist auch nicht gerade Totenstille.»

«Baltimore ist zivilisiert. Dort gibt es noch Familien.»

Sie wollte damit sagen, dass es dort Menschen mit einwandfreien Ahnentafeln gab, die bis zu Lord Baltimore zurückreichten, was Louise auch für sich selbst in Anspruch nahm. Sie verschwieg die Familiengeschichte der Hunsenmeirs, die geradewegs zu einem hessischen Soldaten führte, einem Söldner, der sich, da er genug von König Georg hatte und von Maryland angetan war, kurzerhand von der Truppe entfernt hatte.

«In New York gibt es auch Familien. Schließlich haben sie den Colony Club, den Knickerbocker Club und ...»

Louise fiel ihr ins Wort. «Das ist nicht dasselbe.»

«Ist es wohl.»

«Nein, ist es nicht. Viele der Leute dort sind auf merkantilem Wege zu Geld gekommen.» Louise bediente sich eines geschraubten Vokabulars, um ihren gesellschaftlichen Status zu erhöhen. «Und außerdem stammen viele von Kriegsgewinnlern ab, die noch schlimmer sind als das Rife-Gesindel.»

Juts winkte ab. «Wenn du meinst.»

«Komm mir bloß nicht so. Ich kann's nicht ausstehen, wenn du so bist. Abstammung ist wichtig.» Sie schniefte. «Und New York ist voller Juden.»

«Na und?»

«Julia, wenn Maizie nun mit einer Person jüdischen Glaubens anbändelte? Das geht einfach nicht.»

«Jesus war Jude.»

«Ach, dummes Zeug. Es gibt den einen Wahren Glauben, die eine Wahre Kirche und nur den einen Weg. Früher oder später wirst du deinen Irrweg bereuen. Und Jesus war kein Jude. Er war Christ.»

Juts setzte sich aufrecht hin, ihre Müdigkeit schlug in Verärgerung um. «Wo warst du heute Morgen, bei der Beichte? Wir kauen diesen frommen Scheiß jetzt einmal die Woche durch. Rund zwei Stunden lang glaubst du, du seist frei von Sünde.»

Louise verschränkte die Arme. «Ich will mich nicht streiten.»

Juts witterte Unrat. «Louise, was hast du angestellt?»

«Nichts.» Ihre Stimme schwang sich in die Luft wie ein Schmetterling.

«Louise ...» Juts zog den Namen ihrer Schwester in die Länge. «Louise Alverta – ich kenne dich.»

«Nichts.» Louise schüttelte den Kopf.

«Eine Affäre?» Juts hoffte auf etwas Aufregendes.

«Wie kannst du so etwas auch nur denken?»

«So was kommt vor.» Julia senkte die Stimme, ihre Hoffnung schwand dahin.

«Du musst es ja wissen.»

«He, ich war's nicht!»

Wheezie fand selbst, dass ihre Bemerkung gemein war. «Du hast Recht. Aber Julia, du hast nichts als Sex im Kopf.»

«Ist ja nicht wahr. Ich höre bloß gern Geschichten. Findest du es nicht faszinierend, wer sich mit wem einlässt?»

«Nein», log Wheezie, und was für eine Lüge!

«Ach komm.»

«Durchaus nicht.»

«Als ob es dir egal wäre, dass Rob McGrail dauernd mit Pierre und Bob zusammen ist. Jungs unter sich.»

«Bloß weil sie schwul sind, heißt es noch lange nicht, dass sie *so* sind.»

«Na gut. Mary Miles Mundis nimmt jeden Tag Tennisstunden. Findest du das nicht merkwürdig?»

«Jeden Tag eine?»

«Der Tennislehrer sieht tausendmal besser aus als Harold, auch wenn Harold mehr Geld hat als Gott.»

Louise beugte sich vor, gierig nach Klatsch, sah jedoch ein, dass ihr Eifer Juts nur bestätigen würde. «Ich denke kaum an solche Sachen. Du hast eine schmutzige Phantasie.»

«Hört, hört!»

«Ich geh nach Hause.» Doch sie rührte sich nicht vom Fleck.

«Warum bist du hergekommen?»

«Um meine Schwester zu sehen.»

«Natürlich.» Juts blickte um sich. «Wo ist Nickel?»

«Sie muss hinter die Garage gegangen sein. Hier ist sie nicht.»

«Dann ist sie wohl ins Haus spaziert.»

«Sie ist zu klein, um an den Türknauf zu kommen.»

«Wo sie auch ist, Buster und Doodlebug sind bei ihr.»

Wheezie stand auf und ging ums Haus, Juts schaute in die Nachbargärten. Louise kam zurück. «Juts, ich weiß nicht, wo sie ist.»

«Weit kann sie nicht sein. Die kleinen Beinchen können nicht so schnell laufen.» Julia rannte zum Bürgersteig und dort, mitten auf der Straße, spielte Nickel. «Nicky», rief sie, «bleib, wo du bist», und stürmte los.

«Sag ihr, sie soll von der Straße runtergehen!» Louise sprintete hinter ihrer Schwester her. Juts langte bei der Kleinen an und nahm sie auf den Arm; die Hunde sprangen an ihr hoch. «Nicky, du darfst nicht weggehen, ohne es Mummy zu sagen – und geh nie auf die Straße.»

Louise kam hinzu, aufgeschreckt, mit rotem Gesicht. Sie drohte mit dem Finger. «Dass du das nie wieder tust!»

Nickel drohte ihrer Tante unerschrocken zurück.

«Juts, du musst das Kind bestrafen, und zwar *gleich*.»

«Sei nicht patzig zu Tante Wheezie, Kind.» Juts zog ihre Zigaretten aus der Tasche ihres Hauskleids. Sie zündete sich eine an und gab Nickel eine zum Spielen.

«Nein, Julia, du musst ihr den Hintern versohlen. Dasselbe sage ich Mary wegen Oderuss. Sei streng. Sei konsequent. Nicky ist weggelaufen. Sie ist trotzig. Sie hätte umkommen können!»

«Ich versohle sie erst, wenn sie es noch einmal tut.»

«Du ziehst einen Satansbraten groß. Du hast nicht die leiseste Ahnung von Mutterschaft», klagte Louise, immer noch aufgewühlt, als sie zum Haus zurückgingen. «Aber was sollte ich auch anderes erwarten?»

«Was soll das denn bitte heißen?»

«Nun ja, du hast das Kind nicht in dir getragen. Es ist etwas anderes, wenn Kinder in einem wachsen.» Louise zog ihren letzten Trumpf aus dem Ärmel.

«Schwachsinn.»

«Siehst du, eine richtige Mutter würde vor einem Kind nicht fluchen.»

Julia lief rot an und zischte: «Halt deine gottverdammte Klappe.»

«Ich muss doch sehr bitten.» Louises Stimme klang hohl.

«Du wirst mich noch um was ganz anderes bitten. Du hast deine Kinder auf deine Art erzogen, und ich erziehe mein Kind auf meine Art. Und komm mir bloß nicht noch einmal mit diesem Mist von wegen es muss in einem wachsen, sonst helfe mir Gott, ich schlag dir deine gesamten Goldfüllungen in die Gurgel.»

«Sei doch nicht so empfindlich.»

«Wenn du denken würdest, bevor du den Mund aufmachst, kämst du nicht halb so oft in Schwierigkeiten.» Juts rempelte Louise mit der Schulter an und zwang ihre Schwester, das Gewicht zu verlagern.

«Wer im Glashaus sitzt ...»

«... soll nicht mit Steinen werfen.»

«Der Spatz in der Hand ...»

«... ist besser als die Taube auf dem Dach. Gleich und Gleich ...»

«... gesellt sich gern.»

«Ein rollender Stein ...»

«... setzt kein Moos an.» Wheezie lächelte, als sie das Lattentor aufstießen. Sie betrachtete Nickel, die nicht wie eine Hunsenmeir aussah, obwohl Rillma mütterlicherseits, von der irisch-maurischen Seite her, mit Cora verwandt war. Ihr kam der Gedanke, dass es für ein braunäugiges Kind womöglich befremdlich war, mit Eltern aufzuwachsen, die beide blonde Haare und strahlend graue Augen hatten. Wenn Louises Töchter sie ansahen, konnten sie gewissermaßen sich selbst wiedererkennen; das Gefühl würde Nickel nie kennen. Louise war überzeugt, dass dies ins Gewicht fiel. Es kam ihr gar nicht in den Sinn, dass sich das Kind ohne solche Bindungen und Erwartungen unter Umständen freier fühlte.

«Louise, Mutter zu sein ist viel schwerer, als ich gedacht hatte, aber Kindererziehung hat nichts mit Abstammung zu tun.» Juts hatte nach diesem Schrecken nicht die Kraft, Louise zusammenzustauchen.

«Siehst du nicht, dass alles, was du jetzt tust, später auf dich zurückfällt? Du kannst das Kind nicht ohne Zügel ...»

«Ich hab nur eine Sekunde nicht hingeguckt.»

«Das genügt. Denk dran, was Talia BonBon passiert ist.» Talias kleiner Junge war im Jahr zuvor im Schwimmbad ertrunken. Sie war nur einen Augenblick lang abgelenkt gewesen. Alle hatten ihr die Schuld gegeben, was das Ganze noch schlimmer machte. «Ich möchte nicht, dass du noch mehr Kummer hast, als du ohnehin schon hattest. Sie ist ein eigensinniges kleines Ding, und sie braucht eine starke Hand. Sie sind wie Tiere, Julia, du musst sie im Griff haben, sonst stellen sie alles auf den Kopf, verpulvern dein Geld und gehen fort, ohne auch nur danke zu sagen. Mein Gott, sieh dir die Bitters-Sippschaft an. Extra Billy ist der Einzige, der sich bemüht hat, etwas aus sich zu machen, und er ist immer noch reichlich ungeschliffen. Du musst standhaft bleiben.»

Juts erwiderte: «Manchmal habe ich den Eindruck, du hast lauter Perlen ohne Schnur.»

54

GRÜN WOGTE DAS GRAS AUF DEN WIESEN. Dass der Frühling sich auch dieses Jahr beeilt hatte, verhieß einen guten Start für die Ernte, und die Bauern prophezeiten, wenn das Wetter sich hielte, würden sie dreimal reichlich Heu einfahren können.

Chester lebte nach der Devise «Man soll den Tag nicht vor dem Abend loben». Abends arbeitete er an der Vollendung der Sattelkammer von Harry Mundis. Harry wollte wie ein englischer Lord leben. Freilich hatten die echten englischen Lords in zwei Weltkriegen so viel verloren, dass viele in kalten Häusern froren, um Heizkosten zu sparen. Schlimmer noch, manche teilten ihre großen Güter auf. Harry jedoch verdiente sich dumm und dämlich, zuerst mit Regierungsaufträgen während des Krieges und danach mit dem Abriss derselben Gebäude und dem Verkauf des Materials an Bauunternehmer. Das war nicht ungesetzlich, solange er das Material als gebraucht deklarierte, und das tat er. Da Geld nach dem Krieg knapp war, war mancher froh, Ziegelsteine, Bauholz, Seitenwandungen und Dachrinnen zu reduzierten Preisen zu bekommen. Den Stahl hortete er.

Mundis' Aufstieg zum glanzvollen Konkurrenten der Rifes und Chalfontes rief Bewunderung, Neid und sogar Verwirrung hervor. Mary Miles gehörte zu den Verwirrten. Sie hing an ihren alten Freundinnen, ihren alten Gewohnheiten; auch ihr altes Haus hatte ihr besser gefallen. Sie hatte nichts gegen Geld, im Gegenteil, aber sie sah keinen Grund, mit ihrem Reichtum zu protzen – außer, wenn es um neue Autos ging. Wie die meisten Menschen ihrer Generation, die vor der Erfindung des Verbrennungsmotors geboren waren, schwärmte sie für Autos.

Als die schrägen Sonnenstrahlen lange goldene Schatten warfen, machte Chester Feierabend. Er fuhr über den Platz und hielt an, um sich zu vergewissern, dass die Eisenwarenhandlung abgeschlossen war. Trudy sperrte gerade das Juweliergeschäft ihres Gatten zu. Chester wandte den Blick ab. Seit dem peinlichen Abend des Luftangriffs hatte er nur das eine Mal mit ihr gesprochen, als er die Affäre beendete.

Lange Zeit hatte er sich gefühlt wie ein Toter. Alle hatten sich nur um Juts gekümmert. Niemand hatte seinen Kummer beachtet. Er bezweifelte nicht, dass auch Trudy sich eine Zeit lang schrecklich gefühlt – und ihn wie die Pest gehasst hatte. Als sie Senior Epstein heiratete, war er zugleich eifersüchtig und erleichtert gewesen. Jacob, ein guter Mensch, war nicht mehr einsam, und Trudy hatte einen zuverlässigen Ehemann.

Chester hatte sich nie vorgestellt, wie schwierig es war, das Ehegelöbnis zu halten. Er schwankte zwischen Scham und dem Glauben, dass es so verwerflich nicht war, dem Leben mehr Glück abringen zu wollen. Er hatte nicht damit gerechnet, dass dieses Glück entsprechendes Leid verursachen würde.

Doch eins war sicher: Er liebte sein kleines Mädchen. Als er die Tür öffnete, stürmte Buster herbei, Juts rief aus der Küche, und Nicky lief zu ihm, so schnell ihre Beine sie trugen. «Daddy!» Es klang nicht unbedingt wie «Daddy», aber er wusste, was sie meinte.

«Wie geht's meinem Cowboy? Was macht meine Beste?» Er gab ihr einen Kuss und schwenkte sie herum. Sie quietschte. Buster sah interessiert zu. Chester gab ihr noch einen Kuss und ließ sie herunter, aber sie klammerte sich an sein Bein. So ging er mit dem zweijährigen Klotz am Bein in die Küche. «Hast du schon mal so einen großen Floh gesehen?»

Juts lachte. «Dein großer Floh war heute ein ungezogenes Mädchen.»

«So?» Er schüttelte sein Bein, was abermals entzücktes Quietschen auslöste.

«Sie ist zur Ecke spaziert und hat sich mitten auf die Straße gesetzt, und Chessy, ich schwöre – Louise ist meine Zeugin, sie war dabei –, ich habe sie höchstens ein Sekündchen aus den Augen gelassen.»

«Hast du das wirklich getan?»

Nickel schüttelte den Kopf.

«Sie hat mich so erschreckt, dass ich zwei Aspirin nehmen musste. Ich hab trotzdem noch Kopfschmerzen. Man muss sie an die Leine nehmen.»

Chester hob Nicky hoch. «Du bist kein großer Floh. Du

bist ein Hündchen. Was meinst du, soll ich dir so eine Leine besorgen wie Busters?»

Darauf nickte sie, dann schlang sie die Arme um seinen Hals und legte ihre Wange an seine.

Chester hatte nicht gewusst, dass eine solche Liebe existierte. Er wusste nur, dass das Vatersein sein Leben ein für alle Mal verändert hatte. Endlich fühlte er sich als Mann. Er ging Konflikten aus dem Weg, wenn er konnte, doch wenn es sich nicht vermeiden ließ, rückte er ihnen neuerdings ohne Umschweife zu Leibe. Dies entging weder seiner Frau noch seiner Mutter oder seinen Freunden – so wenig wie sein glückliches Strahlen, wenn irgendjemand Nickys Namen erwähnte: So schnell wie Chester zog kein anderer in Maryland ein Foto seiner Tochter hervor, dem wunderbarsten, schönsten, klügsten kleinen Mädchen auf der Welt. Gelegentlich war sie auch das böseste. Und sie schweißte ihn und Juts wieder zusammen.

«Nicht auf der Straße spielen, Cowboy.»

Sie sah ihn ernst an. «Äh –» Ihre Sprechkünste waren noch nicht so weit gediehen, dass sie hätte erklären können, weshalb sie mitten auf die Straße wollte.

«Wie wär's mit Hühnersuppe zum Abendessen?»

Juts überlegte kurz. «Bisschen warm dafür, oder?»

«Ist mir egal, Schatz, du kennst mich doch. Ich esse alles. Fressen oder gefressen werden.» Er stellte Nicky auf den Boden, aber sie klammerte sich gleich wieder an ihn.

Julia legte den Finger der Länge nach an die Nase, eine eigenartige Geste, die sie Celeste Chalfonte abgeschaut hatte. «Ich brate ein Huhn und …» Das Klingeln des Telefons brachte sie aus dem Konzept. «Mist, ich hab nasse Hände.»

«Ich geh dran.» Er wartete ab, bis es zweimal geklingelt hatte, ihr Signal des Gemeinschaftsanschlusses, dann eilte er zum Treppenabsatz und nahm ab. Er hörte einen Augenblick zu. «Wir sind gleich da.»

«Juts, Hansford ist …» – er wägte seine Worte – «zusammengebrochen.»

Sie trocknete sich die Hände an einem Geschirrtuch ab und warf es sich über die Schulter, stellte rasch den Herd aus, dann sah sie Nickel an. Juts wusste nicht, was sie erwartete, wenn sie zu ihrer Mutter kamen. Was bedeutete «zusammengebrochen»?

«Vielleicht sollten wir das Kind lieber nicht mitnehmen. Ob Ramelle wohl auf sie aufpassen kann?»

Sanft sagte er: «Ich glaube nicht, dass dazu Zeit ist, Schatz.»

Sie fuhren zu Cora. Später hatte Juts überhaupt keine Erinnerung an die Fahrt. Sie fühlte sich, als sei sie unter Wasser, aber sie wusste nicht, warum. Sie hatte gedacht, sie mache sich nichts aus Hansford. Dass Louises Auto schon da war, beruhigte und ängstigte sie zugleich.

Chester trug Nickel hinein. Ihre Augen weiteten sich. Sie spürte die aufgewühlte Stimmung. Chester überließ das Kind Mary, die mit Extra Billy, dem kleinen Oderuss und Maizie im Wohnzimmer saß, und folgte seiner Frau in das kleine Schlafzimmer. Hansford saß im Bett und atmete mühevoll. Cora tupfte ihm mit kalten Tüchern die Stirn ab. Juts setzte sich an die andere Bettseite, Louise stand am Fußende, mit dem Gesicht zu Hansford.

Sein qualvolles Röcheln vibrierte im Raum. Trotz der Schmerzen und der Atemnot war bei er klarem Verstand. Er streckte Julia Ellen seine Hand hin; sie nahm sie und brach in Tränen aus. Er tätschelte ihr die Hand.

«Hab keine Angst, Pop», weinte sie. «Du wirst wieder gesund.»

Er lächelte sie an. Es war das erste Mal, dass sie ihn Pop genannt hatte.

Chester stand neben Juts. Paul trug die Wasserschüssel in die Küche und kam mit einer anderen zurück, in der Eiswürfel schwammen. Louise rührte sich nicht vom Fleck.

«Die Kinder!», japste Hansford.

Endlich kam Louise zu sich. Sie holte Mary, Maizie, Oderuss und Nickel.

Maizie kniete sich neben Cora zu ihrem Großvater. Er berührte ihren Kopf, als würde er sie salben. Mary mochte nicht niederknien, aber er griff nach ihrer Hand, und sie überließ sie ihm. Oderuss versteckte das Gesicht hinter seinen Händen. Als Nickel zu wimmern anfing, nahm Chester sie Mary ab. Hansford deutete auf das Kind, und Chester ließ sich auf ein Knie nieder. Die Kleine hockte auf dem anderen Knie, sodass Hansford sie anfassen konnte. Er berührte ihre weiche Wange.

«PopPop geht Heia machen.» Er lächelte in ihr trauriges Gesicht.

«Nein!» Ihre Lautstärke schreckte alle auf.

«Sch-sch.» Chessy schaukelte sie auf seinem Knie, aber sie ließ sich nicht beruhigen.

«Nein! PopPop dableiben.» Sie brach in Tränen aus. Sie konnte zwar PopPops Bart und seinen Kautabakgeruch nicht leiden, aber ihn selbst hatte sie gern.

Zum ersten Mal liefen Hansford Tränen über die Wangen; sie verschwanden in seinem Bart, den Cora sorgfältig gekämmt hatte. Er schüttelte den Kopf, ließ seinen Blick über seine Lieben schweifen. Er hatte sein Leben verschwendet. Er hatte Cora, Louise und Julia verlassen. Bei seiner Rückkehr hatte er, verzehrt von Not und unterdrücktem Kummer, erfahren, was wahre Liebe wert war, aber auch, dass sich manches nicht wieder gutmachen ließ. Und nun war es zu spät, um es jemand anderem zu sagen, einem anderen Mann, der vor der einengenden Verantwortung geflohen war. Ein Mann musste nicht nur den Mut aufbringen, im Kampf zu bestehen, sondern auch, zu Hause zu bestehen. Als junger Mann war es Hansfords größte Furcht gewesen, in dieser abgelegenen Stadt gefangen zu sein, die Welt zu verpassen. Stattdessen war er in seiner Selbstsucht gefangen gewesen und hatte die Liebe verpasst.

«Hansford, ich bring dich ins Krankenhaus», sagte Chester.

Pearlie flüsterte Chessy zu: «Dazu ist keine Zeit.»

Hansford winkte Louise, aber sie wollte nicht näher treten.

«Louise, um Gottes willen», flehte ihre Mutter.

«Wem gehört dieses Land wirklich?», fragte Louise kalt.

Hansford deutete auf Cora.

«Louise», sagte Cora streng, «mach deinen Frieden mit deinem Vater, sonst lastet es schwer auf dem Herzen bis ans Ende deiner Tage.»

«Meinem Vater?» Louises Stimme triefte vom Gift der alten Wunde. «Mein Vater hätte für uns gesorgt, Momma. Hast du die Zeit vergessen, da wir nicht genug zu essen hatten?»

«Celeste hat uns nicht verhungern lassen.»

«Du hast nicht gleich angefangen, bei Celeste zu arbeiten.»

«Dies ist nicht der Zeitpunkt für solche Diskussionen. Erlöse ihn von seinem Leiden und vergib ihm. Eines Tages muss auch dir vielleicht vergeben werden, Tochter.» Cora wrang das Tuch aus.

«Ich bin wohl doch nicht so eine gute Katholikin, wie

ich dachte.» Louise machte auf dem Absatz kehrt und ging hinaus.

Erschüttert küssten Mary und Maizie rasch Hansfords Hand, dann folgten sie ihrer Mutter.

«Es tut mir Leid», sagte Pearlie zu dem Mann, der vor seinen Augen zusammenschrumpfte. «Sie ist durcheinander. Sie meint es nicht so.»

Cora wischte ihm mit einem trockenen Tuch Wangen und Bart ab. Hansford blinzelte und nahm Pearlies Hand, der seine drückte und sie dann losließ.

Pearlie ging zu seiner Frau ins Wohnzimmer. Er hatte alle Hände voll mit ihr zu tun.

Hansford nahm Julias Hand. «Verzeihst ...?», war alles, was er krächzend herausbrachte.

«Ich verzeihe dir, Pop. Ich wünschte, du hättest uns nicht verlassen, aber ich verzeihe dir.»

Er drückte noch einmal ihre Hand und ließ sie dann los. Er lächelte ihr zu, streckte dann die Hand nach Chester aus, der das Kind auf einem Arm hielt. Er nahm Hansfords Hand mit seiner anderen.

«Sie ... braucht ... dich.» Hansford zeigte auf das Kind. Er stach ein paar mal mit dem Finger in die Luft, versuchte, noch mehr zu sagen.

«Ich werde mein Bestes tun, Sir. Ich sterbe für die beiden, wenn es sein muss.» Chester fing ebenfalls an zu weinen.

Hansford lächelte noch einmal und sprach seine letzten Worte. «Lebe ... für ... sie.»

Dann setzte er sich mit jäher Anstrengung kerzengerade auf. Er streckte die Hand nach Cora aus, die ihn mit aller Kraft hielt, während er seinen Geist jedwedem Abenteuer empfahl, das im Jenseits lockte.

«Gute Reise», schluchzte Cora.

Juts und Chessy ließen sie ein paar Minuten mit ihm allein. Juts ging an der zornigen, würgenden Louise vorbei, die sich bereits rechtfertigte. Juts beachtete sie so wenig wie eine meckernde Ziege. Chessy folgte seiner Frau und drückte Nickel an sich, die wieder weinte.

Die Sonne ging unter. Nahe dem Haus klopfte ein Rotkopfspecht an eine Baumrinde, in der es von saftigen Insekten wimmelte, und holte sich eine letzte Mahlzeit vor dem Feierabend.

Julia hatte die flüchtige Vorstellung, dass der Specht per Morsezeichen verkündete: *Hansford Hunsenmeir ist tot. Juts hat ihren Vater verloren – zum zweiten Mal.* Sie schüttelte den Kopf und barg von Schmerz überwältigt das Gesicht in den Händen. Sie suchte Trost bei ihrem Mann, und er war da.

Spät in der Nacht, als der Bestattungsunternehmer gegangen war, nachdem Wheezie alle angeschrien und beschimpft hatte, nachdem Cora sich mit bemerkenswerter Würde gefasst hatte, nachdem Mary und Maizie ihre Mutter nach Hause begleitet hatten, Juts endlich eingeschlafen war und das Kind in seinem Gitterbettchen träumte, Yoyo an sie gekuschelt, ging Chester unruhig auf und ab.

Er fand keinen Frieden. Schließlich schnalzte er Buster zu, warf einen Mantel über seinen Schlafanzug und ging nach draußen, die eine Seite der baumbestandenen Straße hinauf und die andere hinunter.

Er dachte über das Leben nach. Als Junge hatte er von Heldentaten, Kriegsruhm und schnellen Autos geträumt. Er träumte immer noch von schnellen Autos, aber er war reif genug, um zu wissen, dass Kriege keinen Ruhm bringen und Heldentaten äußerst selten sind. Die beharrliche Weigerung, der Verzweiflung oder der Maßlosigkeit nachzugeben, erschien ihm jetzt heldenhaft. Für diejenigen zu sorgen, die einen brauchten, schien ihm heldenhaft. Er würde auf dieser Erde leben und sterben und, wie Hansford, vergessen sein, wenn diejenigen, die ihn gekannt hatten, ebenfalls tot waren. Als junger Mensch hätte er diese Erkenntnis furchtbar gefunden. Jetzt war es einfach eine Tatsache. Ruhm, Vermögen und Macht, diese Jugendträume waren ihm nicht beschieden. Er zehrte nicht von einer täglichen Kost großer Siege. Das Leben war nicht so.

Er ging weiter und weiter, Buster an seiner Seite, und als der Morgenstern hell und klar leuchtete, sagte er laut: «Das Leben ist nicht so – es ist besser.»

55

WEISSE KASKADEN ERGOSSEN SICH über Juts' Gartenzaun. Die Kreppmyrte blühte. Juts plagte sich damit, ein stabiles weißes Spalier aus 10 x 10 cm großen Quadraten an der Garage zu befestigen. Nickel rannte im Garten herum, dicht gefolgt von Buster.

Das Ende des Spaliers kippte nach vorn.

«Nicky, komm zu Momma.»

«Nein.» Nickel lief schneller.

«Ich brauch dich, du musst mir helfen.»

Das Wort «helfen» wirkte Wunder. So klein sie war, sie machte sich gern nützlich. Sie lief zu Juts.

Juts zeigte auf das Ende des Spaliers. «Kannst du dich an die Mauer lehnen?»

Nickel ging hinüber, stellte sich bäuchlings platt an die Wand und drückte so das Spalier dagegen.

«So ist es gut. Bist ein starkes Mädchen.» Juts schlug

auf ihrer Seite rasch einen Nagel ein, dann lief sie dahin, wo Nickel stand, und schlug auch dort einen Nagel ein. «Danke.» Sie klappte die Trittleiter auf und kletterte nach oben, wo sie den nächsten Nagel einschlug. Dann trug sie die Trittleiter ans andere Ende und wiederholte die Prozedur. Als sie heruntergeklettert war, bewunderte sie das Spalier. Sie stellte sich muschelrosa Rosen vor, die sich daran hochrankten. Oder wollte sie rubinrote Rosen? Dann wiederum entlockte ihr die Vorstellung von gelben ein Lächeln. «Ach was, ich pflanze sie alle.»

Schwere Schritte, Nickels Quieken und Busters Freudengebell verkündeten Coras Ankunft. Cora hatte in den letzten paar Jahren stark zugenommen. Sie atmete schwer.

«Momma, warum hast du nicht angerufen, ich hätte dich doch abgeholt und hergefahren.»

«Mit welchem Auto?» Cora fächelte sich Luft zu. In ihrer Generation waren Fächer so modisch wie nützlich.

«Ich hätte mir Wheezers geliehen.»

«Von wegen. Hallo, mein wilder Indianer.» Cora bückte sich, um Nickel einen Kuss zu geben.

Als sie die Stimme hörte, kam Yoyo von dem Rotahorn heruntergeklettert. Sie wartete ein paar Sekunden. Rennen war unangemessen. Dann schlenderte sie hinüber und rieb sich am Bein der alten Dame.

«Diese Katze.» Juts lachte. «Sie liebt dich. Möchtest du eine Cola oder eine Limonade?»

Juts lief in die Küche und kam mit einem großen Krug Limonade auf einem Tablett zurück. Nickel trug die Servietten. Sie ging zu ihrer Großmutter. Cora gab vor, die verschiedenen Farben zu begutachten. Sie suchte sich die rote aus, legte sie dann zurück und zwinkerte. Sie nahm sich eine grüne, weil sie wusste, dass Nickel die rote wollte.

Als Nickel sich setzte, um aus einem Zinnbecher ihre Limonade zu trinken, legte Cora ihr die rote Serviette auf den Schoß. «Rot ist deine Farbe.»

Nickel kicherte.

«Julia, du hast einen grünen Daumen. Den hattest du schon immer. Louise hat einen schwarzen Daumen.» Sie deutete ein Lächeln an. «Aber Louise kann gut organisieren.»

«Sie sagt den Leuten, was sie zu tun haben. Komm, Momma, leg die Füße hoch.» Juts stellte ihr Glas auf den Tisch und holte eine angestrichene Milchkiste. «Findest du nicht auch, dass an so einem heißen Tag die Füße anschwellen?»

«Wenn ich noch mehr anschwelle, platze ich wie ein Luftballon.» Sie hielt sich das nasse Glas an die Stirn. «Eine Affenhitze.»

«Hundstage.» Julia rief dem Terrier zu, der sich unter der Kreppmyrte zurückgezogen hatte: «Findest du nicht, Busterknabe?»

Cora atmete ein und wieder aus, schloss die Augen, setzte dann das Glas ab. «Sommer – Glühwürmchen und Angeln, Gewitter und Regenbögen. Hast du gewusst, dass beides nötig ist, Regen und Sonnenschein, damit ein Regenbogen entsteht?»

«Ja.» Juts merkte, dass ihre Mutter auf etwas hinaus wollte.

«Das Leben ist ein Regenbogen. Ich weiß erst, wie sehr ich das Leben liebe, seit ich dem Ende näher gekommen bin.»

«Momma ...» Juts war beunruhigt.

«Oh, keine Bange. Ich bin nicht krank, aber ich bin alt, Schätzchen. Mein Leben liegt größtenteils hinter mir. Es ist so schnell vergangen. Wenn ich morgens aufstehe, tun mir die Knie weh, und ich weiß nicht, warum. Dann guck ich in den Spiegel und seh dieses alte Gesicht. Ich muss darüber lachen. Ich wach jeden Morgen auf und meine, ich bin zwanzig und hab zwei kleine Kinder, die auf Bumblebee Hill rumlaufen. Bin wohl selbstsüchtig. Ich will nicht, dass es irgendwann aufhört.»

Juts hatte einen dicken Kloß im Hals. «O Momma, du hast noch ein langes Leben vor dir.»

«Das will ich hoffen.» Sie trank, dann streckte sie die Hand nach ihrer Tochter aus. «Genieße jede Minute, Julia, und freu dich an der Kleinen. Hör zu, ich war vorige Woche bei Edgar Frost und hab dir und Louise das Haus überschrieben. Wir haben es so geregelt, dass ich bis zu meinem Tod dort wohnen kann, und er hat mir nicht einen Penny berechnet. Ich kann mich nicht erinnern, dass er vor dem Krieg so großzügig war.»

«Er war ziemlich großzügig.»

«Muss wohl an mir liegen. Ich finde, alle sind verändert zurückgekommen. Die, die zurückgekommen sind.»

«Vaughn ist erstaunlich.»

«Ja.»

Vaughn Cadwalder, dessen Beine unterhalb der Knie amputiert waren, wies jegliches Mitleid zurück und kam erstaunlich gut zurecht. Man sagte, es sei ein Glück für ihn, dass er noch Knie hatte, weil er sich Holzbeine anschnallen und mit Stöcken gehen konnte. So konnte man es auch sehen. Die Ärzte bastelten fortwährend am Sitz der Holzbeine herum. Sie taten oft weh und verursachten Geschwüre an den Stümpfen. Er beklagte sich nicht. Wenn er schnell vorwärts kommen wollte, benutzte er den Rollstuhl.

«Momma, ich liebe Bumblebee Hill – aber ich liebe es

mit dir, und ich wünschte, du würdest nicht so reden. Du hättest doch mit der Überschreibung des Hauses und der fünfzig Morgen noch warten können.»

«Warten, worauf? Wenn ich erst weiß, dass es mit mir zu Ende geht, ist es zu spät.» Julia schwieg, und Cora fuhr fort: «Ich sage es Louise heute Abend. Sie ist in Littlestown. Hat sie irgendwas zu dir gesagt?»

«Worüber?»

«Darüber, wie sie ihren Vater behandelt hat?»

Nickel streckte die Beine von sich. «Auf-auf, Mamaw, auf-auf.»

«Nicky, still.»

«Lass sie doch, Julia, sie hat so ruhig gesessen, ich dachte schon, sie ist ein Mäuschen.» Cora sagte zu dem Kind: «Wenn du spielen willst, Liebes, geh nur. Mamaw und Mommy haben hier was durchzukauen.»

Nickel sah ihre Mutter an.

Juts griff Coras Vorschlag auf. «Hol dir doch dein Auto!»

«Nein.» Nickel hüpfte von ihrem Stühlchen, ging zu dem Spalier und ahmte ihre Mutter nach, begutachtete es, ging zum einen Ende, dann zum anderen und hämmerte in die Luft.

Juts kam auf die Frage ihrer Mutter zurück. «Wheezie sagt nichts. Gewöhnlich redet sie ja wie ein Wasserfall, aber über Hansford …»

«Diese Gefühle mit sich rumzutragen, ist so, als würde man einen Stein mit sich rumtragen. Ich weiß nicht, warum ich nichts gemerkt habe.»

«Louise sieht die Dinge schwarzweiß. Das weißt du doch. Hansford hat uns verlassen, also ist er von Grund auf böse. Vielleicht schmerzt so was mehr, wenn man klein ist. Ich weiß es nicht, Momma, ich kann mich kaum erinnern.»

«Du warst nicht viel größer als Nickel.» Sie leerte ihr Glas. «Ist Josephine Smith schon mal vorbeigekommen?»

«Nein. Sie lässt sie nicht mal ins Haus, davon abgesehen versuchen wir es auch gar nicht erst. Chessy geht jeden Dienstag hin, bleibt zwei Stunden und kommt wieder nach Hause. Seine Brüder schauen heimlich bei uns herein, wenn sie sie besuchen kommen, was sie immer seltener tun. So eine grauenhafte Frau.»

«Überlasse sie Gott, Julia. Sonst trägst auch du noch einen schweren Stein mit dir herum. Böse Menschen handeln so, weil in ihnen etwas blutet.»

«Ist mir egal, wenn sie verblutet.»

«Halte die andere Wange hin.»

«Momma, das kann ich nicht. Ich bin keine so gute Christin – allerdings hab ich auch nie vorgegeben, eine zu sein.»

«Wenn der Herr gewollt hätte, dass wir bessere Menschen sind, dann hätte er die Gebote vielleicht etwas leichter gemacht.» Cora lächelte. «Aber wir können uns bemühen. Wenn du ihr nicht vergeben kannst, dann vergiss sie einfach.»

«Ich könnte ihr möglicherweise vergeben, wie sie mich behandelt. Nicht, dass es mir leicht fiele, aber was sie Nickel antut ... Am liebsten würde ich sie mit dem Traktor überfahren, den Celeste dir vermacht hat. Ja, ich würde die Zicke gern platt walzen.»

«Aber nicht doch, Juts.» Cora drohte ihrer Tochter mit dem Finger. Sie verriet ihr wohlweislich nicht, weshalb sie wirklich in die Stadt gekommen war.

56

ES WAR EIN WEITER WEG bis zu Josephine Smith, und das in der brütenden Hitze – um fünf Uhr war es so sengend heiß wie zur Mittagszeit. Cora hatte Juts nicht gesagt, wohin sie ging, als sie sich verabschiedete. Zum Glück waren die Bürgersteige von den ausladenden Ahornbäumen, Eichen, Ulmen und Robinien beschattet, die Runnymedes hübsche Straßen säumten.

Als sie bei der schlichten schwarzen Tür der Smiths ankam, schnappte sie keuchend nach Luft. Die Haustür war offen, die Fliegentür geschlossen. Cora öffnete sie und bediente den glänzenden Messingklopfer.

«Wer ist da?», hallte Josephines Stimme durch die Fliegentür. Dort angelangt, blieb Josephine wie angewurzelt stehen. «Was willst du hier?»

«Dich besuchen.»

«Ich habe dir gesagt, das ich nie wieder mit dir sprechen werde.»

«Das war vor der Jahrhundertwende.»

«Jetzt haben wir 1947. In meinen Augen siehst du heute kein bisschen besser aus», keifte Josephine.

Cora überhörte die Bemerkung und sprach geduldig weiter: «Das ist so lange her. Lass uns den Streit, den wir damals hatten, nicht auf die jungen Leute abwälzen.»

«Das tue ich gar nicht. Ich konnte Chester nicht davon abhalten, Julia zu heiraten.»

«Auch das ist lange her, Josephine. Sie haben 1927 geheiratet. Ich spreche von heute.»

«Heute?», echote Josephine schnaubend, offensichtlich in dem Glauben, sie habe sich in letzter Zeit nichts zuschulden kommen lassen.

«Dein Sohn liebt sein kleines Mädchen …»

«Sie ist nicht sein kleines Mädchen.» Josephines Stimme triefte von Gehässigkeit. «Sie ist Rillma Ryans Balg, wie wir alle wissen. Die ganze Stadt weiß es.»

«Rillma hat sich zur falschen Zeit in den falschen Mann verliebt. Das sollte dir bekannt vorkommen.»

«Was willst du damit andeuten, Cora?»

«Dass das Kind nichts dafür kann. Dass Chester glücklich ist und es nur noch an dir fehlt. Du solltest das Baby annehmen.»

«Sie ist kein Baby. Sie ist zweieinhalb. Ich habe sie gesehen …»

«Von weitem.»

«Cora Zepp» – Josephine nannte sie bei ihrem Mädchennamen –, «geh bloß deiner Wege. Ich will kein Enkelkind, das in Schande geboren ist.»

«Nickel ist jedenfalls so geboren. Du hast an deiner Schande hart arbeiten müssen.»

«Raus hier!»

«Du bist am Ende, Josephine. Du tust mir Leid.»

«Verlass meinen Grund und Boden, sonst rufe ich den Sheriff.»

Cora ging, blieb auf dem Bürgersteig stehen, der öffentliches Eigentum war und brüllte zurück, was gänzlich uncharakteristisch für sie war, aber inzwischen hatte sie den Siedepunkt erreicht: «Er hat dich nie geliebt, Josephine, und das hast du dir selbst eingebrockt, verflixt nochmal.»

Das war zu viel. Josephine riss die Fliegentür auf. Sie stürmte zum Bürgersteig und blieb an der Grenze ihres Grundstücks stehen. «Verschwinde!»

«Dieser Bürgersteig gehört zu York County, Pennsylvania.»

«Verschwinde! Er hat mich geliebt. Du hast ihn dir zurückgestohlen.»

«Du hast ihn verstoßen. Als er hierher zurückgekrochen kam, hättest du Frieden schließen können. Wir hätten alle Frieden schließen können. Aber du wolltest nicht mal mit ihm sprechen.»

«Er war ein heruntergekommener alter Blutsauger, und er hat bekommen, was er verdient hat.»

Cora, deren Rock ein willkommenes Lüftchen zauste, war jetzt ganz ruhig. «Am Ende, Josephine, bekommen wir alle, was wir verdienen.»

«Ich bin froh, dass er tot ist.» Josephine wollte durchaus nicht hören, dass sie bekommen würde, was sie verdiente. Sie hatte es schon. Sie war ungeliebt, einsam, gerade mal geduldet von ihrem Mann und ihren Söhnen. Immerhin hielt sich Rupert an sein Ehegelöbnis, in guten wie in schlechten Zeiten ... Er hatte nur schlechte erwischt.

Cora richtete sich zu ihrer vollen Größe auf, die nicht mehr als 1,57 betragen konnte, doch sie hatte etwas an sich, das sie größer erscheinen und Josephine schrumpfen ließ. «Er hat seine Sünden bereut. Im Sterben hat er zuerst an andere gedacht und zuletzt an sich selbst. Er starb als Mensch. Du hast ihn einmal geliebt. Er war es wert.»

«Du hast ihn nie geliebt.»

«Nicht so, dass es dir aufgefallen wäre.» Cora lächelte matt. «Aber ich habe ihn geliebt.»

Josephines Knie gaben nach. Ihre Wut verwandelte sich in einen furchtbaren Schmerz, den sie sich ein halbes Jahrhundert lang vom Leib gehalten hatte. Sie schob das Gefühl von sich, doch es kam mit derartiger Wucht zu ihr zurück, das es sie umwarf. «Er hat sich mir aufgedrängt», wimmerte sie.

«Nein, hat er nicht. Du hast es dir so oft vorgelogen, dass du es glaubst. Hansford hatte es nicht nötig, sich einer Frau aufzudrängen, das weißt du genau.»

Josephine war so aufgewühlt, dass ihr der Mund offen blieb. Als hätte sie eine 38er-Kugel von hinten getroffen, sank sie auf die Knie.

Cora eilte hinzu, griff ihr unter die Arme und richtete sie auf. Josephine bewegte die Lippen, ohne einen Ton herauszubringen. Sie sah aus wie ein Fisch.

«Komm, Jo, es ist heiß hier draußen. Ich bring dich ins Haus.»

Als Cora ihre erbittertste Feindin zur Haustür schleppte, liefen die Telefondrähte schon heiß. Caesura Frothingham, die in ihrem schicken Wagen vorbeifuhr, erfasste das Drama, und auf der gegenüber liegenden Straßenseite hatte Frances Finster alles beobachtet.

Mühsam setzte Josephine einen Fuß vor den anderen. Cora half ihr ins Haus, fand die Küche und schenkte ihr kaltes Wasser ein. Die Hand am Hals, krümmte sich Josephine in Ruperts Sessel zusammen.

«Hier, ein kleiner Schluck wird dir gut tun.»

Mit zitternden Händen nahm Jo, die einst so hübsche Frau, das Glas; Wasser tropfte ihr aufs Kinn. Sie zögerte, trank dann noch einen Schluck. Ein blechernes Quietschen – wie eine ungeölte Bremse – war der einzige Laut, der sich ihr entrang, als sie Cora das Glas zurückgab. Cora stellte es auf den Tisch.

«Jo, wir sind alt, aber es ist noch viel Leben in uns. Es ist leichter, glücklich zu sein, als unglücklich zu sein. Der liebe Gott hat uns nicht zum Unglücklichsein erschaffen.»

«Ich bin schon vor langer Zeit gestorben», flüsterte Josephine.

«Hm – du kämpfst um deine Wiedergeburt.» Cora wollte ihr das Glas reichen, doch Josephine wies es zurück, weil es ihr schon besser ging. «Ich war schon immer der Ansicht, dass Jesu Auferstehung von den Toten genau das bedeutet. Nicht, dass sich Gräber öffnen, sondern dass wir ins Leben zurückkehren können. Kannst du dir nicht vorstellen, dass ich mich genauso gefühlt habe wie du?»

«Das kann nicht sein.» Josephine erstickte fast an ihrer eigenen Stimme.

«Vielleicht nicht aus denselben Gründen, aber so gut wie alle, denen man in Runnymede begegnet, haben furchtbares Leid erfahren oder sich dem Tode nahe gefühlt. Sie sind zurückgekommen.»

«Wer bist du, mir zu sagen, wie ich zu leben habe?» Ein jäher Zorn beflügelte sie.

«Niemand.»

«Lass mich in Ruhe.»

«Na schön.» Cora wandte sich zur Tür. «Aber wenn du nicht zurückkommen kannst, Jo, tu den Kindern nicht weh, sei nicht so kalt zu ihnen. Sie brauchen dich.»

«Niemand braucht mich!», entfuhr es Josephine voller Wut und Gram.

Cora schloss leise die Tür, froh über den Sonnenschein, und war es noch so schwül.

In jenem Sommer geschah noch mehr. Cora las Louise wegen ihres abscheulichen Verhaltens Hansford gegenüber die Leviten, am Abend desselben Tages, an dem sie sich Josephine Smith vorgeknöpft hatte. Louise blähte sich auf wie ein vergifteter Hund. Sie wollte Bumblebee Hill nicht mit Julia teilen. Sie war durchaus selbstsüchtig, was sie natürlich nicht zugab, doch ihr Einwand war, dass Julia eine

Verschwenderin und es der sicherste Weg in den Bankrott sei, das Eigentum mit ihrer jüngeren Schwester zu teilen. Cora sagte, sie müssten lernen, sich zusammenzuraufen. Schließlich hätten sie das als Besitzerinnen des Curl 'n' Twirl auch getan. Louise entgegnete, nur, weil sie die Bücher geführt habe. Schön, erklärte Cora, dann solle sie sie wieder führen. Immerhin konnte Cora Louise das Versprechen abringen, wenn sie ihrem toten Vater nicht vergeben könne, wenigstens zu vergessen. Es tue nicht gut, Hass mit sich herumzutragen. Louise wollte es versuchen.

Alle steckten in Geldnöten, abgesehen von den ganz Reichen wie Ramelle, den Rifes, den Falkenroths und den funkelnagelneureichen Mundis. Die Lebenshaltungskosten stiegen sprunghaft um mehr als dreißig Prozent an. Heimkehrende Soldaten, endlich entlassen, fanden keine Arbeit, obwohl die Frauen, die während des Krieges eingesprungen waren, in Scharen den Laufpass erhielten.

Nachdem Extra Billy sich mit einer eigenen Farm abgemüht hatte, erklärte er sich einverstanden, in Pearlies Geschäft einzusteigen. Wie so viele Kriegsteilnehmer wachte er Nacht für Nacht aus grässlichen Albträumen auf. Mary nahm eine Arbeit bei der Telefongesellschaft an, wurde aber im Nu wieder schwanger.

Tante Dimps stellte Doak Garten, der von der Marine zurück war, in ihrem Blumengeschäft ein. Zwar wurde eisern gespart, doch bei Begräbnissen, Hochzeiten, Jubiläen und Geburten waren Blumen unerlässlich.

Alle Welt bekam Kinder.

Nickel, entschieden einsilbig, durfte jetzt mit Chester *und* Julia Ellen dienstagabends Josephine und Rupert Smith besuchen. Man erzählte sich, dass Josephine so manchen Nachmittag im Gebet und Zwiegespräch mit Pastor Neely verbrachte. Er riet ihr, auf die Worte Jesu zu hören: «Wer ohne Sünde ist, werfe den ersten Stein.» Sie rang innerlich mit sich, doch sie sah das Licht. Zwar wurde sie dadurch nicht freundlicher oder wärmer, aber sie musste krabbeln, bevor sie laufen konnte. Nickel war bei den Smiths noch schweigsamer als zu Hause. Sie saß in der Ecke und sah sich die Bilder im *National Geographic* an. Sie wollte unbedingt lesen. In Gesellschaft von Yoyo und Buster kletterte sie am Regal hoch, um die Familienbibel zu holen, schlug sie auf und tat so, als läse sie der Katze und dem Hund laut vor. Die beiden waren schwer beeindruckt.

57

D*ER* W*ECHSEL» WAR* G*EGENSTAND VERSTOHLENER*, tief schürfender Gespräche zwischen Louise und ihren besten Freundinnen. Ev Most und Juts kicherten über dieses Thema. Juts und Ev, ehemalige Schuldkameradinnen, spürten noch keinerlei Anzeichen. Nachdem sie vor wenigen Jahren leise die vierzig überschritten hatten, waren sie durchaus nicht in Eile.

Hitzewallungen, unerwartete Blutungen, Reizbarkeit und Verwirrung machten der etwas älteren Truppe zu schaffen. Juts hatte den weiblichen Organen nie das geringste Interesse entgegengebracht. Wenn sie ihre eigenen Röhren und Innereien nicht scherten, dann scherten sie die anderen erst recht nicht. Das hinderte Louise nicht daran, sich in ausführlichen Schilderungen zu ergehen.

An diesem Freitag im September 1948 gönnten sich die Hunsenmeir-Schwestern auf dem Yorker Markt einen ausgiebigen Einkaufsbummel. Reihenweise fleischige Kürbisse – leuchtend weiße Patissons, gelbe Gartenkürbisse, runde grüne Ölkürbisse – lockten sie. In Kisten glitzerten prachtvolle späte Brombeeren, Himbeeren und Blaubeeren. Auf gestoßenem Trockeneis lagen durchwachsene Filetstücke, ganze Schinken und saftige Lammkoteletts, durch Petersiliensträußchen voneinander getrennt.

Die Amish-Frauen trugen Hauben und Schürzen; die Männer nickten den Schwestern zu, wenn sie sich ihren Ständen näherten. Kartoffeln, Mais, Möhren, Radieschen so rot wie Rubine, Okra, Bohnen aller Sorten und Erbsen füllten Körbe über Körbe. Nickel konnte die Auslagen nicht sehen, aber sie konnte die Waren riechen. Wenn ihr Blick gelegentlich auf eine Katze fiel, die an einem Stand arbeitete, blieb sie stehen und schwätzte mit ihr. Irgendwann merkte Juts, dass die Kleine abhanden gekommen war und ging denselben Weg zurück, bis sie sie fand, meist auf der Erde hockend und ein Kätzchen streichelnd.

«Ach, da bist du. Verzeihung, Mrs. Utz, Nicky liebt Katzen.»

Mrs. Utz lächelte. «Ich auch.»

«Du kommst jetzt mit mir.»

Nickel gewahrte den Befehlston und auch Tante Wheezie, die an der Ecke des Gangs wartete. Den Lockenkopf gesenkt, folgte Nickel ihrer Mutter.

Kaum waren sie bei Louise angelangt, ließ sie wieder eine Schilderung ihres Zustands vom Stapel. «... wie gesagt, da saß ich mit Paul am Tisch und urplötzlich – also, das war einfach zu viel. Keine Vorwarnung, kein Garnichts und der arme Pearlie – du weißt ja, wie die Männer sich bei solchen Sachen anstellen, ich dachte, er wird ohnmächtig. Wie gut, dass sie keine Kinder kriegen. Bei dem vielen Blut würden sie glatt sterben.»

«Da fragt man sich, wie sie einen Krieg überstehen können, nicht?», warf Julia trocken ein.

«Ja. Oh, das hab ich ganz vergessen, dir zu erzählen. Frances Finster sagt, als sie in meinem Alter war, hatte sie Ohnmachtsanfälle.»

«Von dem vielen Formaldehyd im Bestattungsinstitut.»

«Julia, das ist nicht wahr. Eines Tages wirst du das auch durchmachen.»

«Wenn, dann wirst du's nicht erfahren.»

«Was soll das heißen?»

«Dass ich nichts von den Wechseljahren hören will. Warum sollte ich dann darüber sprechen?»

«Weil es eine neue Erfahrung ist. Ich möchte andere an meinen Erfahrungen teilhaben lassen.»

«Du lässt mich nicht teilhaben, du schwallst mich zu.»

«Und worüber sprichst du? Julia Ellen Hunsenmeir. Julia Ellen Hunsenmeir. Julia Ellen Hunsenmeir.»

Juts zuckte die Achseln. «Ich bin eben interessant.» Sie drehte sich um. Keine Nickel. «Wo ist das Kind schon wieder hin? Sie ist wie ein kleines Wiesel, witscht einfach weg. Mary und Maizie waren meines Wissens nicht so.»

«Nein.» Louises Antwort war schnippisch.

«Dieser Ton gefällt mir nicht.»

«Meine Mädchen haben sich wie Mädchen benommen. Sie waren folgsam. Und Marys Jungen – hören auf ihre Mutter. Nickel hat entschieden zu viel Freiheit. Du bringst ihr keine Disziplin bei.»

«Von wegen. Sie steht jeden Morgen um dieselbe Zeit auf und geht jeden Abend um dieselbe Zeit ins Bett, und sie isst zur selben Zeit wie Chessy und ich. Sie lernt Recht und Unrecht unterscheiden, so weit sie es jetzt schon versteht. Sie wird nicht ausfallend. Sie gehorcht recht gut.»

«Sie trägt Jeans und T-Shirts. Das schickt sich nicht.»

«Ach, du meine Güte.» Aufgebracht brach Juts das Gespräch ab, um ihre Tochter zu suchen. Sie ging den Gang entlang. Keine Nickel. Sie ging zum Mittelgang des Marktes zurück. Keine Nickel. Sie ging an der Seite entlang, wo sich ein kleines Restaurant mit Wachstuchtischdecken befand. Nickel stand auf einem Stuhl, die Hände auf dem Tisch und «las» die Rückseite des *York Dispatch*, während ein älterer Herr die Titelseite las. Seine Besucherin störte ihn nicht im Geringsten. Sein breitkrempiger schwarzer Hut lag auf dem Holzstuhl neben ihm.

«Verzeihen Sie bitte.»

Er sah auf. «Wir leisten einander Gesellschaft.»

Nickel zog ihre Mutter an der Hand und zeigte auf die Schlagzeile. «Truman.»

«Schätzchen, komm jetzt. Tante Wheezie ist heute ungeduldig.» Sie wandte sich wieder an den Herrn. «Nett, dass Sie ihr ein neues Wort beigebracht haben.»

«Ich habe es ihr nicht beigebracht. Sie hat es von der Schlagzeile abgelesen.»

«Truman.» Nickel zeigte wieder auf die Zeitung.

«Sie muss es von jemandem gehört haben.» Julia lächelte und hob Nickel an einem Arm vom Stuhl.

«Nein.» Nickel trat nach ihrer Mutter.

Juts stellte sie unsanft auf den Boden. «Mach das noch einmal, und ich erteile dir eine Lektion, die du nie vergessen wirst, junge Dame.» Sie nickte dem Mann zu, der seine Nase schon wieder in die Zeitung gesteckt hatte, und zerrte das bekümmerte, aber schweigende Kind mit sich.

Als sie Wheezie erblickte, die Hände in die Hüften gestemmt, sagte Juts: «Sie hat Zeitung gelesen.»

«Klar, Mike.» Wheezie benutzte einen alten Ausdruck,

der bei ihnen «nie im Leben» oder «du hast Recht» oder je nach Tonfall alles Mögliche bedeutete.

«Nickel, Momma findet es wunderbar, dass du Wörter lesen kannst, aber du darfst nicht weglaufen, ohne es mir zu sagen.» Sie wandte sich an Louise. «Ich glaube, sie hat das Wort ‹Truman› aufgeschnappt. Sie hat ständig auf die Zeitung gezeigt und ‹Truman› gesagt. Sie ist ein neugieriger kleiner Floh.»

«Na klar, zumal du in deinem ganzen Leben kein einziges Buch ganz durchgelesen hast. Aber» – Louise atmete ein, ein bedeutungsschwangerer Hauch von Überlegenheit – «das war ja zu erwarten.»

«Was soll das denn nun wieder heißen, Wheezie?»

«Ach» – sie hob in gespielter Arglosigkeit die dünnen Augenbrauen und die Stimme – «nichts.»

«Scheißdreck.»

«Julia, sprich nicht so in der Öffentlichkeit.»

«Runde Gebilde.» Juts rang sich ein schmallippiges Lächeln ab. «Rund wie Ködel.»

«Hörst du wohl auf – und das vor deinem Kind.»

«Sie wird nichts sagen. Man kriegt ja kaum zwei Piepser aus diesem Kind heraus.»

«Du brauchst ein zweites Kind. Sie braucht eine Schwester oder einen Bruder.»

«Nein», kam die ziemlich laute Antwort von Nickel.

«Widersprich Tante Wheezie nicht, sie weiß, was gut ist für kleine Mädchen.»

«Ich will kein kleines Mädchen sein.»

Dieser vollständige Satz verschlug den beiden Frauen die Sprache. «Wie bitte?», brachte Louise schließlich heraus.

«Truman. Ich will Truman sein.» Sie stand da, mit gespreizten Beinen und vor der Brust verschränkten Armen.

Juts sah auf das kleine Biest hinunter. «Ich glaube, sie will Präsident sein.» Dann brach sie in Lachen aus.

«Du darfst sie nicht ermutigen, Juts, sonst kommst du in Teufels Küche.»

«Sei doch nicht immer so ernst. Wenn sie Präsident sein will, Herrgott, dann lass ihr den Traum.»

Louise lächelte süßlich. «Nicky, Mädchen können nicht Präsident sein. Du kannst Krankenschwester werden. Das wäre schön. Viele kleine Mädchen werden später Krankenschwester. Du würdest Menschen helfen. Oder du könntest ein Instrument spielen. Maizie spielt Klavier.»

«Nein!»

Juts nahm ihre Hand. «Komm, Kind, wir haben noch eine Menge Einkäufe zu erledigen. Diesen Kram besprechen wir später.»

Als sie an einem Stand mit einem großen Schild vorbeikamen, auf dem «Fletchers Früchte» zu lesen war, zeigte Nickel nach oben. «Früchte.» Es klang allerdings mehr wie «Früü-te».

Louise starrte sie mit einem seltsamen Ausdruck in ihrem ernsten Gesicht an. «Woher kennt sie das?»

«Ich weiß es nicht.» Juts zuckte die Achseln. «Ich erzähle ihr andauernd Geschichten.»

«Sie ist dreieinhalb. Kinder lernen erst mit sechs lesen.»

«Hm – ich nehme an, sie ist ein bisschen voraus. Außerdem wird sie im November vier.»

Louise legte ihre Hand unter Nickels Kinn und sah in die braunen Augen, die ihren Blick unerschrocken erwiderten. «Schweig lieber, Nicky. Manchmal ist es besser, nicht so, äh, klug zu sein.»

«Lass sie in Ruhe, Louise.» Juts kniete nieder. «Nicky, du darfst lesen, was du willst, falls du wirklich lesen kannst.

Ich glaube, Tante Louise meint, es ist unhöflich, auf Dinge zu zeigen und ein Wort zu rufen. Komm jetzt weiter.»

«Das habe ich nicht gemeint», brummte Louise. «Sie wird dadurch zum Außenseiter. Du musst bedenken, wie sie mit anderen Kindern auskommt. Sie sammelt Minuspunkte, bevor sie überhaupt loslegt.»

«Kinder denken nicht so.»

«Das lernen sie schnell genug von ihren Eltern.»

«Müssen wir uns denn immer Gedanken darüber machen, was in einem Jahr sein wird oder in zehn Jahren? Was Lillian sagen wird oder Fannie Jump oder Caesura, die alte Schachtel? Was Father O'Reilly denken wird und he, der Papst könnte sich fürchterlich aufregen. Morgen kann uns ein Hurrikan von der Erdoberfläche pusten, und wenn der es nicht schafft, wie wäre es im nächsten Frühjahr mit einer Sintflut von Noahs Ausmaß? Wenn ihre kleinen Freunde ihr Dinge vor den Latz knallen, wird sie schon herausfinden, dass manche Menschen Kotzbrocken sind. Und sie wird hoffentlich so gescheit sein, sich mit denen nicht abzugeben.»

Louise wirbelte zu ihr herum. «Du tust dem Kind keinen Gefallen, wenn du ihm Flausen über seinen Status in den Kopf setzt. Es ist nicht gut für ein Mädchen, so auffallend klug zu sein. Klug sein kann man in der Ehe, nicht vorher.»

«Mein Gott, sie ist noch keine vier Jahre alt, und du hast sie schon verheiratet.»

«Jemand muss ja vorausdenken. Du bist wie die Heuschrecke. Ich bin wie die Ameise.»

«Jetzt sind wir auf einmal Insekten.»

«Ich weiß, was gut ist. Habe ich dir nicht gesagt, dass Chester Smith auf keinen grünen Zweig kommt? Ihr zwei werdet bald kein fahrendes Auto mehr haben, ihr werdet eure alte Karre schieben müssen. Habe ich Mary nicht dasselbe gesagt? Wenn Pearlie Extra Billy nicht eingestellt hätte, würden sie auf der Straße betteln gehen. Habe ich es ihr nicht gesagt?»

«Das hast du allerdings.» Julia wurde langsam wütend.

«Und habe ich Maizie nicht gesagt, sie soll nicht nach New York gehen? Sie soll so eine Dummheit gar nicht erst in Betracht ziehen? Nein, sie wollte nicht auf mich hören. Und was schreibt sie mir jetzt? Dass sie aufs College gehen will, aber keines, das der Kirche angegliedert ist. Was ist denn das für ein Wunsch? Was würde mich das kosten? Ich weiß, was gut für sie ist.» Sie hielt inne. «Nicky muss lernen, wo sie hingehört. Das Leben ist viel leichter, wenn man das weiß. Sie wird eine zweite Rillma Ryan, wenn du dies nicht im Keim erstickst.»

Als sie an leckeren gebackenen Pasteten vorbeikamen, sagte Julia leise: «Und, Louise, wo gehörst du hin?» Vor lauter Wut hatte sie gar nicht gemerkt, dass Louise in Nickels Beisein den Namen ihrer Mutter preisgegeben hatte.

«Dumme Frage.»

Juts' Stimme nahm einen drohenden Ton an. «Was Nickel angeht, halt die Klappe. Halt einfach die Klappe. Sag ihr nicht, wo sie hingehört. Sie wird es selbst herausfinden; denn die Welt ist weiß Gott voll von Leuten wie dir, die ihr wegen etwas, das jemand anders getan hat, einen Platz im Leben absprechen!»

Nickel, die das Gezerre satt hatte, stahl sich unbemerkt davon.

«Ich habe die Welt nicht geschaffen, ich lebe bloß auf ihr!»

«Aber du tust nicht das Geringste, um sie besser zu machen.»

«Ich für mein Teil halte nichts davon, wenn Menschen ohne die Segnungen der Ehe körperliche Beziehungen pflegen.»

«Jesus Christus steh mir bei!»

«Du sollst den Namen unseres Erlösers nicht missbrauchen.» Louise trat an einen Stand mit Kattunschürzen. «Ich brauche eine neue Schürze.»

«Du brauchst ein neues Mundwerk.»

Wheezie ging darauf nicht ein. Sie sah zwei kleine Schuhe unter der Stoffdrapierung der Holzbude hervorlugen. «Nicky?»

«Sie ist nicht hier», lautete die entschlossene Antwort.

Louise bückte sich und hob den Zipfel einer bunten Steppdecke an. «Was machst du da drunter?»

«Nachdenken.»

«Tag, Mrs. Stoltz, meine kleine Nichte findet Ihre Steppdecken so schön.» Louise rang sich ein Lächeln ab.

Mrs. Stoltz, die so breit war wie hoch, hob die Decke auf der anderen Seite des Standes an. «Aha.»

«Verzeihung.» Juts trat hinzu, ließ sich auf ein Knie nieder und streckte die Hand aus. «Vorwärts, Trab, Cowboy.»

«Nein.»

«Nickel, du kommst auf der Stelle da raus oder du wirst es bereuen.» Bei jedem harschen Wort wippte die Zigarette in ihrem Mund auf und ab.

«Nein.»

Juts, die bis zum Äußersten gereizt war, wenngleich sie sich nicht erklären konnte, warum, klemmte ihre Zigarette zwischen Daumen und Zeigefinger und hielt das glühende Ende an Nickys Oberarm. Nur eine ganz leichte Berührung, doch sie erzielte die gewünschte Wirkung. Das Kind stürmte heraus – zu geschwind für Juts, um es zu packen. Nickel raste durch den Gang.

«Mögen die Heiligen uns behüten.» Louise schüttelte den Kopf. Sie war seit der Volksschule nicht mehr gerannt. Louise fand rennen unweiblich.

«Dazu braucht es mehr als Heilige.» Juts trabte ihrem entschwindenden Kind hinterher und rief dabei über die Schulter: «Steh nicht da wie ein Sack Scheiße! Beweg dich!»

«Ich lasse mir solche Grobheiten nicht gefallen.» Murrend begab sich Louise in den nächsten Gang und marschierte forsch unter den alten Hängelampen entlang, wobei sie einen Blick in die Buden warf, um nachzusehen, ob das Kind dort untergeschlüpft war.

Die beiden Schwestern trafen sich am Schinkenstand am Ende der Gänge. Die große Bude erstreckte sich horizontal über die Hauptgänge.

Juts schnippte Glut auf den Boden und trat sie in dem Sägemehl aus, das vor dem Stand verstreut war. «Ich weiß gar nicht, wie sie so schnell laufen kann.»

«Sie ist hier irgendwo. Versuchen wir's in den zwei Gängen da drüben.»

Nickel war in keiner Bude zu finden. Sicherheitshalber fragte Louise den Aufseher, ob er sie gesehen habe. Er verneinte, wies jedoch darauf hin, dass Kinder draußen spielten, wo Marktkörbe und Abfall hingeworfen wurden. Er sei dort gewesen, um aufzuräumen und in der Gasse seien vielleicht zehn, fünfzehn Kinder gewesen. Juts ging hinaus in den milden Septembersonnenschein; ein Hauch von Herbst lag in der Luft. Sie sah einen Schwarm Kinder, doch ihres war nicht dabei.

Sie ging zu Louise am Süßwarenstand.

«Ich war mir sicher, sie würde hierher kommen. Kinder lieben Süßigkeiten.»

«Wheezie, versuchen wir's im Restaurant. Vorhin war sie auch dort.»

Sie liefen hin, jede besorgter, als sie der anderen gegenüber zugeben wollte. Keine Nickel.

Verzweifelt ließ sich Juts einen Moment auf einen Stuhl fallen. «Das ist, als würde man mit einem Affen leben. Sie rennt und springt und wälzt sich herum. Sie klettert auf Äste und schaukelt daran. Wenn ich morgens aufstehe, ist sie schon auf. Gestern hat sie alle Schranktüren aufgemacht, jede Einzelne, sogar die über der Anrichte. Sie ist auf die Anrichte geklettert. Sie hat nichts rausgenommen, Gott sei Dank, aber alle Türen standen offen. Sie kann stundenlang in der Vorratskammer sitzen und die Etiketten auf den Dosen angucken. Sie geht in meinen Kleiderschrank. Sie probiert meine Schuhe an. Letzte Woche hat sie sich Puder und Lippenstift ins ganze Gesicht geschmiert und Chessys beste Fliege ruiniert, weil sie die auch anhatte, einfach um den Hals gebunden. Herrgott im Himmel, was machen bloß die Leute, die mehr als ein Kind haben?» Ehe Louise erwidern konnte, dass ihre beiden nie so waren, warf Juts ihr einen strengen Blick zu. «Das ist deine Schuld.»

«Meine Schuld?» Wheezie fuhr sich mit der Hand an den Hals. Ihr Nagellack passte zu ihrem Lippenstift.

«Du wolltest, dass ich ein Kind habe.»

«Was, ich?»

«Ist doch wahr, Louise. Morgens, mittags und abends hast du mir eingehämmert, ich sei keine richtige Frau, weil ich keine Mutter sei, und da siehst du mal, wie blöd ich war, ich habe dir geglaubt! Ich will keine Mutter sein. Das ist Schwerstarbeit, und zwar ununterbrochen.»

Louise, die gewöhnlich keinen Augenblick zögerte, sich zu verteidigen und ihre Schwester zu verhöhnen, überlegte, wägte ihre Worte. «Manche Tage sind besser als andere.»

«Tage? Ich wäre zufrieden, wenn ich nachts mal durchschlafen könnte. Sie steht morgens um halb sechs auf. Ich höre sie, aber weil ich am Tag davor dauernd hinter ihr her war, bin ich so müde, dass ich gleich wieder einschlafe.»

«Wenigstens macht sie keinen Krach.»

«Nein, aber eines Tages steckt sie wahrscheinlich das Haus in Brand. Sie ist zu allem fähig!»

«Das wächst sich aus», prophezeite Louise zuversichtlich.

«Hätte ich bloß nicht auf dich gehört.»

Louise beugte sich über sie. «Du bist erledigt. Zugegeben, sie ist ein kleiner Wildfang, aber sie ist ruhig.»

«Ruhig – sie ist praktisch stumm. Sie spricht kaum drei zusammenhängende Worte, und das ist mir unbegreiflich, denn das Kind ist klug, Wheezie. Manchmal ist sie so klug, dass es mir Angst macht. Wenn diese braunen Augen mich betrachten – da komme ich mir vor, als würde mich ein Tiger beobachten.»

«Sie lernt. Als Maizie klein war, ist sie mir von einem Zimmer zum anderen nachgelaufen und hat auf alles gezeigt, weil sie lernen wollte, wie Stuhl und Lampe heißen. Du musst bedenken, sie sieht die Welt zum ersten Mal.»

«Ja, zum Donnerwetter, und ich hab das Gefühl, ich sehe sie zum letzten Mal. Ich weiß nicht, ob ich das überlebe.»

«Überlass sie Chessy für einen Tag.»

«Sie würde den Laden demolieren.»

«Er kann sie samstags oder sonntags einen halben Tag nehmen.»

«Kann ich sie nicht zurückgeben?» Juts rang sich ein blasses Lächeln ab.

«Das ist nicht dein Ernst.» Louise richtete sich gerade auf. «Es gab Tage, da wollte ich meine zurückgeben – natürlich gab es niemanden, dem ich sie hätte zurückgeben können, aber ich hätte allen beiden mit Freuden den Hals umgedreht.»

«Du – die perfekte Mutter?»

Ein schiefes Lächeln huschte über Louises hübsches Gesicht. «Zeige du mir eine Mutter, die nicht wenigstens einmal im Leben davon träumt, ihre Kinder zu Engeln zu machen, und ich zeige dir eine schamlose Lügnerin.»

«Ja – aber im Ernst, ich bin dieser Aufgabe nicht gewachsen.»

«Das ist niemand.»

«Warum hast du mich dann dazu getrieben?»

«Hab ich nicht. Nun ja – vielleicht habe ich ein, zwei Mal von Mutterschaft gesprochen.»

«Ein, zwei Mal – pro Tag!»

«Hat sie dich und Chester nicht wieder zusammengebracht?»

«Schon, aber jetzt haben wir nie Zeit für uns. Wenn wir ins Bett gehen, sind wir sogar zum Reden zu müde.» Juts fuhr sich mit den Fingern durchs Haar, das nur eine winzige Spur Grau aufwies. «Wir müssen sie suchen.»

Sie verließen das Restaurant. In einer Ecke der zweigeschossigen Markthalle war ein Balkon. Er war dunkelgrün gestrichen und beherbergte hölzerne Schaukelstühle und eine Damentoilette. Wenn eine Dame sich mitten im Gemüse verausgabt hatte, konnte sie die Treppe hinaufsteigen, die Füße hochlegen, ein bisschen schaukeln und von einem kleinen Rattanfächer Gebrauch machen. Auf dem

Tisch vor der Toilette lag stets ein Stapel Fächer bereit. Juts hob gerade rechtzeitig den Blick, um zu sehen, wie Nickel einen Fächer über die Balkonbrüstung trudeln ließ. Das Kind stand auf der Brüstung.

«O Gott.» Julia sprintete den Gang entlang wie Jesse Owens.

Ratlos bemerkte Louise, dass sich Leute unter dem Balkon versammelt hatten. Die umsichtige, damenhafte Louise sah, wie der Gegenstand ihrer Aufmerksamkeit jetzt auf der Brüstung tanzte. «Ach, du Scheiße», flüsterte sie. Sie linste rasch nach rechts und nach links, erleichtert, dass niemand ihre ungehobelte Äußerung vernommen hatte. Dann eilte sie ihrer Schwester nach – ohne recht zu wissen, was sie tun sollte.

Juts kam unter dem Balkon abrupt zum Stehen. Nicky bewarf ihre Mutter mit Fächern.

«Nicky, Schätzchen, lass das bleiben. Sonst verletzt du noch jemanden.»

Louise trat hinzu und machte den Mund auf, um eine Warnung zu rufen. Nickel tanzte; sie packte einen Pfosten und drehte sich um ihn. Das Kind war sich offensichtlich keiner Gefahr bewusst.

Juts schlug ihrer Schwester die Hand auf den Mund und beschmierte sie mit ihrem eigenen Lippenstift.

«Nicht.»

«Meine Dame, ist das Ihr Junge?», fragte ein Mann mittleren Alters, die Stirn besorgt gerunzelt.

«Das ist mein Mädchen.» Juts sprach zu der Menschenmenge: «Erschrecken Sie sie nicht.» Dann wandte sie sich an Louise: «Du gehst die Treppe rauf. Ich spreche mit ihr, während du sie von hinten packst. Wenn sie fällt, versuche ich sie aufzufangen.»

«Julia, sie wird dir die Arme brechen.»

«Du machst dir zu viele Gedanken. Geh schon.»

Louise schlich auf Zehenspitzen die Treppe hinauf.

Julia lächelte ihrem hüpfenden Kind zu. «Schätzchen, du bist ein Äffchen. Ich wette, du kannst nicht runtersteigen und dich auf einen Schaukelstuhl setzen.»

«Kann ich wohl.»

«Zeig es mir.»

«Nein», rief sie trotzig. Nickel gefiel es, im Mittelpunkt zu stehen. Es war prickelnd, alle Blicke auf sich gerichtet zu sehen.

Louise schlich leise hinter sie, packte sie um die Taille und hievte sie von der Brüstung. Unten wurde gejubelt.

«Nickel» – Louise zitterte – «du darfst nicht einfach so weglaufen.»

Polternde Schritte ertönten auf der Holztreppe. Juts kam mit hochrotem Gesicht oben an. «Nicky, du hättest dir den Hals brechen können.»

«Nein.» Nickel schüttelte den Kopf.

Julia nahm ihrer Schwester das Kind ab.

«Für heute hatten wir genug Abenteuer.» Louise sackte in sich zusammen. «Ich habe meine Tüten beim Schinkenstand gelassen. Wir sollten unsere Sachen holen und nach Hause fahren.»

«Einverstanden.» Juts drückte das Kind, bevor sie es herunterließ. «Versprichst du mir, dass du nicht mehr einfach wegläufst, Nicky?»

Nickel nickte, aber ohne große Begeisterung.

Als sie den Yorker Markt verließen, meinte Juts zu hören, wie Nicky «Rillma Ryan» vor sich hin flüsterte, redete sich jedoch ein, dass sie in Wirklichkeit «Truman» sagte.

58

EIN SCHATZ», PRIES JUTS DAS ALTE NUMMERNSCHILD, das Nickel im Bach hinter Coras Haus gefunden hatte. Es war ein sengend heißer Tag. «Komm, wir waschen die Farbe ab. Das Ding ist ja ganz schwarz.»

«Neunzehneinundvierzig.» Nickel nannte stolz die Jahreszahl.

«Zahlen kannst du prima, Nicky.» Juts gab der Kleinen das Nummernschild, die es unter die Pumpe hielt, während sie den Schwengel herunterdrückte. Als nach wenigen Sekunden das Wasser herausschoss und Nickel nass spritzte, kicherte sie.

Juts nahm ihr das tropfende Nummernschild ab und wischte es mit einem alten Lappen sauber. Cora hatte immer einen Stapel Lappen an der Pumpe liegen.

«Momma, was hast du mit deinem freien Tag angefangen?», fragte Juts ihre Mutter.

«Einen Eimer Erbsen gepflückt.» Cora zwinkerte Nickel zu. «Ich hatte Hilfe.» Während sie zu dem himmelblauen Haus auf dem Hügel zurückgingen, fügte Cora hinzu: «Rillma hat auch geholfen. Sie hat auf einen Plausch vorbeigeschaut.»

Juts versteifte sich. «Oh.»

Cora wischte sich die Hände an ihrer Schürze ab. «Mach dir keine Sorgen.»

«Es ist zu verwirrend, vor allem für ...» Juts deutete mit dem Kopf auf Nickel.

«Du bist verwirrt.»

«Gar nicht wahr!» Juts warf das Nummernschild hin.

Nickel hob es auf, wischte mit der Hand den Staub ab und sah ihre Mutter an.

«Wir müssen alle miteinander auskommen, Julia.»

«Sie gehört mir.»

«Blut bleibt Blut.»

«Halt den Mund.»

«Sei nicht frech zu mir, Juts. Ich bin immer noch deine Mutter.»

Juts ließ sich auf die Verandastufe sacken. Cora sah ihrer Tochter ins Gesicht, doch die untergehende Sonne stach Julia in die Augen, weshalb sie sie mit der rechten Hand beschattete.

«Ein Kind ist kein Spielzeug, Julia, du kannst sie nicht ganz für dich allein haben.»

«Sie gehört mir!»

«Sie gehört sich selbst, jawohl, genau wie du dir selbst gehörst. Lass den Dingen ihren Lauf. Lass den Menschen ihren Lauf. Sonst bekommst du Probleme. Wenn nicht jetzt, dann später.»

«Probleme?» Juts war fassungslos. «Das einzige Problem ist, dass alle sagen, was ich als Mutter zu tun habe. Du sagst dies, Louise sagt das – Herrgott nochmal.»

«Das kriegt jede Mutter zu hören. Ich hab's von meiner zu hören gekriegt. Das geht zu einem Ohr rein und zum anderen raus.»

Juts sah Nickel an, betrachtete dann beide. «Nicky, geh dir die Hände waschen, dann fahren wir nach Hause.»

«Nein.»

«Tu, was ich dir sage.»

«Nein.»

Juts sprang auf und gab Nickel einen Klaps auf den Hintern. «Los, setz dich ins Auto. Auf der Stelle.»

Mit dem Nummernschild in der Hand verzog sich Nickel ins Auto.

«Mutter, sie ist trotzig. Vielleicht wäre sie das nicht, wenn sie wirklich mein Kind wäre.»

«Das spielt keine Rolle – und sie ist dein Kind.»

«Warum reiben mir dann alle unter die Nase, dass sie's nicht ist? Dass ich nicht ihre leibliche Mutter bin.»

«Ich sage so etwas nicht, und ich bin *deine* Mutter. Auf wen willst du nun hören?»

«Du hast Recht – ich bin so erledigt, Momma.»

«Mach dir nicht so viel Sorgen. Dann kommst du auch wieder zu dir.»

Als Chessy später nach Hause kam, lief Nickel ihm mit dem Nummernschild entgegen. Er sagte, das sei ja ein toller Fund, und half ihr, es vorn an ihrer roten Spielzeugkiste zu befestigen.

Der Abend war schwül. Chester setzte sich hin, um Radio zu hören. Juts machte sich in der Küche zu schaffen, wo sie ihre Geschirrtücher ordnete.

«Komm her. Ich hab Sehnsucht nach dir.»

Mit Geschirrtüchern beladen setzte sie sich neben ihn aufs Sofa. «Die sehen aus wie Schweizer Käse.» Sie bohrte ihren Finger durch ein Loch in einem Handtuch. «Ich kann sie flicken.» Sie bemerkte seinen abwesenden Blick. «Hörst du mir überhaupt zu?»

«Verzeih, Schatz. Mit kommt da ein Gedanke.» Beim letzten Wort hob er unsicher die Stimme.

«Na, so was, ich ruf gleich Popeye Huffstetler an, damit das morgen in der Zeitung steht.»

«Bin gleich wieder da.» Er ging auf Zehenspitzen nach oben, gefolgt von Yoyo, und notierte sich die vier Ziffern des Nummernschilds. Dann beugte er sich über Nickel und küsste sie auf die Wange. Als Nächstes rief er Harper Wheeler an. «He, altes Haus.»

«Chessy, was gibt's?», fragte der Sheriff.

«Nicht viel. Tust du mir einen Gefallen?»

«Kommt drauf an.»

«Nickel hat bei Cora ein übermaltes Nummernschild aus dem Bach gefischt. Es ist ein 1941er Kennzeichen aus Maryland, die Ziffern sind neun drei eins drei. Kannst du rauskriegen, wem das gehört hat?»

«Klar. Kann ein, zwei Tage dauern.»

«Ich hab da so eine Ahnung – weiß nicht, wieso, aber – ich sag's dir, sobald du's rausgekriegt hast.»

«Kein Problem. Grüß mir deine Frau.»

«Mach ich.»

Juts hatte das Radio leise gedreht, um mithören zu können. «Was hast du für eine Ahnung?»

«Es ist verrückt, Schatz, aber ich habe das Gefühl, dass das Nummernschild was mit dem Brand bei Noe zu tun hat. Fannie Jump hat gesagt, sie konnte das Nummernschild an dem Auto nicht erkennen, weil es übermalt war.»

59

MAIZIES ZAHLREICHE KLAVIERKONZERTE in ihrem Heimatstaat waren samt und sonders ein Erfolg gewesen. In New York reichte musikalisches Talent allein nicht aus, um ganz nach oben zu kommen. Ihr Abstecher dorthin war von gnadenlos kurzer Dauer. Tausende wie sie strömten in die Hängenden Gärten des Neon, allesamt hoch talentiert. Auch fehlte es diesen viel versprechenden jungen Menschen nicht an Ehrgeiz. Doch ein besonderer Funke, etwas, das sich nicht erlernen ließ, trennte die Stars von den lediglich Begabten.

Diese Erkenntnis traf Maizie mit der Wucht einer Kugel. Zerknirscht gab sie auf und nahm den nächsten Zug nach Runnymede. Vier Stunden später trat sie auf den vertrauten Bahnsteig. Ein schwacher Geruch nach Teer und abgestandenem Wasser, der vom Dampf kam, hing über den Gleisen.

Es war, als sähe sie den Bahnhof von Runnymede mit neuen Augen. Die geschrubbten Böden, an den Türpfosten hauchdünn abgetreten, das Eisengitter über den Fahrkartenschaltern, der Trinkbrunnen an der Seitenmauer zwischen den Damen- und den Herrentoiletten – alles kam ihr kleiner vor. Sie selbst fühlte sich auch kleiner.

Sie hatte ihre Eltern nicht verständigt. Niemand wusste von ihrer traurigen Ankunft.

Ihr brummte der Kopf. Sie schleppte sich durch die Haupthalle und stieß die Eingangstür auf. Kein Auto erwartete sie, kein Geschwätz von Patience Horney, die frühmorgens und abends ihre Brezeln verkaufte. Am Nachmittag legte sich Patience zu Hause hin.

Prachtvolle Tigerlilien, die in diesem Jahr erst spät blühten, bedeckten die Böschung gegenüber dem Parkplatz. Das *Klackerdiklack* des abfahrenden Zuges nahm Maizies Träume mit sich. Maizie Trumbull, ganze einundzwanzig Jahre alt, fühlte sich als Versagerin, als sie durch die Gasse zum *Clarion*-Gebäude stapfte. Ihr schwerer Koffer schleifte über den Boden. Das *Bumpedibump* machte sie noch niedergeschlagener. Sie dachte daran, ein Taxi zu rufen, aber sie hatte kein Geld. Zwar kannte sie alle Taxifahrer in Runnymede und hätte nur bis vor die Haustür zu fahren und sich das Geld von ihrer Mutter zu leihen brauchen, doch sie brachte es nicht über sich, zuzugeben, dass sie vollkommen pleite war.

Sie war so überwältigt von dem, was sie verloren zu haben glaubte, dass sie nicht erkannte, was sie gewonnen hatte. Eine Schlappe kann so wertvoll sein wie ein Sieg, wenn man sie zu nutzen weiß. Und Runnymede war voller Leben, Musik und Dramatik, in seinem eigenen Tempo. Jeder Weiler, jedes Städtchen, jedes Dorf und jede Großstadt hatte ein bestimmtes Tempo, eine eigene Persönlichkeit. Maizie gehörte hierher. Sie hatte die Heimat ihres Herzens gefunden.

In diesem Augenblick fand sie darin keinen Trost. Sie setzte sich auf ihren Koffer und weinte. Dann zog sie sich aus und rannte um den *Clarion*-Parkplatz. Sie kollerte wie ein Truthahn, bis Harper Wheeler, von Walter Falkenroth gerufen, in seinem Streifenwagen angefahren kam. Harper forderte sie auf, sich wieder anzuziehen. Kaum hatte er ihr den Rücken zugekehrt, hatte sie sich wieder ausgezogen. Schließlich fesselte er die halb Entkleidete mit Handschellen an die Innenseite der Autotür. Mit einer Hand konnte sie nicht viel machen, sie konnte sich lediglich die Bluse aufknöpfen. Und sie schaffte es, mit den Schuhen nach ihm zu werfen.

Sie kreischte auf dem gesamten Weg zu Louise. Harper hatte sie vorher verständigt. Sicherheitshalber rief er auch Pearlie an, für den Fall, dass Maizie außer Kontrolle geriet. Er wollte eine Frau nicht schlagen.

Als er in die Zufahrt einbog, wurde er von Juts und Chessy empfangen. Louise hatte ihre Schwester benachrichtigt, die wiederum ihren Mann angerufen hatte.

Maizie öffnete die Autotür und schwenkte die nackten Füße heraus. Sie schrie: «Ich bin zu Hause, verfluchter Pöbel, ihr. Ich bin zu Hause, und ich hasse euch alle.» Sie fing wieder an, sich auszuziehen.

Louise lief zu ihr, um sie zu bändigen. Maizie schlug sie mit der freien Hand mitten ins Gesicht.

«Wirst du wohl deine Mutter nicht schlagen.» Juts packte ihre rechte Hand, als Harper die Handschellen aufschloss.

«Maizie.» Erschüttert legte Pearlie die Arme um seine Tochter, die kreischend um sich schlug. Chester packte sie an den Armen. Zur Belohnung biss sie ihn.

«Louise» – Harpers Stimme war auffallend sanft –, «ich rufe auf der Stelle Doc Horning.»

Mit kreidebleichem Gesicht nickte Louise stumm, als Harper zu seinem tragbaren Funkgerät griff. «Wagen zwölf, Wagen zwölf. Esther, treiben Sie Dr. Horning auf. Sofort. Zehn-vier.» Er wartete. «Doc, Harper. Können Sie gleich zu Louise Trumbull kommen? Maizie braucht Hilfe, bringen Sie ein Beruhigungsmittel mit. Beeilen Sie sich. Keine Sorgen wegen eines Strafzettels.» Danach hängte er das handliche Funkgerät wieder an einen kleinen Haken unter dem Armaturenbrett.

«Ich geh nie wieder zur Messe», verkündigte Maizie mit triumphierender Stimme.

«Schaffen wir sie hinein.» Harper packte Maizie an den Füßen; sie hatte sich auf die Erde geworfen.

Doc Horning kam an, als die Männer sie durch die Haustür trugen. Sie hielten sie fest, während er sie mit einem Beruhigungsmittel außer Gefecht setzte. Sie schrie Zetermordio, als die Injektionsnadel zustach. Sie wurde aufs Sofa getragen; das Mittel wirkte rasch.

Louise zitterte so stark, dass Juts sie in die Arme nahm.

«Hat sie sich schon jemals so aufgeführt?», fragte der Doktor. Seine randlose Brille war ihm von der Nase gerutscht.

«Nein», antwortete Pearlie. Louise schüttelte den Kopf.

«Keine rebellische Phase? Schlechter Umgang?»

«Widerworte, aber mehr nicht. Mary war die Schwierige.» Louise ließ sich von Julia zu einem Sessel führen. Sie erwähnte auch den Brand in der Klosterschule nicht, aber Doc Horning wusste natürlich Bescheid. Dergleichen ließ sich schwerlich über Jahre verschweigen.

«Also, das passiert eben mit den jungen Leuten. Sie muss die Tabletten die nächsten zwei Tage nehmen.» Er gab Louise ein kleines Röhrchen. «Bringen Sie sie am Dienstag zu mir, wenn sie einverstanden ist, und dann führe ich ein paar Untersuchungen durch. Wenn sie sich sträubt, werde ich sie mit Ihrer Erlaubnis zu Dr. Lamont in Hagerstown bringen.»

Beide Eltern nickten.

«Was fehlt ihr?» Juts blieb dicht bei Louise.

Er verschränkte die Hände, drehte sie einwärts und ließ unabsichtlich die Knöchel knacken. «Ich weiß es nicht. Meinem Eindruck nach ist sie bei guter Gesundheit, nur etwas durcheinander. Der Verstand kann aussetzen wie ein überlasteter Motor – Sie kennen das bestimmt, wenn manche Dinge stehen bleiben, bevor sie den Geist aufgeben? Sie wird sich höchstwahrscheinlich fangen. Ich würde Ihnen raten, sie nicht zu bedrängen. Stellen Sie ihr keine Fragen. Lassen Sie sie schlafen, und wenn Sie sie anschreit, gehen Sie nicht darauf ein. Sie wissen, wo Sie mich finden.»

«Danke», sagten Pearlie und Louise wie aus einem Munde.

Chester ging mit Harper zum Streifenwagen, Pearlie begleitete Dr. Horning hinaus.

«Chester, der Klatsch wird euch zwangsläufig zu Ohren kommen. Maizie hat sich ausgezogen und ist splitternackt um den *Clarion*-Parkplatz gelaufen. Walter Falkenroth hat mich angerufen. Bring du es Louise bei. Ist vielleicht weniger peinlich, wenn sie's von dir erfährt.»

«Du meinst, sie ist übergeschnappt?»

«Ich weiß es nicht. Je länger ich lebe, desto weniger weiß ich und desto mehr sehe ich.»

«Ja, das Gefühl kenne ich.» Chester wischte sich mit der Hand über die Stirn, eine unbewusste Geste der Besorgnis. «Oh, fast hätte ich's vergessen. Nachricht aus Baltimore. Das alte Nummernschild – war ein Firmenfahrzeug der Rife-Konservenfabrik. Ich bin hingefahren und habe Teresa gebeten, in den Firmenunterlagen nachzusehen.» Er hielt inne. «Sie sagt, das Nummerschild gehörte zu einem 1938er Ford. Sie konnte sich nicht an das Fahrzeug erinnern, aber es gab Unterlagen darüber.»

«Das ist alles?»

«Was Teresa betrifft. Nicht, was mich betrifft. Niemand hat damals einen Pkw oder Lieferwagen als gestohlen gemeldet. Ich kann mir nicht vorstellen, dass Napoleon oder Julius Rife den Verlust eines Fahrzeugs einfach so hinnehmen. Ich sage dir, was ich tun werde, Chessy. Ich gehe morgen angeln. Kommst du mit?»

60

EIN LEICHTER NIESELREGEN malte vollendete Kreise auf den tiefen Bach. Harper, Chessy, Pearlie und Noe schleppten Fischernetze. Chessy hatte Nickel mitgenommen, weil Julia sich um Louise kümmern musste. Unter dem Einfluss des Beruhigungsmittels war Maizie einigermaßen ruhig. Doch sobald die Wirkung nachließ, kollerte sie wieder wie ein Truthahn. Sie blieb angezogen, weil Louise sie mit einer Gerte gezüchtigt hatte. Mary, die zurzeit im Bon-Ton arbeitete, hatte versprochen, nach der Arbeit zu helfen.

Wegen der ungewöhnlichen Hitze trug niemand einen Regenmantel. Der Nieselregen tat gut. Chessy, Pearlie und Nickel angelten aus einem kleinen Kahn heraus. Sheriff Harper Wheeler und Noe Mojo waren schneller, ihr Boot hatte den Rumpf unter der Kimm, und der Außenbordmotor war größer.

«Daddy?»

«Ja, Schätzchen?»

«Beißen die Fische an?»

«Heute nicht.»

«O. B. sagt, bei Regen fischt es sich am besten», zitierte sie den Stallburschen.

«Er hat Recht, aber wir suchen nach einem Lieferwagen.»

«Können Lieferwagen schwimmen?»

Pearlie lächelte. «Dieser nicht.»

«Oh.» Sie ließ ihre Hand ins kühle Wasser baumeln und sah den kleinen Wellen zu.

Fannie Jump Creighton kam zu der kleinen Anlegestelle gefahren. Sie kurbelte ihr Fenster herunter. «Seit wann seid ihr schon hier draußen, Jungs?»

«Sonnenaufgang», antwortete Noe.

«Warum habt ihr mich nicht angerufen?»

«Haben noch nichts gefunden. Wozu fünf Cent verschwenden?», erwiderte Harper Wheeler.

Sie sah auf ihre mit Diamanten besetzte Armbanduhr. «Zeit fürs Mittagessen. Kommt ihr in die Stadt, oder soll ich euch etwas rausbringen?»

«Wir kommen rein. Nur noch ein paar Minuten.» Harper schob seine Pfeife in den anderen Mundwinkel. Sie war nicht angezündet, aber das Saugen beruhigte ihn.

«Daddy?»

«Was, Schätzchen?»

«Da drüben ist ein großer Fisch.» Sie zeigte auf ihn; Wasser tropfte von ihrem Zeigefinger.

«Wie schön.»

«Guck doch.» Sie klang beleidigt, weil er ihrem Fisch keine Beachtung schenkte.

«Wo?»

«Da. Das ist bestimmt ein Riesenkatzenfisch.»

«Bestimmt nicht.» Er winkte Harper zu. «Guck mal, hier drüben.»

Als Harper und Noe näher kamen, klatschten die kleinen Wellen an die Seite des Kahns.

«Da drüben.» Chessy zeigte hin.

Pearlie blinzelte. «Was immer es ist, es ist groß.»

«Es ist ein Wal», sagte Nickel überzeugt.

«Nicky hat ihn zuerst gesehen», lobte Chester sein Mädchen.

«Schwer, in dem Regen überhaupt was zu sehen», brummte Harper; denn es regnete jetzt stärker.

«Soll ich auswerfen?», fragte Noe.

Er hob die Angel über den Kopf, ließ sie kreisen und warf den Haken gekonnt in die tiefe Seite des Baches. Eine Sekunde später zog er an. «Hab was erwischt.»

Sie schufteten den ganzen restlichen Nachmittag; mit Hilfe von Yashew Gregorivitchs Abschleppwagen, den Harper organisiert hatte, zogen sie den verrosteten Lieferwagen aus dem Bach. Die Worte «Rife-Konserven» auf der Seite waren übermalt worden. Das Nummernschild fehlte.

Fannie stand mit offenem Mund da, als der Lieferwagen aus seinem nassen Parkplatz gehievt wurde.

«Wie ist er da runtergekommen?», fragte sie.

«Na ja, in sieben Jahren ist er zwangsläufig ein bisschen abgetrieben, auch wenn er schwer ist. Schließlich hatten wir in den letzten Jahren schwere Regenfälle im Frühjahr.»

«Irgendjemand hätte ihn doch mal sichten müssen.»

«Nicht, wenn der Fahrer ihn an der tiefsten Stelle des Baches versenkt hat, und das wäre hinter Toad Suck Ferry.» Die alte Fährstation lag ungefähr zweieinhalb Kilometer nördlich der Lagerhalle und vom Sans Souci. Die Station, die nicht mehr in Betrieb war, befand sich an der breitesten und tiefsten Stelle des Baches.

Fannie ging langsam um den baumelnden Lieferwagen herum. «Das ist er. Das kann ich beschwören. Und schade um das gute Stück, dieser zwielichtige Scheißkerl.» Da fiel ihr Nickel ein. «Verzeihung, Nicky. Tante Fannie sollte man den Mund stopfen.»

«Warum bloß wollten die Rifes Sie abfackeln?» Harper fächelte sich mit seinem Sheriff-Cowboyhut.

«Keine Ahnung.»

«Ach, kommen Sie, Noe, irgendwas muss denen doch gestunken haben.» Harper ärgerte sich, weil er für die Brandstiftung im Jahre 1941 noch immer kein Motiv gefunden hatte.

«Ich spreche doch kaum mit den Rifes. Was sollten sie gegen mich haben, abgesehen vom Nächstliegenden?»

«Das ist nicht der Grund.» Pearlie lehnte an dem Abschleppwagen.

«Es muss einen Grund geben, verdammt!» Harper stemmte die Hände in die Hüften. «Man fackelt andere Leute doch nicht grundlos ab.»

Noe zuckte die Achseln. «Es war Pearl Harbor.»

«Daddy, was ist Pearl Harbor?», flüsterte Nickel.

«Erklär ich dir später.»

Sie griff nach seiner Hand, zuversichtlich, dass er sein Versprechen halten würde.

«Wir können nicht hundertprozentig davon ausgehen, dass es die Rifes waren. Es hätte einer ihrer Angestellten sein können oder jemand, der ihren Lieferwagen gestohlen hat und was gegen Noe hatte. Oder vielleicht war es wirklich wegen Pearl Harbor. Damals haben wir das jedenfalls geglaubt», sagte Fannie.

«Wenn ein Lieferwagen der Rife-Konservenfabrik gestohlen worden wäre, glauben Sie nicht, dass ich umgehend lautes Geschrei zu hören gekriegt hätte?» Harper schüttelte den Kopf. «Nein, nein, die zwei haben da mitgemischt.» Dann fügte er hinzu: «So, Jungs, unseren Lieferwagen haben wir gefunden. Jetzt gilt es, plausible Schlussfolgerungen zu ziehen.»

«Verflixt nochmal.» Fannie spuckte auf die Erde, keine damenhafte, aber eine angebrachte Geste, denn Popeye Huffstetler kam in seinem alten Wagen angebraust.

«Dieser aufgeblasene Trottel!» Harper schlug sich mit seinem Hut aufs Bein. Chessy hob Nickel hoch und setzte sie auf seine breiten Schultern. «Hansford sagte immer, Popeye könnte einem sogar feuchte Träume vermasseln.»

Die Männer und Fannie brachen in Gelächter aus.

«Daddy, was sind feuchte Träume?»

«Äh – das erklär ich dir später, Schätzchen.»

«Hansford hat etwas Merkwürdiges gesagt, als ich ihn verhört habe. Was war das noch gleich wieder?»

Popeye fuhr vor, in der einen Hand den Notizblock, während er mit der anderen den Motor abstellte. Er feuerte Fragen ab, noch bevor er mit beiden Beinen auf dem Boden stand. Als er Pearlie erblickte, platzte er heraus: «Louise schweigt sich aus über Maizies Auftritt und …»

«Maul halten, Huffstetler!» Pearlie lief rot an.

«He, es geht hier um Informationen, und Ihre Tochter hat sich beim *Clarion* zur Schau gestellt und …» Er kam nicht zum Ende, weil Pearlie ihm einen rechten Haken verpasste.

«Wenn Sie auch nur ein Wort über die Probleme meiner Tochter drucken, schlag ich Ihnen die Zähne aus, Sie dämliches Stück Scheiße!» Pearlie trat auf den taumelnden Popeye zu, dessen Notizblock und Stift im sandigen Lehm lagen.

«Paul, es muss Ihnen doch klar sein, dass alles, was die Leute in dieser Stadt tun oder sagen, von Interesse ist und dass ich den Bürgern gegenüber die Verantwortung für …» Als er zurückwich, fiel er über einen Baumstamm.

Paul stellte sich rittlings mit geballten Fäusten über ihn. «Ich trete keinen Mann, der am Boden liegt, was ich von Ihnen nicht sagen kann.»

Popeye rappelte sich hoch. «Es geht um Informationen», wiederholte er. «Die ganze Stadt weiß Bescheid. Liefern Sie mir Ihre Seite der Geschichte.»

Pearlie holte zu einem linken Haken aus; seine Hände waren flink für einen Amateur. Popeye duckte sich und wich seitwärts aus.

Harper, der es nicht eilig hatte, einzugreifen, schlenderte gemächlich zu Pearlie. «Pearlie, überlassen Sie das mir.»

Chessy stand jetzt neben seinem Schwager. «Komm, Pearlie. Ich fahr dich nach Hause.»

«Gib's ihm, Onkel Pearlie!» Nickel klatschte begeistert in die Hände.

Mit Tränen in den Augen ließ Pearlie es sich gefallen, dass Chester seinen Arm um ihn legte und ihn zum Auto führte.

Fannie wartete beim Wagen.

Keiner hörte, was Harper zu dem Reporter sagte, aber alle hörten Popeyes lautes «Jawohl, Sir».

Der Sheriff trat wieder zu der Gruppe. «Noe, ich habe Popeye gesagt, er kann kommen, wenn wir um Ihre Fabrik herum buddeln. Ist Ihnen das recht?»

«Seit wann buddeln wir um meine Fabrik herum?» Noe legte verwundert den Kopf schief.

«Seit mir eingefallen ist, was Hansford zu mir gesagt hat.» Er hakte die Finger in seinen Gürtel, zwinkerte Nickel zu und stolzierte davon.

61

Ich bin nicht verrückt.»

«Hab ich auch nicht gesagt.» Mary sah auf ihre kleine Armbanduhr, als sie die von Bäumen gesäumte Straße entlangschlenderten.

«Wenn ich so langweilig bin, geh doch nach Hause.»

«Sei nicht so empfindlich. Billy hat bald Feierabend.»

«Ich bin aber empfindlich. Alle glotzen mich an. Schön, ich hab mich ausgezogen und bin um den Parkplatz gelaufen. Ich hab niemanden erschossen.»

«Nein.»

«Also ...» Maizie bemerkte, dass die Fensterläden von Orrie und Noe Tadjas Haus dunkelgrün gestrichen waren. Schräge Sonnenstrahlen fielen auf das verlockende Grün des Rasens. «Wann haben sie das gemacht?»

«In der Woche, als du in New York warst. Billy hat ihnen die Läden gestrichen, als Ausgleich für die paar Mal, die er zu spät gekommen ist.» Mary seufzte. «Daddy geht ihm manchmal auf die Nerven, und er geht Daddy auf die Nerven.»

«Er hat alle überrascht», stellte Maizie fest, ohne näher zu erklären, womit Billy alle überrascht hatte.

«Nicht so sehr wie du.»

Maizie zuckte die Achseln, machte auf dem Absatz kehrt und ging zurück.

Mary holte sie im Eilschritt ein und nahm ihre Schwester am Arm. «Ich wollte nicht schroff sein. Großer Gott, hoffentlich höre ich mich nicht an wie Mom.»

«Nein. Sie stopft mir dauernd diese Tabletten in den Rachen. Ich spucke sie aus, sobald sie aus dem Zimmer ist. Junge, schmecken die bitter.»

«Es gibt nichts Schlimmeres als Magnesiamilch.»

«Wohl wahr.»

Ein Blauhäher kreischte über ihnen.

«Ich liebe diese Jahreszeit. Billy und ich gehen gern im Mondschein spazieren und riechen die Blätter, wenn sie sich bunt färben.»

«In mich wird sich nie einer verlieben.» Maizie schlug die Augen nieder.

«Das ist nicht wahr.»

«Würdest du dich in eine Frau verlieben, die nackt um den *Clarion* gelaufen ist?»

«Ich weiß nicht.» Mary zögerte. «Warum hast du das getan?»

«Mir war danach.» Sie machte einen Riesenschritt nach vorn. «Weißt du, was los ist, Mary? Es hängt mir alles zum Hals raus. Seit ich zurückdenken kann, heißt es tu dies, sag das, mach dein Kleid nicht schmutzig, wasch dir die Hände, sprich nicht mit vollem Mund, häng deine schmutzigen Sachen nicht öffentlich zum Lüften raus, küss nicht bei der ersten Verabredung, pflege keinen schlechten Umgang, blablabla – ich hab's satt. Ich hab's satt, mir anzuhören, was die alten Ärsche von früher erzählen. Gibt es einen Quadratzentimeter in Runnymede, der nicht mit Erinnerungen von irgendwem getränkt ist?»

Mary, die selten Dinge hinterfragte, war erstaunt über den Ausbruch ihrer Schwester. «Mann, darüber hab ich nie nachgedacht.»

«Tausend unsichtbare Fäden binden mich fest.»

«Wenn dich nichts festbindet, schwebst du davon.» Mary lachte nervös.

«Du hast Billy und die Jungs.»

«Ja … ich wünschte nur, wir hätten mehr Geld.»

«Auch das hab ich bis obenhin satt. Geld, Geld, Geld. Seit ich zurückdenken kann, hat Momma Geldsorgen. Und als sie den verflixten Friseursalon hatte, hat sie jeden Tag das Geld aus der Registrierkasse abgeschleppt. Weißt du noch? Sie hat die Fünfcentstücke in rote Pappröhrchen und die Geldscheine in Leinentüten gesteckt und ist zur Bank gerannt. Geld, Geld, Geld!»

«Du weißt doch, wie Momma ist.»

«Sie will, dass ich so werde wie sie.»

«So ist sie mit allen. Es liegt nicht an dir.»

«Aber ich hab's satt.»

«Maizie, du kannst es satt haben, aber du musst dich deswegen nicht ausziehen, und du musst nicht kollern wie ein Truthahn.»

Maizie brach in Lachen aus. «Das tu ich, um sie zum Wahnsinn zu treiben. Es macht ihr Angst.»

Abrupt blieb Mary stehen. Sie war schockiert. «Das ist gemein.»

«Wie du mir, so ich dir.»

«Warum bist du so wütend auf Mom?»

«Weiß ich nicht.»

«Vergiss es. Nimm sie dir nicht so zu Herzen.»

«Du hast leicht reden. Du wohnst ja nicht mehr bei ihr.»

«Das müsstest du auch nicht, wenn du eine richtige Arbeit hättest.»

«Was soll ich denn in Runnymede machen, verdammt nochmal?»

«Du könntest Unterricht geben.»

«Ich habe keine Ausbildung.»

«Arbeite bei Yosts. Sie brauchen noch jemanden in der Bäckerei.»

«Millard ist ein Lüstling.»

«Ist das wahr?»

«Ja.»

«Irgendwas muss es doch geben.»

«Du hast keinen Grund zur Sorge.»

«Ich hab aber Sorgen», widersprach Mary. «Wir haben so wenig Geld. Ich arbeite halbtags im Bon-Ton.»

«Das meine ich nicht. Ich meine, du weißt, was du tust. Ich weiß überhaupt nichts. Ich fühle mich irgendwie verloren, auch wenn ich weiß, wo ich bin.»

Als sie sich dem Haus näherten, wurde Marys Schritt beschwingter, denn Billys verbeulter roter Lieferwagen kam um die Ecke gebogen.

«Was sagt er über mich?», fragte Maizie düster.

«Nichts. Billy ist nicht so.» Mary überlegte einen Moment, dann sagte sie rasch, bevor er den Bordstein erreichte: «Was immer er in Okinawa gesehen hat ...» Sie drehte die Handflächen nach oben, eine unwillkürliche Geste, und ließ den Gedanken unvollendet. «Kleinigkeiten prallen an ihm ab.»

«Nicht mehr so ein Draufgänger?»

«Er ist voller Tatendrang, aber er ist anders, seit ...»

«Du hast Glück.»

«Deins wird noch kommen.»

Maizie kollerte, dann kicherte sie.

«Das ist grässlich!»

62

LOUISE SCHLIEF IN EINEM KORBSESSEL auf ihrer umzäunten Veranda. Das *Plitschplatsch* des Regens auf der Glyzine, die sich an den Verandapfosten hochrankte, hatte sie eingelullt. Doodlebug döste zu ihren Füßen.

Julia sah zu ihr herein, mit Nickel an ihrer Seite.

«Momma», flüsterte Nickel, «soll ich ihr was vorsingen?»

Das Kind, eine Frühaufsteherin, kroch immer zu Juts und Chester ins Bett und weckte sie mit «Hoppe, hoppe, Reiter». Sie sang mit ihrer hübschen Stimme selbst ausgedachte Reime über Yoyo, Buster, Vögel, Raupen und Pferde, die mit «Guten Morgen!» endeten.

«Nein.»

«Aber Momma, warum schläft sie? Jetzt ist keine Schlafzeit.»

«Sie ist müde.»

«Ist Maizie auch müde?»

«Ja, Maizie ist nicht ganz bei sich.»

«Ist Doodlebug müde?» Die Ohren des Boston Bullterriers zuckten vor und zurück, als Nickel seinen Namen nannte.

«Ja», antwortete Juts gereizt. Sie nahm Nickel an der Hand und ging mit ihr von der Veranda in die Küche. Sie hatte Unmengen Kartoffelsalat und Biscuits für ihre Schwester gemacht. Die Speisen waren so weit abgekühlt, dass sie sie in den Kühlschrank stellen konnte. Jedes Mal, wenn Juts zu Besuch kam, beneidete sie Wheezie um ihren neuen Kühlschrank. Sie selbst benutzte noch einen Eiskasten.

Schlurfende Schritte in Pantoffeln kündigten Maizie an.

«Zeit für deine Medizin?»

«Ich schlucke diesen Scheiß nicht mehr», erwiderte Maizie trotzig, dann bemerkte sie Nickel. «Verzeihung, Nicky. Ich habe ein schlimmes Wort gesagt.»

«Ich kenn auch ein schlimmes Wort.»

«Tatsächlich?»

«Deckchen.»

«Das ist kein schlimmes Wort.»

Als Maizie den Kühlschrank aufmachte, ging innen ein Licht an, das Neueste an Komfort. Sie nahm einen Krug Limonade heraus. «Möchte jemand?»

«Nein danke.» Juts lehnte sich an die Anrichte.

«Nick?»

«Nein.»

«Nein und weiter?», sagte Juts streng.

«Nein danke.»

«Schon besser.»

«Maizie, der Doktor möchte, dass du deine Tabletten nimmst, bis sie aufgebraucht sind. Ist ja nicht mehr lange.»

«Stimmt.» Maizie warf die Tabletten in den Ausguss.

Juts griff in den Abfluss, zu spät. Sie behielt die Fassung.

«Dr. Horning stellt sicher nochmal ein Rezept aus. Ich rufe ihn an.»

«Nein. Ich bin nicht verrückt. Ich hab mich ausgezogen, aber ich bin nicht verrückt.»

«Ich zieh mich auch aus», erklärte Nickel.

Das tat sie allerdings. An heißen Tagen erlaubte Juts ihr, barfuß in kurzen Hosen und ohne Hemd herumzulaufen.

«Nicky, willst du nicht» – Juts sah aus dem Fenster; es regnete stärker – «ins Wohnzimmer gehen? Tante Wheezie hat so schöne Bilderbücher.»

«Weiß ich.» Sie kannte sie alle auswendig.

«Tante Juts, sie kann ruhig hier bleiben. Ich kriege keinen Koller.»

«Der Doktor hat gesagt, wir sollen dich nicht zu viel fragen. Den Druck nicht noch erhöhen oder so. Ich weiß nicht.»

«Weißt du, was passiert ist?» Sie stellte das leere Limonadenglas auf die Anrichte. «Ich bin aufgewacht und konnte nichts sehen. Meine Augen konnten sehen, aber ich nicht. Völlige Leere.»

«So geht es uns allen dann und wann.»

«Ich habe kein Leben, Tante Juts.» Ihre Kehle schnürte sich zusammen. «Leer.»

«Natürlich hast du ein Leben», entgegnete Juts.

«Weißt du was? Wenn ich Mutter angucke, denke ich, werde ich einmal so aussehen? Werde ich mich eines Tages so aufführen? Es liegt im Blut. Das macht mir solche Angst, dass ich nicht mehr geradeaus gucken kann. Nicky hat Glück gehabt.»

Den Kopf schief gelegt wie ein wissbegieriger Vogel sah Nicky sie mit ihren wachen braunen Augen an.

«Das will ich hoffen.» Doch Juts war beunruhigt. Was,

wenn Nickel nun wie *ihre* Mutter würde oder wie ihr unsichtbarer Vater? Was, wenn ihr eigener Einfluss sich verflüchtigte und nicht mehr Spuren hinterließ als eine Parfümwolke?

«Tante Julia, wozu lebt man denn? Ich will nicht in diesem Kaff leben und sterben. Ich will nicht werden wie meine Mutter oder meine Schwester. Ehrlich gesagt will ich auch nicht werden wie Dad. Es ist so eng. Alles ist so eng.»

«Ich sage mir, wo ich bin, da ist die Welt.» Julia meinte es ernst. «Was hast du da oben erlebt?»

«Was habe ich hier erlebt?», gab Maizie wehmütig zurück. «Nichts. Ich habe wohl gedacht, mein Leben würde so sein wie ein Film. Nicht wie das hier.»

«Hab Geduld», riet ihr die, die sich selten geduldete.

«Warum? Wozu? Ich habe nicht mal einen Freund. Was soll ich machen, bis der Märchenprinz kommt?» Ihre hellblauen Augen trübten sich. «Mutter möchte, dass ich Krankenschwester oder Lehrerin werde. Krankenschwester? Ich will keine Bettpfannen wechseln, ich will nicht alten Männern den Puls messen oder Fremde baden. Ich will keine Menschen anfassen, die ich nicht kenne. Mutter meint, es ist ein anständiger Beruf und in meiner Freizeit kann ich Klavier spielen.»

«Und wie wär's mit Lehrerin?»

«Ich würde die Blagen umbringen.»

«Hm, du könntest Sekretärin werden oder im Bon-Ton arbeiten, das heißt, wenn sie Leute einstellen.»

Maizie schüttelte den Kopf.

«Ich will Cowgirl werden», rief Nickel dazwischen.

«Still, Nicky», schalt Juts sie milde.

«Ich kann arbeiten!» Nicky zeigte sich streitlustig.

«Ich spreche mit Maizie. Halt du dich da raus.»

Nickel stemmte die Hände in die Hüften. «Ich werde Cowgirl!» Ihre Augen funkelten. «Ich und Maizie.»

«Aber ja, Nicky», besänftigte Maizie sie.

Nickel hob die Stimme. «Siehste!»

«Willst du wohl still sein.»

«Ist schon gut, Tante Juts. Lass uns hier verschwinden. Fahren wir irgendwohin.»

«Dann muss ich deine Mutter aufwecken.»

«Das mach ich.» Nickel hüpfte auf die Veranda und legte die Hände um den Mund. «Koller, koller, koller!»

Louise fuhr so schnell aus dem Korbsessel, wie Juts auf die Veranda gerannt kam. Juts packte Nickel am Arm und schlug sie fest auf den Hintern. Nickel zuckte zusammen, weinte aber nicht. Maizie krümmte sich vor Lachen.

«Mach das nie wieder!» Juts ließ Nickels Arm nicht los.

Louise blickte von Nickel zu Maizie. «Was ist hier los?»

«Es ist ansteckend», johlte Maizie.

«O Gott, nein.» Louise griff sich an den Hals.

«Mutter, reiß dich zusammen. Ich hab bloß Spaß gemacht.»

«Das ist nicht lustig.» Louise, ganz gekränkte Würde, wandte sich an Nickel. «Du bist ein ungezogenes Mädchen.»

«Ich und Maizie gehen jetzt weg.» Nickel riss sich von ihrer Mutter los und stapfte zu Maizie. «Komm.»

«Bis dann.» Maizie nahm sie an der Hand, winkte den Schwestern zu und wollte zur Tür.

«So, und wohin geht ihr, wenn ich fragen darf?» Louise sprintete zur Haustür.

«Lasst uns zur Lagerhalle fahren», schlug Juts vor. «Chessy und Pearlie sind da draußen. Vielleicht haben sie was gefunden.»

«Und wenn es Leichen sind?» Louise schürzte die Lippen.

«Na, prima.» Maizie öffnete die Tür.

Louise flüsterte Juts zu: «Es scheint ihr besser zu gehen. Hat sie ihre Medizin genommen?»

«Nein, sie hat sie in den Ausguss gekippt.»

«Was?»

«Louise, darum können wir uns später kümmern. Es scheint ihr besser zu gehen. Konzentrieren wir uns auf das Positive.»

«Ich muss Dr. Horning anrufen.»

«Ruf ihn später an, komm jetzt.»

«Du hast leicht reden.»

«Sie ist nicht krank. Wirklich nicht.»

«Los, kommt!», rief Maizie; sie und Nickel saßen schon im Auto. Nickel hüpfte auf dem Sitz auf und ab.

«Moment noch.» Louise trat hinaus, dann flüsterte sie Juts zu: «Wenn sie nicht krank ist, was fehlt ihr dann?»

«Ich habe kein Wort dafür. Sie ist gegen eine Mauer gerannt, und jetzt muss sie sich unten durchgraben, drüberklettern oder mitten durchstürmen.»

«Und was zum Teufel soll das heißen?» Louise schnappte wütend nach Luft, weil sie geflucht hatte. «Wirklich, das macht mich ganz fuchsig.»

«Besser als gallig.»

Louise verzog das Gesicht. «Was hat sie dir erzählt?»

«Sie versucht herauszufinden, was sie mit ihrem Leben anfangen soll. Das ist nicht so sonderbar.»

«Sie wird heiraten und Kinder kriegen, das wird sie mit ihrem Leben anfangen, und in der Zwischenzeit kann sie ein bisschen Geld verdienen. Wenn sie Krankenschwester ist, lernt sie einen Arzt kennen. Das ist der Plan.»

«Dein Plan.»

«Julia, jemand muss ja für sie denken.»

«Kommt jetzt!», rief Maizie und fügte dann hinterhältig hinzu: «Koller, koller, koller.»

Nickel stimmte ein.

«Ich sollte sie beide windelweich prügeln.» Louise stampfte zum Auto hinaus. «Werdet ihr wohl sofort aufhören!»

Julia hüpfte auf den Beifahrersitz. «Leichen, wir kommen.»

Als sie auf der gewundenen Straße zur Fabrik fuhren, flüsterte Nickel Maizie hinter vorgehaltener Hand zu: «Ich mach die Augen zu.»

«Was hat sie gesagt?» Louise lebte in ständiger Angst, etwas zu verpassen.

«Wenn dort Leichen sind, macht sie die Augen zu.»

Juts lachte. «Und was tut sie gegen den Gestank?»

Nicky zwickte sich mit Daumen und Zeigefinger in die Nase, was alle zum Lachen brachte.

In der Fleischlagerhalle wurden keine Leichen zutage gefördert. Aber man hatte einen Raum ausgegraben, der durch einen Tunnel zu erreichen war. Noe und seine Frau Orrie sowie Fannie Jump Creighton, Harper Wheeler, Harmon Nordness, Chessy und Pearlie standen in der kühlen, mit Ziegelsteinen gemauerten Kammer.

Juts trat ein. «Die ist ja so groß wie eine Turnhalle!»

Vom Boden bis zur Decke stapelten sich Kanonenkugeln, Kartätschen, Kanister und Patronen. Es war ein Arsenal.

Louise und Maizie traten ein, ihnen blieb der Mund weit offen stehen.

Nickel lief zu ihrem Dad.

«Seht euch das an.» Fannie zeigte auf die linke Seite der Kammer.

Die ganze Ausrüstung trug den Stempel der Konföderierten, C.S.A.

«Und jetzt sehen Sie hierher.» Harper geleitete die Damen.

Die Munition trug den Stempel U.S.A.

«Dieser Mistkerl. Es stimmt, was man sich über ihn erzählte! Er hat im Krieg an beide Seiten verkauft», ereiferte sich Juts. «Wenn Celeste das doch sehen könnte. Ihr Vater hat Cassius Rife verachtet.»

«Vielleicht machen sie es im Jenseits unter sich aus», witzelte Harper Wheeler.

«Aber warum sollte sich jemand heute deswegen beunruhigen? Warum das Gebäude niederbrennen?», fragte Louise.

«Wer weiß?» Harper schüttelte den Kopf. «Versicherung. Pearl Harbor hat ihnen den perfekten Zeitpunkt geliefert. Diese habgierigen Schweine. Sie haben so viel, aber sie wollten noch mehr.»

«Ich habe Julius angerufen. Er sagt, er weiß nichts von dieser Kammer», teilte ihnen Harmon Nordness mit. «Rein gar nichts.»

Da die Rifes auf der Pennsylvania-Seite der Grenze wohnten, oblag es Sheriff Nordness, den Anruf zu tätigen.

«Vielleicht hat Brutus es gewusst und seinen Söhnen nichts gesagt oder es nur einem erzählt.» Pearlie überlegte. «Nee, sie haben es beide gewusst.»

«Ja», sagte Chester. «Sie haben vermutlich Papiere des alten Herrn gefunden.»

«Wen geht das heute noch was an?» Julia starrte auf das Zeug.

«Uns», sagte Fannie Jump. «Uns alle. Wir sind aufgewachsen mit Geschichten, wie Cassius seine Millionen gescheffelt hat, aber niemand konnte etwas beweisen. Es war wie bei den Sklavenhändlern, so schlimm war es damals im Krieg, hat Celestes Daddy immer gesagt. Das ist achtzig Jahre her, also gar nicht so lange. Es ist, als würde man gleichzeitig an Hitler und Roosevelt Waffen verkaufen.»

«Was ist ein Sklavenhändler?»

Fannie antwortete Nickel: «Das ist einer, der die Schwarzen auf einem Schiff aus Afrika hierher gebracht und verkauft hat. Lange, lange vor diesem Krieg. Es waren meistens Schiffskapitäne aus Boston oder New York. Sie sind sehr reich geworden.»

Nickel lächelte. Sie lernte gern etwas Neues, doch oft war sie verwirrt. Wurde man verschifft und verkauft, wenn man böse war?

«Ich muss eine rauchen.» Harper Wheeler geleitete alle aus der Kammer und durch den Tunnel, der mit Kreuzbögen konstruiert war.

Maizie ging zu ihm. «Sheriff, es tut mir Leid, dass ich Ihnen Ärger gemacht habe.»

«Mach dir deswegen keine Gedanken. Alles vergeben und vergessen.»

Als sie wieder in den Regen hinaustraten, stellten sie sich im hinteren Teil der Fabrik unter, der von dem Brand nicht so sehr in Mitleidenschaft gezogen war wie der vordere. Harper wies Noe verschmitzt an: «Sie werden jetzt wohl Popeye anrufen müssen.»

Noe lächelte. «Hier gibt's kein Telefon.»

«Ich habe ein Funkgerät im Auto», sagte Harmon Nordness.

«Ich geh mit Ihnen eine Wette ein», sagte Harper zu Noe.

«Was für eine Wette?»

«Ich wette mit Ihnen, dass Julius Rife schon einen gewieften Burschen aus New York angeheuert hat, der für ihn mit Popeye spricht.»

«Das ist keine Wette. Das ist eine Tatsache», sagte Juts.

Louise, Maizie und Pearlie, der froh war, dass es seiner jüngeren Tochter so viel besser ging, fuhren im Auto nach Hause.

Chessy, Juts und Nickel quetschten sich in ihren Wagen. Julia wollte zu ihrer Mutter fahren und ihr alles berichten, was geschehen war.

Die Scheibenwischer schabten hin und her. Nickel drückte die Nase am Fenster platt. «Koller, koller, koller.»

«Hör auf damit!» Juts langte über den Sitz und knallte ihr eine.

63

DER *SPÄTSOMMER HIELT AN*. Die Gewissheit, dass der Winter folgen würde, verlieh ihm seine besondere Süße. Ringfasanen tummelten sich in den Maisfeldern, und Wachteln tippelten durch niedriges Dickicht; Füchse rannten überall umher. Als Juts in Nickels Alter war, hatte ihr Onkel – er war jetzt schon lange tot – sie einmal mit auf die Jagd genommen. Er züchtete englische Setter, wunderbare Jagdhunde, und an jenem Tag hatte er drei Fasane erlegt. Juts musste weinen, als sie vom Himmel fielen, aber sie hatte sich nicht geweigert, sie zu essen.

Die Jahreszeiten lösten Erinnerungen an ganz besondere Ereignisse aus. Lieder taten dieselbe Wirkung. «Red Sails in the Sunset» erinnerte Juts an ihre Probleme mit Chessy wegen Trudy. Jedes Mal, wenn das Lied gespielt wurde, schaltete sie das Radio aus.

Die bunten Herbstblätter faszinierten Nickel. Sie las sie von der Erde auf, um sie aufzubewahren. Sie konnte sie schon unterscheiden: Pappeln waren leuchtend gelb, Zuckerahorn flammend rot und die meisten Eichenarten variierten von einem reinen Gelb bis zu Knallorange oder Braun. Die Weiden, inzwischen gelb, warfen ihre Blätter über dem alten Brunnen im Garten ab. Nickel kletterte mühelos hinauf, ihre bloßen Füße suchten einen Halt, und oben angekommen setzte sie sich auf den niedrigsten Ast. Sie lauschte dem Rauschen der Blätter, und einmal hockte auf einem Zweig über ihr eine Spottdrossel.

Je größer Nickel wurde, desto weiter entfernte sie sich von ihrer Mutter. Ihr Lieblingswort war nach wie vor «Nein». Sie stand mit der Sonne auf und eilte zum Frühstück. Spiegeleier aß sie besonders gern. Danach zog sie ihre Schuhe an, ließ die Schnürsenkel baumeln und ging zu Juts, vorsichtig, um nicht zu stolpern. Sie bat sie, ihr die Schuhe zuzubinden, dann stürmte sie zur Tür hinaus und kam erst mittags zurück oder wenn sie gerufen wurde.

Julia hatte erwartet, der Mittelpunkt der Welt ihres Kindes zu sein. Als Säugling hatte Nickel nur ihr gehört. Aber mit jedem neuen Tag wollte Nickel mehr der Welt gehören. Sie war keine Schmusekatze. Sie kam nie angelaufen, um ihre Arme um Julias Hals zu schlingen. Sie nahm ihre Hand, aber das war auch alles. Sie gab ihr einen Gutenachtkuss. Sie wollte mit Tieren spielen, Tieren aller Art, und einmal hatte sie eine winzige Mokassinschlange aufgehoben, um sie ihrer Mutter zu zeigen. Julia, die in kritischen Situationen fast immer die Ruhe bewahrte, sagte Nickel einfach, sie solle die Schlange dahin zurückbringen, wo sie sie gefunden hatte, weil die Schlangenmutter sich Sorgen machte. Nickel gehorchte unverzüglich. Ein direkter Befehl hätte bei diesem Kind nichts gefruchtet.

Aber Juts war einsam. Nickel brauchte sie nicht, und sie wollte gebraucht werden. Natürlich brauchte das Kind Nahrung, Kleidung und Obdach – und jedes Buch, das sie in die Finger bekommen konnte –, aber Juts schien sie nicht zu brauchen. Das nagte an Juts.

Auch Maizies nervlicher Zustand machte ihr Angst. Maizie hatte sich erholt, aber sie wusste noch immer nicht, was sie mit sich anfangen sollte. Louise, die ewige Zuchtmeisterin, hatte ihr gesagt, sie werde nicht für ihren Unterhalt aufkommen; Maizie sei kräftig, gesund und intelligent genug, um für sich selbst zu sorgen. Das brachte Maizie zum Weinen und Louise in Panik. Trotzdem ließ sie nicht von ihrer Forderung ab, Maizie solle arbeiten. Die schlimmste Schmach in Runnymede war, als Faulpelz zu gelten.

Juts fragte sich, welche Arbeit Nickel einmal finden würde. Der einzige Beruf, der ihr bislang in den Sinn kam, war Tierärztin. Sie wusste nicht, wie sie und Chester dem Kind das College ermöglichen sollten. Aber bis dahin war ja noch viel Zeit.

Heute wehte eine leichte Brise, die die sahnigen Wolken am blauen Himmel segeln ließ; es war bisher der vielleicht schönste Tag in diesem Herbst. Julia lehnte am Lattenzaun vor Celestes Stall. O. B. Huffstetler hatte Nickel auf Rambunctious gehoben, und Peepbean, sein Sohn, der inzwischen sieben war, ritt auf General Pershing. Nickel, zu klein für einen Sattel, ritt ohne. Schon übertraf sie Peepbean an Kunstfertigkeit zu Pferde.

O. B., dem die Reitkunst über alles ging, war über seinen Sohn so empört, wie er von Nickel entzückt war.

Ramelle, die wegen eines Bandscheibenleidens neuerdings am Stock ging, stand neben Juts unter einer riesigen Kastanie, die einem Teil des Reitplatzes Schatten spendete.

«Mit einem Kind auf dem Rücken ist Rambunctious der sanfteste Bursche, den man sich denken kann, aber mit einem Erwachsenen ist er ein Teufelskerl. Er hat Celeste so in Rage gebracht, dass sie ihr Schimpfwortvokabular erweitern musste. Sie hätte ein ganzes Schimpfwörterbuch schreiben können.»

«Sie fehlt mir.» Juts schnupperte an den Blättern. «Sie hat den Herbst geliebt.»

«Manchmal glaube ich, sie ist in der Nähe. Klingt verrückt oder?»

«Für mich nicht.» Julia glaubte an Geister, verlor aber kein Wort darüber.

«Nickel wird mal eine Reiterin.»

«Sie ist besessen.»

«Als Spotts in Nickys Alter war, beschloss sie, die Königin von England zu sein. Weißt du noch? Sie hat ein ganzes Jahr lang ein Diadem getragen.»

Juts schüttelte den Kopf. «Sie musste einfach Schauspielerin werden, das steht fest.»

«Sie hat langsam genug davon. Ich glaube, ihre Arbeit im Krieg hat ihr besser gefallen als die Schauspielerei. Sie sagt, dass sie sich zum ersten Mal in ihrem Leben nützlich vorgekommen ist.»

«Ich weiß, was sie meint. Ich habe die Arbeit beim Luftschutz geliebt.»

«Die Nacht, als die Sirene losheulte, werde ich nie vergessen.»

«Ich auch nicht», erwiderte Juts trocken.

«Guck mal, Momma!» Nickel streckte die Arme hoch; Rambunctious ging in langsamen Trab.

«Großartig», rief Juts, dann fragte sie Ramelle: «Sind Sie gern Mutter gewesen?»

«Nicht pausenlos. Eigentlich fand ich es wunderbar, bis Spotts vierzehn wurde. Dann hätte ich sie mit Freuden nach Sibirien geschickt.»

Juts zuckte zusammen. «Ja, Mary ist in diesem Alter auch aufsässig geworden. Aber Maizie nicht.»

«Das holt sie jetzt nach.»

«Und es führt kein Weg dran vorbei?»

«Ich glaube nicht, Julia, aber du hast noch Zeit, bevor sie allem widerspricht, was du sagst, die scheußlichsten Sachen anzieht, die sie finden kann, und nur für ihre Freunde lebt.»

«Soweit ich mich entsinne, hab ich das nie getan.»

«Ach, Julia.» Ramelle brach in Lachen aus, dieses silberhelle Lachen, mit dem sie wieder wie einundzwanzig klang. «Du hast nie aufgehört damit.»

Auf dem Reitplatz hob O. B. Peepbean am Gürtel hoch, da der Junge von General Pershings Rücken gerutscht war. Peepbean fing an zu heulen. Nickel starrte ihn ungläubig an. Sie hatte kein Mitgefühl, und O. B. leider auch nicht.

«Oh-ha», bemerkte Juts.

«Der Junge wird am Ende Pferde meiden wie die Pest.» Ramelle trat unter der Kastanie hervor und klopfte mit ihrem Stock an den Zaun. «O. B., kommen Sie mal einen Moment her.»

Als O. B. zu ihr ging, stellte sich Nickel auf Rambunctious' Rücken, winkte mit den Armen und rief: «Momma, komm mit mir reiten.»

«Nein.»

Ramelle, die auf leicht erhöhtem Grund stand, beugte

sich zu O. B. hinüber. «Wir müssen anders mit Peepbean vorgehen.»

«Ihn festbinden.»

«Nein. Verbieten Sie ihm für eine Weile das Reiten. Wenn er muss, widerstrebt es ihm. Wenn Sie ihn nicht beachten, wird er es von sich aus wollen – glaube ich.»

«Momma, bitte!», rief Nickel.

«Nur zu, Miz Smith. Probieren Sie's. Pershing ist das faulste Pferd, das Gott je erschaffen hat.»

«Ich kann nicht reiten.»

«Wenn Sie tanzen können, können Sie auch reiten.»

«Wickel dir deinen Rock um die Beine, sonst scheuerst du dich wund», riet ihr Ramelle.

Juts, die kein Angsthase war, sprang über den Zaun und schwang sich auf Pershing.

Vor lauter Begeisterung, dass ihre Mutter mit ihr ritt, klatschte Nickel in die Hände, was Rambunctious bewog, ein paar Schritte zu gehen. Nickel stellte sich wie eine Akrobatin auf den Pferderücken.

Juts ritt neben Nicky. Sie umrundeten den Reitplatz, und zum ersten Mal plapperte Nicky wie ein Blauhäher. Sie erzählte ihrer Mutter, dass Pershing gern Pfefferminz aß und Rambunctious Äpfel mochte, aber man müsse sie ihm schneiden. Sie sprudelte, plätscherte und quiekte geradezu vor Glück, so sehr, dass Juts lachen musste.

«Momma, ich hab dich lieb», sagte Nickel, als ihr Ritt zu Ende war.

«Ich hab dich auch lieb.» Juts glitt hinunter und fing Nickel auf, die sich vom Pferd katapultierte und fest damit rechnete, entweder auf den Füßen zu landen oder sich abzurollen. Das Kind kannte keine Furcht. Was ihre Mutter gleichermaßen freute und ängstigte.

«Lass mich!» Nickel langte hinauf nach Rambunctious' Zügeln; O. B. warf sie ihr zu. Er hielt Pershing, und zusammen führten sie die Pferde in den Stall.

«Muss ich Pershing abbürsten?», jammerte Peepbean, der ihnen folgte.

«Nein», antwortete O. B.

«Ich mach das. Bitte, Mr. Hoffy.» Nickel konnte nicht «Huffstetler» sagen.

«Schön.» O. B. lächelte. Er musste ihr eine Satteltruhe heranziehen, und sie stellte sich darauf.

Ramelle und Juts warteten unter der Kastanie. Nur wenige Kastanien waren an der Ostküste übrig geblieben, nachdem sie um die Jahrhundertwende von einer schrecklichen Fäule heimgesucht worden waren. Aber diese eine, weit entfernt von den anderen Bäumen, breitete ihre langen Äste aus und wurde mit jedem Jahr mächtiger.

«Sie hat mir gesagt, sie hat mich lieb.» Noch immer verblüfft, schüttelte Juts die Pferdehaare von ihrem Rock.

«Kinder merken nicht, dass wir Gefühle haben. Sie wissen, wann wir böse *auf* sie oder zufrieden *mit* ihnen sind, aber sie wissen nicht, dass wir *unabhängig* von ihnen Gefühle haben. Ich kann mir denken, dass du dich manchmal ungeliebt gefühlt hast. Mir ist es jedenfalls so ergangen», sagte Ramelle. Ihre Menschenkenntnis war einer der Gründe, weshalb Celeste sie geliebt hatte. Celestes Menschenkenntnis war im Allgemeinen von Zynismus geprägt gewesen.

«Meistens bin ich erschöpft. So hatte ich mir das nicht vorgestellt.»

«Glaub mir, Julia, wenn wir wüssten, worauf wir uns einlassen, würde keine Frau auf der Welt ein Kind gebären.»

«Ich habe keins geboren.»

«Du weißt, was ich meine.»

«Ich frage mich bloß, entgeht mir etwas? Louise hat mich einmal tief getroffen mit ihrer Behauptung, ich könnte Nickel nie so nahe sein, weil ich sie nicht in mir getragen habe.»

«Louise ist nicht gerade eine Expertin für Mutterschaft.»

«Sie hält sich aber dafür.»

«Julia, Louise hält sich für eine Expertin für alles. So war sie schon immer. Ich glaube nicht, dass das Gebären eine Frau ihren Kindern auch nur einen Deut näher bringt. Sie aufzuziehen, das ist die wahre Prüfung.»

«Aber sie ist ein eigensinniges kleines Ding. Sie geht einfach weg, macht, was sie will.»

«So ist sie eben.»

«Sie meinen, sie wäre auch so, wenn ich ihre leibliche Mutter wäre?»

«Höchstwahrscheinlich, ja. Kinder kommen mit allem, was sie brauchen, auf die Welt. Sie sind geformt. Wir beeinflussen sie, aber ihr Charakter ist festgelegt. Ich habe so manches herzensgute Kind gesehen, das von grässlichen Eltern zugrunde gerichtet wurde» – sie hielt inne –, «und ich habe so manche herzensgute Eltern gesehen, die von einem Kind zugrunde gerichtet wurden.» Sie atmete den scharfen Herbstgeruch ein. «Sie sind, was sie sind. Die Frage ist, stehst *du* ihr nahe?»

Juts rieb sich am Ohr; ihr Ohrring zwickte. «Manchmal. Ich glaube, Chessy steht ihr näher als ich.»

«Chester muss sie nicht Tag für Tag erziehen. Die Väter haben die leichtere Rolle.»

«Ich dachte schon, ich bin keine gute Mutter. Sie haben mir etwas Mut gemacht.»

«Das denken alle Mütter. Sei nicht so streng mit dir.»

«Ich bin entweder zu streng mit mir oder zu nachgiebig. Ich kann keinen Mittelweg finden.»

Ramelle lächelte. «Ich mache dir einen Vorschlag.»

«Ja?»

«Warum kommst du nicht her und reitest mit Nickel? Wenn du mit ihr teilst, was sie liebt, anstatt sie dazu bekehren zu wollen, was du liebst – wie O. B. es macht –, dann werdet ihr zusammenwachsen.»

«Hm …» Juts dachte über das großzügige Angebot nach. «Ich würde Ihnen die Nutzung der Pferde bezahlen.»

Ramelles Lachen verlor sich im Wind. «Und Celeste würde mich für den Rest meines Lebens verfolgen. Die Chalfontes und die Hunsenmeirs gehören schließlich zusammen.»

«Also gut.» Julia strahlte.

Sie gingen zum Stall. Dort stand Nickel auf Celestes alter Satteltruhe und bürstete Pershings Rücken. Sie sang dem Pferd vor, sie sang O. B. vor und sogar der Sonne.

«Du bist eine gute Mutter», sagte Ramelle.

Juts war so erleichtert, dass ihr beinahe die Tränen kamen.

Zwei Stunden später kamen ihr bereits wieder Zweifel, als Nickel beim Rundgang um den Platz erklärte: «Ich weiß ein neues schlimmes Wort.»

«Oh.»

«Kackhaufen.»

«Nicky.»

«Und weißt du was?»

«Ich kann's kaum erwarten.»

«Grandma Smith ist der größte Kackhaufen aller Zeiten.»

Juts fing an zu lachen. Zur Feier von Nickels Wortschatz belagerten sie Cadwalders Theke und teilten sich einen Eisbecher.

Vaughn füllte Waren auf und verweilte vor dem Shampoo-Regal. Er war flink in seinem Rollstuhl.

Als sie aufgegessen hatten, hüpfte Nickel zu dem gut aussehenden Mann hinüber.

«Kann ich mitfahren?»

«Klar.»

«Nickel!» Julia wollte sie packen.

Vaughn lächelte Juts an, sein Gesicht war alt und doch jung. «Ich habe nichts dagegen.»

Nickel kletterte auf seinen Schoß. Er stieß mit seinen kräftigen Händen die Räder an und drehte mit Nickel eine Runde durch den Laden. Juts konnte sich nicht erinnern, wann sie Vaughn das letzte Mal hatte lachen hören.

64

Karfreitag, ein trostloser Tag an diesem 15. April 1949, deprimierte Juts, die mit Nickel auf dem Weg zur Kirche war. Louise, die die Kirche St. Rose of Lima besuchte, hatte Nickel in Aufruhr versetzt, als die Schwestern sich an der Nordostecke des Runnymede Square trennten. Nickel wollte wissen, warum Wheezie nicht mit ihnen in die evangelische Kirche ging. Louise, das Gesicht von einem schwarzen Schleier verhüllt, salbaderte, sie würde Nickel liebend gern mit in die eine wahre Kirche nehmen.

Das Kind, das inzwischen viereinhalb war, gab Louise zu verstehen, dass sie die evangelische Kirche besuche, nicht die eine wahre Kirche, woraufhin Louise die Irrwege des Protestantismus erläuterte und sich über die Gefahren für die Kinderseele ausließ, diese zarte Perle.

Natürlich wollte Nickel sich keinen Gefahren aussetzen, weder auf Erden noch in der Ewigkeit. Juts sagte Louise, sie solle ihre große Klappe halten. Louise stürmte davon, und Nickel schrie: «Ich bin keine Perle!»

Passanten meinten, Nickel schimpfe über ihren Onkel Pearlie. Schließlich rang sich Juts ein Lächeln ab und schleppte ihr stetig wachsendes Kind die Marmorstufen des schlichten imposanten Tempels der Heiligkeit und nicht zu knappen Wohlstands hinauf.

Kaum hatte sie sich gesetzt, fing Nickel an zu zappeln. Juts kniff sie. Das Kind funkelte sie an, saß aber still. Dann bestach Juts sie mit einem Sen-Sen. Während Nickel das graue Erfrischungsbonbon lutschte, nahm sie die Kirchgänger in Augenschein. Es waren noch ein paar andere Kinder da, aber nicht viele.

Gelangweilt griff sich Nickel ein dickes rotes Gesangbuch und blätterte darin. Sie formte die Worte in übertriebenem Flüsterton.

Juts legte den Finger auf den Mund.

Trotzig äffte Nickel die Geste ihrer Mutter nach.

Wie immer am Karfreitag waren die Vorhänge in der Kirche aus schwarzem Samt, und das Chorpult, die Kanzel, der Altar waren mit schwarzem Samt bedeckt. Keinerlei Blumen oder Farben belebten den strengen, schönen weißen Innenraum.

Die schwermütige Atmosphäre machte Nickel nervös. Um drei Uhr erzitterte die Orgel, und die schwarzen Vorhänge wurden zugezogen.

«Momma!»

«Still.»

«Mach das Licht an!»

«Wirst du wohl still sein.»

«Mach das Licht an!» Ein Anflug von Furcht lag in Nickels Stimme.

«Sei still!», zischte Julia.

«Ich will's nicht dunkel haben!» Nickel schob sich an ihrer Mutter vorbei und lief durch den Mittelgang zur Tür, die geschlossen war. Donald Armprister, ein Kirchendiener, der an der Tür Posten bezogen hatte, packte Nickel, da sie die Tür nicht aufstoßen konnte. Er machte Anstalten, das Kind zu Julia zu schleppen.

«Nein!» Nickel tat ihn ans Schienbein.

Auf ihren hohen Absätzen klapperte Juts durch den Gang, schnappte sich ihren Engel, öffnete die Tür und beförderte das Kind ins Vestibül. Mit einem lauten *Klick* schloss sie die Tür hinter sich.

Donald steckte sein langes, anmutiges Gesicht zur Tür heraus. «Juts, brauchen Sie Hilfe?»

«Ich brauche einen Prügel.»

Er zwinkerte ihr zu und schloss die Tür wieder, worauf die Gemeinde abermals in die Düsternis von Christi Kreuzigung getaucht wurde.

«Tu das nie wieder!» Juts gab Nickel einen Klaps auf den Hintern. Ihre Unterröcke milderten den Schlag.

«Ich mag die Dunkelheit nicht.»

«Und ich mag dein Benehmen nicht.» Juts gab ihr sicherheitshalber noch einen Klaps.

Nickel riss sich los und lief zurück zur Innentür.

Juts rannte ihr nach. «O nein, das tust du nicht.»

«Dann geh ich in Tante Wheezies wahre Kirche.»

«Wenn du auch nur einen Fuß in St. Rose of Lima setzt, schmier ich dir eine, dass du dein Gesicht nicht wieder erkennst», drohte Juts. «Jesus hatte nie so ein ungezogenes kleines Mädchen.»

«Jesus hatte auch keinen kleinen Jungen.» Nickel schob die Unterlippe vor. «Vielleicht hatte er Kinder nicht gern. Vielleicht hat er gelogen. Er wollte nicht, dass wir zu ihm kommen.»

«Himmel, wo hast du bloß diese Ideen her?» Juts hob verzweifelt die Hände. «Raus mit dir, junge Dame. Du hast mir und allen anderen den Gottesdienst verdorben.»

«Hab ich gar nicht.»

Julia zerrte sie unsanft zur Eingangstür und hinaus in den kalten, grauen Tag. «Du hast dich unmöglich benommen und mich blamiert. Ich weiß nicht, wie ich mich da drin nochmal blicken lassen kann.»

«Keiner kann dich sehen. Die Lampen sind aus.» Wie die meisten Kinder besaß sie einen gnadenlos logischen Verstand.

«Ich hab dir doch gesagt, es ist Karfreitag, Nicky. Das ist ein heiliger Tag.»

«Was ist daran heilig, Mommy? Das Dunkle mag ich nicht, und der Sitz kitzelt.»

«Wie meinst du das, der Sitz kitzelt?»

«Wenn Tante Dimps Orgel spielt, kitzelt es.»

Juts dachte darüber nach. «Hm – kann schon sein.»

«Dann muss ich immer aufs Klo.»

«Musst du jetzt?»

«Ja.»

«Hältst du es bis Cadwalder aus? Ich will nicht wieder mit dir hier reingehen. Das Bon-Ton ist noch näher. Kannst du's solange aushalten?»

«Ja.»

Sie gingen zu dem großen Kaufhaus.

Nickel fragte: «Warum ist Jesus gestorben? Wenn er der Sohn Gottes war, sollte er nicht sterben.»

«Er starb für unsere Sünden.»

«Ich habe keine Sünden», rechtfertigte Nicky sich rasch.

«Und ob du welche hast, und heute hast du dir eine ganz große geleistet.»

Das Bon-Ton war geschlossen. Auf einem Schild an der Flügeltür stand zu lesen: «Ab 16 Uhr 30 wieder geöffnet.»

«Verdammt.»

«Momma, ich muss.»

Juts sah sich um. «Komm mit.»

Sie zog sie in den Park und forderte sie auf, schnell unter George Gordon Meades Statue ihr Geschäft zu verrichten.

«Momma, hier ist Hundekacke.»

«Eben. Los, mach schnell.»

Sie ließ ihren Baumwollschlüpfer herunter, beugte sich vor, um ihn nicht zu beschmutzen, und erleichterte sich.

«Ich brauche Klopapier.»

«Hier, nimm ein Kleenex.» Juts kramte in ihrer Handtasche und gab ihr ein Papiertaschentuch. «Mach schnell. Wer weiß, sonst sieht dich noch jemand.»

Das Kind tat wie geheißen. «Krieg ich jetzt noch mehr Ärger?»

«Nein, du hast deinen Auftritt in der Kirche wieder gut gemacht, indem du auf George Gordon Meade gepinkelt hast. Er war ein Yankee.»

«Grandma Smith ist ein Yankee.»

«Allerdings.»

«Hat Jesus Yankees lieb?»

«Ich nehme an, das muss er, aber wir nicht.»

«Sieht der liebe Gott alles, was wir tun?»

«Ja.»

«Dann hat er gesehen, wie ich auf George Gordon Meade Pipi gemacht habe.» Nickel runzelte die dunklen Augenbrauen. «Das finde ich nicht schön.»

«Er war bestimmt mit dringenderen Angelegenheiten beschäftigt.»

Sie gingen in der kühlen Luft nach Hause. Katze und Hund begrüßten sie stürmisch. Erleichtert schlüpfte Juts in ein bequemes Hauskleid.

«Warum geht Tante Wheezie in eine andere Kirche?»

«Weil sie blöd ist.» Juts zeigte zur Treppe. «Zeit fürs Bad.»

«Ist Maizie deshalb weggegangen?»

«Nein, sie ist weg, weil sie wieder zur Schule geht.»

«Wann kann ich gehen?»

«Diesen Herbst. Dann kommst du in den Kindergarten, und darüber bin ich sehr froh.» Juts sagte nicht, dass sie dann ein bisschen Ruhe und Frieden haben würde.

«Ist das wie die Sonntagsschule?»

«So ähnlich, aber du musst nicht beten und die Bibel lernen. Du wirst lesen lernen.»

«Kann ich schon», prahlte sie.

«Du wirst es noch besser lernen.»

Juts hatte sie ins Badezimmer bugsiert und knöpfte ihr das Kleid auf. Sie drehte die Wasserhähne auf, nachdem sie den Gummistopfen in den Wannenabfluss gesteckt hatte. Der Stopfen hing mit einer kleinen Kugel an einer Kette an dem vernickelten Wasserhahn. Yoyo blieb dem Badezimmer fern, aber Buster marschierte mutig hinein. Er wusste, dass das Bad nicht für ihn bestimmt war, weil es nicht nach Flohshampoo roch. Nickel hielt sich am Wannenrand fest, hob dann ein Bein herüber und prüfte mit den Zehen das Wasser. Sie zögerte, dann zog sie das andere Bein nach.

«Muss ich in die Sonntagsschule?»

«Warum sollest du nicht?»

«Du hast gesagt, ich hab die Kirche verdorben.»

«Vergebung ist Teil des Christentums.»

«Den Teil mag ich nicht.»

«Man muss es im Ganzen praktizieren. Man kann sich nicht einfach was aussuchen.»

«Tust du auch. Du nimmst nur die Teile, die du magst.»

«Moment mal.» Mit der Seife in der Hand gab ihr Juts einen entschiedenen Klaps.

«Tust du aber. Du vergibst Grandma Smith nicht.»

Das machte Juts stutzig. «Ich bemühe mich, aber es ist sehr, sehr schwer.»

«Sie kann uns nicht leiden.»

«Nein.»

«Warum?»

«Aus reiner Bosheit, würde ich sagen. Und deswegen musst du in die Sonntagsschule, damit du eine bessere Christin wirst als ich.» Munter übernahm Juts das Ruder des Gesprächs und steuerte es in ruhigere Gewässer. «Du gehst doch gern in die Sonntagsschule.»

«Meistens schon.» Nicky schlug mit den flachen Händen aufs Wasser.

«Das genügt.»

«Ich mag nicht immer ‹Jesus liebt mich› singen.»

«Wie kommst du darauf?» Juts stupste sie an.

«Sonntagsschule.»

«Ach ja, richtig. Aber Ursie Vance und Franny hast du doch gern …»

Frances Finsters Enkelin war nach ihrer Großmutter benannt.

«Ursie mag ich nicht mehr.»

«Wieso nicht?»

«Sie hat gesagt, wenn ich meine Gebete nicht spreche, komm ich in die Hölle, wenn ich sterbe.»

«Du sprichst deine Gebete.»

«Ich lass die Stelle mit dem Sterben aus. Die mag ich nicht.»

Zur Schlafenszeit weigerte sich Nicky zu sagen: «Bevor ich wache, sterbe ich.» Sie sagte nur: «Nimm meine Seel', ich bitte dich.»

«Mach dir darüber keine Sorgen.»

«Und Ursie quatscht immer dazwischen, wenn die Lehrerin Bibelgeschichten erzählt. Sie wollte wissen, welche Farben Josephs Mantel hatte. Ich hoffe, sie dreht sich um und verwandelt sich in eine Salzsäule.»

Juts war nicht davon erbaut, dass man Vier- und Fünfjährigen von Sodom und Gomorrha erzählte.

«Erzähl mir die Geschichte.»

Nickel seufzte. Wie konnte ihre Mutter die Geschichte nicht kennen? «Lot und seine Frau sind vor bösen Menschen weggelaufen. Und Lots Frau sollte sich nicht umdrehen.» Sie hielt inne, versuchte sich auf die Einzelheiten zu besinnen und beendete dann fröhlich ihre Geschichte: «Lots Frau war des Tages eine Salzsäule und des Nachts ein Feuerball.»

65

NEUNZEHNHUNDERTFÜNFZIG WAR DAS JAHR, in dem Louise Bonbonrosa entdeckte. Angetan mit bonbonrosa Plastikohrringen, passendem Armband und abgestimmtem Lippenstift, die zu Rock und Pullover in Marineblau kontrastierten, ergänzte sie diese Farbkombination gelegentlich mit Limonengrün. Sie schwärmte außerdem für Blassrosa und Schwarz. Julia konterte mit blaugrünen und weißen Stoffen.

Die Bewohner von Runnymede ließen den Krieg hinter sich, so gut sie konnten, und stürzten sich mit Begeisterung auf Musik, das Baugewerbe, große Autos und endlosen Klatsch. Aber Klatsch ließ sich ja ohnehin nicht aufhalten. Hätte Hitler gesiegt, würden sie jetzt über ihn und den deutschen Gauleiter herziehen, der ihnen die richtige Gesinnung eintrichtern sollte.

Nickel ging in den Kindergarten, und es gefiel ihr gut. Chessy hatte den Laden umgestaltet und einen Mitarbeiter eingestellt. Er machte jetzt auch Reklame, und weil das Geschäft so gut lief, hatte er einen nagelneuen Kühlschrank für die Familie gekauft. Den Eiskasten stellte er in die Garage und bewahrte Werkzeug darin auf. Maizies Zukunft blieb im Dunkeln, und als Wheezie ihr deshalb einmal zusetzte, sagte sie nur: «Koller, koller, koller.» Fortan schwieg Louise.

Juts und Nickel nahmen weiterhin Reitunterricht. Reiten und Gärtnern waren ihre gemeinsamen Unternehmungen, allerdings entging Julia nicht, dass Nickel lieber mit Chessy zusammen war. Sie verstand nicht, warum die Kleine ihr trotzte, jedoch alles tat, was ihr Vater verlangte.

Louise, die ewige Expertin für Mutterschaft, erklärte, dass Mädchen sich an ihre Väter hielten, Jungen an ihre Mütter. Andere beteten diesen Gedanken nach, und es schien durchaus etwas Wahres dran zu sein; denn Lillian Yosts kleiner Junge schrie zetermordio, als sie ihn zum ersten Mal in den Kindergarten brachte. Ihm quollen fast die Augen aus dem Kopf, sein Gesicht lief rot an – kein schöner Anblick – als es Zeit für seine Mutter war, zu gehen.

Mrs. Miller, die Erzieherin, sagte zu Lillian, sie müsse gehen, einfach weggehen, und sei es noch so schwer. Schließlich habe die Welt nichts für Muttersöhnchen übrig. Yost junior hämmerte gegen die Tür, trat um sich, machte in die Hose. Nickel zog ihn von der Tür weg. «Sei still, du Schreihals.» Sosehr dies Mrs. Miller für Nickel einnahm, es raubte Lillian Yost den letzten Nerv, als sie davon hörte. Sie blies Juts den Marsch, die alle damit verblüffte, dass sie nicht die Beherrschung verlor.

Nickel und Peepbean Huffstetler kabbelten sich im Stall, im Kindergarten, überall. Da er drei Jahre älter war als das kraushaarige Mädchen, konnte er sie verdreschen. Sie rächte sich zu Pferde. Sie lief ihm buchstäblich den Rang ab, was ihr noch mehr Aufmerksamkeit von O. B. und noch mehr Hass von Peepbean eintrug.

Juts war mit Nickel nach York gefahren, um einen Walt-Disney-Film anzusehen. Der Vorführer, der über genau zwei Gehirnzellen verfügte, ließ eine Wochenschau laufen, in der Horden von Kindern zu sehen waren, die im Schutt von Dresden herumwühlten. Am Straßenrand lag ein toter Hund. Der Kommentator sprach vom Leid in dem Teil Deutschlands, der unter sowjetischer Verwaltung stand. Nickel schluchzte wegen des Hundes und der Kinder, und Juts musste mit ihr das Kino verlassen. Wie konnte man einer Fünfjährigen erklären, dass andere Fünfjährige der Feind gewesen waren? Sosehr Juts sich an diesem kalten Januartag bemühte, sie konnte niemandes Kinder verurteilen, nicht einmal die der Japaner, die sie nach wie vor von ganzem Herzen hasste.

Sie erklärte Nickel, dass Erwachsene Kriege führten und

Unschuldige darunter zu leiden hatten. Nickel konnte es nicht verstehen. Noch Wochen danach fragte sie alle, ob sie sterben würde. Und ob sie Buster und Yoyo retten könne, wenn es Krieg gäbe. Juts sah sie bei Mutter Smith in alten Ausgaben von *Life* stöbern; Josephine trennte sich von nichts, außer ihrer Freundlichkeit. Bilder vom Krieg zogen Nickel an.

Juts konnte sich nicht erinnern, als Kind vom Ersten Weltkrieg so gebannt gewesen zu sein, aber sie hatte endlich begriffen, dass Nickel nicht ihr Ebenbild war.

Eines Nachmittags schrubbte Juts auf Händen und Knien den Küchenfußboden. Yoyo, die inzwischen rundlich geworden war, faulenzte auf der Anrichte. Buster sah von der Diele aus zu. Im Radio lief «I Love Those Dear Hearts and Gentle People». Juts sang mit ihrer hübschen Sopranstimme mit.

Juts sang das Lied zu Ende: «‹... that live and love in my hometown.›»

Ein leises Klopfen am Fenster zum Garten veranlasste sie aufzustehen. Sie ging auf den Fußballen zur Hintertür.

«Rillma?»

Rillma Ryan, eine hinreißende Schönheit mit ihren knapp dreißig Jahren, nickte.

«Hallo, Juts.»

«Komm rein.» Als Juts die Tür öffnete, kam ein kalter Luftstrom herein. Buster bellte die Besucherin an.

«Ich möchte nicht auf deinen nassen Fußboden treten.»

«Ich wisch die Abdrücke auf. Ich wusste gar nicht, dass du nach Hause kommst.»

«Ich hatte es auch nicht vor, aber ich habe bei der Arbeit eine Zulage erhalten, und da dachte ich, ich komme Mom besuchen und – das Kind.»

Nackte Angst durchfuhr Juts. Sie hatte Rillma gern. Alle hatten Rillma gern. Aber wenn sich nun herausstellte, dass Blut dicker war als Wasser? Was, wenn Nickel irgendwie ihre Mutter erkannte und Juts im Stich ließ? Und dennoch, wie konnte sie Rillma die Höflichkeit verweigern, sie hereinzubitten? Immerhin hatte sie Juts ihr Kind gegeben.

«Kann ich dir etwas zu essen oder zu trinken anbieten?»

«O nein, danke. Ist Nickel in der Schule?»

«Im Kindergarten. Sie ist nur halbtags dort, aber ich genieße die drei Stunden. Wir wechseln uns jede Woche ab, die Kinder hinzubringen. Das klappt ganz gut.»

«Mom sagt, sie platzt vor Tatendrang.»

«Das stimmt. Komm, wir gehen ins Wohnzimmer.»

«Ich hätte anrufen sollen, Juts, aber ich hatte Angst, du würdest nein sagen. Du weißt aber, dass ich dir nie Unannehmlichkeiten machen würde?»

«Das will ich hoffen.»

«Mom sagt, Louise wird bald neunundvierzig und macht deswegen einen Aufstand.»

Juts schlug die Beine übereinander, als sie sich in den tiefen Sessel setzte. «Sie bekennt sich nicht mal zur Vierzig.»

«Ich habe Mary kurz gesehen. Sie sieht sehr gut aus – ein bisschen müde, aber gut.»

«Sie ist glücklich.»

«Was macht Chessy?»

«Ist immer noch derselbe. Er liebt Nicky. Sie ist der Mittelpunkt seiner Welt.» Julia hielt inne. «Ich glaube, so glücklich wie jetzt war er, seit ich ihn kenne, noch nie, und das will viel heißen bei diesem Drachen von einer Mutter.»

«Ich weiß, Mom hat mir alles erzählt. Sie sagt, Cora ist in Josephines Haus marschiert und hat ihr die Leviten gelesen, und Josephine wollte tagelang niemanden sehen oder sprechen, und dann hat sie sich am Riemen gerissen.»

«Sie duldet Nicky. Nicky geht ungern hin, aber ich habe ihr einmal erklärt, dass sie es für Daddy tut, denn auch wenn wir Grandma nicht mögen, Daddy liebt sie. Seitdem geht sie brav mit.»

Die Haustür flog auf. «Buster! Yoyo!» Die Tiere stürmten zu Nickel. «Hallo, Momma.» Sie hörte auf, Katze und Hund zu knuddeln, und starrte die schöne Fremde an. «Hallo.»

«Hallo», erwiderte Rillma. Juts schien es, als müsse Rillma schwer schlucken.

«Nicky, das ist Rillma Ryan, sie ist zu Besuch hier.»

Nicky hopste zu ihr – sie ging nie, wenn sie hüpfen oder rennen konnte – und gab ihr die Hand, wie man es ihr beigebracht hatte. «Hallo, Miss Ryan.»

«Hallo, Nickel. Du kannst Rillma zu mir sagen.»

«Hübscher Name.»

«Mein Bruder hat mich so genannt.»

Nickel konnte sich auf keinen Mann namens Ryan besinnen, der ungefähr in Rillmas Alter war. Inzwischen kannte sie alle Leute in Süd- und Nord-Runnymede. «Momma, wie kommt es, dass ich Rillmas Bruder nicht kenne?»

Rillma antwortete: «Er ist an einer Rückenmarkshautentzündung gestorben, als ich so alt war wie du.»

Nickel war geknickt. «Hab ich was Schlimmes gemacht?», fragte sie Juts.

«Nein, Herzchen, das konntest du nicht wissen.»

Nickel warf Mantel und Schal ab und brachte beides gehorsam in den Abstellraum hinter der Küche. Als sie wiederkam, lächelte sie die Besucherin an. Sie hatten denselben Teint und dieselben Augen, doch Nickel sah es nicht. Sie hatte auch eine Ryan-Stimme, aber die hohen Wangenknochen, die vollen Lippen und die sportliche Figur waren ein väterliches Erbe.

«Gehst du gern in den Kindergarten?»

Alle Erwachsenen stellten dieselbe Frage.

«Ja, Ma'am.»

«Sag ihr, was du am liebsten hast», redete Juts ihr zu.

«Pferde.»

«Nein, im Kindergarten.»

«Malen. Bei Mrs. Miller dürfen wir mit Fingerfarben malen.»

«Wie schön.»

«Wo wohnen Sie?», fragte Nickel. Die Grundzüge gepflegter Konversation brachten ihr die Mittwochstee-Damen und ihre Angehörigen bei. Der Mittwochstee war der Vorläufer des Anstandsunterrichts und der darauf folgenden Benimmschule; die Teilnahme war ein Muss für Kinder, deren Eltern Wert auf gute Manieren legten.

«Portland, Oregon.»

«Oh.» Sie hatte keine Ahnung, wo das sein könnte.

«Das liegt ganz auf der anderen Seite am Pazifischen Ozean.»

«Oh.» Nickel überlegte angestrengt, was sie noch sagen könnte. «Gibt es in Portland Pferde?»

«Ja. Aber die Stadt ist für ihre Rosen berühmt. Sie liegt an einem großen Fluss, der ins Meer fließt. Wenn du größer bist, kannst du sie ja vielleicht einmal besuchen.»

«Das wäre schön.» Sie verstummte. Ihr Gesprächsstoff war erschöpft, und jetzt brannte sie darauf, draußen zu spielen, obwohl es kalt war. «Momma, darf ich meine lange Hose anziehen und rausgehen?»

«Ja, natürlich.» Juts zündete sich eine Chesterfield an, nachdem sie Rillma eine angeboten hatte. Rillma hatte abgelehnt.

«War nett, Sie kennen zu lernen, Rillma. Haben Sie ein kleines Mädchen oder einen kleinen Jungen zum miteinander Spielen?»

Rillma lächelte. «Nein.»

«Tschüs.» Gefolgt von Katze und Hund sauste sie die Treppe hinauf zu ihrem Zimmer. Sie zog sich in Windeseile um, rannte hinunter und zur Tür hinaus.

Die beiden Frauen warteten, bis die Haustür zugefallen war.

«Sie hat gelernt, nicht mehr so mit den Türen zu knallen.»

«Sie ist ein süßes Kind.» Rillma lächelte verkniffen.

«Sie war für mich bestimmt.» Die Röte schoss Julia in die Wangen.

«Das ist wahr.»

«Weiß irgendjemand in Portland Bescheid?»

«Nein.»

«Gibt ja auch keinen Grund.»

«Nein. Ich weiß nicht mal, ob ich's meinem Mann erzählen würde. Das heißt, falls ich überhaupt heirate.»

«Ein schönes Mädchen wie du heiratet bestimmt.»

Rillma senkte die Stimme. «Ich traue den Männern nicht.»

«Wer hat was von Trauen gesagt?» Juts stieß den Rauch durch die Nase aus.

«Wie kann man jemanden lieben, dem man nicht traut?»

Juts zuckte die Achseln. «Man tut es einfach, Rillma. Sie können nichts dafür, dass sie sind, wie sie sind, so wenig, wie wir was dafür können, dass wir sind, wie wir sind – glaube ich.»

«Jetzt bin ich ins Fettnäpfchen getreten, nicht?»

«Mein Gott, Rillma, wir sind hier in Runnymede. Jeder weiß alles über jeden. Ich hab's überlebt. Du hast es überlebt. Man macht einfach weiter.»

Rillma schlug die glänzenden braunen Augen nieder, dann hob sie den Blick. «Ich möchte lieber allein sein.» Sie atmete hörbar ein. «Du weißt, wie das ist, wenn einem alles Mögliche durch den Kopf schießt? Als das alles passierte, dachte ich, mein Leben wäre vorbei.» Sie hielt inne. «Aber irgendwie hat sich dann alles eingerenkt.»

Rillma stand auf und streckte die Hand hin, doch statt eines Händedrucks umarmte sie sie. «Danke. Ich hatte gefürchtet, du würdest mich nicht hereinlassen.»

Juts hielt ihre Zigarette von sich, um Rillma nicht anzusengen. «Du kannst mir schreiben. Ich schreibe zurück.»

«Mach ich.»

Als Rillma sich entfernte, sah Juts ihr nach, wie sie den Bürgersteig entlang ging. Juts brach in Tränen aus, ohne zu wissen, warum, als die anmutige Gestalt im Nichts verschwand.

66

«WAS HAST DU GEMACHT?!» Louise stand mitten in Bear's Kaufhaus in York und befühlte den Spitzenstoff eines Büstenhalters.

«Ich habe ihr erlaubt, Nickel zu besuchen.»

«Das kannst du doch nicht machen.» Mit dem nächsten Atemzug fragte sie: «Weiß Chester Bescheid?»

«Natürlich.»

«Und er hat sich nicht aufgeregt?»

«Nein.»

Sie ließ den BH fallen. «Ihr seid beide nicht bei Trost. Blut spricht zu Blut. Ihr bringt euch in Schwierigkeiten.»

«Nicky war es schnurzegal. Sie war höflich und ist dann zum Spielen rausgelaufen.»

Louise schlug einen ernsten Tonfall an und unterstrich ihn durch viel sagendes Kopfschütteln. «Sie hat bei dem Kind nichts zu suchen. Sie hat es abgegeben. Nickel ist euer Kind.»

«Ich habe es nicht fertig gebracht, sie abzuweisen. Sie kann sich sowieso nicht um ein Kind kümmern, und Chessy und ich haben Nickel rechtmäßig adoptiert. Sie kann gar nichts machen.»

«Und wenn Nickel sie ansieht und sich selbst erkennt?»

«Nicky sieht Rillma nicht ähnlich.»

«Sie spricht schubweise, lange Pausen und plötzlich ein Ausbruch», sagte Louise. «Das ist ungewöhnlich. Vielleicht stimmt was nicht mit ihr. Vielleicht weiß sie innerlich, das sie nicht Blut von deinem Blut ist.»

«Über Pferde kann sie sprechen, Louise. Manchmal bist du ein richtiges Ekel.»

Inmitten von Spitzenschlüpfern – rosa, gelb, weiß und aufreizend schwarz –, gerieten sich Louise und Juts in die Haare. Die Kundinnen in der Wäscheabteilung sahen sich die unverhoffte Vorstellung an.

«Ekel? Ekel? Wer ist denn mit geliehenen Benzingutscheinen den weiten Weg in das dreckige Pittsburgh gefahren, um dein Baby zu holen? Wer hat sich mit Chester beim Fahren abgewechselt? Du hast einen Kurzschluss in der Birne! Du verstehst überhaupt nichts von Mutterschaft.»

«Halt die Klappe», sagte Juts drohend.

«Außerdem hättest du Rillma Ryan nie, niemals erlauben dürfen, das Kind zu sehen!»

«Sag mir nicht immer, was ich zu tun habe.» Juts schlug sie mit einem Büstenhalter.

«Redefreiheit – wir sind hier in Amerika.»

«Verdammt nochmal, Wheezie, halt den Mund.»

Wheezie warf den Kopf zurück, als ihr der nächste BH ins Gesicht flog. «Du versuchst, mich meiner bürgerlichen Rechte zu berauben.»

«Nein, ich versuche, dir das Maul zu stopfen! Ich hab dich satt.»

Louise schnappte sich eine Hand voll Schlüpfer und lud sie auf Juts' Kopf ab. Einer blieb an ihrem Ohr hängen. Damenwäsche schwebte herab wie kleine seidene Fallschirme. Der Abteilungsleiter, ein gezierter Affe in braunem Anzug, kam durch den Gang gestürmt.

«Meine Damen, meine Damen.»

«Halten Sie sich da raus.» Juts warf einen Büstenhalter nach ihm.

Er zog ihn sich vom Gesicht; sein Ehering fing eine Sekunde lang das Licht der Deckenbeleuchtung ein. Verkäufer verließen ihre Posten, um ihm beizustehen. Mittlerweile hatte sich eine Menschenmenge versammelt, und Frauen lasen die seidenen Prachtstücke auf. Die meisten in der Absicht, sie zu bezahlen. Einige nicht.

Man riss die zwei Schwestern auseinander und beförderte sie auf die Straße. Ein rosa Schlüpfer hatte sich zwischen den beiden oberen Knöpfen von Louises Bluse eingenistet. Sie stürmte die Straße hinunter.

«Diebin!» Juts zeigte auf das rosa Requisit.

Louise blieb stehen, entdeckte den Schlüpfer und kehrte

um. Sie öffnete die Eingangstür zum Kaufhaus, ließ ihn huldvoll auf den Boden fallen und steuerte dann über den Platz auf die George Street zu.

«Du findest ja wohl allein nach Hause.»

Juts, hochrot im Gesicht, lief hinter ihr her. «Blechquasselstrippe!»

«Sei nicht so kindisch.»

Ein vertrautes, wenn auch runder gewordenes Gesicht lächelte sie an. Bunny Von Bonhurst kam den Schwestern auf dem Bürgersteig entgegen und winkte ihnen zu.

«Bunny.» Louise schaltete den Gesellschaftsgang ein und rang sich ein Lächeln ab. «Ich habe dich Jahre nicht gesehen.»

Bunny, in einem schicken beigen Kostüm, umarmte Louise und dann Julia. «Ich bin aus Salisbury gekommen, um Rollie und die Kinder zu besuchen.» Rollie war ihr Sohn. «Wie geht's euch denn so?»

«Ich kann nicht klagen», sagte Louise, die ständig klagte.

«Du siehst gut aus», log Juts; sie fand Bunny Von Burnhurst fett wie eine Zecke.

«Wie ich höre, bist du jetzt Mutter.»

«Ja, sie ist ein Quälgeist.»

«Das sind sie alle.» Bunny lachte herzhaft. «Sagt mal, ich hab an euch gedacht im Krieg, als ich in der Zeitung den Artikel über die deutschen Flugzeuge las. Ihr müsst Todesängste ausgestanden haben.»

«Allerdings», erwiderte Louise wahrheitsgemäß, und sie lächelte, als die daran zurückdachte.

«Das war vielleicht eine Nacht.» Juts beschloss, Louise die Hölle heiß zu machen. «Louise hatte das Fernglas, und wir haben was gehört. Natürlich dachten wir nicht im

Traum daran, dass es der Feind sein könnte, obwohl wir ausgebildet waren, nach ihm Ausschau zu halten. Jedenfalls haben sich dicke Wolken am Himmel gewälzt, und dann sah Louise sie in V-Formation direkt auf uns zukommen. Mir ist fast das Herz stehen geblieben.»

Louise ging es jetzt ebenso, denn sie war überzeugt, dass ihre wütende Schwester sie mit einem ungeschminkten Bericht bloßstellen würde. «Aber Julia. Bunny will bestimmt nicht alle Einzelheiten hören.»

«O doch!»

«Hm» – Julia leckte sich die Lippen – «Wheezie schrie ‹Deutsche›, und ich hab den großen Scheinwerfer auf die Flugzeuge geschwenkt, aber die waren sehr weit oben. Wheezie hat die Sirene gekurbelt. Es war mitten in der Nacht. Die Leute kamen aus ihren Häusern gerannt; Caesura Frothingham, du erinnerst dich an sie …» Als Bunny nickte, fuhr Juts fort: «… hat so laut gebrüllt, dass sie Tote hätte aufwecken können: ‹Die bringen uns um!›, dann ist sie wie ein kopfloses Huhn rumgerannt, bis sie sich schließlich unter ihrem Auto verkroch. Als ob das was genützt hätte. Und …»

«Julia, wirklich.» Louise sah demonstrativ auf ihre Armbanduhr. «Bunny, es war so schön, dich mal wieder zu sehen.»

«Weißt du, das Seltsame mit diesen Deutschen war, dass sie plötzlich verschwanden. Die Wolken müssen weiter westlich wohl doch dichter gewesen sein, oder vielleicht sind sie umgekehrt und zum Meer zurückgeflogen.» Juts grinste Louise hämisch an, dann schenkte sie Bunny ein reizendes Lächeln.

«Pearlie war fest überzeugt, dass sie aus Neufundland kamen», sagte Louise abgehackt.

«Das ist aber weit weg.» Bunny runzelte die Stirn.

«Sie haben keine Flugzeugträger», rieb Juts ihr unter die Nase.

«Sie hätten sich einen von den Japanern leihen können. Immerhin standen sie auf der selben Seite.» Louise erdolchte sie mit ihrem Blick.

«Ja, die waren schwer auf Achse.»

Bunny kicherte. «Juts, du änderst dich nie.»

«Leider.» Louise lächelte steif. «Immer noch die böse kleine Schwester.» Sie nahm Julia am Arm, schob sie die Straße hinunter und rief Bunny über die Schulter zu: «Komm uns doch mal besuchen. Wir haben uns so lange nicht gesehen.»

Bunny winkte. «Mach ich.»

Als sie außer Hörweite waren, zischte Louise: «Wenn du noch einmal auch nur darauf anspielst, was damals in der Nacht passiert ist, schneid ich dir die Kehle durch.»

«Dann sei mal lieber sehr nett zu mir.»

«Ich bin nett zu dir. Ich versuche, eine kommende Katastrophe zu verhindern.»

«Wenn ich deinen Rat wünsche, werde ich dich darum bitten. Andererseits» – das hämische Grinsen erschien wieder – «bist du meine große Schwester. Dein Geburtstag steht vor der Tür, und du wirst bald fünfzig.»

«Werd ich nicht!»

«Stimmt, ich vergaß. Du bist 1901 geboren. Du wirst erst neunundvierzig. Da werden wir wohl noch ein Jahr auf den großen Tag warten müssen.»

«Ich bin nicht neunundvierzig.»

«Das ist aber komisch, Wheezie, denn ich bin fünfundvierzig.»

«Du warst nie gut in Mathematik.»

Sie fuhren schweigend nach Hause. Louise war gewarnt und wollte Julia nicht noch mehr provozieren, und sie war immer noch so wütend, dass sie nicht wagte, den Mund aufzumachen. Juts summte auf dem ganzen Heimweg, unterbrach ihre musikalische Träumerei nur, wenn sie auf der Route 116 an Vertrautem vorbeikamen. Sie genoss es, Louise in der Hand zu haben. Sie ließ sie sogar in Spring Grove anhalten, um sich eine Cola zu kaufen, weil sie wusste, dass der Gestank von der nahe gelegenen Papierfabrik Louise den Magen umdrehen würde.

Als Wheezie in Juts' Einfahrt anhielt, sprang Juts aus dem Auto, schnappte sich ein paar Päckchen und sagte: «Ich habe eine neue Devise – ‹Sag die Wahrheit und mach dich davon.› Neunundvierzig!» Sie schloss den Wagenschlag und flitzte zum Haus.

67

ALLE, DIE AUF LOUISES GEBURTSTAGSFEIER eingeladen waren, mussten die Illusion aufrechterhalten, dass sie knapp die vierzig überschritten hatte.

Nickel, die Feste aller Art liebte, stand an der Tür und nahm die Mäntel entgegen. Sie warf sie auf das Bett in Louises Schlafzimmer. Als der Haufen zu groß wurde, warf sie die Mäntel auf Doodlebugs Bett, weil sie dachte, auf das Bett käme es an. Das einzig Dumme dabei war, dass Ramelle Chalfontes Nerzmantel Flöhe bekam.

Extra Billy und Mary betätigten sich als Barkeeper und Bedienung. Mary reichte Tabletts mit Horsd'œuvres herum. Sie fasste es nicht, dass Menschen so viel essen und trinken konnten.

Lillian Yost begrüßte Juts. «Was sagst du zu Natalie Bitters?» Natalie war Billys Großtante. «Eine Bärenkonstitution, und dann – mir nichts, dir nichts hinüber.»

«Popeye Huffstetler hat die Todesanzeige verfasst. Er schrieb: ‹Natalie Bitters hat in den liebenden Armen Jesu die ewige Ruhe gefunden.›» Juts kicherte. «Das war gelogen. Nicht mal Jesus würde diese Zicke wollen.»

Wäre Juts umsichtiger gewesen, hätte sie gesehen, dass Natalie Bitters' einzige Freundin in diesem Leben, Samantha Dingledine, hinter ihr stand.

«Wie kannst du so etwas sagen?»

«Sie war ungefähr so attraktiv wie Ziegenködel», erwiderte Juts, die dem Alkohol kräftig zugesprochen hatte, während sie bei den Vorbereitungen für das Fest half.

«Ich gehe!» Samantha schob sich zur Tür.

Louise, die Samantha nicht verprellen wollte, weil sie ein großes Haus zu streichen und Pearlie sich um den Auftrag bemüht hatte, eilte zu ihr. «Hör nicht auf Juts. Sie hat weniger Verstand, als Gott einer Gans gegeben hat.»

«Gans oder Gänsen?» Juts kniff die Augen zusammen.

Louise, der die Anspielung nicht entging, legte ihren Arm um Samanthas Schultern und zwinkerte dabei Juts zu, in der Hoffnung, sie dadurch zu ihrer Verbündeten zu machen. «Feind hört mit.»

«Meinst du mich oder deine Schwester?»

«Entschuldige, Samantha. Das sagen Juts und ich immer, um uns gegenseitig zu beruhigen.»

Als Louise zur Bowleschüssel kam, leerte Nickel dort gerade ein Glas Bowle.

«Stell das Glas hin, du kleine Säuferin.»

«Hm?» Erschrocken sah Nicky ihre Tante an, deren roter Lippenstift leicht verschmiert war.

Louise riss Nickel das Glas aus der Hand. Juts schritt ein. «Wheezie, sie wusste nicht, dass es eine Schüssel für Kinder und eine für Erwachsene gibt.»

«Du könntest mal versuchen, sie zu erziehen.»

Nickel lauschte dieser Auseinandersetzung, während Samantha Dingledine sich zurückzog. Dann tauchte sie geschwind ein neues Glas in die Bowle, die ihr ausgezeichnet schmeckte.

«Ich erziehe sie ja!»

Louise entging der zweite Vorstoß auf die Bowle nicht. Sie packte Nickel am Handgelenk. «Wag es nicht, die Bowle zu trinken.»

«Lass sie in Ruhe.» Juts schlug Louise so fest auf den Rücken, dass ihre falschen Zähne in die Schüssel flogen.

Louise konnte nicht schreien, weil dann alle gemerkt hätten, dass sie keine Zähne hatte. Sie hoffte, dass niemand das Gebiss hatte herausfliegen sehen, aber natürlich hatten es viele beobachtet. Sie fischte in der Schüssel umher.

Nickel hielt dies für ein lustiges Angelspiel, also tauchte sie ihre Hand ebenfalls in die Schüssel. Ihre flinken Finger fanden die Prothese.

«Hier, deine Zähne, Tante Wheezie.»

Louise schloss beide Hände um die dargebotene Beute und zischte durchs Zahnfleisch: «Das sind nicht meine Zähne», und stampfte wütend nach oben.

«Momma, was hab ich falsch gemacht?»

«Gar nichts. Willst du mir helfen, die Schüssel auszuleeren?» Julia nahm die Schüssel, wobei sie darauf achtete, keine Bowle zu verschütten. Sie trug sie in die Küche; Ramelle Chalfonte hielt ihr die Küchentür auf.

Sie schüttete den Inhalt in den Ausguss.

«Momma, warum ist Tante Wheezie böse auf mich?»

«Sie ist brummig, weil sie eine alte Schachtel ist.» Juts schrubbte die Schüssel sauber.

Ramelle trat zu ihnen. «Brauchst du eine helfende Hand?»

«Ja, und einen Fuß», witzelte Juts. «Nicky, schüttelst du bitte mal die Hawaii-Bowle?»

Nickel nahm die große Büchse und schüttelte sie. Ramelle suchte nach einem Büchsenöffner oder Dosendorn.

«Da ist er ja.» Sie stieß zwei sich gegenüberliegende Löcher in die Büchse. «Ich glaube, wir brauchen zwei davon. Nickel, kannst du noch eine schütteln?»

«Okay.» Während Nickel die blaue Büchse kräftig schüttelte, fragte sie: «Der wievielte Geburtstag ist heute?»

«Laut Louise oder tatsächlich?» Juts bremste sich. «Ganz egal, Herzchen. Tante Louise ist neununddreißig. Sie ist ganz oft neununddreißig geworden. Sie wird noch neununddreißig sein, wenn du neununddreißig bist.»

Nickel, die den Sarkasmus ihrer Mutter nicht mitbekam, stellte die Büchse neben die Bowlenschüssel. Sie sah zu, wie Juts eine Flasche billigen Wodka hineinschüttete. Als Juts sich umdrehte, um sich die Hände an einem rotweißen Geschirrtuch abzuwischen, schüttete Nickel eine zweite Flasche hinein. Ramelle wollte etwas sagen, besann sich jedoch und kicherte hinter vorgehaltener Hand.

Die Frauen riefen Pearlie herein, damit er die schwere Schüssel hinaustrug.

Danach geriet die Feier in Fahrt.

«He, Wheezie», rief Juts ihr zu, als sie wieder erschien, «auf deinen Geburtstag.» Sie hielt ihr ein Glas hin.

«Du weißt, ich trinke nicht.»

Alles blieb stehen und rief: «Komm schon.»

«Amüsier dich. Du hast Geburtstag.»

«Schön, nur ein Schlückchen.» Louise kippte ihr Glas hinunter. Im Laufe des Abends brauchte sie noch viele Schlückchen.

Millard Yost tanzte eng mit Louise, sehr eng.

Pearlie tippte ihm zum Abklatschen auf die Schulter. Millard wollte nicht loslassen. Pearlie tippte abermals. Musik erfüllte den Raum. Millard wollte immer noch nicht loslassen. Daraufhin zog Pearlie ihn von Louise weg, doch Millard, der der Bowle reichlich zugesprochen hatte, streckte die Arme nach seiner Partnerin aus und packte, vielleicht nicht unabsichtlich, ihre Brüste. Pearlie holte aus und streckte ihn mit einem Fausthieb nieder.

Lillian, über das Benehmen ihres Mannes erbost, stand über seiner reglosen Gestalt. «Ihr könnt ihn behalten, ich geh nach Hause.» Sie stürmte aus dem Haus und knallte die Tür hinter sich zu.

Chessy, der ebenfalls ein bisschen beschwipst war, sagte: «Schaffen wir ihn hier raus, Jungs.»

Die Männer hoben Millard hoch und legten ihn in Maizies altes Schlafzimmer.

Nickel, die länger auf war als sonst, zupfte ihre Mutter am Kleid. «Momma, was hat Mr. Yost?»

«Er ist besoffen.»

«Warum wollte er Tante Wheezie nicht loslassen?»

«Ah ...» Juts überlegte kurz, dann wiederholte sie etwas, das Celeste immer gesagt hatte: «Die Bande der Ehe sind so schwer, dass es zwei, manchmal drei braucht, um sie zu tragen.»

Nickel legte sich oben neben Doodlebug schlafen, beide auf dem Nerzmantel ausgestreckt. Zuvor jedoch verkündete sie allen, die es hören wollten, dass sie niemals heiraten würde.

Derweil schleppte Louise Juts in die Küche. Beide waren wacklig auf den Beinen.

«Julia, du darfst keine Witze über mein Alter machen.»

«Ich hab heute Abend keinen einzigen Witz gemacht.»

«Ich trau dir nicht.»

«Ich bin deine Schwester.»

«Eben.» Louise verschränkte die Arme. «Du musst nämlich bedenken, dass wir täglich acht Stunden schlafen.»

«Und?»

«Acht ist ein Drittel von vierundzwanzig, stimmt's?»

«Stimmt.»

«Ich tu nichts, wenn ich schlafe. Mein Körper und mein Geist ruhen.»

«Stimmt.» Juts lehnte sich gegen die Anrichte, froh über den Halt.

«Also lebe ich in diesen acht Stunden nicht richtig, drum können sie nicht zu meinem Alter zählen. Man kann nur die Stunden zählen, in denen man weiß, was man tut. Ich bin zwei Drittel so alt wie in den Papieren. Verstehst du?»

«Ja.» Juts war verwirrt, aber es klang plausibel.

«Also, Julia, bin ich in Wirklichkeit erst zweiunddreißigkommadrei Jahre alt, aber das kann ich nicht sagen, weil es für die anderen zu schwer zu begreifen ist. Darum sag ich einfach, ich bin neununddreißig. Wenn mein Alter die neununddreißig einholt, bin ich erst wirklich neununddreißig, denn bis dahin sind es ja noch sechs Jahre. Ich weiß, was ich tue. Du solltest auf mich hören.»

68

DER SOMMER 1950 MIT SEINEM BLASSBLAUEN HIMMEL und der niedrigen Luftfeuchtigkeit bildete einen herrlichen Kontrast zu den üblichen Sommern. Wenn es mal schwül wurde, setzten sich die Leute mit Fächern auf ihre Veranden; alte Männer mit Panamahüten fanden sich auf dem Platz ein, wo sie sich im kühlenden Schatten der Bäume niederließen.

Juts schlenderte mit Nicky, die lustlos hinter ihr herzockelte, durch den Park. Anders als ihre Schwester, die gern große blumenreiche Hutkreationen trug, ging Juts barhäuptig. Dies bot ihr ausgiebig Gelegenheit zu beweisen, dass sie nicht ein einziges graues Haar hatte. Sie war stolz darauf, zumal sie nicht auf Färbemittel zurückgriff, und doppelt stolz, da sich an Louises spitzem Haaransatz ein auffälliger Silberstreif zeigte.

Mary Miles Mundis kreuzte in einem nagelneuen Cadillac vorüber, der so breit war, dass er beide Fahrbahnen einnahm. Sie winkte, was ihren Unterarm zum Wabbeln brachte. Das fetter werdende Bankkonto der Familie hatte auch Mary Miles Fett ansetzen lassen.

«Momma, wann wird Mrs. Mundis' Schwimmbecken fertig?»

«Bald.»

«Lässt sie Kinder rein?»

«Nur brave Kinder.»

Nickel blinzelte ihre Mutter misstrauisch an, kniff die Lippen zusammen und knallte mit einer imaginären Peitsche.

Juts meinte nur: «Du hast zu viele Lash-LaRue-Filme gesehen.»

Lash LaRue, ein beliebter, stets schwarz gekleideter Cowboyheld, konnte mit seiner Peitsche einem Gegner die Zigarette aus dem Mund schlagen.

«Momma, stimmt es, dass du Daddy ein Hundefuttersandwich gegeben hast?»

«Wo hast du das denn gehört?» Juts' graue Augen leuchteten. «Hat dir das meine werte Schwester erzählt?»

Nickel hatte längst gelernt, dass Herausforderung die beste Methode war, um etwas aus ihrer Mutter herauszukitzeln. «Weiß ich nicht mehr.»

«Du weißt es ganz genau, du kleines Biest, du hast ein messerscharfes Gedächtnis. Wenn du mir jetzt nicht sagst, wer dir das erzählt hat, darfst du nicht mit zu Mrs. Mundis' Pool-Party.»

Das saß. «Tante Wheezer.»

«Tante Wheezer was?»

«Tante Wheezer hat gesagt, du warst wütend auf Daddy und hast ihm ein Hundefuttersandwich mit Senf und Gurken und Salat gegeben.»

«Ich habe nichts dergleichen getan.» Sie gelangten zum Konföderiertendenkmal für die ruhmreichen Toten der unbefleckten Niederlage. «Es war Katzenfutter.»

Nicky prustete los. «Momma!»

«Er hat den Unterschied nicht geschmeckt.» Julia überlegte kurz. «Herzelchen, lass dir von mir einen Rat geben, der dir im Moment vielleicht nicht viel bedeutet, aber später wirst du mir dafür dankbar sein. Dein Vater hätte was viel Schlimmeres verdient gehabt als ein Katzenfuttersandwich, aber das ist Jahre her.» Sie sah zu Epsteins Juweliergeschäft auf und dachte bei sich, obwohl es vor Jahren passiert war, ging es nie vorbei. «Wenn es Hoden oder Räder hat, ist Ärger vorprogrammiert.»

Da Nicky sich viel im Pferdestall aufhielt, wusste sie, was Hoden waren. «Oh», gab sie zur Antwort. Sie erspähte Louise, die mit zwei Einkaufstüten beladen aus dem Bon-Ton kam und den Platz überquerte. «Tante Wheezie!» Sie hüpfte über den schattigen Fußweg, um ihre Tante zu begrüßen, die sie fast immer gern hatte.

Juts trat zu ihnen. «Was hast du da drin?»

«Dies und das.»

«Ich wette, alles da drin ist nützlich und du hast Jahre gewartet, um es zu erstehen.»

«Fang bloß nicht so an», warnte Louise. «Wollen wir uns nicht einen Moment setzen?»

«Nicht auf der Nordseite. Lass uns rübergehen.» Juts ging ein paar Schritte zurück und ließ sich auf eine hübsche schmiedeeiserne Bank plumpsen. Hast du Mary Miles Mundis' nagelneuen, soll heißen, zwei Minuten alten, Cadillac gesehen?»

«Ich hatte noch nicht das Vergnügen.»

«Du brauchst bloß ein paar Minuten zu warten, denn sie kreuzt durch die Stadt. Sie dürfte jeden Moment wieder den Platz passieren.»

«Er ist rot», warf Nickel ein.

«Ein roter Cadillac.» Louise seufzte. «Muss toll sein. Harold verdient das Geld, und Mary Miles gibt es aus.»

«Man kann es nicht mit ins Grab nehmen.»

«Nickel, hör nicht auf deine Mutter. Das Geld rinnt ihr durch die Finger. Man muss sparen.»

«Ja, Tante Louise.» Nickel baumelte mit den Beinen, weil sie nicht bis auf den Boden reichten. Die schmiedeeiserne Bank war kalt unter ihrem Hintern.

«Wieso hast du meinem Kind erzählt, ich hätte Chessy ein Katzenfuttersandwich zu essen gegeben?»

«Ich dachte, es war Hundefutter.»

«Das tut nichts zur Sache.»

«Ich weiß nicht», wich Louise aus. «Ist mir so eingefallen.»

«Deswegen brauchte es dir noch lange nicht aus dem Mund zu fallen.»

Louise wurde vor weiteren Rechtfertigungen bewahrt, als sie den roten Cadillac erblickte, der am Emmitsburg Pike anhielt, ein Farbklecks zwischen dem feierlichen Weiß der beiden Rathäuser.

«Sie sollte lieber der Kirche Geld spenden.»

«Einen Scheiß sollte sie.»

«Deine Mutter beliebt sich unfein auszudrücken», bemerkte Louise trocken.

«Du bist natürlich so voll der Milch der frommen Denkungsart, dass du muhst. Kein schlimmes Wort entschlüpft deinen vollkommenen Lippen.»

«Ich hatte in dieser Bon-Ton-Tüte was für dich. Jetzt behalte ich es selbst.» Louise verschränkte die Arme.

«Was?»

«Ich beschenke doch niemanden, der mich beleidigt. Meine eigene Schwester!»

«Dafür sind Schwestern da.» Julia lächelte. «Da kommt sie. Ich glaube, sie hat den Schalldämpfer ausbauen lassen.»

Sie lauschten, als das tiefe Brummen des großen V-8-Motors den Platz erfüllte. Selbst die Vögel verstummten.

«Kannst du dir vorstellen, so viel Geld zu haben?»

«Ja.» Juts blickte ganz verträumt. Sie kam auf die Einkaufstüte zurück. «Was hast du mir gekauft?»

«Pfoten weg!» Louise schlug Juts auf die Hand. Sie griff hinein und zog einen Eierschneider heraus, ein kleines mit

Drähten bespanntes Gerät, das wie eine Miniaturharfe aussah.

«He, kann ich gut gebrauchen. Danke.» Juts küsste ihre Schwester auf die Wange, sachte, um ja keinen Lippenstift zu hinterlassen.

Nickel rutschte voller Erwartung näher an ihre Tante heran.

«Und das ist für dich.» Louise brachte ein Cowboy-Halstuch zum Vorschein.

«Toll!» Nickel rollte es sogleich zusammen und band es sich um den Hals. «Danke, Tante Wheezie.»

«Sag ‹vielen Dank›. ‹Danke› ist unhöflich.» Juts wies mit dem Finger auf das Kind.

«Vielen Dank, Tante Louise.»

«Gern geschehen.»

Mary Miles kurvte um den Platz.

«Was glaubst du, wie viel Sprit das Ding verbraucht?» Juts blies Rauch aus.

«Zum Glück gibt es auf der Baltimore Street eine Tankstelle.» Louise sah dem Wagen sehnsuchtsvoll nach. «Ach, übrigens, dass ich's nicht vergesse. Die Pool-Party steigt diesen Samstag. Alle sind eingeladen.»

«Peepbean auch?», fragte Nickel.

«Alle.»

«Grandma Smith?»

«Die auch», erwiderte Louise.

«Ich kann's nicht erwarten, den Fettkloß im Badeanzug zu sehen», sagte Juts.

«Juts, Josephine Smith wird niemals einen Badeanzug anziehen. Sie wird unter einem Sonnenschirm sitzen. Sie wird sich über die Hitze beklagen, auch wenn's ein Tag wie heute ist. Sie wird Rup laut zurufen, er soll ihr einen

Limonadencocktail bringen, dabei weiß ich ganz genau, dass es ein Gincocktail sein wird. Nach einer Stunde wird sie sich langweilen und sich von Rup nach Hause bringen lassen. Oder besser noch, sie wird sich von Chessy fahren lassen.»

«Ist vielleicht ganz gut so. Ein Zelt wäre gerade groß genug für sie.»

Die Pool-Party, mit idealem Wetter gesegnet, zog die ganze Stadt an. Niemand wollte sie versäumen. Und wie Louise vorausgesagt hatte, ruhte Josephine Smith unter einer großen Eiche, fächelte sich, trank einen Cocktail, die Füße auf einem kleinen Kissen, das der aufmerksame Gastgeber ihr gebracht hatte.

Weil der Sommer eben erst anfing, waren alle kreidebleich, was manche Gäste dicker aussehen ließ, als sie waren. Mary Miles hatte ein paar Pfund zugelegt, aber ihre Körperfülle war wenigstens gut proportioniert. Zudem hatte ihr Badeanzug ein Röckchen.

Juts, deren schöne Figur immer noch straff war, spritzte und planschte herum. Auch Louise war gut in Form. Juts konnte sich ihr gegenüber eine boshafte Bemerkung über Trudy Epstein nicht verkneifen, die jetzt ein kleines Bäuchlein vor sich hertrug.

Juts hatte gewusst, dass die Epsteins kommen würden. Immerhin war praktisch die ganze Gegend eingeladen. Wenn sie nicht mit Trudy zusammentreffen wollte, hätte sich Juts weigern können, hinzugehen. Das hätte sie aber natürlich nie getan. Schließlich wollte sie der Mittelpunkt der Party sein.

Nickel spielte mit den anderen Kindern. Sie und Peepbean bespuckten sich gegenseitig. Er rang sie nieder. Obwohl sie nur halb so groß war wie er, sprang sie auf und boxte ihn mit der ganzen Kraft ihrer Fäuste in die Seite. O. B. schritt ein, bevor weiterer Schaden angerichtet werden konnte.

«Das reicht. Man schlägt keine Mädchen.»

Peepbean rieb sich die Augen, um die Tränen zu verbergen, und bemerkte: «Sie ist kein Mädchen. Sie ist eine dumme Sau.»

O. B. zog ihm die Ohren lang. «Halt die Klappe!»

Nickel sah mit sichtlicher Genugtuung zu.

Jackson Frost, fast zwei Jahre älter als die fünfeinhalbjährige Nickel, legte ihr seinen Arm um die Schultern. «Komm, wir holen uns ein Eis.»

Mary Miles und Harold hatten die Tische mit Hot Dogs, Hamburgern, Kartoffelsalat, Krautsalat, weißen Bohnen in Tomatensauce, Salat aus drei Sorten Bohnen, Soleiern, kaltem Schinken und Brathühnern beladen. Auf dem Tisch mit den Süßspeisen standen große Wannen mit Speiseeis, das ringsum in Trockeneis gepackt war, die begehrteste Sorte Schokoriegel und Erdnussklümpchen, die Mrs. Anstein eigens für diesen Anlass zubereitet hatte.

Louise ließ sich auf einer großen Luftmatratze nieder. Sie paddelte mit beiden Händen.

Juts schwamm zu ihr. «Lass mich auch rauf.»

«Kein Platz.»

«Geh schwimmen und überlass mir die Matratze für eine Weile.»

«Nein. Ich will meine Haare nicht nass machen. Ich war heute bei Pierre, und sie sind genau, wie ich sie haben will.»

«Dies ist eine Pool-Party.»

«Das heißt nicht, dass ich schwimmen muss.» Louise schloss die Augen. «Lass mich einfach hier herumtreiben.

Du weißt, wie viele Chemikalien in diesen Pools sind. Meine Haare könnten sich komisch verfärben.»

Nickel beobachtete, wie ihre Mutter unter die Matratze tauchte und sie umkippte. Louise kam prustend an die Oberfläche, während Juts davonschwamm.

«Deine Mutter ist gemein.» Peepbean hatte sich an Nickel herangeschlichen.

«Sei still», warnte Jackson ihn.

«Sei du doch still.»

«Peepbean, du bist ’ne olle Laus.» Nickel wandte sich von ihm ab, um die Szene im Pool zu beobachten. Sie trug ihre roten Cowboystiefel, ihren Badeanzug und ihr Halstuch. Juts hatte ihr mühevoll klarzumachen versucht, dass dies nicht der richtige Aufzug für eine Pool-Party war, aber Nicky wollte weder auf die Stiefel noch auf das Halstuch verzichten.

«Ich kann nicht schwimmen!», brüllte Louise.

Mrs. Mundis drehte das Radio auf, vermutlich nicht, um Louises Schreie zu übertönen. Sie wollte nur die Musik lauter haben, und sie schenkte dem Drama in ihrem Schwimmbecken kaum Beachtung.

Nickel lief zu Chessy. «Daddy, Tante Wheezie übernimmt Wasser.» Nickel hatte den Ausdruck von einem der vielen Veteranen aufgeschnappt.

«Juts!», rief Chessy seiner Frau zu, die ihre Schwester demonstrativ nicht beachtete.

«Ich sacke ab!», jammerte Louise.

«Ich rette dich.» Nickel sprang ins Wasser, mit Stiefeln und allem drum und dran und ging unter wie ein Stein. Gleich darauf tauchte der Lockenkopf an der Oberfläche auf. Sie paddelte wie ein Hund zu ihrer Tante.

«Ich ertrinke!»

«Nicht schnell genug.» Juts sah, dass ihre Schwester nicht spaßte. Schlimmer noch, ihre Haare wurden nass.

Juts schob einen Arm unter den Rücken ihrer Schwester und hievte sie hoch. «Tritt mit den Beinen. Nicht mich, verflixt nochmal», sagte Juts, als sie einen Schlag an ihrem Schenkel spürte. Sie bugsierte die strampelnde Louise zur Luftmatratze.

Kaum hatte Louise die Seite der Matratze gepackt, bespuckte sie Juts mit Wasser. «Du hast mich runtergeschubst.»

«Tut mir Leid.»

«Von wegen!»

Ein kurzes Japsen von Nickel schreckte Juts und Chessy auf.

«Daddy, meine Beine sind müde.» Das waren sie allerdings. «In Cowboystiefeln kann man nicht so gut schwimmen.»

Chessy sprang kopfüber hinein, dass das Wasser zu allen Seiten spritzte, und packte sein Kind. Sie legte die Arme um seinen Hals. «Schätzelchen, Daddy hält dich.»

«Ich kann schwimmen, ich kann richtig schwimmen.»

«Ich weiß, ich weiß.» Er klopfte ihr auf den Rücken. «Aber mit Cowboystiefeln ist es keine gute Idee.»

«Alles in Ordnung mit ihr?», rief Juts.

«Ja.»

«Aber mit mir nicht!» Louise paddelte an den Beckenrand.

Unterdessen waren die Partygäste aufmerksam geworden.

Louise kletterte aus dem Wasser und sank schwer atmend auf die Beckenmauer. «Sie will mich umbringen. Sie will meine Hälfte vom Erbteil.»

Julia ging nicht darauf ein, was die immer noch nach Luft schnappende Louise noch mehr erzürnte.

Pearlie schob sich durch die Menschenmenge zu Louise vor und stand ihr bei. Auch Mary kam zu ihrer Mutter.

Peepbean lauerte Nickel am Süßspeisentisch auf. «Blöde Henne.»

Nickel zuckte die Achseln. Da Peepbean soeben eine Bemerkung über Nickels Herkunft mit angehört hatte, kam er sich mächtig stark vor. Sie huschte an ihm vorbei. Er folgte ihrer Wasserspur.

«Blöd. Du bist ein blöder Bankert.»

Nickel wusste nicht genau, was «Bankert» bedeutete, nur, dass es kein schönes Wort war. «Sei still, Peepbean.»

«Du hältst dich für so schlau, aber du bist ein blöder Bankert.»

Extra Billy Bitters, der unmittelbar hinter Peepbean stand, hatte es gehört. Er wollte nicht, dass dieses Gespräch eskalierte. «Peepbean.»

Peepbean dreht sich um und sah den blonden Mann hinter sich aufragen. «Ja, Sir?»

«Zeit, dass du schwimmen gehst.»

«Ja, Sir.» Peepbean lief zum Becken und rutschte hinein.

Extra Billy ging zu O. B., berichtete ihm, was er gehört hatte und bat O. B., Peepbean einen väterlichen Rat zu erteilen. O. B., ohnehin unzufrieden mit seinem Sprössling, wurde blass. Billy klopfte O. B. auf die schmale Schulter. «Es ist bloß … das Kind soll es nicht wissen – jedenfalls noch nicht.»

O. B. nickte. «Von Kirk wird sie es nicht erfahren.» O. B. benutzte den Vornamen seines Sohnes nur selten.

Unterdessen wickelte Nickel hingebungsvoll Baby-Ruth-Schokoriegel aus. Die meisten Erwachsenen befassten sich noch mit Louise. Nicky warf die Schokoriegel ins Wasser.

«Schatz», brüllte Harold Mundis, während Peepbean seine Runden schwamm. «Da ist Scheiße im Pool.»

«Harry, das kann nicht sein. Keiner hatte Zeit dazu.»

Unbeirrt von dieser Weisheit deutete Harold auf die anstößigen Schokoriegel. «Scheiße schwimmt.»

«Ihr braucht mich gar nicht so anzugucken», schrie Louise. Ihre Lungen hatten sich von der Strapaze erholt. «Ich hatte Angst, aber nicht solche Angst.»

Juts, die von schwesterlicher Liebe triefte und diesen Augenblick genoss, gurrte: «Ganz ruhig, Louise, Angst wirkt sich bei vielen Leuten so aus.»

«Ich habe nicht in Mary Miles' Pool gemacht!» Louise setzte sich aufrecht, ihre Augen funkelten.

«Aber jemand hat's getan», bemerkte Harry, der kein feinfühliger Mensch war.

Nickel rief: «Peepbean Huffstetler.»

Just in diesem Moment tauchte Peepbean auf, der unter Wasser geschwommen war. Er wollte damit protzen, wie weit er tauchen konnte. Aller Augen ruhten auf ihm. Er lächelte, hielt sich die Nase zu, machte eine Rollwende und verschwand wieder. Als er diesmal auftauchte, schaukelte ein Schokoriegel in Augenhöhe auf ihn zu.

«Igitt.» Er schob Wasser zu dem Riegel, der daraufhin forttrieb, dafür jedoch hielten mehrere andere auf den Jungen zu, lauter kleine braune Torpedos. Er schrie, spritzte Wasser nach allen Seiten und schwamm zum Beckenrand. Er kletterte hinaus, und alle starrten ihn an. Sie waren zu höflich, um mit dem Finger auf ihn zu zeigen, doch alle Anwesenden wussten, dass Peepbean Huffstetler in den Pool gekackt hatte.

69

CHESSYS BEINE GLÜHTEN HINTEN WINDELWUNDROSA, weil sie zu viel Sonne abgekriegt hatten. Er zuckte zusammen, als er an diesem Abend unter die Bettdecke schlüpfte.

Yoyo, die sich am Fußende des Bettes lümmelte, spürte sein Unbehagen. Sie erhob sich, streckte sich, tappte übers Bett und legte sich neben seine Hand. Er streichelte das Tier.

Juts kam mit einem Tiegel Wundsalbe aus dem Badezimmer. «Dreh dich um.»

«Ich glaub nicht, dass das auch nur das kleinste bisschen hilft.»

«Das Menthol wird dir gut tun. Komm schon.»

Er drehte sich um, und sie schlug die Bettdecke zurück. Yoyo rutschte zum Kissen vor, um besser sehen zu können.

«Weißt du, was Extra Billy mir erzählt hat? Fast hätte ich's vergessen.» Er zuckte zusammen, als der erste weiße Salbenklacks seine Wade berührte. «Er hat mir erzählt, Peepbean Huffstetler hat Nickel einen Bankert genannt. Er hat O. B. deswegen zur Rede gestellt.»

«Der Junge tickt nicht richtig.» Juts rieb zu fest.

«Juts ...»

«Verzeihung.»

«Ich finde, wir müssen es Nicky sagen, bevor sie in die Schule kommt. Alle wissen es. Am Ende werden es auch die Kinder wissen, mit denen sie spielt. Ich will nicht, dass sie es von ihnen erfährt.»

«Bis September ist es noch lange hin.»

«Nein, wir haben schon Juni. Die Zeit rennt!»

«Ach, jetzt brauchen wir es ihr noch nicht zu sagen.»

«Wir müssen es tun, bevor die Schule anfängt.»

Juts hielt mit dem Einreiben inne. «Lass sie noch ein Weilchen mein Kind sein.»

Er drehte den Kopf, um sie anzusehen. «Sie ist dein Kind, Juts. Wenn du es ihr nicht sagst, tu ich es.»

Sie hob die Stimme. «Nein, das wirst du nicht.»

«Ich lasse es nicht zu, dass ein Rotzlöffel wie Peepbean …»

Sie unterbrach ihn. «Er nimmt es ihr übel, dass sie so viel besser reitet als er. O. B. beschäftigt sich mehr mit ihr als mit seinem eigenen Sohn.»

«Das Warum schert mich nicht, sondern das Wann.» Er drehte sich um; seine Beine kribbelten. «Wir müssen mit ihr sprechen.»

Juts schraubte den Deckel des kobaltblauen Glastiegels wieder zu. «Hast du das Gefühl, dass sie dein Kind ist?»

Er blinzelte, dann stammelte er: «Sie ist mein Baby, egal wo sie hergekommen ist.»

«Hm.» Juts rieb den bestickten Saum des Bettlakens zwischen linkem Daumen und Zeigefinger. «Ich sehe mich kein bisschen in ihr.»

«Du sollst nicht dich sehen. Du sollst sie sehen.»

«Ich weiß, dass Louise sich selbst sieht, wenn sie Mary anschaut. Maizie sieht aus wie Pearlie.»

«Was hat das Aussehen damit zu tun?»

«Ich weiß nicht. Manchmal sehe ich eine kleine Fremde.»

Er spürte Zorn in sich aufsteigen und schluckte ihn herunter. «Nun ja, Juts, vielleicht sieht sie in uns große Fremde.»

«Schon möglich.»

«Was hast du denn erwartet?»

«Ich weiß nicht. Mehr, nehme ich an. Irgendwas. Sie ist so verflucht selbständig. Ich hatte gedacht, sie würde mich brauchen.»

«Tut sie auch.»

«Nein, Chessy. Sie guckt sich allein um. Sie ist» – ihr fiel kein anderes Wort ein – «selbständig.»

«Gut so. Sieh doch, wie schwer Maizie zu kämpfen hatte, um von ihrer Mutter loszukommen. Wenn sie den Mädchen mehr Freiheit gelassen hätte, wäre es vielleicht nicht so schlimm gekommen, besonders für Maizie.»

«Ich weiß nicht. Ich fand nie, dass Louise sie erdrückt hat.»

«Ich schon.»

«Männer sind anders. Ihr liebt Kinder nicht so wie wir.»

«Julia Ellen, das ist ja wohl das Dümmste, was ich je gehört habe.»

«So, und warum fällt es den Männern dann so leicht, ihre Kinder im Stich zu lassen?»

«Das sind keine richtigen Männer», gab Chessy zurück. «Und du kannst nicht jeden Mann über den gleichen Kamm scheren wie deinen Vater. Nickel ist neugierig auf die Welt und sie hat keine Angst. Überlass sie sich selbst, Juts. Sei froh, dass sie kein Duckmäuser ist.»

«Aber ich glaube nicht, dass es ihr was ausmacht, ob ich ihre Mutter bin oder nicht.»

«Aber natürlich macht es ihr was aus.» Er setzte sich auf und legte seinen Arm um sie. «Sie ist ein Kind. Sie denkt nicht an dich, sie denkt an sich. Kinder wollen nicht egoistisch sein, sie sind es aber.»

«Ich denke immer, irgendwas fehlt.»

«Nichts fehlt. Wirklich. Wir müssen uns mit ihr zusammensetzen, bevor die Schule anfängt, Julia.» Er betonte ihren Namen.

«Louise sagt das Gegenteil. Sie meint, wir sollten es ihr nie erzählen. Wenn doch, würde Nickel sich nicht als unser Kind fühlen.»

«Louise redet Stuss – nett ausgedrückt.»

Juts stellte den Salbentiegel auf den Nachttisch, dann kroch sie auf der anderen Seite ins Bett. Sie drehte sich auf die Seite und sah sich Yoyo in voller Pracht gegenüber. Sie schob sich weiter hinunter, um Chessys Gesicht zu sehen, über das gerade Yoyos Schwanz schnippte.

«Schatz, findest du, dass ich eine gute Mutter bin?»

«Natürlich.»

«Wirklich?»

«Ja.»

Sie wartete ein wenig. «Ich wünschte, Wheezie wäre länger im Wasser geblieben.»

«Hm?»

«Dann hätten alle gedacht, die Baby-Ruth-Riegel wären von ihr.»

«Das Gesicht von Harry Mundis, als er sie herausfischte und sah, dass es Schokoriegel waren ...»

«Und wie Peepbean ums Becken rannte und rief: ‹Ich habe ja gesagt, ich hab nicht in den Pool geschissen.› Himmel, das war ein Bild für die Götter.»

«Hast du dich mal gefragt, wie die Schokoriegel in den Pool kamen?» Er kicherte.

«Nicky. Ich weiß, dass es Nicky war. Wer sonst würde auf so eine Idee kommen?»

Sie brachen in Lachen aus.

Chessy sagte: «Bei dem hat sie endgültig verschissen.»

70

AM NÄCHSTEN MORGEN SCHNITT JUTS ihre Glyzine zurück, die die gesamte vordere Veranda zu überwuchern drohte, als Louise in der Einfahrt bremste, die Autotür zuschlug und die Eingangsstufen hinaufstürmte.

«Wie konntest du?»

«Wie konnte ich was?»

«Du hast mich vor allen Leuten blamiert. Das werde ich nie vergessen. Ich mag dir vergeben, aber vergessen – nie.»

«Ich hätte dein Floß nicht umkippen sollen.» Juts klang zerknirscht. War sie aber nicht.

«Das war noch das Geringste. Ich lag da, die Lungen voll Wasser, rang nach Luft, und dann musste ich mich gegen den Verdacht wehren, ich hätte mich ins Becken entleert.»

«Wheezie, alle wissen, dass du's nicht warst.»

Louises lange schwarze Wimpern klimperten. «Es sah aber eine Weile ganz danach aus. Diese Blamage.»

«Sieh es doch mal so.» Juts klopfte auf die Unterseite eines frischen Päckchens Zigaretten; das Zellophan fühlte sich schön glatt an. «Niemand wird die Party oder dich je vergessen.»

Buster zockelte um die Ecke, sah Wheezie und sprang an ihr hoch, um sich streicheln zu lassen. Nickel sauste hinterdrein.

«Hallo, Tante Wheezie.»

«Was hab ich da gehört, du hast dich mit Peepbean gezankt?»

«Er hat angefangen.»

«Nickel, er ist nicht der Hellste.»

«Hat wohl im Mutterleib nicht genug Sauerstoff gekriegt», fügte Juts hinzu.

Nickel stemmte die Hände in die Hüften. «Peepbean ist 'ne Moosbeere.»

Louise hob die Augenbrauen. «Und was ist eine Moosbeere, wenn ich fragen darf?»

«Ein Popohaar mit Kacke dran.»

«Wo schnappst du nur solche Sachen auf?» Louise war entrüstet. Sogar Juts war sprachlos.

«Jackson Frost hat gesagt, Peepbean ist 'ne Moosbeere. *Ist* er auch.»

«Das mag ja sein, junge Dame, aber ich will das Wort nie wieder aus deinem Munde hören.» Juts wies mit ihrer rot glühenden Zigarette auf Nicky.

«Warum nicht? Momma, er hat mich Bankert genannt, und das ist auch ein schlimmes Wort. Warum muss ich lieb sein? Das ist nicht gerecht.»

Die zwei Schwestern wechselten viel sagende Blicke. Louise machte eine Handbewegung, als wollte sie sagen, «du zuerst».

Juts zog heftig an ihrer Zigarette. «Eine Südstaatenlady vergilt eine Grobheit nicht mit einer anderen. Sie lächelt und geht.»

«Mom!»

Juts hob die Hand. «Ich habe nicht gesagt, dass es leicht ist, aber damit verdienst du dir Respekt auf allen Seiten. Peepbean ist es nicht wert, dass man sich aufregt.»

«Weißt du, was ein Bankert ist?», wagte Louise sich vor.

«Nein, aber es ist ein schlimmes Wort.»

«Wollen wir es nicht dabei belassen?», warf Juts rasch ein.

«Wenn er mich schlägt, schlage ich zurück.» Nickel funkelte ihre Mutter trotzig an.

«Wehren sollst du dich schon.»

«Damit sagst du ihr, sie soll ihn schlagen», murrte Louise.

«Nein, sag ich nicht, aber Kinder sind grausam. Wenn sie nicht zurückschlägt, wird sie windelweich geprügelt.»

«Sie ist nicht sehr groß.»

«Ich bin schon groß, ich kann jemand hauen.» Nickel ballte die Fäuste. «Und Angst habe ich auch keine.»

«Das sieht man.» Louise seufzte. «Ich kann mich bei meinen Mädchen an solche Probleme nicht erinnern.»

«Das waren andere Zeiten.» Juts hatte keine Lust auf einen Vortrag über Louises mädchenhafte Töchter.

«So lange ist das gar nicht her.»

«In Jahren vielleicht nicht, aber sonst schon. Durch den Krieg hat sich alles verändert.»

Louise überlegte eine Weile. «Ja, es ist anders geworden.»

Nickel betrachtete ihre Gesichter. «Wenn ich groß bin, zermalme ich Peepbean zu Pulver.»

«Das ist kaum die richtige Lösung.»

«‹Halte die andere Wange hin.›» Louise zitierte aus der Bibel.

«Nein.»

«Nickel ...» Juts runzelte die Stirn.

«Nein.»

«Es steht in der Bibel.» Louise wiederholte, was Nickel längst wusste.

«Ich bin nicht Jesus.»

«Natürlich nicht, Herzchen, aber du musst danach streben, wie Jesus zu leben.» Louises Stimme triefte von Heiligkeit.

«Nein.»

«Schluss jetzt, Nicky, das reicht», sagte ihre Tante streng.

«Jesus wurde gekreuzigt. Ich will nicht gekreuzigt werden.»

«Jesus starb für unsere Sünden.» Louise war ausgesprochen salbungsvoll.

«Ich hab keine Sünden.»

«Und ob. Wir werden sündig und unrein geboren.»

«Ich geh in die Badewanne.»

Erbost über diese Halsstarrigkeit, redete Louise auf das Kind ein. «Wir werden mit der Erbsünde geboren, Nickel. Das ist das Wort Gottes.»

«Ich habe keine Sünden, und ich halte die andere Wange nicht hin.»

«O Nicky, was würde Jesus denken, wenn er dich hörte?»

Sie starrte ihre Tante an. «Jesus ist nicht hier.»

«‹Sehet, ich bin bei euch allezeit.›» Louises Stimme schwang sich zum Himmel empor.

«Er ist nicht hier! Er schert sich nicht um mich.»

«O doch», stieß Louise erschüttert hervor.

Juts war so platt, dass sie wortlos zusah und lauschte – eine Premiere für sie.

Nickel trat auf ihre Tante zu, bereit, es auch mit ihr aufzunehmen. «Wenn Jesus mich lieb hätte, würde er nicht zulassen, das Peepbean mich ärgert.»

«Er weiß, dass du stark genug bist, um auf dich selbst aufzupassen.» Das war ein kluges Argument von Louise, aber Nickel kaufte es ihr nicht ab.

«Jesus hat Kinder im Krieg sterben lassen.»

«Nicht das schon wieder», flüsterte Juts und hob ihre Stimme. «Nickel, ich verstehe auch nichts von diesen Dingen. Willst du nicht an deiner Seifenkiste weiterbauen? Ja?»

Das Kind warf den beiden einen langen, vorwurfsvollen Blick zu und ging hinaus.

Juts atmete aus. «Herrgott, ich wünschte, sie hätte diese Wochenschau nie gesehen. Es liegt Monate zurück.»

«Die mit dem toten Hund?»

«Und den vielen Waisenkindern. Woran sie sich alles erinnert ...» Juts schüttelte den Kopf.

«Als wir Strümpfe für die GIs strickten, hab ich nicht an die Kinder da drüben gedacht. Du?»

«Nein.»

Louise zuckte die Achseln. «Warum baut sie eine Seifenkiste? Mädchen können nicht beim Rennen mitfahren.»

«Das weiß ich.»

«Das nächste Rennen ist erst in einem Jahr. Das Letzte ist eben erst vorbei.»

Da Louises Haus an der Ziellinie lag, hatten sich alle dort versammelt, und Nickel war von dem Wettrennen ungeheuer beeindruckt gewesen.

«Es gibt ihr was zu tun. Sie bastelt gern.»

«Sie sollte lieber nähen.»

«Sie kann Nähen nicht ausstehen.»

«Julia, man kann Kinder nicht tun lassen, was sie wollen. Man muss sie anleiten.»

«Ich habe keine Lust auf deine Belehrungen. Hör auf damit.»

«Okay, okay. Eins muss ich jedoch anmerken: Als Sonntagsschullehrerin taugt Tante Dimps offenbar nicht viel. Nicky ist ...»

«Louise, ich mein's ernst. Ich will nichts mehr hören. Ich bin fünfundvierzig Jahre alt, und selbst ich tue mich immer noch schwer damit, an die unbefleckte Empfängnis und die Auferstehung zu glauben. Wieso kommt Jesus zurück, aber niemand sonst?»

«So etwas darfst du nicht mal aussprechen. Das ist Gotteslästerung.»

«Das Christentum ist nicht sehr logisch, und wenn Nicky eines ist, dann ein logischer Kopf.»

«Es geht um Glauben. Dazu braucht man keinen Verstand.»

«Das sehe ich.»

Diese Stichelei entging Louise. Sie setzte sich auf die Schaukel, eine Glyzinenranke zu ihren Füßen. «Juts, ich glaube, du hast eine schwierige Aufgabe vor dir.»

«In jeder Hinsicht.» Juts setzte sich neben ihre Schwester. «Wie der Gouverneur von North Carolina zum Gouverneur von South Carolina sagte ...»

Louise fiel ein: «‹Lange nichts getrunken, was?›»

71

EINE SEELE SCHWEBTE IN LEBENSGEFAHR. Louise kam zu ihrer Rettung. Sie schenkte Nickel einen Rosenkranz, perlweiß, und schärfte ihr ein, ihn nicht ihrer Mutter zu zeigen. Sie brachte der Kleinen bei, die Vaterunser und Gegrüßet seist du Maria zu beten. Sie erbot sich, mit Nicky spazieren oder ins Kino zu gehen, und ging stattdessen heimlich mit ihr zu einer erbaulichen Messe in die Kirche St. Rose of Lima.

Nicky, die empfänglich war für Prunk und Gepränge, bewunderte die flackernden Votivkerzen, die Heiligenbilder, die Gemälde, die satten Farben der Gewänder. «*No-*

mine Dominus, Filius et Spiritus Sanctus.» Sie konnte es mit Louise auf Lateinisch singen.

Der verschwörerische Charakter ihrer Ausflüge war für Nichte und Tante von großem Reiz. Juts zu hintergehen war ein prickelndes Gefühl.

«Sag deiner Mutter bloß nichts davon. Feind hört mit.»

«Wir haben keinen Feind», erwiderte Nickel.

Louise wurde wieder einmal daran erinnert, dass Kinder nichts von der Vergangenheit wissen. «Im Krieg hatten wir Angst vor Spionen. Überall hingen Plakate, auf denen stand: ‹Pst, Feind hört mit.› Das bedeutete, man durfte keine Geheimnisse ausplaudern, weil dies dem Feind helfen könnte.»

«Ist Mom der Feind?»

Louise antwortete gedehnt: «Sie ist nur ein schrecklich fehlgeleitetes Menschenkind.»

«Hattest du im Krieg Angst vor dem Feind?»

«Allerdings. Ich war es, die am Runnymede-Tag die deutsche Bomberstaffel gesehen hat ... deine Mutter war auch dabei. Sie hat nicht viel getan. Ich habe den Feind identifiziert.»

«Donnerwetter», rief Nickel ehrfürchtig.

«O ja.» Louise nickte. «Und denk dran, tu so, als wären wir im Krieg. Christen gegen Ungläubige. Feind hört mit.»

Juts, die froh war, von den Mühen liebender Mutterschaft befreit zu sein, kamen Nickels Ausflüge nicht verdächtig vor. Solange Nicky sagte, sie habe bei Cadwalder einen Eisbecher mit heißer Schokoladensoße gegessen oder Lash LaRue gefalle ihr im Kino besser, bemerkte Juts bei ihrer Tochter nichts von geistlicher Erhebung.

Wie alle Hunsenmeirs war Louise in die evangelische Kirche hineingeboren. Erst als Heranwachsende hatte sie sich dem einen wahren Glauben in die Arme geworfen – oder besser, in den Rachen. Da Louise sich die Menschen besser wünschte, als sie waren, war sie zu lebenslanger Enttäuschung und Verbitterung verdammt. Die katholische Kirche ermöglichte es ihr, diese Enttäuschung zu überleben, deren schwerste ihre ungeratene Schwester war.

Juts' Benehmen nagte an ihr. Wenn Louise sich bei Tisch bekreuzigte, machte Juts das Dollarzeichen. Sie malte ein S in die Luft, fuhr zweimal mit dem Finger hindurch und ließ ein überaus ehrfürchtiges «Amen» folgen.

Louise fürchtete, Nickel könnte durch solche unterhaltsamen Blasphemien verdorben werden.

Die Kindererziehung fehlte ihr. Sie hatte die Streiche, Sprüche und Fragen von Mary und Maizie geliebt, bis sie vierzehn waren. Dann jedoch dachte sie, Gott sei herabgestiegen, habe ihre zwei anbetungswürdigen Töchter gestohlen und durch zwei aufsässige Faulpelze ersetzt.

Maizie hatte den Sommer über eine Arbeit in Baltimore angenommen. Louise war einigermaßen erleichtert, dass Maizie allmählich wieder die Alte wurde.

Obwohl sie Mary fast jeden zweiten Tag sah, hatte sie nie das Gefühl, Zeit mit ihr zu verbringen. Es war eine ewige Hetze. Sie hütete die Kinder ihrer Tochter. Sie liebte Kinder, hasste es aber, als Großmutter angesehen zu werden. Sie erlaubte den zwei kleinen Jungen nicht, Großmutter zu ihr zu sagen. Sie nannten sie Wheezie.

Nickels Faszination von St. Rose of Lima ließ Louise gelegentlich vergessen, dass sie und ihre Nichte nicht blutsverwandt waren. Sie wollte Nickel mit ins Hochamt nehmen. Bislang hatten sie nur die Frühmesse besucht. Das Hochamt wäre die Krönung. Nickel würde der Kirche fürs Leben gehören.

Sie schenkte Nickel auch ein schwarzes Büchlein, *Der Schlüssel zum Himmel*, und schärfte dem Kind ein, dass Juts weder das Büchlein noch den kostbaren Rosenkranz jemals finden dürfe.

Nickel wickelte beides in ihr Halstuch und versteckte es in der Ecke ihrer Spielzeugkiste. Da Nickel ihr Halstuch sonst immer trug, suchte Juts es eines Morgens, dachte, das Kind habe es vielleicht in eine Tasche gestopft, fallen gelassen oder irgendwo vergessen, obwohl Nicky selten etwas vergaß. Sie klappte den Deckel der Spielzeugkiste auf und sah das rote Halstuch, viereckig gefaltet. Sie schlug es auseinander, und der Rosenkranz und *Der Schlüssel zum Himmel* fielen heraus.

«Die kann was erleben, dass ihr Hören und Sehen vergeht.» Juts drückte ihre allgegenwärtige Zigarette aus.

Sie warf das Halstuch in die Wäsche und bügelte es dann mit den anderen Kleidungsstücken. Als Nickel nach Hause kam, fand sie ihre Kleidung ordentlich auf dem Bett gestapelt, das Halstuch obenauf.

«Oh-oh.» Nicky öffnete ihre Spielzeugkiste. *Der Schlüssel zum Himmel* ruhte auf dem Bauch eines abgenutzten Teddybären. Sie machte den Deckel wieder zu und überlegte, ob sie aus der Hintertür huschen und zu Wheezie rennen oder so tun sollte, als sei nichts geschehen. Als sie sich auf ihre Truhe setzte und über diese Krise nachdachte, hörte sie Juts' Schritte. Ein langer Schatten fiel neben die Tür. Yoyo kam zuerst hereingeschlüpft, gefolgt von Juts. Buster, der auf Nickels Bett lag, hob den Kopf und ließ ihn wieder fallen. Buster wurde langsam schwerfällig.

Juts ließ den Rosenkranz um ihren Finger kreiseln. «Nicky, hier ist deine Halskette.»

Nickel starrte auf das hypnotische Kreiseln. Sie hielt die

gewölbten Hände darunter, und Juts warf den Rosenkranz hinein.

«Ich bin nicht böse auf dich.» Juts hatte sich vor Nicky aufgebaut. «Aber ich hab eine Stinkwut auf meine Schwester, diese fromme Eule. Komm.» Sie nahm Nickels Hand.

Sie fuhren mit dem Bus in ein Scherzartikelgeschäft auf der Frederick Road. Ein schwacher Geruch nach Moder und Alkohol waberte durch den Laden. Er war muffig, eng und düster und voll gestopft mit Artikel wie Fliegen in falschen Eiswürfeln, Furzkissen, Gummischlangen und -spinnen, Groucho-Marx-Nasen sowie Erotikartikeln, Letztere verborgen hinter der Theke. Dort thronte wie ein Koloss eine entfernte Cousine von Rob McGrail.

«Momma, wenn ich das unter Wheezies Sitz lege, gibt es einen Riesenknall.» Nickel hielt das Furzkissen in die Höhe.

«Das ist zu groß zum Verstecken. Ich hab eine bessere Idee.» Sie kaufte ein großes, täuschend echtes Stück Plastikkotze und erklärte Nickel auf der Heimfahrt, was sie in ihrem ersten Hochamt zu tun hatte.

«Momma, warum magst du die katholische Kirche nicht?»

Die Ahornbäume schwankten über ihnen. Ein leichter Wind milderte die Hitze. «Die evangelische Kirche ist für mich gut genug, und sie sollte auch für dich gut genug sein. Im Übrigen ist eine Kirche so schlimm wie die andere, also bleib bei der, die du kennst. Louise hält sich für die Jungfrau Maria, und Celeste Chalfonte hat an allem Schuld.»

Nickel wusste, wer Celeste war, wenn auch aus dem einzigen Grund, dass sie am Tag vor Nickels Geburt gestorben war und die Leute noch immer von ihr sprachen. «War Celeste katholisch?»

«Nein, sie war Episkopalin, ging aber genauso gerne in die evangelische Kirche. Das ist eine lange Geschichte. Ich mach's kurz. Louise hat gern auf einem alten Klavier von Celeste gespielt – nach Gehör, wohlgemerkt. Wheezie ist sehr musikalisch. Nach einem Riesenknatsch, weil Celeste Louise das Klavier nicht schenken wollte, hat Momma Celeste im Stich gelassen – sie hat bei Celeste gearbeitet, weißt du –, Celeste gab nach und überließ Momma schließlich das Klavier. Louise war völlig aus dem Häuschen. Sie spielte von morgens bis abends und war so entsetzlich entzückend, dass Carlotta Van Dusen, Celestes ältere Schwester, sie in die Immaculata-Akademie aufnahm und Celeste Wheezies Ausbildung bezahlte. So ist Louise katholisch geworden. Wegen dem Klavier.»

«In St. Rose of Lima ist es schön.»

«Ja, sicher, aber ich will nicht, dass mein Kind sich von so einem Itaker in Rom befehlen lässt.»

«Was ist ein Itaker?»

«Ach – egal. So, hast du dir gemerkt, was ich dir gesagt habe?»

Nickel nickte.

Der 23. Juli war das Fest der drei Weisen. Die Gebeine von Kaspar, Melchior und Balthasar befanden sich angeblich im Kölner Dom, bloß war von Köln jetzt nicht mehr viel übrig, und über den Verbleib der Gebeine der weisen Männer wurde wohlweislich geschwiegen. Vielleicht hatte ja ein streunender Schnauzer nach der Bombardierung ein heiliges Abendmahl genossen.

Das Fest fiel auf einen Sonntag, und Louise spann eine Geschichte, weshalb sie Nickel an diesem Tag brauchte, auch wenn es bedeutete, dass sie den evangelischen Gottesdienst versäumte. Juts tat, als glaubte sie ihr.

Als Louise an diesem Sonntag ihre Nichte abholte, lag die Plastikkotze zusammengefaltet in Nickels weißer Lacklederhandtasche, die zu ihren weißen Spangenschuhen passte. Ein weißes Band war um ihre schwarzen Kraushaare gebunden.

Nickel übte im Geiste jeden Schritt. Sie war schweigsam, aber das war sie meist, so fiel es Louise nicht auf. Auch war sie zu sehr damit beschäftigt zu erklären: «Ich will ja nichts gegen deine Mutter sagen, aber ...», um sodann eine Litanei von Julia Ellens Sünden vom Stapel zu lassen, in der Hoffnung, dass Nickel sie für sich behalten würde.

Louise trug so viel Schmuck zum Hochamt, dass sie einem schillernden Käfer glich, glänzend gepanzert. Sie lotste Nickel durch den Mittelgang in die Nähe des Altars. Am Ende der Bankreihen nahmen sie Platz. Pearlie, der im Rückstand war und an den Wochenenden arbeitete, hatte die Frühmesse besucht, deshalb waren sie nur zu zweit.

Mary Miles Mundis saß gegenüber, Rob McGrail ganz vorn. Nickel erwiderte jedermanns Lächeln. Alle fragten sich natürlich, warum das Kind mit Louise in der Kirche war und nicht mit ihrer Mutter in der evangelischen.

Die Prozessionshymne setzte ein, und die Musik erfüllte die schöne kleine Kirche. Licht strömte durch die leuchtenden Buntglasfenster.

Father O'Reilly schritt durch den Mittelgang, ihm voraus Peepbean, der Messdiener, der das Weihrauchfass schwenkte. Ein älterer Junge unmittelbar hinter Peepbean hielt den goldenen Krummstab. Hinter Father O'Reilly ging der neue Jungpriester, Father Stewart.

Als Peepbean an der Bank vorbeikam, brüllte Nickel: «Dein Handtäschchen brennt!» Dann warf sie die Plastikkotze.

Sie warf sie nicht an die Stelle, die Julia ihr vorgegeben hatte, nämlich Father O'Reilly vor die Füße. In ihrer Aufregung holte Nickel nicht weit genug aus, und die Kotze spritzte vor Mary Miles Mundis, der bei dem Anblick hundeübel wurde.

Peepbean sprang aus dem Weg, wobei er das Weihrauchfass ein wenig zu hoch schwenkte. Es rutschte ihm aus der Hand und flog kreiselnd in Richtung Altar.

Father Stewart scherte geistesgegenwärtig aus der Prozession aus und sprintete ins Vestibül, um den Küster zu holen.

«Ich bring sie um!», schrie Louise, als Peepbean ausholte, um Nickel einen Schwinger zu verpassen.

«Peepbean hat Röcke an», hänselte Nickel ihn.

Die Gemeinde war in Aufruhr, als Louise Nickel am Handgelenk aus der Bankreihe zerrte, sie einen Moment in der Luft baumeln und dann fallen ließ, als Peepbean zum nächsten Schwinger ausholte.

Father O'Reilly schnappte sich Peepbean, Louise schleppte Nickel hinaus.

«Hast du dir das ausgedacht?»

«Nein.»

Das *Klick-Klack* von Louises hohen Absätzen hallte durch das marmorne Vestibül. Mit beiden Händen stieß sie die Tür auf, die so heftig zurückschwang, dass sie Nickel umwarf. Die rappelte sich hoch, öffnete die Tür und blieb auf der obersten Stufe stehen, von wo aus sie Louise zu ihrem Auto hasten sah. Louise brauste davon und ließ das Kind stehen.

Nickel ging zu Fuß nach Hause. Als sie dort ankam, versuchte Juts gerade auf Händen und Knien die Telefondrähte miteinander zu verbinden. Louise hatte in einem

Tobsuchtsanfall die Kabel aus der Wand gerissen. Ihre würde sie auch noch aus der Wand reißen. Einmal, in den zwanziger Jahren, hatte sie im Bon-Ton eine Telefonzelle demoliert. Sie hatten ihre Kundenkarte zurückverlangt.

Louise musste fünf Jahre gute Führung vorweisen, bis sie von dem Kaufhaus eine neue Karte bekam.

Juts blickte auf, als Nickel ins Haus stapfte.

«Gut gemacht.»

«Peepbean hat sein Handtäschchen nach mir geworfen.»

«Ha!» Julia lachte, nachdem sie vorsichtshalber ihre Chesterfield aus dem Mund genommen hatte. «Wie du hier sehen kannst, hatte deine Tante Wheezie einen schlechten Moment. Davon hat sie mit neunundvierzig vielleicht zu viele gehabt.» Sie lachte wieder, dann streckte sie die Hand nach Nickel aus, die sich zu ihr setzte.

«Da.» Sie bot Nickel einen Zug aus ihrer Zigarette an. «Hast es verdient.»

Nickel nahm die Zigarette in den Mund und inhalierte vorsichtig.

«Nicht zu stark. Okay, jetzt rauslassen.»

«Schmeckt komisch.»

«Ich liebe den Geschmack. Jeden Tag segne ich die Indianer dafür, dass sie dieses Kraut angebaut haben.» Juts lächelte und fummelte wieder an den Drähten. Sie streckte die Hand nach der Zigarette aus, aber Nickel nahm noch einen Zug.

«Momma, wenn ich groß bin, will ich genauso sein wie du. Dann rauche ich Chesterfield.»

Juts' Lachen ging in ein Summen über, als sie überlegte, wie dieser Streich noch zu übertreffen wäre: Mit einer Tortenschlacht in der Sixtinischen Kapelle?

72

Aus der offenen Farbdose, die auf der Abdeckplane stand, tropfte es mintgrün. Lillian Yost, wieder hochschwanger und hochbeglückt, hatte beschlossen, den Flur im oberen Stockwerk mintgrün zu streichen. Millard erfüllte ihr jeden Wunsch, wenn sie schwanger war, teils aus Stolz und teils aus schlechtem Gewissen, weil er sie in der Bäckerei so hart rannahm.

Extra Billy Bitters tauchte einen breiten Pinsel in die Farbe. Eine Zukunftsvision – offene Farbdosen, rosa, blau, grün, weiß, beige, eierschale, rot – erschreckte ihn. Sein Blick trübte sich, er hielt den Pinsel einen Moment zu lang, und ein dicker Tropfen platschte auf seinen Schuh.

«Pop.» Er hatte sich angewöhnt, seinen Schwiegervater so zu nennen.

«Hm.» Pearlie bearbeitete die Holzverkleidung.

«War's das?»

«Hm?» Pearlie sah nicht auf.

Billy rückte der Wand mit raschen, geübten Pinselstrichen zu Leibe. «Ich meine, als du aus Frankreich zurückkamst ... was hast du da gemacht?»

«Angefangen, bei Bob Frankel zu arbeiten.»

«Das war alles?»

«Ich war verdammt froh, am Leben zu sein.»

«Tja.» Billy verstummte.

«Weißt du, Billy, manchmal grübelt man zu viel. Manchmal sehe ich die Gesichter meiner Kameraden ... komisches Zeug. Da war zum Beispiel so ein magerer Italiener aus Massachusetts, Vito Capeto. Wir haben zusammen frisches französisches Brot gegessen, diese langen Stangen, und er hat französisches Brot mit italienischem

Brot verglichen, ich wollte, ich könnte ihn nachahmen. Witziger Junge.» Er hielt inne. «Ich war wohl selbst noch ein Junge.» Er atmete aus. «Zwei Tage später waren wir im Wald bei Belleau, ich bin ausgerutscht, aufs Gesicht gefallen, hatte Schlamm in der Nase, hab keine Luft gekriegt. Die Erde hat gebebt. Ein Meer aus Schlamm hat sich auf mich gewälzt, ich bin drunter vorgekrochen, hab alles gekrallt, was fest war. Wie ich aufstehe, war Vito oben im Baum, hing in den Ästen wie eine Stoffpuppe. Und jetzt streiche ich hier Häuser.»

«Tja.» Billy lächelte den älteren Mann erleichtert an.

«Und weißt du was? Ich weiß immer noch nicht, wofür ich gekämpft habe. Der Krieg zur Beendigung aller Kriege.» Hohn lag in Pearlies Stimme.

«Hast du dich je eingesperrt gefühlt?»

«Da drüben?»

«Hier.»

Es folgte eine lange Pause. «Klar. Nach Marys Geburt hatte ich schwer zu kämpfen. Ich hab das Würmchen geliebt.» Er stand auf und sah seinem Schwiegersohn ins Gesicht. «Aber wenn die Kinder erst mal da sind, kannst du nicht weg. Du hast Oderuss und David. Jungen brauchen einen Vater. Denkst du daran abzuhauen?»

«Nein. Es ist bloß, manchmal hab ich das Gefühl, ich krieg keine Luft. Ich weiß nicht, warum.» Seine Miene hellte sich auf. «Dann will ich in meinen Wagen steigen, die Jungs reinladen und mich besaufen … rausgehen und den Mond anheulen.»

Pearlie gab ein kleines Heulen von sich, und Billy stimmte ein. Das Heulen löste sich in Gelächter auf.

Billy brach abrupt ab und fragte eindringlich: «Was soll ich bloß tun, Pop?»

«Du sollst das Beste draus machen.» Pearlie legte seine Hand auf Billys Schulter. «Man muss aus dem Vorhandenen schöpfen.»

73

LOUISE GING JUTS DREI WOCHEN AUS DEM WEG – ein Rekord. Sie frönte dem erhebenden Gefühl, ein Opfer zu sein. Sie konnte den Kopf schütteln, die Stimme senken und salbadern, Julia Ellen führe Nickel auf den Pfad der Untugend. Erfüllt von köstlicher Pein, der Mittelpunkt von Mitgefühl und Zuwendung, erzählte sie Orrie Tadia, Juts sei keine gute Mutter, weil sie keine leibliche Mutter sei. Diese Erklärung brandete wie ein Präriefeuer durch Runnymede; einige stimmten Louise zu, andere nicht, doch alle steuerten eine Variante des Themas bei, über die Zukunft des Kindes, Juts' Persönlichkeit und das Leben im Allgemeinen.

Die menschliche Zunge ist wie das Klappern einer Klapperschlange: Ohne wäre der Mensch besser dran.

Mutter Smith genoss diesen Sturm in vollen Zügen. Julia Ellens Ruf wurde ruiniert, doch Josephine wusch ihre Hände in Unschuld. Trudy Epstein war auch nicht gerade betrübt darüber, denn ihre Version der Vergangenheit lautete, dass Chessy sie aufrichtig geliebt habe und nur aus Rücksicht auf gesellschaftliche Konventionen bei seiner Frau geblieben sei. Seit sie mit Senior Epstein verheiratet war, hielt sie klugerweise den Mund, was aber nicht hieß, dass es ihr unrecht war, wenn ihre Freundinnen mit Trudys Version der Geschichte hausieren gingen.

Mary Miles Mundis sagte zur allgemeinen Überraschung: «Wir hatten ein bisschen Aufregung nötig.»

Ramelle erfuhr von dem Gerede durch Ev Most, die Juts sehr mochte, aber nicht diejenige sein wollte, die sie davon unterrichtete. Ramelle erzählte es Cora, die an diesem Tag arbeitete, und Cora schnappte sich ihre Handtasche und marschierte zur Tür hinaus. Ramelle sprang ins Auto, um sie zu Louise zu fahren. Cora verlor selten die Beherrschung, aber sie war so wütend, dass sie nicht klar sehen konnte.

Bei Trumbulls angekommen, stellte Ramelle den Motor ab und wartete.

Louise saß auf der hinteren Veranda, zu ihren Füßen Körbe mit Garn, daneben Doodlebug. Sticken und Leiden waren ihre beiden Hobbys.

Cora warf ihre Handtasche auf die Erde und baute sich vor ihrer Tochter auf, die über den Anblick ihrer Mutter so überrascht war, dass sie die Nadel mit dem königsblauen Faden mitten in der Luft hielt.

«Momma …»

«Krankheit kommt zum Mund rein und Unheil wieder raus. Du solltest deinen halten.»

«Hä?» Sie steckte die Nadel ins Kissen, drückte das Kissen aber an die Brust.

«Du bringst Juts noch um. Du kannst nicht rumerzählen, sie ist keine gute Mutter, weil sie das Kind nicht geboren hat. Das ist nicht recht.»

«Es ist wahr.»

«Du darfst das nicht sagen. Es ist grausam.»

«Sie ist grausam zu mir.»

«Kann sein, aber sie ist nicht grausam zu deinen Kindern oder deinen Enkelkindern, und du tust Nickel weh.»

«Tu ich nicht.»

«Die ganze Stadt weiß, dass sie nicht Julia's Kind ist …»

«Das haben sie immer gewusst.»

«Ja, aber sie haben nicht drüber geredet. Jetzt tun sie's. Nicky wird die Seitenblicke mitkriegen.»

«Schön, das ist Julias Problem. Sie hätte Nickel schon längst sagen sollen, wer sie ist.»

«Und wer ist sie?» Cora verschränkte die Arme.

«Rillmas Kind.»

Cora war so wütend, dass sie Louise um ein Haar eine Ohrfeige verpasst hätte. Ihr Gesichtsausdruck jagte ihrer Tochter solche Angst ein, dass sie das Kissen zum Schutz hochhielt. Cora riss es ihr aus den Händen.

«Sie ist Julias Kind. Sag nie wieder, dass sie Rillmas Kind ist.»

«Aber Momma ...» Louise bekam ein flaues Gefühl im Magen.

«Nix Momma. Louise, du setzt alles daran, dass Nicky noch schwerer zu kämpfen hat. Alle wissen, dass Juts ihre Marotten hat. Aber nicht alle finden, dass Juts eine schlechte Mutter ist. Viele finden es jetzt, weil du so 'ne große Klappe hast. Du willst dich rächen. Schön, das hast du geschafft, aber Nicky ist es, der du weh tust, und sie hat dir nichts getan, überhaupt nichts.»

Wheezies Unterlippe zitterte. Cora hob ihre Handtasche auf und ging ohne ein weiteres Wort.

74

JUTS?», RIEF LOUISE AM GARTENTOR. Als sie keine Antwort bekam, stieß sie den Zweisigpfiff aus.

Mit dem Pinsel in der Hand kam Juts aus der Garage. «Ich bin hier drin.»

Nicky, einen kleineren Pinsel in der Hand, hörte ihre Tante Louise und blieb nah bei Juts.

Von vier hölzernen Küchenstühlen tropfte knallrote Farbe auf Zeitungspapier.

«Streichst die Stühle neu, wie ich sehe», sagte Louise.

«Sie hatten es nötig.» Juts stieß Nickel an.

«Hallo, Tante Wheezie.»

«Hallo, Nicky, hab dich lange nicht gesehen.»

«Ja, Ma'am.» Nicky machte sich wieder über die Stuhlbeine her.

«Ich muss dich mal kurz sprechen.»

«Okay.» Juts war misstrauisch.

«Allein.»

«Nicky, ich geh kurz mit Wheezer in den Garten.»

«Vielleicht solltest du besser den Pinsel hier lassen.» Louise hatte die Vision, dass Juts ihr Kleid damit ruinierte.

Juts legte den Pinsel auf die Dose. Sie gingen über das Gras, das Ende August dunkelgrün war, zu einer kleinen Bank unter einem Rosenspalier.

Louise hob an. «Wir müssen das aus der Welt schaffen.»

«Hm.»

«Du zuerst.» Louise zauderte.

«Du wirst aus meinem Kind keine Katholikin machen. Wir beide sind uns in religiösen Fragen nicht einig, und ich nehme es dir übel, wenn du Nicky hinter meinem Rücken zur Messe schleifst.»

«Hmm.» Es war schwerer, als Louise gedacht hatte, denn sie glaubte, alles werde gut, wenn alle Menschen auf der Welt katholisch wären. «Es hat mich beunruhigt, als sie neulich an Jesus gezweifelt hat. Ich habe sogar mit Father O'Reilly darüber gesprochen.»

«Sie ist ein Kind. Kinder sagen allerhand. Weißt du

nicht mehr, als Maizie vier war, wie sie Junior McGrail einen Elefanten genannt hat?»

Wheezie erwiderte: «Äh ... doch.»

«Du gehst in deine Kirche. Ich geh in meine.»

«In Ordnung.» Louise verschränkte die Hände. «Ich war wütend. Ich hab ein paar Sachen in der Stadt rumerzählt, die ich lieber nicht gesagt hätte.»

Juts hob den Kopf. «Zum Beispiel?»

«Zum Beispiel, dass du eine schlechte Mutter bist.»

«Ach.» Juts schlug die Beine übereinander. «Das hast du schon öfters gesagt.»

«Ja, ich weiß, aber ich war so wütend wegen der Dreikönigsmesse, dass ich es zu Orrie Tadia und noch ein paar anderen gesagt habe. Ich habe gesagt, du gibst ihr keine anständige christliche Erziehung, und das tut mir Leid. Sogar die Männer reden darüber, dabei interessieren sie sich doch sonst nur für ihresgleichen.»

«Das kann ich nicht ändern – aber ich wünschte in der Tat, du hättest es nicht getan.»

«Ich auch.» Louise fing an zu weinen.

Als Louise gegangen war, kehrte Juts in die Garage zurück. Nickel hatte zwei Stuhlbeine fertig. Sie überließ es ihrer Mutter, die Sitze und Rückenlehnen zu streichen, weil die mehr beachtet wurden als die Beine. Wenn sie eine Stelle übersah oder wenn zu viele Tropfen haften blieben, würde es nicht auffallen.

«Entschuldige, hat länger gedauert, als ich dachte.»

«Guck mal.» Nicky zeigte auf ihr Werk.

Juts ging in die Hocke, suchte nach Tropfen. «Sehr gut. Nicht eine Stelle ausgelassen. Aber hier ist ein kleiner Tropfen.»

«Ich mach ihn weg.» Nicky fuhr eifrig mit dem Pinsel

über die Stelle und strich sie glatt. «Momma, die werden schön.»

«Wirf nichts weg, behalt es hier, aus Alt mach Neu, das merke dir», sang Juts. Den Spruch hatte sie als Kind gelernt. «Möchtest du Limonade?»

«Klar.»

Sie schenkten sich ein und setzten sich unter das Rosenspalier, wo es kühl war. Yoyo sah von ihrem Plätzchen in dem großen Baum zu.

«Momma, anstreichen macht Spaß.»

«Das ist gut.»

«Wenn ich groß bin, kann ich vielleicht bei Onkel Pearlie arbeiten.»

«Nein – wenn du groß bist, hast du deine eigene Firma.»

«Tante Wheezie sagt, so was ist nichts für Mädchen.»

«Tante Wheezie hat immer versucht, eine Dame aus mir zu machen. Das hat nicht geklappt. Jetzt versucht sie es mit dir. Lass dir von niemandem etwas vorschreiben. Tu, was du für richtig hältst. Das heißt nicht, dass es einfach wird, aber du musst nur kräftig scharren.»

«Wie ein Huhn?»

«Ja. Früher oder später kommt ein Käfer zum Vorschein.» Juts zog ein Päckchen Zigaretten aus der tiefen Tasche ihres Hauskleides. Sie war froh, dass sie rauchte, denn sonst würde sie zu viel trinken. Das war teuer und führte oft zu größerem Ärger.

«Nickel, weißt du, was ‹adoptiert› bedeutet?»

«Wie aus dem Tierheim?»

«Ah – ja.»

«Ich weiß, wir haben Yoyo und Buster, aber Momma, da sind all die Hündchen und Kätzchen. Wir haben bestimmt noch Platz für eins.»

Juts lächelte. «Zwei reichen. Du bist groß genug, um ein paar Dinge zu erfahren, und du hast Grips im Köpfchen. Daddy und ich konnten keine Kinder haben. Wir wollten unbedingt ein Baby. So hab ich dich gekriegt. Eine Dame hat dich geboren, und dann haben Daddy und ich dich adoptiert. Du bist was Besonderes.»

Nickel trank ihre Limonade, überlegte lange und sagte dann: «Heißt das, ich krieg keine Weihnachtsgeschenke?»

Juts war verwirrt. Sie hatte damit gerechnet, dass Nickel ihr Löcher in den Bauch fragen würde über Adoption, Mütter, Väter, das ganze Drum und Dran. «Wieso solltest du keine Weihnachtsgeschenke kriegen?»

«Wenn der Weihnachtsmann mich woanders sucht?»

Juts lachte, mehr aus Erleichterung denn aus Belustigung. «Der Weihnachtsmann weiß, dass du hier bist. Er weiß, dass du zu mir gehörst.»

«Ah.»

«Herzchen, möchtest du sonst noch etwas wissen?»

Nickel schüttelte den Kopf, trank ihre Limonade aus und ging wieder in die Garage. Was sie einmal angefangen hatte, brachte sie gern zu Ende.

75

CHESSY GRUMMELTE, weil er bei dem Adoptionsgespräch nicht dabei gewesen war, aber Juts erzählte ihm von Louises Angriffen. Sie sagte, ihrem Gefühl nach sei es genau der richtige Zeitpunkt gewesen, deshalb habe sie es rasch hinter sich gebracht, und Nicky scheine es so oder so nicht sonderlich zu interessieren.

Er wollte Nicky etwas sagen. Er wollte ihr sagen, dass er

sie von ganzem Herzen liebte, dass sie seine Tochter war. Doch als er dabei zusah, wie sie mit den Tieren spielte, dachte er sich, dass sein Bedürfnis, es ihr zu sagen, größer war als ihr Bedürfnis, es zu hören. Und überhaupt, Taten sagten mehr als Worte. Er hob sie hoch, küsste sie auf die Wange und spielte Fangen mit ihr.

Louise, die nach ihren Ausfälligkeiten ganz zerknirscht war, stapfte durch die Stadt und erzählte allen, sie habe es nicht so gemeint. Juts' Juxereien hätten sie geärgert, und als sie die auch noch in die Kirche trug, habe sie rot gesehen. Das Schauspiel, wie Louise zu Kreuze kroch, wurde als ebenso bemerkenswert empfunden wie die Geschichte mit der Plastikkotze.

Die einen meinten, Louise habe einen Rückzieher gemacht, dabei habe sie von Anfang an Recht gehabt. Andere meinten, sie habe gelernt, dass zwei mal Unrecht nicht Recht ergibt. Wieder andere fragten sich, ob sie ein wenig reifer geworden sei, waren sich jedoch einig, dass die Zeit dies zeigen würde. Zugezogene wie Pierre und Bob vom Curl 'n' Twirl begriffen nicht, wie die beiden Schwestern miteinander so kindisch und mit allen anderen einigermaßen erwachsen umgehen konnten. Diejenigen, die mit den Hunsenmeir-Mädchen aufgewachsen waren, zuckten die Achseln: So waren sie eben. Niemand erwartete, dass sie sich änderten, und während einige dies begrüßt hätten, empfanden die meisten ihre Mätzchen als Gegengift für die Ödnis der Kleinstadt.

Der Wirbel legte sich, just als die Kinder des Geburtsjahrgangs 1944 eingeschult wurden. Nickel, die sich auf die Schule freute, hüpfte auf dem ganzen Weg. Sie trug ein adrett gebügeltes kariertes Kleid mit dunkelgrüner Smokarbeit am Oberteil und hatte eine kleine Büchertasche und eine Butterbrotdose bei sich. Sie besaß zwei neue gelbe Bleistifte, Minenstärke No. 2, ein Holzlineal, einen großen rosa Radiergummi und eine kleine Metallschablone mit Zahlen und Buchstaben.

Juts bummelte den ganzen Weg über. Nickel wollte nicht an der Hand gehen; sie war vollauf damit beschäftigt, jedem Kind hinterherzulaufen, das auf die Violet-Hill-Schule zusteuerte. Nicht mal die großen Kinder schüchterten sie ein. Diejenigen, die Bücher trugen, machten mächtig Eindruck auf sie. Sie konnte es nicht erwarten, Bücher aus der Schule nach Hause zu tragen.

An dem rot gestrichenen Tor des alten Ziegelgebäudes blieben Juts und die andere Mütter der Erstklässler stehen, winkten zum Abschied, wünschten Glück. Sobald Nickel durch das Tor hopste, strömten Juts die Tränen über die Wangen. Sie wischte sich die Augen, dann bemerkte sie, dass es den anderen Müttern genauso erging.

Charlene Nordness stand neben Juts. «Ich bin eine große Heulsuse.»

Lillian Yost schniefte. «Sie gehören uns nicht mehr. Dies ist ihr erster Schritt in die Welt.»

«Können sie nicht noch ein bisschen länger klein bleiben?», meinte Juts wehmütig.

«Für mich würde ich die Uhr gerne zurückdrehen, aber nicht für Kirk. Ich kann es immer gar nicht erwarten, ihn aus dem Haus zu haben», erwiderte Peepbeans Mutter. Er war sitzen geblieben, und sie fragte sich, ob ihm dies zur Gewohnheit werden würde. Sie hatte den wiederkehrenden Albtraum, dass Peepbean mit einundzwanzig das sechste Schuljahr abschloss.

«Mädels, lasst uns zu Cadwalder gehen. Ein Eiskrem-Soda ist genau das Richtige nach einer Heulerei.»

Sie marschierten hinüber, und wer saß an der Theke? Maizie Trumbull.

«Maizie, was machst du denn hier?»

«Tante Juts, ich habe es keinen Tag länger ausgehalten. Ich musste weg aus Baltimore, nach Hause. Mom war so stolz, dass ich dort gearbeitet habe, aber ich kann Großstädte nicht ausstehen. Ich kann nicht mehr, Tante Juts. Ich habe Angst, nach Hause zu gehen und es Momma zu sagen.»

«Lass uns vorher deinen Dad aufsuchen. Aber wir essen erst mal ein Eiskrem-Soda. Möchtest du auch eins?»

Vaughn kam in seinem Rollstuhl herein. Er war überrascht, Maizie zu sehen. «Hallo. Hier ist es langweilig ohne dich.»

Maizie fiel auf, wie grün seine Augen waren. «Kommst du da hinten ran, um mir mein Eiskrem-Soda zu machen? Du machst sie am allerbesten.»

«Klar. Dad und ich haben Stangen angebracht, damit ich hinter der Theke alles machen kann, was ich will.» Er lenkte den Rollstuhl ans Ende, griff nach einer Stange und zog sich hoch, dann an den Stangen entlang – seine Arme waren kräftig und muskulös –, bis er bei den Eismaschinen angelangt war. Er trug Holzbeine, aber die Ärzte arbeiteten immer noch an dem richtigen Sitz, und der Muskeltonus in seinen Schenkeln war erschlafft. Stehen konnte er jedoch ganz gut, er wankte nur ein kleines bisschen. Er machte Maizie ihre Lieblingssorte, Eiskrem-Soda mit Schokoladeneis, und schob es ihr über die dunkle Marmortheke hin.

«Das Beste.» Sie seufzte. «Du bist der Beste.»

Juts, die mit den anderen Frauen scherzte, fiel auf, dass Maizie heute Morgen durchaus nicht missmutig war, wie

Juts erwartet hätte, sondern ausgesprochen aufgekratzt. Sie war besonders aufgekratzt, wenn sie mit Vaughn sprach.

Zum ersten Mal kam es Juts in den Sinn, dass die Wege des Herrn unerforschlich sind.

76

DER ÜBERNATÜRLICHE GLANZ DES DEZEMBERLICHTS entschädigte dafür, dass es so wenig davon gab. Juts hasste die kurzen Tage und die langen Nächte, doch sie freute sich an diesem besonderen Licht.

Sie hatte sich an diesem Samstag, neun Tage vor Weihnachten, bereit erklärt, beim Weihnachtssingen mitzumachen. Sie sang gern, und sie hatte Louise versprochen, Celeste Chalfontes alten Schlitten flottzumachen, damit sie für Leute singen konnten, die weiter außerhalb der Stadt wohnten. Unterwegs wollten sie an Bedürftige, die von St. Rose of Lima ausgesucht worden waren, Truthähne verteilen.

Seit Juts Nickel zu dem Streich mit der Plastikkotze angestiftet hatte, bemühte sie sich, es an St. Rose wieder gutzumachen. Sogar Pastor Neely ermahnte sie, Buße zu tun. Sie erwiderte, Louise zur Schwester zu haben, sei Buße genug. Dennoch vollbrachte sie gute Taten. Leider konnte sie es sich nicht verkneifen, auf diese aufmerksam zu machen, was nur bedeutete, dass sie noch mehr gute Taten vollbringen musste. Es war nicht recht, sich selbst ins Licht zu rücken, wenn man dem Herrn diente.

Oben suchte Juts warme Kleidung, eine Decke, Handschuhe und Schals für sich und Nickel heraus. Chester und Pearlie würden nicht mitkommen, weil sie die Feuerwache für die öffentliche Weihnachtsfeier nach dem Umzug am nächsten Abend herrichteten.

Unten saß Nickel mit einer nagelneuen Schachtel Malkreiden, die Wheezie ihr geschenkt hatte, auf dem Fußboden. Juts' Scheckheft eignete sich vorzüglich als Malbuch.

«Nickel, bist du so weit?»

Nickel steckte das Scheckheft hastig in Juts' Handtasche zurück. «Ja.»

Juts stampfte die Treppe hinunter, die Arme voller Mäntel und Kleider, die sie auf dem Sofa ablud. «Mist, ich hab die Wärmflasche vergessen.» Sie rannte wieder nach oben, und Nickel zog einen Pullover, einen Mantel und ihre Handschuhe an. Ihre Jeans hatten ein Flanellfutter. Zum Schluss zog sie ihre Reitstiefel an.

Juts kam mit der gefüllten roten Wärmflasche zurück. «Die hält unsere Füße warm.» Sie betrachtete die Reitstiefel. «Nicky, wie viel Paar Socken hast du an?»

«Eins.»

«Du kriegst kalte Füße. Hier, zieh die dünnen an, dann die dicken drüber. Das dürfte eine Weile helfen.»

Sie fuhren zu Celestes Stall. O. B. hatte Minnie und Monza vor den schönen Schlitten gespannte, er war dunkelblau mit goldenen Zierstreifen. O. B. hatte auch ein Percheronpferd namens Lillian Russell gesattelt, weil Rambunctious und General Pershing für ein kleines Mädchen auf einem langen Ritt zu temperamentvoll waren. Das wusste Nicky natürlich nicht. Sie meinte, sie könnte alles reiten. Lillian war zwar groß, aber fromm.

Juts und Nicky hatten tags zuvor den Stall mit Zweigen und Bändern und mit Gerstengarben dekoriert, an denen sich Pferde besonders freuten. Ramelle, in ihren Zobelmantel gehüllt, hatte bei den Vorbereitungen zugeschaut.

«Ist es nicht herrlich?» Julia strahlte.

«Es ist kalt», nörgelte Louise.

«Du solltest froh sein. Es heißt, Kälte zieht die Poren zusammen, und wenn man älter wird, vergrößern sich die Poren.»

«Hör auf. Weißt du, was ich von Pearlie zu Weihnachten bekomme?»

«Wenn ich's wüsste, würde ich's dir nicht sagen.»

«Ich würde es dir sagen, wenn ich wüsste, was Chester dir gekauft hat.»

«Aber erst, wenn ich dich bestochen hätte, zum Beispiel, oben das Badezimmer zu tapezieren.»

«Juts, das war vor Jahren. Du wolltest mich nicht vom Dach runterlassen, wenn ich dir nicht meinen Osterhut schenke – also sind wir quitt.»

«Hm, Unterröcke schenkt er dir keine mehr. Du hast genug, um ein Wäschegeschäft aufzumachen.» Sie sah auf ihre Uhr. «Auf die Plätze, fertig, los. Ramelle, im Schlitten ist noch Platz für eine Person.»

«Nein. Ich wollte euch bloß verabschieden. Ich höre die Schlittenglocken so gern.»

«Ich auch.» Juts sprang hinauf und nahm die Zügel.

«Wer hat gesagt, dass du fährst?»

«Louise, du kannst Pferde nicht ausstehen.»

«Das ist nicht wahr.» Wheezie sah zu, wie O. B. Nicky auf Lillians breiten Rücken hob. «Nicky, du siehst aus wie eine Vogelscheuche. Hast du nichts Netteres anzuziehen – einen Rock zum Beispiel?»

«Ich hasse Röcke. Magnesiamilch.» Es gab nichts Schlimmeres als Magnesiamilch.

«Männer sehen gerne hübsche Beine», sagte Juts, die selbst umwerfend schöne hatte.

«Mir egal.»

«Eines Tages wird es dir nicht mehr egal sein», schalt Louise.

«Dies ist wärmer, Wheezie, und ich hab keine Schneehose mit passendem Oberteil für sie. Außerdem kümmert es sowieso keinen.»

«Mich schon.»

Juts fasste sich mit der Hand an den Kopf, als würde sie gleich ohnmächtig. Louise stieß sie fest in die Rippen.

«Autsch!»

Minnie und Monza, nach Minnie Maddern Fiske und Monza Alverta Algood, zwei berühmten Schauspielerinnen der Jahrhundertwende, benannt, drehten die schönen kastanienbraunen Köpfe so weit nach hinten, dass sie die Insassen des Schlittens sehen konnten.

«Sie sind so weit.» O. B. nickte Nickel zu.

«Ich auch», sagte sie fröhlich.

O. B. schob das große zweiflügelige Stalltor auf. Juts schnalzte den Pferden zu, und nach kurzem Ruckeln glitten sie in den Schnee hinaus.

Louise trug einen eng anliegenden taubenblauen Mantel mit Schnürverschluss und Astrachankragen, einen Astrachanmuff, hohe Stiefel und dazu passende weiche schwarze Handschuhe.

«Du hast gesagt, du hättest nichts anzuziehen.»

Louise hob die Stimme. «Ach, das hier?»

«Ja, das. Wenn ich gewusst hätte, dass du dich wie ein Filmstar rausputzt, hätte ich mich auch ein bisschen aufgedonnert.»

«Du siehst gut aus.» Louise atmete die frische Luft ein. «Bloß Nicky sieht schluderig aus.»

Juts trug einen roten Pullover, einen roten Rock,

schwarze Perlen und weiche Stiefel mit umgeschlagenen Stulpen, darüber einen dunkelgrünen Mantel mit einer Christbaumbrosche am Revers. Es war ein hübscher Aufzug.

«Seht euch vor mit dem Glatteis», warnte O. B., als er die Laternen auf beiden Seiten des Schlittens anzündete.

«Machen wir.» Juts schnalzte noch einmal, und mit bimmelnden Schlittenglocken fuhren sie los.

Lillian Russell setzte sich in Bewegung, die Luftstöße aus ihren großen Nüstern verdichteten sich zu Wolken.

Die Leute winkten, als sie auf der Baltimore Street aus der Stadt fuhren. Ihr erstes Ziel waren Mrs. Abel und ihr Sohn, ein unverheirateter unangenehmer Sonderling, den Juts Un getauft hatte. Sie hielten vor dem windschiefen Holzhaus, sangen «The First Noël» und gaben Mrs. Abel einen Truthahn. Sie dankte ihnen und machte die Tür gleich wieder zu, weil es kalt wurde im Haus.

Juts schraubte einen Flachmann auf und gönnte sich einen Schluck. Dann bot sie ihn Louise an.

«Nein danke, und du solltest auch nicht trinken.»

«Bloß ein Schlückchen. Vertreibt die Kälte.»

Nachdem sie fünf weitere Truthähne abgeliefert hatten, setzte leichtes Schneetreiben ein. Juts war in einen Seitenweg eingebogen, um auf eine Straße zu stoßen, die in westlicher Richtung zum Haus der Mundis führte. Sie umrundeten Runnymede, und je weiter sie nach Westen kamen, desto steiler stieg der Weg an.

Schließlich erreichten sie die Einfahrt von Mrs. Mundis; ihr neues Haus stand auf einem Hügelkamm. Herrliche Hickorybäume hoben sich wie stumme Wächter vor dem Himmel ab. Harry hatte die Geistesgegenwart besessen, auf einem alten Grundstück mit ausgewachsenen Bäumen und Sträuchern zu bauen. Große Ulmen durchsetzten die Weiden, und mächtige Eichen und Walnussbäume stachen wie schimmerndes Mattsilber vom Schnee ab.

In allen Fenstern des Hauses flackerten goldene Lichter. Mary Miles Mundis brauchte keinen Truthahn. Sie veranstaltete ihre traditionelle Weihnachtsfeier, und die Hunsenmeirs hatten sich geeinigt, dass dies ihre letzte Station sein sollte. Sie waren froh, ins Haus zu kommen, und sei es nur, damit Juts die Wärmflasche wieder mit heißem Wasser füllen konnte.

«Julia, sing nicht mit so viel Tremolo – und hör auf zu trinken.»

Die große blank polierte Tür mit den Messinggriffen flog auf. Mrs. Mundis erschien auf der Schwelle. «Frohe Weihnachten.»

Timmy Kleindienst brachte Minnie und Monza in den Stall. Er und ein Pferdepfleger spannten sie aus und warfen ihnen Decken über. Timmy und O. B. waren die besten Stallburschen in der Gegend.

Drinnen bewunderten Juts, Wheezie und Nicky die duftenden Girlanden, in die Apfelsinen, Äpfel, Trauben, Tannenzapfen, Stechpalmenzweige und silbern besprühte Eichenblätter gewunden waren. Schnüre aus Goldband waren hier und dort eingeflochten, und ein breites kariertes Band schlängelte sich von einem Ende der Girlanden zum anderen.

Den riesigen Baum in reinem Weiß zierten glänzende rote Kugeln. Grüne Samtbänder waren an die Spitzen der Zweige gebunden, goldene Girlanden umschlangen den Baum, und ein Stern von Bethlehem bildete den krönenden Abschluss.

Nachdem Louise sich voll gestopft und über jede Kalorie gestöhnt hatte, setzte sie sich an den Steinway-Flügel. Sie spielte «God Rest Ye Merry, Gentlemen», «Adeste Fideles», «We Three Kings» und «It Came upon a Midnight Clear».

Juts sprach dem Eierflip reichlich zu und erklärte, das sei der Beste, den sie in ihrem ganzen Leben gekostet habe. Darauf folgten Witze über das Alter, dann wandte sich das Gespräch dem Prozess zu, den eine Versicherungsgesellschaft gegen die Familie Rife anstrengte, weil sie die Fleischverpackungsfabrik in Brand gesteckt hatte, um die Versicherungssumme zu kassieren. Die Untersuchungen der Versicherung waren im Schneckentempo vorangegangen, doch am Ende hatte sie genug Beweise gesammelt, um zuschlagen zu können.

Der Schnee war dichter geworden. Juts sah aus dem Fenster, Louise trat zu ihr. «Ich fühl mich so wohl hier, ich will gar nicht wieder weg.»

«Wir sollten besser gehen.» Auch Juts wollte nicht.

Harry sagte im Stall Bescheid. Tim Kleindienst sagte, er werde die Pferde in fünfzehn Minuten fertig haben und sie direkt vors Haus bringen.

So hatte Juts Zeit für noch einen Eierflip.

Als sie im Schlitten saßen, stellte Juts fest, dass mehr Schnee gefallen war, als sie erwartet hatte. Nickel, die lieber auf Lillian Russell saß als im Schlitten, fand, dass es wunderschön aussah. Als sie den Schnee fortblinzelte, kitzelte es an den Augenlidern.

«Juts, wie viele Eierflips hast du getrunken?»

«Nicht genug.»

«Vielleicht sollte ich fahren.»

«Ich hab alles im Griff.» Julia ließ sich ungern die Zügel aus der Hand nehmen.

«Ich hab auch einen Eierflip getrunken», rief Nickel.

«Ach?» Louise hob ungläubig die Augenbrauen.

«Momma hat mir einen gegeben.»

«Julia, wie konntest du?»

«Ein halber Eierflip macht mein Kind nicht zur Quartalssäuferin. Mach dir nicht ins Hemd, Louise. Du ziehst immer voreilige Schlüsse.»

«Einem Kind Alkohol einzuflößen ist nicht zum Lachen.»

«Ich hab nicht gelacht», sagte Nickel prompt.

«Du bist anfällig für diese Dinge», warnte Louise. «An meinem Geburtstag hast du Bowle getrunken.» Sie wandte sich Juts zu. «Pass bloß auf dieses Kind auf.»

«Ich werde es einsperren.» Der Schlitten schwankte ein bisschen.

«Mach dich nicht über mich lustig. Ein Tropfen genügt, wenn man dazu neigt. Ein einziger Tropfen. Weißt du noch, wie der alte Onkel Franz, nachdem er jahrelang keinen Alkohol angerührt hatte, auf deiner Hochzeit ein Glas Sekt getrunken hat? Darauf ist er eine Woche lang auf Sauftour gegangen.» Wheezies Stimme hatte den wichtigen Tonfall angenommen.

Juts summte.

«Nicky, versprich deiner Tante Louise, dass du keinen Alkohol trinken wirst.»

«Ja, Tante Louise.»

«Und fang auch nicht mit dem Rauchen an. Wenn Gott gewollt hätte, dass wir rauchen, hätte er uns einen Schornstein in den Kopf gesetzt.»

«Ja, Tante Louise», schwindelte Nickel, die es nicht erwarten konnte, bis sie groß genug war, um zu rauchen. Sie fand es todschick.

«Wo ist Maizie heute Abend?» Juts wollte keine Predigt über anständigen Lebenswandel, wo doch der Eierflip so gut schmeckte.

«Mit Vaughn unterwegs. Sie sind mit der Clique weggegangen. Vaughn hält enge Verbindung zu seinen Kameraden vom Militär.»

«Vielleicht heiratet sie Vaughn.»

«Vielleicht auch nicht.»

«Sie wären bestimmt glücklich.»

«Du meinst, wenn zwei Menschen sich anschmachten, ist ihnen ein gemeinsames Leben in Glück und Wonne beschieden.»

«Du hättest auch einen Eierflip trinken sollen. Hebt die Stimmung.»

«Meine Stimmung ist gut, wenn's bloß nicht so gesäßkalt wäre.»

«Arschkalt.»

«Gesäß.»

Nickel kicherte.

«Arsch, Louise, Arsch. Bei ‹Gesäß› verliert es den Sinn.»

«Ich nehme so etwas nicht in den Mund.»

«Mit dem Alter verlierst du deinen Sinn für Humor, weißt du das, Wheezie? Du wirst 'ne alte Schachtel.»

«Du bist älter als ich.»

«Was?»

Louise schob die Hände in ihren Muff. «Neununddreißig.»

«Schön.» Juts hob die Zügel an und gab den Pferden einen sanften Schlag auf den Rücken. Sie fielen in Trab.

«Nicht so schnell.»

«Ich fahr nicht schnell, aber es wird kälter, es schneit doller, und ich will nach Hause.»

«Fahr langsam.»

«Louise, mach die Augen zu, wenn du Angst hast.»

«Wenn ich eins nicht ausstehen kann, dann ist es Trunkenheit am Steuer.» Louise schlug sie mit ihrem Astrachanmuff.

Um ihr zu trotzen, trieb Juts die Pferde zu einem schnelleren Trab an, und sie taten ihr den Gefallen.

Lillian trabte ebenfalls. Da sie einen breiten Rücken hatte, reichten Nickys kurze Beine kaum bis an die Flanken der grauen Stute. Nicky hopste auf und ab wie ein Kastenteufel.

Juts sang einen eigenen Text zu der Melodie von «Winterwunderland». «Fünfzig Jahr, hört ihr's knistern? Fünfzig Jahr, ich hör's flüstern. Ich weiß es und du, sie gleicht einer Kuh, Falten ...»

«Hör auf.»

Die Braunen schlackerten mit den Ohren, schritten mit den prächtigen Vorderbeinen aus, zwei Traber im Gleichmaß.

Vorn drohte eine tückische Kurve, und danach ging es geradeaus nach Runnymede.

«Momma, ich fall runter.»

«Du bist keine Reiterin, bevor du siebenmal runtergefallen bist.»

«Bin ich schon. Langsamer, Momma.» Nicky fand mit der flanellgefütterten Jeans keinen Halt.

«Ergreif nicht für sie Partei, Nicky. Ich kann's nicht leiden, wenn du dich mit Louise verbündest.»

Unterdessen lag Nicky vorn übergekippt und hielt sich an Lillians Mähne fest. Ihr Galopp war schwerfällig, aber es war ein Galopp.

«Mähne fassen», befahl Juts.

«Tu ich ja!»

«Du bringst uns um», kreischte Louise. «Wir gehen in die Feiertagsstatistik ein. Wir werden die letzten Menschen im Staat Maryland sein, die beim Schlittenfahren umkamen.»

«Angsthase.» Juts schwenkte schnell um die Kurve und geriet aufs Glatteis unter dem Schnee. Die Schlittenglocken bimmelten heftig.

«Ich sterbe!», brüllte Louise.

«Nur die Guten sterben jung.» Juts lachte, als der Schlitten sich auf die Seite legte und Louise in eine Schneewehe an der Straßenböschung kippte. Juts richtete den Schlitten auf, indem sie ihr Gewicht auf die andere Seite verlagerte.

Die aufgeregte Lillian beschloss, die Abkürzung über das Feld der Barnharts nach Hause zu nehmen. Ein breiter Bach begrenzte das Anwesen. Er glitzerte wie ein dunkler Spiegel. Lillian sprang über den Bach, doch Nickel plumpste herunter wie ein toter Nachtfalter von einer Verandalaterne. Und krachte durchs Eis.

Juts' Schultern schmerzten, als sie Minnie und Monza zum Stehen brachte, ungefähr hundert Meter von der Stelle, wo Louise herausgefallen war. Die Pferde hoben und senkten die Köpfe, der Schaum um ihre Mäuler vermischte sich mit Schneeflocken.

Das kalte Wasser reichte Nickel nur bis zur Taille, aber sie war mit solcher Macht durchs Eis gekracht, dass sie von oben bis unten durchnässt war. Ihre Stiefel zogen sie wie Gewichte herunter, als sie versuchte, aus dem Bach zu kriechen. Lillian galoppierte über die gefrorene Erde davon; ihre Hufschläge verklangen.

Nickel wand sich aus ihrem durchtränkten Mantel, bekam eine knorrige Baumwurzel zu fassen und zog sich heraus.

«Alles in Ordnung, Nick?»

«Momma, ich kann Lillian niemals einfangen. O. B. bringt mich um.»

«Komm.» Juts drängte sie zur Eile, weil Minnie und Monza ungeduldig aufstampften. Sie hatte alle Hände voll zu tun.

«Kümmert sich denn keiner um mich? Wenn ich mir nun die Hüften gebrochen habe? Was, wenn ich mir eine Gehirnerschütterung zugezogen habe?»

«Du klagst, Louise, das heißt, dir fehlt nichts.»

«Weißt du, Juts, nicht mal schwarze Magie kann einen Hasen verwandeln!», stieß Louise in unverhüllter Wut hervor und überließ es ihrer Schwester und ihrer Nichte, den tieferen Sinn dieser Aussage zu ergründen. Sie klopfte sich den Schnee ab, und wohl wissend, dass Juts nicht warten würde, weil die Pferde unruhig wurden, spurtete sie zum Schlitten.

Die triefende Nickel hievte sich hinauf, und Juts ließ die Pferde gehen.

«Herzchen, zieh deine Sachen aus. Wheezie, hilf ihr.»

«Ich hab mir den Knöchel verstaucht.»

«Wirst du Nickel wohl helfen?»

Louise zog ihre teuren Handschuhe aus und schälte dem Kind die schon gefrierenden Schichten vom Körper. Nicky zitterte, ihre Haut war ganz rot.

«Hier.» Louise wickelte sie in eine Decke und legte ihr die Wärmflasche auf den Bauch.

Das Kind klapperte mit den Zähnen.

Sie fuhren schweigend ein paar hundert Meter, dann fing Louise an zu kichern. Juts stimmte ein. Auch Nickel, die am ganzen Leib zitterte, kicherte schließlich, aber es klang mehr wie ein Gurgeln.

«‹Schnee und Eis hört man knistern›», begann Juts.

«‹… weil wir leis' nur noch flüstern …›»

Alle drei sangen aus voller Kehle.

O. B. hörte sie und schob das große Tor auf. Als Lillian über den Feldweg galoppiert war, wusste er schon, dass etwas schief gegangen sein musste. Peepbean war bei ihm.

«Hattet ihr Schwierigkeiten?»

«Bloß ein bisschen.» Louise winkte mit ihrem Muff, als er Monas Zügel nahm.

Peepbean sah zu, wie Louise Nicky zu O. B. herunterhob.

«Runtergefallen, runtergefallen», trällerte Peepbean.

«Sei still, Kirk, bring sie zum Ofen, dass sie sich wärmen kann», wies O. B. seinen Sohn an.

«Geh schon, ich komme gleich nach. Ich muss deine nassen Sachen aus dem Schlitten holen. Louise, vergiss deine Tasche nicht.» Juts gab Louise ihre Handtasche, dann holte sie ihre eigene. Sie wollte O. B. ein Weihnachtstrinkgeld geben, sah, dass sie kein Bargeld hatte, und zog ihr Scheckheft heraus.

Peepbean setzte Nickel an den Ofen. Er zog die Zipfel der Decke zurück, Nicky entriss sie ihm und zog sie eng um sich.

«Ich sag's nicht weiter.»

«Peepbean, lass mich in Ruhe.»

«Ich weiß, dass du nichts anhast. Komm schon, lass mich gucken.»

«Nein.»

Er zog an der Decke, und Nicky stand auf. «Wenn du mich nicht in Ruhe lässt, sag ich's.»

Er blickte sie finster an. «Ich will dir mal was sagen, du Rotznase. Deine richtige Mom ist Rillma Ryan. Kleiner Bankert.»

«Ist mir doch egal.» Nicky nahm die Information in sich auf, wollte sich aber vor ihm nichts anmerken lassen. Sie erinnerte sich an Rillma Ryan. Das war die nette Dame, die einmal zu ihnen zu Besuch gekommen war. «Ist doch egal, wer meine Mom ist – ich kann trotzdem besser reiten als du.»

«Runtergefallen.»

«Ja, aber ich hab keine Angst, wieder aufzusteigen. Angsthase! Angsthase! Angsthase!»

Er griff die Decke und rangelte mit Nicky. Louise kam herein. «Aufhören!»

Peepbean sah sie an wie ein junger Hund, der dabei erwischt wurde, wie er gerade Essen vom Tisch mopste.

«Wir haben bloß gespielt.»

«Ich hab nichts an. Er will mich sehen.» Nickel sagte die reine, ungeschminkte Wahrheit.

«Die spinnt», log Peepbean.

«Es ist Weihnachten. Soll ich es deinem Vater sagen, damit er dich verdrischt?»

«Nein.» Angst flackerte in seinem Gesicht auf.

«Dann ist Schweigen mein Weihnachtsgeschenk für dich.» Louise zeigte mit dem Finger auf ihn. «Aber wenn du Nickel noch ein einziges Mal ärgerst, kannst du eine Woche nicht sitzen, weil dir nicht nur dein Vater den Hintern versohlen wird, sondern ich auch!»

«Nickel!», rief Juts.

«Ja, Momma.»

«Komm sofort her.»

Nickel zuckte die Achseln und watschelte hinaus. Ihre

Mutter hatte ihr mit Kreide aufgewertetes Scheckheft aufgeschlagen.

«Warst du das?»

«Ich werde reich», erklärte Nickel.

«Irgendwas wirst du auf alle Fälle. Hast du in mein Scheckheft geschrieben?»

«Ja.»

Louise warf einen Blick auf das Scheckheft und brach in Lachen aus.

«Ermutige sie nicht noch.» Aber auch Juts lachte.

Nickel grinste verlegen, doch sie dachte über Rillma nach. Wenn Rillma wirklich ihre Mutter war, was hatte sie dann verbrochen, dass ihre Mutter sie verlassen hatte?

77

EINE BANGE AHNUNG ERGRIFF NICKY. Weihnachten rückte mit jedem Tag näher, und sie fürchtete, dass der Weihnachtsmann ihre Geschenke unter Rillma Ryans Baum in Portland, Oregon, legen würde – falls Rillma tatsächlich ihre Mutter war.

Sie blickte in den goldgerahmten Spiegel in ihrem Zimmer. Sah sie aus wie Juts? Und was war mit Chessy?

Juts merkte nicht, dass Nicky noch stiller war als sonst. Die Weihnachtszeit verwandelte Juts in einen wirbelnden Derwisch, und außerdem war sie nicht besonders empfänglich für die Gefühle anderer Menschen. Da sie sich überwiegend mit sich selbst beschäftigte, entging ihr oft, was andere bewegte.

Juts' Baum, eine große Douglastanne, war geschmückt mit großen, glänzenden Kugeln in kräftigen Farben, Lametta, güldenen Girlanden und hier und da handgeschnitztem Holzschmuck aus Europa. Da der Krieg noch so frisch in Erinnerung war, wollte man es lieber nicht genauer wissen.

Als sie das weiße Laken um den Baum herum ausbreitete, zupfte Juts hier und dort, konnte aber ihre künstlerische Vision nicht verwirklichen. Der «Schnee» wollte nicht richtig liegen. Verärgert kroch sie unter den Baum, gefolgt von Yoyo.

«Wag es ja nicht, eine Kugel vom Baum zu schlagen.»

Yoyo saß auf dem Hinterteil und sah der ächzenden, stöhnenden Juts zu. Dann krabbelte Juts rückwärts unter dem Baum hervor. Immer noch nicht richtig. Sie kroch wieder drunter. Flach auf dem Bauch liegend, knüllte sie das Laken, dass es Hügel und Täler bildete. Dann krabbelte sie wieder rückwärts hervor. Müde stützte sie den Kopf auf die Hände.

Yoyo blieb unter dem Baum. Juts döste ein Viertelstündchen, und als sie die Augen öffnete, blickte sie in den Kamin. Ein leichter Luftzug blies von oben herunter. Sie stand auf, ging zum Kamin und bückte sich, um den Abzug zu schließen. Sie hatte ihn absichtlich offen gelassen, hatte dann aber vor lauter Arbeit vergessen, Feuer zu machen. Als sie in den Kamin griff, erblickte sie einen kleinen Zettel, der an die Innenmauer geklebt war.

Sie riss ihn ab, hielt sorgsam die rußige Hand von ihrem Kleid fern.

In kindlicher Krakelschrift stand auf dem Zettel:

«Weihnachtsmann ich won hier Nicky.» Schreib- und Kommafehler ignorierend, zerknüllte sie den Zettel und warf ihn in den Kamin, gerade als Nickel die Treppe hinunterkam, gefolgt von Buster, der mehr Lärm machte als sie.

«Momma!» Nickel rannte zum Kamin, um ihren Zettel zu retten.

«Und wenn ich Feuer gemacht hätte?»

Nickel strich das Briefchen glatt.

Wütend riss Juts es ihr aus der Hand. «Du brauchst keinen Brief, verdammt nochmal! Der Weihnachtsmann weiß, wo du wohnst.»

«Sicher ist sicher», erwiderte Nickel zaghaft. «Er kommt vielleicht durcheinander.»

«Nicht er ist durcheinander, sondern du.»

«Ich wünsche mir so, dass er mir ein Roy-Rogers-Halfter bringt.»

«Hör auf mit deinen Geschenken. Weihnachten ist mehr als Geschenke.»

Aber nicht für eine Sechsjährige. Wäre Juts nicht so aufgebracht gewesen, hätte sie sich darauf besonnen.

«Ich bin brav gewesen und ...»

«O Nickel, der Weihnachtsmann ist eine fromme Lüge. Mach dir keine Sorgen wegen deiner Geschenke. Die wirst du schon kriegen.»

Nickel trat einen Schritt zurück, aschfahl im Gesicht. «Mom, du hast gesagt, der Weihnachtsmann findet mich.»

«Es gibt keinen Weihnachtsmann, Herrgott nochmal. Es ist ein Märchen, das erzählen die Leute den Kindern, damit sie Ruhe geben. Es gibt keinen, der oben am Himmel mit Rentieren fährt. Vergiss es.»

Nickys Augen trübten sich. «Und der Osterhase?»

«Hast du schon mal einen Hasen gesehen, der größer ist als ein Brotkorb? Auch so eine faustdicke Lüge. Fang nicht an zu heulen, Nicky. Um Gottes willen, das sind Märchen. Du kriegst deine Geschenke. Das ist doch die Hauptsache für dich.»

«Gar nicht wahr!», schrie Nickel und erschreckte damit Julia Ellen und sich selbst.

Yoyo kletterte vorsichtshalber auf den Baum. Buster bellte.

«Ich hab keine Zeit für diese Albernheiten.» Juts machte kehrt und steuerte auf die Küche zu.

«Du hast mich angelogen!» Wie ein Racheengel wies Nicky mit dem Finger auf Juts.

Juts drehte sich blitzschnell um. «Sprich nicht so mit mir, verwöhntes Blag. Ich bin deine Mutter.»

«Nein, bist du nicht.»

Juts stand da wie angewurzelt. Sogar Buster verstummte.

Nickel senkte die Stimme. «Rillma Ryan ist meine Mutter.»

Zitternd flüsterte Juts: «Wer hat dir das gesagt?»

«Peepbean Huffstetler.»

Hierauf blieben sie lange still. Juts legte die Finger an die Schläfen. «Rillma Ryan hat dich auf die Welt gebracht. Sie war in der Klemme, und du bist dabei rausgekommen. Ich wollte ein Baby, da hab ich dich genommen. Warum ich diese Plage wollte, weiß ich nicht. Ich hätte mir den Kopf untersuchen lassen sollen.» Diese beiläufige Gemeinheit schlüpfte ihr einfach so aus dem geschminkten Mund. Sie war so wütend und aufgebracht, dass sie überhaupt nicht bedachte, wie sich das auf Nickel auswirkte.

«Wenn du nicht meine Mutter bist, kannst du mir gar nichts vorschreiben.» Nickel stemmte die Hände in die Hüften, und Tränen rollten über ihr glattes Gesicht.

«Hör zu, du Satansbraten. Du wärst tot, wenn ich dich nicht aus dem Waisenhaus geholt hätte.» Sie unterließ es wohlweislich, zu erwähnen, dass Wheezie und Chessy sie in der Eiseskälte aus Pittsburgh abgeholt hatten. «Ich habe dich gefüttert, gekleidet und dafür gesorgt, dass du rechtzeitig in die Kirche kamst. Solange du unter meinem Dach wohnst, wirst du tun, was ich sage.»

Nickel kehrte ihr den Rücken und ging nach oben.

Juts ging in die Küche und schenkte sich einen Kaffee ein, aber ihre Hände zitterten so sehr, dass sie die Tasse nicht an den Mund führen konnte. Wütend goss sie den Kaffee in den Ausguss, dann knallte sie die Tasse an die Wand.

78

Das leise Klopfen an der Haustür wäre unbemerkt geblieben, wenn Ramelle nicht zufällig durch die große Diele gegangen wäre.

«Nicky.» Sie öffnete die Tür. Die Kleine hatte alles angezogen, was ihr nur eingefallen war, und trug ihr Federmäppchen bei sich. «Komm rein, mein Schatz.»

«Mrs. Chalfonte, ist G-Mom hier?»

«Ja. Jetzt ziehen wir dir erst mal die Sachen aus, dann gehen wir zu ihr. Meine Güte, hast du viel an. Ich weiß, es ist bitterkalt draußen, aber nun ja ...» Ramelle lächelte und sagte weiter nichts dazu. «Komm.»

Sie nahm Nicky an die Hand und ging mit ihr in die Küche.

Cora war beim Plätzchenbacken. «Hallo. Was machst du denn hier?»

Nicky trat zwischen die beiden Frauen, mit dem Rücken zu ihrer Großmutter, und sah Ramelle an. «Mrs. Chalfonte, ich will bei Ihnen arbeiten, genau wie G-Mom. Ich bin stark. Ich bin wirklich stark, und ich lerne schon schreiben. Ich kann fegen, und ich kann …»

Ramelles Lachen war glockenhell. «Nickel, du bist das süßeste Ding auf der Welt.»

Nickel lächelte. «Ich fang gleich an. Ich hab alles mitgebracht, was ich brauche.»

Cora lachte. «Wo ist deine Mutter?»

«In Portland, Oregon.»

Schlagartig verging das Lachen. Cora wischte sich die Hände an ihrer Schürze ab. Sie nahm ein paar Plätzchen vom Blech. «Setzen wir uns hier rüber.»

Die drei setzten sich in die Nische, Ramelle nahm Milch mit.

«Willst du uns nicht zuerst sagen, warum du so viele Sachen angezogen hast?», fragte Ramelle sanft.

«Ich geh nicht wieder zu Momma. Ich kann bei G-Mom schlafen und den ganzen Tag hier arbeiten. Ich arbeite gerne.»

«Du bist eine gute Arbeiterin», lobte Ramelle sie.

Cora aß ein Erdnussplätzchen. «Die sind lecker, wenn ich das so sagen darf.» Sie legte ihren Arm um Nickel. «Wie war das mit Portland, Oregon?»

«Peepbean hat gesagt, meine Mutter ist Rillma Ryan, und Momma hat es auch gesagt. Ich mag Momma nicht mehr.»

«Weil sie nicht deine richtige Mutter ist?» Ramelle bemühte sich, ihren Fragen nicht das Gewicht zu verleihen, das sie eigentlich hatten. «Ich meine, deine leibliche Mutter. Eine richtige Mutter ist die, die dich großzieht.»

«Momma war gemein zu mir, und ich kann sie nicht leiden.»

«Was hat sie getan?» Cora trommelte mit den Fingerspitzen auf die Tischplatte, dann hob sie die Hand. «Wir sagen es nicht weiter. Hand aufs Herz.»

Ramelle legte ebenfalls die Hand auf ihr Herz.

«Sie hat gesagt, es gibt keinen Weihnachtsmann und keinen Osterhasen, und sie hat gesagt, ich bin eine Klemme.»

«Eine Klemme?» Cora fragte sich, was das zu bedeuten hatte.

Nickel nickte. «Ich bin eine Klemme, und ich hab ihr Kopfschmerzen gemacht. Ich muss nicht auf sie hören.»

«Ah – hm, darüber machen wir uns später Gedanken. Jetzt iss erst mal G-Moms Plätzchen. Ich muss mir die Hände waschen, bin gleich wieder da.» Ramelle ging hinaus, um Juts anzurufen.

«Sie ist was?», stöhnte es am anderen Ende der Leitung. Juts wusste nicht, dass Nickel aus der Hintertür geschlichen war. «Ich bin gleich da.»

«Julia, das ist vielleicht keine gute Idee. Willst du mir nicht erzählen, was passiert ist, besonders mit der Klemme? Nickel sagt, du hättest ihr gesagt, sie sei eine Klemme.»

«Oh …» Am anderen Ende der Leitung war ein scharfes Einatmen zu hören. «Meine Nerven liegen blank und da …»

Als Ramelle Juts' Version der Geschichte gehört hatte, kam sie zurück. Sie setzte sich Cora und Nickel gegenüber.

«Lecker, die Plätzchen, nicht?»

«Ja, Ma'am.»

«Nicky, ich habe deine Mutter angerufen und ihr gesagt, dass du hier bist. Hast du ihr gesagt, dass du fortgehst?»

«Ich sag ihr gar nichts.»

«Sie sagt, du kannst eine Weile hier zu Besuch bleiben, dann kommt sie dich holen.»

«Ich will nicht nach Hause.»

Cora wandte geschickt ein: «Du kannst Yoyo und Buster nicht im Stich lassen.»

«Können sie nicht bei mir wohnen?»

«Ich fürchte, nein, Liebes.» Cora drückte Nicky an sich. «Und deine Mutter entschuldigt sich. Sie hat nicht gemeint, dass du eine Klemme bist, sie hat gemeint, Rillma hätte in der Klemme gesteckt. Das sagt man so. Ich glaube sie hat die Nerven verloren, und jetzt tut es ihr Leid.»

«Hast du auch die Nerven verloren?», fragte Cora.

«Ja.» Nicky schlug die Augen nieder.

«Wenigstens hast du welche. Man muss nur wissen, wie man damit umgeht.»

«Ich will nicht auf sie hören.»

«Sie wollte auch nicht auf mich hören», sagte Cora. «Aber so ist es eben mit Müttern und Töchtern. Sie ist deine Mutter. Sie ist nicht vollkommen, aber sie ist deine Mutter. Ich werde jedenfalls mit ihr sprechen, und dann bringen wir das ins Reine.»

«Wer ist mein Vater?»

Eine drückende Stille folgte dieser unvermeidlichen Frage.

Ramelle, unsicher, ob sie das Richtige tat, hielt es für besser, die Wahrheit zu sagen. Das Kind war genug belogen worden. «Dein Vater war Francis, der Neffe von Celeste Chalfonte. Rillma hat den Leuten erzählt, dein Vater sei ein Mann namens Bullette, aber das hat sie nur aus Rücksicht getan, weil Francis schon verheiratet war.»

«Mag er mich nicht?»

«Er ist am Ende des Krieges an Überarbeitung und

Überlastung gestorben. Er würde dich bestimmt lieben.» Ramelle betete um Unterweisung, weil niemand, nicht einmal Cora, die ganze Geschichte kannte. «Er und deine Mutter haben im Krieg zusammen gearbeitet und sich ineinander verliebt. Was eine wunderbare Geschichte mit glücklichem Ausgang hätte werden sollen, konnte nicht glücklich enden, weil Francis schon verheiratet war. Das einzig Glückliche, was dabei herauskam, warst du.»

«Oh.»

«Nur Celeste, Gott sei ihrer Seele gnädig, und ich wussten, wer dein wirklicher Vater war. Er hat Rillma das Geld gegeben, damit sie nach Portland ziehen konnte. Celeste hatte Rillma die Stelle bei Francis besorgt, und sie hat sich immer dafür verantwortlich gefühlt, obwohl sie es nicht war. Aber wir freuen uns, dass du da bist. Und niemand braucht die ganze Geschichte zu wissen.»

«Wetten, Tante Louise weiß es. Tante Louise sagt, sie weiß alles.»

«Tante Louise weiß es nicht.»

«Und Momma?»

«Nein», antwortete Ramelle.

«Muss ich Momma lieb haben?»

«Du hast sie lieb – im Herzen.» Cora seufzte, als sie an die Gespräche dachte, die sie mit Juts und dann mit Louise würde führen müssen, bevor Juts auf Louise losging und ein neuer Krieg ausbrach.

«Wie kann man jemand lieb haben, wenn man ihn nicht leiden kann?»

«Man erinnert sich an die schönen Zeiten», erwiderte Cora. «Und dann betet man, dass Gott einem den Weg weist. Weißt du, die Menschen brauchen Liebe, wenn sie am wenigsten liebenswert sind.»

«Wie Momma?»

«Hm – ja.»

«Mrs. Chalfonte, haben Sie schon mal wen lieb gehabt, den Sie nicht leiden konnten?»

«Schon oft.»

Ein Klopfen an der Tür und ein «Ich bin's» kündigte Juts an.

«Denk dran …», flüsterte Ramelle, doch bevor sie ihren Satz zu Ende sprechen konnte, war Juts bei ihnen. Sie nahm die Szene in Augenschein, dann brach sie in Tränen aus. «Es tut mir Leid, Nicky, es tut mir so Leid.»

Nicky sah ihre Mutter schluchzen. Cora stand leise auf und umarmte ihre Tochter.

«Juts, wenn du bloß nachdenken würdest, bevor du den Mund aufmachst.»

«Ich weiß.» Juts schluchzte weiter.

Ramelle dachte an die Worte Paul Valérys: «Ich habe mich geliebt, ich habe mich gehasst, und dann sind wir zusammen alt geworden.»

79

DAS WEIHNACHTSFEST BESCHERTE NICKY ihren Roy-Rogers-Revolver mit Halfter und Mutter Smith eine Angina. Sie überstand sie. Juts fragte sich, wie viele Jahre sie noch mit ihrer Schwiegermutter aushalten musste. Sie tat so, als freute sie sich, dass sie überlebt hatte.

Chester raste bis zur Erschöpfung zwischen Krankenhaus und Zuhause hin und her. Seine Brüder, die über die Feiertage zu Hause waren, waren keine große Hilfe. Er zog sich eine schwere Erkältung zu. Juts packte ihn ins Bett.

Nicky beschloss, nicht auf Jackson Frosts Weihnachtsfeier zu gehen. Juts wählte die Nummer für sie, und Nicky sagte Jackson am Telefon, sie müsse sich um ihren Dad kümmern. Was sie auch tat. Sie brachte ihm Orangensaft, Tabletten und Wick VapoRub. Sie las ihm auch vor. Er hörte viermal hintereinander «Es war am Heiligen Abend» und beteuerte, dass sie mit jedem Mal flüssiger las.

Einmal schlief er ein, und als er wirr aufwachte, saß Nicky auf der Bettkante und bewachte ihn. Sie tätschelte seine Hand, als wäre es Yoyos Pfote.

«Daddy, ich mach dich gesund.»

Er nieste. «Bestimmt.»

«Daddy, ich würde meine Weihnachtsgeschenke hergeben, wenn es dir davon besser geht.»

«Das brauchst du nicht.»

«Würde ich aber.» Sie küsste seine Hand und kuschelte sich neben ihn. «Du verlässt mich nicht, oder?»

«Nie.» Er fragte sich, was in dem Lockenkopf vorging.

«Du würdest mich nicht wieder zu Rillma Ryan bringen, oder?»

«Was?» Chester, der von den Ereignissen der letzten Tage nichts wusste, wurde schlagartig hellwach.

«Ich hab Angst, wenn Momma mal böse auf mich ist, gibt sie mich ab.»

«Zerbrich dir nicht dein hübsches Köpfchen, Schatz.» Er konnte es nicht erwarten, Juts in die Mangel zu nehmen. «Du gehörst hier zu mir, für immer und ewig.»

Sie schmiegte den Kopf in seine Armbeuge. «Ich hab dich lieb.»

«Ich hab dich auch lieb.» Er nieste.

«Ich hol dir noch Orangensaft. Mom sagt, du musst ganze Badewannen davon trinken.»

«Danke. Ich hatte genug. Aber du kannst mir einen großen Gefallen tun. Geh zu Momma und bitte sie, herzukommen und mir Gesellschaft zu leisten.»

«Okay.»

Als Juts' Schatten über die Schwelle schwebte, hatte er seine Fragen parat. Sie schickten Nicky in die Küche hinunter, um Yoyo und Buster zu füttern, was hieß, dass sie ungefähr eine Viertelstunde für sich hatten.

«Julia, woher weiß Nickel von Rillma?»

«Peepbean hat es ihr gesagt.»

«Warum hast du's mir nicht erzählt?»

«Hab ich vergessen.»

«Scheiße.» Er setzte sich aufrecht, sein Kopf brummte. «Du erzählst ihr ohne mich, dass sie adoptiert ist. Sie erfährt von Rillma Ryan. Wer bin ich denn hier, verdammt nochmal, der Türsteher? Du hast kein Recht, mir das zu verschweigen.»

«Chester, du hast Fieber.»

«Weich mir nicht aus!»

«Tu ich gar nicht.»

«Du hättest es mir sagen sollen.»

«Ich nehme an, Nicky hat's dir erzählt.»

«Gerade eben. Sie wollte wissen, ob du sie Rillma Ryan zurückgibst, wenn du böse auf sie bist. Das ist eine verteufelte Last für ein Kind, so zu empfinden.»

Juts wischte die Angst mit einer Handbewegung fort. «Sie wird es vergessen. Du weißt doch, wie Kinder sind.»

«Nein, weiß ich nicht. Aber ich weiß, wie du bist.»

«Deine Mutter kam ins Krankenhaus, und alles ist so schnell gegangen, ich wollte darauf zu sprechen kommen, hab ich aber nicht. Es tut mir Leid.»

«Ich will die ganze Geschichte hören.»

«Nicht jetzt, Schatz, Nicky kann jede Minute wiederkommen. Ich verspreche dir, ich werde es dir erzählen. Alles.»

Er ließ sich aufs Kissen zurückfallen. Schweiß tropfte von seiner Stirn. Juts tupfte ihm das Gesicht ab.

«Ich hol dir einen Waschlappen mit Eiswürfeln. Das dürfte helfen.»

Sein Blick wanderte zu ihrem Hochzeitsfoto. «Vergaßen» alle Frauen Wesentliches oder bloß Juts? Er fragte sich, ob es eine weltweite Frauenverschwörung gab, um die Männer zu beherrschen, sie dämlich dastehen zu lassen.

Juts und Nicky kamen zurück.

«Ich hab noch was vergessen», sagte Juts.

«Was?» Er blinzelte, weil sein Kopf so schmerzte; sogar die Augen taten ihm weh.

«O. B. schickt Peepbean auf eine katholische Schule. Wenn er Aushilfsküster wird, bezahlt St. Rose die Schule. Popeye gibt das Küsteramt auf.»

«Der Junge ist irgendwie einfältig.» Chester schloss die Augen. Der kalte Waschlappen auf seiner Stirn tat gut.

Nickel wiederholte eine Redensart, die sie gehört hatte. «Er ist eine neue Feder an einem alten Hut.»

Chessy und Juts lachten. Irgendwie traf es die Situation genau.

80

Ein nebliger Apriltag im Jahre 1952 scheuchte Juts und Louise zum Arbeiten ins Haus. Ungeduldig suchte Juts ihre Schnittmuster heraus; das dünne Papier knisterte.

«Die gefallen mir nicht.» Louise rümpfte die Nase.

«Mir auch nicht.»

«Ich brauche einen neuen Hut. Lass uns nach Hagerstown fahren.»

«Ich kann dir einen Hut machen.»

Nicky, die an dem Küchentisch mit der Keramikplatte ihre Rechenaufgaben machte, sah Juts hinausgehen und mit einer BH-Schaumgummieinlage zurückkommen.

«Und was, wenn ich fragen darf, hast du damit vor?», fragte Louise trocken. «Ich bin gepolstert.»

«Ich überzieh das Ding mit Satin, mach eine Schleife dran und einen kurzen Schleier. Schwarz oder vielleicht marineblau. Echt Tats.» So nannte Juts die berühmte Putzmacherin Gräfin Tatiana.

«He ...» Louise erwärmte sich für die Idee. «Schwarz, schwarze Schleife, mit Rot durchflochten.»

«Toll.» Begeistert kramte Juts in ihrem Weidenkorb, wo sie ihre Stoffreste aufbewahrte.

«Momma, ich will dieses Jahr beim Seifenkistenrennen mitfahren, dann kann ich direkt vor Tante Wheezies Haus gewinnen. Ich bin alt genug.» Mit sieben fand sie sich für alles alt genug.

Durch eine Wolke von Zigarettenqualm antwortete Juts: «Mädchen können nicht beim Rennen mitfahren.»

«Warum nicht?»

«Weiß ich nicht.»

Louise, eine Autorität auch auf diesem Gebiet, verkündete: «Weil du dabei deine Eierstöcke durcheinander rüttelst, und das gibt später Probleme.»

«Momma, was sind Eierstöcke?»

«Ich habe nicht die leiseste Ahnung.» Sie warf Wheezie den Mundhalten-Blick zu.

«Julia, sie muss diese Dinge lernen, früher oder später.»

«Später.» Juts schnippelte mit der Schere an dem schwarzen Satin herum.

«Ich will es jetzt wissen. Wenn die Schuld sind, dass ich nicht beim Seifenkistenrennen mitfahren kann, will ich sie nicht haben.»

«Ha!», platzte Louise heraus.

«Bist du wohl still», warnte Juts.

«Ich will sie nicht, wenn ich nicht beim Seifenkistenrennen mitmachen kann.»

Juts knallte die Schere auf den Tisch, kleine Satinfetzen flogen durch die Luft. «Schönen Dank, Dr. Trumbull. Jetzt wird sie mich den ganzen Tag mit Eierstöcken löchern.»

«Was sind Eierstöcke?»

Louise räusperte sich. «Das sind kleine Teile in dir drin, damit du Kinder kriegen kannst. Eierstöcke sind eine Gabe Gottes.»

«Gott kann sie jemand anders geben. Ich will keine Kinder.»

Louises Mund zuckte. «Eines Tages wirst du froh sein, sie zu haben.»

«Ich schenke meine Eierstöcke jemand, der Kinder will. Ehrlich. Ich brauch keine Eierstöcke.» Nicky schob ihre Schulhefte beiseite.

«Jetzt reicht's.» Juts klapperte mit der Schere wie mit einer potenziellen Waffe.

«Sie kann nicht einfach daherreden, sie will keine Eierstöcke oder keine Kinder.»

«Halt endlich die Klappe.»

Ein Ausdruck von globalem Überdruss, gefolgt von einem leisen Ausatmen, begleitete Louises Worte. «Aber woher solltest du das auch wissen.»

Juts fegte Schnittmuster, Stoff und Schaumgummieinlage zu Boden. «Halt die Klappe, hab ich gesagt!»

Louise hob ihren «Hut» auf und schrie: «Du klärst sie nicht anständig über die weibliche Natur auf. Aber was habe ich erwartet?»

Juts machte einen Satz auf sie zu, doch Louise suchte hinter Nicky Schutz. «Du hast eine böse Ader.»

«Böse Ader! Ich sollte dir den Hals umdrehen. Du musst immer die Schlaue sein, du weißt immer mehr als ich ...» Juts schäumte dermaßen, dass sie nicht weitersprechen konnte.

«Ich glaube, ich bin hier überflüssig.» Louise marschierte rasch zum Windfang, um hinauszugehen.

«Andere Leute werden mit Reichtum, mit Schönheit, mit Grips gesegnet. Ich wurde mit einer Schwester gesegnet», knirschte Juts mit zusammengebissenen Zähnen.

Als Louise sah, dass Julia die Schere auf den Küchentisch legte, spähte sie vom Windfang wieder herein. «Einer Schwester, die mit dir durch dick und dünn gegangen ist.»

«Und ich mit dir.»

«Du kannst dem Kind keine Flausen in den Kopf setzen.»

Juts erwiderte süffisant: «Ich versuche ja nicht, eine Chalfonte zu sein.»

Nicky legte den Kopf auf die verschränkten Arme. Sie war eine Chalfonte; zumindest war ihr Vater einer. In diesem Augenblick erkannte sie, dass sie Juts überlegen war, weil Juts nichts von Francis wusste. Sie beschloss, wenn die Erwachsenen Geheimnisse vor ihr hatten, auch welche vor ihnen zu haben. Dieses Spiel konnten beide spielen.

«Sie kann nicht beim Seifenkistenrennen mitfahren. Das ist gegen alle Regeln.»

«Blöde Regel.»

«Blöd oder nicht, das Rennen ist nur für Jungen.»

«Warum ist alles, was Spaß macht, für Jungs?» Nicky schlug mit der Hand auf den Tisch. «Ich kann alles, was Jungs machen, und ich kann's besser.»

«Vorerst ja», sagte Louise. «Aber die Jungen werden größer und stärker.»

«Tante Wheezie, ich mach sie fertig, egal wie groß sie werden.»

«Viele Wege führen nach Rom», sagte Wheezie. «Warum kämpfen, wenn du mit einem bloßen Lächeln gewinnen kannst?»

«Deine Tante Wheezie will dir damit sagen, dass Männer leicht um den Finger zu wickeln sind.»

«Ist das dasselbe wie nicht alle Tassen im Schrank haben?»

«Nein, es ist etwas anderes, obwohl du oft genug feststellen wirst, dass sie nicht alle Tassen im Schrank haben.» Louise, die begeistert die Expertin gab, fuhr fort: «Ich erteile dir deine erste Lektion, wie man sich Männer gefügig macht.» Sie hob den Kopf, legte die Hand unters Kinn und berührte beim Sprechen mit dieser Hand ihren Ohrring. «Du bist klug, Paul, das wäre mir nie eingefallen.» Ihre Stimme trillerte, jede Bewegung kündete von Entzücken und Ehrfurcht.

«Zweite Lektion.» Juts lachte. «Du bist so stark. Ich hätte das nicht mal hochheben können.»

Die Schwestern lachten.

Nicky lachte nicht. «So was mach ich nicht.»

«Dann, Herzchen, lass mich die Erste sein, die es dir sagt: Du wirst mit den Männern einen Reinfall erleben.»

Louise fügte eifrig hinzu: «Wenn du die Tricks erst beherrschst, hast du leichtes Spiel mit ihnen – sogar mit den Schwulen.»

«Was ist ein Schwuler?»

«Ein Weichling», antwortete Louise.

«Wie Peepbean Huffstetler?»

«So ähnlich», erklärte Juts. «Wheezie will sagen, dass alle Männer gern von den Frauen beachtet werden, auch wenn sie keine heiraten wollen. Du neigst dich ein wenig zu ihnen hin, tust, als sei jedes Wort aus ihrem Mund ja sooo interessant, und schwups, ist es um sie geschehen.» Sie schnippte mit den Fingern.

«Sie merken bestimmt, dass man nur so tut.» Nicky konnte nicht glauben, dass diese albernen Tricks funktionierten.

«Nix da», sagte Juts.

«Du bist noch zu klein», ergänzte Louise. «Den kleinen Jungs ist es egal, aber wenn sie erst, na, vielleicht sechzehn sind …»

Julia unterbrach sie. «Wenn ihre Stimme sich verändert, das ist das Zeichen. Dann gib's ihnen.»

Nicky sah ihre Mutter und ihre Tante ernst an. «Kann ich nicht sein, wie ich bin?»

Louise lachte ungehemmt, was sie selten tat, ein Lachen tief aus dem Bauch heraus. «Nicky, von einem Mann geliebt zu werden, ist nicht dasselbe, wie von einem Mann erkannt zu werden. Sie brauchen dich überhaupt nicht zu kennen. Ach, sie wissen ja nicht mal, wie sie es anstellen sollen.»

Nicky mochte nicht glauben, dass Menschen jahrelang zusammenleben konnten, ohne sich zu kennen. Sie dachte, Wheezie würde sie veräppeln. «Momma, kennt Daddy dich nicht?»

Juts verschränkte die Arme. «Doch, ich glaube schon, aber Louise und ich sind uns beim Thema Männer eben nicht einig. Er weiß vielleicht nicht, warum ich etwas tue, aber er kann dir ganz genau sagen, was ich in einer bestimmten Situation tun werde.»

«Julia» – Louise senkte die Stimme – «du weißt ja selbst oft nicht, warum du etwas tust.»

«Doch, um mit dir abzurechnen.»

«Das ist allerdings die reine Wahrheit, und ich habe eine Zeugin.» Louise zeigte auf Nicky.

«He, sollen wir dir beibringen, wie man flirtet?» Juts amüsierte sich bestens.

«Momma, ich mach mir nichts aus dem Zeug. Ich will beim Seifenkistenrennen mitfahren.» Nicky schob ihre Stifte zurück und sprang vom Stuhl. «Ich geh nach oben. Darf ich?»

«Klar, Mike.»

Als sie gegangen war, sagte Juts zu Louise: «Ich werde nicht schlau aus ihr.» Ein ratloser Ausdruck erschien in Juts' Gesicht, das trotz ihrer siebenundvierzig Jahre noch jugendlich wirkte. «Sie will keine Kleider anziehen, ich kann sie nicht für Nähen oder Kochen erwärmen. Ich muss sie praktisch zu den Partys ihrer Freundinnen schleifen. Hast du schon mal ein Kind gesehen, das sich nichts aus Partys macht?»

«Nicht, dass ich wüsste, aber sie sind nun mal nicht wie wir. Diese Lektion hat mir Mary sehr bald erteilt, und dann hat Maizie es unmissverständlich vorgeführt. Die Sache mit Vaughn macht mich nervös. Er ist schwer hinter ihr her.»

«Du solltest dich freuen, Louise, was willst du denn? Sie erobert die Welt nicht als Pianistin, und sie hat keine Unterrichtszulassung – was soll sie denn machen?»

Louise drehte an ihrem Ehering. «Ich weiß nicht. Sie wird ihn sein Leben lang pflegen müssen.»

«Er kommt gut zurecht.» Juts boxte ihre Schwester an die Schulter. «Du machst dir doch Sorgen ums Geld. Er wird eines Tages den Drugstore übernehmen. Dann hat sie für den Rest ihres Lebens ausgesorgt.»

«Ich weiß nicht.»

«Sorgen sind dein Leben, weißt du das?»

«Du wirst eines Tages haufenweise Sorgen haben, wenn Nicky sich ernsthaft verliebt. Sie braucht bloß an einen miesen Kerl zu geraten. Ein Einziger genügt.»

«Vielleicht ist es umgekehrt genauso, und bei denen genügt auch eine Einzige, wer weiß.» Juts drehte den Wasserhahn auf und hielt ihre Zigarette darunter, um sie zu löschen. «Wer weiß, was aus Nicky wird? Sie tanzt nach ihrer eigenen Pfeife. Wenn ich daran denke, dass Blut dicker ist als Wasser, erinnere ich mich an Rillma als Kind. Sie war ganz anders als Nickel.»

«Sie klingt wie du. Sie packt die Dinge an wie du», sagte Louise beschwichtigend.

«Ja?»

«Ich glaube, sie sind wie Schwämme. Sie saugen alles auf.»

«Manchmal fühle ich mich wie eine Köchin, ein Hausmädchen, eine Waschfrau, ein Chauffeur – sogar eine Krankenschwester –, aber ich weiß nicht, ob ich mich wie eine Mutter fühle.»

«So fühlen sich Mütter eben – und erwarte bloß keinen Dank dafür.»

81

TROTZ DER ERMAHNUNGEN IHRER SCHWESTER, man müsse wissen, wo man hingehört, verschwor sich Juts mit Nicky und baute mit ihr eine Seifenkiste. Chessy hörte sich ihre Argumente an und dachte, was soll's?

Sie machten das Garagentor zu und verbrachten die nächsten zweieinhalb Monate damit, das Gefährt zu bauen. Chessy feilte an der Aerodynamik der Kiste, die eine niedrige, spitze Schnauze und glatte, windschnittige Seiten bekam. Nicky übernahm die Aufgabe, zu schmirgeln und immer wieder zu schmirgeln, bis die Holzoberfläche glänzte wie Glas.

Juts und Chessy machten sich Gedanken um die Lenkung. Eine schnelle Seifenkiste ist mitunter schwer zu halten. Juts hatte das Zeug zur Mechanikerin. Sie kroch unter den Wagen, prüfte die Zugstangen und den Sitz der Räder unter dem Fahrgestell. Sie zeichnete Entwürfe. Chester vertiefte sich mit ihr in die Zeichnungen, Nicky ebenso.

Beim Bau der Seifenkiste hielten die drei Smiths zusammen wie Pech und Schwefel. Am meisten genoss es Nicky, wenn sie alle in der Garage waren, auch Buster und Yoyo, und sangen. Juts die zweite Stimme, Chester Bass und Nicky die Melodie. Sie sorgte sich nicht wegen Rillma Ryan, wenn sie zusammen arbeiteten, und Juts war zu beschäftigt, um die Geduld mit ihr zu verlieren.

Nicky fand heraus, dass wenn sie mit Juts spielte – denn für sie war es ein Spiel –, Juts glücklich war. Sie hatten einmal in der Woche Reitunterricht, und danach begleitete Nicky Juts manchmal bei ihren Einkaufstouren. Sosehr sie das langweilte, sie heuchelte Interesse für die Kleider, auf die Juts sie aufmerksam machte.

Nun, da sie ein bisschen größer war, verbrachte sie die Samstage bei Chessy im Geschäft. Wie ihr Dad bastelte sie gern, aber sie hütete sich, in Juts' Gegenwart zu großen Enthusiasmus an den Tag zu legen, denn Juts war sogar auf Chessy eifersüchtig.

Mit ihren sieben Jahren hatte Nicky gelernt, sorgsam mit ihren Gefühlen umzugehen. Beseelt von grenzenlosem Tatendrang und Wagemut, spielte sie die meiste Zeit draußen, tat die meiste Zeit, was man ihr sagte, und beobachtete die Menschen viel mehr, als dass sie ihnen zuhörte. Sie hatte schon eine wichtige schmerzhafte Lektion fürs Leben gelernt, nämlich, dass die Menschen sie zwar gern haben mochten, sie sich aber um sich selbst kümmern musste; sie konnte nicht erwarten, dass andere es taten. Mit Ausnahme von Chessy.

Juts war es egal, was in Nicky vorging. Für sie zählte nur das sichtbare Ergebnis. Das galt für alles und jeden, und in dieser Beständigkeit lag ein gewisser Trost.

Chessy zeichnete die Konturen der Nummer 22 auf beide Seiten des Gefährts, das jetzt glänzend königsblau gestrichen war. Zusammen malten sie die 22 golden aus.

Harry Mundis, der Leiter des Rennens, herrschte allein über sein großes Reich, daher war es nicht so schwierig, sich an ihm vorbeizuschummeln. Nicky meldete sich unter dem Namen Jackson Frost an, weil sie wusste, dass Jackson den 4. Juli am Strand verbringen würde.

Das Wetter, wolkenlos und mit ungewöhnlich geringer Luftfeuchtigkeit, verhieß einen denkwürdigen Unabhängigkeitstag. Auf dem Platz war ein Feuerwerk vorbereitet, beide Feuerwehren nahmen teil. Flaggen zierten die ganze Stadt, und alle Bewohner hissten auf der Veranda oder auf dem Rasen eine Fahne.

Nicht wenige ließen auch ihre Flaggen von Maryland oder Pennsylvania flattern, was zur Farbenpracht beitrug.

Die Männer kramten ihre Kreissägen und Panamahüte hervor, während die Damen hin und her überlegten, ob sie bei der Hitze Nylonstrümpfe anziehen müssten. Die Mutigeren und Hübscheren entschieden sich für Shorts und Leinensandalen. Seit Louise behauptet hatte, Juts hätte Krampfadern, verzichtete Juts auf Shorts.

Die Häuser an der Rennstrecke füllten sich mit Menschen. Wannen mit Eis hielten Bier, Sodawasser, Limonade und für die Siegreichen Limonenlimo kalt. Kühltaschen mit Trockeneis enthielten Erdbeer-, Schokoladen- und Vanilleeis.

Louise, die Dame des Hauses, hatte eine Menge Gäste, die Wests gegenüber ebenso. Louise und Pearlie gingen hinüber, um zu plaudern, doch da Senior Epstein und Trudy mit den Wests feierten, blieb Juts, wo sie war. Wenn möglich, ging sie den Epsteins aus dem Weg.

Die älteren Damen – Cora, Ramelle und Fannie Jump, die langsam taub wurde – saßen auf Schaukelstühlen auf der Veranda. Extra Billy, Doak und die anderen jungen Männer tummelten sich auf dem Rasen vor dem Haus und spielten mit einem Tischtennisball Baseball, nachdem sie zuvor in der Parade mitmarschiert waren. Ihre Freundinnen und Ehefrauen spielten Hufeisenwerfen. Vaughn war im Hufeisenwerfen nicht zu übertreffen, er schlug sie alle vom Rollstuhl aus. Die meisten Kinder kreischten und jagten einander, unter dem immergleichen Vorwand, eins hätte das andere geschubst oder eins hätte mehr Eis gekriegt als das andere. Die Mütter kümmerten sich nicht darum.

Pearlie heizte den großen Grill aus Ziegelsteinen an, den er und Chessy vor Jahren gebaut hatten. Ganz Runnymede war sich einig, dass er die besten Steaks in der Stadt brutzelte. Juts und Louise brachten gemeinsam Platten mit Speisen zu Cora, Ramelle und Fannie Jump und versorgten alle mit Getränken.

Ein regelrechtes Erdbeben hatte die Stadt erschüttert, als die Versicherungsgesellschaft O. B. Huffstetler als den von den Rifes angeheuerten Brandstifter identifizierte. Ramelle weigerte sich, ihn zu entlassen, solange er nicht eindeutig überführt war. Sie wusste nicht, was sie tun würde, wenn er sich tatsächlich als der Übeltäter herausstellen sollte.

Die Kapellen marschierten an diesem Morgen unter wolkenlosem Himmel. Die Veteranen teilten sich auf, je nachdem, in welchem Krieg sie gekämpft hatten. Jeder Politiker aus den beiden Bezirken war in einem Cabriolet gekommen, und die Schönheitsköniginnen winkten allen zu. Die Geschäftsleute warben mit Festwagen für ihre Waren, der Wagen des Installateurs stellte ein riesiges Klo dar, was zu allerlei Bemerkungen Anlass gab.

Ein langes Transparent war straff über die Ziellinie des Seifenkistenrennens gespannt.

Juts sah auf die Uhr und schlich sich fort, was in dem Tumult leicht zu bewerkstelligen war. Nickel, die Schutzbrille im Gesicht, die Haare unter eine Baseballkappe der York White Roses gestopft, eilte mit ihr. Da sie bei den Kleinen mitfuhr, würde sie zeitig starten.

Bevor Juts sie bei ihrer Kiste zurückließ, flüsterte sie: «Kopf runter.»

«Okay.»

«Und mit niemandem sprechen, sonst verrät dich deine Stimme. Viel Glück.»

«Danke.» Nicky war ganz flau im Magen.

Als Juts wieder an der Ziellinie war, tuschelte sie mit

Chessy, der sich kurz vom Grill entfernt hatte. Louise scheuchte alle auf den Bürgersteig oder die Veranda, je nachdem, was ihnen lieber war.

«Wo ist Nicky?»

«Irgendwo in der Nähe.»

Louise bohrte weiter. «Sie hat noch nie ein Rennen verpasst. Wo ist sie?»

«Wahrscheinlich auf der anderen Straßenseite. Da drüben ist Popeye. Siehst du ihn? Oje.» Sie zeigte auf den Reporter.

Louise ließ den Blick über die Menge auf der anderen Straßenseite schweifen, dann bannte sie Juts mit ihrem Todesstrahl. «Sag bloß, du lässt sie …»

«Ach, du spinnst doch.»

«Ich kenne dich. Du bist doch ein offenes Buch für mich!» Louise sprang auf und ab, so aufgebracht war sie.

«Reg dich ab, Wheezie, es ist bloß ein Seifenkistenrennen, Herrgott nochmal. Sie kandidiert nicht für die Präsidentschaft.»

Der Ansager verkündete: «Und im dritten Lauf Jackson Frost, Nummer zweiundzwanzig, und Roger Davis, Nummer einundsechzig – und los!»

Als Nicky nach einem großartigen fliegenden Start den Hügel hinunterdonnerte, wusste Louise genau, wer in Wagen zweiundzwanzig saß.

«Das ist eine Schande», wetterte Louise. «Halt sie auf.»

«Ich halte gar nichts auf.»

«Das ist nicht fair gegenüber Roger Davis. Der Lauf wird nicht anerkannt.»

«Verdammt nochmal, Nicky nicht teilnehmen zu lassen, ist nicht fair gegenüber Nicky.»

«Das ist ein anderes Paar Schuhe.»

«Von wegen.» Juts reckte den Hals, um die Kisten zu sehen. Nicky war in Führung. «Weiter so, zweiundzwanzig!»

Ringsum wurde gebrüllt.

«Das geht so nicht.» Louise stürmte zur Ziellinie. Sie hob die Arme.

Juts sprintete ihr nach und stieß sie aus dem Weg. Chessy stürmte über die Ziellinie, um Louise festzuhalten. So landeten sie auf der Straßenseite der Wests, und Trudy warf Chester einen innigen Blick zu. Für alle Fälle schubste Juts ihre Kontrahentin.

Senior Epstein rief entrüstet: «Juts, lassen Sie doch die Vergangenheit ruhen.»

«Schlampe!»

«Alte Schlampe.» Trudy holte aus und knallte ihr eine.

Juts ballte die Faust und rammte sie Trudy in die Kinnbacken, dass sie rückwärts taumelte.

In dem vibrierenden Gefährt spannte Nicky alle Muskeln an. So schnell war sie noch nie im Leben gefahren. Sie spähte hoch und sah ihre Mutter und ihren Vater, Louise, Trudy und Senior in einer Rauferei, die von Minute zu Minute mehr Menschen einbezog. Sie ging vor Roger über die Ziellinie, schwenkte aber nach rechts, weil die Schlägerei sich bis auf die Straße ergoss. Das ratternde Gefährt hüpfte über den Bordstein, rollte auf zwei Rädern weiter, und Extra Billy und die anderen sprangen aus dem Weg. Gottlob besaß Maizie die Geistesgegenwart, Vaughn aus der Gefahrenzone zu schieben. Die Leute stieben auseinander wie Flipperkugeln. Die Smiths hatten eine verdammt gute Seifenkiste gebaut. Das Ding rollte immer noch und krachte schließlich in Louises hölzernen Fahnenmast.

Während Chester und Senior ihre Ehefrauen trennten,

wand Louise sich los. Sie lief über die Straße, ihre Sandalen schlappten bei jedem Schritt. Sie schob sich durch die Menge und zerrte die benommene Nicky aus ihrer Siegerkiste.

«Wenn deine Mutter dir nicht beibringt, dich wie eine Dame aufzuführen, werde ich es eben tun!» Sie ließ ihre Hand auf Nickys Hinterteil klatschen.

«Mom!» Maizie packte ihre Hand.

«Das ist Nicky. Ich sage dir, das ist nicht Jackson Frost, es ist Nicky.»

Louise griff nach Nickys Schutzbrille. Sie riss den Kopf weg, und die Brille flutschte ihr wieder aufs Gesicht.

«Es ist Nicky.» Maizie klappte vor Staunen der Kinnladen herunter.

Nicky setzte ihre Brille ab. «Ich hab gewonnen!»

Billy, Vaughn, Doak und ihre Freunde lachten, und Billy hob Nicky auf seine Schultern.

Der Ansager, von dem Tohuwabohu in Kenntnis gesetzt, brummte: «Es gibt eine Disqualifikation im dritten Lauf. Der Sieger ist Roger Davis.»

«Ich hab gewonnen!», schrie Nicky, die jetzt auf Billys Schultern stand. «Ich hab gewonnen!»

Juts, die von Chester und Pearlie über die Straße geschleppt wurde, fluchte, was das Zeug hielt. Als sie Nicky erblickte, klatschte sie in die Hände. «Ich habe gewusst, dass du's schaffst.»

«Sie haben sie disqualifiziert.» Louise spie die Worte förmlich aus.

«Ist mir egal. Sie hat gewonnen, und alle haben es gesehen. Nur das zählt.»

«Du verdirbst das Kind. Sie kann nicht dauernd meinen, dass sie tun kann, was ihr gefällt.»

«Ach, Mrs. Trumbull.» Extra Billy nannte seine Schwiegermutter immer Mrs. Trumbull. «Das müssen Sie ihr schon lassen, sie hat Mumm.»

«Und verstößt gegen die Regeln!» Louise hatte Flecken im Gesicht.

«Na und?» Juts war euphorisch, weil Nicky gewonnen und sie die vermaledeite Trudy Epstein endlich einmal vermöbelt hatte.

«Sie hat sich lächerlich gemacht», sagte Louise.

«Besser, als wenn es jemand anders tut», erwiderte Juts.

«Das Kind hat im Leben genug zu kämpfen, ohne dass du sie dazu anstiftest. Du hast nicht mehr Grips, als Gott einer Gans gegeben hat.»

Da riss ein Drähtchen in Juts' Kopf. «Wenn ich mich recht entsinne, Louise, bist du die Letzte, die über Gänse sprechen sollte.»

Angst durchfuhr Louise. Sie rief «Feind hört mit!», doch Juts war nicht mehr zu bremsen. «He, alle mal herhören, erinnert ihr euch an den Fliegeralarm? Das waren Kanadagänse. Louise hat wegen Kanadagänsen die Sirene gekurbelt und mich zu Geheimhaltung verpflichtet. So, Schwester, wie war das jetzt mit den Regelverstößen? Da kannst du doch mithalten!»

Louise stand da wie eine gerupfte Gans.

Der Aufruhr, den diese Enthüllung auslöste, übertraf den Tumult an der Ziellinie. Nicht nur die Geschichte erschien im *Clarion*, sondern auch ein Foto der raufenden Hunsenmeirs. Popeye hatte wieder zugeschlagen.

82

GANZ DIE DRAMADIVA, TRUG LOUISE nach der Enthüllung am 4. Juli zwei Wochen lang einen schwarzen Schleier. Alle wussten, wer sich darunter verbarg.

Caesura Frothingham, inzwischen steinalt, erklärte, der Schleier sei eine große Verbesserung. Noe Mojo vermutete, Louise sei in Trauer.

Juts, die zunächst dachte, sie würde von Vorhaltungen verschont bleiben, stellte fest, dass sie so köstlich munden mussten, dass die Leute ihr mit Freuden auch welche zuteil werden ließen.

Orrie Tadia Mojo drohte Juts mit dem Finger und sagte, sie habe ihre Schwester verraten. Worauf Juts sie anblaffte, von Louises bester Freundin erwartete sie nicht, fair behandelt zu werden.

Ev Most, von einer ihrer vielen Reisen zurück, verteidigte Juts, vertraute jedoch ihrem Mann an, dass Julias Freundin zu sein zuweilen sehr strapaziös sei.

Mutter Smith schrieb einen Brief an den Herausgeber der *Trumpet,* in dem sie sich über Funktionsträger beschwerte, die blinden Alarm schlugen. Sie führte den Bezirksbeauftragten von York auf der Pennsylvania-Seite an, doch ganz Runnymede wusste, dass Louise und Juts gemeint waren.

Das wurmte Cora, die Juts einen Brief an den Herausgeber des *Clarion* diktierte. Darin hieß es: «Josephine redet Scheiße.»

Walter Falkenroth rief Cora an und empfahl, den Brief umzuformulieren. Ramelle, die einen kühleren Kopf bewahrte, half ihr, und der Brief erschien einen Tag nach Josephines Attacke.

Er lautete: «Louise Trumbull und Julia Ellen Smith haben einen Fehler gemacht. Wir sind froh, dass es keine deutschen Flugzeuge waren.»

Am nächsten Tag erschien ein Brief von Juts, in dem sie schrieb: «Louise hat's vermasselt. Ich hab's vertuscht. Wenigstens hatten wir ein bisschen Abwechslung.»

Daraufhin machte Louise ihrem Unmut gründlich Luft. Die Bewohner von Maryland schickten ihre Antworten stets an die Zeitung von Maryland, deren Auflage nach oben schnellte. Louises ausführliche Antwort musste auf zwei Absätze gekürzt werden. Die letzte Zeile lautete: «Ich würde für mein Vaterland sterben.»

Beim Herrenfriseur wurde gescherzt, das würde sie möglicherweise müssen.

Das Curl 'n' Twirl platzte beinahe vor Klatsch über die Schwestern und Neuigkeiten von der Brandstiftung: O. B. hatte abgestritten, das Lagerhaus angezündet zu haben, und den teuren Edgar Frost beauftragt, ihn zu verteidigen. Man mutmaßte, dass das Geld vom alten Julius Rife kam.

Vaughn machte Maizie einen Heiratsantrag, doch angesichts der geladenen Atmosphäre beschlossen sie zu warten, bevor sie es öffentlich bekannt gaben. Nicht einmal Louise wusste davon.

Cora erklärte ihren Töchtern in aller Ruhe, wenn sie nicht zusammen gehängt würden, dann würden sie getrennt hängen. Darauf setzten sich beide Schwestern, von Cora am Schlafittchen gepackt, an ihren Küchentisch und schrieben noch einen Brief an den *Clarion*. Diesmal entschuldigten sie sich für jegliche Unannehmlichkeiten, die sie den Bürgern von Runnymede bereitet haben mochten.

Als sie den Brief unterschrieben hatten, ließ Cora sie los. Mürrisch blieben sie am Tisch sitzen.

«Mädchen, ihr stellt die Geduld aller lebendigen Heiligen auf die Probe.»

«Ich hätte unser Geheimnis mit ins Grab genommen.» Louise berührte das kleine goldene Kreuz, das um ihren Hals hing.

«Wenn du stirbst, Wheezie, bist du so alt, dass du alles vergessen hast. Nur die Guten sterben jung.»

Louise beschwor ihre Mutter, die sich vor ihnen aufgebaut hatte. «Da hast du's; was für eine Klugscheißerin. Setzt immer noch eins drauf. Ich hasse sie.»

«Du hast angefangen.»

«Hab ich nicht.»

«Louise, du bist einundfünfzig Jahre alt …»

«Mutter!», winselte Louise.

«Julia, du bist jetzt siebenundvierzig. Das ist keine Art, sich aufzuführen.»

«Ich hab ihr gesagt, sie soll Nicky nicht am Rennen teilnehmen lassen. Mit ihr ist nicht zu reden. Sie hört nie zu», jammerte Louise.

«Es ist ungerecht. Wenn Nicky ein Rennen fahren will, dann soll sie fahren. Wir haben kein Verbrechen begangen, Louise.»

«Und dann hast du auch noch Trudy Epstein geschubst. Nicht genug damit, zuzulassen, dass sich das Kind als Junge ausgibt, du musstest auch noch in aller Öffentlichkeit auf diese Frau losgehen.»

«Sie hat gesagt, er sei nur aus Pflichtgefühl bei mir geblieben. Dass er in Wirklichkeit sie liebt. Blöde Pute.»

«Hat sie das wirklich gesagt?» Louise beugte sich vor.

«Wenn du nicht Unsere Liebe Frau von den Schleiern gespielt hättest, hätte ich dir alles erzählt, aber du sprichst ja seit dem 4. Juli nicht mit mir. Es gibt vieles, was du nicht weißt», sagte Julia geheimnisvoll. Sie wusste, dass sie damit Louises Neugier weckte.

«Aber warum hat sie das vor allen Leuten gesagt? Sie gibt sich doch sonst solche Mühe, rechtschaffen zu sein, die Ärmste.» Louise hatte nicht viel für Trudy übrig.

«Woher zum Teufel soll ich das wissen? Vielleicht dachte sie, dass sie damit durchkommt. Dass es außer mir niemand hört.»

«Hat es jemand gehört?»

«Den Anfang nicht, aber als ich ihr eine geschmiert habe, klar, da haben es alle gehört, weil sie gleichzeitig mit dir rumgeschrien hat, Wheezie.»

«Ich habe nur versucht, einer peinlichen Situation zuvorzukommen.»

«Deswegen bist du mitten auf die Straße gerannt? Um einer peinlichen Situation zuvorzukommen? Raffiniert», erwiderte Juts trocken.

«Du wolltest ja bei Nickel nicht einschreiten.»

«Nein, weil ich nicht fand, dass wir was Unrechtes taten.»

«Jungs machen, was Jungs machen, und Mädchen machen, was Mädchen machen.»

«So ein Quatsch.»

«Als Nächstes will sie noch bei den Orioles mitspielen. Na, warum eigentlich nicht? Wieso du dich überhaupt mit dieser Zweitligamannschaft abgibst, die auf dem letzten Loch pfeift, werde ich nie begreifen.»

«Wart's nur ab, Louise, eines Tages wird Baltimore wieder in der Ersten Liga spielen. Genau wie vor dem Ersten Weltkrieg. Wir werden eine richtig gute Mannschaft haben, und dann können wir die Yankees schlagen.»

«Träum schön weiter, Schwesterherz.»

«Wollt ihr zwei euch wohl vertragen! Mir ist es egal, wer in Baltimore bei was gewinnt. Ich will das hier jetzt bereinigen. Kein Ablenkungsmanöver.» Cora holte sie auf den Boden der Tatsachen zurück.

«Was gibt's da zu bereinigen? Wir haben den Brief geschrieben.» Juts setzte sich seitlich auf ihren Stuhl.

«Du hast gesungen. Das gibt es zu bereinigen. Wir würden sonst nicht in diesem Schlamassel stecken. Julia, es steht auch noch in anderen Zeitungen. Die Leute lachen über uns!»

«Lass sie doch. Wenigstens lachen sie – und weinen nicht. Ich erweise der Öffentlichkeit einen Dienst.»

«Auf meine Kosten», schmollte Louise.

«Ich hab nicht gesagt, dass Gänse deutsche Flugzeuge sind.»

Louise quollen schier die Augen aus dem Kopf, ihre Sehnen traten am Hals hervor. «Du hast mitgemacht! Das ist genauso schlimm wie falschen Alarm zu schlagen.»

«Seid still, alle beide. Zweimal Unrecht ergibt nicht Recht.»

«Ja, aber warum soll ich dafür büßen, dass sie so blöd war?»

«Julia Ellen, das ist keine Art, um diese Wunde zu heilen.»

Louise schlug mit der flachen Hand auf den Tisch. «Wunde? Wunde? Ich sag dir, was das ist, das ist ein Dolchstoß in den Rücken, von meiner Schwester, vor aller Welt! Wo bleibt deine christliche Nächstenliebe? Oh, ich erwarte nicht, dass du eine liebevolle Schwester bist. Nein, dazu kenne ich dich zu gut. Du zuerst, alle anderen zuletzt, aber um der christlichen Nächstenliebe willen hättest du mir diese Demütigung ersparen können.»

«Es gab nur einen Christen, und der starb am Kreuz.» Julia stimmte mit Nietzsche überein, ohne dass es ihr bewusst war. Ihr gefiel der Ausspruch einfach.

«Julia ...» Coras Ton war streng.

«Sie hat mir vorgeworfen, ich sei eine schlechte Mutter!» Juts stand auf. «In ihrem Vorgarten, mit Millionen Leuten drumrum. Ich lass mir den Mist keine Minute länger gefallen. Sie kann von Glück sagen, dass ich sie nicht umgebracht habe.»

«Ich habe nicht gesagt, dass du eine schlechte Mutter bist.»

«Und ob du das gesagt hast.»

«Ich habe gesagt, du stiftest Nicky an, gegen die Regeln zu verstoßen. Und» – sie gebot mit erhobener Hand Schweigen – «dass sie auch so schon genug durchzustehen hat.»

«Ach, nun bist du wohl Schwester Toleranzia? Das ist dasselbe wie zu behaupten, dass ich eine schlechte Mutter sei, was du hinter meinem Rücken sowieso tust. Mir kommt alles zu Ohren, weißt du. Alles, was du sagst, kommt mir zu Ohren. Wir sind schließlich in Runnymede. Das Letzte, was an den Leuten hier stirbt, ist ihr Mundwerk. Wahrscheinlich tratschen die Toten beim Bestattungsunternehmer weiter.»

«Ich habe nie gesagt, dass du eine schlechte Mutter bist.»

«Wie bitte? Mir scheint, ich hör nicht richtig.»

«Ich habe das nicht gesagt! Ich habe gesagt» – und sie klang wie eine Anwältin vor Gericht – «dass du eine besonders schwere Last zu tragen hast, weil Nicky nicht dein Kind ist.»

«Du hast gesagt, ich muss ein Kind haben. Nun hab ich eins.»

«Aber sie ist nicht deins.»

«Ich bin trotzdem eine Mutter!»

«So was Ähnliches.»

«Louise, das ist schlicht und einfach Blödsinn», warf Cora ein.

«Ja, weil sie es nämlich war, die mir dauernd in den Ohren lag, ich würde nie wissen, was Glück ist, wenn ich kein Kind hätte. Schön, ich hab eins. Was fang ich jetzt damit an?»

«Da hast du's» – Louise zeigte auf ihre Schwester, sah aber ihre Mutter an –, «so spricht keine richtige Mutter.»

«Wie oft bist du zu mir gekommen und hast mir was vorgejammert über deine Mädchen. Du wirst langsam vergesslich.» Cora taten die Füße weh. Sie setzte sich. Das hier würde wohl noch länger dauern.

«Ich bin eine Mutter. Ich seh nicht, was daran so großartig ist. Es ist ein Haufen Arbeit. Und du hast mich dazu überredet.»

«Hab ich nicht. Seit deiner Hochzeit warst du am Jammern, dass du ein Kind willst. Und hab ich dir nicht gesagt, du sollst ihn nicht heiraten? Er wird die Welt nie erobern.»

«Er hat mich erobert.»

«Oh, ich vergaß.» Louise schürzte die Lippen.

«Er ist ein guter Mensch. Er hat einen Fehler gemacht, aber er ist ein guter Mensch.» Cora mochte Chester.

«Du hast ihn geheiratet, um seiner Mutter eins auszuwischen», erwiderte Louise.

«Gar nicht wahr. Die Zimtzicke ist mir vollkommen schnuppe.»

«Ich geh nach Hause», verkündete Louise.

«Nicht, bis ihr euch vertragt.»

«Wie kann ich mich mit ihr vertragen? Sie ist unmöglich. Sie hat an die Zeitung geschrieben, dass ich Schuld war. Schlimm genug, dass sie ihre große Klappe aufgerissen hat, da hätte sie es nicht auch noch schriftlich verbreiten müssen.»

«Das hab ich nicht geschrieben. Ich hab geschrieben, du hast es vermasselt und ich hab's vertuscht. Eins so schlimm wie das andere.»

«Ach ja?» Louise verschränkte die Arme.

«Jawohl. Und ich hätte das alles nicht getan, wenn du dir nicht wegen Nicky ins Hemd gemacht hättest.»

«Ich hab aber Recht. Mom, sag ihr, man kann Kinder nicht machen lassen, was sie wollen. Das Rennen ist für Jungs.»

«Ich fand es lustig.»

«Momma!»

«Ach, Louise, was Mädchen und Jungs tun, das ist wie die Mode. Das ändert sich. Zu meiner Zeit hat keine Frau ihre Fesseln gezeigt, schon gar nicht die Waden. Heute rennen die Leute halb nackt herum. Frauen gehen ohne Hut.» Cora zuckte die Achseln.

Louise warf ein: «Manche Dinge ändern sich nie.»

«Nenn mir eins», forderte Juts sie auf.

«Der Tod.»

«Okay, noch eins.»

«Frauen gebären Kinder und Männer nicht.»

«Das macht zwei.»

«Steuern.»

«Die ändern sich. Als ich jung war, gab es keine Steuern. Und so sollte es wieder sein.» Für Cora war die Regierung eine scheinheilige Diebesbande.

«Noch mehr Dinge, die sich nie ändern?» Julia pikste sie mit dem Finger.

«Fass mich nicht an. Die Sonne geht im Osten auf.»

«Das zählt nicht. Menschliche Dinge.»

Louise überlegte, dann hob sie die Hände. «Mir fällt nichts mehr ein. Aber ich meine immer noch, du hast Unrecht.»

«Ich nicht.»

«Das ist doch nicht so wichtig. Gebt euch die Hand und vertragt euch.»

«Ich geb ihr nicht die Hand, bis sie aufhört, mir vorzuschreiben, wie ich mein Kind zu erziehen habe.»

«Du fragst mich um Rat, und dann beschwerst du dich, wenn ich ihn dir gebe.»

«Komm schon, Louise …»

«Du eignest dich nicht zur Mutter.»

«Ein bisschen spät, um noch was dran zu ändern!»

«Sie hat Recht, Louise. Das Kind ist da.»

«Und der Schaden ist angerichtet.»

«Oh, großartig, jetzt ist Nicky geschädigt.»

«Ich habe nicht Nicky gemeint. Ich meinte, dass du das mit den Kampfflugzeugen an die große Glocke gehängt hast.»

«Ich finde, wir sind quitt.»

«Das sehe ich auch so. Jetzt gebt euch die Hand und vertragt euch, und um Gottes willen haltet endlich den Mund.»

Widerwillig gaben sich die beiden Schwestern die Hand.

Als Cora an diesem Abend in den Schlaf hinüberglitt, fragte sie sich, ob sie eine gute Mutter gewesen war. Sie konnte ihre beiden Töchter nie zu der Einsicht bewegen, dass sie beide ins selbe Horn tuteten.

83

GUCK MAL.» Nicky reichte Juts ein gelb gebundenes Handbuch.

«Sie wird begeistert sein.» Juts lachte und klemmte sich das *Vollständige Gitarrengebetsbuch* unter den Arm. «Tante Wheezie kann alles spielen.»

«Auch Mundharmonika?» Nicky zog ein Mundharmonikabuch hervor.

«Darüber ist sie erhaben. Komm weiter, wir müssen eine Büchermappe für dich finden.»

«Aber ich möchte ein Buch für Daddy.»

«Daddy ist nicht gerade eine Leseratte, Herzchen.»

«Aber er liest mir vor.»

«Das ist was anderes. Du musst lernen, dass nicht alle die Dinge mögen, die du gern hast. Daddy würde sich bestimmt über eine neue Fliege freuen. Wir gehen nachher ins Bon-Ton.»

«Okay.»

Hand in Hand schlenderten sie durch den Gang zur Abteilung für Schulbedarf. Rote Büchermappen, blaue, hellbraune, sogar knallgrüne, füllten eine Reihe im Regal. Juts nahm eine in die Hand und legte sie zurück. Sie war viel zu groß.

«Die hier gefällt mir, Momma.»

Juts nahm die knallrote Leinenmappe und machte sie auf. In der Klappe war Platz für Stifte und ein Lineal. Die große Innentasche war zweigeteilt. Der Riemen aus stabilem Gurtband sollte wenigstens ein Schuljahr halten. Sie sah nach dem Preis: $ 6,95. Das war etwas mehr, als sie ausgeben wollte.

«Halt sie mal.»

«Die gefällt mir», wiederholte Nicky.

«Mir auch, aber lass mich die anderen noch angucken. Die hier ist ein bisschen teuer.»

Sie stöberte herum, konnte aber keine finden, die ihr besser gefiel. Die Billigeren waren zu schäbig, die Teureren kamen nicht in Frage.

Nicky hielt den Mund. Sie hatte gelernt, dass es nichts half, ihre Mutter zu bedrängen.

«Schön, ich kaufe sie, wenn wir dafür auf etwas anderes verzichten.»

«Ich brauch kein neues Kleid», sagte Nickel, die Kleider nicht ausstehen konnte.

«Ein großes Opfer.» Juts lachte, dann erspähte sie Louise, die gerade die Eingangstür zu dem Discount-Laden aufstieß. «Hier, nimm das, Louise soll es nicht sehen.» Sie gab Nicky das *Vollständige Gitarrengebetsbuch* zurück. «Was machst du hier?» Sie winkte Louise zu.

«Hallo, Nicky.»

«Hallo, Tante Wheezie.»

«Wir sind in der Kirche früher fertig geworden. Das ist das erste Mal seit der Gründung, dass eine Versammlung des Damenvereins zur Besserung im Namen Jesu zeitig aufgehört hat.»

«Du hast dich gebessert, wo du kannst.» Juts zwinkerte Nicky zu, dann hakte sie Louise unter. «Ich möchte dir etwas zeigen.» Hinter ihrem Rücken gab sie Nicky per Handzeichen zu verstehen, sie solle die Büchermappe und das Buch zur Kasse bringen. Als Juts und Louise hinzukamen, hatte Verna BonBon, noch eine aus der umfangreichen Sippschaft, die Sachen schon in eine braune Papiertüte gesteckt. Louise kaufte ein Paar korallenrote quadratische Ohrringe mit einem präparierten Seepferdchen in der Mitte.

Sie traten in die Hitze der letzten Augusttage hinaus.

«Wo geht der Sommer hin?», sagte Louise seufzend. «Bald haben wir schon September.»

«Ich weiß es nicht, aber er vergeht jedenfalls schneller als der Winter.» Juts deutete auf eine Parkbank. «Setzen wir uns. Nicky möchte dir ein Geschenk machen.»

Nicky zog eifrig das *Vollständige Gitarrengebetsbuch* hervor.

«Das ist aber nett.» Louise küsste sie auf die Wange, dann schlug sie das Buch bei «Heilig, heilig, heilig» auf. «Das ist einfach. Oh, Maizie und ich können im Duett spielen. Ich spiele Klavier. Sie verliert sich zu sehr am Klavier.»

«Momma sagt, Maizie sieht genauso aus wie du.» Nickel streckte die Füße auf der Parkbank von sich. «Aber ich seh nicht aus wie meine Momma.»

«Ich glaube, Maizie und ich sehen uns wirklich ähnlich. Und Juts und ich haben eine starke Ähnlichkeit. Sie hat das hübschere Lächeln.»

Juts erwiderte das Kompliment. «Du hast die schöneren Haare.»

«Ich finde euch beide hübsch. Wenn ich groß bin, will ich aussehen wie ihr.»

«Wenn du groß bist, siehst du aus wie du. Und wie wir heute aussehen, wird bis dahin sowieso so aus der Mode sein, dass du darüber lachst.»

«Meinst du?»

«Meine ich», erwiderte Juts.

«Weißt du noch, diese grässlichen hohen Knöpfstiefel, die wir immer getragen haben? Das hielten wir damals für den letzten Schrei.» Louise lachte.

«Ja.» Juts lächelte. «Weißt du, woran ich mich erinnere? Als wir klein waren, ging eine Dame im Sommer nicht ohne Sonnenschirm aus dem Haus. Eigentlich war es doch hübsch, mit Mom über den Platz zu gehen, und alle Damen hatten Sonnenschirme in verschiedenen Farben – manche mit Spitze, andere mit Rüschen. Damals wusste man sich noch zu kleiden. Wenn das so weitergeht, trägt man überhaupt nichts mehr, wenn Nicky groß ist.»

«Der menschliche Körper wurde geschaffen, sich zu bedecken. Im Garten Eden ...»

Juts unterbrach sie. «Der Garten Eden hat damit nichts zu tun. Kannst du dir Josephine Smith nackt vorstellen?»

«Lieber nicht.»

«Und Walter Falkenroth, dürr wie eine Bohnenstange?»

Louise schüttelte angewidert den Kopf.

«Und dann Caesura Frothingham, wahrscheinlich, als würde man einen Elefanten sehen, mit vielen Runzeln. Sie muss fünfundneunzig sein, mindestens.»

«Und Harmon Nordness?»

Darauf brachen sie in schallendes Gelächter aus, denn die Wampe des Sheriffs gewann jedes Jahr an Umfang. Bald würde er beim Gehen seinen Bauch auf einem Karren vor sich her schieben müssen.

Nicky betrachtete ihre Beine; die goldenen Härchen reflektierten das Sonnenlicht. «Und ich?»

«Das ist was anderes. Kinder sind schön», antwortete Louise.

«Peepbean nicht.»

«Er sähe gar nicht übel aus, wenn man seine Zähne richten ließe.»

«Wahre Schönheit kommt von innen», zitierte Juts.

«Hübsch ist, was gefällt.»

Beide Schwestern schnippten mit den Fingern und sagten: «Der Schein trügt.» Dann lachten sie.

«Das sagt G-Mom immer.» Nickel lachte mit ihnen.

«Wir sollten ihre Sprüche aufschreiben. Sie hat ständig Lebensregeln zitiert. Ab und zu lässt sie eine vom Stapel, als wären wir noch Kinder.» Julia streifte ihre Espadrilles ab; ihre Füße brannten.

«Sind wir wohl auch noch; für sie werden wir immer Kinder bleiben, genau wie Mary und Maizie für mich immer Kinder bleiben werden.»

«Momma, was sind das für Regeln?» Nicky sprang von der Bank. Die harten Latten taten ihr am Hintern weh. Sie war da nicht gut gepolstert.

«Regeln. Okay, hier sind ein paar Verkehrsregeln: Steh immer zu deinem Wort. Verrate nie einen Freund. Trage jede Niederlage mit Fassung. Mehr fallen mir nicht ein.»

«Such dir deine Freunde mit Sorgfalt aus. Du kannst nicht jedermanns Freund sein. Das geht nicht», fügte Louise hinzu.

«Wie lautet die goldene Regel?», fragte Juts Nickel.

«Was du nicht willst, das man dir tu, das füg auch keinem anderen zu.»

«Falls du die Übrigen mal vergisst, hilft dir das Sprichwort. Aber leicht ist es nicht. Puuh, ich muss was trinken. Gewöhnlich macht mir Hitze nichts aus, aber heute schafft sie mich.» Juts stand auf. Sie gingen in Richtung Cadwalder, Nickel stürmte außer Hörweite voraus.

«Nicky dachte, das Gitarrenbuch könnte dir gefallen. Sie kann so süß sein. Ich hab's nicht über mich gebracht, ihr zu sagen, du möchtest lieber etwas anderes; sie hat es nämlich ganz allein ausgesucht.»

«Sie ist ein kluges Köpfchen.»

«Ich wollte ihr das Würfelpuzzle mit der Laus kaufen. Alle Kinder sind verrückt nach dem Spiel, aber ihre Büchermappe hat sechs fünfundneunzig gekostet, so muss sie mit dem Spiel noch etwas warten. Sie nennt Peepbean Laus, was schon mal besser ist als ‹Arschloch›.»

«Wenn du aufhören würdest zu fluchen, würde sie diese Ausdrücke nicht aufschnappen.»

«In Runnymede fluchen alle. So vergeudet man keine Zeit damit, nach dem richtigen Wort zu suchen.»

«Ich fluche nicht.»

«Hatte ich vergessen.»

«Ich nicht.»

Juts ging nicht weiter darauf ein. Ihr Blick ruhte auf Nickel, die jetzt über den Platz hüpfte, der ihr riesig vorkommen musste. «Sie ist eine Wucht, nicht? Ich liebe sie.»

«Das ist es, was sie brauchen. Wenn mehr Kinder geliebt würden, hätten wir viel weniger Ärger auf dieser Welt.»

«Ich bemühe mich, eine gute Mutter zu sein.»

«Ich weiß. Bist du auch, Juts. Ich hacke wegen Kleinigkeiten auf dir herum, aber im Großen und Ganzen, doch, du bist eine gute Mutter. Kinder können einen zum Wahnsinn treiben. Allmählich denke ich, jede Mutter, die ihre Blagen nicht erwürgt, ist eine gute Mutter.» Sie winkte Lillian Yost zu, die am Parkrand vorbeiging.

«Chester geht so toll mit ihr um. Komisch, wenn ich ihn mit Nicky spielen sehe, liebe ich ihn umso mehr. Ich fange an, ihm wieder zu trauen.»

«Männer spielen mit Kindern, weil sie selbst Kinder sind.»

«Du bist manchmal zu streng mit den Männern.»

«Ha!», schnaubte sie. «Zeig mir die Frau, die die Einkommensteuer erfunden hat. Na?»

«Eins zu null für dich.»

«Guck mal!», rief Nicky, dann schlug sie ein Rad.

«Gut gemacht», rief Juts. «Mir spukt eine Coca-Cola im Kopf herum. Komm, Nicky.» An der Ecke blieben sie stehen, sahen nach rechts und nach links, dann sprinteten sie zu Cadwalder hinüber.

Nachdem sie mit Flavius Cadwalder geplaudert hatten und auch mit Vaughn, der, ohne irgendjemanden einzuweihen, nicht einmal seinen Vater, am Abend Paul aufsuchen wollte, um seine Absichten kundzutun, gingen die drei erfrischt hinaus.

«Er wird um ihre Hand anhalten.» Louise, mit treffsicherer Intuition, war nervös.

«Besser als ihren Fuß», witzelte Juts, und Nicky musste kichern. «Gräm dich nicht so, Wheezie. Es ist gut so. Man hat es im Gefühl, wenn es stimmig ist.» Sie gingen zur Lee Street, wo Juts abbiegen würde, um nach Hause zu gehen.

«Schon möglich.»

«Hier ist unsere Ecke», erklärte sie überflüssigerweise.

Louise blieb einen Moment stehen, dann platzte sie heraus: «Wenn du eine bessere Antwort hast, sag sie mir.»

«Worauf?» Julia war perplex.

«Weiß ich nicht.» Louise rang die Hände. «Manchmal habe ich das Gefühl, als würde eine Welle über mir zusammenschlagen, und ich bin ganz krank vor Sorgen – um Vaughns Gesundheit und ...»

«Louise, zwei Jahre mit dem richtigen Mann sind besser als zwanzig mit dem falschen. Jetzt mach dich mal nicht verrückt. Wirklich. Sieh doch, wie gut es mit Mary und Extra Billy geht.»

«Sie zanken sich manchmal wie Hund und Katze.»

«Wer nicht?»

«Paul und ich haben uns nie so gezankt.»

«O doch. Ich weiß noch, einmal hat er das Auto genommen, hat sich betrunken, ist ewig weggeblieben, und Chessy musste ihn suchen gehen.»

«Celeste hat ihn auf ihrem Pferd nach Hause gebracht.» Louise musste lachen, als sie daran dachte.

«Wenn man für jemanden Gefühle hegt, können die sich erhitzen. Besser, als kalt zu bleiben, oder?»

«Ich weiß.» Louise standen Tränen in den Augen. «Juts, werden wir langsam alt?»

Juts zuckte die Achseln. «Ich fühle mich nicht alt.» Sie legte den Arm und die noch mädchenhaft schmale Taille ihrer älteren Schwester. «Fühlst du dich alt?»

«An manchen Tagen fühle ich mich wie hundert, und ich weiß nicht mal warum. Und die seltsamsten Dinge schwimmen durch meinen Kopf, wie kleine Boote. Ich erinnere mich an Aimes und wie sehr Mom ihn geliebt hat.» Coras Freund war 1917 gestorben. «Ich erinnere mich an Celeste, wie sie ihr Kinn gehoben hat, ohne ein Wort, bloß das Kinn gehoben, und dann tat man besser daran, zu parieren. Ich erinnere mich an die Strohhüte, die wir einmal Ostern getragen haben. Du hast von meinem die Bänder abgerupft, und ich habe geheult. Ich erinnere mich, wie ich Mary das erste Mal im Arm hielt und dachte, dieses runzlige rote Gesicht ist das Schönste, was ich je gesehen habe. Oh, und ich erinnere mich an die Schlagzeilen im *Clarion* und in der *Trumpet*, als die Titanic untergegangen war, und die Liste mit den Vermissten, die jeden Tag vor dem Zeitungsgebäude angeschlagen wurde …» Ihre Stimme verklang, und sie machte eine zaghafte Handbewegung, als versuchte sie, die Flut von Emotionen aufzuhalten.

«Ich erinnere mich, wie ich zum ersten Mal Flieder gerochen habe.» Juts lächelte, dann umarmte sie Louise. «Wir sind wandelnde Enzyklopädien.»

«Aber es ist ein einziges Kuddelmuddel.»

«So sieht es in allen Köpfen aus. Wenn du jemanden fragen würdest, was er vor zwei Tagen zum Frühstück oder zu Mittag gegessen hat, könnte er es dir nicht sagen.»

«Harmon Nordness schon. Idabelle McGrail hätte es vor zwei Wochen auch noch gewusst, als sie noch lebte.»

«Du weißt, was ich meine.»

«Ich weiß, aber Juts, was passiert, wenn wir nicht mehr da sind?» Ein Hauch von Verzweiflung lag in der Luft.

«Wie meinst du das?»

«Was geschieht mit den Erinnerungen, mit allem, was ich gesehen und gehört und getan und gelernt habe? Puff.» Tränen liefen ihr über die Wangen. Nicky griff nach ihrer Hand. Sie konnte niemanden weinen sehen. Louise drückte ihre Hand, konnte aber nichts sagen.

«Ich habe da eine Theorie» – Juts lächelte, um Louise aufzuheitern –, «dass es im Himmel eine gigantische Bank gibt, die Erinnerungsbank. Alles wird dort gespeichert, und wenn ein Neuzugang wie Nicky erfahren möchte, was du erfahren hast, konsultiert sie die Erinnerungsbank.»

«Julia, du spinnst.»

«Eine Bibliothek ist eine Erinnerungsbank.» Juts atmete den Geruch von frisch gemähtem Gras ein. «Ein Lied ist eine Erinnerungsbank. Das Lied ‹Der Mann, der die Bank von Monte Carlo sprengte› ist voller Erinnerungen für jemanden, der um die Jahrhundertwende gelebt hat, wie Momma. Nicky braucht es nur zu hören. Ich glaube, alles bleibt hier, in der einen oder anderen Form.»

«Nur wir nicht.»

«Tja, nur wir nicht. Wir müssen wohl den Frühjahrstrieben Platz machen. Hansford hat uns Platz gemacht, sogar Idabelle McGrail, das dumme Stück. Sie sind abgetreten, damit wir antreten konnten.»

«O Juts», flehte Louise, «ich will nicht abtreten. Ich will nichts verpassen – niemals.»

«Nur die Guten sterben jung, Louise. Keine Bange.»

Louise schwieg eine Minute, holte schniefend Luft und lächelte dann durch ihre Tränen. «Wir werden ewig leben.»

«Ja.»

Die Schwestern gaben sich einen Kuss und trennten sich. Nicky nahm Juts' Hand. Sie war mucksmäuschenstill und sprach erst, als sie das Gartentor aufstießen. Buster kam ihnen steifbeinig entgegen, und Yoyo sprang unter der großen blauen Hortensie hervor.

«Momma, du wirst nicht sterben.»

«Nicht so bald, hoffe ich.»

«Und Tante Wheezie wird nicht sterben.»

«Ach, nein.» Juts bückte sich, um Buster zu kosen.

«Ihr alle werdet nicht sterben, weil ich mich an euch erinnere.»

Juts lachte. «So ist es, mein Kind.»